嘉祐集箋注

[宋]蘇洵 著
曾棗莊 金成禮 箋注

上海古籍出版社

圖書在版編目(CIP)數據

嘉祐集箋注：典藏版 /（宋）蘇洵著；曾棗莊，金成禮箋注．—上海：上海古籍出版社，2023.5
（中國古典文學叢書〔典藏版〕）
ISBN 978-7-5732-0672-5

Ⅰ．①嘉… Ⅱ．①蘇… ②曾… ③金… Ⅲ．①中國文學—古典文學—作品綜合集—宋代 Ⅳ．①I214.42

中國國家版本館CIP數據核字(2023)第058953號

中國古典文學叢書〔典藏版〕

嘉祐集箋注

〔宋〕蘇 洵 著

曾棗莊 金成禮 箋注

上海古籍出版社出版發行

（上海市閔行區號景路159弄1-5號A座5F 郵政編碼201101）

（1）網址：www.guji.com.cn

（2）E-mail：guji1@guji.com.cn

（3）易文網網址：www.ewen.co

浙江新華數碼印務有限公司印刷

開本890×1240 1/32 印張21 插頁8 字數455,000

2023年5月第1版 2023年5月第1次印刷

印數：1—2,100

ISBN 978-7-5732-0672-5

I·3715 定價：168.00元

如有質量問題，請與承印公司聯繫

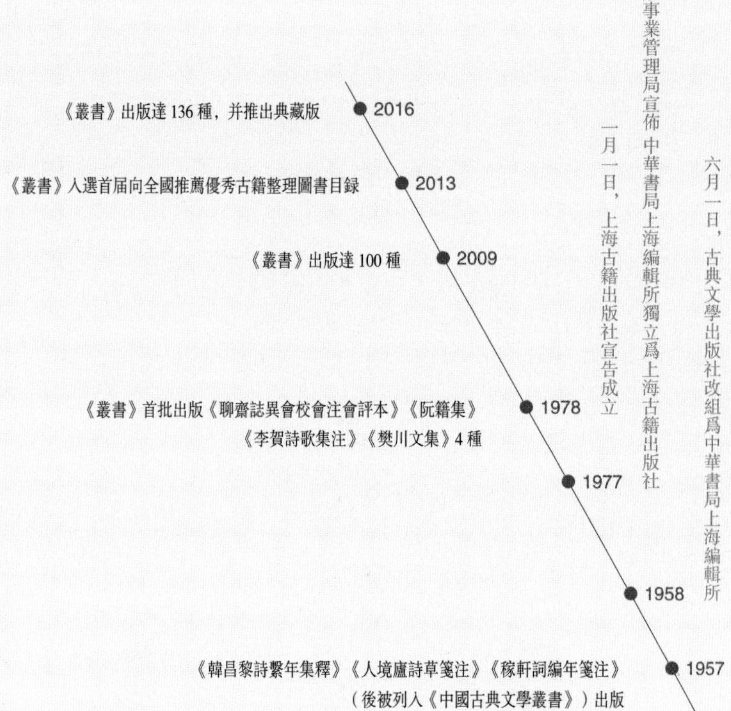

2016
《叢書》出版達136種，并推出典藏版
2013
《叢書》入選首屆向全國推薦優秀古籍整理圖書目録
2009
《叢書》出版達100種
1978
《叢書》首批出版《聊齋誌異會校會注會評本》《阮籍集》《李賀詩歌集注》《樊川文集》4種
一月一日，上海古籍出版社宣告成立
1977
十二月二十六日，國家出版事業管理局宣佈中華書局上海編輯所獨立爲上海古籍出版社
1958
六月一日，古典文學出版社改組爲中華書局上海編輯所
1957
《韓昌黎詩繫年集釋》《人境廬詩草箋注》《稼軒詞編年箋注》（後被列入《中國古典文學叢書》）出版
1956
十一月一日，古典文學出版社成立

● 曾棗莊（一九三七— ），四川簡陽人。

四川大學教授，中國蘇軾研究學會名譽會長。

● 金成禮（一九二六—二〇〇二），又名金國永。

四川文史界、出版界知名學者、編審。

蘇老泉先生全集卷第一

宋眉山蘇洵著

幾策

審勢

治天下者定所上所上一定至於萬千年而不變使民之耳目純於一而子孫有所守易以爲治故三代聖人其後世遠者至七八百年夫豈惟其民之不忘其功以至於是蓋其子孫得其祖宗之法而爲據依可以永久夏之上忠商之上質周之上文視天下之所宜上而固執之以此而始以此而

明本《蘇老泉先生全集》書影

新校正老泉先生文集卷之一

論　　東萊呂祖謙　伯恭　編註

○易

自此至詩論凡四篇皆沿禮立說此篇論禮窮於易逆故聖人神之以易

聖人之道得禮而信得易而尊信之而不可廢尊之而不敢廢故聖人之道所以不廢者禮爲之明而易爲之幽也生民之初無貴賤無尊卑無長幼不耕而不饑不蠶而不寒故其民逸民之勞苦而樂逸也若水之走下而聖人者獨爲之君臣而使天下貴役賤爲之父子而使天下尊役卑爲之兄弟而使天下長役幼蠶而後衣耕而後食率天下而勞之一聖人之力固非足以勝天下之民之衆而其所以能奪其樂而易之以其所苦而天下之民亦遂肯弃逸而即勞欣然戴之以爲君師而遵蹈其法制者禮則使然也聖人之始作禮也其說曰天下無貴賤無尊卑無長幼是人之相殺無已也不耕而食鳥獸之肉不蠶而衣鳥獸之皮是鳥獸與人相食無已也有貴賤有尊卑有長幼則人不相殺食吾之所耕而衣吾之所蠶則鳥獸與人不相食人之好生也甚於逸而惡死也甚於勞聖人奪其逸死而與之勞生此雖三尺豎子知所趨避矣故其道之所以信於天下而不可廢者禮爲之明也雖然明則易達易達則褻褻則易廢聖人懼其道之廢而天下復於亂也然後作易觀天地之象以爲爻通陰陽之變以爲卦考鬼神之情以爲辭探之茫茫索之冥冥童而習之白首而不得其源故天下視聖人如神之幽如天之高尊其人而其教亦隨而尊故其道之所以尊於天下而不敢廢者易爲之幽也凡人之所以見信者以其中無所不可測者也人之所以獲尊者以其中有所不可窺者也是以禮無所不可測而易有所不可窺故天下之人信聖人之道而尊之不然則易者豈聖人務爲新奇秘怪以誇後世耶聖人不因天下之至神則無所施其教卜筮者天下之至神也而卜者聽乎天而人不預焉者也筮者決之天而營之人者也龜漫而無理者

禮爲之明

易爲之幽

宋本《新校正老泉先生文集》書影

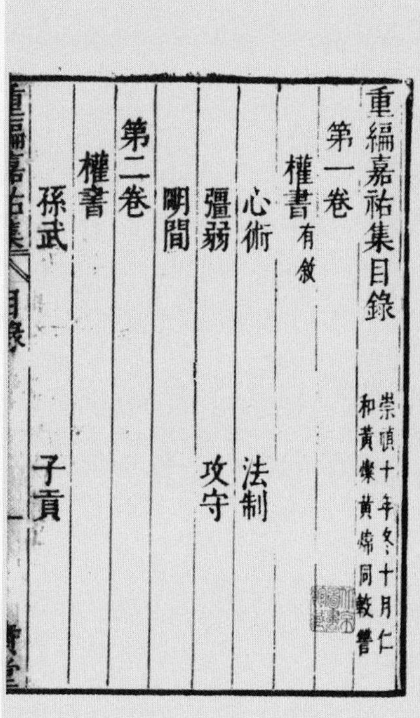

重編嘉祐集目錄　崇禎十年冬十月仁和黃燦黃烯同較讐

第一卷

權書有敘

心術　法制

彊弱　攻守

明間

第二卷

權書

孫武　子貢

明本《重編嘉祐集》書影

《中國古典文學叢書》版書影

前言

（一）

蘇洵字明允，人稱老蘇，眉州眉山（今四川眉山）人。生於宋真宗大中祥符二年（一〇〇九），卒於英宗治平三年（一〇六六），享年五十八歲。

洵出身寒微，少喜游蕩，年已壯猶不知書，其父蘇序亦縱而不問。年二十七始大發憤，然屢試不中。嘉祐初挈二子入京，以雷太簡、張方平薦，得識歐陽修，爲座上客。修稱其文有荀子之風，并薦洵於朝。修知禮部貢舉，得其二子之文，擢之高第。自是父子三人名動京師，後生學者皆尊其賢，學其文，以爲師法，蘇氏文章遂擅天下。以修舉薦，朝廷兩次召洵試策論於舍人院，洵辭不就，遂除洵試秘書省校書郎。會太常修纂禮書，以洵爲霸州文安縣主簿，與陳州項城令姚闢共主修撰。書成，方奏未報，賫志以殁。

蘇洵一生著述甚富，有太常因革禮一百卷（與姚闢合修）、謚法三卷、易傳十卷（未完稿，後由蘇軾續成）、皇祐謚録二十卷（已佚）、文集二十卷。又世所謂蘇批孟子一書，章學誠校讎通義斥之爲「論文之末流，品藻之下乘」，乃好事者所僞托。

蘇洵爲唐宋八大家之一，其文「雜出於荀卿、孟軻及戰國策諸家」（茅坤蘇文公文鈔引），或縱横恣肆，氣勢磅礴；或曲折多變，紆餘委備；或鑱刻峭厲，樸質高古。誠如曾鞏所云：「其指事析理，引物托喻，侈能使之約，遠能使之近，大能使之微，小能使之著，煩能不亂，肆能不流。其雄壯俊偉，若決江河而下也；其輝光明白，若引星辰而上也。」（蘇明允哀辭）洵文上繼韓、歐，下爲蘇軾兄弟之先引，明、清士子之楷模，與韓、柳、歐、曾、王、二蘇之文「共爲家習而户眇者」。（茅坤唐宋八大家文鈔總序）洵詩不多，然精深有味，語不徒發，正類其文。

（二）

歐陽修、曾鞏、張方平所作蘇洵墓誌、哀辭、墓表，均稱洵有文集二十卷。而南宋陳振孫直齋書録解題、晁公武郡齋讀書志、宋末元初馬端臨文獻通考著録老蘇嘉祐集均爲十五卷。因知南宋以降原二十卷本已佚，元代所修宋史，於洵本傳稱「有文集二十卷」，顯係照抄歐、張誌、

表；而藝文志著録爲十五卷，則當爲元世之所存。今傳世之二十卷本，皆後人重編。一爲明崇禎十年黄燦、黄煒兄弟重編嘉祐集（簡稱二黄本），乃於十五卷本之外，「竭一時耳目之力，爬羅剔抉」，補入辨奸論等十餘篇，「重加編纂，合二十卷」。二爲清康熙間邵仁泓輯刊蘇老泉先生集（簡稱邵本），此書名爲二十卷，實爲十六卷本（見下），惟將謚法析爲四卷，次於十六卷之後，故四庫提要仍稱其爲十六卷。三爲清道光中眉州三蘇祠刻本嘉祐集（簡稱祠本），編次不同於邵本，而近乎二黄本。

明、清通行十五卷本亦未必爲晁、陳著録之舊。明嘉靖壬辰太原府張鏜翻刻澧南王公家藏本嘉祐集十五卷（簡稱張本），馬元調重編嘉祐集叙即疑其「非通考十五卷之舊」。清初蔡士英刊任長慶所校本十五卷（簡稱蔡本），四庫提要云：「與晁氏、陳氏所載（卷數）合，然較徐本（見下），闕洪範圖論一卷；史論前少引一篇，又以史論中爲史論下，而闕其史論下一篇；又闕辨奸論一篇、題張仙畫像一篇、送吴職方赴闕引一篇、謝歐陽樞密啓一篇、謝相府啓一篇、香詩一篇。……中間闕漏如是，恐亦未必晁、陳著録之舊也。」四部叢刊所收清無錫孫氏藏影宋本嘉祐集十五卷（簡稱影宋本），羅振常老泉先生文集考異謂嘉祐集傳世諸刻概出於此，「雖輾轉翻刻，校勘有精粗，非無小異，絶少大差」。然羅氏於重校郎注老泉先生文集校例中却謂影宋本「篇數最少，舛誤最多」。按之實際，當以後説爲是。

今存洵集以十六卷本爲勝。四庫全書所收徐乾學家傳是樓所藏嘉祐新集十六卷（簡稱徐

本），卷末題紹興十七年四月晦日婺州州學雕，紙墨頗精好。又有明刊蘇老泉先生全集十六卷，扉頁有清康熙甲戌徐釚藏書題序，并有「菊莊徐氏藏書」印（簡稱菊莊本）。序稱此本「刻於萬曆間，較太原本（即張本）稍備。余購得之，再以黄氏所刻（即二黄本）互爲參訂，增入上張益州書一篇，并附録墓誌、表、傳於後」。

北京圖書館今藏北宋麻沙本類編增廣老蘇先生大全文集八卷，佚四卷，存詩文各二卷（簡稱殘宋本），封面及序跋亦缺，幸篇目尚存。檢其所列，權書、族譜、書信等概未收録，雜論亦僅收八篇。然所收詩較今存諸本多自尤詩、初發嘉州等十九篇，於考察老蘇行迹頗有助益，且可據以校正諸本所載詩文。

今傳洵集，以徐本、菊莊本、二黄本所收詩文爲最夥，然匯集三本篇目，仍闕殘宋本及可從他集考得之詩文二十四篇。是以重輯重校洵集，實屬必要。

洵集向無全集注本。今存最早之老蘇文集選注本爲東萊標注老泉先生文集，據羅振常考證，此即郎曄注、吕祖謙句讀之經進三蘇文集事略第一集（簡稱經進本）。是集於史事典故，注釋頗詳，然於時人，除韓琦、歐陽修等一代英傑外，多未詳考。清儲欣評注蘇老泉集，所收亦不備。其他如明茅坤蘇文公文鈔十卷、凌濛初蘇老泉文集十三卷，清何義門手批嘉祐集十五卷，皆有評無注。明楊慎嘉樂齋三蘇文範，錢穀、文登甫静觀室三蘇文選以及其他選本，所收篇什有限，且多雷同。洵詩評注尤少，僅宋、明詩話、筆記偶有言及，所涉亦不過數首而已。可見重

行箋注蘇洵詩文，亦屬必要。

（三）

本書定名爲嘉祐集箋注。收文力求賅備，校勘力求有據；編年及背景詳加考證，列於題注；其他注釋則着力於用典與故實，非特殊疑難字詞，一般不予着墨，以避繁瑣。

本書以菊莊本爲底本，書内分卷、卷名及編次，一仍其舊。從他處輯得者，列於第十六卷雜詩之後，名爲蘇洵佚文（六篇）、蘇洵佚詩（二十四首），不列卷名。

爲省讀者翻檢之勞，本書於各篇注文之後附録部分評論、背景資料。所輯資料往往褒貶隨時，抑揚任聲，只取其一隅之所得，不代表編者觀點。

菊莊本、二黄本等，書後均有附録，大抵爲本傳、墓誌、挽詞等傳記資料。本書有所增補，并按作者時間先後重行編排，作爲附録之一。雷簡夫上張、歐、韓書偏重於對蘇洵之評論，益以其他有關評論資料，作爲附録之二。老泉非明允號，明、清人多有辨證，輯爲附録之三。宋人孫汝聽、何掄著有三蘇年表、三蘇先生年譜，除孫之潁濱年表外，餘皆失傳。王文誥蘇詩總案，繫有部分蘇洵事迹，因非其用力所在，故多舛誤。臺灣蘇易明先生所著三蘇年譜彙證，多襲總案之誤，少有發明。加之本書底本乃按文體編次，故新作蘇洵年表以統之，爲附録之四。

上海古籍出版社編輯同志對本書初稿曾提出詳盡而又寶貴之修改意見，中華書局劉尚榮同志特告知殘宋本綫索，在此一并致謝。

曾棗莊
金成禮

一九八六年一月

目録

前言……一

嘉祐集箋注卷一　幾策

審勢……一

審敵……一五

嘉祐集箋注卷二　權書

權書叙……三一

心術……三四

法制……四〇

强弱……四六

攻守……五一

用間……五八

嘉祐集箋注卷三　權書

孫武……六三

子貢……六八

六國……七二

項籍……七七

高祖……八四

嘉祐集箋注卷四　衡論

衡論叙……九三
遠慮……九四
御將……一〇三
任相……一一〇
重遠……一一六
廣士……一二二

嘉祐集箋注卷五　衡論

養才……一二九
申法……一三四
議法……一四二
兵制……一四八
田制……一五七

嘉祐集箋注卷六　六經論

易論……一六七
禮論……一七四
樂論……一七七
詩論……一八二
書論……一八五
春秋論……一九〇

嘉祐集箋注卷七　太玄論

太玄論上……一九七
太玄論中……二〇五
太玄論下……二〇九
太玄總例 并引……二一四

嘉祐集箋注卷八　洪範論

洪範論叙……二三七

洪範上……二三八
洪範中 并圖……二四四
洪範下……二五二
洪範後叙……二五八

嘉祐集箋注卷九　雜論

史論引……二六三
史論上……二六五
史論中……二六九
史論下……二七五
諫論上……二八一
諫論下……二九一
制敵……二九四
譽妃論……二九七
管仲論……三〇二
明論……三〇七
三子知聖人汙論……三一〇
辨奸論……三一四
利者義之和論……三二〇

嘉祐集箋注卷十　上書

上皇帝書……三二五

嘉祐集箋注卷十一　書

上韓樞密書……三四九
上富丞相書……三五六
上文丞相書……三六三
上田樞密書……三六七
上余青州書……三七三

嘉祐集箋注卷十二　書

上歐陽内翰第一書……三七九
上歐陽内翰第二書……三八七
上歐陽内翰第三書……三九〇
上歐陽内翰第四書……三九二
上歐陽内翰第五書……三九五
上王長安書……三九七
上張侍郎第一書……三九九
上張侍郎第二書……四〇二
上韓舍人書……四〇四

嘉祐集箋注卷十三　書

上韓丞相書……四〇七
上韓昭文論山陵書……四一〇
與梅聖俞書……四一六
答雷太簡書……四一八
與楊節推書……四二〇
與吴殿院書……四二三
謝趙司諫書……四二五

嘉祐集箋注卷十四　譜

譜例……四二九
蘇氏族譜……四三一
族譜後録上篇……四三六
族譜後録下篇……四四三
大宗譜法……四四八
蘇氏族譜亭記……四五〇

嘉祐集箋注卷十五　雜文

張益州畫像記……四五五

彭州圓覺禪院記……四六〇
極樂院造六菩薩記……四六三
木假山記……四六七
老翁井銘……四六九
王荊州畫像贊……四七一
吳道子畫五星贊……四七二
仲兄字文甫説……四七五
名二子説……四七八
題張仙畫像……四七九
送吳侯職方赴闕引……四八〇
送石昌言使北引……四八三
丹稜楊君墓誌銘……四八七
祭史彦輔文……四八八
祭任氏姊文……四九二
祭亡妻文……四九四
祭侄位文……四九六
祭史親家祖母文……四九八
議修禮書狀……四九九
謝相府啓……五〇二

嘉祐集箋注卷十六　雜詩

雲興于山……五〇五
有驥在野……五〇六
有觸者犢……五〇七
朝日載昇……五〇八
我客至止……五〇九
顔書……五一〇
歐陽永叔白兔……五一四
答二任……五一五
丙申歲余在京師鄉人陳景回自南來

棄其官得太子中允景回舊有地在蔡今將治園囿於其間以自老余嘗有意於嵩山之下洛水之上買地築室以爲休息之館而未果今景回欲余詩遂道此意景回志余言異日可以知余之非戲云爾……五一八
憶山送人……五二〇
上田待制……五二八
途次長安上都漕傅諫議……五三〇
答陳公美……五三三
又答陳公美三首……五三五
送李才元學士知邛州……五三七
送陸權叔提舉茶稅……五三八
送王吏部知徐州……五三九
藤樽……五四〇
送任師中任清江……五四一
送吳待制中復知潭州二首……五四三
從叔母楊氏輓詞……五四六
次韻和縉叔游仲容西園二首……五四六
香……五四八

嘉祐集箋注佚文　六篇

賀歐陽樞密啓……五五一
與孫叔静……五五二
與雷太簡納拜書……五五三
雷太簡墓銘……五五四
上六家謚法議……五五五
上張益州書……五五七

嘉祐集箋注佚詩　二十四首

遊嘉州龍巖……五六一
初發嘉州……五六二

襄陽懷古……五六三
寄楊緯……五六五
和楊節推見贈……五六六
答張子立見寄……五六七
送蜀僧去塵……五六九
九日和韓公……五七一
題仙都觀……五七三
遊陵雲寺……五七五
過木櫪觀 并引……五七七
神女廟……五七八
題白帝廟……五七九
萬山……五八一
荆門惠泉……五八一
昆陽城……五八二
題三游洞石壁……五八四
與可許惠所畫舒景以詩督之……五八五
題仙都山鹿 并叙……五八七
自尤 并叙……五八八
水官詩……五九二
老翁井……五九四
送裴如晦知吴江(殘句)……五九五
殘句……五九六
附録一　傳記資料……五九七
附録二　評論資料……六一九
附録三　蘇老泉非蘇洵號……六二七
附録四　蘇洵年表……六三五

嘉祐集箋注卷一

幾策

審勢〔一〕

治天下者定所上〔二〕。所上一定，至於萬千年而不變，使民之耳目純於一〔三〕，而子孫有所守，易以爲治。故三代聖人，其後世遠者至七八百年〔四〕。夫豈惟其民之不忘其功，以至於是，蓋其子孫得其祖宗之法而爲據依，可以永久。夏之上忠，商之上質，周之上文〔五〕，視天下之所宜上而固執之，以此而始，以此而終，不朝文而暮質，以自潰亂。故聖人者出，必先定一代之所上。周之世，蓋有周公爲之制禮，而天下遂上文〔六〕。後世有賈誼者説漢文帝，亦欲先定制度，而其説不果用〔七〕。今者天下幸方

治安，子孫萬世帝王之計，不可不預定於此時。然萬世帝王之計，常先定所上，使其子孫可以安坐而守其舊。至於政弊，然後變其小節而其大體卒不可革易〔八〕。故享世長遠，而民不苟簡。

今也考之於朝野之間，以觀國家之所上者，而愚猶有惑也。何則？天下之勢有强弱，聖人審其勢而應之以權〔九〕。勢强矣，强甚而不已則折〔一〇〕；勢弱矣，弱甚而不已則屈。聖人權之，而使其甚不至於折與屈者，威與惠也。夫强甚者，威竭而不振；弱甚者，惠褻而下不以爲德。故處弱者利用威，而處强者利用惠。乘强之威以行惠，則惠尊；乘弱之惠以養威，則威發而天下震慄。故威與惠者，所以裁節天下强弱之勢也〔一一〕。

然而不知强弱之勢者，有殺人之威而下不懼，有生人之惠而下不喜。何者？威竭而惠褻故也。故有天下者，必先審知天下之勢，而後可與言用威惠。不先審知其勢，而徒曰我能用威，我能用惠者，末也。故有强而益之以威，弱而益之以惠，以至於折與屈者，是可悼也。譬之一人之身，將欲乳藥餌石以養其生，必先審觀其性之爲陰、其性之爲陽，而投之以藥石〔一二〕。藥石之陽而投之陰，藥石之陰而投之陽，故陰不至於涸，而陽不至於亢。苟不能先審觀己之爲陰與己之爲陽，而以陰攻陰，以陽攻

陽，則陰者固死於陰，而陽者固死於陽，不可救也。是以善養身者，先審其陰陽；而善制天下者，先審其强弱以爲之謀。

昔者周有天下，諸侯太盛。當其盛時，大者已有地五百里，而畿内反不過千里〔一三〕，其勢爲弱。秦有天下，散爲郡縣，聚爲京師，守令無大權柄〔一四〕，伸縮進退無不在我，其勢爲强。然方其成、康在上，諸侯無小大莫不臣伏，弱之勢未見於外〔一五〕。及其後世失德，而諸侯禽奔獸遁，各固其國以相侵攘〔一六〕，而其上之人卒不悟，區區守姑息之道，而望其能以制服强國，是謂以弱政濟弱勢，故周之天下卒斃於弱。秦自孝公，其勢固已駸駸焉日趨於强大〔一七〕。及其子孫已并天下，而亦不悟，專任法制以斬撻平民。是謂以强政濟强勢，故秦之天下卒斃於强。周拘於惠而不知權，秦勇於威而不知本〔一八〕，二者皆不審天下之勢也。

吾宋制治，有縣令，有郡守，有轉運使，以大系小，絲牽繩聯，總合於上。雖其地在萬里外，方數千里，擁兵百萬，而天子一呼於殿陛間，三尺豎子馳傳捧詔，召而歸之京師，則解印趨走，惟恐不及。如此之勢，秦之所恃以强之勢也。勢强矣，然天下之病，常病於弱。噫！有可强之勢如秦而反陷於弱者，何也？習於惠而怯於威也，惠太甚而威不勝也。夫其所以習於惠而惠太甚者，賞數而加於無功也；怯於威而威不勝

者，刑弛而兵不振也。由賞與刑與兵之不得其道，是以有弱之實著於外焉。何謂弱之實？曰官吏曠惰，職廢不舉，而敗官之罰，不加嚴也〔一九〕，多贖數赦，不問有罪，而典刑之禁，不能行也〔二〇〕；冗兵驕狂，負力幸賞，而維持姑息之恩不敢節也〔二一〕；將帥覆軍，匹馬不返，而敗軍之責不加重也〔二二〕；羌胡强盛，陵壓中國，而邀金繒、增幣帛之耻不爲怒也〔二三〕。若此類者，大弱之實也。久而不治，則又將有大於此，而遂浸微浸消，釋然而潰，以至於不可救止者乘之矣。然愚以爲弱在於政，不在於勢，是謂以弱政敗强勢。今夫一輿薪之火，衆人之所憚而不敢犯者也。舉而投之河，則何熱之能爲？是以負强秦之勢，而溺於弱周之弊，而天下不知其强焉者以此也。

雖然，政之弱，非若勢弱之難治也。借如弱周之勢，必變易其諸侯，而後强可能也。天下之諸侯固未易變易，此又非一日之故也。若夫弱政，則用威而已矣，可以朝改而夕定也。夫齊，古之强國也；而威王，又齊之賢王也。當其即位，委政不治，諸侯并侵，而人不知其國之爲强國也。一旦發怒，裂萬家，封即墨大夫，召烹阿大夫與常譽阿大夫者，而發兵擊趙、魏、衛，趙、魏、衛盡走請和，而齊國人人震懼，不敢飾非者〔二四〕，彼誠知其政之弱，而能用其威以濟其弱也。况今以天子之尊，藉郡縣之勢，言脱於口而四方響應，其所以用威之資固已完具。且有天下者患不爲，焉有欲爲而不

可者？今誠能一留意於用威〔二五〕，一賞罰，一號令，一舉動，無不一切出於威，嚴用刑法而不赦有罪，力行果斷而不牽於衆人之是非，用不測之刑，用不測之賞，而使天下之人視之如風雨雷電，遽然而至，截然而下，不知其所從發而不可逃遁。朝廷如此，然後平民益務檢慎，而奸民猾吏亦常恐恐然懼刑法之及其身而斂其手足，不敢輒犯法。此之謂强政。政强矣，爲之數年，而天下之勢可以復强。愚故曰：乘弱之惠以養威，則威發而天下震慄。然則以當今之勢，求所謂萬世爲帝王而其大體卒不可革易者，其上威而已矣。

或曰：當今之勢，事誠無便於上威者。然孰知夫萬世之間其政之不變，而必曰威邪？愚應之曰：威者，君之所恃以爲君也。一日而無威，是無君也。久而政弊，變其小節，而參之以惠，使不至若秦之甚，可也。舉而棄之，過矣。或者又曰：王者「任德不任刑」〔二六〕。任刑，霸者之事，非所宜言。此又非所謂知理者也，夫湯武皆王也，桓文皆霸也。武王乘紂之暴，出民於炮烙斬刖之地，苟又遂多殺人、多刑人以爲治，則民之心去矣。故其治一出於禮義〔二七〕。彼湯則不然。桀之德固無以異紂〔二八〕，然其刑不若紂暴之甚也，而天下之民化其風，淫惰不事法度，書曰：「有衆率怠弗協。」〔二九〕

而又諸侯昆吾氏首爲亂〔三〇〕，於是誅鋤其强梗、怠惰、不法之人，以定紛亂。故記曰：商人「先罰而後賞」〔三一〕。至於桓、文之事，則又非皆任刑也。桓公用管仲，仲之書好言刑〔三二〕，故桓公之治常任刑；文公長者，其佐狐、趙、先、魏皆不説以刑法〔三三〕，其治亦未嘗以刑爲本，而號亦爲霸。而謂湯非王而文非霸也得乎？故用刑不必霸，而用德不必王，各觀其勢之何所宜用而已。然則今之勢，何爲不可用刑？用刑何爲不曰王道？彼不先審天下之勢，而欲應天下之務，難矣！

【校】

「定所上」：上通尚，經進本、祠本「上」字即作「尚」，他本同底本。以後諸「上」字并同。

「周之上文」：「上」原誤作「土」，從諸本改。

「然萬世帝王之計」：經進本「計」字作「家」。

「而愚猶有惑也」：經進本「愚」字作「臣」。以後諸「愚」字同。

「未也」：經進本「未」作「末」。

「已駸駸焉」及後文「其子孫已并天下」：二黄本「已」字均作「以」。

「而遂侵微侵消」：「微」字原譌「徵」，據諸本改。

「且有天下者患不爲焉有欲爲而不可者」：明清各本「欲爲」二字下有「焉」字，張本、邵本

「而」字作「無」。考異稱：「如此則當讀爲『患不爲焉（句）有欲爲焉（句）無不可者（句）。』實不成語。此由誤以『焉有』之『焉』字屬上句，下句乃不可通，遂加一『焉』字，改一『無』字也。」此據經進本、影宋本改。

「而不牽於」：原無「於」字，據經進本補。

「王者任德不任刑任刑」：經進本脱下一「任刑」二字。

「炮烙斬刖」：經進本「刖」字誤作「刈」。

「桀之德」：祠本「德」字作「惡」。按：書湯誓稱：「夏德若茲今朕必往。」即指桀之凶德，可知作「惡」字乃後人妄改。

【箋注】

〔一〕題：審勢即審時度勢。本文首論治天下當定所上（尚），次論定所上須先審勢，根據勢之强弱以定政之威惠，而宋代特點在於勢强而政弱，故作者力主「上威」，要「一留意於用威，一賞罰，一號令，一舉動，無不一切出於威」，并對「王者任德不任刑」等異議作有力反駁。正如李西涯所評，此文「論治體，論時弊，警切可誦」。（百大家評古文關鍵）此文與下一篇審敵同爲幾策中文，審敵作於至和二年（一〇五五）八月至次年春（見審敵注〔一〕），此文亦當作於同時。

〔二〕上：通尚。尚，崇尚。漢書楊王孫傳：「聖王生易尚，死亦葬也。」顔師古注：「尚，崇也。」此

句謂治理天下，當先定所崇尚、所倡導者。

〔三〕純於一：純一、專一。儒、法、老、皆主使民純一，儒欲純於德，法欲純於法，老欲純於道（自然）。書大禹謨：「惟精惟一，允執厥中。」韓非子五蠹：「法莫如一而固。」老子：「聖人抱一爲天下式。」又曰：「天得一以清，地得一以寧……萬物得一以生，侯王得一以爲天下貞。」

〔四〕「故三代」二句：三代指夏、商、周三代。據史記夏本紀集解，從禹至桀，十七君，十四世，用歲四百七十一年；殷本紀集解，湯滅夏以至於受，二十九王，用歲四百九十六年；周本紀集解，周凡三十七王，八百六十七年。

〔五〕「夏之上忠」三句：史記高祖本紀：「夏之尚忠；忠之敝，小人以野，故殷人承之以敬；敬之敝，小人以鬼，故周人承之以文。」晉書杜欽傳：「殷因於夏，尚質；周因於殷，尚文。今漢家承周、秦之弊，宜抑文尚質。」

〔六〕「周之世」至「天下遂上文」：周公制禮之説見禮記明堂位：「武王崩，成王幼弱，周公踐天子之位以治天下。六年朝諸侯於明堂，制禮作樂，頒度量，而天下服。」

〔七〕「後世有賈誼者」至「而其説不果用」：據漢書賈誼傳：誼（前二〇〇——前一六八），雒陽（今河南洛陽）人。文帝召爲博士，超遷至太中大夫。誼「以爲漢興二十餘年，天下和洽，宜當改正朔、服色、制度，定官名，興禮樂，乃草具其儀法」。爲大臣所嫉，出爲長沙王太傅。年

餘，文帝徵之，見於宣室。拜爲梁懷王太傅，數問以得失。梁懷王墜馬死，誼自傷，歲餘亦死。

〔八〕「至於政弊」至「不可革易」：小節可變而大體不可變之思想源於周易。繫辭下云：「剛柔者，立本者也。變通者，趨時者也。」又云：「變動不居，周流六虛，上下無常，剛柔相易，不可爲典要，爲變所適。」此即「變其小節」所本。繫辭上云：「天尊地卑，乾坤定矣。卑高以陳，貴賤位矣。」此即「大體卒不可革易」所本。又後漢書馮衍傳有「論於大體，不守小節」語。

〔九〕權：權宜，權變。古時以在特殊條件下雖有違於正道而實際效果爲善者爲權。公羊傳桓十一年：「權者何？權者，反于經然後有善者也。」

〔一〇〕「强甚」句：文子：「木强則折。」六韜三疑：「太强則折。」

〔一一〕「故處弱者」至「天下强弱之勢也」：陸贄奏議收河中後請罷兵狀：「夫君之大柄在惠與威，二者兼行，廢一不可。惠而罔威則不畏，威而罔惠則不懷。苟知夫惠之可懷而廢其取威之具，則所敷之惠適足以示弱也，其何懷之有焉？故善爲國者宣惠以養威，蓄威以尊惠。威而能養則不挫，惠而見尊則有恩。是以惠與威交相蓄也，威與惠互相行也。」蘇洵之論本此。

〔一二〕「譬之一人之身」至「而投之以藥石」：乳，餌，服，食也。石，古時用以砭刺之石針。藥石，泛指藥物。據内經，人體由陰陽二氣構成，其協調與否是「死生之本」，「從陰陽則生，逆之則死」。又史記扁鵲倉公列傳引扁鵲曰：「聞病之陽，論得其陰；聞病之陰，論得其陽。」引鍼

法曰：「從陽引陰，從陰引陽也。」

〔一三〕「昔者」至「畿内反不過千里」：周禮大行人：「邦畿方千里，其外方五百里，謂之侯服，歲一見，其貢祀物。」

〔一四〕「秦有天下」至「守令無大權柄」：據史記秦始皇本紀載，秦初并天下，廷尉李斯等皆曰：「昔者五帝地方千里，其外諸侯夷服，諸侯或朝或否，天子不能制。今陛下興義兵，誅殘賊，平定天下，海内爲郡縣，法令由一統，自上古以來未嘗有，五帝所不及。」議分封時，李斯曰：「今海内賴陛下神靈一統，皆爲郡縣，諸子功臣以公賦税重賞賜之，甚足易制。天下無異意，則安寧之術也，置諸侯不便。」始皇以「廷尉議是」，于是「分天下爲三十六郡，郡置守尉監」。

〔一五〕「然方其成、康在上」至「弱之勢未見於外」：成、康，指繼周武王後之成王誦、康王釗。史記周本紀：「成、康之際，天下安寧，刑錯四十餘年不用。」

〔一六〕「及其後世失德」至「各固其國以相侵攘」：據史記周本紀：周自懿王囏王室遂衰。歷厲王胡、宣王静、幽王涅，或暴虐，或荒墮，或淫亂。申侯與繒侯引犬戎攻殺幽王，平王東遷，自是諸侯强并弱，政由方伯。

〔一七〕「秦自孝公」至「日趨於强大」：據史記秦本紀及索隱：孝公名渠梁，用商鞅變法修刑，内務耕稼，外勸戰死，十餘年而致秦以霸。

〔一八〕本：與權相對，謂治國之根本。儒家以禮治仁政爲治國之本。禮記經解引孔子曰：「爲政

先禮。禮，其政之本與！」孟子梁惠王上：「王欲行之，則盍反其本矣。」下即言「五畝之宅，樹之以桑」等仁政措施。

〔一九〕「官吏曠惰」至「不加嚴也」：北宋爲籠絡士子，行敷衍之政，不僅至仁宗朝，冗官過半，在職者恬熙之風亦極盛。龐元英文昌雜録云：「祠部休假，歲凡七十有六日。」正假之外，「而天慶、夏至、先天、中元、下元、降聖、臘，皆前後各一日後殿視事，其日不坐。立春、春分、立夏、夏至、立秋、七夕、秋分、授衣、立冬，大忌，前一日亦後殿坐。餘假皆不坐，百司休務焉。」故宋文鑑載王巖叟請詔執政裁抑三省人吏僥幸有云：「言其供職事，則一月之間，或僅逾兩旬；一日之間，常不滿半日。其爲勤勞，可謂薄矣。」又如朝廷對臣下争執不究曲直，兩面敷衍，殿中侍御史趙抃論宰相陳執中之罪，至謂：「以臣言爲是，當罷陳；否則罷臣。」而仁宗既不罷陳，亦不罪趙。

〔二〇〕「多贖數赦」至「不能行也」：宋之赦法、贖法參見議法注〔八〕、後上皇帝書注〔三五〕、〔三六〕。據宋史刑法志：「宋興，承五季之亂，太祖、太宗頗用重典，以繩奸慝。」然自「海内悉平，文教寖盛」，「其君一以寬仁爲治，故立法之制嚴，而用法之情恕。獄有小疑，覆奏輒得減宥」。「自開寶以來，犯大辟，非情理深害者，多得貸死」。逮至仁宗，承平日久，用法益寬，或聖聽而貸死，或降敕而減等斷放，犯法者益衆。故判刑部李綖言：「今犯法者衆，豈刑罰不足以止奸，而教化未能導其爲善歟？」知諫院司馬光亦言：「今若朝廷明降敕文，豫言與減

等斷放，是勸民爲盜也。……臣恐國家始於寬仁，而終於酷暴；意在活人而殺人更多也。」

〔二二〕「冗兵驕狂」至「不敢節也」：據宋史兵志：宋之在籍兵士，分直隸中央之禁軍與鎮守諸州之廂軍二種，而以禁軍爲主體，兵額既衆，給養又豐。「開寶之籍總三十七萬八千，而禁軍馬步十九萬三千」；至仁宗「慶曆之籍總一百二十五萬九千，而禁軍馬步八十二萬六千」，爲國初之四倍有幾，故宰相韓琦言：「以祖宗之兵，視今數之多少，則精冗易判，裁制無疑矣。」又所謂兵者，或爲雜犯配隸；或募自市井選愞，施以黥額，與囚犯無異，故皆亡命難制，國初侍衛司即有「縱之白日掠人美女，街使不能禁者」。乃「爲什長之法，階級之辨，使之内外相維，上下相制」，「將帥之臣入奉朝請，獷暴之民收隸尺籍，雖有桀驁恣肆，而無所施於其間」。然自「咸平以後，承平既久，武備漸寬。仁宗之世，西兵招刺太多，將驕士惰，徒耗國用，憂世之士屢以爲言，竟莫之改」。老蘇自然亦屬「憂世之士」之一。

〔二三〕「將帥覆軍」至「不加重也」：例如據續通鑑卷四十二及宋史范雍傳、盧守懃傳：康定元年，夏元昊盛兵攻保安，自土門路入，振武軍節度使、知延州范雍令都監李士彬近十萬之衆分兵守三十六寨，潰，父子俱被禽。遂乘勝抵延州城下。雍召環慶副都部署劉平，與鄜延副都部署石元孫合軍，與敵夜戰三川口，潰，平、元孫皆被執。時宦官盧守懃爲陝西鈐轄，擁重兵，聞延州兵敗，撫膺涕泣不敢出。此役元昊興兵不過數萬，不如宋守軍之衆，皆因將帥差池，遭此慘敗，而朝廷一味姑息，僅左遷范雍户部侍郎、知安州；盧守懃奪防禦使，爲湖北

都監。

〔二三〕「羌胡强盛」至「不爲怒也」：羌指西夏，胡指契丹。宋真宗景德元年（一〇〇四）、契丹大舉入侵，與宋訂立澶淵之盟，宋每歲遺絹二十萬匹，銀一十萬兩。仁宗慶曆二年（一〇四二），西夏趙元昊寇邊，契丹主趁機要挾，宋許契丹歲增絹十萬匹、銀十萬兩。西夏亦邀宋歲贈金繒後議和。

〔二四〕「夫齊」至「不敢飾非者」：史記田敬仲完世家：「威王初即位以來，不治，委政卿大夫。九年之間，諸侯并伐，國人不治，於是威王召即墨大夫……封之萬家……烹阿大夫，及左右嘗譽阿大夫者皆并烹之。遂起兵西擊趙、衛，敗魏於濁澤而圍惠王。惠王請獻觀以和解，趙人歸我長城。於是齊國震懼，人人不敢飾非，務盡其誠，齊國大治。」

〔二五〕「今誠」句：韓非子姦劫弑臣：「善任勢者國安，不知因其勢者國危。……故其治國也，正明法，陳嚴刑。」又五蠹云：「父母之愛不足以教子，必待州部之嚴刑者，民固驕於愛，聽於威也。……是以賞莫如厚而信，使民利之；罰莫如重而必，使民畏之；法莫如一而固，使民知之。故主施賞不遷，行誅無赦，譽輔其賞，毁隨其罰，則賢不肖俱盡其力矣。」蘇洵「用威」思想本此。

〔二六〕王者任德不任刑：孟子公孫丑上：「以力假仁者霸。」「以德行仁者王。」告子下：「五霸者，三王之罪人也。」董仲舒對策：「陽常居大夏而以生育長養爲事，陰常居大冬而積於空虚不

用之處，以此見天之任德不任刑也。」

〔二七〕「武王乘紂之暴」至「一出於禮義」：據史記周本紀載，武王滅商，尹佚筴祝曰：「殷之末孫季紂，殄廢先王明德，侮蔑神祇不祀，昏暴商邑百姓，其章顯聞於天皇上帝。」於是武王「革殷」之暴政，封商紂子禄父，釋箕子及百姓之囚，「散鹿臺之財，發鉅橋之粟，以振貧弱萌隸」。炮烙斬刖，泛指紂之酷刑。炮烙，殷本紀作炮格。「百姓怨望而諸侯有叛者，於是紂乃重刑辟，有炮格之法。」集解引列女傳云：「膏銅柱，下加之炭，令有罪者行焉，輒墮炭中，妲己笑，名曰炮格之刑。」斬刖，褚少孫補史記龜策列傳有「壯士斬其胻」，淮南子有「才士析其脛」之記載。

〔二八〕桀之德固無以異紂：史記夏本紀：「帝發崩，子帝履癸立，是爲桀。……桀不務德而武傷百姓，百姓弗堪。」集解引謚法云：「賊人多殺曰桀。」

〔二九〕「有衆」句：見書湯誓。史記殷本紀作「有衆率怠不和」；集解引馬融曰：「衆民相率怠惰，不和同。」

〔三〇〕昆吾氏：夏、商間部落名。己姓。初封地在今河南濮陽。夏衰，昆吾爲夏伯，遷於許（今河南許昌）。後爲商湯所滅。史記殷本紀：「夏桀爲虐政淫荒，而諸侯昆吾氏爲亂。湯乃興師率諸侯，伊尹從湯，湯自把鉞以伐昆吾，遂伐桀。」

〔三一〕先罰而後賞：禮記表記引子曰：「殷人尊神，率民以事神。先鬼而後禮，先罰而後賞。」

〔三二〕仲之書好言刑：仲指管仲。漢劉向校管子書八十六篇，亡十篇，今存七十六篇，多記管仲言行。係後人僞托。以其多言刑名，歷代書録多入法家類，被視爲「刑名之學」。

〔三三〕「文公長者」至「不説以刑法」：據史記晉世家：晉文公「自少好士」，以狐偃、趙衰、先軫、魏犨諸人爲佐，流亡多年，返國後不忘舊臣，「修政施惠百姓」，與楚戰，踐「退避三舍」之約。故老蘇稱之爲長者。

【集説】

茅坤曰：看他回護轉换，救首救尾之妙。又引王遵巖（别本作汪玄杓）曰：「老泉此論，於宋煞是對症之藥，惜乎當時之不能用也。」（唐宋八大家文鈔）

邵寶曰：老泉自負其才如賈生，故先政亦謂此策如賈生，而文彩過之。（百大家評點古文關鍵）

儲欣曰：審勢、審敵，賈生以來，一人而已。賞濫刑弛而兵不振，雖堯舜不能平治天下。（評注蘇老泉集）

審敵〔一〕

中國内也，四夷外也〔二〕。憂在内者，本也；憂在外者，末也。夫天下無内憂，必

有外懼〔三〕。本既固矣，盍釋其末以息肩乎？曰未也。古者夷狄憂在外，今者夷狄憂在内。釋其末可也，而愚不識方今夷狄之憂爲末也。古者，夷狄之勢，大弱則臣，小弱則遁；大盛則侵，小盛則掠。吾兵良而食足，將賢而士勇，則患不及中原，如是而曰外憂可也。今之蠻夷，姑無望其臣與遁，求其志止於侵掠而不可得也。北胡驕恣爲日久矣，歲邀金繒以數十萬計〔四〕。曩者，幸吾有西羌之變，出不遜語以撼中國，天子不忍使邊民重困於鋒鏑，是以虜日益驕，而賄日益增〔五〕，迨今凡數十百萬而猶慊然未滿其欲，視中國如外府。然則，其勢又將不止數十百萬也。夫賄益多，則賦斂不得不重；賦斂重，則民不得不殘。故雖名爲息民，而其實愛其死而殘其生也。名爲外憂，而其實憂在内也。外憂之不去，聖人猶且耻之；内憂而不爲之計，愚不知天下之所以久安而無變也。

古者，匈奴之强，不過冒頓。當暴秦刻剥，劉、項戰奪之後，中國溘然矣。以今度之，彼宜遂入踐中原，如決大河，潰蟻壤，然卒不能越其疆以有吾尺寸之地。何則？中原之强，固百倍於匈奴，雖積衰新造，而猶足以制之也〔六〕。五代之際，中原無君，石晉苟一時之利，以子行事匈奴，割幽、燕之地以資其强大。孺子繼立，大臣外叛，匈

奴掃境來寇，兵不血刃而京師不守，天下被其禍〔七〕。匈奴自是始有輕中原之心，以爲可得而取矣。及吾宋景德中大舉來寇，章聖皇帝一戰而却之，遂與之盟以和〔八〕。夫人之情勝則狃，狃則敗，敗則懲，懲則勝。匈奴狃石晉之勝，而有景德之敗；懲景德之敗，而愚未知其所勝，甚可懼也。

雖然，數十年之間，能以無大變者，何也？匈奴之謀必曰：我百戰而勝人，人雖屈而我亦勞。馳一介入中國，以形凌之，以勢邀之，歲得金錢數十百萬。如此數十歲，我益數百千萬，而中國損數百千萬；吾日以富，中國日以貧，然後足以有爲也。天生北狄，謂之犬戎，投骨於地，狺然而争者，犬之常也。今則不然，邊境之上，豈無可乘之釁？使之來寇，大足以奪一郡，小亦足以殺掠數千人，而彼不以動其心者，此其志非小也。將以蓄其鋭而伺吾隙，以伸其所大欲，故不忍以小利而敗其遠謀。古人有言曰：「爲虺弗摧，爲蛇奈何？」〔九〕匈奴之勢，日長炎炎〔一〇〕。今也柔而養之，以冀其卒無大變，其亦惑矣〔一一〕。且今中國之所以竭生民之力，以奉其所欲，而猶恐恐焉懼一物之不稱其意者，非謂中國之力不足以支其怒也？然以愚度之，當今中國雖萬萬無有如石晉可乘之勢者，匈奴之力雖足以犯邊，然今十數年間，吾可以必無犯邊之憂。何也？非畏吾也，其志不止犯邊也。其志不止犯邊，而力又未足以成其所欲爲，

則其心惟恐吾之一旦絶其好，以失吾之厚賂也。然而驕傲不肯少屈者，何也？其意曰邀之而後固也。鷙鳥將擊，必匿其形〔一二〕。昔者冒頓欲攻漢，漢使至，輒匿其壯士健馬〔一三〕。故兵法曰：「詞卑者進也，詞强者退也。」〔一四〕今匈奴之君臣，莫不張形勢以誇我，此其志不欲戰明矣。闔廬之入楚也因唐、蔡〔一五〕，勾踐之入吴也因齊、晉〔一六〕，匈奴誠欲與吾戰耶，曩者陜西有元昊之叛〔一七〕，河朔有王則之變〔一八〕，嶺南有智高之亂〔一九〕，此亦可乘之勢矣。然終以不動，則其志之不欲戰又明矣。吁！彼不欲戰，而我遂不與戰，則彼既得其志矣。兵法曰：「用其所欲，行其所能，廢其所不能。於敵反是。」〔二〇〕今無乃與此異乎？

且匈奴之力，既未足以伸其所大欲，而奪一郡，殺掠數千人之利，彼又不以動其心，則我勿賂而已。勿賂，而彼以爲辭，則對曰：爾何功於吾？歲欲吾賂，吾有戰而已，賂不可得也。雖然，天下之人必曰：此愚人之計也。天下孰不知賂之爲害而無賂之爲利，顧勢不可耳。愚以爲不然。當今夷狄之勢，如漢七國之勢。昔者高祖急於滅項籍，故舉數千里之地以王諸將，項籍死，天下定，而諸將之地因遂不可削。當是時，非劉氏而王者八國，高祖懼其且爲變，故大封吴、楚、齊、趙同姓之國以制

之〔二一〕。既而信、越、布、綰皆誅死，而吴、楚、齊、趙之强反無以制。當是時，諸侯王雖名爲臣，而其實莫不有帝制之心，膠東、膠西、濟南又從而和之，於是擅爵人，赦死罪，戴黄屋，刺客公行，匕首交於京師〔二二〕。罪至章也，勢至逼也。然當時之人，猶且徜徉容與，若不足慮，月不圖歲，朝不計夕，循循而摩之，煦煦而吹之，幸而無大變。以及於孝景之世，有謀臣曰鼂錯，始議削諸侯地以損其權。天下皆曰：諸侯必且反。錯曰：「固也。削亦反，不削亦反。削之則反疾而禍小，不削則反遲而禍大。吾懼其不及今反也。」〔二三〕天下皆曰鼂錯愚。吁！七國之禍〔二四〕，期於不免。與其發於遠而禍大，不若發於近而禍小。以小禍易大禍，雖三尺童子皆知其當然。而其所以不與錯者，彼皆不知其勢將有遠禍；與知其勢將有遠禍，而度己不及見，謂可以寄之後人，以苟免吾身者也。然則錯爲一身謀則愚，而爲天下謀則智。人君又安可捨天下之謀，而用一身之謀哉！今日匈奴之强不減於七國，而天下之人又用當時之議，因循維持以至於今，方且以爲無事。而愚以爲天下之大計不如勿賂。勿賂則變疾而禍小，賂之則變遲而禍大。畏其疾也，不若畏其大；樂其遲也，不若樂其小。天下之勢，如坐弊船之中，駸駸乎將入於深淵，不及其尚淺也捨之，而求所以自生之道，而以濡足爲解者，是固夫覆溺之道也。聖人除患於未萌，然後能轉而爲福。今也不幸養之以

至此，而近憂小患又憚而不決，則是遠憂大患終不可去也。赤壁之戰，惟周瑜、呂蒙知其勝〔二五〕；伐吳之役，惟羊祜、張華以爲是〔二六〕。然則宏遠深切之謀，固不能合庸人之意，此鼂錯所以爲愚也。

雖然，錯之謀猶有遺憾。何者？錯知七國必反，而不爲備反之計，山東變起，而關内騷動。今者匈奴之禍，又不若七國之難制。七國反，中原半爲敵國；匈奴叛，中國以全制其後。此又易爲謀也。然則謀之奈何？曰：匈奴之計不過三：一曰聲，二曰形，三曰實〔二七〕。匈奴謂中國怯久矣，以吾爲終不敢與之抗。且其心常欲固前好而得厚賂以養其力。今也遽絶之，彼必曰戰而勝，不如坐而得賂之爲利也。華人怯，吾可以先聲脅之，彼將復賂我。於是宣言於遠近，我將以某日圍某所，以某日攻某所。如此謂之聲。命邊郡休士卒、偃旗鼓，寂然若不聞其聲。聲既不能動，則彼之計將出於形。除道翦棘，多爲疑兵以臨吾城，如此謂之形。深溝固壘，清野以待，寂然若不見其形。形又不能動，則技止此矣，將遂練兵秣馬以出於實。實而與之戰，破之易爾。彼之計必先出於聲與形，而後出於實者：出於聲與形，期我懼而以重賂請和也；出於實，不得已而與我戰，以幸一時之勝也。夫勇者可以施之於怯，不可以施之於智。今夫叫呼跳踉以氣先者，世之所謂善鬭者也。雖然，蓄全力以待之，則未始不

勝。彼叫呼者，聲也；跳踉者，形也。無以待之，則聲與形者亦足以乘人於卒；不然，徒自弊其力於無用之地，是以不能勝也。韓許公節度宣武軍，李師古忌公嚴整，使來告曰：「吾將假道伐滑。」公曰：「爾能越吾界爲盗邪？有以相待，無爲虚言！」滑帥告急，公使謂曰：「吾在此，公安無恐。」或告除道翦棘，兵且至矣。公曰：「兵來不除道也。」師古詐窮，遷延以遁〔二八〕。愚故曰：彼計出於聲與形而不能動，則技止此矣。與之戰，破之易耳。方今匈奴之君有内難，新立〔二九〕，意其必易與。鄰國之難，霸王之資也。且天與不取，將受其弊〔三〇〕。賈誼曰：「大國之王，幼弱未壯，漢之所置傅相，方握其事。數年之後，大抵皆冠，血氣方剛，漢之傅相以病而賜罷，當是之時而欲爲安，雖堯、舜不能。」〔三一〕嗚呼！是七國之勢也。

【校】

「而愚不識」：經進本「愚」作「臣」，下「愚」字同。

「西羌之變」：「羌」原作「差」，據諸本改。

「出不遜語」：除祠本同原本，他本「遜」下均有「之」字。

「越其疆」：「疆」原譌「彊」，據諸本改。

「石晉」：「石晉」原作「晉塘」，二黄本、祠本同，今從經進本、影宋本。

「不足以支其怒也」：經進本、影宋本「也」作「耶」，通用。

「用其所欲行其所能」：「欲」、「能」二字，經進本互易。

「而用一身」：經進本「用」字作「爲」。

「不如勿賂」：「如」字原誤作「知」，據諸本改。

「固夫覆溺之道」：「夫」字二黄本、祠本作「忘」。

「轉禍而爲福」：經進本「轉」下有「禍」字。

「師古詐窮」：經進本「詐」作「計」。

「且天與不取」：經進本「且」下有「夫」字。

【箋注】

〔一〕題：此篇爲審勢之姊妹篇。審勢論内政，此篇論固邊。首論夷狄之患，于宋爲内憂；次論契丹志在滅宋而不在犯邊，利在受賂而爲滅宋作準備；最後乃洵安邊之策，謂宜停止賄賂，不爲敵之恐嚇所動，并作好應戰準備。通篇議論精明，行文婉轉，而以七國之亂論「天下之大計，不如勿賂」，尤爲剴切入裏。文中有「方今匈奴之君有内難，新立」語（參見本文注〔二九〕），可知此文當作于至和二年（一〇五五）八月至次年春以前，參見權書叙注〔一〕。

〔二〕「中國」二句：公羊傳成十五年：「春秋内其國而外諸夏，内諸夏而外夷狄。」

〔三〕「天下」二句：左傳成公十六年：「唯聖人能外内無患，自非聖人，外寧必有内憂，盍釋楚以爲外懼乎？」

〔四〕「北胡驕恣」至「以數十萬計」：北胡指契丹，下文之匈奴亦多指契丹。「歲邀金繒」事，見審勢注〔二三〕。

〔五〕「曩者」至「賄日益增」：「西羌之變」指寶元元年（一〇三八）西夏趙元昊寇邊，事見續資治通鑑卷四十一。契丹「出不遜語以撼中國」，指契丹遣蕭特默、劉六符至京師索地，致遼主書云：「李元昊於北朝久已稱藩，設罪合加誅，亦宜垂報。……既潛稔於猜嫌，慮難敦於信睦。倘思久好，共遣疑懷，曷若以晉陽舊附之區，關南元割之縣，俱歸當國，用康黎人！」仁宗遣富弼使遼，「致幣帛以代干戈」，許「歲增金帛二十萬」，見續資治通鑑卷四十四。

〔六〕「古者」至「猶足以制之也」：據漢書匈奴傳載，匈奴乃夏后氏之苗裔，居於北邊，隨草畜牧而轉移，無城郭常居耕田之業。冒頓爲秦、漢之際匈奴之單于，「大破滅東胡王，虜其民衆畜産。既歸，西擊走月氏，南并樓煩、白羊河南王，悉復收秦所使蒙恬所奪匈奴地者，與漢關故河南塞，至朝那、膚施，遂侵燕、代。是時，漢方與項羽相距，中國罷於兵革，以故冒頓得自强，控弦之士三十餘萬。」「至冒頓，而匈奴最强大，盡服從北夷，而南與諸夏爲敵國。」漢初與匈奴時戰時和，或「脩文而和親」，或「用武而克伐」。至武帝時始大破匈奴。

〔七〕「石晉苟一時之利」至「天下被其禍」：石晉指石敬瑭，篡後唐末帝李從珂位稱帝，國號晉，

史稱後晉，在位七年（九三六——九四二），以父禮事契丹，割燕雲十六州。敬瑭死，孺子石重貴繼立，是謂出帝。開運三年（九四六）爲契丹所滅。事見五代史晉本紀。

〔八〕「及吾宋景德中大舉來寇」至「遂與之盟以和」：此指澶淵之盟。章聖皇帝即宋真宗，景德爲真宗年號。參見審勢注〔二二〕。

〔九〕「爲虺弗摧」二句：虺（huǐ），小蛇。虵，同蛇。此爲伍子胥諫吴王夫差無與越成語，意謂如不趁越之弱小翦除之，坐俟其强大，則不可收拾。語見國語吴語。

〔一〇〕日長炎炎：日光强烈，喻匈奴之勢日熾。國語吴語：「越王好信以愛民，四方歸之，年穀時熟，日長炎炎。」

〔一一〕「今也柔而養之」至「其亦惑矣」：史記項羽本紀：「楚兵罷食盡，此天亡楚之時也，不如因其機而遂取之。今釋勿擊，此所謂養虎自遺患也。」

〔一二〕「鷙鳥將擊」二句：語見史記越王勾踐世家，又見孫子計篇杜牧注。

〔一三〕「昔者冒頓」至「輒匿其壯士健馬」：漢書匈奴傳：「漢兵逐擊冒頓，冒頓匿其精兵，見其羸弱，於是漢悉兵，多步兵，三十二萬，北逐之。高帝先至平城，步兵未盡到，冒頓縱精兵三十餘萬騎圍高帝於白登，七日，漢兵中外不得相救餉。」漢使指劉敬及其前之使者，史記劉敬列傳：「漢七年，韓王信反，高帝自往擊之……使人使匈奴。匈奴匿其壯士、肥牛馬，但見老弱及羸畜。使者十輩來，皆言匈奴可擊。上使劉敬復往使匈奴。」劉敬還報以爲「此必欲見短，

伏奇兵以争利」，匈奴不可擊。高祖不聽，故有白登之困。

〔一四〕「詞卑者」二句：語出孫子行軍篇：「辭卑而益備者進也，辭彊而進驅者退也。」

〔一五〕「闔廬」句：史記吴太伯世家：吴王闔廬將伐楚，「請伍子胥、孫武曰：『始子之言郢未可入，今果如何？』二子對曰：『楚將子常貪，而唐、蔡皆怨之。王必欲大伐，必得唐、蔡乃可。』悉興師，與唐、蔡西伐楚，至於漢水」。

〔一六〕「勾踐」句：據史記孔子弟子列傳載，田常欲作亂于齊，先伐魯，子貢往説齊、吴、越、晉。其説越王勾踐曰：「今王誠發兵卒佐之（吴）以徼其志，重寶以説其心，卑辭以尊其禮，其伐齊必也。彼戰不勝，王之福矣；戰勝，必以兵臨晉。臣請北見晉君，令其攻之，弱吴必矣。其鋭兵盡於齊，重甲困於晉，而王制其敝，此滅吴必矣。」後「吴王果與齊人戰於艾陵，大破齊師，獲七將軍之兵而不歸。果以兵臨晉，與晉人相遇黄池之上。吴、晉争彊，晉人擊之，大敗吴師。越王聞之，涉江襲吴，去城七里而軍。吴王聞之，去晉而歸，與越戰於五湖。三戰不勝，城門不守，越遂圍王宫，殺夫差而戮其相」。

〔一七〕陝西有元昊之叛：元昊，西夏主。仁宗寶元元年（一〇三八），自立爲大夏仁孝皇帝。康定元年（一〇四〇），盛兵攻保安，寇延州，至慶曆四年始與宋議和稱臣。事見續資治通鑑卷四十一至卷四十六。

〔一八〕河朔有王則之變：仁宗慶曆七年（一〇四七）十一月，貝州宣毅卒王則據城反，僭號東平郡

王。朝廷以文彦博爲河北宣撫使擊擒之。見續資治通鑑卷四十九。

〔一九〕嶺南有智高之亂：仁宗皇祐元年（一〇四九），知廣源州儂智高（壯族）起兵據安德州，自稱南天國。次年，朝廷派狄青擊走之，越四年始平其殘部。見續資治通鑑卷五十。

〔二〇〕「兵法」至「於敵反是」：語見司馬法定爵，「廢其所不能」，原文爲「廢其不欲不能」。

〔二一〕「非劉氏」至「同姓之國以制之」：漢初異姓王八國爲淮南王英布、燕王臧荼（後改封盧綰）、趙王張耳（耳死王其子敖）、梁王彭越、韓王信、衡山王吴芮（後徙爲長沙王）、齊王韓信（後徙爲楚王），見漢書異姓諸侯王表。同姓之國爲高祖兄子吴王濞、弟楚王交、子齊王肥和趙王如意等九國，見漢書諸侯王表。

〔二二〕「於是擅爵人」至「匕首交於京師」：漢文帝時，淮南王長自以爲高祖少子，最親，驕蹇不法，賜人爵關内侯以下九十四人，赦死罪十八人；爲黄屋蓋乘輿，出入擬於天子；文帝三年入朝，自袖椎椎辟陽侯審食其，令從者魏敬剄之。見史記淮南衡山列傳。

〔二三〕「錯曰」至「吾懼其不及今反也」：據史記吴王濞列傳：鼂錯説景帝曰：「今吴王……乃益驕溢，即山鑄錢，煑海水爲鹽，誘天下亡人，謀作亂。今削之亦反，不削之亦反。削之，其反亟，禍小；不削，反遲，禍大。」

〔二四〕七國之禍：漢景帝三年（前一五四年），吴王濞、楚王戊、趙王遂，膠西王卬、濟南王辟光、菑川王賢、膠東王雄渠以誅「賊臣」鼂錯侵奪諸侯地爲名據兵反，發兵西鄉。景帝爲誅鼂

錯，遣袁盎喻告，不止，遂西圍梁。帝遣大將軍竇嬰、太尉周亞夫討平之。見史記袁盎鼂錯列傳。

〔二五〕「赤壁」二句：據三國志吴志孫權傳：建安十三年（二〇八）曹操率大軍南征，劉琮舉衆降，曹軍勢甚盛。吴國議者皆望風畏懼，多勸孫權迎曹。惟周瑜、魯肅執拒之議，意與權同，權意遂決，派周瑜、程普爲左右督，聯合劉備敗曹軍於赤壁（今湖北嘉魚東北江濱）。又周瑜魯肅吕蒙傳曰：「曹公乘漢相之資，挾天子而掃群桀，新盪荆城，仗威東夏。於時議者莫不疑貳，周瑜、魯肅建獨斷之明，出衆人之表，實奇才也。」據此，吕蒙當爲魯肅。周瑜（一七五——二一〇），字公瑾，廬江舒（今安徽廬江西）人。爲孫權中護軍，赤壁之戰後，拜南郡太守。魯肅（一七二——二一七），字子敬，臨淮東城（今安徽定遠東南）人。官至奮武校尉。

〔二六〕「伐吴」二句：資治通鑑卷八十載，晉武帝咸寧二年（二七六），尚書左僕射羊祜上疏請伐吴。議者多不以爲然，大臣賈充、荀勗尤非之。唯度支尚書杜預、中書令張華贊助其計。四年，帝遣張華就羊祜問伐吴籌策，華深然之。次年，杜預上表重申羊祜伐吴之計，張華又從而贊助，帝乃舉兵伐吴。羊祜，字叔子，南城（今山東費縣西南）人。魏末任相國從事中郎，晉封鉅平侯，都督荆州諸軍事，後舉杜預自代，死後南州人爲之罷市。張華（二三二——三〇〇），字茂先，范陽方城（今河北固安南）人。官至司空，封廣武縣侯。博聞强識，著有博

物志。各見晉書本傳。

〔二七〕「一曰聲」三句：孫子虛實：「微乎微乎，至於無形。神乎神乎，至於無聲。」「水之形避高而趨下，兵之形避實而擊虛。」聲、形、實之語本此，意亦本虛實。

〔二八〕「韓許公」至「遷延以遁」：韓許公即韓弘，匡城（今河南長垣西南）人，由大理評事累官宣武節度使。唐憲宗用兵淮西，拜爲諸軍行營都統使，封許國公。李師古，隴西郡王李納子，襲本郡節度使，進同中書門下平章事。德宗崩，「李師古作言起事，屯兵于曹，以嚇滑帥，且告假道。公（韓弘）使謂曰：『汝能越吾界而爲盜邪？有以相待，無爲空言。』滑帥告急，公使謂曰：『吾在此，公無恐。』或告曰：『翦棘夷道，兵且至矣，請備之。』公曰：『兵來不除道也。』不爲應。師古詐窮變索，遷延旋軍」（韓愈司徒兼侍中中書令贈太尉許國公神道碑銘）。

〔二九〕「方今」二句：續資治通鑑卷五十五載，至和二年（一〇五五）八月「壬午，遼主如秋山，次南崖之北峪，有疾。八月丁亥，病甚，召皇子燕趙國王洪基，諭以治國之要。戊子，大赦，縱五方鷹鶻，焚釣魚之具。己丑，遼主殂，年四十，謚爲神聖孝章皇帝，廟號真宗。……皇子燕趙國王洪基，奉遺詔即位柩前」。

〔三〇〕「天與不取」二句：左傳僖公二十三年：「天將與之，誰能廢之？違天必有大咎。」又國語越語：「得時無怠，時不再來，天予不取，反爲之災。贏縮轉化，後將悔之。天節固然，唯謀

不遷。」

〔三〕「賈誼曰」至「堯、舜不能」：語見漢書賈誼傳，文字略有删節。

【集説】

茅坤曰：揣料匈奴脇制中國之狀，極盡事理，非當時熟視而輕算者，安能道此？又曰：蘇氏父子之論虜情，大略本此。（唐宋八大家古文鈔）

楊慎曰：篇中議論精明，且斷制斬切；文勢聯絡，且婉轉委曲。抑揚頓措之妙，節節自見。（三蘇文範）

錢豐寰曰：逐段發議論，剴切精明。中引七國事，最當人情。其後子瞻、子由兩公論虜情，往往如此。蓋當時宋室卑弱，每樂于賂而怯于戰，故蘇家父子之間，其説皆一轍也。（三蘇文範）

儲欣曰：老蘇先生，宰相才也，吾于幾策二道決之。仁宗制科得二蘇，喜曰：「吾爲子孫得兩宰相。」蓋其原本家學如此！蘇氏之不用，似關宋氣運，非人之所能爲也。賈太傅推恩分王一著，實可施行；蘇先生父子策西北事，細細按之，究竟無下手處。非才不逮，難易異勢，知著則一矣。（評注蘇老泉集）

嘉祐集箋注卷二

權書

權書敘〔一〕

人有言曰：儒者不言兵。仁義之兵，無術而自勝〔二〕。使仁義之兵無術而自勝也。則武王何用乎太公〔三〕？而牧野之戰，「四伐、五伐、六伐、七伐，乃止齊焉」〔四〕，又何用也？

權書，兵書也，而所以用仁濟義之術也。吾疾夫世之人不究本末，而妄以我爲孫武之徒也。夫孫氏之言兵，爲常言也〔五〕。而我以此書爲不得已而言之之書也。故仁義不得已，而後吾權書用焉〔六〕。然則權者，爲仁義之窮而作也。

【校】

題：二黄本作「權書有序」。「叙」同「序」，洵避父蘇序諱，「序」皆作「叙」，「有序」當爲黄氏所改。影宋本缺「叙」。

【箋注】

〔一〕題：歐陽修故霸州文安縣主簿蘇君墓誌銘言及蘇洵「又舉茂材異等不中」後云：「悉取所爲文數百篇焚之，益閉户讀書，絶筆不爲文辭者五六年。」蘇洵「舉茂材異等不中」在慶曆六年（一〇四六），此前所爲文已焚，此後五六年絶筆不爲文，可知權書等文寫作時間之上限爲皇祐三、四年（一〇五一、一〇五二）。張方平文安先生墓表述及至和二年（一〇五五）初見蘇洵云：「既而得其權書、衡論。」是年洵訪雷簡夫於雅州（今四川雅安），其後不久雷上書歐陽修、韓琦推薦蘇洵云：「伏見眉州蘇洵……嘗著六經、洪範等論。」（上歐陽内翰書）「讀其洪範論，知有王佐才；史論，得（司馬）遷史筆；權書十篇，譏時之弊；審勢、審敵、審備（按：此文已佚）三篇，皇皇有憂天下心。」（上韓忠獻書）雷上韓書又有「會今春將二子入都謀就秋試」語，而蘇洵「將二子入都」在嘉祐元年（一〇五六）三月。由此可見，蘇洵權書、衡論、審勢、審敵等政論及六經論、洪範論、史論等學術著述，其寫作時間之下限當在嘉祐元年春。今總論於此，後注以上諸文，凡不能確指寫作年月者，只注參見本注。

權書共十篇，乃洵之兵書，前五篇論爲將用兵之道，「用仁濟義之術」，後五篇論古代戰争及

其指揮者之得失，而叙則總論全書宗旨。馬真卿懶真子卷五：「眉山蘇氏文集著有權書、衡論。衡論世皆知之，獨權書人少知之。漢書：哀帝時欲辭匈奴使不來朝，黄門郎揚雄上書諫曰：『高皇后嘗怒匈奴，群臣廷議，樊噲請以十萬衆横行匈奴中。季布曰：噲可斬也。於是大臣權書遺之。』注曰：『以權道爲書，順辭以答之。』權書之名，蓋出於此。衡取其平，權取其變，衡爲一定之論，權乃通變之書。」

〔二〕「人有言曰」至「無術而自勝」：孟子梁惠王上：「仲尼之徒，無道桓文之事者。」桓譚新論王霸：「孔氏門人，五尺童子不言五霸之事者，惡其違仁義而尚權詐也。」此「儒者不言兵」所本。荀子議兵：「仁人之兵，不可詐也。」史記淮陰侯列傳：「武安君，儒者也，常稱義兵不用詐謀奇計。」此則「仁義之兵無術」所本。

〔三〕「武王」句：武王即周武王姬發。太公本姓姜，從其封姓曰吕尚，號曰太公望。一説字子牙，佐武王滅紂。後封齊。漢書藝文志「兵權謀十三家」有「太公二百三十七篇，謀八十一篇，言七十一篇，兵八十五篇」。

〔四〕「牧野之戰」至「乃止齊焉」：史記周本紀：「武王伐紂，至於商郊牧野（今河南淇縣西南），誓其衆。」此乃誓辭，見書牧誓。孔氏傳曰：「伐謂擊刺，少則四五，多則六七以爲例。」

〔五〕「孫氏」二句：孫武，字長卿，齊人。嘗以其兵書見吴王闔廬，被任爲將，助吴破楚。所著兵書十三篇，即今之孫子兵法。「常言」相對於下句「不得已而言」，即用兵之常法。常，典法。

國語越語：「無忘國常。」老蘇此説本史記孫子列傳：「世俗所稱師旅，皆道孫子。」

〔六〕「我以此書」至「吾權書用焉」：老蘇之意，謂遼和西夏非用仁義可撫，不得已而用兵，故「我以此書爲不得已而言之之書」。此句語出孟子滕文公下：「予豈好辯哉？予不得已也。」

【集説】

王安石曰：蘇明允有戰國縱横之學。（聞見後録）

又曰：（權書）大抵兵謀、權利、機變之言也。（聞見後録）

曾鞏曰：明允……好爲策謀，務一出己見，不肯躡故迹。頗喜言兵，慨然有志於功名者也。（元豐類稿蘇明允哀詞）

茅坤曰：按老泉此書，皆孫、吴之餘智也。……然學者於此參以孫武十三篇，則於兵事思過半矣。（唐宋八大家古文鈔）

心術〔一〕

爲將之道，當先治心，泰山崩於前而色不變，麋鹿興於左而目不瞬〔二〕，然後可以制利害，可以待敵。

凡兵上義〔三〕；不義，雖利勿動。非一動之爲害，而他日將有所不可措手足

也〔四〕。夫惟義可以怒士〔五〕。士以義怒，可與百戰。

凡戰之道，未戰養其財，將戰養其力，既戰養其氣，既勝養其心〔六〕。謹烽燧，嚴斥堠，使耕者無所顧忌，所以養其財；豐犒而優游之，所以養其力；小勝益急，小挫益厲，所以養其氣；用人不盡其所欲爲，所以養其心。故士常蓄其怒、懷其欲而不盡。怒不盡則有餘勇，欲不盡則有餘貪，故雖并天下而士不厭兵。此黄帝之所以七十戰而兵不殆也〔七〕。不養其心，一戰而勝，不可用矣。

凡將欲智而嚴，凡士欲愚〔八〕。智則不可測，嚴則不可犯，故士皆委己而聽命，夫安得不愚？夫惟士愚，而後可與之皆死。

凡兵之動，知敵之主，知敵之將，而後可以動於險〔九〕。鄧艾縋兵於穴中，非劉禪之庸，則百萬之師可以坐縛〔一〇〕。彼固有所侮而動也。故古之賢將，能以兵嘗敵〔一一〕，而又以敵自嘗，故去就可以決。

凡主將之道，知理而後可以舉兵，知勢而後可以加兵，知節而後可以用兵。知理則不屈，知勢則不沮，知節則不窮〔一二〕。見小利不動，見小患不避，小利小患，不足以辱吾技也，夫然後可以支大利大患〔一三〕。夫惟養技而自愛者，無敵於天下。故一忍可以支百勇，一静可以制百動。

兵有長短，敵我一也。敢問吾之所長，吾出而用之，彼將不與吾校；吾之所短，吾蔽而置之，彼將强與吾角，奈何？曰：吾之所短，吾抗而暴之，使之疑而却；吾之所長，吾陰而養之，使之狎而墮其中〔一四〕。此用長短之術也。

善用兵者，使之無所顧、有所恃。無所顧，則知死之不足惜；有所恃，則知不至於必敗。尺箠當猛虎，奮呼而操擊；徒手遇蜥蜴，變色而却步：人之情也。知此者，可以將矣。袒裼而按劍，則烏獲不敢逼〔一五〕；冠冑衣甲，據兵而寢，則童子彎弓殺之矣。故善用兵者以形固〔一六〕。夫能以形固，則力有餘矣。

【校】

「非一動之爲害」：「害」，經進本、二黄本作「利害」。

「鄧艾縋兵」：祠本「縋」字作「縱」。

「凡主將之道」：祠本「主」字作「爲」。

【箋注】

〔一〕心術：管子有心術上下篇，稱：「心之在體，君之位也。」「心安是國安也，心治是國治也，治也者心也，安也者心也。」此篇亦稱：「爲將之道，當先治心。」故列爲權書十篇之首。文章首論治心之重要，其下分論七事，看似「各不相屬」，實皆治心之要。宋景濂云：「老子、孫武

子，一句一理，如串八寶，珍瑰間錯而不斷，文字極難學，惟蘇老泉數篇近之，心術篇之類是也。」

〔二〕「泰山」二句：孟子公孫丑上：「不動心有道乎？曰：有，北宮黝之養勇也，不膚撓，不目逃。」孫子軍爭：「以治待亂，以静待譁，此治心者也。」

〔三〕凡兵上義：孫臏兵法將義：「義者，兵之首也。」又見威王：「卒寡而兵强者，有義也。」孫子計篇論「經之以五事」，亦以道爲首：「道者，令民與上同意也，故可以與之死，可以與之生，而不畏危。」杜牧注：「道者，仁義也。」

〔四〕不可措手足：論語子路：「刑罰不中，則民無所措手足。」

〔五〕惟義可以怒士：怒，憤也，奮也，激勵之謂也。荀子議兵：「彼仁義者，所以脩政者也。政修則民親其上，樂其君，而輕爲之死。」孫子作戰篇：「故殺敵者，怒也；取敵之利者，貨也。」梅堯臣注：「殺敵則激吾人以怒，取敵則利吾人以貨。」本篇下文謂「故士常蓄其怒，懷其欲而不盡」，皆謂以義怒士，以利誘士也。

〔六〕「凡戰之道」至「既勝養其心」：孫子軍爭：「軍無輜重則亡，無糧食則亡，無委積則亡。」故「未戰養其財」。又云：「以近待遠，以佚待勞，以飽待飢，此治力者也。」此即「將戰養其力」。又云：「朝氣鋭，晝氣惰，暮氣歸。善用兵者，避其鋭氣，擊其惰歸，此治氣者也。」此言避敵鋭氣，反之，當養己之鋭氣，此即「既戰養其氣」。復云：「以治待亂，以静待譁，此治心者

也。」蘇洵所言「既勝養其心」與孫子所言「治心」不同，是指「用人不盡其所欲爲」，以繼續保持鬬志，「雖克如始戰」。（吴子論將）

〔七〕「黄帝」句：帝王世紀以伏犧、神農、黄帝爲三皇。史記則以黄帝爲五帝之首，姓公孫，名軒轅。史記索隱又稱其姓姬。「黄帝七十戰」事見古兵書六韜。

〔八〕「凡將」二句：孫子計篇：「將者，智、信、仁、勇、嚴也。」又九地：「善用兵者，攜手若使一人，不得已也。將軍之事，静以幽，正以治，能愚士卒之耳目，使之無知；易其事，革其謀，使人無識；易其居，遷其途，使人不得慮。」杜牧注：「言使軍士非將軍之令，其他皆不知，如聾如瞽也。」

〔九〕「知敵之主」至「而後可以動於險」：孫子謀攻篇：「知彼知己者，百戰不殆。」杜牧注：「以我之政，料敵之政；以我之將，料敵之將……較量已定，優劣短長皆先見之，然後兵起，故有百戰百勝也。」

〔一〇〕「鄧艾縋兵」至「可以坐縛」：據三國志魏志鄧艾傳：鄧艾（一七九——二六四）字士載，義陽棘陽（今河南新野境内）人，仕魏至鎮西將軍。魏景元四年（二六三），司馬昭遣鄧艾督三萬餘人伐蜀。艾遂出奇兵自陰平行無人之地七百餘里，鑿山通道，造作橋閣，直抵江油，蜀將諸葛瞻拒不採納尚書黄崇據險邀敵之策，退守緜竹，俾艾長驅直入，大破蜀軍，劉禪降。

〔一一〕「嘗敵」：猶云「嘗寇」，左傳隱公九年：「使勇而無剛者嘗寇，而速去之。」杜預注：「嘗，

試也。」

〔一二〕「凡主將之道」至「知節則不窮」：此言爲將當知理、知勢、知節。理指義、道，理直則不屈，孫子軍形云：「善用兵者修道而保法，故能爲勝敗之政。」勢指戰勢、兵勢，勢强故不沮，孫子勢篇云：「激水之疾，至於漂石者，勢也。」「善轉圓石於千仞之山者，勢也。」「勇怯，勢也。」節指節律，節律求快，須速戰速決，故云「知節則不窮。」兵勢又云：「善戰者其勢險，其節短。勢如彍弩，節如發機。」作戰亦云：「夫兵久而國利者，未之有也。故不盡知用兵之害者，則不能盡知用兵之利也。」

〔一三〕「見小利不動」至「可以支大利大患」：論語子路：「無欲速，無見小利。欲速則不達，見小利則大事不成。」按孫子卷七曰：「(兵)以利動。」諸家注均從而傳之，如梅堯臣曰：「非利不可動。」老蘇之論則有所發展。

〔一四〕「吾之所短」至「使之狎而墮其中」：孫子計篇：「兵者，詭道也。故能而示之不能，用而示之不用。」蘇洵反其意，言有時也可暴己之所短，使敵兵疑有所伏而却。

〔一五〕烏獲：戰國時秦力士，據稱能力舉千鈞，與力士任鄙、孟説同爲秦武王寵用。見史記秦本紀。

〔一六〕善用兵者以形固：謂恃己之力以自固，即上文所謂「尺箠當猛虎」，「袒裼而按劍」。孫子形篇：「昔之善戰者，先爲不可勝，以待敵之可勝。……故勝兵若以鎰稱銖，敗兵若以銖稱鎰。

勝者之戰，若决積水於千仞之溪者，形也。」

【集説】

茅坤曰：此文中多名言，但一段段自爲支節。蓋按古兵法與傳記而雜出之者，非通篇起伏開闔之文也。（唐宋八大家古文鈔）

楊慎曰：篇中凡七段，各不相屬。然先後不紊，由治心而養士……段落鮮明，井井有序，文之善變化者。（三蘇文範）

姜寶曰：此文絶似孫子謀攻篇，而文彩過之。老泉自謂「孫、吴之簡切，無不如意」，非誇辭也。（三蘇文選）

吴楚材、吴調侯曰：此篇逐節自爲段落，非一片起伏、首尾議論也。然先後不紊，由治心而養士，由養士而審勢，由審勢而出奇，由出奇而守備，段落鮮明，井井有序，文之善變化也。（古文觀止卷下）

法　制〔一〕

將戰必審知其將之賢愚〔二〕：與賢將戰，則持之；與愚將戰，則乘之〔三〕。持之則容有所伺而爲之謀，乘之則一舉而奪其氣。雖然，非愚將勿乘。乘之不動，其禍在

我。分兵而迭進，所以持之也；并力而一戰，所以乘之也。

古之善軍者，以刑使人，以賞使人，以怒使人。而其中必有以義附者焉〔四〕。不以戰，不以掠，而以備急難，故越有君子六千人〔五〕。韓之戰，秦之鬬士倍於晉，而出穆公於淖者，赦食馬者也〔六〕。

兵或寡而易危，或衆而易叛，莫難於用衆，莫危於用寡。治衆者法欲繁，繁則士難以動；治寡者法欲簡，簡則士易以察。不然，則士不任戰矣。惟衆而繁，雖勞不害爲强〔七〕。

以衆入險阻，必分軍而疏行。夫險阻必有伏，伏必有約，軍分則伏不知所擊，而其約攜矣。險阻懼蹙，疏行以紓士氣〔八〕。

兵莫危於攻，莫難於守，客主之勢然也。故城有二不可守，兵少不足以實城，城小不足以容兵。夫惟賢將能以寡爲衆，以小爲大。當敵之衝，人莫不守，我以疑兵，彼愕不進，雖告之曰此無人，彼不信也。度彼所襲，潛兵以備，彼不我測，謂我有餘，夫何患兵少？偃旗仆鼓，寂若無氣。嚴戢兵士，敢譁者斬，時令老弱登埤示怯，乘懈突擊，其衆可走，夫何患城小〔九〕？

背城而戰，陣欲方、欲踞、欲密、欲緩。夫方而踞，密而緩，則士心固，固則不慴。

背城而戰，欲其不懾。面城而戰，陣欲直、欲鋭、欲疏、欲速，夫直而鋭，疏而速，則士心危，危則致死〔一〇〕。面城而戰，欲其致死。

夫能静而自觀者，可以用人矣。吾何爲則怒，吾何爲則喜，吾何爲則勇，吾何爲則怯？夫人豈異於我？天下之人，孰不能自觀其一身？是以知此理者，塗之人皆可以將。

平居與人言，一語不循故，猶且㗊而忌。敵以形形我，恬而不怪，亦已固矣。是故智者視敵有無故之形，必謹察之勿動〔一一〕。疑形二：可疑於心，則疑而爲之謀，心固得其實也；可疑於目，勿疑，彼敵疑我也。是故心疑以謀應，目疑以静應。彼誠欲有所爲邪，不使吾得之目矣。

【校】

「兵或寡而易危或衆而易叛」：影宋本作「或安而難或易而危」，觀下文，非是。

「繁則士難以動」：影宋本下有「易以察夫衆憂叛」字。

「簡則士易以察」：影宋本無此句。

「故城有二不可守」：「城」原作「地」，據下文當作「城」，據經進本改。

「夫何患城小」：「夫」原作「矣」，則當屬上文。然前有「夫何患兵少」，此句與之對應，當以

「夫」字爲是，故據經進本、影宋本改。

【箋注】

〔一〕題：孫子計篇以法爲用兵「五經」之一，曰：「法者，曲制、官道、主用也。」曹操、李筌注謂「曲制」指部曲、金鼓、幡幟等軍中政令，「官道、主用」指對將士之爵賞及糧道、軍需等後勤供應。老蘇法制則論用兵之法度、準則。首段論敵將之賢愚及其應付之法，二、三段論使人、治兵之法，四至六段論行軍、守城、作戰之法，最後兩段論察敵之法。兵無常法，依形而定。全文似無中心，而審情度勢以定方略，則是全文中心。

〔二〕「將戰」句：吴子論將：「凡戰之要，必先占其將而察其才。因形用權，則不勞而功舉。」

〔三〕「與賢將戰」至「則乘之」：吴子論將：「觀敵之來，一坐一起，其政以理，其追北佯爲不及，其見利佯爲不知，如此將者名爲智將，勿與戰矣。若其衆讙譁，旌旗煩亂，其卒自行自止，其兵或縱或横，其追北恐不及，見利恐不得，此爲愚將，雖衆可獲。」又云：「其將愚而信人，可詐而誘。……停久不移，將士懈怠，其軍不備，可潛而襲。」此段與心術「凡兵之動，知敵之主，知敵之將，而後可以動於險」同，可參閱。

〔四〕「古之善軍者」至「以義附者焉」：吴子勵士：「武侯問曰：『嚴刑明賞，足以勝乎？』起對曰：『嚴明之事，臣不能悉。雖然，非所恃也。夫發號布令而人樂聞，興師動衆而人樂戰，交兵接刃而人樂死，此三者人主之所恃也。』」又圖國云：「昔之圖國家者必先教百姓而親萬

民。……民知君之愛其命，惜其死，若此之至，而與之臨難，則士以進死爲榮，退生爲辱也。」孫子地形亦云：「視卒如嬰兒，故可與之赴深溪。視卒如愛子，故可與之俱死。」參見心術「凡兵上義」，「惟義可以怒士」及其注。

〔五〕故越有君子六千人：國語吴語：「越（勾踐）伐吴，乃中分其師，以爲左右軍，以其私卒君子六千人爲中軍。」又史記越世家「君子六千人」集解引韋昭曰：「君子王所親近有志行者，猶吴所謂賢良，齊所謂士也。」

〔六〕「韓之戰」至「赦食馬者也」：據史記秦本紀：魯僖公十五年（前六四五），秦穆公與晉惠公戰於韓原（今山西河津、萬泉之間），「晉軍棄其軍，與秦争利，還而馬騺」。張守節正義引國語云：「晉師潰，戎馬還濘而止。」韋昭云：「濘，深泥也。」可知入於淖者乃晉君，蘇洵謂「出穆公於淖」，誤。秦本紀又謂：穆公乘晉君馬騺，「與麾下馳追之，不能得晉君，反爲晉軍所圍。晉擊繆（同穆）公，繆公傷。於是岐下食善馬者三百人馳冒晉軍，晉軍解圍，遂脱繆公而反生得晉君。初，繆公亡善馬，岐下野人共得而食之者三百餘人，吏逐得，欲法之。繆公曰：『君子不以畜産害人。……』乃皆賜酒而赦之。三百人者聞秦擊晉，皆求從。從而見繆公窘，亦皆推鋒争死，以報食馬之德」。可知食馬肉者乃解穆公之圍，救其傷，非「出穆公於淖」。

〔七〕「兵或寡」至「雖勞不害爲强」：孫子勢篇：「孫子曰：凡治衆如治寡，分數是也。」曹操注：「部曲爲分什伍爲數。」李筌注：「善用兵者，將鳴一金，舉一旗，而三軍盡應。號令既定，如

寡焉。」此言治衆與治寡同。司馬法用衆：「凡戰之道，用寡固，用衆治。寡利煩，衆利正。」此言治衆與治寡異。蘇洵亦主異，而治衆、治寡之法又與司馬法不同。

〔八〕「以衆」至「疏行以紓士氣」：孫子地形：「地形者，兵之助也。料敵制勝，計險阨遠近，上將之道也。知此而用戰者必勝，不知此而用戰者必敗。」又行軍：「軍旁有險阻潢井、蒹葭林木蘙薈者，必謹覆索之，此伏奸之所處也。」吴子應變：「分爲五軍，各軍一衢。夫五軍五衢，敵人必惑，莫知所加。」淮南子道應訓：「襄子疏隊而擊之。」

〔九〕「兵莫危」至「何患城小」：此言以疑兵守城，不患兵少城小。孫子虚實：「形兵之極，至於無形。無形則深間不能窺，智者不能謀。」孫臏兵法見威王亦有「城小而守固」、「卒寡而兵强」之説。

〔一〇〕「背城而戰」至「危則致死」：「欲方、欲踞、欲密、欲緩」及「欲直、欲鋭、欲疏、欲速」，乃化用孫臏兵法十陣。枋（方）陣云：「枋陣之法，必醇（博）中厚方（旁），居陳在後。」數（密）陣云：「數陳之法，毋疏鉅（距）間，戚（蹙）而行，首積刃而信（伸）之，前後相葆（保）。」意謂方陣中間宜廣；旁邊宜厚（即諸部相繞），并以不動不用之陣（居陣）殿後；密陣即距離間隔宜密，局蹙而行，行伍之首多積鋒刃，向外伸之，以便前後相保。此即蘇洵「欲方、欲踞、欲密、欲緩」，「欲其不懾」之所本。疏陣云：「疏陣之法，在爲數醜（數類，數群。醜，類也）。或進或退，或毄（擊）或額（額即陷。陷，撞擊也），或與之征，或要（邀）其衰。然則疏可以取閲（鋭）矣。」錐

行之陣云：「錐行之陣，卑（俾，使）之若劍，末不閲（鋭）則不入，刃不溥（薄）則不剸（截斷），本不厚則不可以列（裂）陳。是故末必閲（鋭），刃必溥（薄），本必鳥（鴻）。」疏陣乃兵分數路攻敵，錐陣乃若利劍刺敵，皆鋭且速。此則蘇洵「欲直、欲鋭、欲疏、欲速」之所本。又孫子九地：「疾戰則存，不疾戰則亡者爲死地。」「死地，吾將示之以不活。」「投之死地然後活，陷之死地然後生。」

〔一二〕「視敵有無故之形，必謹察之勿動」：此言當識破敵之僞裝。孫子行軍：「辭卑而益備者，進也；辭强而進驅者，退也。……兵怒而相迎，久而不合，又不相去，必謹察之。」

【集説】

茅坤曰：與前篇并孫武之餘智。老泉之兵略，亦可概見矣。（唐宋八大家古文鈔）

楊愼曰：范老子胸中有數萬甲兵，今觀此論，則老泉先生亦然。（三蘇文範）

羅汝芳曰：非八陣五花、六韜三略爛熟胸中，不能道片語隻字。（三蘇文範）

强　弱〔一〕

知有所甚愛，知有所不足愛，可以用兵矣。故夫善將者，以其所不足愛者，養其所甚愛者。

士之不能皆鋭，馬之不能皆良，器械之不能皆利，固也，處之而已矣。兵之有上、中、下也，是兵之有三權也。孫臏有言曰：「以君下駟與彼上駟，取君上駟與彼中駟，取君中駟與彼下駟。」[二]此兵説也，非馬説也。下之不足以與其上也，吾既知之矣，吾既棄之矣。中之不足以與吾上，下之不足以與吾中，吾不既再勝矣乎？得之多於棄也，吾斯從之矣。彼其上之不得其中、下之援也，乃能獨完耶？故曰：兵之有上、中、下也，是兵之有三權也。三權也者，以一致三者也。

管仲曰：「攻堅則瑕者，堅；攻瑕則堅者，瑕。」[三]嗚呼！不從其瑕而攻之，天下皆强敵也。漢高帝之憂在項籍耳，雖然，親以其兵而與之角者蓋無幾也。隨何取九江，韓信取魏、取代、取趙、取齊，然後高帝起而取項籍[四]。夫不汲汲於其憂之所在，而彷徨乎其不足卹之地，彼蓋所以孤項氏也。秦之憂在六國，蜀最僻，最小，最先取；楚最强，最後取[五]，非其憂在蜀也。諸葛孔明一出其兵，乃與魏氏角，其亡宜也[六]。取天下，取一國，取一陣，皆如是也。

范蠡曰：「凡陣之道，設右以爲牝，益左以爲牡。」[七]春秋時楚伐隋，季梁曰：「楚人上左，君必左，無與王遇。且攻其右，右無良焉，必敗。偏敗，衆乃攜。」[八]蓋一陣之間，必有牝牡左右，要當以吾强攻其弱耳。唐太宗曰：「吾自興兵，習觀行陣形

勢，每戰視敵强其左，吾亦强吾左；弱其右，吾亦弱吾右。使弱常遇强，强常遇弱。敵犯吾弱，追奔不過數十百步，吾擊敵弱，常突出自背反攻之，以是必勝。」〔九〕後之庸將，既不能處其强弱以敗，而又曰：吾兵有老弱雜其間，非舉軍精鋭，以故不能勝。不知老弱之兵，兵家固亦不可無。無之，是無以耗敵之强兵而全吾之鋭鋒，敗可俟矣。

故智者輕棄吾弱，而使敵輕用其强，忘其小喪，而志於大得，夫固要其終而已矣。

【校】

「設右以爲牝益左以爲牡」：經進本二句倒置，他本同底本。考之國語越語及孫子兵法計篇張預注引范蠡語，當以底本爲是。

「不過數十百步」：經進本「十」作「千」。

【箋注】

〔一〕題：此篇以孫臏賽馬之説立論，徵引歷代善兵者之言行，以證明兵有上、中、下三權，當善於「處之」，輕棄吾弱而使敵輕用其强以致勝。

〔二〕「孫臏有言曰」至「取君中駟與彼下駟」：據史記孫子吴起列傳：孫臏，孫武之後也。嘗與龐涓俱學兵法。龐涓爲魏惠王將軍，疾臏賢於己，以法刑斷其兩足而黥之。齊使竊載與之歸，

齊將田忌善而客待之。所引「以君下駟」，史記原文爲「今以君之下駟」，餘同引文。

〔三〕「管仲曰」至「攻瑕則堅者，瑕」：管子制分篇原文爲：「故凡用兵者……攻堅則瑕者，堅；乘瑕則堅者，瑕。故堅其堅者，瑕其瑕者。」房玄齡注：「所攻雖堅，能令脆者，則以士卒堅强故也；所乘雖脆，卻爲堅者，則以士卒脆弱故也。」故須以「强卒攻堅，弱卒攻脆」。參見審勢注〔二九〕。

〔四〕「隨何取九江」至「高帝起而取項籍」：漢高帝二年（前二〇五），與項羽戰於彭城（今徐州），漢軍大敗。漢王使謁者隨何説九江王黥布背楚與漢。楚使龍且擊淮南，破布軍，布與隨何俱入漢，立爲淮南王，又以韓信爲左丞相，虜魏王豹，定魏爲河東郡；引兵北擊代，禽代相夏説；復引兵東擊趙，斬成安君陳餘，禽趙王歇。發使使燕，燕從風而靡；聽蒯通説，襲齊歷下（今歷城）軍。於是楚勢孤。漢五年，邀諸侯兵共擊楚軍，滅之。事見史記高祖本紀及淮陰侯列傳。

〔五〕「秦之憂」至「楚最强，最後取」：據史記秦本紀及秦始皇本紀，秦派司馬錯滅蜀在周慎靚王五年（前三一六），派王翦、蒙武取楚爲秦始皇二十三年（前二二四），相距八十八年。然在取楚之次年滅燕，兩年滅齊。老蘇所謂「楚最强，最後取」之説不盡符合史實。

〔六〕「諸葛孔明」至「其亡宜也」：據三國志蜀志諸葛亮傳：諸葛亮（一八一——二三四）字孔明，瑯邪陽都（今山東沂南南）人。隨其從父玄往依荊州劉表。亮躬耕南陽，因徐庶薦，佐

劉備定荆州，入蜀。建興十二年（二三四）春，亮悉發大衆，由斜谷出據五丈原，與魏將司馬懿對壘於渭南，相持百餘日，亮疾，卒於軍。後姜維亦屢出兵伐魏，竟爲魏所滅。

〔七〕「范蠡曰」至「益左以爲牡」：范蠡，號陶朱公，與文種佐勾踐滅吴興越後退隱。「凡陣之道」云云出國語越語。韋昭注曰：「陳其牝牡，使相受之。在陰爲牝，在陽爲牡。」又孫臏兵法雄牝城云：「城在渒（卑）澤之中，而有付丘（小土山，付通阜）於其四方者，雄城也，不可攻也。……城在發（沛）澤中，無名谷付丘者，牝城也，可毄（擊）也。」可知牡牝猶雄雌也，强弱也。古人尚左，故云益左爲牡，設右爲牝。

〔八〕「季梁曰」至「衆乃攜」：語出左傳桓八年。君指楚君。季梁，隨大夫。楚伐隨，季梁獻策，意謂楚君必在左營，則右營當無良將健卒矣。故宜避左攻右，方能取勝。時隨之少師有寵，隨侯不聽，遂敗。按：考之左傳、史記，隨爲周國，姬姓，故城在今湖北隨縣南。此文作「隋」，通用。

〔九〕「唐太宗曰」至「以是必勝」：此乃唐貞觀十四年太宗對群臣云書屏風事。册府元龜卷四十三帝王部多能之所載與老蘇引文略有出入。該書引文爲：「義旗之始，及平寇亂，每執金鼓，必自指揮。習觀其陣，即知强弱。嘗取吾弱對其强，取吾强對其弱。敵犯吾弱，追奔不過數十百步；吾擊其弱，必突過其陣，自背而反擊之，無不大潰。」

【集説】

茅坤曰：通篇將古人行事立言，而經緯成文。（唐宋八大家古文鈔）

又曰：大略祖孫武子三駟中議論。三駟者，射千金之法，非大將謀國之全也。（同上。按：三駟之説出孫臏。茅鹿門此謂孫武子，蓋誤以武、臏爲一人。）

梁儲曰：此篇多議，而引典故處，可爲兵家佐一籌。（三蘇文範）

攻守〔一〕

古之善攻者，不盡兵以攻堅城〔二〕；善守者，不盡兵以守敵衝〔三〕。夫盡兵以攻堅城，則鈍兵費糧而緩於成功；盡兵以守敵衝，則兵不分，而彼間行襲我無備。故攻敵所不守，守敵所不攻〔四〕。

攻者有三道焉，守者有三道焉。三道：一曰正，二曰奇，三曰伏。坦坦之路，車轂擊，人肩摩，出亦此，入亦此，我所必攻，彼所必守者，曰正道〔五〕。大兵攻其南，鋭兵出其北；大兵攻其東，鋭兵出其西者，曰奇道〔六〕。大山峻谷，中盤絶徑，潛師其間，不鳴金，不撾鼓，突出乎平川以衝敵人腹心者，曰伏道〔七〕。故兵出於正道，勝敗未可知也；出於奇道，十出而五勝矣；出於伏道，十出而十勝矣。何則？正道之城，堅城也；正道之兵，精兵也。奇道之城，不必堅也；奇道之兵，不必精也。伏道則無

城也，無兵也。攻正道而不知奇道與伏道焉者，其將木偶人是也。守正道而不知奇道與伏道焉者，其將亦木偶人是也。

今夫盜之於人，抉門斬關而入者有焉，他户之不扃鍵而入者有焉；乘壞垣坎牆，趾而入者有焉。抉門斬關，而主人不知察，幾希矣；他户之不扃鍵，而主人不知察，太半矣；乘壞垣坎牆，趾而主人不知察，皆是矣。爲主人者宜無曰門之固，而他户牆隙之不卹焉〔八〕。夫正道之兵，抉門之盜也；奇道之兵，他户之盜也；伏道之兵，乘垣之盜也。

所謂正道者，若秦之函谷，吴之長江，蜀之劍閣是也。昔者六國嘗攻函谷矣，而秦將敗之〔九〕，曹操嘗攻長江矣，而周瑜走之〔一〇〕，鍾會嘗攻劍閣矣，而姜維拒之〔一一〕。何則？其爲之守備者素也。劉濞反，攻大梁，田禄伯請以五萬人別循江淮，收淮南、長沙以與濞會武關〔一二〕。岑彭攻公孫述，自江州泝都江，破侯丹兵，徑拔武陽，繞出延岑軍後，疾以精騎赴廣都，距成都不數十里〔一三〕。李愬攻蔡，蔡悉精卒以抗李光顔而不備愬，愬自文成破張柴，疾馳二百里，夜半到蔡，黎明擒元濟〔一四〕。此用奇道也。漢武攻南越，唐蒙請發夜郎兵，浮船牂牁江，道番禺城下，以出越人不意〔一五〕。鄧艾攻

蜀，自陰平由景谷攀木緣磴，魚貫而進，至江油而降馬邈，至綿竹而斬諸葛瞻，遂降劉禪〔一六〕。田令孜守潼關，關之左有谷曰禁而不知之備，林言、尚讓入之，夾攻關而關兵潰〔一七〕。此用伏道也。

吾觀古之善用兵者，一陣之間，尚猶有正兵、奇兵、伏兵三者以取勝，況守一國、攻一國，而社稷之安危繫焉者，其可以不知此三道而欲使之將耶？

【校】

「而主人不知察」：此句凡三見，他本「知」皆作「之」。

「而不知之備」：經進本無「知」字。

【箋注】

〔一〕題：此篇論攻守，力主不攻堅城，不守敵衝，而要避實擊虛，以奇兵，尤其是伏兵襲敵之虛。孫子虛實云：「行千里而不勞者，行於無人之地也；攻而必取者，攻其所不守也；守而必固者，守其所不攻也。」又勢篇云：「三軍之衆，可使必受敵而無敗者，奇正是也。兵之所加，如以碫投卵者，虛實是也。凡戰者以正合，以奇勝。故善出奇者，無窮如天地，不竭如江海。」此即蘇洵所本。

〔二〕不盡兵以攻堅城：孫子作戰：「凡用兵之法，馳車千駟，革車千乘，帶甲十萬，千里饋糧，則

內外之費，賓客之用，膠漆之材，車甲之奉，日費千金，然後十萬之師舉矣。其用戰也，勝久則鈍兵挫鋭，攻城則力屈，久暴師則國用不足。鈍兵挫鋭，屈力殫貨，則諸侯乘其弊而起，雖有智者不能善其後矣。」又謀攻云：「攻城之法爲不得已。修櫓轒轀，具器械，三月而後成；距堙，又三月而後已。將不勝其忿而蟻附之，殺士卒三分之一而城不拔者，此攻之災也。故善用兵者，屈人之兵而非戰也，拔人之城而非攻也，毁人之國而非久也。必以全争于天下，兵不頓而利可全，此謀攻之法也。」此即蘇洵「盡兵以攻堅城，則鈍兵費糧而緩於成功」所本。

〔三〕不盡兵以守敵衝：孫子軍形：「善守者藏於九地之下。」又虚實云：「善守者，敵不知其所攻。……我不欲戰，雖畫地而守之，敵不得與我戰者，乖其所之也。」「乖其所之」即不守敵衝。杜牧戰論：「河東、盟津、滑台、大梁、彭城、東平，盡宿厚兵，以塞虜衝。是六郡之師，嚴飭護疆，不可他使。是天下二支兵去矣。」此即言「盡兵以守敵衝」之害。

〔四〕「故攻敵」二句：孫子虚實：「攻而必取者，攻其所不守也；守而必固者，守其所不攻也。」

〔五〕「坦坦之路」至「曰正道」：孫臏兵法奇正：「刑（形）以應刑（形），正也。」正指以有形應付有形，即正面作戰。「車轂擊，人肩摩」，語出戰國策齊策，謂人車衆多，來往擁塞。

〔六〕「大兵攻其南」至「曰奇道」：孫子計篇：「兵者，詭道也。故能而示之不能，用而示之不用，近而示之遠，遠而示之近。……攻其無備，出其不意。」又虚實云：「兵形象水，水之形避高而趨下，兵之形避實而擊虚。」孫臏兵法奇正：「無刑而裚刑，奇也。」六韜兵道：「欲其西，

襲其東。」可知以無形制服有形，攻其無備，避實擊虛，聲東擊西謂之奇。

〔七〕「大山峻谷」至「曰伏道」：此指偷襲。孫子軍爭：「軍爭之難者，以迂爲直，以患爲利。故迂其途而誘之以利，後人發，先人至……卷甲而趨，日夜不處，倍道兼行。」杜牧注：「言欲爭奪，先以迂遠爲近，以患爲利，誑紿敵人，使其慢易，然後急趨也。」又云：「以迂爲直，是示敵人以迂遠。敵意已怠，復誘敵以利，使敵心不專。然後倍道兼行，出其不意，故能後發先至，而得所爭之要害也。」偷襲應以金鼓統一行止，軍爭又云：「言不相聞，故爲金鼓；視不相見，故爲旌旗。夫金鼓旌旗者，所以一人之耳目也。人既專一，則勇者不得獨進，怯者不得獨退。」吴子治兵：「金之不止，鼓之不進，雖有百萬，何益於用！」「不鳴金，不撾鼓」，乃爲「潛師」而行。

〔八〕「今夫盜之於人」至「而他户牆隙之不卹焉」：莊子胠篋：「將爲胠篋、探囊、發匱之盜而爲守備，則必攝緘縢，固扃鐍，此世俗之所謂知也。然而巨盜至，則負匱、揭篋、擔囊而趨，唯恐緘縢、扃鐍之不固也。然則向之所謂知者，不乃爲大盜積者也？」韓愈守戒：「宅於都者，知穿窬之爲盜，則必峻其垣牆而内固扃鐍以防之。」蘇洵化用其意。

〔九〕「六國」二句：史記楚世家：「（楚懷王）十一年，蘇秦約從山東六國共攻秦，楚懷王爲從長。至函谷關，秦出兵擊六國，六國兵皆引而歸。」賈誼過秦論上：「六國之士……嘗以什倍之地，百萬之衆，仰關而攻秦。秦人開關而延敵，六國之師逡巡而不敢進。秦無亡矢遺鏃之

費，而天下諸侯已困矣。」

〔一〇〕「曹操」二句：據三國志吴志周瑜傳：漢獻帝建安十三年（二〇八），曹操入荆州，得其水軍，自江陵順江東下欲攻吴，孫權以周瑜、程普爲左右督，恃長江天險，聯合劉備共破曹兵於赤壁。參閲審敵注〔一九〕。

〔一一〕「鍾會」二句：據三國志蜀志姜維傳：魏元帝景元四年（二六三），司馬昭遣鍾會、鄧艾合攻蜀，鍾會破關口，蜀將姜維退至劍閣，列營守險，會攻之不能克。

〔一二〕「劉濞反攻大梁」至「以與濞會武關」：據史記吴王濞列傳：漢孝景帝三年（一五四），吴王濞約劉姓七王軍反，攻大梁。田禄伯爲大將軍，請以五萬人由南路入武關，與濞主力會師。濞疑田禄伯反，不聽。

〔一三〕「岑彭攻公孫述」至「距成都不數十里」：據後漢書岑彭列傳：岑彭（？——三五）字君然，南陽棘陽人。初附更始帝，後歸光武，拜廷尉，行大將軍事。時公孫述據蜀稱帝。光武十一年（三五），遣岑彭討公孫述，破荆門，下江州（今重慶江北），直指墊江（今重慶忠縣）。既破平曲，乃多張疑兵，使輔威將軍臧宫拒述將延岑；自分兵浮江（今嘉陵江）下還江州，泝都江（今岷江）而上，襲破侯丹兵。因晨夜倍道兼行二千餘里，徑拔武陽（今四川彭山東），使精騎馳赴廣都（今四川雙流西南），繞出延岑軍後。述乃大驚，以杖擊地曰：「是何神也！」

〔一四〕「李愬攻蔡」至「黎明擒元濟」：據舊唐書李愬傳：愬（七七三——八二一），字元直，李晟之子。唐元和中爲唐鄧節度使。吴元濟，吴少陽子，少陽死，匿不發喪，僞表請元濟主兵，倚蔡州刺史董重質爲焚剽。詔擢李光顔爲忠武軍節度使討賊，元濟悉鋭士當光顔。李愬乘虚雪夜急馳入蔡州，執元濟，斬於長安，以功封涼國公。

〔一五〕「漢武攻南越」至「以出越人不意」：據史記西南夷列傳：漢武帝建元六年（前一三五），大行王恢擊平東越，因兵威使鄱陽令唐蒙風指曉南越。蒙上書説上曰：「南越王黄屋左纛，地東西萬餘里，名爲外臣，實一州主也。今以長沙、豫章往，水道多絶，難行。竊聞夜郎所有精兵，可得十餘萬，浮船牂柯江，出其不意，此制越一奇也。」

〔一六〕「鄧艾攻蜀」至「遂降劉禪」：見心術注〔一〇〕。

〔一七〕「田令孜守潼關」至「而關兵潰」：據舊唐書黄巢傳：唐廣明元年（八八〇）巢攻潼關，田令孜悉神策并關内諸節度兵十五萬守。潼關左有大谷，禁行人，號禁谷。令孜屯關，而忘谷之可入。巢大將林言、尚讓引衆趨谷，與巢夾攻關，令孜軍潰。

【集説】

茅坤曰：按古傳記論奇道伏道處，古今名言也。（唐宋八大家古文鈔）

儲欣曰：强弱之權，攻守三道。言兵者多知此三道，而證據詳明，如畫圖之易曉。（評注蘇老泉集）

用間〔一〕

孫武既言五間〔二〕，則又有曰：「商之興也，伊摯在夏；周之興也，呂牙在商。故明君賢將能以上智爲間者，必成大功。此兵之要，三軍所恃而動也。」〔三〕

按書：伊尹適夏，醜夏歸亳〔四〕。史：太公嘗事紂，去之歸周〔五〕。所謂在夏在商誠矣；然以爲間，何也？湯、文王固使人間夏、商邪？伊、呂固與人爲間邪？桀、紂固待間而後可伐邪？是雖甚庸，亦知不然矣。

然則，武意天下存亡寄於一人。伊尹之在夏也，湯必曰：桀雖暴，一旦用伊尹，則民心復安，吾何病焉。及其歸亳也。湯必曰：桀得伊尹不能用，必亡矣，吾不可以安視民病。遂與天下共亡之。呂牙之在商也，文王必曰：紂雖虐，一旦用呂牙，則天禄必復，吾何憂焉。及其歸周也，文王必曰：紂得呂牙不能用，必亡矣，吾不可以久遏天命。遂命武王與天下共亡之。然則夏、商之存亡，待伊、呂用否而決。

今夫問將之賢者，必曰：能逆知敵國之勝敗。問其所以知之之道。必曰：不愛千金，故能使人爲之出萬死以間敵國；或曰：能因敵國之使而探其陰計。嗚呼！其

亦勞矣。伊、呂一歸而夏、商之國爲決亡。使湯、武無用間之名與用間之勞，而得用間之實，此非上智，其誰能之？

夫兵雖詭道，而本於正者〔六〕，終亦必勝。今五間之用，其歸於詐，成則爲利，敗則爲禍。且與人爲詐，人亦將且詐我。故能以間勝者，亦或以間敗。吾間不忠，反爲敵用，一敗也；不得敵之實，而得敵之所僞示者以爲信，二敗也；受吾財而不能得敵之陰計，懼而以僞告我，三敗也。夫用心於正，一振而群綱舉；用心於詐，百補而千穴敗。智於此，不足恃也。

故五間者，非明君賢將之所上。明君賢將之所上者，上智之間也。是以淮陰、曲逆，義不事楚，而高祖擒籍之計定〔七〕；左車、周叔不用於趙、魏，而淮陰進兵之謀決〔八〕。嗚呼！是亦間也。

【校】

題：影宋本作「明間」，他本同底本。

「故明君賢將能以上智爲間者」：「智」原作「相」，據經進本及孫子用間改。

「武意天下存亡」：二黄本、祠本「武」作「吾」，影宋本、經進本同底本。考異云：「按其文理，殆老泉推測孫武之意，非述己意也，作『武』爲是。」

【箋注】

〔一〕題：此文爲辨析孫子用間而作。文章針對用間，首論伊、呂之在夏、商，非五間之爲用；次論孫子所以以伊、呂爲間者，乃因其一歸而夏、商國亡，有用間之實，乃上智之間；再次論五間用心於詐，不足持，故收結爲當尚用心於正之上智之間。

〔二〕孫武既言五間：孫子用間所説五間爲：用故鄉國之人者，曰因間；用敵失職之官者，曰内間；敵間反爲我用者，曰反間；用假情報誑敵，敵之中間後必殺間者，曰死間；擇有賢材智謀之士往窺敵情，生還以歸報者，曰生間。

〔三〕「則又有曰」至「三軍所恃而動也」：引文見孫子用間。伊摯即伊尹，名摯，尹是官稱，助湯攻滅夏桀。呂牙即呂望。見權書叙注〔三〕。

〔四〕「按書」三句：書指尚書商書序（附於夏書胤征之末）：「伊尹去亳適夏。既醜有夏，復歸於亳。」亳（bó），商湯時都城，相傳有三處：南亳，今河南商丘東南；西亳，今河南偃師西；北亳，今河南商丘北。湯克夏時居西亳，諸侯擁戴湯爲盟主于北亳；克夏後復還都西亳。

〔五〕「史」三句：史指史記齊太公世家：「或曰太公博聞，嘗事紂。紂無道，去之。游説諸侯，無所遇，而卒歸周西伯。」西伯指文王。

〔六〕「兵雖詭道」二句：孫子計篇：「兵者，詭道也。」荀子議兵載臨武君曰：「兵所貴者埶（勢）

利也，所行者變詐也。」荀子駁曰：「仁人之兵，不可詐也；彼可詐者，怠慢者也，路亶（露癉）者也，君臣上下之間涣然有離德者也。故以桀詐桀，猶巧拙有幸焉；以桀詐堯，譬之者以卵投石，以指撓沸，若赴水火，入焉焦没耳。」孫子、臨武君所言即兵爲詭道，荀子所言即兵本于正。

〔七〕「淮陰、曲逆」至「高祖擒籍之計定」：淮陰，指淮陰侯韓信，曲逆，指曲逆侯陳平，籍即項籍。據史記淮陰侯列傳：韓信（？——前一九六）淮陰（今江蘇淮陰）人。及項梁渡淮，信杖劍從之，居戲下。項梁敗，羽以爲郎中，數以策干項羽，羽不用。漢王之入蜀，信亡楚歸漢。因蕭何薦，拜大將，乃計定三秦，舉兵下魏、破趙、定燕、取齊，殺楚將龍且，封齊王。項王恐，使武涉説信反漢和楚，參分天下王之。信以漢王待之甚厚，不忍倍。遂將兵與漢王會垓下，破項羽。後貶爲淮陰侯，爲吕后所誅。又據史記陳丞相世家：陳平（？——前一七八），陽武（今河南原陽東南）人。從項羽入關定殷。漢下殷，項羽將誅定殷者，平懼誅，杖劍亡歸漢，以反間計使項羽去其謀士范增，封曲逆侯，位至丞相。

〔八〕「左車」二句：據漢書韓彭英盧吴傳：漢王敗卻彭城，齊、趙、魏均反漢與楚和。漢王使酈生説魏王豹，豹不聽。乃以韓信爲右丞相擊魏。信問酈生：「魏得毋用周叔爲大將乎？」曰：「柏直也。」信曰：「豎子耳。」遂進兵擊魏，虜豹，定河東。漢王益兵三萬，遣張耳與信共擊代，破之。韓信與張耳欲東下井陘擊趙。廣武君李左車説陳餘利用井陘之險，深溝高壘，堅

營勿與戰，并出奇兵三萬從間道絶漢軍輜重，使漢軍前不得鬭，退不得還。陳餘以義兵不用詐謀奇計，不用廣武君計。韓信使間人窺之，大喜，乃敢引兵速下，用背水陣鼓行出井陘口，斬陳餘，擒趙王歇。

【集説】

楊慎曰：此篇議論甚正，筆仗甚爽。末引高祖、淮陰事，見上智之間，巧心妙手，可愛可誦。（三蘇文範）

茅坤曰：論三敗處刺骨。（唐宋八大家古文鈔）

袁宏道曰：篇中凡六段……而其一貫之脈，次序起伏之法，尤不可測識。（三蘇文範）

嘉祐集箋注卷三

權書

孫武〔一〕

求之而不窮者，天下奇才也。天下之士與之言兵，而曰我不能者幾人？求之於言而不窮者幾人？言不窮矣，求之於用而不窮者幾人？嗚呼！至於用而不窮者，吾未之見也。

孫武十三篇，兵家舉以爲師。然以吾評之，其言兵之雄乎！今其書，論奇權密機，出入神鬼〔二〕，自古以兵著書者罕所及。以是而揣其爲人，必謂有應敵無窮之才。不知武用兵乃不能必克，與書所言遠甚。吴王闔廬之入郢也〔三〕，武爲將軍，及秦、楚

交敗其兵，越王入踐其國，外禍内患，一旦迭發，吴王奔走，自救不暇，武殊無一謀以弭斯亂[四]。

若按武之書以責武之失，凡有三焉。九地曰：「威加於敵，則交不得合。」[五]而武使秦得聽包胥之言，出兵救楚，無忌吴之心。斯不威之甚，其失一也。作戰曰：「久暴師則鈍兵挫鋭，屈力殫貨，則諸侯乘其弊而起。」[六]且武以九年冬伐楚，至十年秋始還，可謂久暴矣，越人能無乘間入國乎？其失二也。又曰：「殺敵者，怒也。」[七]今武縱子胥、伯嚭鞭平王屍[八]，復一夫之私忿以激怒敵，此司馬戌、子西、子期所以必死讎吴也[九]。勾踐不頹舊塚而吴服[一〇]，田單譎燕掘墓而齊奮[一一]，知謀與武遠矣。武不達此，其失三也。然始吴能以入郢，乃因胥、嚭、唐、蔡之怒，及乘楚瓦之不仁[一二]，武之功蓋亦鮮耳。夫以武自爲書，尚不能自用以取敗北，况區區祖其故智餘論者而能將乎！

且吴起與武[一三]，一體之人也，皆著書言兵，世稱之曰「孫吴」。然而吴起之言兵也，輕法制，草略無所統紀，不若武之書詞約而意盡，天下之兵説皆歸其中。然吴起始用於魯，破齊；及入魏，又能制秦兵；入楚，楚復霸。而武之所爲反如是，書之不足信也，固矣。

今夫外御一隸，内治一妾，是賤丈夫亦能，夫豈必有人而教之？及夫御三軍之衆，闔營而自固，或且有亂，然則是三軍之衆惑之也。故善將者，視三軍之衆與視一隸一妾無加焉〔一四〕，故其心常若有餘。夫以一人之心，當三軍之衆，而其中恢恢然猶有餘地，此韓信之所以「多多而益善」也〔一五〕。故夫用兵，豈有異術哉？能物視其衆而已矣。

【校】

「夫豈必有人而教之」：「人」上原衍「一」，祠本同，據影宋本、二黄本删。

「夫以一人之心」：原脱「一」字，影宋本同，據二黄本、祠本補。

「多多而益善也」：經進本、影宋本、二黄本「善」字作「辦」。考之史記淮陰侯列傳，作「善」是。

「能物視其衆」：經進本、祠本「物」作「勿」。

【箋注】

〔一〕題：此篇自史記孫子吴起列傳「能行之者未必能言，能言之者未必能行」立論，謂武乃言兵之雄而用兵多失，吴起言兵不如武而用兵過之，最後以用衆如用寡作結，正面提出用兵之術。

〔二〕「今其書」至「出入神鬼」：謂孫子論兵微妙莫測。鄭友賢十家注孫子遺説并序：「武之爲法也，包四種，籠百家，以奇正相生爲變。是以謀者見之謂之謀，巧者見之謂之巧，三軍由之而莫能知之。」意同此。

〔三〕吴王闔廬之入郢：郢（今湖北江陵西北），春秋時楚文王定都於此。闔廬九年（前五〇六）冬，與唐、蔡兵共伐楚。楚大敗，陷郢，昭王走鄖，奔隨。事見左傳定四年。

〔四〕「及秦楚」至「武殊無一謀以弭斯亂」：闔廬伐楚，越年不歸，越乘其國空伐之，吴師敗。又楚大夫申包胥請秦救楚，秦發兵五百乘，楚亦收餘散兵與秦共擊吴。敗吴於稷。吴王弟夫概亡歸，自立爲王，闔廬急引兵歸擊夫概。事見左傳定四年、五年。

〔五〕「九地曰」至「則交不得合」：孫子九地原文爲：「威加于敵，則其交不得合。」王皙注：「威之所加者大，則敵交不得合。」

〔六〕「作戰曰」至「則諸侯乘其弊而起」：孫子作戰原文爲：「久暴師則國用不足。夫鈍兵挫鋭，屈力殫貨，則諸侯乘其弊而起。」梅堯臣注：「師久暴於外，則輸用不給。」

〔七〕殺敵者，怒也：此爲孫子作戰原文，張預注：「激吾士卒，使上下同怒，則敵可殺。」

〔八〕子胥、伯嚭鞭平王屍：子胥（？——前四八四），名員，楚太子太傅伍奢之子。平王聽讒囚奢，迫其召二子，欲并殺之。吴王僚五年（前五二二），子胥奔吴，求勇士專諸爲公子光刺王僚。光立，是爲吴王闔廬，舉子胥爲行人而謀國事。伯嚭，楚臣伯州犂之孫。楚殺州犂，伯

嚭於闔廬元年（前五一四），亡奔吴，吴以爲大夫。後吴兵伐楚，入郢，子胥、伯嚭鞭平王尸以報私仇，事見史記吴太伯世家。

〔九〕司馬戌、子西、子期：均楚臣，助楚昭王驅吴復國。子西乃平王之庶弟，子期史記作子綦。

〔一〇〕「勾踐」句：越王勾踐三年（前四九六），興師伐吴，敗於夫椒，以餘兵五千人保棲會稽，後請身爲臣、妻爲妾乃解。勾踐不忘會稽之耻，苦心焦思，賑貧弔死。二十年（前四七九），率兵敗吴師於笠澤。又二年復伐吴，逾年圍吴。圍之三年，吴王夫差自殺，勾踐葬之而歸，吴滅。事見史記越王勾踐世家。

〔一一〕「田單」句：田單，戰國時田齊之疏屬。齊湣王四十年（前二八四），燕與秦、楚、三晉共伐齊，破齊七十餘城，陷臨菑，湣王出奔。時田單爲臨菑掾，走安平，城破，東保即墨。即墨大夫戰敗死，城中相與推單爲將軍拒燕。燕昭王卒，惠王立，與樂毅有隙，單縱反間，燕王使騎劫代樂毅。於是造言齊軍懼燕劓所俘及掘墓僇先人，燕軍果如其言。即墨人見之，怒而堅守，欲出戰復讎，卒敗燕軍，復齊失城。事見史記田單列傳。

〔一二〕「乃因胥」二句：胥，伍子胥。嚭，伯嚭。楚瓦，楚公子子貞之孫，名瓦，字子常，楚令尹，貪。故原附楚之唐、蔡等小國皆怒。闔廬納伍員、孫武之議，與之共伐楚破郢。事見史記伍子胥列傳。

〔一三〕吴起：據史記孫子吴起列傳：吴起（？——三七八），衛人，嘗學於曾參。爲魯將，攻齊，大

破之。之魏，魏文侯以爲將，擊秦，拔五城；以爲西河守，甚有聲名。魏文侯卒，去魏之楚，楚悼王以爲相，南平百越，北并陳、蔡，却三晉，西伐秦，楚復霸。有吴起兵法，早佚。今傳吴子，係唐陸希聲類次。蘇洵所見，當即此本，因係輯佚之書，故文中有「輕法制，草略無所統紀」之説。

〔一四〕「視三軍」句：孫子勢篇：「治衆如治寡。」又九地：「善用兵者，攜手若使一人。」

〔一五〕「韓信」句：據史記淮陰侯列傳：漢高祖嘗與韓信言諸將能不，各有差，上問曰：「如我能將幾何？」信曰：「陛下不過能將十萬。」上曰：「於君何如？」曰：「臣多多而益善耳。」

【集説】

茅坤曰：通篇按孫武成敗之事而責之，而文多煙波生色處。（唐宋八大家古文鈔）

儲欣曰：末段議論甚精，與爲將當先治心互發。其以此論孫武者，豈以惑于三軍之衆，不能治伍員、伯嚭而言之歟？（評注蘇老泉集）

子貢〔一〕

君子之道，智信難。信者，所以正其智也，而智常至於不正。智者，所以通其信也，而信常至於不通。是故君子慎之也〔二〕。世之儒者曰：徒智可以成也。人見乎

徒智之可以成也，則舉而棄乎信。吾則曰：徒智可以成也，而不可以繼也。

子貢之以亂齊，滅吴，存魯也〔三〕，吾悲之。彼子貢者，游説之士，苟以邀一時之功，而不以可繼爲事，故不見其禍。使夫王公大人而計出於此，則吾未見其不旋踵而敗也。吾聞之：王者之兵，計萬世而動；霸者之兵，計子孫而舉；强國之兵，計終身而發：求可繼也。子貢之兵，是明日不可用也。

故子貢之出也，吾以爲魯可存也，而齊可無亂，吴可無滅。何也？田常之將篡也，憚高、國、鮑、晏〔四〕，故使移兵伐魯。爲賜計者，莫若抵高、國、鮑、晏弔之，彼必愕而問焉，則對曰：田常遣子之兵伐魯，吾竊哀子之將亡也。彼必詰其故，則對曰：齊之有田氏，猶人之養虎也。子之於齊，猶肘股之於身也。田氏之欲肉齊久矣，然未敢逞志者，懼肘股之捍也。今子出伐魯，肘股去矣，田氏孰懼哉？吾見身將磔裂，而肘股隨之，所以弔也。彼必懼而咨計於我。因教之曰：子悉甲趨魯，壓境而止，吾請爲子潛約魯侯，以待田氏之變，帥其兵從子入討之。彼懼田氏之禍，其勢不得不聽。歸以約魯侯，魯侯懼齊伐，其勢亦不得不聽。因使練兵蒐乘以俟齊釁，誅亂臣而定新主，齊必德魯，數世之利也。

吾觀仲尼以爲齊人不與田常者半，故請哀公討之〔五〕。今誠以魯之衆，從高、國、鮑、晏之師，加齊之半，可以轘田常於都市，其勢甚便，其成功甚大，惜乎賜之不出於此也。

齊哀王舉兵誅呂氏，呂氏以灌嬰爲將拒之，至滎陽，嬰使使諭齊及諸侯連和，以待呂氏變，共誅之〔六〕。今田氏之勢，何以異此？有魯以爲齊，有高、國、鮑、晏以爲灌嬰，惜乎賜之不出於此也！

【校】

「嬰使使諭齊」：經進本「嬰」作「灌嬰」。「使使」原作「使」，據二黄本補。

【箋注】

〔一〕題：史記仲尼弟子列傳：「端木賜，衛人，字子貢，少孔子三十一歲。子貢利口巧辭，孔子常詘其辯。」蘇洵心術云：「凡兵上義；不義，雖利勿動。非一動之爲害，而他日將有所不可措手足也。」本文即上述論點之發揮，首論智信關係，以爲徒智可成而不可繼；次論子貢亂齊、滅吴、存魯之計，乃邀一時之功，并提出自己「存魯」之策，以爲可得「數世之利」；最後以孔子語、漢初事證己計之可行，爲子貢「不出於此」惜。

〔二〕「君子之道」至「君子慎之也」：孫子計篇：「將者，智信仁勇嚴也。」杜牧曰：「先王之道以仁

爲首，兵家者流用智爲先。蓋智者能機權，識變通也。」賈林曰：「專任智則賊，偏施仁則懦，固守信則愚。」又司馬法仁本：「古者以仁爲本，以義治之謂之正，正不獲意則權。」「成列而鼓，是以明其信也。」「知終知始，是以明其智也。」此爲蘇洵論智信、正通所本。

〔三〕「子貢之以亂齊，滅吴，存魯也」：據史記仲尼弟子列傳：田常欲作亂於齊，憚高、國、鮑、晏，故移其兵欲以伐魯。孔子命子貢説齊止齊兵。子貢行，説田常移兵伐吴。常疑移兵無名，子貢南見吴王夫差，説吴伐齊。又之越，之晉，獻弱吴之計。魯哀公十一年（前四八四），夫差果興兵破齊師於艾陵；後二年與晉争彊，大敗。越王勾踐乘勢伐吴，滅之，東向而霸。太史公論曰：「故子貢一出，存魯，亂齊，破吴，彊晉而霸越。」老蘇此説取其略。

〔四〕「田常之將篡也，憚高、國、鮑、晏」：田常，即田恒，又名陳恒，漢避文帝諱改「恒」作「常」，謚成子。齊簡公四年（前四八一），弑簡公，擁立平公，任相國，專齊之政。高，高昭子；國，國惠子，先田常爲相國；鮑，鮑牧；晏，晏圉，晏嬰之子。五族在齊均極顯赫。

〔五〕「吾觀仲尼」至「故請哀公討之」：據孔子家語，齊陳恒弑簡公，孔子聞之，三日沐浴而適朝，請魯哀公伐之。公以「魯爲齊弱久矣」辭，孔子對曰：「陳恒弑其君，民之不與者半。以魯之衆加齊之半，可尅也。」

〔六〕「齊哀王舉兵誅吕氏」至「共誅之」：齊哀王，漢高祖之孫，名襄；吕氏，指吕后親屬台、産、禄等人；灌嬰（？——前一七六），睢陽（今河南商丘南）人，隨高祖滅秦破楚，封潁陰侯。

據史記呂太后本紀：呂后崩，諸呂用事擅權，欲爲亂，畏高帝故大臣絳（周勃）、灌（嬰）等，未敢發。朱虛侯劉章陰知其謀，乃令人告其兄齊哀王發兵誅諸呂。齊王遂發兵。相國呂産等遣灌嬰將兵擊之。灌嬰至滎陽，留屯不進，使使諭齊王及諸侯，與連和，以待呂氏變，共誅之。

【集説】

茅坤曰：子貢之亂齊、滅吴、存魯，出於戰國傾危之習，决非子貢事。而老泉此論，却足以補子貢之所不及。（唐宋八大家古文鈔）

又曰：蘇氏父子之學，出於戰國縱横者多。故此策大略亦竊陳軫、蘇秦之餘，而爲計甚工。（同上）

儲欣曰：據彼説（指史記）而借箸籌之，卓乎策士之雄。（評注蘇老泉集）

六　國〔一〕

六國破滅，非兵不利，戰不善，弊在賂秦。賂秦而力虧〔二〕，破滅之道也。或曰：六國互喪，率賂秦耶？曰：不賂者以賂者喪。蓋失强援，不能獨完，故曰：弊在賂秦也。

秦以攻取之外，小則獲邑，大則得城〔三〕。較秦之所得，與戰勝而得者其實百倍；諸侯之所亡，與戰敗而亡者，其實亦百倍。則秦之所大欲，諸侯之所大患，固不在戰矣。思厥先祖父暴霜露、斬荆棘，以有尺寸之地。子孫視之不甚惜，舉以予人，如棄草芥，今日割五城，明日割十城，然後得一夕安寢。起視四境，而秦兵又至矣。然則諸侯之地有限，暴秦之欲無厭，奉之彌繁，侵之愈急，故不戰而强弱勝負已判矣。至於顛覆，理固宜然。古人云：「以地事秦，猶抱薪救火，薪不盡，火不滅。」〔四〕此言得之。

齊人未嘗賂秦，終繼五國遷滅，何哉？與嬴而不助五國也。五國既喪，齊亦不免矣〔五〕。燕、趙之君，始有遠略，能守其土，義不賂秦。是故燕雖小國而後亡，斯用兵之效也。至丹以荆卿爲計，始速禍焉〔六〕。趙嘗五戰於秦，二敗而三勝〔七〕。後秦擊趙者再，李牧連却之〔八〕。洎牧以讒誅，邯鄲爲郡〔九〕，惜其用武而不終也。且燕、趙處秦革滅殆盡之際，可謂智力孤危，戰敗而亡，誠不得已。向使三國各愛其地，齊人勿附於秦，刺客不行，良將猶在〔一〇〕，則勝負之數，存亡之理，當與秦相較，或未易量。

嗚呼！以賂秦之地封天下之謀臣，以事秦之心禮天下之奇才，并力西向，則吾恐

秦人食之不得下咽也〔二〕。悲夫，有如此之勢，而爲秦人積威之所劫，日削月割，以趨於亡。爲國者無使爲積威之所劫哉！

夫六國與秦皆諸侯，其勢弱於秦，而猶有可以不賂而勝之之勢。苟以天下之大，下而從六國破亡之故事，是又在六國下矣。

【校】

「不能獨完」：經進本「完」字作「全」。

【箋注】

〔一〕題：戰國末期先後爲秦所吞并之韓、趙、魏、楚、燕、齊，合稱六國。此篇論六國以賂秦而亡，以暗鍼朝廷對强敵契丹之厚賂，憂國憂民之心躍然紙上。文章結構謹嚴縝密，雄辯恣肆，文辭古樸，頗能代表老蘇文風。

〔二〕賂秦而力虧：戰國策魏策：蘇秦説魏王曰：「夫事秦必割地效質，故兵未用而國已虧矣。」

〔三〕「秦以攻取」三句：指六國賂秦以地。以魏爲例，據史記秦本紀：秦惠文王六年（前三三二），「魏納陰晉」；八年（前三三〇），「納河西地」；十年（前三二八），「納上郡十五縣」。秦昭襄王二十一年（前二八六），「伐魏，魏入南陽以和」；五十三年（前二五四），秦又伐魏，取

吴城，「魏委國聽命」。

〔四〕「然則」至「火不滅」：史記虞卿列傳：「虞卿對曰：且王之地有盡，而秦之求無已。」史記魏世家：蘇代謂魏王曰：「夫以地事秦，猶抱薪救火，薪未盡，火不滅。」王不聽。又戰國策魏策：孫臣謂魏王曰：「以地事秦，譬猶抱薪而救火也，薪不盡，則火不止。」

〔五〕「與嬴而不助五國」至「齊亦不免矣」：與，親附；嬴，秦之先伯翳，佐舜調訓鳥獸，舜賜嬴氏。史記田敬仲完世家謂：「后勝相齊，多受秦間金，多使賓客入秦，秦又多予金。客皆爲反間，勸王去從朝秦，不修攻戰之備，不助五國攻秦。秦以故得滅五國。五國已亡，秦兵卒入臨淄，民莫敢格者。王建遂降，遷於共。」

〔六〕「至丹」二句：丹，燕太子丹；荆卿，荆軻。史記燕召公世家：「太子丹陰養壯士二十人，使荆軻獻督亢地圖於秦，因襲刺秦王。秦王覺，殺軻，使將軍王翦擊燕。二十九年（前二二六），秦攻拔我薊，燕王亡，徙居遼東，斬丹以獻秦。三十年，秦滅魏。三十三年，秦拔遼東，虜燕王喜，卒滅燕。」

〔七〕「趙嘗五戰於秦，二敗而三勝」：據戰國策燕策：蘇秦將爲合從，北説燕文侯曰：「秦、趙五戰，秦再勝而趙三勝。」老蘇此處襲用此語。鮑彪注曰：「設辭也。」考之史實，確非實指。

〔八〕「後秦擊趙」二句：李牧，趙末名將。史記趙世家：「（幽繆王遷）三年（前二三三），李牧率師與戰肥下，却之。封牧爲武安君。四年，秦攻番吾，李牧與之戰，却之。」

〔九〕「洎牧」二句：洎，等到。史記廉頗藺相如列傳：「趙王遷七年（前二二九），秦使王翦攻趙，趙使李牧、司馬尚禦之。秦多與趙王寵臣郭開金，爲反間，言李牧、司馬尚欲反。趙王乃使趙葱及齊將顏聚代李牧。李牧不受命，趙使人微捕得李牧，斬之。廢司馬尚。後三月，王翦因急擊趙，大破，殺趙葱，虜趙王遷及其將顏聚，遂滅趙。」

〔一〇〕「刺客」二句：刺客指荆軻，良將指廉頗、李牧。據史記廉頗藺相如列傳：廉頗，趙惠文王時任上卿，屢立戰功。秦、趙長平之戰，頗堅壁固守三年。趙孝成王信秦之間，以趙括代頗爲將，兵敗，數十萬之衆遂降秦，秦悉阬之。

〔一一〕「吾恐」句：喻秦或將爲六國所滅。史記秦始皇本紀附班固記曰：「（趙）高死之後，賓婚未得盡相勞，餐未及下咽，酒未及濡脣，楚兵已屠關中。」

【集説】

何景明曰：老泉論六國賂秦，其實借論宋賂契丹之事，而卒以此亡，可謂深謀先見之識矣。（唐宋文舉要）

茅坤曰：一篇議論，由戰國策縱人之説來，卻能與戰國策相仲伯。當與子由六國論并看。（唐宋八大家古文鈔）

陶石簣曰：老泉曰：封謀臣，禮賢才，以并力西向，則恐秦人食之不得下咽也。可謂至論。（三蘇文範）

袁中郎曰：此篇論六國之所以亡，乃六國之成案。其考證處，開闔處，爲六國籌畫處，皆確然正議。末影宋事尤妙。（三蘇文範）

儲欣曰：謂此悲六國乎？非也。劉六符來求地，歲幣頓增，五城十城之割，如水就下，直易易耳，借古傷今，淋漓深痛。（唐宋文舉要）

高步瀛曰：宋真宗景德元年，與契丹主（聖宗）爲澶淵之盟，宋輸遼歲幣銀十萬兩，絹二十萬匹。仁宗慶曆二年，契丹遣蕭英、劉六符至宋求關南十縣地。富弼再使契丹，卒定盟加歲幣銀絹各十萬兩匹，且欲改稱獻或納，弼皆不可。仁宗用晏殊議，竟以納字許之。此宋賂契丹之事也。至於西夏，亦復有賂。慶曆三年，元昊上書請和，賜歲幣絹十萬匹、茶三萬斤。見宋史真宗、仁宗本紀，寇準、曹利用、富弼等傳，及續資治通鑑長編。此雖非割地，然幾與割地無異。故明允慨乎其言之也。（唐宋文舉要）

項籍〔一〕

吾嘗論項籍有取天下之才〔二〕，而無取天下之慮；曹操有取天下之慮，而無取天下之量〔三〕；劉備有取天下之量，而無取天下之才〔四〕。故三人者，終其身無成焉。且夫不有所棄，不可以得天下之勢；不有所忍，不可以盡天下之利。是故地有

所不取，城有所不攻，勝有所不就，敗有所不避〔五〕；其來不喜，其去不怒；肆天下之所爲而徐制其後，乃克有濟。

嗚呼！項籍有百戰百勝之才，而死於垓下〔六〕，無惑也。吾觀其戰於鉅鹿也〔七〕，見其慮之不長，量之不大，未嘗不怪其死於垓下之晚也。方籍之渡河，沛公始整兵嚮關〔八〕，籍於此時若急引軍趨秦，及其鋒而用之，可以據咸陽，制天下。不知出此，而區區與秦將争一旦之命。既全鉅鹿，而猶徘徊河南、新安間〔九〕，至函谷，則沛公入咸陽數月矣。夫秦人既已安沛公而讐籍〔一〇〕，則其勢不得强而臣。故籍雖遷沛公漢中，而卒都彭城，使沛公得還定三秦〔一一〕，則天下之勢在漢不在楚。楚雖百戰百勝，尚何益哉？故曰：兆垓下之死者，鉅鹿之戰也。

或曰：雖然，籍必能入秦乎？曰：項梁死，章邯謂楚不足慮，故移兵伐趙，有輕楚心，而良將勁兵盡於鉅鹿〔一二〕。籍誠能以必死之士，擊其輕敵寡弱之師，入之易耳。且亡秦之守關，與沛公之守，善否可知也。沛公之攻關，與籍之攻，善否又可知也。以秦之守而沛公攻入之，沛公之守而籍攻入之，然則亡秦之守，籍不能入哉？

或曰：秦可入矣，如救趙何？曰：虎方捕鹿，羆據其穴，搏其子，虎安得不置鹿

而返。返則碎於羆明矣。軍志所謂攻其必救也〔一三〕。使籍入關，王離、涉間必釋趙自救。籍據關逆擊其前，趙與諸侯救者十餘壁躡其後，覆之必矣。是籍一舉解趙之圍，而收功於秦也。戰國時魏伐趙，齊救之，田忌引兵疾走大梁，因存趙而破魏〔一四〕。彼宋義號知兵，殊不達此，屯安陽不進，而曰待秦敝〔一五〕。吾恐秦未敝，而沛公先據關矣。籍與義俱失焉。

是故古之取天下者，常先圖所守。諸葛孔明棄荊州而就西蜀〔一六〕，吾知其無能爲也。且彼未嘗見大險也，彼以爲劍門者可以不亡也〔一七〕。吾嘗觀蜀之險，其守不可出，其出不可繼，兢兢而自完猶且不給，而何足以制中原哉？若夫秦、漢之故都，沃土千里，洪河大山〔一八〕，真可以控天下，又烏事夫不可以措足如劍門者而後曰險哉？

今夫富人必居四通五達之都，使其財布出於天下，然後可以收天下之利。有小丈夫者，得一金，櫝而藏諸家，拒户而守之，嗚呼！是求不失也，非求富也。大盜至，劫而取之，又焉知其果不失也〔一九〕。

【校】

「故三人者」：經進本無「者」字。

「則天下之勢在漢不在楚，楚雖百戰百勝」：影宋本脱「楚雖」二字，備要本脱一「楚」字。

「兢兢而自完」：經進本「完」字作「全」。

【箋注】

〔一〕題：項籍（前二三二——二〇二），字羽，下相（今江蘇宿縣西南）人。世世爲楚將。秦二世元年（前二〇九），從叔父項梁斬會稽守起兵。梁戰死，羽統其兵。破秦主力。秦亡，自立爲西楚霸王。後爲劉邦擊敗於垓下，「身死東城（今安徽定遠東南）」。此篇總論項羽一生成敗，謂其爲「據户而守」之「小丈夫」，「有取天下之才，而無取天下之慮」。聯繫北宋太祖雖統一中國，然遺燕雲十六州於契丹，後世亦長期賂敵，「拒户而守」，是此篇亦有所慨而發之者耳。

〔二〕「項籍」句：史記項羽本紀：「籍長八尺餘，力能扛鼎，才氣過人。」又曰：「夫秦失其政，陳涉首難，豪傑蠭起，相與并争，不可勝數。然羽非有尺寸乘埶，起隴畝之中，三年，遂將五諸侯滅秦，分裂天下，而封王侯，政由羽出，號爲霸王，位雖不終，近古以來未嘗有也。」

〔三〕「曹操」二句：三國志魏書武帝紀裴注引曹瞞傳曰：「（曹操）持法峻刻，諸將有計畫勝出己者，隨以法誅之。及故人舊怨，亦皆無餘。」

〔四〕「劉備」二句：劉備棄荆州而入蜀，率大軍征吴等均舉措失當。三國志蜀書先主傳：「機權幹略，不逮魏武（曹操），是以基宇亦狹。」

〔五〕「地有所不取」至「敗有所不避」：孫子九變：「途有所不由，軍有所不擊，城有所不攻，地有所不争，君命有所不受。」

〔六〕「項籍」二句：垓下，在今安徽靈璧南沱河北岸。據史記項羽本紀載，項羽軍壁垓下，兵少食盡，漢軍及諸侯兵圍之數重。夜潰圍走，陷大澤中，復引兵至東城，「五年，卒亡其國，身死東城」。史記高祖本紀、漢書灌嬰傳所載略同。惟項羽本紀又載項羽「自刎」烏江（今安徽和縣東北），烏江距東城三百餘里。據今人考證，當以「身死東城」爲是。

〔七〕戰於鉅鹿：據史記項羽本紀：秦二世三年（前二〇七），秦將章邯已破項梁軍，則以爲楚地兵不足憂，乃渡河（漳水）擊趙，大破之。趙王歇及陳餘、張耳皆走鉅鹿城（今河北平鄉西南）。章邯令王離、涉間圍鉅鹿，章邯軍其南。楚懷王置宋義爲上將軍，號爲卿子冠軍，項羽爲次將，范增爲末將，率諸别將北救趙。行至安陽，留四十六日不進。項羽請宋義疾引兵渡河破秦軍，宋義不聽，飲酒高會，士卒凍飢。羽於晨朝入帳斬之，諸將慴服，共立羽爲假上將軍。羽乃引兵渡河，沉舟破釜甑，大破秦軍，虜王離，涉間自焚殺。

〔八〕「方籍」二句：劉邦時爲沛公。據史記高祖本紀：方懷王遣宋義、項籍北救趙，令沛公西略地入關。與諸將約，先入定關中者王之。沛公乃引兵西攻昌邑，過高陽，襲陳留，屠潁陽，破南陽，奪武關，遂先諸侯至霸上，降秦王子嬰。

〔九〕「既全鉅鹿」二句：據史記項羽本紀：項羽既解鉅鹿之圍，與章邯軍相持未戰。二世使人讓

章邯，章邯恐，使長史欣請事。至咸陽，秦權相趙高不見，有不信之心。欣還走其軍，請邯熟計之。邯陰使軍侯始成使項羽，欲約。約未成，項羽大破秦軍汙水上。章邯降，項羽引兵到新安，坑秦降卒二十餘萬人。雖略定秦地，而遲遲未直搗咸陽。

〔一〇〕「夫秦人」句：沛公入咸陽，從樊噲、張良諫，封秦重寶財物府庫，還軍霸上。與父老約法三章，除秦苛法，無所侵暴，秦民大喜，唯恐沛公不爲秦王。而項籍入關，西屠咸陽，殺秦降王子嬰，燒秦宮室，火三月不滅；收其貨寶婦女而東，所過無不殘破。秦人大失望，然恐，不敢不服耳。事見史記項羽本紀、高祖本紀。

〔一一〕「故籍雖還沛公漢中」至「還定三秦」：據史記項羽本紀：項王見秦宮室皆以燒殘破，又心懷思欲東歸，乃尊懷王爲義帝，立諸將爲侯王。以巴、蜀道險，立沛公爲漢王，王巴、蜀、漢中。而三分關中，王秦降將以距塞漢王。立章邯爲雍王，王咸陽以西；司馬欣爲塞王，王咸陽以東至河；董翳爲翟王，王上郡。而自引兵東，王九郡，都彭城。漢元年（前二〇六），漢王用韓信計，從故道還關中，定三秦。

〔一二〕「項梁死」至「良將勁兵盡於鉅鹿」：史記項羽本紀：「秦果悉起兵益章邯，擊楚軍，大破之定陶，項梁死。……章邯已破項梁軍，則以爲楚地兵不足憂，乃渡河擊趙，大破之。當此時，趙歇爲王，陳餘爲將，張耳爲相，皆走入鉅鹿城。章邯令王離、涉間圍鉅鹿。」

〔一三〕「軍志」句：孫子虛實：「善戰者致人而不致於人。能使敵人自至者，利之也。……我欲戰，

敵雖高壘深溝，不得不與我戰者，攻其所必救也。」

〔一四〕「戰國時」至「因存趙而破魏」：據史記 孫子吳起列傳：魏伐趙，趙請救於齊。齊威王以田忌爲將，孫臏爲師。田忌用孫臏計，引兵疾走大梁。魏去邯鄲以自救，與齊戰於桂陵，大敗。

〔一五〕「彼宋義」至「待秦敝」：史記 項羽本紀：「初，宋義所遇齊使者高陵君顯在楚軍，見楚王曰：『宋義論武信君（項梁）之軍必敗。居數日，軍果敗。兵未戰而先見敗徵，此可謂知兵矣。』王召宋義與計事而大説之，因置以爲上將軍，項羽爲魯公，爲次將，范增爲末將，救趙。諸別將皆屬宋義，號爲卿子冠軍。行至安陽，留四十六日不進。項羽曰：『吾聞秦軍圍趙王鉅鹿，疾引兵渡河，楚擊其外，趙應其內，破秦軍必矣。』宋義曰：『不然，夫搏牛之蝱不可以破蟣蝨。今秦攻趙，戰勝則兵罷，我承其敝；不勝，則我引兵鼓行而西，必舉秦矣。』」

〔一六〕「諸葛孔明」句：見强弱注〔六〕。

〔一七〕彼以爲劍門者可以不亡也：劍門，今四川 劍閣 劍門關，地勢雄險，乃由陝入蜀咽喉，有「一夫當關，萬夫莫敵」之稱。諸葛亮 隆中對策有「益州險塞」、「若跨有荆 益，保其巖阻」之論。老蘇關於諸葛亮「以爲劍門者可以不亡」之説疑本此。

〔一八〕「若夫秦 漢」至「洪河大山」：漢書 地理志曰：「秦地沃野千里。」班固 西都賦曰：「左據函谷、二崤之阻，表以太華、終南之山，右界褒斜、隴首之險，帶以洪河、涇、渭之川。」

〔一九〕「今夫富人」至「果不失也」：意本莊子 胠篋，見攻守注〔八〕。

【集説】

茅坤曰：蘇氏父子往往按事後成敗立説，而非其至。然其文特雄，近戰國策。（唐宋八大家古文鈔）

汪份曰：只就客設譬比喻結案，不説客，正意不更歸到主，作法奇變。（唐宋文舉要）

儲欣曰：似非論項籍也。特借籍以明取天下者當先圖所守，而關中守之，可恃以爲國耳。然而知其意者鮮矣。（評注蘇老泉集）

高祖〔一〕

漢高祖挾數用術，以制一時之利害，不如陳平〔二〕；揣摩天下之勢，舉指摇目以劫制項羽，不如張良〔三〕。微此二人，則天下不歸漢，而高帝乃木彊之人而止耳〔四〕。然天下已定，後世子孫之計，陳平、張良智之所不及，則高帝常先爲之規畫處置，以中後世之所爲，曉然如目見其事而爲之者。蓋高帝之智，明於大而暗於小，至於此而後見也。

帝嘗語吕后曰：「周勃厚重少文，然安劉氏必勃也。可令爲太尉。」〔五〕方是時，劉氏既安矣，勃又將誰安邪？故吾之意曰：高帝之以太尉屬勃也，知有吕氏之

禍也〔六〕。

雖然，其不去吕后，何也？勢不可也。昔者武王没，成王幼，而三監叛〔七〕。帝意百歲後，將相大臣及諸侯王有武庚禄父者，而無有以制之也。獨計以爲家有主母，而豪奴悍婢不敢與弱子抗。吕后佐帝定天下，爲大臣素所畏服〔八〕，獨此可以鎮壓其邪心，以待嗣子之壯〔九〕。故不去吕后者，爲惠帝計也。

吕后既不可去，故削其黨以損其權，使雖有變而天下不摇。是故以樊噲之功，一旦遂欲斬之而無疑〔一〇〕。嗚呼！彼豈獨於噲不仁耶？且噲與帝偕起，拔城陷陣，功不爲少矣。方亞父嗾項莊時，微噲誚讓羽〔一一〕，則漢之爲漢，未可知也。一旦人有惡噲欲滅戚氏者，時噲出伐燕，立命平、勃即斬之。夫噲之罪未形也，惡之者誠僞未必也，且高帝之不以一女子斬天下之功臣，亦明矣。彼其娶於吕氏，吕氏之族若産、禄輩皆庸才不足卹，獨噲豪健，諸將所不能制，後世之患，無大於此矣。夫高帝之視吕后也，猶醫者之視堇也〔一二〕，使其毒可以治病，而無至於殺人而已矣。樊噲死，則吕氏之毒將不至於殺人，高帝以爲是足以死而無憂矣。彼平、勃者，遺其憂者也。噲之死於惠之六年也〔一三〕，天也。使其尚在，則吕禄不可紿，太尉不得入北軍矣〔一四〕。

或謂噲於帝最親，使之尚在，未必與産、禄叛。夫韓信、黥布、盧綰皆南面稱孤，

而綰又最爲親幸，然及高祖之未崩也，皆相繼以逆誅〔一五〕。誰謂百歲之後，椎埋屠狗之人〔一六〕，見其親戚乘勢爲帝王而不欣然從之邪？吾故曰：彼平、勃者，遺其憂者也。

【校】

「高祖」：經進本作「高帝」，下文皆同。

【箋注】

〔一〕題：前篇論項羽「慮之不長」，「無取天下之慮」，此項羽之所以失天下也。本文内容恰相反，論劉邦雖「暗於小」，「挾數用術」不及人，但「明於大」，「以太尉屬勃」、「不去吕后」、欲斬樊噲，皆爲防後患，「先爲之規畫處置」，此劉邦之所以能「安劉」也。

〔二〕「漢高祖挾數用術」至「不如陳平」：陳平，見用間注〔七〕。史記陳丞相世家謂其「常出奇計，救紛糾之難，振國家之患。……以榮名終，稱賢相，豈不善始善終哉！非知謀孰能當此者乎」。

〔三〕「揣摩天下之勢」至「不如張良」：據史記留侯世家：張良（？——前一八九），字子房，傳爲城父（今安徽亳州）人。祖和父相韓五世。秦皇帝東游，良與客嘗狙擊於博浪沙中，誤中副車，良亡匿下邳。陳勝起兵，良聚衆歸劉邦，邦善之，常用其策。高帝曰：「夫運籌策帷帳之中，決勝於千里之外，吾不如子房。」

〔四〕「而高帝」句：史記張丞相列傳論：「周昌，木彊人也。任敖以舊德用。申屠嘉可謂守節矣，然無學術。殆與蕭（何）、曹（參）、陳平異矣。」張守節正義：「（木彊），言其質直倔强如木石焉。」此與蕭、曹、陳對比，洵文與陳、張對比，可知木彊之人乃指質而少文，不善「挾數用術」之人。又：絳侯周勃世家：「勃爲人木彊敦厚，高帝以爲可屬大事。……其椎少文如此。」義同此。

〔五〕「帝嘗語吕后曰」至「可令爲太尉」：史記高帝本紀：「吕后問：『陛下百歲後，蕭相國即死，令誰代之？』上曰：『曹參可。』問其次，上曰：『王陵可，然陵少戇，陳平可以助之。陳平智有餘，然難以獨任。周勃重厚少文，然安劉氏者必勃也，可令爲太尉。』吕后復問其次，上曰：『此後亦非而所知也。』」周勃（？——前一六九），沛人，從劉邦起兵，以軍功爲將軍，封絳侯，吕后時果爲太尉。又留侯世家記張良於蕭何爲相國後，所言事「非天下所以存亡，故不著」。因知天下已定後張良「智不及」高祖。

〔六〕吕氏之禍：據史記吕太后本紀：吕后名雉，字娥姁。爲人剛毅，佐高祖定天下，所誅大臣多吕后力。惠帝崩，吕后臨朝稱制，分封諸吕爲王侯。後吕后病甚，慮大臣弗平爲變，乃令趙王吕禄軍北軍，吕王産居南軍，太尉周勃不得入軍中主兵。吕后死，諸吕欲爲亂，周勃用陳平計，誅諸吕。

〔七〕「武王没」三句：三監之説有二：漢書地理志謂周滅殷，分其畿内爲三國，邶以封紂子武庚，

鄘以管叔尹之，衛以蔡叔尹之，以監殷民；帝王世紀則謂管叔監衛，蔡叔監鄘，霍叔監邶。史記無三監之説，稱「武王爲殷初定未集，乃使其弟管叔鮮、蔡叔度相禄父（即武庚）治殷。」武王崩，成王幼，周公攝政。管叔、蔡叔等疑周公，與武庚作亂，叛周。周公平定之。

〔八〕「吕后」二句：史記吕后本紀：「吕后爲人剛毅，佐高祖定天下，所誅大臣多吕后力。」又盧綰列傳載綰語：「往年春，漢族淮陰；夏，誅彭城，皆吕后計。今上病，屬任吕后。吕后婦人，專欲以事誅異姓王者及大功臣。」

〔九〕以待嗣子之壯：漢書惠帝紀：「孝惠皇帝，高祖太子也。帝年五歲，高祖初爲漢王。二年，立爲太子。十二年四月，高祖崩。五月丙寅，太子即皇帝位。」可知惠帝繼位，年僅十七。

〔一〇〕「是故」二句：樊噲（？——前一八九），沛人，隨劉邦起義，以軍功封號賢成君。漢初，隨劉邦擊破臧荼、陳豨和韓王信，任左丞相，封舞陽侯。其妻吕須爲吕后妹。當高祖病甚，人有惡噲黨於吕后者，謂上如一日宫車宴駕，則噲欲以兵誅其寵妃戚氏及其子趙王如意之屬，高祖大怒，乃使陳平載絳侯代將而即軍中斬噲。陳平畏吕后，執噲詣長安，至則高祖已崩，吕后釋噲。

〔一一〕「方亞父」二句：亞父，即范增（前二七七——前二〇四）。居鄛（今安徽桐城）人。隨項梁起兵，後爲項羽主要謀士，尊爲亞父。漢元年（前二〇六），項羽率軍四十萬進駐鴻門（今陝西臨潼東），與范增定計請劉邦赴宴，范增于宴中令項莊舞劍，欲擊劉邦。樊噲聞事急，乃撞入

營，因責數項羽，使邦得借如厠走歸霸上軍。史記、漢書噲本傳均謂「是日微樊噲奔入營譙讓項羽，沛公事幾殆」。

〔一二〕堇：藥草名，有毒，可療諸瘡及跌打損傷。呂氏春秋勸學：「是救病而飲之以堇也。」

〔一三〕「噲之死」句：史記樊噲傳：「孝惠六年，樊噲卒，謚爲武侯。」

〔一四〕「則呂禄」二句：紿，欺騙。呂后崩，諸呂不自安，欲亂關中。太尉周勃乃與丞相陳平謀，使酈寄與劉揭紿説上將軍呂禄之國守藩（趙國），以兵屬太尉。呂禄遂解印屬劉揭，而以兵屬太尉，太尉乃得入北軍，滅諸呂。

〔一五〕「夫韓信、黥布、盧綰」至「皆相繼以逆誅」：韓信（？——前一九六），指韓王信，故韓襄王庶孫，劉邦經略下韓故地時任爲韓將，從邦入武關。及邦還定三秦，乃拜信爲韓太尉，將兵略韓地，擊敗項羽所封韓王昌，立信爲韓王。漢六年（前二〇一），詔徙王太原以北禦胡。數使使胡求和解，高祖使人責讓之。信恐誅，叛。兵敗亡走匈奴，爲漢將軍柴武所斬。黥布（？——前一九五），即英布，六縣（今安徽六安東北）人。秦末率驪山刑徒起義，嘗爲項羽前鋒，封九江王。漢三年（前二〇四）歸漢，封淮南王。後舉兵反，敗，爲長沙王所誘殺。盧綰（前二四七——前一九三），豐（今屬江蘇）人，與劉邦爲世交，又同日生，故相得。隨劉邦起義，入漢中爲將軍，常侍中。東擊項羽，以太尉常從，出入卧内，衣服飲食賞賜，群臣莫敢望。漢五年（前二〇二），封燕王。高祖東擊黥布，召盧綰不至，又聞使匈奴，於是使樊噲擊燕，綰

亡入匈奴。見史記韓信盧綰列傳、黥布列傳。

〔一六〕椎埋屠狗之人：指樊噲。椎埋，殺人埋其屍。漢書酷吏傳：「王温舒，陽陵人也，少時椎埋爲奸。」顏師古注：「椎殺人而埋之。」屠狗，噲曾以屠狗爲業，見史記樊噲傳。

【集説】

曾鞏曰：老泉之文，侈能使之約，遠能使之近，大能使之微，小能使之著，煩能不亂，肆能不流。作高祖論，其雄壯俊偉，若决江河而下也；其輝光明白，若引星辰而上也。（百大家評古文關鍵）

李廌曰：文字要駕空立意。蘇明允春秋論揣摩以天子之權與魯之意，作一段議論；高祖論揣摩不去吕后之意作一段議論。當時夫子與高祖之意未必如此。此自駕空，自出新意，文法最高。熟之必長於論。（百大家評古文關鍵）

吕祖謙曰：此篇須看抑揚反覆過接處，將無作有，以虚爲實。（静觀室三蘇文選）

謝枋得曰：此論高祖命平、勃即軍中斬樊噲事，有所見，遂作一段文字。知有吕后之禍，而用周勃、不去吕后二事皆是窮思極慮，刻苦作文……必熟讀暗記，方知其妙。（静觀室三蘇文選）

唐順之曰：用吕后以制天下，用周勃以制吕氏之禍而安劉，（洵）揣摩高帝之智，可八九中矣。規劃區處，莫如用周勃，而以平佐之。公却不循成説，實以斬噲一節，此猶高帝所或然者；獨謂噲必與禄、産叛爲已甚耳！揚之而在雲，抑之而在淵，文中胸中之奇，不可禁御如此。（評注蘇老

泉集）

茅坤曰：雖非當漢成敗確論，而行文卻自縱横可愛。又曰：愚謂高帝死而吕后獨任陳平，未必不由不斬噲一着。且噲不死，其助禄、産之叛亦未必。觀其譙羽鴻門與排闥而諫，噲亦似有氣岸而能守正者，豈可以屠狗之雄而遽逆其詐哉！蘇氏父子兄弟往往以事後成敗摭拾人得失，類如此。（唐宋八大家文鈔）

嘉祐集箋注卷四

衡論

衡論敘〔一〕

事有可以盡告人者，有可告人以其端而不可盡者。盡以告人，其難在告；告人以其端，其難在用。

今夫衡之有刻也，於此爲銖，於此爲石〔二〕，求之而不得，曰是非善衡焉，可也；曰權罪者，非也。

始吾作權書，以爲其用可以至於無窮，而亦可以至於無用，於是又作衡論十篇。嗚呼！從吾説而不見其成，乃今可以罪我焉耳。

【校】

題：影宋本作衡論上并引，經進本、二黄本作衡論并序，祠本同底本。

【箋注】

〔一〕題：王充論衡自紀云：「論衡者，論之平也。」「論輕重之言，立真僞之平。」蘇洵衡論，亦爲衡情酌理，權衡國家得失之書。權書言兵，衡論言政，乃姊妹篇。敘有「始吾作權書」，「於是又作衡論」，可知衡論作於權書後不久，即作於皇祐三、四年（一〇五一、一〇五二）至嘉祐元年（一〇五六）春之間，參見權書叙注〔一〕。

〔二〕「今夫衡之有刻」至「於此爲石」：刻，秤之刻度。銖、石，均古時衡制單位；其説不一，漢書稱一百黍爲一銖，是極小單位；一百二十斤爲一石，是極大單位。

【集説】

茅坤曰：按此老泉經世之文也。其議論多雜以申韓。（唐宋八大家古文鈔）

遠慮〔一〕

聖人之道，有經，有權，有機〔二〕；是以有民，有群臣，而又有腹心之臣。曰經者，天下之民舉知之可也；曰權者，民不得而知矣，群臣知之可也；曰機者，雖群臣亦不

得而知矣，腹心之臣知之可也。夫使聖人而無權，則無以成天下之務；無機，則無以濟萬世之功。然皆非天下之民所宜知。而機者，又群臣所不得聞。群臣不得聞，誰與議？不議不濟。然則所謂腹心之臣者，不可一日無也。

後世見三代取天下以仁義，而守之以禮樂也，則曰：聖人無機。夫取天下與守天下，無機不能。顧三代聖人之機，不若後世之詐，故後世不得見耳。有機也，是以有腹心之臣。禹有益，湯有伊尹，武王有太公望〔三〕。是三臣者，聞天下之所不聞，知群臣之所不知。禹與湯、武倡其機於上，而三臣共和之於下，以成萬世之功。下而至於桓、文，有管仲、狐偃爲之謀主；闔廬有伍員；勾踐有范蠡、大夫種〔四〕。高祖之起也，大將任韓信、黥布、彭越，裨將任曹參、樊噲、滕公、灌嬰，游説諸侯任酈生、陸賈、樅公，至於奇機密謀，群臣所不與者，惟留侯、酇侯二人〔五〕。唐太宗之臣多奇才，而委之深、任之密者，亦不過曰房、杜〔六〕。

夫君子爲善之心與小人爲惡之心，一也。君子有機以成其善，小人有機以成其惡。有機也，雖惡亦或濟；無機也，雖善亦不克。是故腹心之臣，不可以一日無也。司馬氏，魏之賊也，有賈充之徒爲之腹心之臣以濟〔七〕；陳勝、吴廣，秦民之湯、武

也〔八〕，無腹心之臣以不克。何則？無腹心之臣者，無機也，有機而泄也。夫無機與有機而泄者，譬如虎豹食人而不知設陷穽，設陷穽而不知以物覆其上者也。

或曰：機者，創業之君所假以濟耳；守成之世，其奚事機而安用夫腹心之臣？嗚呼！守成之世，能遂熙然如太古之世矣乎〔九〕？未也。吾未見機之可去也。且夫天下之變，常伏於燕安，田文所謂「主少國危，大臣未附」〔一〇〕，如此等事，何世無之？當是之時，而無腹心之臣，可爲寒心哉！昔者，高祖之末，天下既定矣，而又以周勃遺孝惠、孝文〔一一〕。武帝之末，天下既治矣，而又以霍光遺孝昭、孝宣〔一二〕。蓋天下雖有泰山之勢〔一三〕，而聖人常以累卵爲心〔一四〕，故雖守成之世，而腹心之臣不可去也。

傳曰：「百官總己以聽於冢宰。」〔一五〕彼冢宰者，非腹心之臣，天子安能舉天下之事委之三年，而不置疑於其間邪？又曰：「五載一巡狩。」〔一六〕彼無腹心之臣，五載一出，捐千里之畿，而誰與守邪？今夫一家之中，必有宗老；一介之士，必有密友；以開心胸，以濟緩急；奈何天子而無腹心之臣乎？

近世之君抗然於上，而使宰相眇然於下，上下不接，而其志不通矣。臣視君如天之遼然而不可親，而君亦如天之視人，泊然無愛之之心也。是以社稷之憂，彼不以爲

憂；社稷之喜，彼不以爲喜。君憂不辱，君辱不死〔一七〕。一人譽之則用之，一人毁之則捨之。宰相避嫌畏譏且不暇，何暇盡心以憂社稷？數遷數易，視相府如傳舍〔一八〕。百官泛泛於下，而天子惸惸於上，一旦有卒然之憂，吾未見其不顛沛而殞越也。

聖人之任腹心之臣也，尊之如父師，愛之如兄弟，握手入卧内，同起居寢食，知無不言，言無不盡，百人譽之不加密，百人毁之不加疏，尊其爵，厚其禄，重其權，而後可以議天下之機，慮天下之變。太祖之用趙中令也，得其道矣〔一九〕。近者，寇萊公亦誠其人〔二〇〕，然與之權輕，故終以見逐，而天下幾有不測之變。然則其必使之可以生人殺人而後可也。

【校】

「主少國危」：經進本、影宋本、二黄本、張本「主」字作「子」，考之史記吴起列傳，誤。

「魏之賊也」：影宋本、張本作「曹氏賊也」。

「以開心胸」：「心胸」原作「胸心」，此從諸本。

「抗然於上」：邵本、祠本「抗」字作「宴」。

「太祖之用」：祠本無「之」字。

【箋注】

〔一〕題：此篇論爲國不可無腹心之臣。蓋有感於慶曆中范仲淹入相府，推行新政，功未成而罷，慮及天下或將有卒然之憂、不測之變也。可與老蘇任相、上歐陽内翰第一書參讀。

〔二〕「聖人之道」四句：經、權，見審勢注〔九〕。機，機要，機密。漢書王莽傳：「平晏領機事。」

〔三〕「禹有益」三句：益，即伯益，一作伯翳，亦稱大費。古代嬴姓各族祖先。傳其善於畜牧和狩獵，被舜任爲虞。後助禹治水有功，見尚書舜典。伊尹，見用間注〔三〕。太公望，見權書叙注〔三〕。

〔四〕「下而至於桓、文」至「勾踐有范蠡、大夫種」：桓、文，即齊桓公、晉文公，春秋時以「尊王攘夷」爲號召，匡合諸侯，致成霸業。管仲事參老蘇管仲論。狐偃，晉文公重耳舅氏，亦稱舅犯。曾隨重耳流亡十九年，助其回國即位，改革内政。後任上軍之佐，平定周亂，參加城濮（今河南范縣西南）之役，戰勝楚軍。事見國語晉語。闔廬，吴王諸樊之子，名光，伍員助闔廬事見孫武注〔八〕。越王勾踐事參孫武注〔一〇〕。范蠡字少伯，越之上將軍。大夫種即文種，越大夫。勾踐夫椒之敗後，納范蠡議，令大夫種行成於吴，使范蠡與柘稽爲質，舉國政屬大夫種，後終滅吴稱霸，見史記越王勾踐世家。

〔五〕「高祖之起也」至「惟留侯、酇侯二人」：高祖即漢高祖劉邦，韓信指淮陰侯韓信，滕公指夏侯嬰，留侯指張良，酇侯指蕭何。黥布、樊噲、留侯，見高祖注〔三〕、〔一〇〕、〔一五〕。韓信見

用間注〔七〕。彭越（？——前一六九），昌邑（今山東金鄉西北）人，字仲。秦末，聚衆起兵，無所屬。漢元年，齊王田榮畔項王，賜彭越將軍印，越大破楚軍。漢二年，彭越以其衆三萬餘人歸漢於外黄，拜魏相國，下昌邑旁二十餘城。引兵會垓下，破楚，封梁王。後以謀反罪誅，事見史記魏豹彭越列傳。曹參（？——前一九〇），沛（今屬江蘇）人，從劉邦起兵，數立戰功，遷將軍。從邦還定三秦，擊項羽軍。後助韓信定齊，斬楚將龍且。蕭何死，代之爲相。事見史記曹相國世家。夏侯嬰，秦時爲沛廄司御，補縣吏，與劉邦相愛。劉邦爲沛公，以爲太僕。破秦以軍功賜爵封，轉爲滕公。邦爲漢王，賜嬰爵列侯，號昭平侯。漢王立爲帝，從擊代，又以太僕擊陳豨、黥布軍，定食汝陰。事見史記樊酈滕灌列傳。灌嬰，睢陽販繒者。從沛公擊秦，賜爵。沛公爲漢王，拜爲中謁者。東擊項羽，遷御史大夫，受詔從韓信擊破齊軍於歷下，破秦將龍且。漢王立爲帝，剖符，食潁陰，號潁陰侯（同上）。酈生食其，陳留高陽人，好讀書，家貧落魄，縣中謂之「狂生」。沛公將兵略地陳留，酈生爲之説陳留令畔秦，令不從，夜半時斬之，沛公遂下陳留，號廣野君。此後常爲劉邦説客，馳使諸侯。漢三年（前二〇四），酈生往説齊王歸漢，伏軾下齊七十餘城。見史記酈生陸賈列傳。陸賈，楚人，以客從高祖定天下，名爲「有口辯士」，居左右，常使諸侯。曾用張良計與酈生往説秦將，啗以利，劉邦因襲攻武關，破之。高祖初定天下，使陸賈賜尉他印爲南越王，尉他箕倨以見，賈説折之，令稱臣奉漢約，拜太中大夫。見同上。樅公，劉邦爲漢王時任御史大夫。楚漢之争，漢王困

滎陽，遁，令樅公與周苛、魏豹守，樅公與周苛相約殺豹，見史記高祖本紀。留侯事見高祖注〔三〕。蕭何（？——前一九三），沛豐人。爲沛主吏掾。邦起爲沛公，何爲丞督事。邦爲漢王，何爲丞相。高祖稱帝論功行封，以何功最盛，封酇侯。高祖曰：「鎮國家，撫百姓，給餽饟，不絕糧道，吾不如蕭何。」事見史記蕭相國世家。

〔六〕房、杜：房玄齡（五七八——六四八）名喬，齊州臨淄（今山東臨淄）人。秦王李世民起兵，至渭北，玄齡往謁，隨征伐。太宗稱帝，爲中書令。杜如晦（五八五——六三〇），字克明，京兆杜陵（今西安南）人。唐武德初，爲秦王府兵曹參軍，參與機密。太宗即位，官至尚書僕射，與房玄齡共掌朝政。房多謀，杜善斷，世稱「房謀杜斷」。事見新、舊唐書二人本傳。

〔七〕「司馬氏」至「爲之腹心之臣以濟」：司馬氏，指司馬懿及其子師、昭，先後獨攬魏政。昭子炎終至廢魏稱帝，是爲晉。賈充（二一七——二八二），字公閭，平陽襄陵（今山西襄汾東北）人。曹魏時任大將軍司馬、廷尉，爲司馬氏所親信。曾指使成濟殺魏帝曹髦，并參與司馬炎代魏之密謀。晉立，任司空、侍中、尚書令。

〔八〕「陳勝、吴廣」二句：陳勝字涉，陽城（今河南汝南）人。吴廣字叔，陽夏（今河南太康）人。秦二世元年（前二〇九），陳勝、吴廣適戍漁陽，爲屯長，舉兵誅無道秦，勝自立將軍，廣爲都尉，不旬月，攻城皆下，聚衆數萬，勝立爲王，號張楚，天下紛紛響應。勝王凡六月，爲秦將章邯所破，其御莊賈殺以降。事見史記陳涉世家。滅暴秦由此發軔，終解秦民於水火，故老蘇

以商湯滅桀，周武滅紂盛稱之。

〔九〕熙然如太古之世：莊子馬蹄：「夫赫胥氏之時，民居不知所爲，行不知所之，含哺而熙，鼓腹而游。」

〔一〇〕「田文」二句：據史記孫子吴起列傳：起爲魏將，拔秦五城；爲西河守，甚有聲名。魏相田文，吴起不悦，與論功，文以將三軍、治百官、守西河等均不及起對，然曰：「主少國危，大臣未附，百姓不信，方是之時，屬之於子乎？屬之於我乎？」起乃自知弗及田文。田文即孟嘗君，繼父封立於薛。延致賓客數千人，齊湣王以爲相。後懼禍，如魏，昭王以爲相。事見史記孟嘗君列傳。

〔一一〕「高祖之末」至「以周勃遺孝惠、孝文」：參高祖注〔五〕。

〔一二〕「武帝之末」至「以霍光遺孝昭、孝宣」：霍光（？——前六八），字子孟，河東平陽（今山西臨汾西南）人，霍去病異母弟。武帝時，爲奉車都尉。帝死，太子幼，遺詔光與桑弘羊輔政。太子立，是爲昭帝。不久死，無後，光以大司馬大將軍迎立昌邑王劉賀爲帝。賀荒誕，光廢之，迎立宣帝，光輔之，輕徭薄賦，政績斐然。事見漢書霍光傳。

〔一三〕「天下」句：語出漢書淮南王安傳：淮南王安諫伐南越書云：「傳之子孫，施之無窮，天下之安，猶泰山而四維之也。」

〔一四〕「聖人」句：荀息諫晉靈公語。見劉向説苑。

〔一五〕「百官」句：語見尚書商書伊訓。冢宰：尚書周書周官：「冢宰，掌邦制，統百官，均四海。」又論語憲問：「君薨，百官總己以聽於冢宰三年。」下文「舉天下之事委之三年」本此。

〔一六〕「五載一巡狩」：語見尚書虞書舜典。「巡狩」，又作「巡守」，孔穎達疏：「巡省守土之諸侯。」

〔一七〕「君憂」二句：反用吴越春秋語：越王勾踐返國五年，儆召群臣仰天嘆曰：「孤聞之，主憂臣辱，主辱臣死。」又見史記越王勾踐世家，然謂乃范蠡書辭勾踐語：「臣聞主憂臣勞，主辱臣死。」不知孰是。

〔一八〕「一人譽之」至「視相府如傳舍」：據宋史職官志和宰輔表：北宋監察之權極大，「御史台掌糾察官邪，肅正綱紀，大事則廷辨，小事則奏彈」。宰相因微小過失受彈免者比比皆是，更易頻繁，一代名相如趙普、吕蒙正、寇準等亦皆數上數下，故老蘇有此言。

〔一九〕「太祖」二句：趙中令謂趙普（九二二——九九二），薊（今天津薊州）人。五代柴周爲歸德節度掌書記，陳橋兵變，翊戴有功，爲右諫議大夫，樞密直學士，累遷至樞密使。乾德二年（九六四），爲門下侍郎，平章事。太祖倚信普，爲相十年，沉毅果斷，獨專朝政。然趙匡胤乃陰謀爲帝，對大臣不得不防，故先以吕餘慶、薛居正參知政事分普之權，後又罷爲河陽節度使。見宋史趙普傳。老蘇「得其道」之説乃溢美之詞。

〔二〇〕「寇萊公」：指寇準（九六一——一〇二三），字平仲，華州下邽（今陝西渭南東北）人。景德

元年(一〇〇四)契丹入侵,由宰相畢士安薦,準由三司使兵部侍郎遷任同平章事,力排衆議,促真宗駕幸澶淵,挫敵軍,訂立澶淵之盟。次年,畢士安卒,寇準任平章事加中書侍郎。旋爲資政殿大學士王欽若等所讒罷相。天禧初年復相,封萊國公,又被丁謂等排擠降官,死於雷州貶所。見宋史寇準傳。

【集説】

茅坤曰:文如怒馬,奔逸絶塵而不可羈制。大略老蘇之文,有此一段奇邁奮迅之氣,故讀之往往令人心悼。(唐宋八大家古文鈔)

儲欣曰:「君抗然於上,宰相渺然於下。」三代以下,君臣之際,言之可嘆!明太祖懲噎廢食,并宰相而廢之,又安望其有腹心之臣乎。(評注蘇老泉集)

御將〔一〕

人君御臣,相易而將難。將有二:有賢將,有才將。而御才將尤難。御相以禮,御將以術,御賢將之術以信,御才將之術以智。不以禮,不以信,是不爲也。不以術,不以智,是不能也。故曰:御將難,而御才將尤難。

六畜,其初皆獸也,彼虎豹能搏、能噬,而馬亦能蹄,牛亦能觸。先王知能搏能噬

者不可以人力制，故殺之；殺之不能，驅之而後已。蹄者可馭以羈紲，觸者可拘以楅衡，故先王不忍棄其材而廢天下之用。如曰是能蹄，是能觸，當與虎豹并殺而同驅，則是天下無騏驎終無以服乘邪？

先王之選才也，自非大奸劇惡如虎豹之不可以變其搏噬者，未有不欲制之以術，而全其才以適於用。況爲將者，又不可責以廉隅細謹，顧其才何如耳。漢之衛、霍、趙充國，唐之李靖、李勣，賢將也〔二〕；漢之韓信、黥布、彭越，唐之薛萬徹、侯君集、盛彥師，才將也〔三〕。賢將既不多有，得才者而任之可也。苟又曰是難御，則是不肖者而後可也。結以重恩，示以赤心，美田宅，豐飲饌，歌童舞女，以極其口腹耳目之欲，而折之以威，此先王之所以御才將也。

近之論者或曰：將之所以畢智竭慮、犯霜露、蹈白刃而不辭者，冀賞耳。爲國家者，不如勿先賞以邀其成功。或曰：賞所以使人，不先賞，人不爲我用。是皆一隅之說，非通論也。將之才固有小大：傑然於庸將之中者，才小者也；傑然於才將之中者，才大者也。才小志亦小，才大志亦大，人君當觀其才之大小，而爲之制御之術以稱其志。一隅之説，不可用也。

夫養騏驥者，豐其芻粒，潔其羈絡，居之新閑，浴之清泉，而後責之千里。彼騏驥

者，其志常在千里也。夫豈以一飽而廢其志哉〔四〕？至於養鷹則不然，獲一雉，飼以一雀；獲一兔，飼以一鼠。彼知不盡力於擊搏，則其勢無所得食，故然後爲我用〔五〕。才大者，騏驥也，不先賞之，是養騏驥者饑之而責其千里，不可得也；才小者，鷹也，先賞之，是養鷹者飽之而求其擊搏，亦不可得也。是故先賞之說，可施之才大者；不先賞之說，可施之才小者；兼而用之可也。

昔者，漢高祖一見韓信而授以上將，解衣衣之，推食哺之〔六〕；一見黥布，而以爲淮南王，供具飲食如王者〔七〕；一見彭越，而以爲相國〔八〕。當是時，三人者未有功於漢也。厥後追項籍垓下，與信約期而不至，捐數千里之地以畀之，如棄敝屣〔九〕。項氏未滅，天下未定，而三人者，已極富貴矣。何則？高帝知三人者之志大，不極於富貴，則不爲我用。雖極於富貴而不滅項氏，不定天下，則其志不已也。至於樊噲、滕公、灌嬰之徒則不然〔一〇〕，拔一城，陷一陣，而後增數級之爵，否則，終歲不遷也。項氏已滅，天下已定，樊噲、滕公、灌嬰之徒，計百戰之功，而後爵之通侯。夫豈高帝至此而嗇哉？知其才小而志小，雖不先賞，不怨；而先賞之，則彼將泰然自滿，而不復以立功爲事故也。

噫！方韓信之立於齊，蒯通、武涉之說未去也。當此之時而奪之王，漢其殆哉。

夫人豈不欲三分天下而自立者？而彼則曰：「漢王不奪我齊也。」〔二〕故齊不捐，則韓信不懷；韓信不懷；則天下非漢之有。嗚呼！高帝可謂知大計矣。

【校】

「不忍棄其材」：諸本「材」字誤作「才」，據經進本改。

「得才者而任之可也」：諸本脱「可也」二字，據經進本補。

「豐飲饌」：「豐」原作「大」，據經進本、二黄本、祠本改。

「將之才固有小大」：祠本「小大」作「不同」。

「韓信不懷」：原「不懷」二字作「無内心」，據經進本、二黄本、祠本改。

【箋注】

〔一〕題：此篇論御將當區别賢將、才將，大才、小才，以不同之術御之。

〔二〕「漢之衛霍」至「賢將也」：衛霍指衛青、霍去病，均以外戚入禁軍，爲漢武帝時名將。衛青（？——前一〇六），字仲卿，河東平陽（今山西臨汾西南）人，以軍功至大將軍，凡七出擊匈奴，斬捕首虜五萬餘級；霍去病（前一四〇——前一一七），河東平陽人，以軍功至驃騎將軍，凡六出擊匈奴，斬捕首虜十一萬餘級，邊功甚偉。衛、霍事見史記衛將軍驃騎列傳。趙充國（前一三七——前五二），字翁孫，隴西上邽（今甘肅天水西南）人，後徙金城令居（今甘

肅永登西北）。武帝時隨貳師將軍擊匈奴，勇敢善戰，拜爲中郎，遷車騎將軍長史。昭帝時，以大將軍護軍都尉擊定武都氐人，遷中郎將。擊匈奴，獲西祁王，擢爲後將軍。宣帝時封營平侯，將四萬騎屯緣邊九郡，屯田就食，與西域諸國羈縻周旋。帝數讓之，充國以爲將任兵在外，便宜有守，以安國家，因上書陳兵利害，帝從其計。事見漢書趙充國傳。李靖（五七一——六四九），本名藥師，京兆三原（今屬陝西）人。唐高祖時任行軍總管，率軍從李孝恭征服蕭銑、輔公祏，太宗時歷任兵部尚書、尚書右僕射，先後擊敗東突厥、吐谷渾，封衛國公。李勣（五九四——六六九），字懋功，本姓徐，曹州離狐（今河北東明東南）人。隋末，附李密，以奇計破王世充，後歸唐，授黎州總管，從秦王平竇建德、俘王世充，又從破劉黑闥、徐圓朗，累遷左監門大將軍。太宗即位，拜并州都督，遷光禄大夫。李靖、李勣，新、舊唐書皆有傳。上列諸將行爲檢慎，風義可觀，如元朔六年（前一二三），大將軍青出定襄擊匈奴，右將軍蘇建盡亡其軍歸，議郎周霸請斬建以明威，青以其職雖當斬將，而不敢擅自專誅於境外，遂囚建歸天子自裁。又如天子爲驃騎將軍去病治第，令其視之，對曰：「匈奴未滅，無以家爲也。」故老蘇謂爲賢將。

〔三〕「漢之韓信、黥布、彭越」至「才將也」：韓信指淮陰侯，見用間注〔七〕；黥布，見高祖注〔一五〕；彭越，見遠慮注〔五〕。薛萬徹，本燉煌人，後徙雍州咸陽。歸高祖，授車騎將軍。從李靖討突厥，以功授統軍，進爵郡公。累遷左衛將軍，尚丹陽公主，拜駙馬都尉。侯君集，豳州

三水人。初從秦王征討，累遷至車騎將軍。太宗即位，以功進封潞國公，後歷任右衛大將軍、兵部尚書、交河道行軍大總管，平定高昌。二人後均以謀逆伏誅。盛彦師，宋州虞城人。以行軍總管擊斬李密，追擒王伯當，以功封葛國公，拜武衛將軍。會徐圓朗反，彦師爲安撫大使與戰，没於賊。後以罪賜死。薛、侯、盛三人，新、舊唐書皆有傳。

〔四〕「夫養騏驥者」至「豈以一飽而廢其志哉」：騏驥，良馬。韓愈雜説四云：「馬之千里者，一食或盡粟一石。食馬者，不知其能千里而食也。是馬也，雖有千里之能，食不飽，力不足，才美不外見，且與常馬等不可得，安求其能千里也！」老蘇取意於此。

〔五〕「至於養鷹」至「然後爲我用」：後漢書劉焉袁術吕布列傳：陳登詣曹操返徐州語吕布曰：「登見曹公，言養將軍譬如養虎，當飽其肉，不飽則將噬人。公曰：『不如卿言。譬如養鷹，饑即爲用，飽則颺去。』其言如此。」

〔六〕「昔者」至「推食哺之」：史記淮陰侯列傳：項羽使武涉説韓信「反漢與楚」，韓信謝曰：「漢王授我上將印，予我數萬衆，解衣衣我，推食食我，言聽計用，故吾得以至於此。夫人深親信我，我倍之不祥，雖死不易。幸爲信謝項王。」

〔七〕「一見黥布」至「如王者」：史記黥布列傳：劉邦使隨何説布叛楚歸漢，布至，劉邦「方踞牀洗，召布入見。布大怒，悔來，欲自殺。出就舍，帳御飲食從官如漢王居，布又大喜過望。」

〔八〕「一見彭越」二句：史記魏豹彭越列傳：「彭越將其兵三萬餘人歸漢於外黄，漢王……乃拜

彭越爲魏相國。」

〔九〕「厥後追項籍垓下」至「如棄敝屣」：畀，給予。據史記項羽本紀：漢五年（前二〇二），漢王追項王至陽夏南，止軍，與韓信、彭越期會擊楚軍。至固陵，而信、越之兵不會。與楚軍戰，敗。漢王乃用張良計，發使告曰：「并力擊楚。楚破，自陳以東傅海與齊王，睢陽以北至穀城與彭相國。」

〔一〇〕「至於樊噲、滕公、灌嬰之徒」：見遠慮注〔五〕。

〔一一〕「方韓信之立於齊」至「漢王不奪我齊也」：據史記淮陰侯列傳：韓信既殺龍且，漢王遣張良往立信爲齊王。項王恐，使武涉往説齊王反漢與楚連和，參分天下王之。齊人蒯通亦言當時天下權在韓信，爲漢則漢勝，與楚則楚勝，莫如兩利而俱存之，參分天下，鼎足而居。并以「天與弗取，反受其咎；時至不行，反受其殃」動之。但齊王猶疑不忍倍漢，又自以爲功多，「漢終不奪我齊」，終不納。

【集説】

陳憲章曰：此篇議論弘博，筆調清揚，引喻處尤見風逸。末以韓信事結束，有詠嘆，亦有趣味。（三蘇文範）

茅坤曰：老蘇論御才將以智，而引漢高祖待韓、彭一着，似痛切矣。獨不思宋祖御諸將，更有處分。智之一字，决非至理。

又曰：三轉（指此文最後一段），譬諸懸千里之江、漢而注之海，更作一番波瀾湍急處。（唐宋八大家古文鈔）

楊慎曰：此篇有格局，一步進一步，不似他篇，各爲片段。（三蘇文範）

任相〔一〕

古之善觀人之國者，觀其相何如人而已〔二〕。議者常曰：將與相均。將特一大有司耳，非相侔也。國有征伐，而後將權重；有征伐無征伐，相皆不可一日輕。相賢邪，則群有司皆賢，而將亦賢矣；將賢邪，相雖不賢，將不可易也。故曰：將特一大有司耳，非相侔也。

任相之道與任將不同，爲將者大概多才而或頑鈍無恥，非皆節廉好禮不可犯者也。故不必優以禮貌，而其有不羈不法之事，則亦不可以常法御。何則？豪縱不趨約束者，亦將之常態也。武帝視大將軍，往往踞廁〔三〕；而李廣利破大宛，侵殺士卒之罪，則寢而不問〔四〕，此任將之道也。若夫相，必節廉好禮者爲也，又非豪縱不趨約束者爲也，故接之以禮而重責之。

古者相見於天子，天子爲之離席起立；在道，爲之下輿；有病，親問；不幸而死，親弔：待之如此其厚〔五〕。然其有罪，亦不私也。天地大變，天下大過，而相以不起聞矣；相不勝任，策書至而布衣出府免矣；相有他失，而棧車牝馬歸以思過矣〔六〕。夫接之以禮，然後可以重其責而使無怨言；責之重，然後接之以禮而不爲過。禮薄而責重，彼將曰：主上遇我以何禮，而重我以此責也，甚矣。責輕而禮重，彼將遂弛然不肯自飭。故禮以維其心，而重責以勉其怠，而後爲相者，莫不盡忠於朝廷而不邮其私。

吾觀賈誼書，至所謂「長太息」者〔七〕，常反覆讀不能已。以爲誼生文帝時，文帝遇將相大臣不爲無禮，獨周勃一下獄，誼遂發此〔八〕，使誼生於近世，見其所以遇宰相者，則當復何如也？

夫湯、武之德，三尺豎子皆知其爲聖人，而猶有伊尹、太公者爲師友焉〔九〕。伊尹、太公非賢於湯、武也，而二聖人者，特不顧以師友之，以明有尊也。噫！近世之君姑勿責於此，天子御坐見宰相而起者有之乎？無矣。在輿而下者有之乎？亦無矣。天子坐殿上，宰相與百官趨走於下，掌儀之官名而呼之，若郡守召胥吏耳。雖臣子爲此亦不爲過，然尊尊貴貴之道，不若是褻也。

夫既不能接之以禮，則其罪之也，吾法將亦不得用。何者？不果於用禮而果於用刑，則其心不服。故法曰：有某罪而加之以某刑。及其免相也，既曰有某罪，而刑不加焉，不過削之以官而出之大藩鎮，此其弊皆始於不爲之禮。賈誼曰：「中罪而自弛，大罪而自裁。」〔一〇〕夫人不我誅，而安忍棄其身，此必有大愧於其君。故人君者，必有以愧其臣，故其臣有所不爲。武帝嘗以不冠見平津侯〔一一〕，故當天下多事，朝廷憂懼之際，使石慶得容於其間而無怪焉〔一二〕。然則必其待之如禮，而後可以責之如法也。

且吾聞之，待以禮而彼不自效以報其上，重其責而彼不自勉以全其身，安其禄位，成其功名者，天下無有也。彼人主傲然於上，不禮宰相以自尊大者，孰若使宰相自效以報其上之爲利？宰相利其君之不責而豐其私者，孰若自勉以全其身，安其禄位，成其功名之爲福？吾又未見去利而就害、遠福而求禍者也。

【校】

「以明有尊也」：經進本「明」上無「以」字。

「亦不爲過然尊尊貴貴之道」：諸本無「爲」字，「然」作「而」。按文義，以有「爲」字與作「然」字

爲佳，故據經進本改。

「不過削之以官」：「以」原作「一」，據祠本改。

「待以禮」：經進本作「待之以禮」。按：「待以禮而彼不自效以報其上，重其責而彼不自勉以全其身」，兩句對舉，無「之」字爲合。

【箋注】

〔一〕題：相爲六卿之首，掌邦治，統百官，均四海，位顯權重，帝王應恃以爲腹心，有司應以之爲楷模，宜接之以禮而重其責。故論將稱御將，而論相則稱任相，所以敬重之也。

〔二〕「古之」二句：據史記孟嘗君列傳：孟嘗君相齊任政，秦、楚交毀之，齊王惑，遂廢孟嘗君。其門客馮驩乃西説秦王曰：「使齊重於天下者，孟嘗君也。今齊王以毁廢之，其心怨，必背齊；背齊入秦，則齊國之情，人事之誠，盡委之秦，齊地可得也。」又至齊説齊王曰：「孟嘗君不西則已，西入相秦則天下歸之……則臨淄、即墨危矣。」

〔三〕「武帝」二句：大將軍指衛青。史記汲鄭列傳：「大將軍青侍中，上踞厠而視之。」集解：「厠，牀邊厠。」此謂對青不接之以禮。

〔四〕「李廣利破大宛」至「則寢而不問」：據漢書張騫李廣利傳：李廣利，中山（今河北定州）人，武帝寵姬李氏之族。太初元年（前一〇四），拜貳師將軍，伐大宛取善馬。經營四年，多次增兵，始取善馬數十匹，中馬以下三千餘匹歸。初，廣利「後行，非乏食，戰死者不多，而將吏

貪，不愛卒，侵牟之，以此物故者衆。天子爲萬里而發，不録其過」，封廣利爲海西侯。此謂對廣利不重其責也。

〔五〕「古者相見於天子」至「待之如此其厚」：太平御覽卷二〇四引漢儀制曰：「朝臣見三公皆拜；天子御座，即起；在輿，爲下。」又曰：「丞相有病，皇帝法駕親至問疾。薨，即移於第中，賜棺，賻葬地。葬日，公卿以下會送。」

〔六〕「然其有罪」至「歸以思過矣」：太平御覽卷二〇四引漢書曰：「有天地大變，天下大過，皇帝使侍中持節，乘四白馬，賜上尊酒十斛，牛一頭，策告殃咎。使者去半道，丞相追，上病。使者還，未白事，尚書以丞相不起病聞。若丞相不勝任，使者策書，駕駱馬，即時布衣步出府，免爲庶人。若丞相有他過，使者奉策書，騑騩馬，即時步出府，乘棧車牝馬，歸田里思過。」

〔七〕「吾觀賈誼書」至「所謂長太息者」：指賈誼治安策疏：「臣竊惟事勢，可爲痛哭者一，可爲流涕者二，可爲長太息者六。」疏中强調：天子對大臣應「改容而體貌之」，所以「厲其節也」。不然，「主上遇其大臣如遇犬馬，彼將犬馬自爲也」。大臣有過，可以「廢之」，「退之」，「賜之死」，「滅之」，而不可「束縛之，係緤之，輸之司寇，編之徒官，司寇小吏詈駡而榜笞之」，大臣方能「主耳忘身，國耳忘家……唯義所在」。「此之不爲」，「故曰可爲長太息者此也」。參審勢注〔七〕。

〔八〕「獨周勃」二句：漢書賈誼傳：「是時（文帝三年）丞相絳侯周勃免就國，人有告勃謀反，逮

繫長安獄治，卒亡事，復爵邑，故賈誼以此（治安策疏）譏之。」

〔九〕「湯武之德」至「爲師友焉」：據史記殷本紀：伊尹致湯於「王道」，而「湯舉任以國政」。孟子公孫丑下：「故湯之伊尹，學焉而後臣之。」史記周本紀：「武王即位，太公望爲師。」故太公又稱師尚父。老蘇「猶有伊尹、太公者爲師友」之説本此。

〔一〇〕「中罪」二句：見賈誼治安策疏：「其有中罪者，聞命而自弛，上不使人頸戾相加也，其有大罪者，聞命則北向而拜，跪而自裁。」師古曰：「弛，廢也，自廢而死。」「裁，謂自刑殺也。」

〔一一〕「武帝」句：公孫弘（前二〇〇——前一二一），字季，西漢菑川（今山東壽光南）人。弘貧，年六十始徵，以賢良爲博士。後遷内史、御史大夫，終至丞相，封平津侯。弘常曲意以順上指。武帝待之亦甚厚，然常不禮敬。史記汲鄭列傳：「丞相弘燕見，上或時不冠。」

〔一二〕「故當天下多事」至「得容於其間而無怪焉」：據漢書萬石衛直周張傳：石慶（？——前一〇三），齊相萬石君石奮之幼子，自沛令爲太子太傅。元鼎二年（前一一五），爲御史大夫。五年，累遷至丞相，封牧丘侯。是時漢方南誅兩越，東擊朝鮮，北逐匈奴，西伐大宛，中國多事。然當時有桑弘羊等致利，王温舒之屬峻法，兒寬等推文學，九卿更進用事；事不關決於丞相，丞相醇謹而已。慶文深審謹，然無他大略，在位九年，無能有所匡言。老蘇謂「使石慶得容於其間而無怪焉」，按之史實，則未必盡然。漢書公孫劉田王楊蔡陳鄭傳曰：「石慶雖以謹得終，然數被譴。」可證。

【集説】

儲欣曰：慷慨不及賈生，讀之亦復可感。（評注蘇老泉集）

重遠〔一〕

武王不泄邇，不忘遠〔二〕，仁矣乎？曰：非仁也；勢也〔三〕。天下之勢猶一身，一身之中，手足病於外，則腹心爲之深思静慮於内，而求其所以療之之術；腹心病於内，則手足爲之奔掉於外，而求其所以療之之物。腹心手足之相救，非待仁而後然。吾故曰：武王之不泄邇，不忘遠，非仁也，勢也。勢如此其急，而古之君獨武王然者，何也？人皆知一身之勢，而武王知天下之勢也。夫不知一身之勢者，一身危；而不知天下之勢者，天下不危乎哉？秦之保關中，自以爲子孫萬世帝王之業，而陳勝、吴廣乃楚人也〔四〕。由此觀之，天下之勢遠近如一。

然以吾言之，近之可憂，未若遠之可憂之深也。近之官吏賢邪，民譽之歌之；不賢邪，譏之謗之。譽歌譏謗者衆則必傳，傳則必達於朝廷，是官吏之賢否易知也。一夫不獲其所，訴之刺史，刺史不問，裹糧走京師，

緩不過旬月，撾鼓叫號，而有司不得不省矣。是民有寃易訴也。吏之賢否易知，而民之寃易訴，亂何從始邪？

遠方之民，雖使盜跖爲之郡守，檮杌饕餮爲之縣令〔五〕，郡縣之民，群嘲而聚罵者雖千百爲輩，朝廷不知也。白日執人於市，誣以殺人，雖其兄弟妻子聞之，亦不過訴之刺史。不幸而刺史又抑之，則死且無告矣。彼見郡守縣令據案執筆，吏卒旁列，箠械滿前，駭然而喪膽矣。則其謂京師天子所居者當復如何？而又行數千里，費且百萬，富者尚或難之，而貧者又何能乎？故其民常多怨而易動。吾故曰：近之可憂，未若遠之可憂之深也。

國家分十八路，河朔、陝右、廣南、川峽實爲要區。河朔、陝右，二虜之防，而中國之所恃以安。廣南、川峽，貨財之源，而河朔、陝右之所恃以全〔六〕，其勢之輕重如何哉？曩者北胡驕恣，西寇悖叛，河朔、陝右尤所加卹，一郡守、一縣令，未嘗不擇。至於廣南、川峽，則例以爲遠官，審官差除〔七〕，取具臨時；竄謫量移〔八〕，往往而至。凡朝廷稍所優異者，不復官之廣南、川峽，而其人亦以廣南、川峽之官爲失職庸人，無所歸，故常聚於此。嗚呼！知河朔、陝右之可重，而不知河朔、陝右之所恃以全之地之不可輕，是欲富其倉而蕪其田，倉不可得而富也。矧其地控制南夷、氐蠻，最爲要害。

土之所産又極富夥，明珠大貝，紈錦布帛，皆極精好，陸負水載，出境而其利百倍。然而關譏、門征、僦雇之費〔九〕，非百姓私力所能辦，故貪官專其利，而齊民受其病〔一〇〕。然不招權，不鬻獄者，世俗遂指以爲廉吏矣；而招權鬻獄者又豈盡無？嗚呼！吏不能皆廉，而廉者又止如此，是斯民不得一日安也。方今賦取日重，科斂日煩，罷弊之民不任，官吏復有所規求於其間矣。淳化中，李順竊發於蜀，州郡數十望風奔潰〔一一〕；近者智高亂廣南，乘勝取九城如反掌〔一二〕。國家設城池，養士卒，蓄器械，儲米粟以爲戰守備；而凶竪一起，若涉無人之地者，吏不肖也。

今夫以一身任一方之責者，莫若漕刑〔一三〕。廣南、川峽既爲天下要區，而其中之郡縣又有爲廣南、川峽之要區者，其牧宰之賢否，實一方所以安危。幸而賢則已。其戕民黷貨，的然有罪可誅者，漕刑固亦得以舉劾。若夫庸陋選耎不才而無過者，漕刑雖賢明，其勢不得易置，此猶弊車蹩馬而求僕夫之善御也。郡縣有敗事，不以責漕刑則不可；責之，則彼必曰：敗事者某所，治某所者，某人也。吾將何所歸罪？故莫若使漕刑自舉其人而任之。他日有敗事，則謂之曰：爾謂此人堪此職也；今不堪此職，是爾欺我也。責有所任，罪無所逃。然而擇之不得其人者蓋寡矣。其餘郡縣雖非一方之所以安危者，亦當詔審官俾勿輕授。贓吏、冗流勿措其間，則民雖在千里

外，無異於處畿甸中矣。

【校】

「曰非仁也」：諸本無「曰」字，據經進本補。

「子孫萬世帝王之業」：經進本作「子孫帝王萬世之業」，影宋本、二黄本脱「之業」二字。

「訴之刺史」：經進本作「以訴之刺史」。

「則死且無告矣」：影宋本「則」字作「斯」。

「國家分十八路」：諸本「八」字譌「七」，據經進本改。考之宋史地理志，老蘇爲此文時爲十八路。參見本文注〔六〕。

「西寇悖叛」：「悖」字原譌「勃」，據經進本、祠本改。

「廣南」：原除「智高亂廣南」一處外，餘均譌作「南廣」，據經進本并核宋史改。

「而其人亦以廣南川峽之官」：經進本脱「之官」二字。

「州郡數十」：「州」字原譌「川」，據諸本改。

「庸陋選耎」：經進本「選耎」作「巽懦」。按：「選」與「巽」通，「耎」與「輭」通。「選耎」即「巽懦」。漢書西南夷傳：「議者選耎，復守和議。」

【箋注】

〔一〕題：老蘇生於眉州邊鄙，少不好學，從諸子游，對邊吏弊政，民間疾苦，了解頗深，故有重遠

之論。雖文章僅歸結爲慎擇吏，使漕刑自舉其人而任之，遠非經國要略；然其謂邊民遠離朝廷，官吏貪虐，民寃苦無可告，故常多怨而易動；廣南、川峽地控西南，物産豐饒，關係國家安危，而朝廷輕之，致邊吏招權鬻獄，民無一日之安等，均甚切當時情勢，可補史之不足。

〔二〕「武王」二句：泄，漏也。邇，近也。語出孟子離婁下。據史記周本紀：武王滅紂返鎬京，日夜不寐。周公旦問之，王曰：「……我南望三塗，北望嶽鄙，顧詹（瞻）有河，粤詹雒、伊，毋遠天室。」三塗在今嵩縣南，嶽鄙指太行山、恒山之邊邑，是遠；雒、伊二河在京畿之内，是近。故孟子離婁下云：「文王視民如傷，望道而未之見。武王不泄邇，不忘遠。」

〔三〕勢：形勢，趨勢。孟子公孫丑上：「雖有智慧，不如乘勢。」老蘇論天下事，强調應先審知其勢之何所宜，本此。參審勢注〔一〕。

〔四〕「秦之保關中」至「乃楚人也」：賈誼過秦論：「秦王之心，自以爲關中之固，金城千里，子孫帝王萬世之業也。」陳涉、吴廣「率罷疲之卒，將數百之衆，轉而攻秦……山東豪俊遂并起而亡秦族矣」。陳勝、吴廣，見遠慮注〔八〕。

〔五〕「使盜跖」二句：喻凶暴貪賤者爲官吏。盜跖，相傳爲春秋末期柳下屯（今山東西部）人，名跖。稱盜跖者，謂其乃聚衆行竊之人，貶之也。莊子有盜跖篇，他書亦多有關跖之記載。檮杌、饕餮，左傳文十八年以其與渾敦、窮奇號「四凶」，爲舜所流放。史記五帝本紀謂檮杌乃顓頊氏「不才子，不可教訓，不知話言」；饕餮乃縉雲氏「不才子，貪於飲食，冒於貨賄」。

〔六〕「國家分十八路」至「而河朔、陝右之所恃以全」：據宋史地理志一：太宗至道三年（九九七），分天下爲十五路。天聖析爲十八，元豐又析爲二十五。河朔，黄河以北與遼接壤地區；陝右，今陝西、甘肅一帶與西夏接壤地區。遼與西夏即此文所謂「北胡」、「西寇」，合稱「二虜」。廣南，漢夷雜居之兩廣地區，乃朝廷所用珍珠、珊瑚等海産瑰寶之主要産地；川峽，西接氐（今茂汶一帶羌族）、南接蠻（今雲貴各少數民族之統稱）之四川和湘西地區，盛産糧食，養蠶製錦業極發達，爲邊防軍需之主要供應基地，故曰「河朔、陝右之所恃以全」。

〔七〕審官差除：宋太宗於中書省吏房置磨勘京朝官院，後改爲審官院，見宋史職官三吏部。差（chāi）除，選授官吏。

〔八〕竄謫量移：竄謫，貶官放逐遠地。量移，竄謫者遇赦改較近之地安置。

〔九〕關譏、門征、僦雇之費：關譏，關市之譏察。孟子梁惠王下：「關市譏而不征。」集注：「譏，察也。關市之吏，察異服異言之人，而不征商賈之税也。」門征，到官府辦事之貢納。僦雇，賃船雇運。

〔一〇〕齊民：齊，等也。齊民，猶言平民也。

〔一一〕「李順竊發於蜀」至「望風奔潰」：宋淳化四年（九九三），四川青城人李順隨其姐夫王小波聚衆發義兵，王死，順統其衆，攻克成都，建立大蜀政權。兵力一度北至綿州（今四川綿陽），東到巫峽。至道元年（九九五）失敗。見續資治通鑑卷十七。

〔一二〕「近者」二句：見審敵注〔一九〕。

〔一三〕「漕刑」：漕司，宋所置諸路轉運使。職催科征糧，出納金穀，應辦上供，漕輦綱運諸事。并爲一路之監司，權勢甚重，見宋史職官志七。

【集説】

茅坤曰：并切今世情事。（唐宋八大家古文鈔）

廣士〔一〕

古之取士，取於盜賊，取於夷狄；古之人非以盜賊、夷狄之事可爲也，以賢之所在而已矣。夫賢之所在，貴而貴取焉，賤而賤取焉。是以盜賊下人，夷狄異類，雖奴隸之所耻，而往往登之朝廷，坐之郡國，而不以爲怍〔二〕；而繩趨尺步，華言華服者〔三〕，往往反擯棄不用。何則？天下之能繩趨而尺步，華言而華服者衆也，朝廷之政，郡國之事，非特如此而可治也。彼雖不能繩趨而尺步，華言而華服，然而其才果可用於此，則居此位可也。

古者，天下之國大而多士大夫者，不過曰齊與秦也。而管夷吾相齊，賢也，而舉二盜焉〔四〕；穆公霸秦，賢也，而舉由余焉〔五〕。是其能果於是非而不牽於衆人之議

也，未聞有以用盜賊、夷狄而鄙之者也。今有人非盜賊、非夷狄，而猶不獲用，吾不知其何故也。

夫古之用人，無擇於勢，布衣寒士而賢則用之，公卿之子弟而賢則用之，武夫健卒而賢則用之，巫醫方技而賢則用之，胥史賤吏而賢則用之。今也，布衣寒士持方尺之紙，書聲病剽竊之文，而至享萬鍾之禄〔六〕；卿大夫之子弟飽食於家，一出而驅高車，駕大馬，以爲民上〔七〕；武夫健卒有灑掃之力，奔走之舊，久乃領藩郡，執兵柄〔八〕；巫醫方技一言之中，大臣且舉以爲吏〔九〕。若此者，皆非賢也，皆非功也，是今之所以進之之塗多於古也。而胥史賤吏，獨棄而不録，使老死於敲榜趨走，而賢與功者不獲一施，吾甚惑也。不知胥吏之賢，優而養之，則儒生武士或所不若。

昔者漢有天下，平津侯、樂安侯輩皆號爲儒宗，而卒不能爲漢立不世大功〔一〇〕；而其卓絶雋偉，震耀四海者，乃其賢人之出於吏胥中者耳。夫趙廣漢，河間之郡吏也〔一一〕；尹翁歸，河東之獄吏也〔一二〕；張敞，太守之卒史也〔一三〕；王尊，涿郡之書佐也〔一四〕：是皆雄雋明博，出之可以爲將，而内之可以爲相者也，而皆出於吏胥中者，有以也。夫吏胥之人，少而習法律，長而習獄訟，老奸大豪畏憚懾伏，吏之情狀、變化、出入無不諳究，因而官之，則豪民猾吏之弊，表裏毫末畢見於外，無所逃遁，而又上之

人擇之以才，遇之以禮，而其志復自知得自奮於公卿，故終不肯自棄於惡以賈罪戾，而敗其終身之利。故當此時，士君子皆優爲之，而其間自縱於大惡者，大約亦不過幾人，而其尤賢者，乃至成功如是。

今之吏胥則不然，始而入之不擇也，終而遇之以犬彘也。長吏一怒，不問罪否，袒而笞之；喜而接之，乃反與交手爲市〔一五〕。其人常曰：長吏待我以犬彘，我何望而不爲犬彘哉？是以平民不能自棄爲犬彘之行，不肯爲吏矣，况士君子而肯俛首爲之乎！然欲使之謹飾可用如兩漢，亦不過擇之以才，待之以禮，恕其小過，而棄絶其大惡之不可貰忍者，而後察其賢有功而爵之、禄之、貴之，勿棄之於冗流之間。則彼有冀於功名，自尊其身，不敢匄奪〔一六〕，而奇才絶智出矣。

夫人固有才智奇絶而不能爲章句名數聲律之學者，又有不幸而不爲者。苟一之以進士、制策，是使奇才絶智有時而窮也。使吏胥之人，得出爲長吏，是使一介之才無所逃也。進士、制策網之於上，此又網之於下，而曰天下有遺才者，吾不信也。

【校】

「獨棄而不録」：祠本「獨棄」作「忽之」。

「吾不信也」：經進本「吾」字作「臣」。

【箋注】

〔一〕題：北宋取士制度，一曰考試（分進士、制策兩科），一曰蔭補。朝廷爲籠絡士大夫，蔭補最多最濫，造成冗官充斥。而當老蘇青少年時，詩賦時文仍多襲五代豔靡餘風，所謂「聲病剽竊之文」者，致使「以西漢文詞爲宗師」之老蘇屢試不第。故痛感時弊，乃有是文之作。雖文中所議廣士之塗，僅優養吏胥之賢者一條，但其例舉當時吏治中非賢而舉，無功受禄等腐朽情狀，的是淋漓盡致之文。

〔二〕「古之取士」至「而不以爲怍」：韓非子說疑：「聖王明君則不然，内舉不避親，外舉不避讎。……觀其所舉，或在山林澤藪巖穴之間，或在囹圄緤紲纏索之中，或在割烹芻牧飯牛之事。然而明主不羞其卑賤也，以其能可以明法，便國利民，從而舉之，身安名尊。」史記武帝紀詔曰「士或有負俗之累而立功名」，三國志魏書武帝紀亦倡導「唯才是舉」，包括「盜嫂受金而未遇無知者」。

〔三〕「繩趨尺步」二句：繩趨尺步指循規蹈矩，行合法度之人，即論語鄉黨所謂「立不中門，行不履閾」者，或賈誼新書容經所謂「居有法則，動有文章」，「步中規，折中矩」，「言動以紀度」者。華言華服指誇誇其談，徒有其表之人，即韓非子五蠹所謂「盛容服而飾辯說」者。

〔四〕「管夷吾」三句：管夷吾即管仲。舉二盜事見禮記雜記下引孔子曰：「管仲遇盜，取二人焉，

上以爲公臣，曰：其所與游辟也，可人也。」謂管仲取二盗，向齊桓公推舉爲臣，并稱此二人尚可，但所與交游乃邪辟之人，故犯法。

〔五〕「穆公霸秦」三句：由余，一作繇余。其先祖原爲晉人，逃亡入戎。初在戎任職，轉入秦，爲秦穆公重用，任上卿，助穆公伐西戎，滅國十二，遂稱霸。事見史記秦本紀。

〔六〕「今也」至「至享萬鍾之禄」：此指進士科之弊。宋史選舉志一：「天聖初，宋興六十有二載，天下乂安。時取才唯進士諸科爲最廣，名卿鉅公，皆繇此選，而仁宗亦嚮用之。登上第者不數年輒赫然顯貴矣。」

〔七〕「卿大夫之子弟」至「以爲民上」：此指蔭補之弊。宋史選舉志五：「凡誕聖節及三年大祀，皆聽奏一人，而淳化改元恩，文班中書舍人，武班大將軍以上，并許蔭補。如遇轉品，許更蔭一子，由是奏薦之恩始廣。……先是，任子得攝太祝、奉禮，未幾即補正員。帝（太宗）謂：『膏粱之子，不十年坐致闔籍。』」

〔八〕「武夫健卒」至「執兵柄」：此指大臣任用私人。如「吕夷簡執政，進用者多出其門。（范）仲淹上百官圖，指其次第曰：『如此爲序遷，如此爲不次，如此則公，如此則私。』」（宋史范仲淹傳）

〔九〕「巫醫方技」至「舉以爲吏」：宋史方技上：「自建隆以來，近臣、皇親、諸大校有疾，必遣内侍挾醫療視，群臣中有被眷遇者亦如之。其有效者，或遷秩，賜服色。」如沙門洪蘊，「習方技之

書，後游京師，以醫術知名。太祖召見，賜紫方袍，號廣利大師」。道士王懷隱，善醫診，「詔歸俗，命爲尚藥奉御，三遷至翰林醫使官」。

〔一〇〕「平津侯、樂安侯輩」二句：平津侯，指公孫弘，見任相注〔一一〕。樂安侯，指匡衡。衡字稚圭，東海涿（今屬北京）人。宣帝時，射策甲科，以不應令除爲太常掌故。宣帝崩，元帝即位，大司馬車騎將軍史高欲固其位，慕衡經學絶倫，辟爲議曹史，遷博士，給事中。上書言得失，遷光禄大夫，太子少傅。建昭三年（前三六），代韋玄成爲丞相，封樂安侯。時石顯以中書令用事，衡畏顯，不敢失其意。至成帝時，因自益封地免爲庶人。漢書匡張孔馬傳贊曰：「自孝武興學，公孫弘以儒相，其後蔡義、韋賢、玄成、匡衡……咸以儒宗居宰相位，服儒衣冠，傳先王語，其醖藉可也，然皆持禄保位，被阿諛之譏。」

〔一一〕趙廣漢：字子都，涿郡蠡吾（今河北博野西南）人，少爲郡吏、州從事。宣帝時，任潁川太守，曾誅殺豪强原氏、褚氏等。遷京兆尹，執法不避權貴。後被殺害。事見漢書趙尹韓張兩王傳。

〔一二〕尹翁歸：字子况，河東平陽（今山西臨汾）人。初爲獄小吏，宣帝時任東海太守，收黠吏豪民，案致其罪，東海大治。入守右扶風，京師畏其威嚴。死後家無餘財。見同上。

〔一三〕張敞：字子高，河東平陽人。補太守卒史，遷爲太僕丞，宣帝時任太中大夫。後得罪大將軍霍光，出爲函谷關都尉。旋任京兆尹，因與楊惲善，被罷職。不久起用，任冀州刺史。直言

敢諫，所至有治績。見同上。

〔一四〕王尊：字子贛，高陽（今河南杞縣西）人。少給事太守府，除補書佐。爲守相，以剛直著聞。累官至京兆尹，遷東郡太守。世稱尊爲忠臣。見同上。

〔一五〕交手爲市：猶拱手於市。王引之經傳釋詞：「爲，猶於也。」

〔一六〕匄奪：匄（gài），同丐，給予；奪，强取。匄奪，謂隨意去取，引申爲任意而爲。

【集説】

楊慎曰：萑蒲之化，敦本也。求才及於不善，漢武、魏武業已行之。老泉此議，襲其故智耳。（三蘇文範）

儲欣曰：入仕之途，宋隘於唐，明又隘於宋。老蘇先生廣士篇，所以救其隘也。（評注蘇老泉集）

嘉祐集箋注卷五

衡論

養才〔一〕

夫人之所爲，有可勉强者，有不可勉强者。煦煦然而爲仁，孑孑然而爲義，不食片言以爲信，不見小利以爲廉，雖古之所謂仁與義、與信、與廉者，不止若是〔二〕，而天下之人亦不曰是非仁人，是非義人，是非信人，是非廉人，此則無諸己而可勉强以到者也。在朝廷而百官肅，在邊鄙而四夷懼，坐之於繁劇紛擾之中而不亂，投之於羽檄奔走之地而不惑〔三〕：爲吏而吏，爲將而將：若是者，非天之所與，性之所有，不可勉强而能也。道與德可勉以進也，才不可强揠以進也。今有二人焉，一人善揖讓，一人

善騎射，則人未有不以揖讓賢於騎射矣。然而揖讓者，未必善騎射；而騎射者，捨其弓以揖讓於其間，則未必失容。何哉？才難强而道易勉也。吾觀世之用人，好以可勉强之道與德，而加之不可勉强之才之上，而曰我貴賢賤能。是以道與德未足以化人，而才有遺焉。

然而爲此者，亦有由矣。有才者而不能爲衆人所勉强者耳。何則？奇傑之士，常好自負，疏雋傲誕，不事繩檢，往往冒法律，觸刑禁，叫號讙呼，以發其一時之樂而不顧其禍，嗜利酗酒，使氣傲物，志氣一發，則倜然遠去，不可羈束以禮法〔四〕。然及其一旦翻然而悟，折節而不爲此，以留意於嚮所謂道與德可勉强者，則何病不至？奈何以樸樕小道加諸其上哉〔五〕！

夫其不肯規規以事禮法，而必自縱以爲此者，乃上之人之過也。古之養奇傑也，任之以權，尊之以爵，厚之以禄，重之以恩，責之以措置天下之務，而易其平居自縱之心，而聲色耳目之欲又已極於外，故不待放恣而後爲樂〔六〕。今則不然，奇傑無尺寸之柄，位一命之爵，食斗升之禄者過半，彼又安得不越法踰禮而自快邪？我又安可急之以法，使不得泰然自縱邪？今我繩之以法，亦已急矣，急之而不已，而隨之以刑，則

彼有北走胡，南走越耳〔七〕。

噫！無事之時既不能養，及其不幸，一旦有邊境之患，繁亂難治之事，而後優詔以召之，豐爵重禄以結之，則彼已憾矣〔八〕。夫彼固非純忠者也，又安肯默然於窮困無用之地而已邪？

周公之時，天下號爲至治，四夷已臣服，卿大夫士已稱職。當是時，雖有奇傑無所復用，而其禮法風俗尤復細密，舉朝廷與四海之人無不遵蹈，而其八議之中猶有曰議能者〔九〕；况當今天下未甚至治，四夷未盡臣服，卿大夫士未皆稱職，禮法風俗又非細密如周之盛時，而奇傑之士復有困於簿書米鹽間者，則反可不議其能而恕之乎？所宜哀其才而貰其過，無使爲刀筆吏所困〔一〇〕，則庶乎盡其才矣。

或曰：奇傑之士有過得以免，則天下之人孰不自謂奇傑而欲免其過者，是終亦潰法亂教耳。曰：是則然矣。然而奇傑之所爲，必挺然出於衆人之上，苟指其已成之功以曉天下俾得以贖其過；而其未有功者則委之以難治之事而責其成績：則天下之人不敢自謂奇傑，而真奇傑者出矣。

【校】

「爲吏而吏爲將而將」：底本、影宋本「而」下各有「爲」字，據經進本、二黄本、祠本删。

「則何病不至」：經進本「不至」作「其不能」。

【箋注】

〔一〕題：此篇論德才關係，立論於才難强而道易勉，養非常之才必有非常之舉，不能以樸樕小道加諸其上。此蓋老蘇有感於當時國力貧弱，强鄰壓境，亟需擢用奇傑之士以施振作，而朝廷因循碌碌，致其友朋中豪傑之士若張俞、史經臣輩淪落不偶，故發此刺骨振聵之論。

〔二〕「呴呴然」至「不止若是」：呴呴，和好貌；孑孑，小惠貌。韓愈原道：「彼（指老子）以呴呴爲仁，孑孑爲義，其小之也則宜。其所謂道，道其所道，非吾所謂道也。其所謂德，德其所德，非吾所謂德也。」

〔三〕「羽檄」句：謂國家緊急或危難之地。羽檄：史記韓信盧綰列傳附陳豨傳：「吾以羽檄徵天下兵，未有至者。」集解：「以鳥羽插檄書，謂之羽檄，取其急速若飛鳥也。」

〔四〕「奇傑之士」至「不可羈束以禮法」：謂對奇傑之士，朝廷不宜以常法用之。漢書武帝紀求賢詔曰：「馬或奔踶而致千里，士或有負俗之累而立功名。夫泛駕之馬，跅弛之士，亦在御之而已。」

〔五〕樸樕小道：謂庸碌不經之道。漢書息夫躬傳：「躬上疏歷詆公卿大臣……諸曹以下，僕遬

不足數。」師古曰：「僕遬，凡短之貌也。」「僕遬」與「樸樕」通。

〔六〕「古之養奇傑也」至「故不待放恣而後爲樂」：謂對奇傑之士，朝廷應厚其禄而重其任。傅子舉賢：「舉天子之賢人，豈家至而户閲之乎？開至公之路，秉至平之心，執大象而致之，亦云誠而已矣。夫任誠，天地可感，而况於人乎？傅説，巖下之築夫也，高宗引而相之；吕尚，屠釣之賤老也，文、武尊而宗之；陳平，項氏之亡臣也，高祖以爲腹心。四君不以小疵而忘大德，三臣不以疏賤而自疑，其建帝王之業，不亦宜乎？」

〔七〕「今我繩之以法」至「南走越耳」：語本史記季布樂布列傳：季布初爲項羽將兵，數窘劉邦。及邦稱帝，購求布千金。魯朱家説滕公曰：「且季布之賢而漢求之急如此，此不北走胡即南走越耳。」

〔八〕「無事之時」至「則彼已憾矣」：謂欲致奇傑之士，平時即當以奇傑之士待之。吕覽知士：「夫士亦有千里(馬)，高節死義，此士之千里也。能使士待千里者，其惟賢者也。」又韓愈雜説四：「馬之千里者，一食或盡粟一石。食馬者不知其能千里也，是馬也，雖有千里之能，食不飽，力不足，才美不外見，且欲與常馬等不可得，安求其能千里也？策之不以其道，食之不能盡其材，鳴之而不能通其意，執策而臨之曰：天下無馬。嗚呼！其真無馬邪！其真不知馬邪！」

〔九〕「八議」句：周禮小司寇：「八辟麗邦法，附刑罰：一曰議親之辟，二曰議故之辟，三曰議賢

之辟，四曰議能之辟，五曰議功之辟，六曰議貴之辟，七曰議勤之辟，八曰議賓之辟。」賈疏云：「若能者，惟有道藝，未必兼有德行也。」

〔一〇〕「無使」句：謂對奇傑之士，雖有過失，宜輕其罰，無使吏舞文弄墨困辱之。語本史記李將軍列傳：李廣自請隨大將軍衛青擊匈奴，失道，衛青使長史急責廣之幕府對簿。廣謂其麾下曰：「廣結髮與匈奴大小七十餘戰……而又迷失道，豈非天哉！且廣年六十餘矣，終不能復對刀筆之吏。」遂引刀自剄。

【集説】

茅坤曰：養奇傑之才，而特挈出古者議能一節，以感悟當世，直是刺骨。（唐宋八大家古文鈔）

儲欣曰：破庸人之論。馬或奔踶而千里，跅弛之士，國家固不當以常法用之。（評注蘇老泉集）

申　法〔一〕

古之法簡，今之法繁。簡者不便於今，而繁者不便於古。非今之法不若古之法，而今之時不若古之時也。

先王之作法也，莫不欲服民之心。服民之心，必得其情〔二〕。情然邪，而罪亦然，則固入吾法矣。而民之情又不皆如其罪之輕重大小，是以先王忿其罪而哀其無辜〔三〕，故法舉其略，而吏制其詳〔四〕。殺人者死，傷人者刑〔五〕，則以著於法，使民知天子之不欲我殺人傷人耳。若其輕重出入，求其情而服其心者，則以屬吏。任吏而不任法，故其法簡。今則不然，吏奸矣，不若古之良；民偷矣，不若古之淳〔六〕。吏奸則以喜怒制其輕重而出入之，或至於誣執；民偷則吏雖以情出入，而彼得執其罪之大小以爲辭。故今之法纖悉委備，不執於一，左右前後，四顧而不可逃。是以輕重其罪，出入其情，皆可以求之法，吏不奉法，輒以舉劾。任法而不任吏，故其法繁。古之法若方書，論其大概，而增損劑量則以屬醫者，使之視人之疾，而參以己意。今之法若鬻屨，既爲其大者，又爲其次者，又爲其小者，以求合天下之足。故其繁簡則殊，而求民之情以服其心則一也。

然則，今之法不劣於古矣，而用法者尚不能無弊。何則？律令之所禁，畫一明備〔七〕，雖婦人孺子皆知畏避，而其間有習於犯禁而遂不改者，舉天下皆知之而未嘗怪也。先王欲杜天下之欺也，爲之度，以一天下之長短；爲之量，以齊天下之多寡；

爲之權衡，以信天下之輕重。故度、量、權衡、法必資之官，資之官而後天下同〔八〕。今也，庶民之家刻木比竹、繩絲縋石以爲之，富商豪賈内以大，出以小，齊人適楚，不知其孰爲斗，孰爲斛，持東家之尺而校之西鄰，則若十指然。此舉天下皆知之而未嘗怪者一也。先王惡奇貨之蕩民〔九〕，且哀夫微物之不能遂其生也，故禁民採珠貝；惡夫物之僞而假真，且重費也，故禁民糜金以爲塗飾〔一〇〕。今也，採珠貝之民溢於海濱，糜金之工肩摩於列肆。此又舉天下皆知之而未嘗怪者二也。先王患賤之凌貴，而下之僭上也，故冠服器皿皆以爵列爲等差，長短大小莫不有制〔一一〕。今也，工商之家曳紈錦，服珠玉，一人之身循其首以至足，而犯法者十九。此又舉天下皆知之而未嘗怪者三也。先王懼天下之吏負縣官之勢以侵劫齊民也，故使市之坐賈，視時百物之貴賤而録之，旬輒以上。百以百聞，千以千聞，以待官吏之私債；十則損三，三則損一以聞，以備縣官之公糴〔一二〕。今也，吏之私債而從縣官公糴之法，民曰公家之取於民也固如是，是吏與縣官斂怨於下。此又舉天下皆知之而未嘗怪者四也。先王不欲人之擅天下之利也，故仕則不商，商則有罰；不仕而商，商則有征。是民之商不免征，而吏之商又加以罰。今也，吏之商既幸而不罰，又從而不征，資之以縣官公糴之法，負之以縣官之徒，載之以縣官之舟，關防不譏，津梁不呵；然則，爲吏而商，誠可樂

也，民將安所措手〔一三〕？此又舉天下皆知之而未嘗怪者五也。若此之類，不可悉數，天下之人耳習目熟，以爲當然；憲官法吏目擊其事，亦恬而不問。

夫法者，天子之法也。法明禁之，而人明犯之，是不有天子之法也，衰世之事也〔一四〕。而議者皆以爲今之弊，不過吏胥骫法以爲奸，而吾以爲吏胥之奸由此五者始。今有盜白晝持梃入室，而主人不知之禁，則踰垣穿穴之徒，必且相告而恣行於其家。其必先治此五者，而後詰吏胥之奸可也。

【校】

「又不皆如其罪」：經進本「不」字下有「能」字。「如」原作「知」，據祠本改。

「忿其罪」：「罪」原作「幸」，據祠本改。

「或至於誣執」：影宋本、二黄本譌作「或至於無勢」，祠本脱「執」字。

「資之官而後天下同」：經進本無「資之官」三字。

「縻金之工」：「縻」原譌「糜」，據諸本改。

「公家之取於民也」：經進本「也」字作「者」。

「亦恬而不問」：經進本「問」字作「怪」。

「吏胥骫法」：經進本「骫」字作「翫」。

「而主人不知之禁」：「不知之禁」，二黃本作「不知禁」，祠本作「不之禁」，經進本作「不禁」。

【箋注】

〔一〕題：老蘇申法、議法兩篇，皆論法律之文，合刑法律令而言，而側重於刑法，即尚書呂刑「五刑之屬三千」之義。此篇考古今情勢發展之殊異，故由任吏（人治）變而任法（法治），法則由簡而入繁。繁簡雖殊，而求民之情以服其心則一也。故當有法必遵，令行禁止。然後條列當今用法之弊，有習於犯律令之所禁而遂不改者數端，指出此乃有法而不依，是爲無法，「衰世之事也」。老蘇論禮論法，皆具進步之社會發展觀，洞照古今之變，與是古非今、托古改制者大異其趣。

〔二〕「先王之作法也」至「必得其情」：周禮小司寇：「以五刑聽萬民之獄訟，附於刑，用情訊之。」鄭注：「附猶著也，故書附作付。訊，言也，用情理言之，冀有可以出之者。」又曰：「以五聲聽獄訟，求民情。」賈疏：「恐其濫失，更以五聽觀之，以求民情也。」又孔子家語刑政：「凡聽五刑之訟，必原父子之情（禮記王制作親），立君臣之義以權之，意論輕重之序，慎深淺之量以別之。」皆老蘇此說之所本。

〔三〕「而民」二句：謂求得民之情理常與其罪之輕重大小不一，故先王雖忿恨其罪行而又憐其本性之無辜。尚書呂刑：「皇帝哀矜庶戮之不辜。」孔傳：「皇帝，帝堯也。」

〔四〕「故法」二句：謂古之法雖簡略，而吏治刑獄則當詳審之。尚書呂刑：「惟察惟法，其審克

之。」又曰：「其刑其罰，其審克之。」

〔五〕「殺人者死」二句：荀子正論：「夫征暴誅悍，治之盛也；殺人者死，傷人者刑，是百王之所同也，未有知其所由來者也。」

〔六〕「今則不然」至「不若古之淳」：商君書開塞：「古之民樸以厚，今時民巧以僞。故效於古者先得而防，治於今者前刑而治。」

〔七〕「律令之」二句：語出史記曹相國世家：「蕭何爲法，顜若畫一。」索隱：「言法明直若畫也。」

〔八〕「先王」至「而後天下同」：孟子滕文公上：「夫物之不齊，物之情也……子比而同之（謂不論精粗大小而同價），是亂天下也。」又韓愈原道：「相欺也，（聖人）爲之符璽斗斛權衡以信之。」按尚書舜典：「同律度量衡。」孔疏：「（諸侯各國）度之丈尺，量之斛斗，皆使齊同，無輕重大小。」又周禮司徒：「質人掌稽市之書契，同其度量，壹其淳制，巡而考之，犯禁者舉而罰之。」可見至少在周之盛世，各諸侯國及市場交易之度量衡有專職之官員主其事，天下同一。

〔九〕奇貨之蕩民：老子：「不貴難得之貨，使民不爲盜。不見可欲，使民心不亂。」

〔一〇〕「故禁民採珠貝」至「故禁民糜金以爲塗飾」：糜通靡。糜金，研金成粉末以爲塗飾之用。據周禮地官司徒：「澤虞，掌國澤之政令，爲之厲禁。」鄭注：「謂皮角珠貝也，入之以當邦賦。」此乃「禁民採珠貝」之所本。司市「以政令禁物之侈靡者而均市」。又曰：「以賈民禁僞

而除詐。」此「惡夫物之僞而假真，且重費也」之所本。又曰：「凡市僞飾之禁，在民者十有二，在商者十有二，在賈者十有二，在工者十有二。」鄭注列引王制之十二禁有「姦色亂正色不粥於市」。「姦色亂正色」，或爲糜金之屬歟？

〔一一〕「先王患賤之凌貴」至「長短大小莫不有制」：左傳隱三年：「且夫賤妨貴、少凌長，……所謂六逆也。」荀子富國：「民下違上，少凌長；不以德爲政；如是，則老弱有失養之憂，而壯者有分爭之禍矣。」又曰：「禮者，貴賤有等，長幼有差，貧富輕重皆有稱者也。故天子袾裷衣冕，諸侯玄裷衣冕，士皮弁服。」又周禮弁師：「弁師掌王之五冕……諸侯及孤卿大夫之冕，韋弁皮弁，弁經各以其等爲之，而掌其禁令。」

〔一二〕「先王懼天下之吏」至「以備縣官之公糴」：縣官，此指天子、國家。史記絳侯周勃世家：「庸知其盜買縣官器。」索隱：「縣官謂天子也，所以謂國家爲縣官者，夏官王畿内縣即國都也。王者官天下，故曰縣官也。」坐賈，有別於行商而定處一市之商人。價，此作買解。公糴，公家收購。老蘇謂古制命坐賈旬報物價，官吏按市價購買私人所需之物，公家收購降價三分之一，未明所自。

〔一三〕「先王不欲人」至「民將安所措手」：國語周語上芮良夫論榮夷公專利云：「夫榮公好專利而不知大難。夫利，百物之所生也，天地之所載也，而或專之，其害多矣。……匹夫專利，猶謂之盜，王而行之，其歸（歸附周者）鮮矣。」以後各代均禁止官吏私人經商，此爲「仕則不商」

所本。史記平準書：「天下已平，高祖乃令賈人不得衣絲乘車，重租稅以困辱之。孝惠、高后時，爲天下初定，復弛商賈之律，然市井之子孫亦不得仕宦爲吏。」此爲「不仕而商，商則有征」之所本。宋代法紀鬆弛，對既仕而商多不追究。蘇洵上文丞相書云：「洵從蜀來，見吏商者皆不征。」

〔一四〕「夫法者」至「衰世之事也」：管子外言法法：「君有三欲於民。三欲不節，則上位危。三欲者何也？一曰求，二曰禁，三曰令。求必欲得，禁必欲止，令必欲行。……求而不得，則威日損；禁而不止，則刑罰侮；令而不行，則下凌上。」又重令：「凡君國之重器莫重於令，令重則君尊，君尊則國安；令輕則君卑，君卑則國危。故安國在乎尊君，尊君在乎行令，行令在乎嚴罰。……且夫令出雖自上，而論可與不可者在下，是威下繫於民也。威下繫於民，而求上之毋危，不可得也。」故老蘇以有令不行、有法不遵爲衰世之事。

【集説】

茅坤曰：古今分疑。（唐）荆川謂體如鹽鐵（論）中古今之異一段，良是。（唐宋八大家古文鈔）

又曰：情曲而事龐雜，而文則𢀡。（同上）

儲欣曰：任吏任法，燭照古今之變。（評注蘇老泉集）

議法〔一〕

古者以仁義行法律，後世以法律行仁義〔二〕。夫三代之聖王，其教化之本出於學校，蔓延於天下，而形見於禮樂。下之民被其風化，循循翼翼，務爲仁義以求避法律之所禁。故其法律雖不用，而其所禁亦不爲不行於其間〔三〕。下而至於漢、唐，其教化不足以動民，而一於法律，故其民懼法律之及其身，亦或相勉爲仁義。唐之初，大臣房、杜輩爲刑統，毫釐輕重，明辨别白，附以仁義，無所阿曲〔四〕，不知周公之刑何以易此〔五〕？但不能先使民務爲仁義，使法律之所禁不用而自行如三代時。然要其終亦能使民勉爲仁義。而其所以不若三代者，則有由矣，政之失，非法之罪也。是以宋有天下，因而循之，變其節目而存其大體〔六〕，比閭小吏奉之以公，則老奸大猾束手請死，不可漏略。然而獄訟常病多，盜賊常病衆者，則亦有由矣，法之公而吏之私也。夫舉公法而寄之私吏，猶且若此，而況法律之間又不能無失，其何以爲治？

今夫天子之子弟、卿大夫與其子弟，皆天子之所優異者，有罪而使與甿隸并笞而偕戮，則大臣無恥而朝廷輕，故有贖焉，以全其肌膚而厲其節操。故贖金者〔七〕，朝廷

之體也，所以自尊也，非與其有罪也。夫刑者，必痛之而後人畏焉，罰者不能痛之，必困之而後人懲焉。今也，大辟之誅，輸一石之金而免。貴人近戚之家，一石之金不可勝數，是雖使朝殺一人而輸一石之金，暮殺一人而輸一石之金，金不可盡，身不可困，況以其官而除其罪，則一石之金又不皆輸焉〔八〕，是恣其殺人也〔九〕。且不笞、不戮，彼已幸矣，而贖之又輕，是啓奸也。

夫罪固有疑，今有人或誣以殺人而不能自明者，有誠殺人而官不能折以實者，是皆不可以誠殺人之法坐。由是有減罪之律，當死而流〔一〇〕。使彼爲不能自明者邪，去死而得流，刑已酷矣；使彼爲誠殺人者邪，流而不死，刑已寬矣，是失實也。故有啓奸之釁，則上之人常幸，而下之人雖死而常無告。有失實之弊，則無辜者多怨，而僥倖者易以免。

今欲刑不加重，赦不加多，獨於法律之間變其一端，而能使不啓奸、不失實，其莫若重贖。然則重贖之説何如？曰：古者五刑之尤輕者止於墨，而墨之罰百鍰。逆而數之，極於大辟，而大辟之罰千鍰。此穆王之罰也〔一一〕。周公之時，則又重於此。然千鍰之重，亦已當今三百七十斤有奇矣。方今大辟之贖，不能當其三分之一〔一二〕。古者以之赦疑罪而不及公族，今也貴人近戚皆贖，而疑罪不與。記曰：公族有死罪，致

刑於甸人。雖君命宥，不聽〔一三〕。今欲貴人近戚之刑舉從於此，則非所以自尊之道，故莫若使得與疑罪皆重贖。且彼雖號爲富强，苟數犯法而數重困於贖金之間，則不能不斂手畏法；彼罪疑者，雖或非其辜，而法亦不至殘潰其肌體，若其有罪，則法雖不刑，而彼固亦已困於贖金矣。夫使有罪者不免於困，而無辜者不至陷於笞戮，一舉而兩利，斯智者之爲也。

【校】

「三代之聖王」：祠本「聖」字作「盛」。

「後世以法律」：經進本「後世」下有「衰」字。

「則有由矣」：經進本「則」字作「抑」。

「盜賊常病衆者」：諸本均無「者」字。按其文理，上文「而其所以不若三代者，則有由矣」，在「則有由矣」上有「者」字，則此處「則亦有由矣」上亦當有「者」字，當是諸本刊漏，故據經進本補。

「以全其肌膚而厲其節操」：經進本「肌」字譌「饑」，影宋本、二黄本脱「操」字。

【箋注】

〔一〕題：此篇論貴人近戚死罪輕贖及平民疑罪至死減等之弊，宜皆易以重贖。

〔二〕「古者以仁義行法律」二句：「以仁義行法律」，論本先秦儒家。如孟子梁惠王上：「施仁政

於民，省刑罰，薄稅斂，深耕易耨。」又曰天下「定於一」，「不嗜殺人者能一之」。「以法律行仁義」，論本先秦法家。如管子任法：「所謂仁義禮樂者，皆出於法，此先王之所以一民者也。」

〔三〕「夫三代」至「亦不爲不行於其間」：孔子家語刑解：「聖人之設防，貴其不犯也。制五刑而不用，所以爲至治也……刑罰之源，生於嗜慾不節。夫禮度者，所以禦民之嗜慾，而明好惡，順天道。禮度即成，五教畢修而民猶或未化，尚必明其法典以申固之。」又漢書董仲舒傳賢良對策曰：「古者修教訓之官，務以德善化民，民已大化之後，天下常亡（無）一人之獄矣。」又曰：「夫萬民之從利也，如水之走下，不以教化隄防之，不能止也。……古之王者明於此，是故南面而治天下，莫不以教化爲大務。立大學以教於國，設庠序以化於邑，漸民以仁，摩民以誼，節民以禮，故其刑罰甚輕而禁不犯者，教化行而習俗美也。」

〔四〕「大臣房、杜輩爲刑統」至「無所阿曲」：房、杜指房玄齡、杜如晦，行迹見遠慮注〔六〕。據舊唐書刑法志：高祖嘗詔尚書左僕射裴寂等十五人撰定律令，大略以開皇（隋文帝年號）爲準。及太宗即位，又命房玄齡等更加釐定。「玄齡等遂與法司定律五百條，分十二卷：一曰名例，二曰衛禁，三曰職制，四曰户婚，五曰厩庫，六曰擅興，七曰賊盜，八曰鬭訟，九曰詐僞，十曰雜律，十一曰捕亡，十二曰斷獄有笞、杖、徒、流、死，爲五刑。……又有議請減贖當免之法八……又有十惡之條……其犯十惡者，不得依議請之例。」

〔五〕「周公之刑」：指周禮秋官司寇所載各刑。古人以爲周禮乃周公所作，故云。其基本要義是：新國用輕典，平國用中典，亂國用重典，以野刑、軍刑、鄉刑、官刑、國刑等五刑糾萬民。目略共二千五百罪，即墨罪、劓罪、宫罪、刖罪、殺罪各五百。

〔六〕「宋有天下」至「變其節目而存其大體」：宋史刑法志：「宋法制因唐律令格式，而隨時損益則有編敕。……上編敕四卷，凡一百有六條，詔與新定刑統三十卷并頒天下，參酌輕重爲詳，世稱平允。」

〔七〕贖金：據尚書舜典「金作贖刑」孔疏：「古之金銀銅鐵，統號爲金。」「古之贖罪者皆用銅。」

〔八〕「大辟之誅」至「則一石之金又皆不輸焉」：大辟，死刑。石（dàn），百二十斤。舊唐書刑法志：「若應議請減及九品已上官，若官品得減者之祖父母、父母、妻、子孫，犯流罪已下，聽贖。其贖法……絞斬者，贖銅一百二十斤。」宋因唐律，又增用官蔭得減價之款，宋史刑法志：「宋損益舊制，凡用官蔭得減價，所以尊爵禄、養廉耻也。」故老蘇有「則一石之金又不皆輸焉」之嘆。

〔九〕是恣其殺人也：荀子正論：「凡刑人之本，禁暴惡惡，且徵其未也。殺人者不死，而傷人者不刑，是謂惠暴而寬賊也，非惡惡也。」

〔一〇〕「由是有減罪之律」二句：謂犯殺人之罪而罪證未明，本人認罪者，殺人當死，因疑而減爲流。流，鞭笞，髡之，投於邊裔爲兵卒或勞役。嘉祐編敕：「應犯罪之人，因疑被執，贓證未

明；或徒黨就擒，未被指説，但詰問便承，皆從律按問欲舉首減之科。」

〔一一〕「古者五刑」至「此穆王之罰也」：尚書呂刑：「墨辟疑赦，其罰百鍰，閲實其罪；劓辟疑赦，其罰唯倍，閲實其罪；剕辟疑赦，其罰倍差，閲實其罪；宫辟疑赦，其罰六百鍰，閲實其罪；大辟疑赦，其罰千鍰，閲實其罪。」孔氏傳曰：「刻其顙而涅之曰墨，刑疑則赦從罰。六兩曰鍰。鍰，黄鐵（即銅）也。閲實其罪，使與罰各相當。」按呂刑，呂侯稱周穆王之命而布告天下，以訓暢夏禹贖刑之法。故老蘇稱「此穆王之罰也」。

〔一二〕「千鍰之重」至「不能當其三分之一」：謂一斤十六兩，每鍰六兩，呂刑大辟之贖千鍰爲三百七十五斤，比之宋律之一百二十斤爲三倍。

〔一三〕「記曰」至「不聽」：記指禮記文王世子。原文爲：「公族其有死罪，則磬於甸人……公曰：『宥之。』有司曰：『在辟。』公又曰：『宥之。』有司又曰：『在辟。』及三宥不對，走出，致刑於甸人。」鄭注：「甸人，掌郊野之官。懸縊殺之曰磬。對，答也。」

【集説】

茅坤曰：贖金減罪兩端，深中宋時優柔之過之弊。而重贖一議，則古今來有識名言。（唐宋八大家古文鈔）

儲欣曰：意在重困貴人近戚，而援古之赦疑罪以使同重贖，何等巧妙。（評注蘇老泉集）

兵制〔一〕

三代之時，舉天下之民皆兵也〔二〕。兵民之分，自秦、漢始〔三〕。三代之時，聞有諸侯抗天子之命矣，未聞有卒伍叫呼衡行者也〔四〕。秦、漢以來，諸侯之患不減於三代，而御卒伍者乃如蓄虎豹，圈檻一缺，咆勃四出，其故何也？三代之兵耕而食，蠶而衣〔五〕，故勞，勞則善心生。秦、漢以來，所謂兵者，皆坐而衣食於縣官〔六〕，故驕，驕則無所不爲。三代之兵皆齊民，老幼相養，疾病相救，出相禮讓，入相慈孝，有憂相弔，有喜相慶，其風俗優柔而和易，故其兵畏法而自重〔七〕。秦、漢以來，號齊民者，比之三代，則既已薄矣〔八〕，况其所謂兵者，乃其齊民之中尤爲凶悍桀黠者也〔九〕，故常慢法而自棄。夫民耕而食，蠶而衣，雖不幸而不給，猶不我咎也。今謂之曰：爾毋耕，爾毋蠶，爲我兵，吾衣食爾。他日一不充其欲，彼將曰：嚮謂我毋耕毋蠶，今而不我給也。然則怨從是起矣。夫以有善心之民，畏法自重而不我咎，欲其爲亂，不可得也。既驕矣，又慢法而自棄，以怨其上，欲其不爲亂，亦不可得也。

且夫天下之地不加於三代，天下之民衣食乎其中者，又不減於三代，平居無事，

占軍籍，畜妻子，而仰給於斯民者，則徧天下不知其數，奈何民之不日剥月割，以至於流亡而無告也〔一〇〕。其患始於廢井田，開阡陌，一壞而不可復收〔一一〕。故雖有明君賢臣焦思極慮，而求以救其弊，卒不過開屯田〔一二〕，置府兵〔一三〕，使之無事則耕而食耳。嗚呼！屯田、府兵，其利既不足以及天下，而後世之君又不能循而守之，以至於廢。陵夷及於五代，燕帥劉守光又從而爲之黥面涅手之制〔一四〕，天下遂以爲常法，使之判然不得與齊民齒。故其人益復自棄，視齊民如越人矣〔一五〕。太祖既受命，懲唐季、五代之亂，聚重兵京師，而邊境亦不曰無備；損節度之權，而藩鎮亦不曰無威〔一六〕。周與漢、唐，邦鎮之兵强；秦，郡縣之兵弱。兵强故末大不掉，兵弱故天下孤睽〔一七〕，周與漢、唐則過，而秦則不及。得其中者，惟吾宋也。

雖然，置帥之方則遠過於前代，而制兵之術吾猶有疑焉。何者？自漢迄唐，或開屯田，或置府兵，使之無事則耕而食，而民猶且不勝其患。今屯田蓋無幾，而府兵亦已廢，欲民之豐阜，勢不可也。國家治平日久，民之趨於農者日益衆，而天下無萊田矣〔一八〕。以此觀之，謂斯民宜如生三代之盛時；而乃戚戚嗟嗟無終歲之畜者，兵食奪之也。

三代井田，雖三尺童子知其不可復。雖然，依仿古制，漸而圖之，則亦庶乎其

可也。

方今天下之田在官者惟二：職分也，籍没也〔一九〕。職分之田，募民耕之，斂其租之半而歸諸吏；籍没則鬻之，否則募民耕之，斂其租之半而歸諸公。職分之田偏於天下，自四京以降至於大藩鎮，多至四十頃，下及一縣亦能千畝。籍没之田不知其數，今可勿復鬻。然後量給其所募之民，家三百畝以爲率。前之斂其半者，今可損之，三分而取其一，以歸諸吏與公。使之家出一夫爲兵，其不欲者，聽其歸田而他募。謂之新軍。毋黥其面，毋涅其手，毋拘之營。三時縱之，一時集之。授之器械，教之戰法，而擇其技之精者以爲長，在野督其耕，在陣督其戰，則其人皆良農也，皆精兵也。夫籍没之田既不復鬻，則歲益多。田益多則新軍益衆，而嚮所謂仰給於斯民者，雖有廢疾死亡，可勿復補。如此數十年，則天下之兵，新軍居十九，而皆力田不事他業，則其人必純固朴厚，無叫呼衡行之憂，而斯民不復知有餽餉供億之勞矣。

或曰：昔者斂其半，今三分而取一，其無乃薄於吏與公乎？曰：古者公卿大夫之有田也以爲禄，而其取之亦不過什一〔二〇〕。今吏既禄矣，給之田則已甚矣。況三分而取一，則不既優矣乎？民之田不幸而籍没，非官之所待以爲富也。三分而取一，不猶愈於無乎？且不如是，則彼不勝爲兵故也。或曰：古者什一而税，取之薄，故民勝

爲兵；今三分而取一，可乎？曰：古者一家之中，一人爲正卒，其餘爲羨卒，田與追胥竭作〔三〕。今家止一夫爲兵，况諸古則爲逸，故雖取之差重而無害。此與周制稍甸縣都役少輕，而税十二無異也。夫民家出一夫而得安坐以食數百畝之田，征繇科斂不及其門，然則彼亦優爲之矣。

【校】

「卒伍叫呼」：據諸本改。祠本「卒伍」作「卒吏」。「叫呼」原譌「呼呼」。

「咆勃四出」：經進本「勃」字作「哮」。

「周與漢唐邦鎮之兵强秦郡縣之兵弱」：經進本「邦」字作「藩」。諸本「秦」字下有「之」字。

「故天下孤睽」：「天下」原作「天子」。按：此句典出揚雄法言重黎：「秦失其猷……天下孤睽。」故作「天子」誤矣。據影宋本、經進本改。

「而民猶且不勝其患」：影宋本、經進本「患」字作「弊」。經進本無「且」字。

「則歲益多」：經進本「歲」字作「田」。

「廢疾死亡」：經進本「疾」字作「棄」。

【箋注】

〔一〕題：此篇論兵制。謂當以職分籍没之田廣新軍，寓兵於農，耕戰結合。雖迂闊不經，然其論

及我國歷代兵制之變遷，各兵制之利弊則頗剴切。

〔二〕「三代之時」二句：漢書刑法志：「（夏殷周）天下既定，戢臧干戈，教以文德，而猶立司馬之官，設六軍之衆，因井田而制軍賦。地方一里爲井。……有稅有賦，稅以足食，賦以足兵。……戎馬車徒干戈素具，春振旅以搜，夏拔舍以苗，秋治兵以獮，冬大閱以狩，皆於農隙以講事焉。」按：此言立司馬之官四時各教民習振旅之陣，據周禮大司馬，不煩引。

〔三〕「兵民之分」二句：據文獻通考兵制：兵民之分，發軔於秦孝公用商鞅變法之令，爲田開阡陌封疆，初爲軍賦。又誘三晉之人耕秦地，優其田宅而使秦人應敵於外，大率百人則五十人爲農，五十人習戰。秦始皇統一天下，分三十六郡，郡置材官，聚天下兵器於咸陽爲鐘鐻，講武之禮罷爲角觝。漢興，踵秦而置材官於郡國，京師在南、北軍之屯。逮至武帝置八校，大抵以習知胡越人充之，募兵始此；而期門、羽林，皆家世爲之，自是有養兵之病矣。元狩以後，兵革數動，民多買復，調發之士益鮮，募兵即成定制。按：通考所據書多，不煩引。

〔四〕「卒伍叫呼衡行」：衡通横。語本史記秦始皇本紀引賈誼過秦論：「然陳涉以戍卒散亂之衆數百，奮臂大呼，不用弓戟之兵，鉏櫌白梃，望屋而食，横行天下。」

〔五〕「三代之兵」二句：謂兵民一體，耕戰結合。周禮小司徒：「乃會萬民之卒伍而用之，五人爲伍，五伍爲兩，四兩爲卒，五卒爲旅，五旅爲師，五師爲軍，以起軍旅，以作田役，以比追胥，以令貢賦。」鄭注：「軍萬二千五百人，此皆先王所因農事而定軍令者也。欲其恩足相恤，義足

相救，服容相別，音聲相識。作，爲也。役，功力之事。追，逐寇也。……胥，伺捕盗賊也。貢，嬪婦百工之物。賦，九賦也。」

〔六〕「秦漢以來」至「皆坐而衣食於縣官」：謂三代正卒無常人，皆民迭更爲之，自備衣食。自秦漢兵民分，兵之衣食皆仰於朝廷供給矣。漢書昭帝紀元鳳四年如淳注：「更有三品，有卒更，有踐更，有過更。古者正卒無常人，皆當迭爲之，一月一更，是爲卒更也。貧者欲得顧更錢者，次直者出錢顧之，月二千，是謂踐更也。天下人皆直戍邊三日，亦名爲更……諸不行者，出錢三百入官，官以給戍者，是謂過更也。……食貨志曰：『月爲更卒，已復爲正，一歲屯戍，一歲力役，三十倍於古。』此漢初因秦法而行之也。」然此乃對征調者而言。及武帝募兵制興，爲卒者成專業，其衣食於縣官更不待言。

〔七〕「三代之兵」至「畏法而自重」：齊民，見重遠注〔一〇〕。周禮大司徒：「令五家爲比，使之相保；五比爲閭，使之相受；四閭爲族，使之相葬；五族爲黨，使之相救；五黨爲州，使之相賙；五州爲鄉，使之相賓。」又孟子滕文公上：「鄉田同井，出入相友，守望相助，疾病相扶持，則百姓親睦。」

〔八〕「秦漢以來」至「則既已薄矣」：謂民風澆薄。見申法注〔六〕引商君書開塞。

〔九〕「况其所謂兵者」二句：文獻通考：「是以昭、宣以來，其蔽日甚……夫募及奔命，調及惡少，發及刑徒，選及三百石吏而又以羽林、佽飛、胡騎、越騎從事，是南、北軍出矣。紛紛無復舊

制，皆自武帝啓之。」如據漢書昭帝紀元鳳五年：「六月，發三輔及郡國惡少年吏有告劾亡者，屯遼東。」又：「六年春正月，募郡國徒築遼東玄菟城。」如此等等。

〔一〇〕「且夫」至「以至於流亡而無告也」：韓愈原道：「古之爲民者四，今之爲民者六。……農之家一，而食粟之家六；工之家一，而用器之家六；賈之家一，而資焉之家六：奈之何民不窮且盗也！」宋史兵志八廩禄之制：景祐元年三司使程琳上疏曰：「河北、陝西軍儲數匱，而召募不已。且住營一兵之費，可給屯駐三兵。昔養萬兵者，今三萬矣。……天地生財有限，而用無紀極，此國用所以日屈也。」皇祐七年韓琦言：「今二邊雖號通好，而西北屯邊之兵，常若待敵之至，故竭天下之力而不能給。」

〔一一〕「其患始於廢井田」至「一壞而不可復收」：漢書食貨志：「及秦孝公用商君，壞井田，開阡陌，急耕戰之賞，雖非古道，猶以務本之故，傾鄰國而雄諸侯。然王制遂滅，僭差亡度。庶人之富者累鉅萬，而貧者食糟糠……至於始皇，遂并天下，内興功作，外攘夷狄，收泰半之賦，發閭左之戍。男子力耕不足糧饟，女子紡績不足衣服。竭天下之資財以奉其政，猶未足以澹其欲也。」

〔一二〕開屯田：屯田制始於西漢。據漢書昭帝紀及趙充國傳：始元二年（前八五），詔發習戰射士詣朔方，調故吏將屯田張掖郡。宣帝神爵元年（前六一），遣後將軍趙充國將兵擊先零羌，充國先後上書陳兵利害，上屯田奏：「吏卒合凡萬二百八十一人，用穀月二萬七千三百六十三

斛，鹽三百八斛，分屯要害處。冰解漕下，繕鄉亭，浚溝渠，治湟陿以西道橋七十所，令可至鮮水左右。田事出，賦人二十畮。至四月草生，發郡騎及屬國胡騎伉健各千，倅馬十二，就草，爲田者游兵。以充入金城郡，益積畜，省大費。」後又條奏不出兵留屯田便宜十二事。上終聽其計。然此不過臨時舉措，各代均未成常制。

〔一三〕置府兵：新唐書兵志：「府兵之制，起自西魏、後周而備於隋，唐興因之。」「初，府兵之置則耕於野，其番上者，宿衛京師而已。若四方有事，則命將以出，事解輒罷，兵散於府，將歸於朝。故士不失業，而將帥無握兵之重，所以防微杜漸，絶禍亂之萌也。」然自高宗、武后，承平日久，府兵寖墮。逮及玄宗，李林甫爲相，奏諸軍皆募人爲兵，府兵即廢而爲彍騎，再廢而方鎮之兵盛矣。

〔一四〕「燕帥」句：據舊五代史劉守光傳：幽州節度使劉仁恭據滄州。天祐三年（九〇六），梁祖自將兵攻滄州，仁恭師徒屢喪，乃酷法盡發部内男子十五以上、七十以下，各自備兵糧以從軍，閭里爲之一空。部内男子無貴賤，并黥其面，士人黥其臂，文曰：「一心事主。」繇是燕、薊人士例多黥涅。按：劉守光乃仁恭之子，此係老蘇徵引史實之誤。

〔一五〕「故其人」二句：指越人斷髮文身，非華夏之屬也。禮記王制：「東方曰夷，被髮文身，有不火食者矣。」鄭注：「越俗斷髮文身，有不火食者矣。」

〔一六〕「太祖既受命」至「而藩鎮亦不曰無威」：宋史兵制一：「太祖起戎行有天下，收四方勁兵，列

營京畿，以備宿衛，分番屯戍，以捍邊圉。於時將帥之臣入奉朝請，獷暴之民收隸尺籍，雖有桀驁恣肆，而無所施於其間。」

〔一七〕「周與漢唐」至「兵弱故天下孤睽」：語本揚雄法言重黎：「秦失其猷，罷侯置守，守失其微，天下孤睽。」又柳宗元封建論：「陵夷迄於幽、平，王室東徙，而自列爲諸侯。……余以爲周之喪久矣，徒建空名於公侯之上耳。得非諸侯之盛强，末大不掉之咎歟！」

〔一八〕萊田：荒地。周禮地官司徒：縣師「辨其夫家人民田萊之數」。鄭氏注：「萊，休不耕者。」

〔一九〕「職分也」二句：均指公田。職分即職田，官吏之禄米田。籍没，没收罪人之田地。

〔二〇〕「古者」至「亦不過什一」：孟子滕文公上：「夏后氏五十而貢，殷人七十而助，周人百畝而徹，其實皆什一也。……夫世禄，滕固行之矣。」趙岐注：「民耕五十畝，貢上五畝；耕七十畝者，以七畝助公家；耕百畝者，徹取十畝以爲賦，雖異名而多少同，故曰皆什一也。」逮至戰國，周制寖墮，然亦多行十一而税，故滕文公上又曰：「請野，九一而助；國中，什一使自賦。」又漢書食貨志曰：「陵夷至於戰國，貴詐力而賤仁誼，先富有而後禮讓。是時，李悝爲魏文侯作盡地力之教。……今一夫挾五口，治田百晦，歲收晦一石半，爲粟百五十石，除十一之税十五石，餘百三十五石。」

〔二一〕「古者」至「田與追胥竭作」：周禮小司徒：「凡起徒役，毋過家一人，以其餘爲羨，唯田與追胥竭作。」孔疏：「云凡起徒役，毋過家一人者，謂起民徒役作之，毋過家一人。以其餘爲羨

者，一家兄弟雖多，除一人爲正卒，正卒之外，其餘皆爲羨卒。云唯田與追胥竭作者，田謂田獵；追謂逐寇；胥謂伺捕盗賊；竭，盡也；作，行也。非直正卒一人，羨卒盡行，以其田與追胥之人多故也。」

【集説】

茅坤曰：老泉欲以職分籍没之田作養兵之費，不知當時通天下皆有是田否？其數亦可得幾何？若今之時，則此計又難行矣。

又曰：蘇明允蓋憤當時兵養於官，或承五代銀鎗之後，多桀鶩不可制，欲括當時職分，籍没二田，以仿古者井田出兵一乘以附寓兵於農之意。而今天下既無職分、籍没之田，不可爲訓也。（唐宋八大家古文鈔）

田　制〔一〕

古之税重乎？今之税重乎？周公之制，園廛二十而税一，近郊十一，遠郊二十而三，稍甸縣都皆無過十二，漆林之征二十而五〔二〕。蓋周之盛時，其尤重者至四分而取一，其次者乃五而取一，然後以次而輕，始至於十一，而又有輕者也。今之税雖不啻十一，然而使縣官無急征，無横斂，則亦未至乎四而取一與五而取一之爲多也〔三〕。

是今之税與周之税，輕重之相去無幾也。

雖然，當周之時，天下之民歌舞以樂其上之盛德〔四〕，而吾之民反慼慼不樂，常若擢筋剥膚以供億其上。周之税如此，吾之税亦如此，而其民之哀樂何如此之相遠也？其所以然者，蓋有由矣。

周之時用井田，井田廢，田非耕者之所有，而有田者不耕也。耕者之田資於富民，富民之家地大業廣，阡陌連接，募召浮客，分耕其中〔五〕，鞭笞驅役，視以奴僕，安坐四顧，指麾於其間。而役屬之民，夏爲之耨，秋爲之穫，無有一人違其節度以嬉。而田之所入，己得其半，耕者得其半〔六〕。有田者一人而耕者十人，是以田主日累其半以至於富强，耕者日食其半以至於窮餓而無告。夫使耕者至於窮餓，而不耕不穫者坐而食富强之利，猶且不可；而况富强之民輸租於縣官，而不免於怨嘆嗟憤。何則？彼以其半而供縣官之税，不若周之民以其全力而供其上之税也。周之十一，以其全力而供十一之税也，使以其半供十一之税，猶用十二之税然也。况今之税，又非特止於十一而已，則宜乎其怨嘆嗟憤之不免也。

噫！貧民耕而不免於饑，富民坐而飽以嬉，又不免於怨，其弊皆起於廢井田。井

田復，則貧民有田以耕，穀食粟米不分於富民，可以無饑〔七〕。富民不得多占田以錮貧民，其勢不耕則無所得食，以地之全力供縣官之税，又可以無怨。是以天下之士争言復井田〔八〕。既又有言者曰：奪富民之田以與無田之民，則富民不伏，此必生亂。如乘大亂之後，土曠而人稀，可以一舉而就。高祖之滅秦，光武之承漢，可爲而不爲，以是爲恨。

吾又以爲不然，今雖使富民皆奉其田而歸諸公，乞爲井田，其勢亦不可得。何則？井田之制，九夫爲井，井間有溝，四井爲邑，四邑爲丘，四丘爲甸，甸方八里，旁加一里爲一成，成間有洫，其地百井而方十里，四甸爲縣，四縣爲都，四都方八十里，旁加十里爲一同，同間有澮，其地萬井而方百里，百里之間爲澮者一，爲洫者百，爲溝者萬。既爲井田，又必兼脩溝洫。溝洫之制：夫間有遂，遂上有徑，十夫有溝，溝上有畛，百夫有洫，洫上有涂，千夫有澮，澮上有道，萬夫有川，川上有路，萬夫之地，蓋三十二里有半，而其間爲川爲路者一，爲澮爲道者九，爲洫爲涂者百，爲溝爲畛者千，爲遂爲徑者萬〔九〕。此二者非塞溪壑、平澗谷、夷丘陵、破墳墓、壞廬舍、徙城郭、易疆壠，不可爲也。縱使能盡得平原廣野而遂規畫於其中，亦當驅天下之人，竭天下之糧，窮數百年專力於此，不治他事，而後可以望天下之地盡爲井田，盡爲溝洫。已而

又爲民作屋廬於其中，以安其居而後可。吁！亦已迂矣。井田成而民之死，其骨已朽矣。古者井田之興，其必始於唐虞之世乎？非唐虞之世，則周之世無以成井田。唐虞啓之，至於夏商，稍稍葺治，至周而大備。周公承之，因遂申定其制度，疏整其疆界，非一日而遽能如此也，其所由來者漸矣。

夫井田雖不可爲，而其實便於今，今誠有能爲近井田者而用之，則亦可以蘇民矣乎！聞之董生曰：「井田雖難卒行，宜少近古，限民名田以贍不足。」〔一〇〕名田之説，蓋出於此。而後世未有行者，非以不便民也，懼民不肯損其田以入吾法，而遂因之以爲變也。孔光、何武曰：「吏民名田無過三十頃，期盡三年，而犯者沒入官。」〔一一〕夫三十頃之田，周民三十夫之田也，縱不能盡如周制，一人而兼三十夫之田，亦已過矣；而期之三年，是又迫蹙平民，使自壞其業，非人情，難用。吾欲少爲之限，而不禁其田嘗已過吾限者，但使後之人不敢多占田以過吾限耳。要之數世，富者之子孫，或不能保其地以至於貧，而彼嘗已過吾限者，散而入於他人矣。或者子孫出而分之以無幾矣。如此，則富民所占者少而餘地多，餘地多則貧民易取以爲業，不爲人所役屬，各食其地之全利。利不分於人，而樂輸於官。夫端坐於朝廷，下令於天下，不驚民，不動衆，不用井田之制，而獲井田之利，雖周之井田，何以遠過於此哉？

【校】

「遠郊二十而三」：「三」字原誤作「二」，據影宋本、經進本、二黄本改。

「四井爲邑」：「邑」字上原衍「一」字，據經進本、二黄本删。

「又必兼脩溝洫溝洫之制」：經進本、影宋本「脩」字作「備」，形近而誤。又經進本之「溝洫」無重出。

「而不禁其田」：經進本、二黄本「禁」字作「奪」。

「以至於貧」：諸本「至」字作「復」，從經進本。

【箋注】

〔一〕題：此篇采董仲舒限名田之説，少復古制以蘇民困。雖純屬空想，然其揭露北宋土地集中，豪强侵奪，富民飽以嬉，貧民勞以饑之現實，可謂淋漓盡致。

〔二〕「周公之制」至「漆林之征二十而五」：此周禮地官司徒載師所掌任土之法也。原文爲：「凡任地，國宅無征，園廛二十而一，近郊十一，遠郊二十而三，甸稍縣都，皆無過十二，唯其漆林之征，二十而五。」國宅，國中官府治處，無税。園廛，民宅，多種樹，利少，故税輕，五十里爲近郊，百里爲遠郊，二百里爲甸，三百里爲稍，四百里爲縣，五百里爲都。因近者多勞役，故近者税輕而遠者税重。漆林之税特重者，以其漆林自然所生，非人力所作故也。

〔三〕「今之税」至「五而取一之爲多也」：宋史食貨志：「宋克平諸國，每以恤民爲先務，累朝相

承，凡無名苛細之斂，常加剗革……故賦入之利視前代爲薄。丁謂嘗言：「二十而税一者有之，三十而税一者有之。」然此僅就田賦而言，外尚有丁田、雜變之賦及地方征斂，故老蘇謂使無横斂，即不比周之盛世四取一或五取一爲多。

〔四〕「當周之時」二句：左傳襄二十九年：「爲之歌大雅，曰：廣哉，熙熙乎！曲而有直體，其文王之德乎！」又曰：「見舞大武者，曰：美哉，周之盛也！」

〔五〕「井田廢」至「分耕其中」：關於秦孝公廢井田後民間出現之貧富懸殊，見兵制注〔一一〕引漢書食貨志。老蘇在此雖屬泛論，實亦北宋中期以後之現實。宋史食貨志上一：「後（指真宗以後）承平寖久，勢官富姓，占田無限，兼并冒僞，習以成俗，重禁莫能止焉。」重禁，指仁宗即位之初，「詔限田，公卿以下毋過三十頃，牙前將吏應復役者毋過十五頃」。以此，農民「朝耕尺寸之田，暮入差徭之籍，追胥責問，繼踵而來」。於是或「匿里舍而稱逃亡」，或流徙他鄉而稱浮客。歐陽修原弊有言：「今大率一户之田及百頃者，養客數十家，其間用主牛而出己力者，用己牛而事主田以分利者，不過十餘户。其餘皆出産租而僑居者，曰浮客，而有畬田。」

〔六〕「而田之所入」三句：洪邁容齋續筆卷七田租輕重：「（董仲舒）又云：『或耕豪民之田，見税十五。』言下户貧民自無田，而耕墾豪富家田，十分之中以五輸本田主。今吾鄉俗正如此，目爲『主客分』云。」

〔七〕「井田復」至「可以無饑」：孟子滕文公上：「夫仁政，必自經界始。經界不正，井地不鈞，穀禄不平。」朱注：「經界，謂治地分田，經畫其溝塗封植之界也。此法不修，則田無定分，而豪强得以兼并，故井地有不鈞；賦無定法，而貪暴得以多取，故穀禄有不平。」

〔八〕「是以」句：如宋史食貨志載，至道二年，太常博士、直史館陳靖上言：「……給授桑土，潛擬井田，營造室居，使主保伍，養生送死之具，慶弔問遺之資，并立條制。」靖又言：「逃民復業及浮客請佃者，委農官勘驗，以給受田土收附版籍……上田人授百畝，中田百五十畝，下田二百畝，并五年後收其租，亦只計百畝，十收其三。」王安石亦謂「願見井地平」。

〔九〕「井田之制」至「爲遂爲徑者萬」：此段所述古井田制，據周禮冬官考工記：「九夫爲井。井間廣四尺，深四尺，謂之溝。方十里爲成，成間廣八尺，謂之洫。六百里爲同，同間廣二尋，深二仞，謂之澮。」孟子滕文公上：「方里而井，井百畝，其中爲公田，八家皆私百畝，同養公田。公事畢，然後敢治私事。」然三代之制，即如孟子所言，已有貢、助、徹之變，且田有上中下之分，户有口多口少之别，故孟子又曰：「此其大略也。若夫潤澤之，則在君與子矣。」詳參孟子本篇焦循正義。朱熹集注：「潤澤，謂因時制宜，使合於人情，宜於土俗，而不失乎先王之意也。」戰國距三代爲近，孟子言正經界以分田制禄，猶謂宜因地因時權衡變通，况淩夷至於宋代？故老蘇下文即論井田不可復之理。

〔一〇〕「聞之董生曰」至「限民名田以贍不足」：董生即董仲舒。據漢書食貨志：武帝時外事四夷，

内興功利，役費并興，而民去本。董仲舒上書言：「秦用商鞅之法，改帝王之制，廢井田，民得買賣，富者田連阡陌，貧者亡立錐之地。……漢興，循而未改。古井田法雖難卒行，宜少近古，限民名田，以贍不足，塞兼并之路。鹽鐵皆歸於民。去奴婢，除專殺之威。薄賦斂，省繇役，以寬民力。」

〔二〕「孔光、何武曰」至「而犯者没入官」：孔光（前六五——後五），字子夏，魯國（今山東曲阜）人。成帝初舉博士，選博士高第爲尚書，轉爲僕射、尚書令。數年，遷光禄大夫、給事中，領尚書事。後爲光禄勳，領尚書如故。凡典樞機十餘年，守法度，修故事，徙御史大夫。復以爲左將軍，拜受丞相博山侯印綬。王莽專政，光憂懼不知所出，固稱疾辭位，以太師歸老。何武（前？——後二），字君山，蜀郡郫縣（今屬成都）人。舉賢良方正，徵對策，拜爲諫議大夫，遷揚州刺史。累遷爲大司空、封氾鄉侯。爲人仁厚，好進士，獎稱人之善。然多所舉奏，號爲煩碎，不稱賢公。後以不舉王莽大司馬，莽以不附己，見誣，武自殺。光、武奏請限名田事見漢書食貨志上，原文爲：「諸侯王、列侯皆得名田國中，列侯在長安，公主名田縣道，及關内侯、吏民名田皆毋過三十頃。……期盡三年，犯者没入官。」時田宅、奴婢價爲減賤，外戚丁、傅用事，董賢隆貴，故詔書且待後，遂寢不行。

【集説】

楊慎曰：老泉此論，全爲當世厚斂而發。今之居要路者，何不書一通以聞當世乎？（三蘇

文範）

王遵巖曰：此等皆是有用文字，深透世故，賈（誼）鼂（錯）之亞也。（同上）

茅坤曰：限田之制，良爲復古之一端，而惜乎其難行也。（唐宋八大家古文鈔）

儲欣曰：限田亦是舊説，獨將廢井田之害與復井田之難，説得深切痛快，翻舊爲新矣。（評注蘇老泉集）

嘉祐集箋注卷六

六經論

易論〔一〕

聖人之道，得禮而信，得易而尊。信之而不可廢，尊之而不敢廢，故聖人之道所以不廢者，禮爲之明而易爲之幽也〔二〕。

生民之初，無貴賤，無尊卑，無長幼，不耕而不饑，不蠶而不寒，故其民逸〔三〕。民之苦勞而樂逸也，若水之走下〔四〕。而聖人者，獨爲之君臣，而使天下貴役賤；爲之父子，而使天下尊役卑；爲之兄弟，而使天下長役幼；蠶而後衣，耕而後食，率天下而勞之〔五〕。一聖人之力固非足以勝天下之民之衆，而其所以能奪其樂而易之以其

所苦，而天下之民亦遂肯棄逸而即勞，欣然戴之以爲君師，而遵蹈其法制者，禮則使然也。

聖人之始作禮也，其説曰：天下無貴賤，無尊卑，無長幼，是人之相殺無已也。不耕而食鳥獸之肉，不蠶而衣鳥獸之皮，是鳥獸與人相食無已也。有貴賤，有尊卑，有長幼，則人不相殺〔六〕；食吾之所耕，而衣吾之所蠶，則鳥獸與人不相食。人之好生也甚於逸，而惡死也甚於勞，聖人奪其逸死而與之勞生，此雖三尺豎子知所趨避矣。故其道之所以信於天下而不可廢者，禮爲之明也。

雖然，明則易達，易達則褻，褻則易廢。聖人懼其道之廢，而天下復於亂也，然後作易：觀天地之象以爲爻，通陰陽之變以爲卦，考鬼神之情以爲辭〔七〕。探之茫茫，索之冥冥，童而習之，白首而不得其源，故天下視聖人如神之幽，如天之高，尊其人而其教亦隨而尊。故其道之所以尊於天下而不敢廢者，易爲之幽也。

凡人之所以見信者，以其中無所不可測者也。人之所以獲尊者，以其中有所不可窺者也。是以禮無所不可測，而易有所不可窺，故天下之人信聖人之道而尊之。不然，則易者，豈聖人務爲新奇秘怪以誇後世邪？聖人不因天下之至神，則無所施其

教〔八〕。卜筮者，天下之至神也。而卜者，聽乎天而人不預焉者也；筮者，決之天而營之人者也。龜，漫而無理者也，灼荆而鑽之，方功義弓，惟其所爲〔九〕，而人何預焉？聖人曰：是純乎天技耳。技何所施吾教？於是取筮。夫筮之所以或爲陽、或爲陰者，必自分而爲二始；掛一，吾知其爲一而掛之也；揲之以四，吾知其爲四而揲之也；歸奇於扐，吾知其爲一、爲二、爲三、爲四而歸之也，人也。分而爲二，吾不知其爲幾而分之也，天也。聖人曰：是天人參焉，道也，道有所施吾教矣〔一〇〕。於是因而作易以神天下之耳目，而其道遂尊而不廢。此聖人用其機權以持天下之心，而濟其道於無窮也。

【校】

「欣然戴之以爲君師」：原「戴」字譌「載」，據諸本改。

「而濟其道於無窮」：祠本「無」字作「不」。

【箋注】

〔一〕題：老蘇六經論，易、詩、樂諸篇皆沿禮立說，謂聖人製以補禮之不足，以尊其道，即維護貴賤、尊卑、長幼之序。方之九百餘年前之世界文化，能持此論，實乃空谷足音，非特頗有見地而已也。以此，宋明理學家如朱熹輩斥爲誣妄之論，固不待言。即如吕東萊、茅坤等古文學

家，雖盛贊老蘇行文法度，而對其立論處，亦譏爲渺茫不根。此篇論禮窮於易達，故聖人作易以神天下之耳目。易，古卜筮之書，夏曰連山，商曰歸藏，周曰周易（或謂周乃周普無所不備之意），合稱三易。今僅存周易，又稱易經，此文所論即此書。孔穎達以爲：或謂伏犧制卦，文王繫辭，孔子作十翼。然驗其爻辭多文王以後事，故以爲卦辭文王，爻辭則周公所作云。

至和二年雷簡夫初見蘇洵時所寫上歐陽内翰書稱蘇洵「嘗著六經、洪範等論」，可知此組文章亦當作於皇祐三、四年（一〇五一、一〇五二）至嘉祐元年（一〇五六）春之間。參見權書叙注〔一〕。

〔二〕「禮爲之明」句：明者，明事神靈、辨尊卑也。禮記正義序曰：「非禮無以事天地之神，辯君臣、長幼之位。」幽者，謂卜筮於神明，隱而難見也。周易說卦曰：「昔者聖人之作易也，幽贊於神明而生蓍。」

〔三〕「生民之初」至「故其民逸」：孟子滕文公上：「當堯之時，天下猶未平，洪水横流，氾濫於天下。草木暢茂，禽獸繁殖，五穀不登，禽獸偪人。獸蹄鳥迹之道，交於中國。堯獨憂之，舉舜而敷治焉。舜使益掌火，益烈山澤而焚之，禽獸逃匿。禹疏九河……后稷教民稼穡。樹藝五穀，五穀熟而民人育。人之有道也，飽食、煖衣、逸居而無教，則近於禽獸。聖人有憂之，使契爲司徒，教以人倫：父子有親，君臣有義，夫婦有别，長幼有序，朋友有信。」又孔子家語

問禮：「昔之王者未有宮室，冬則居營窟，夏則居橧巢；未有火化，食草木之實，鳥獸之肉，飲其血，茹其毛；未有絲麻，衣其羽皮。」

〔四〕「民之苦勞」二句：孟子離婁上：「民之歸仁也，猶水之就下，獸之走壙也。」又告子上：「人性之善也，猶水之就下也。人無有不善，水無有不下。」老蘇用其語而左其意。

〔五〕「而聖人者」至「率天下而勞之」：參見本文注〔三〕所引孟子滕文公上。又孔子家語問禮：「後聖人作，然後修火之利，範金合土，以爲臺榭宮室户牖；以炮以燔，以烹以炙，以爲醴酪；治其麻絲，以爲布帛。……以正君臣，以篤父子，以睦兄弟，以齊上下，夫婦有所，是爲承天之祜。」

〔六〕「聖人之始作禮也」至「則人不相殺」：荀子王制：「執位齊，而欲惡同，物不能澹則必争。争則必亂，亂則窮矣。先王惡其亂也，故制禮義以分之，使有貧富貴賤之等，足以相兼臨者，是養天下之本也。書曰：『維齊非齊。』此之謂也。」

〔七〕「聖人懼其道之廢」至「考鬼神之情以爲辭」：卦，周易設以觀象之符號，有乾、震、兑、離、艮、坎、巽、坤八卦，兩卦相重排列得六十四卦，稱重卦。爻，組成卦之兩種符號，整畫⚊爲陽爻以象天，斷畫⚋爲陰爻以象地。三畫相疊，即陰陽剛柔相推移變化而成卦。辭，指卦辭和爻辭。概括一卦之要義者爲卦辭，如乾卦之「元、亨、利、貞」是也。説明各卦爻象者爲爻辭。爻辭又有彖辭與象辭之别：彖者，斷也，所以斷一卦之涵義也；象者，物象也，觀其象以明

吉凶悔吝也。老蘇之説本説卦："觀變於陰陽而立卦，發揮於剛柔而生爻，和順於道德而理於義，窮理盡性以至於命。"又繫辭下："八卦成列，象在其中矣；因而重之，爻在其中矣；剛柔相推，變在其中矣；繫辭焉而命之，動在其中矣。"

〔八〕"聖人"二句：謂聖人作易，乃以神爲名而施其教。繫辭上："陰陽不測之謂神。"王注："……至虚而善應，則以道爲稱；不思而玄覽，則以神爲名。蓋資道而同乎道，由神而冥於神也。"繫辭上又云："知變化之道者，其知神之所爲乎！……是以君子將有爲也，將有行也，問焉而以言，其受命也如嚮，無有遠近幽深，遂知來物，非天下之至精，其孰能與於此？參伍以變，錯綜其數，通其變，遂成天下之文，極其數，遂定天下之象，非天下之至變，其孰能與於此？易，無思也，無爲也，寂然不動，感而遂通天下之故，非天下之至神，其孰能與於此？"

〔九〕"卜筮者"至"方功義弓，惟其所爲"：卜，用火灼龜甲取兆。尚書洛誥："我乃卜澗水東。"孔傳："卜，必先墨畫龜，然後灼之，兆順食墨。"筮，以蓍草占休咎。詩衛風氓："爾卜爾筮，體無咎言。"毛傳："龜曰卜，蓍曰筮。"方功義弓，周禮春官："卜師開龜之四兆：一曰方兆，二曰功兆，三曰義兆，四曰弓兆。"鄭注："開，開出其占書也。經兆百二十體，今言四兆者，分之爲四部。"

〔一〇〕"夫筮之"至"道有所施吾教矣"：此謂筮法。易繫辭上："大衍之數五十，其用四十有九。

分而爲二以象兩，掛一以象三，揲之以四以象四時，歸奇於扐以象閏。五歲再閏，故再扐而後掛。」此法今已不能詳悉。據諸家注分析，或是以五十根蓍草，去其一；餘四十九分爲二叠以象天地（兩儀），再四根一數以象四時（金、木、水、火各主一時），然後於天數之中分掛其一而配天地，以象三才（天、地、人），據二叠各自之奇偶數以定陽爻陰爻，以明吉凶休咎。老蘇之意爲：上述筮法之涵義，以及四十九以四爲數後必餘一以象歲之有閏月，其義皆明曉。然而，分而爲二，何爲奇偶，則乃天意；四四爲數，乃是人爲。天人相參，即爲易道，聖人用以施其仁義之教化。

【集説】

歐陽修曰：子之六經論，荀卿子之文也。（嘉祐集上歐陽内翰第一書）

朱熹曰：看老蘇六經論，則是聖人全是以術欺天下。（朱子文集大全雜著十）

楊升庵曰：天生神物，聖人則之，興神物以全民用。老泉得此意，故謂易爲神教，使人尊之而不敢廢，用以濟禮於無窮。意思精深，議論高古，文勢轉折，曲盡其妙。學士家得此機括，下筆自是出人頭地。（三蘇文範）

茅坤曰：文有煙波。而以禮爲明，以易爲幽，謂聖人所以用其機權以持天下之心，過矣。（唐宋八大家古文鈔）

儲欣曰：諸論中，易論禮制方略，而其所引伸己意，以説先王作禮處，尤爲詳矣。（評注蘇老

泉集)

禮論〔一〕

夫人之情，安於其所常爲，無故而變其俗，則其勢必不從。聖人之始作禮也，不因其勢之可以危亡困辱之者以厭服其心〔二〕，而徒欲使之輕去其舊，而樂就吾法，不能也。故無故而使之事君，無故而使之事父，無故而使之事兄；彼其初，非如今之人知君父兄之不事則不可也，而遂翻然以從我者，吾以恥厭服其心也〔三〕。

彼爲吾君，彼爲吾父，彼爲吾兄，聖人曰：彼爲吾君父兄，何以異於我？於是坐其君與其父以及其兄，而已立於其旁，且俛首屈膝於其前以爲禮，而謂之拜。率天下之人而使之拜其君父兄。夫無故而使之拜其君，無故而使之拜其父，無故而使之拜其兄，則天下之人將復嗤笑以爲迂怪而不從。而君父兄又不可以不得其臣子弟之拜，而徒爲其君父兄，於是聖人者又有術焉，以厭服其心，而使之肯拜其君父兄。然則聖人者，果何術也？恥之而已。

古之聖人將欲以禮治天下之民，故先自治其身，使天下皆信其言。曰：此人也，

其言如是，是必不可不如是也。故聖人曰：天下有不拜其君父兄者，吾不與之齒〔四〕。而使天下之人亦曰：彼將不與我齒也。於是相率以拜其君父兄，以求齒於聖人。

雖然，彼聖人者，必欲天下之拜其君父兄，何也？其微權也。彼爲吾君，彼爲吾父，彼爲吾兄，聖人之拜不用於世，吾與之皆坐於此，皆立於此，比肩而行於此，無以異也。吾一旦而怒，奮手舉梃而搏逐之可也〔五〕。何則？彼其心常以爲吾儕也，不見其異於吾也。聖人知人之安於逸而苦於勞，故使貴者逸而賤者勞，且又知坐之爲逸，而立且拜者之爲勞也，故舉其君父兄坐之於上，而使之立且拜於下。明日彼將有怒作於心者，徐而自思之，必曰：此吾嚮之所坐而拜之，且立於其下者也。聖人固使之逸而使我勞，是賤於彼也。奮手舉梃以搏逐之，吾心不安焉。刻木而爲人，朝夕而拜之，他日析之以爲薪，而猶且忌之。彼其始木焉，已拜之猶且不敢以爲薪，故聖人以其微權而使天下尊其君父兄。而權者又不可以告人，故先之以耻。

嗚呼！其事如此，然後君父兄得以安其尊而至於今。今之匹夫匹婦，莫不知拜其君父兄，乃曰：拜起坐立，禮之末也。不知聖人其始之教民拜起坐立，如此之勞

也。此聖人之所慮，而作易以神其教也〔六〕。

【校】

「而謂之拜」：祠本「謂」字作「爲」。

「將復嗤笑」：「嗤」字原誤作「咄」，據諸本改。

「以禮治天下之民」：祠本「治」字誤作「法」。

「不見其異於吾也」：「不見」上原衍「何則」二字，據祠本删。

【箋注】

〔一〕題：秦焚書後，有三禮傳世。漢初以儀禮爲禮經。其後儀禮、周禮并稱經，禮記稱記。老蘇此文，非專指某書，乃泛指，即指導社會尊卑貴賤所必遵之法則、規範、儀式。大意謂聖人之權微，乃以身作則，教民知耻以尊其君父兄。故所謂禮，不過聖人强世之術。

〔二〕厭服：「厭」乃「壓」之本字。廣雅釋言曰：「壓，鎮也。」漢書景帝紀顔師古注曰：「厭，服也。」

〔三〕「吾以」句：老蘇教民知耻而禮行之説本論語。如論語學而：「恭敬於禮，遠耻辱也。」爲政：「道之以德，齊之以禮，有耻且格。」

〔四〕吾不與之齒：齒，列也。周禮大司寇：「不齒三年。」鄭注曰：「不得以年次列於平民也。」

〔五〕梃：杖也。搏：擊也。

〔六〕「作易」句：易觀：「聖人以神道設教而天下服。」老蘇易論：聖人「於是因而作易以神天下之耳目，而其道遂尊而不廢」。

【集説】

楊慎曰：字多重復若可厭，然駕空布調，員活清駃，熟之不難作論。（三蘇文範）

茅坤曰：老蘇以禮爲强世之術，即荀子性惡之遺。文甚縱横，而議論頗僻矣。（唐宋八大家古文鈔）

沈德潛曰：大意謂聖人之微權，在於教民知耻。而所以教民知耻者，在乎自治其身以作之則，而民自習而安之，此防微杜漸之意也。一氣相生，遞折而下，如泰山之雲，起於膚寸，不崇朝而瀰漫六合，是爲宇内宏觀。（唐宋文舉要）

高步瀛曰：老蘇六經論，亦自成一家言，其議一貫。樂論一篇，全從禮論生出。（唐宋文舉要）

樂論〔一〕

禮之始作也，難而易行。既行也易而難久。

天下未知君之爲君，父之爲父，兄之爲兄，而聖人爲之君父兄；天下未有以異其君父兄，而聖人爲之拜起坐立；天下未肯靡然以從我拜起坐立，而聖人身先之以耻。嗚呼！其亦難矣。天下惡夫死也久矣，聖人招之曰：來，吾生爾。既而其法果可以生天下之人，天下之人視其嚮也如此之危，而今也如此之安〔二〕，則宜何從？故當其時，雖難而易行。

既行也，天下之人視君父兄，如頭足之不待別白而後識，視拜起坐立如寢食之不待告語而後從事。雖然，百人從之，一人不從，則其勢不得遽至乎死。天下之人，不知其初之無禮而死，而見其今之無禮而不至乎死也，則曰聖人欺我。故當其時，雖易而難久。

嗚呼！聖人之所恃以勝天下之勞逸者，獨有死生之説耳。死生之説不信於天下，則勞逸之説將出而勝之。勞逸之説勝，則聖人之權去矣。酒有鴆，肉有堇〔三〕，然後人不敢飲食；藥可以生死，然後人不以苦口爲諱〔四〕。去其鴆，徹其堇，則酒肉之權固勝於藥。聖人之始作禮也，其亦逆知其勢之將必如此也，曰：告人以誠，而後人信之。幸今之時吾之所以告人者，其理誠然，而其事亦然，故人以爲信。吾知其理，而天下之人知其事，事有不必然者，則吾之理不足以折天下之口，此告語之所不及

也。告語之所不及，必有以陰驅而潛率之〔五〕。於是觀之天地之間，得其至神之機，而竊之以爲樂〔六〕。

雨，吾見其所以溼萬物也；日，吾見其所以燥萬物也；風，吾見其所以動萬物也〔七〕；隱隱谹谹〔八〕，而謂之雷者，彼何用也？陰凝而不散，物蹙而不遂，雨之所不能溼，日之所不能燥，風之所不能動，雷一震焉而凝者散，蹙者遂〔九〕。曰雨者，曰日者，曰風者，以形用；曰雷者，以神用。用莫神於聲，故聖人因聲以爲樂〔一〇〕。爲之君臣、父子、兄弟者，禮也。禮之所不及，而樂及焉。正聲入乎耳，而人皆有事君、事父、事兄之心，則禮者固吾心之所有也，而聖人之説，又何從而不信乎？

【校】

「勞逸之説」：祠本「説」字譌「不」。

「然後人不以」：祠本「不」字下多「敢」字。

【箋注】

〔一〕題：禮記樂論：「凡音者，生於人心者也樂者，通倫理者也。……是故審聲以知音，審音以知樂，審樂以知政，而治道備矣。……知樂則幾於禮矣。」此篇即由此生發，謂「禮窮於後世之不信」，聖人乃觀天地之間得其至神之機，因聲以爲樂，對天下人「陰驅而潛率之」，以濟禮

之不足。按六經中樂論早佚，老蘇此論亦泛指樂，非專論經也。

〔二〕「嚮也如此之危，而今也如此之安」：禮記曲禮上：「人有禮則安，無禮則危。」

〔三〕「酒有鴆」二句：鴆（zhèn），鳥名。漢書齊悼惠王傳顔師古注引應劭曰：「鴆鳥黑身赤目，食蝮蛇野葛。以其羽畫酒中，飲之立死。」堇，草名。吕氏春秋勸學高注：「堇，毒藥也。能毒殺人。」

〔四〕「藥可以生死」二句：生死，謂起死回生。孔子家語：「藥酒苦於口，而利於病。」

〔五〕「必有以」句：謂樂可使人潛移默化。荀子樂論：「夫聲樂之入人也深，其化人也速，故先王謹爲之文。樂中平則民和而不流，樂肅莊則民齊而不亂。民和齊則兵勁城固，敵國不敢嬰也。如是，則百姓莫不安其處，樂其鄉，以至足其上矣。然後名聲於是白，光輝於是大，四海之民，莫不願得以爲師，是王者之始也。」又禮記樂記：「夫民有血氣心知之性，而無哀樂喜怒之常，應感起物而動，然後心術形焉。是故志微、噍殺之音作，而民思憂；嘽諧、慢易、繁文、簡節之音作，而民康樂。」

〔六〕「於是」至「而竊之以爲樂」：禮記樂記：「大樂與天地同和，大禮與天地同節，和故百物不失，節故祀天祭地，明則有禮樂，幽則有鬼神。」又曰：「樂者敦和，率神而從天；禮者别宜，居鬼而從地。故聖人作樂以應天，制禮以配地。禮樂明備，天地官矣。」又曰：「及乎禮樂之極乎天而蟠乎地，行乎陰陽而通乎鬼神，窮高極遠而測深厚。樂著大始，而禮居成物。著不

息者天也，著不動者地也，一動一静者，天地之間也。故聖人曰禮樂云。」

〔七〕「雨，吾見其」至「所以動萬物也」：易說卦傳：「撓萬物者莫疾乎風，燥萬物者莫熯乎火，説萬物者莫説乎澤，潤萬物者莫潤乎水。」

〔八〕隱隱訇訇（hōng），象聲詞。法言問道：「或問大聲，曰：非雷非霆，隱隱訇訇。」

〔九〕「陰凝而不散」至「蟄者遂」：易豫：「雷出地奮，豫，先王以作樂崇德。」孔疏：「雷是陽氣之聲，奮是震動之狀。雷既出地震動，萬物被陰氣而生，各皆逸豫，故曰雷出地奮，豫也。」

〔一〇〕「用莫神於聲」二句：禮記樂記：「音之起，由人心生也。人心之動，物使之然也。感於物而動，故形於聲。聲相應，故生變。變成方謂之音。比音而樂之，及干戚羽旄，謂之樂。」孔疏：「比音而樂之，及干戚羽旄謂之樂者，言以樂器次比音之歌曲而樂器播之，并及干戚羽旄，鼓而舞之，乃謂之樂也。是樂之所起，由人心而生也。」

【集説】

楊慎曰：禮非窮而後有樂。然一段議論，一篇章法，員轉健逸，熟之最利場屋。（三蘇文範）

茅坤曰：論樂之旨非是。而文特嫋娜百折，無限煙波。

又曰：蘇氏父子兄弟於經術甚疏，故論六經處大都渺茫不根。特其行文縱横，往往空中布景，絶處逢生，令人有凌虚御風之態。（唐宋八大家古文鈔）

王龍溪曰：轉折開闔，已見妙手。至其文勢澎湃，尤如長江萬里。且論樂以輔禮之不及，却

又精鑿不磨。（三蘇文範）

劉大櫆曰：後半風馳雨驟，極揮斥之致，而機勢圓轉如轆轤。（唐宋文舉要）

詩論〔一〕

人之嗜欲，好之有甚於生；而憤憾怨怒，有不顧其死，於是禮之權又窮。禮之法曰：好色不可爲也。爲人臣，爲人子，爲人弟，不可以有怨於其君父兄也。使天下之人皆不好色，皆不怨其君父兄，夫豈不善。使人之情皆泊然而無思，和易而優柔，以從事於此，則天下固亦大治。而人之情又不能皆然，好色之心驅諸其中，是非不平之氣攻諸其外，炎炎而生，不顧利害，趨死而後已〔二〕。噫！禮之權止於死生，天下之事不至乎可以博生者〔三〕，則人不敢觸死以違吾法。今也，人之好色與人之是非不平之心勃然而發於中，以爲可以博生也，而先以死自處其身，則死生之機固已去矣。死生之機去，則禮爲無權。區區舉無權之禮以强人之所不能，則亂益甚，而禮益敗。

今吾告人曰：必無好色，必無怨而君父兄，彼將遂從吾言而忘其中心所自有之

情邪？將不能也。彼既已不能純用吾法，將遂大棄而不顧吾法。既已大棄而不顧，則人之好色，與怨其君父兄之心將遂蕩然無所隔限，而易内竊妻之變，與弑其君父兄之禍，必反公行於天下。聖人憂焉，曰：禁人之好色而至於淫，禁人之怨其君父兄而至於叛，患生於責人太詳。好色之不絶，而怨之不禁，則彼將反不至於亂。

故聖人之道，嚴於禮而通於詩。禮曰：必無好色，必無怨而君父兄。詩曰：好色而無至於淫，怨而君父兄而無至於叛。嚴以待天下之賢人，通以全天下之中人。吾觀國風婉變柔媚而卒守以正，好色而不至於淫者也；小雅悲傷詬讟，而君臣之情卒不忍去，怨而不至於叛者也〔四〕。故天下觀之，曰聖人固許我以好色，而不尤我之怨吾君父兄也。許我以好色，不淫可也；不尤我之怨吾君父兄，則彼雖以虐遇我，我明譏而明怨之，使天下明知之，則吾之怨亦得當焉，不叛可也。夫背聖人之法而自棄於淫叛之地者，非斷不能也。斷之始，生於不勝，人不自勝其忿，然後忍棄其身。故詩之教，不使人之情至於不勝也〔五〕。

夫橋之所以爲安於舟者，以有橋而言也。水潦大至，橋必解而舟不至於必敗。故舟者，所以濟橋之所不及也。吁！禮之權窮於易達，而有易焉；窮於後世之不信，而有樂焉；窮於强人，而有詩焉。吁！聖人之慮事也蓋詳。

【校】

「不可以有怨」：祠本「以」字作「使」。

「驅諸其中」：祠本「驅」字作古文「毆」。經進本因古文「毆」字與歐字形近而誤作「歐」。

【箋注】

〔一〕題：此篇立論於荀子樂論：「夫民有好惡之情而無喜怒之應，則亂。」然欲一反其「以道制欲，則樂而不亂」之説，謂民好惡之情有所不能制者，若以禮「强民之所不能，則亂益甚，禮益敗」，而若「好色之不絶，而怨之不禁，則彼將反不至於亂」。故聖人通之以詩，「不使人之情至於不勝也」。

〔二〕「而人之情」至「趨死而後已」：按此論本荀子性惡。文繁不録。

〔三〕可以博生：博，换取。此句意爲用生命换取，即犧牲生命。

〔四〕「吾觀國風」至「怨而不至於叛者也」：婉孌，年少美好貌，語出詩甫田：「婉兮孌兮。」詬讟（dú），詬駡怨謗。詩大序：「是關雎樂得淑女以配君子，愛在進賢，不淫其色。」孔疏：「淫者，過也。過量謂之爲淫：男過愛女，謂淫女色，女過求寵，是自淫其色。」又論語八佾：「關雎樂而不淫，哀而不傷。」又史記屈原賈生列傳：「國風好色而不淫，小雅怨誹而不亂。」按：詩經分國風、小雅、大雅、頌四部分。

〔五〕「詩之教」二句：孔穎達詩大序正義：「詩者，人志意之所適也。雖有所適，猶未發口，藴藏

在心，謂之爲志；發見於言，乃名爲詩。言作詩者所以舒心志憤懣而卒成於歌詠……言悦豫之志則和樂興而頌聲作，憂愁之志則哀傷起而怨刺生。藝文志云：『哀樂之情感，歌詠之聲發。』此之謂也。」

【集説】

王陽明曰：詩理性情，大要只好色而不淫，怨而不叛。老泉論詩，以禮禁人嚴，得詩以通之，識見出人意表。且窺得聖人作經，原是一理。探本之論。（三蘇文範）

康對山曰：只以色怨二字反復成文，意多而不重，詞煩而不雜。中間轉入詩處，筆力更高。（三蘇文範）

楊升庵曰：語意如片雲凌亂，長空風生，卷而爲一。（三蘇文範）

茅坤曰：説詩處愈支，而文自澎漾可觀。（唐宋八大家文鈔）

儲欣曰：禮之窮，詩論説得更猛。大較好色與怨，非聖人所以教人。而禮之所必嚴者，非極窮則亦不可通也。此立言輕重之法。（評注蘇老泉集）

書論〔一〕

風俗之變，聖人爲之也〔二〕。聖人因風俗之變而用其權。聖人之權用於當世，而

風俗之變益甚，以至於不可復反。幸而又有聖人焉，承其後而維之，則天下可以復治；不幸其後無聖人，其變窮而無所復入，則已矣。

昔者，吾嘗欲觀古之變而不可得也，於詩見商與周焉而不詳〔三〕。及觀書，然後見堯舜之時，與三代之相變，如此之亟也〔四〕。

自堯而至於商，其變也皆得聖人而承之，故無憂。至於周，而天下之變窮矣〔五〕。忠之變而入於質，質之變而入於文〔六〕，其勢便也。及夫文之變，而又欲反之於忠也，是猶欲移江河而行之山也。人之喜文而惡質與忠也，猶水之不肯避下而就高也。彼其始未嘗文焉，故忠質而不辭；今吾日食之以太牢，而欲使之復茹其菽哉？

嗚呼！其後無聖人，其變窮而無所復入，則已矣。周之後而無王焉，固也。其始之制其風俗也，固不容爲其後者計也，而又適不值乎聖人，固也，後之無王者也。

當堯之時，舉天下而授之舜。舜得堯之天下，而又授之禹。方堯之未授天下於舜也，天下未嘗聞有如此之事也，度其當時之民，莫不以爲大怪也。然而舜與禹也，受而居之，安然若天下固其所有，而其祖宗既已爲之累數十世者，未嘗與其民道其所以當得天下之故也，又未嘗悦之以利，而開之以丹朱、商均之不肖也〔七〕。其意以爲天下之民以我爲當在此位也，則亦不俟乎援天以神之、譽己以固之也。

湯之伐桀也，囂囂然數其罪而以告人，如曰彼有罪，我伐之宜也〔八〕。既又懼天下之民不己悦也，則又囂囂然以言柔之曰：「萬方有罪，在予一人。予一人有罪，無以爾萬方。」〔九〕如曰我如是而爲爾之君，爾可以許我焉爾。吁！亦既薄矣。至於武王而又自言其先祖父偕有顯功，既已受命而死，其大業不克終，今我奉承其志，舉兵而東伐，而東國之士女束帛以迎我，紂之兵倒戈以納我〔一〇〕。吁！又甚矣。如曰吾家之當爲天子久矣，如此乎民之欲我速入商也。伊尹之在商也，如周公之在周也。伊尹攝位三年而無一言以自解，周公爲之紛紛乎急於自疏其非篡也〔一一〕。

夫固由風俗之變而後用其權，權用而風俗成，吾安坐而鎮之，夫孰知夫風俗之變而不復反也。

【校】

「先祖父偕有顯功」：二黄本「偕」字作「皆」。

「孰知夫風俗之變」：經進本無「夫」字。

【箋注】

〔一〕題：書，尚書，乃上古「人君辭誥之典」（孔穎達尚書正義序）。本文就尚書所載史實而生議論，盛贊堯舜禹時風俗之淳厚，慨嘆湯武之風俗已漸趨澆薄，而時移勢易，不可復返。惟其

以「風俗之變，聖人爲之」，乃時代局限使然，不足爲怪。

〔二〕「風俗之變」二句：漢書地理志下：「凡民涵五常之性，而其剛柔緩急音聲不同，繫水土之風氣，故謂之風。好惡取捨，動静亡常，隨君上之情欲，故謂之俗。孔子曰：『移風易俗，莫善於樂。』言聖王在上，統理人倫，必移其本而易其末，此混同天下，壹之虖中和，然後王教成也。」劉晝新論風俗：「風者，氣也；俗者，習也。土地水泉，氣有緩急，聲有高下，謂之風焉。人居此地，習以成性，謂之俗焉。風有厚薄，俗有淳澆，明王之化，當移風使之雅，易俗使之正。」應劭風俗通序辨釋風、俗後云：「聖人作而均齊之，咸歸於正；聖人廢，則還其本俗。」

〔三〕「於詩」句：古人以詩三百篇始於殷末周文王，終於春秋魯僖公。毛詩正義序曰：「先君宣父（孔子）釐正遺文，緝其精華，褫其煩重，上從周始，下暨魯僖，四百年間，六詩備矣。」

〔四〕「及觀書」至「如此之亟也」：書指尚書，「上斷唐虞，下終秦魯」。亟，説文：「敏疾也。」此謂於尚書乃得知由堯舜至三代風俗之急劇變化，即下文所論之由忠質而入於文。

〔五〕「自堯而至於商」至「而天下之變窮矣」：謂自堯至商，風俗之變由忠而質，至周再變而爲文，則已窮盡而不可復返於忠質矣。

〔六〕「忠之變」二句：見審勢注〔五〕。

〔七〕丹朱、商均之不肖：史記五帝本紀：「堯知子丹朱之不肖，不足授天下，於是乃權授舜。授

舜，則天下得其利而丹朱病；授丹朱，則天下病而丹朱得其利。堯曰：『終不以天下之病而利一人。』而卒授舜以天下。」又曰：「舜子商均亦不肖，舜乃豫薦禹於天。十七年而崩。三年喪畢，禹亦乃讓舜子，如舜讓堯子。諸侯歸之，然後禹踐天子位。」

〔八〕「湯之伐桀也」至「我伐之宜也」：尚書湯誓：「夏氏有罪，予畏上帝，不敢不正。今汝其曰，夏罪如其臺。夏王率遏衆力，率割夏邑，有衆率怠弗協。曰：『時日曷喪，予及汝皆亡。』」

〔九〕「既又懼」至「無以爾萬方」：尚書湯誥：「茲朕未知獲戾於上下，慄慄危懼，若將隕於深淵。……其爾萬方有罪，在予一人；予一人有罪，無以爾萬方。」

〔一〇〕「至於武王」至「紂之兵倒戈以納我」：尚書武成：「惟先王（指周之先祖后稷）建邦啓土，公劉克篤前烈。至於大王，肇基王迹，王季其勤王家。我文考文王，克成厥勳，誕膺天命，以撫方夏，大邦畏其力，小邦懷其德，惟九年，大統未集。予小子（武王自稱）其承厥志，底商之罪。……會于牧野，罔有敵於我師，前徒倒戈，攻於後以北，血流漂杵。一戎衣，天下大定。」

〔一一〕「伊尹之在商」至「自疏其非篡」：伊尹事見尚書太甲上：「太甲（湯適長孫）既立，不明，伊尹放諸桐。三年，復歸於亳。」周公事見尚書金縢：「武王既喪，管叔及其群弟乃流言於國，曰公（周公）將不利於孺子（時成王年幼）。周公乃告二公（召公、太公）曰：『我之弗辟（弗避攝行政當國也），我無以告我先王。』」

【集説】

羅倫曰：正意只在腹中兩段及後三段，而文更有次第。其前一頭、後一尾虛發，更得首尾相

應之妙。（三蘇文範）

茅坤曰：此篇識見好，而行文法度亦勝。（唐宋八大家古文鈔）

儲欣曰：與禮記大同小康之説合。讀書論世，明目張膽而言之，硜硜之徒，幾欲揜耳而走。（評注蘇老泉集）

春秋論〔一〕

賞罰者，天下之公也；是非者，一人之私也。位之所在，則聖人以其權爲天下之公，而天下以懲以勸；道之所在，則聖人以其權爲一人之私，而天下以榮以辱。

周之衰也，位不在夫子，而道在焉，夫子以其權是非天下可也。而春秋賞人之功〔二〕，赦人之罪〔三〕，去人之族〔四〕，絶人之國〔五〕，貶人之爵〔六〕，諸侯而或書其名〔七〕，大夫而或書其字〔八〕，不惟其法，惟其意；不徒曰此是此非，而賞罰加焉。則夫子固曰：我可以賞罰人矣。賞罰人者，天子、諸侯事也。夫子病天下之諸侯、大夫僭天子、諸侯之事而作春秋〔九〕，而已則爲之，其何以責天下？位，公也；道，私也。私不勝公，則道不勝位。位之權得以賞罰，而道之權不過於是非。道在我矣，而不得爲有位者之事，則天下皆曰：位之不可僭也如此！不然，天下其誰不曰道在我。則是道

者，位之賊也。曰：夫子豈誠賞罰之邪，徒曰賞罰之耳，庸何傷？曰：我非君也，非吏也，執塗之人而告之曰：某爲善，某爲惡，可也。繼之曰：某爲善，吾賞之；某爲惡，吾誅之，則人有不笑我者乎？夫子之賞罰何以異此？

然則，何足以爲夫子？何足以爲春秋？曰：夫子之作春秋也，非曰孔氏之書也，又非曰我作之也。賞罰之權不以自與也。曰：此魯之書也，魯作之也。有善而賞之，曰魯賞之也；有惡而罰之，曰魯罰之也。

何以知之？曰，夫子繫易謂之繫辭，言孝謂之孝經，皆自名之，則夫子私之也。而春秋者，魯之所以名史，而夫子托焉，則夫子公之也。公之以魯史之名，則賞罰之權固在魯矣。

春秋之賞罰自魯而及於天下，天子之權也；魯之賞罰不出境，而以天子之權與之，何也？曰：天子之權在周，夫子不得已而以與魯也。武王之崩也，天子之位當在成王，而成王幼，周公以爲天下不可以無賞罰，故不得已而攝天子之位以賞罰天下，以存周室〔一〇〕。周之東遷也，天子之權當在平王，而平王昏〔一一〕。故夫子亦曰：天下不可以無賞罰。而魯，周公之國也，居魯之地者，宜如周公不得已而假天子之權以賞罰天下，以尊周室，故以天子之權與之也。

然則，假天子之權宜如何？曰：如齊桓、晉文可也。夫子欲魯如齊桓、晉文，而不遂以天子之權與齊、晉者，何也？齊桓、晉文陽爲尊周，而實欲富强其國。故夫子與其事而不與其心〔一二〕。周公心存王室，雖其子孫不能繼，而夫子思周公而許其假天子之權以賞罰天下。其意曰：有周公之心，而後可以行桓、文之事，此其所以不與齊、晉而與魯也。夫子亦知魯君之才不足以行周公之事矣，顧其心以爲今之天下無周公，故至此。是故以天子之權與其子孫，所以見思周公之意也。

吾觀春秋之法，皆周公之法，而又詳内而略外〔一三〕，此其意欲魯法周公之所爲，且先自治而後治人也明矣。夫子嘆禮樂征伐自諸侯出，而田常弑其君，則沐浴而請討〔一四〕。然則天子之權，夫子固明以與魯也。子貢之徒不達夫子之意，續經而書孔丘卒。夫子既告老矣，大夫告老而卒不書，而夫子獨書〔一五〕。夫子作春秋以公天下，而豈私一孔丘哉？嗚呼！夫子以爲魯國之書，而子貢之徒以爲孔氏之書也歟！

遷、固之史，有是非而無賞罰，彼亦史臣之體宜爾也。後之效夫子作春秋者，吾惑焉。春秋有天子之權，天下有君，則春秋不當作；天下無君，則天下之權，吾不知其誰與。天下之人，烏有如周公之後之可與者？與之而不得其人則亂，不與人而自

與則僭，不與人、不自與而無所與則散。嗚呼！後之春秋〔二六〕，亂邪，僭邪，散邪？

【校】

「何足以爲夫子」：經進本「夫子」作「聖人」。

「而平王昏」：經進本、二黄本無「而」字，「昏」字下有「亂」字。

「吾惑焉」：「惑」字原譌「感」，據諸本改。

【箋注】

〔一〕題：相傳孔子據魯史而修訂春秋，起魯隱公元年（前七二二），迄魯哀公十四年（前三八〇）。杜預春秋序云：「仲尼因魯史策書成文，考其真僞，而志其典禮，上以遵周公之遺志，下以明將來之法。其教之所存，文之所害，則刊而正之，以示勸戒。」春秋叙事極簡，以用字爲褒貶。孔穎達稱其「一字所嘉，有同華衮之贈；一言所黜，無異蕭斧之誅」。司馬遷亦謂「春秋之義行，則天下亂臣賊子懼焉」。老蘇此文，本孟子滕文公下「春秋，天子之事也」之説，强以褒貶爲代天子賞罰，立論於聖人之權不可廢，天子之位不可僭，自是儒者常調。然行文首尾相應，環環緊扣，沈着精鷙而婀娜多態，遂爲千載名筆。

〔二〕賞人之功：如僖四年：「楚屈完來盟於師，盟於召陵。」省「楚使屈完」之「使」字。公羊傳解云：「屈完者何？楚大夫也。何以不稱使？尊屈完也。曷爲尊屈完？以當桓公也。」

〔三〕赦人之罪：如閔二十八年「天子狩於河陽」，記晉文公爲尊周而召王事，「召王」辭逆，孔子念其尊周之意順，故赦之，以「天子狩」爲辭也。

〔四〕去人之族：如隱四年：「秋，翬帥師會宋公、陳侯、蔡人、衛人，伐鄭。」公子翬，魯大夫，孔子疾其固請强君爲不義，故去其族，不稱魯公子，而直稱其名。

〔五〕絶人之國：如昭三十一年：「黑肱以濫來奔。」黑肱，邾大夫，邾人以濫封之，非天子所封，故不書其國名。左氏傳曰：「冬，邾黑肱以濫來奔，賤而書名，重地故也。……以地叛，雖賤必書。」

〔六〕貶人之爵：如莊三十年：「齊人伐山戎。」公羊傳解曰：「此齊侯也。其稱人何？貶。曷爲貶？子司馬子曰：『蓋以操（迫）之已蹙（痛）也。』」

〔七〕「諸侯」句：如閔二十五年：「衛侯燬滅邢。」衛、邢同爲姬姓，滅同姓國，故稱名罪之。

〔八〕「大夫」句：如桓二十三年：「祭叔來聘。」祭叔乃天子内臣，不得外交諸侯，故稱其字罪之。

〔九〕「賞罰人者」至「僭天子、諸侯之事而作春秋」：孟子滕文公下：「世衰道微，邪説暴行有作……孔子懼，作春秋。春秋，天子之事也。」

〔一〇〕「武王之崩也」至「以存周室」：禮記明堂位：「武王崩，成王幼弱，周公踐天子之位以治天下。六年，朝諸侯於明堂，制禮作樂，頒度量，而天下服。」

〔一一〕「周之東遷也」至「而平王昏」：史記周本紀：犬戎既殺幽王，「於是諸侯乃即申侯而共立故

幽王太子宜臼，是爲平王，以奉周祀。平王立，東遷於雒邑，辟戎寇。平王之時，周室衰微，諸侯彊并弱，齊、楚、秦、晉始大，政由方伯」。

〔一二〕「齊桓、晉文」至「故夫子與其事而不與其心」：語本史記管晏列傳：「管仲世所謂賢臣，然孔子小之。豈以爲周道衰微，桓公既賢，而不勉之至王，乃稱霸哉？」謂小管仲佐齊桓以尊周爲名而以富國强兵致霸業爲實。然觀論語憲問，夫子既許管仲爲仁，又曰：「晉文公譎而不正，齊桓公正而不譎。」則夫子所不與其心者乃晉文而非齊桓。齊桓、晉文皆不與者乃孟子，如孟子梁惠王上：「仲尼之徒無道桓、文之事者。」又告子下：「五霸者，摟諸侯以伐諸侯者也。故曰：五霸者，三王之罪人。」不知史遷、老蘇另有所據歟？抑失檢之誤歟？按：陽爲尊周事如齊桓公率諸侯伐蔡，蔡潰，遂伐楚。楚成王興師問之，管仲對曰：「楚貢包茅不入，王祭不具，是以來責。（周）昭王南征不復，是以來問。」晉文公初立，周王弟帶爲亂，秦軍河上，將入王。趙衰曰：「求霸莫如入王尊周。周晉同姓，晉不先入王，後秦入之，毋以令於天下。方今尊王，晉之資也。」晉乃發兵入襄王於周，殺王弟帶。

〔一三〕詳内而略外：公羊傳宣十五年：「春秋内其國而外諸夏，内諸夏而外夷狄。王者欲一乎天下，曷爲以外内之辭言之？言自近者始也。」

〔一四〕「田常」二句：見子貢注〔五〕。

〔一五〕「子貢之徒」至「而夫子獨書」：春秋哀十六年：「夏四月，己丑，孔子卒。」杜預注：「仲尼既

告老去位，猶書卒者，魯之君臣，宗其聖德，殊而異之。」按春秋體例，魯臣現爲卿者乃書其卒，致仕而卒者不書。孔子以魯大夫致仕而卒，春秋書之，有乖體例。故杜預春秋序又云：「又引經而至仲尼卒，亦又近誣。」老蘇之責子貢輩續經本此。

〔一六〕「後之春秋」：指後之以「春秋」爲其書名者，如晏子春秋、吴越春秋、吕氏春秋之類。

【集説】

吕祖謙曰：此篇須看首尾相應，枝葉相生，如引繩貫珠，大抵一節未盡，又生一節。別人意多則雜，惟此篇意多而不雜。（静觀室三蘇文選）

謝枋得曰：此文有法度，有氣力，有精神，有炎焰，謹嚴而華藻者也。讀得孟子熟，方有此文。（同上）

胡思泉曰：看他辯難，看他解釋，看他鑿空之論，看他行文一節高一節！（同上）

茅坤曰：此篇自謝枋得氏録之以爲名筆，而世之學者，遂相傳以爲千年絶倫。予竊謂老蘇於論六經處，并以强詞軏正理，故往往支離旁斥。特其文嫋娜百折，似屬煙波耳。（唐宋八大家古文鈔）

儲欣曰：六經而後，上數數千年，文人詞之强（指茅坤所謂「以强詞軏正理」）能如此者有幾！歐陽公曰：「荀卿子之文也。」知言哉！（評注蘇老泉集）

嘉祐集箋注卷七

太玄論

太玄論上〔一〕

蘇子曰：言無有善惡也，苟有得乎吾心而言也，則其辭不索而獲。夫子之於易，吾見其思焉而得之者也；於春秋，吾見其感焉而得之者也；於論語，吾見其觸焉而得之者也。思焉而得，故其言深；感焉而得，故其言切；觸焉而得，故其言易。聖人之言得之天，而不以人參焉。故夫後之學者，可以天遇，而不可以人得也。方其爲書也，猶其爲言也；方其爲言也，猶其爲心也。書有以加乎其言，言有以加乎其心，聖人以爲自欺。後之不得乎其心而爲言，不得乎其言而爲書，吾於揚雄見之矣〔二〕。

疑而問，問而辯，問辯之道也。揚雄之法言，辯乎其不足問也，問乎其不足疑也，求聞於後世而不待其有得，君子無取焉耳。太玄者，雄之所以自附於夫子，而無得於心者也。使雄有得於心，吾知太玄之不作。何則？瘍醫之不爲疾醫，樂其有得於瘍也；疾醫之不能爲，而喪其所以爲瘍，此瘍醫之所懼也。若夫妄人礪鍼磨砭，乃欲爲俞跗、扁鵲之事〔三〕，彼誠無得於心而侈於外也。使雄有孟軻之書，而肯以爲太玄邪〔四〕？惟其所得之不足樂，故大爲之名以僥倖於聖人而已。

且夫易之所爲作者，雄不知也。以爲爲數邪？以爲爲道邪？惟其爲道也，故六十卦而無加，六十四卦而無損〔五〕。及其以爲數，而後有六日七分之説生焉〔六〕。聖人之意曰：六十四卦者，易也。六日七分者，吾以爲曆也〔七〕。在曆以數勝，在易以道勝。然則易之所爲作，其亦可知矣。

蓋自漢以來，六經始有異論。夫聖人之言無所不通，而其用意固有所在也。惟其求而不可得，於是乃始雜取天下奇怪可喜之説而納諸其中，而天下之工乎曲學小數者，亦欲自附於六經以求信於天下〔八〕，然而君子不取也。

太玄者，雄所以擬易也。觀其始於一而終於八十一，是即乘之極而不可加也。從三方之算而九之，并夜於晝，爲二百四十有三日，三分其方而一，以爲三州；三分

其州而一，以爲三部；三分其部而一，以爲三家。此猶六十之不可加，而六十四之不可損也〔九〕。雄以爲未也，從而加之曰踦，又曰嬴，曰：吾以求合乎三百六十有五與夫四分之一者也〔一〇〕。曰踦也，曰嬴也，是何爲者？或曰以象四分之一。四分之一在嬴而不在踦。踦者，斗之二十六也。或曰以象閏。閏之積也，起於難之七，而於此加焉，是强爲之辭也〔一一〕。且其言曰：譬諸人，增則贅，而割則虧。今也，重不足於曆，而輕以其書加焉，是不爲太玄也，爲太初曆也〔一二〕。聖人之所略，揚雄之所詳；聖人之所重，揚雄之所忽，是其爲道不足取也。

道之不足取也，吾乃今求其數。求合乎三百六十有五與夫四分之一者，固雄意也，贊之七百三十有一，是日之三百六十有五與夫四分之一也〔一三〕。後之學者曰：吾不知夫二十八宿之次，與夫日行之度也〔一四〕，而於太玄焉求之。則吾懼夫積日之無以處也。曆者，天下之至微，要之千載而可行者也。四分而加一，是四歲而加一日也，率四歲而加之，千載之後，吾恐大冬之爲大夏也〔一五〕。且夫四分其日而贊得二焉，故贊者可以爲偶，而不可以爲奇，其勢然也。雄之所欲加者四分之三，而所加者四，是其爲數不足考也〔一六〕。

君子之爲書，猶工人之作器也，見其形以知其用，有鼎而加柄焉，是無問其工之

材不材，與其金之良苦，而其不可以爲鼎者，固已明矣。况乎加踦與贏而不合乎二十八宿之度，是柄而不任操，吾無取也已。

【校】

「問乎其不足疑也」：二黄本「疑」字誤作「辯」。

「此瘍醫之所懼也」：經進本脱「此瘍」二字。

「俞跗」：經進本、影宋本「跗」字誤作「附」。

「以爲爲數邪，以爲爲道邪」：底本、影宋本作「以爲數邪以爲道邪」脱兩「爲」字，據經進本、祠本補。

「是四乘之極」：祠本「四」字作「即」，非。

「與夫四分之一也」：影宋本、經進本「一」字作「二」，非。

【箋注】

〔一〕題：太玄乃揚雄擬易之作，設卦辯吉凶，如易之告。易卦設剛柔兩畫以象陰陽二氣，布以三位以象三才，因而重之，以極萬物變化之理。易以八八爲數，故其卦六十有四，其爻則三百八十有四。而玄則以四位爲次，九九爲數，故其首八十有一，其贊則七百二十九。歷代對此書毀譽參半，毀之者如漢之劉歆謂「恐後用覆醬瓿」，唐之李華謂盡天地之理「焉假夫著

龜」？譬之者如漢之桓譚謂之「絶倫」，張衡以擬五經，故又稱太玄經。此篇論太玄乃雄不得乎其心而爲言，爲道不足取，爲數亦不足考。

此組文章著作時間不詳。然太玄乃揚雄擬易之書，文章説明蘇洵對此書研究頗精，或當作於其精研易之時，或稍後。蘇洵嘉祐六年（一〇六一）上韓丞相書，稱「自去歲以來，始復讀易，作易傳百餘篇」云云。此後洵修禮而輟易傳，故疑太玄論當作於嘉祐五、六年之間。

〔二〕揚雄：據漢書揚雄傳：雄（前五三——後一八）字子雲，蜀郡成都人。少好學，不爲章句，博覽無所不見。不汲汲於富貴，不戚戚於貧賤，不修廉隅以徼名當世。慕司馬相如，作賦常擬之以爲式。成帝召雄待詔，從上甘泉，還奏甘泉賦以風，上異之。哀帝時，妎佞用事，雄有以自守，泊如也。後雄以賦非賢人君子詩賦之正，於是輟不復爲。乃仿易作太玄，與泰初曆相應。象論語作法言。王莽時嘗召爲大夫。

〔三〕俞跗、扁鵲：據史記扁鵲倉公列傳：俞跗，上古名醫，治病不以湯液醴灑，鑱砭按摩；而乃割皮解肌，訣脈結筋，浣滌腸胃。扁鵲，勃海郡鄭（今河北故城西南）人，姓秦氏，名越人。自稱能「聞病之陽，論得其陰；聞病之陰，論得其陽」。虢太子色廢脈亂，人以爲死，扁鵲起之，故天下以其能生死人。又過齊，朝見齊桓侯，曰：「君有疾在腠理，不治將深。」桓侯不信，後十五日，扁鵲復見桓侯而退走，謂桓侯已病入骨髓，無可治。後五日，桓侯體病，遂死。

〔四〕「使雄有孟軻之書」二句：謂揚雄倘能如孟軻弟子集其言爲孟子，紹明六經之教，當不作太

玄矣。按：趙岐孟子注疏題辭解稱孟子爲「大賢擬聖而作者」，又謂：「孟子之書，則而象之（論語）。」老蘇之意：孟子、太玄同爲擬經之作，然孟子乃有得於心而言者，故其言精而贍，其旨淵而通；而太玄則「無得於心」而言，不過「大爲之名以僥倖於聖人而已」。

〔五〕「以爲爲數邪」至「六十四卦而無損」：數，即易之術數。易八卦之基礎即數：整畫「⚊」是一，斷畫「⚋」是二，三畫疊成而爲乾卦「☰」，「⚊」、「⚋」相配而成八卦，兩卦相重排列而成六十四卦。老蘇之意：謂聖人作易，乃借數字之變化以窮萬物之變，以通神明之德，以類萬物之情，而明王道，亦即爲其行道之工具；而言數必六十卦，言道必六十四卦，不可增減。按：易本六十四卦。謂六十卦者，乃易緯稽覽圖引陰陽五行之説於易卦，謂卦氣起於中孚，而以坎離震兑爲四正卦，各主一方，不入六日七分之數。餘爲六十卦。

〔六〕六日七分：易復卦象：「反復其道，七日來復。」孔疏引易緯稽覽圖曰：「其餘六十卦，卦有六爻，爻別主一日，凡主三百六十日。餘有五日四分日之一者，每日分爲八十分，五日分爲四百分，四分日之一又有二十分，是四百二十分。六十卦分之，六七四十二，卦別各得七分，是每卦得六日七分也。」

〔七〕「六日七分者」二句：謂每卦得六日七分之數，乃用六十卦除以三百六十五又四分之一日得來。而此日數乃一周歲，是曆書所宜推算者，非聖人作易之旨。

〔八〕「蓋自漢以來」至「以求信於天下」：曲學小數，狹隘之學和小技能。戰國策趙二：「窮鄉多

異，曲學多辯。」孟子告子上：「今夫弈之爲數，小數也。」此謂自秦燔詩書，漢傳經籍無所宗依，始有各家之説，傳易者即有施、孟、梁丘三家，皆因經義隱微，無所不通，漢儒不明聖人立經之主旨，各將其所知奇怪可喜之説納於經義之中。而如揚雄輩亦自附於經書以求天下人相信其曲學小數。

〔九〕「觀其始於一」至「不可損也」：謂易乃由太極生兩儀，兩儀生四象，即一生二，二生四，然後八八爲數得六十四卦，故始於一而終於六十四。太玄仿易，以一生二，二生三，然後九九爲數得八十一首，故始於一而終於八十一，不能增減。再按三方之算，乘以三應爲二百四十三。如以此配曆，不按太玄以每首九贊，一贊爲晝，一贊爲夜計算，并夜於晝，則每周歲爲二百四十三日，始符合其三分其方、州、部、家之説，如易之六十卦和六十四卦之不能隨意增減。按：方、州、部、家，乃太玄四位之贊名，其上爲方，次爲州，次爲部，其下爲家。如戾首𝌋，爲一方一州二部三家。

〔一〇〕「雄以爲未也」至「與夫四分之一者也」：謂揚雄亦知周歲不當爲二百四十三日，故以七百二十九贊爲晝夜，每首四日半，得三百六十四日又半日，益以半日爲踦贊，四分之一日爲嬴贊，以成三百六十五又四分之一日之數。太玄瑩曰：「周渾曆紀，群倫品庶，或合或離，或嬴或踦。」范望注：「踦，不足也；嬴，有餘也。日月之行有離合，陰陽之數有嬴虛，天道自然，不可爲典要也。」又王涯説玄明宗一曰：「家一一而轉，而有八十一家；部三三而轉，故有二

十七部；州九九而轉，故有九州；一方二十七首而轉，故有三方；三方之變，歸於一者也。是故以一生三，以三生九，以九生二十七，以二十七生八十一。三相生，玄之數也。三長者，七八九得一二三，一爲天，二爲地，三爲人，他數周而復始，於八十一首，故爲二百四十三表也。一首九贊，故有七百二十九贊。其外踦、嬴二贊以備一儀之月數。……一之所配自天元甲子朔旦冬至推一晝一夜，終而復始。每二贊（晝夜）一日，凡七百二十九贊，而周爲三百六十五日。」按：天元即漢武帝太初元年（公元前一〇四年）。太初曆以太初元年正月甲子朔旦冬至無餘分，後千五百三十九歲甲辰朔旦冬至無餘分。太玄用太初曆，故從此時推算。

〔一二〕「或曰以象四分之一」至「是强爲之辭也」：謂晉范望注太玄，以踦、嬴二贊之設乃以足周歲三百六十五日又四分之一日之數，謂踦贊相當於北斗二十六度，又謂踦贊屬水象閏，嬴贊屬火象閏。然太初曆每月之日爲二十九日又八十一分之四十三日，其閏之始當爲太玄之難首七，即七百零九贊，而不當爲七百二十七贊後所益之踦、嬴二贊，故范望强爲太玄解釋之辭不足信。

〔一三〕太初曆：據漢書律曆志：武帝太初元年（前一〇四），詔落下閎等修曆，是爲太初曆。其法取「一月之日，二十九日八十一分之四十三」，即一歲三百六十五日，以每日八十一分乘之，得二萬九千五百六十五分，益以四分日之一，即約二十分；一朔望月等於二十九日又四十三分。故又稱八十一分律曆。

〔一三〕「求合乎三百六十有五」至「與夫四分之一也」：謂揚雄之本意，乃使其太玄合乎曆數之周歲三百六十五又四分之一日，故於七百二十九贊之外加踦、嬴二贊，得七百三十一贊。二贊爲一日，求其合三百六十五又四分之一之數也。

〔一四〕「二十八宿之次」三句：古人按渾天説，二十八宿及日月繞兩極極軸旋轉，故以二十八宿之次第及日行之度劃分時日：日行一周爲三百六十五又四分之一度，每行一度則爲一日。

〔一五〕「曆者」至「吾恐大冬之爲大夏也」：謂曆之製訂，應之千載，而周歲三百六十五又四分之一日乃約數，非常數，故太初曆亦歲有餘分。若按揚雄之意，以四分之一爲常數，則四周歲當加一日。一周歲所差之數雖微，千載之後，所積時日逐歲增多，則冬夏相悖矣。

〔一六〕「四分其日」至「不足考也」：謂揚雄所求者爲三百六十五又四分之一之數，日既以四分，贊數即應爲偶數。而雄悖此用七百二十九之奇數，勢必不能臻此目的，故僅得三百六十四又四分之二日，尚缺四分之三日，不得不加踦、嬴二贊。而一贊既爲晝或夜，即日之半，所加乃四分之四日，所得乃三百六十五又四分之二日。故以數術而言，太玄亦謬誤不可考。

太玄論中〔一〕

四分日之一，或曰一百分日之二十五，在四以爲一，在百以爲二十五，唯其所在

而加之，豈有常數哉〔二〕？六日七分者，以八十言者也〔三〕。苟有以適於用，吾斯從而加之矣。坎、離、震、兑各守其方，而六十卦之爻分散於三百六十日。聖人不以五日四分日之一者害其爲易，而以七分者加焉，此非有所法乎？日月星辰之度，天地五行之數也，以其上之不可以八，而下之不可以六，故以七分者加之，使夫易者亦不爲無用於曆而已矣。夫八十分與夫七分者，皆非其所以爲易也。上、下而爲卦〔四〕，九、六而爲爻〔五〕，此其所以爲易也。聖人不於其所以爲易者加之，故加焉而不害其爲易。若夫四位而爲首，九行而爲贊，此正其所以爲太玄者也。而雄於此加焉，故吾不知其爲太玄也〔六〕。始於中之一，而訖於養之九，闕焉而未見者，四分日之三而已矣〔七〕。以一百八分而爲日，以一分而加之，一首之外盡八十一首，而四分日之三者可以見矣〔八〕。觀周之一，知晝夜之不在乎奇偶，而在其所承；觀中之九，知休咎之不在乎晝夜，而在其所處。故積其分至於養之九，而可以無患。蓋易之本六日以爲卦，太玄之初四日有半以爲首，而皆以四百八十七分，求合乎二十八宿之度〔九〕，加分而其數定，去踦、羸而其道勝，吾無憾焉耳。

【校】

「在百以爲」：祠本「百」字誤作「一日」。

「豈有常數哉」：祠本「常」字誤作「當」。

「以其上之」：影宋本、經進本「其」字作「爲」。

「而皆以」：祠本「皆」字誤作「加」。

【箋注】

〔一〕題：此篇論易與太玄之數，求合乎二十八宿之度之説。易取六十卦之爻分散於三百六十日，而以所餘五日四分日之一以七分者加於各爻，既不害易之爲道，亦有用於曆。而揚雄不明此意，故加踦、羸二贊以補其所缺四分日之三，使太玄爲道爲曆兩皆失之。倘能仿易之以每日爲八十分，每卦爲四百八十加七分以配曆，以玄之每日爲一百八分，每首爲四百八十六加一分，即可達每周歲三百六十五又四分之一日之數。

〔二〕「四分日之一」至「豈有常數哉」：謂周歲三百六十五日，所餘四分日之一，當唯其所在而加之，無有固定之數。

〔三〕「六日七分者」二句：謂六十卦每卦分六日，即得六六三百六十日。再加七分者，乃以每日爲八十分，以八十乘五又四分之一日，再除以六十卦之得數。即上文所謂「唯其所在而加之」者也。參太玄論上注〔七〕。

〔四〕上下而爲卦：周易正義卷首云：「故易卦六十四分爲上下，而象陰陽也。夫陽道純而奇，故上篇三十，所以象陽也；陰道不純而偶，故下篇三十四，所以法陰也。」

〔五〕九六而爲爻：易乾卦「初九」孔疏曰：「陽爻稱九，陰爻稱六，其説有二。一者，乾體有三畫，坤體有六畫，陽得兼陰，故其數九；陰不得兼陽，故其數六。二者，老陽數九，老陰數六，老陰老陽皆變，周易以變者爲占。……但七爲少陽，八爲少陰，質而不變，爲爻之本體；九爲老陽，六爲老陰，文而從變，故爲爻之别名。」

〔六〕「聖人不於其所以爲易者加之」至「故吾不知其爲太玄也」：謂太玄之以方、州、部、家四位爲首，每首爲九贊，正如易之以上、下爲卦，每卦六爻。爲使易道無所不通，用於日月星辰之度，乃有每卦六日加七分之説，加之而不害其所以爲易之六十四卦三百八十四爻；而揚雄不明於此，乃加踦、嬴二贊，則非九九爲數之太玄矣。

〔七〕「始於中之一」至「四分日之三而已矣」：謂太玄八十一首，每首九贊，始於中首之初一贊，而訖於養首之上九贊，共七百二十九贊。以應周歲，每二贊一日，則僅得三百六十四又四分之二日，比之三百六十五日又四分日之一，則闕四分日之三。

〔八〕「以一百八分而爲日」至「可以見矣」：老蘇之意，如揚雄能知易之一日爲八十分，每卦加七分之理，則宜以每日爲一百零八分。如此，所缺四分日之三爲八十一分，每首加一分則得三百六十五日又四分日之一之數矣。

〔九〕「蓋易之本六日以爲卦」至「求合乎二十八宿之度」：謂易以每日爲八十分，六日以爲卦加七分，每卦爲四百八十七分；若玄能以每日爲一百八分，四日半以爲首加一分，每首亦爲四百

八十七分。倘能如此，則易與玄均能合乎二十八宿之度，即每周天三百六十五又四分度之一矣。

太玄論下〔一〕

太玄之策三十有六，虚三而三十有三用焉〔二〕。曰其説出於易。易曰「大衍之數五十，其用四十有九」〔三〕，是雄之所以爲虚三之説也。夫大衍之數，是數之宗，而萬物之所取用也。今夫蓍，亦用者之一而已矣。或用其千萬，或用其一二，唯其所用而蓍也，用其四十有九焉。五者生之終也，十者成之極也〔四〕。生之終，成之極，則天下又何以過之？故曰五十。五十者，五十有五云也〔五〕，非四十有九而益一云也。天下之數於是宗焉，則玄無乃亦將取之。且夫四十有九者，豈有他哉？極其所當用之數而取之於大衍者，衍其所當用之策數，而舉其大略焉耳。吾將以老陽之九而明之，則夫七八六者，可以從而見焉。今夫一爻而三變〔六〕，一變而挂一，是三用也。四四揲之，歸奇於扐〔七〕，是十用也。既扐而數其餘，是三十有六用也。三與十、與三十六，而四十有九之數成焉，增之則贏，損之則虧。四十有九足以成爻，而未始有虚一之道，

吾不知先儒何從而得之也〔八〕。聖人之所爲，當然而然耳，區區於天地五行之數而牽合於其間者，亦見其勞而無取矣。聖人觀乎三才之體而取諸其象，故八卦皆以三畫，及其欲推之於六十四也，則從而六之，吾又不知先儒之何以配乎六也。聖人之意，直曰非六無以變。非天無以變是非四十九無以揲也。太玄之算極於三，以三而計之，掛其一，再扐其五，而數其餘之二十七，是亦三十三之數，不可以有加也。今其說曰三六，又曰二九，又曰倍天之數，又曰地虛三以扮天三，皆求易之過也〔九〕。

夫卜筮者，聖人所以探吉凶之自然，故爲是不可逆知之數，而寓諸其無心之物，故雖折草毀瓦，而皆有以前禍福之兆。聖人懼無以自神其心，而交於冥莫恍惚之間也，故擇時日，登龜取蓍而廟藏焉〔一〇〕。聖人之視蓍龜也，若或依之以自神其心，而非蓍龜之能靈也。況乎區區牽合於天地五行之數，其說固已迂矣〔一一〕。卜筮者，爲不可逆知者也。且筮用三經皆奇，夕筮用三緯，日中夜中用二經一緯，皆奇偶雜。則是吉凶之純駁不在其逢，而在其時〔一二〕。使夫旦筮者不爲大休，則爲大咎，而日中夜中與夫夕筮者，大休大咎終不可得而遇也。中之九曰顛，靈氣形反，當晝而凶，蓋有之矣〔一三〕。占從其辭，不從其數，其誰曰不可？吾欲去其踦與其贏，加其首之一分，損其

蓍之三策，不從其數之可以逆知，而從其辭之不可以前定，庶乎其無罪也〔一四〕。

【校】

「而取之於大衍者」：祠本脱「者」字。

「衍其所當用之策數，而舉其大略焉耳」：二句祠本全脱。

「地虚三以扮天三」：祠本「扮」字譌「扐」。

「冥莫怳惚」：「莫」字經進本作「寞」，二黄本作「漠」，皆通。

「二經一緯」：祠本「一」字譌「二」。

【箋注】

〔一〕題：此篇論太玄之策三十有六而虚三，取於大衍之數五十而虚一之説，亦揚雄求易之過也。

〔二〕「太玄之策」二句：謂太玄占卜之法，取蓍草三十六根，先去其三，而揲用三十三。揚雄以爲，立天之道有始、中、終，故天有三分，終於六成，三乘以六得十八策。天地相應，因而倍之，故蓍之數爲三十六。然地則虚三以扮天，故揲用三十三。

〔三〕「大衍之數」二句：此易繫辭上語，參易論注〔一〇〕。

〔四〕「五者生之終也」二句：謂天地之數皆各有五，一、三、五、七、九爲天數，二、四、六、八、十爲地數，奇偶數相成窮極於十。

〔五〕「五十者」二句：謂大衍之數五十，實即合天地之數五十有五。此因天數五爲奇，五五相乘爲二十五，地數五爲偶，五六相乘爲三十。易繫辭上曰：「天數五，地數五，五位相得而各有合。天數二十有五，地數三十，凡天地之數五十有五，此所以成變化而行鬼神也。」

〔六〕一爻而三變：易繫辭上「十有八變而成卦」孔疏曰：「每一爻有三變，謂初一揲不五則九，是一變也；第二揲不四則八，是二變也；第三揲亦不四則八，是三變也。」

〔七〕「四四」二句：見易論注〔一〇〕。

〔八〕「三與十」至「吾不知先儒何從而得之也」：謂易之四十九策，本爲三加十加三十六之得數，而非如鄭玄、劉向父子等先儒所謂之取自大衍五十而虚一也。

〔九〕「太玄之算極於三」至「皆求易之過也」：謂太玄之三十三策，本宜從一加五加二十七得來。而雄以倍天數之十八爲三十六，又以地虚三以扮天三，從而得三十六虚三之説，此皆不明聖人作易取四十九策之本意之過也。按：「其説」指玄數：「神靈之曜曾越卓，三十有六而策視焉。天以三分，終於六成，故十有八策。天不施，地不成，因而倍之，地則虚三以扮天之十八也。」許翰注：「天以三分，則一二三綜而爲六，以六因三爲十有八。天施而地成之，是以倍爲三十有六，此神靈曜曾越卓之數也。地則虚三以受天，故策用三十有三。」參後太玄總例注〔一九〕。

〔一〇〕「故擇時日」二句：周禮春官宗伯龜人：「凡取龜用秋時，攻龜用春時，各以其物，入於龜

室。上春釁龜,祭祀先卜。」又大卜:「凡國大貞,卜立君(立嗣),卜大封(征伐),則眂高作龜。」賈疏曰:「凡卜法在禰廟,廟門閾外闑西南北面有席,先陳龜於廟門外之西塾上。又有貞龜,貞龜謂正龜,於閾外席上。又有涖卜命龜……故大卜身爲勞事,則大宗伯臨卜。其餘陳龜、貞龜,皆小宗伯爲之也。」

〔二〕「況乎區區」二句:此指太玄。玄數所謂三八爲木,爲東方,爲春;四九爲金,爲西方,爲秋;二七爲火,爲南方,爲夏;一六爲水,爲北方,爲東;以及五五爲土,爲中央,爲四維,等等。此皆以無知之蓍草而能靈,足見揚雄之迂腐。

〔三〕「旦筮用三經皆奇」至「而在其時」:逢,指筮卦之逢遇思、福、禍。太玄數曰:「逢有下、中、上:下思也,中福也,上禍也。思、福、禍各有下、中、上(即思內、思中、思外,福小、福中、福大,禍生、禍中、禍極),以晝夜別其休咎焉。」按太玄之占法,以四揲之所餘定首位,從中至養以次數之,數奇爲陽,數偶爲陰。於陽家則一、三、五、七、九爲晝,二、四、六、八爲夜;於陰家則反之。首又有經(一、二、五、六、七)與緯(三、四、八、九)之別,旦筮用經,夕筮用緯,日中夜中用二經一緯。凡旦筮者,用經當九贊之一、五、七,遇陽家則一、五、七并爲晝,是爲一從二從三從,始、中、終皆吉,是爲大休;遇陰家則反之。夕筮用緯當九贊之三、四、八,日中夜中當九贊之二、六、九,不論遇陰遇陽,均不得遇大休大咎。故老蘇謂揚雄以卜吉凶在逢非是,因吉凶之純駁決定於日、夕或日中夜中等不同之時。

〔一三〕「中之九曰顛」至「蓋有之矣」：太玄中首：「上九巔，靈氣形反。測曰：巔靈之反，時不克也。」范注曰：「九爲金，萬物之所終也。物之所終亦於九，贊亦終於九也。巔，下也。死氣爲魂，魂登於天。魂歸於地，故言反也。登則爲神，故謂之靈也。克，堪也。天命終訖，非所堪也。」按：中行屬水，水色玄，玄爲天，九爲奇數，皆陽亢也。喻於人事，則貴而無位，高而無民，知進而不知退，知存而不知亡，知得而不知喪，故雖畫占多休，而實則凶也。此易乾卦「上九曰亢龍有悔」之義。

〔一四〕「吾欲去其踦與其嬴」至「庶乎其無罪也」：謂如太玄删去踦、嬴二贊，八十一首各加一分以配三百六十五又四分日之一之數；損其策之三而用三十三策；捨其經緯、旦夕等筮前即可預料能否逢大休大咎之數，而只取其筮前不可預料之贊辭，此書即無其他過錯矣。

太玄總例并引〔一〕

吾既作太玄論，或者讀楊子之書未知其詳，而以意詰吾説，病辭之不給也，爲作此例，凡雄之法與夫先儒之論，其可取者皆在。有未盡傳之己意，曰姑觀是焉。蓋雄者好奇而務深，故辭多誇大，而可觀者鮮。始之以十八策，中之以三十六，終之以七十二，積之以二萬六千二百四十四，張而不已，誰不能然〔二〕。蓋總

例之外無觀焉。

四位

玄首之數，在乎方、州、部、家。推玄算備矣。初揲而得之爲家，逆而次之極於方〔三〕。凡所以謂之方、州、部、家者，義不在乎其數也。取天下有别之名而加之耳。夫天下之大，所以略别之者謂之方，中之中分之稍詳者謂之州，舉一類而爲之所者爲之部，舉一人而爲之别者謂之家。蓋方者别之大，而家者其小别者也〔四〕。故玄，家一一而轉，而有八十一家；部三三而轉，而有二十七部；州九九而轉，而有九州；方二十七而轉，而有三方。四者旋相爲配，而無所不遇，故有八十一首〔五〕。

九贊

方、州、部、家之於玄，一首而加一算，故四位皆及於三，而其算止於八十一，率一算而九贊系之。贊者，所以爲首之日；而算者，所以爲首之次也，故二者并行，而其

用各異。非如易之六畫有以應乎六爻之詞也〔六〕。玄之大體以二贊而當一日，贊之奇偶或以爲晝，或以爲夜。奇首之晝在乎贊之奇，偶首之晝在乎贊之偶，率十有八贊而後九日備。一首而九贊，其勢然也〔七〕。故於九贊之間，三三相附以當天之始、中、終，地之下、中、上，與人之思、禍、福，三者自相變，而皆可以當其一首之贊。故玄之所以有九行者，亦以其贊言也〔八〕。五行之次，水始于一、六，土終五、十，而玄數不及十。說者以爲：土，君象也。水、火、木、金四者，當先後于土者也〔九〕。至於八十一首之間，則亦以九九相從，以當天、地、人三者之變，與夫九行之數，故舉其首之當水，與天之始始，地之下下，人之思内者以爲九天〔一〇〕。謂中羨從更睟廓減沉成也。

八十一首

一首而九贊，二贊爲一日，率一首而四日有半，奇首之次九，爲偶首初一之晝，故自奇之一至於偶之一，而後得爲五日。觀范望之注而考之其星度，則奇首之九贊爲五日，而偶首止於四。范注：周之初一日入牛六度，礥之初一日入女二度。玄棿曰「九日平分」，范説非也〔一一〕。蓋一首之數定，而八十一首之數，從可知矣。日之周天三百六十五度四分度之一，玄之八十一首而未增踦、嬴也，當其三百六十四度有半，於天度爲

不及，故踦與羸者，又加其一度焉〔一二〕。玄論備矣。夫方、州、部、家之算，雖無與乎贊之日，然及夫推而求其日也，皆舉算而以九乘焉。故夫算者，亦可以通之於日也。四位皆及於三，而周天之日亦可以概見於其中矣〔一三〕。三方之算，五十有四九之半之爲二百四十三日；三州之算，十有八九之半之爲八十一日；三部之算，六九之半之爲二十七日；三家之算，三九之半之爲十三日有半，而踦、羸不與焉。故列方、州、部、家之極數，而以所得之日，系之其下而爲圖〔一四〕。玄以太初曆作，故節候星辰皆據焉。

三　方〔一五〕

中一牛	三	五	七	九	二	四	六	八
二冬至	四	六	八	周一	三	五	七	九女
礥一	三	五	七	九	二	四小寒	六	八
二	四	六	八	閑一	三	五	七	九
少一	三	五虛	七	九	二	四	六	八
二	四	六	八	戾一	三	五	七	九
上一	三	五	七危	九	二	四	六	八
二	四	六	八大寒	干一	三	五	七	九

〈狩一 二 三 四 五 六 七 八 九
〈羨一 二 三 四 五 六 七 八 九

〈差一 二 立春 三 四 五 六 室 七 八 九
〈童一 二 三 四 五 六 七 八 九

〈增一 二 三 四 五 六 七 八 九
〈銳一 二 三 四 五 雨水 六 七 八 九

〈達一 二 壁 三 四 五 六 七 八 九
〈交一 二 三 四 五 六 七 八 九

〈耎一 二 奎 三 四 五 六 七 八 九
〈傒一 驚蟄 二 三 四 五 六 七 八 九

〈從一 二 三 四 五 六 七 八 九
〈進一 二 三 四 五 六 七 婁 八 九

〈釋一 二 三 四 春分 五 六 七 八 九
〈格一 二 三 四 五 六 七 八 九

〈夷一 二 三 四 胃 五 六 七 八 九
〈樂一 二 三 四 五 六 七 清明 八 九

争一 二 三 四 五 六 七 八 九 務一 二 三 四 五 昴 六 七 八 九

事一 二 三 四 五 六 七 八 九 更一 穀雨 二 三 四 五 六 七 八 九 畢

斷一 二 三 四 五 六 七 八 九 毅一 二 三 四 五 六 七 八 九

裝一 二 三 四 立夏 五 六 七 八 九 衆一 二 三 觜 四 五 六 七 八 九 參

密一 二 三 四 五 六 七 八 九 親一 二 三 四 五 六 七 八 井 九 小滿

斂一 二 三 四 五 六 七 八 九 彊一 二 三 四 五 六 七 八 九

睟一 二 三 四 五 六 七 八 九 盛一 二 三 芒種 四 五 六 七 八 九

居一 二 三 四 五 六 七 八 九 法一 二 三 四 五 六 七 八 九

〈應一 二 三 四 五夏至 六 七 八 九 〈迎一 二鬼 三 四 五 六 七 八 九

〈遇一柳 二 三 四 五 六 七 八 九 〈竈一 二 三 四 五 六 七 八小暑 九

〈大一 二 三 四 五 六 七 八 九 〈廓一 二 三 四星 五 六 七 八 九

〈文一 二 三 四 五 六 七 八 九 〈禮一張 二 三 四大暑 五 六 七 八 九

〈逃一 二 三 四 五 六 七 八 九 〈唐一 二 三 四 五 六 七 八 九

〈常一 二 三 四 五 六 七立秋 八 九 〈度一翼 二 三 四 五 六 七 八 九

〈永一 二 三 四 五 六 七 八 九 〈昆一 二 三 四 五 六 七 八 九

三州[一六]

減 一 二 處暑 三 四 五 六 七 八 九
唫 一 二 軫 三 四 五 六 七 八 九

守 一 二 三 四 五 六 七 八 九
翕 一 二 三 四 五 白露 六 七 八 九

聚 一 二 三 四 五 六 七 八 角 九
積 一 二 三 四 五 六 七 八 九

飾 一 二 三 四 五 六 七 八 秋分 九
疑 一 二 三 四 五 亢 六 七 八 九

視 一 二 三 四 五 六 七 八 九
沈 一 二 三 四 五 氐 六 七 八 九

內 一 二 三 四 寒露 五 六 七 八 九
去 一 二 三 四 五 六 七 八 九

九部〔一七〕

晦一 二 三 四 五 六 七 八 房 九 蕾一 二 三 四 五 六 七 霜降 八 九 心

窮一 二 三 四 五 六 七 八 九 割一 尾 二 三 四 五 六 七 八 九

止一 二 三 四 五 六 七 八 九 堅一 立冬 二 三 四 五 六 七 八 九

成一 二 三 四 五 六 七 八 九 闞一 箕 二 三 四 五 六 七 八 九

失一 二 三 四 小雪 五 六 劇一 二 三 四 五 斗 六 七 八 九

馴一 二 三 四 五 六 七 八 九 將一 二 三 四 五 六 七 八 九 大雪

三家〔一八〕

難一　三　五　七　九　二　四　六　八
二　四　六　八　勤一　三　五　七　九
養一　三　五　七　九
二　四　六　八

揲法

三十有六而策視焉。天以三分，終於六成，故十八策；一二三之別數是爲三分，三分之積數是爲六成，三六之相乘是爲十八策。天不施，地不成，因而倍之。地則虛三以扮天〔一九〕。故蓍之數三十有六，而揲用三十三。別一以挂于左手之小指，中分其餘以三數之，并餘以扐。再扐之後而三數其餘，七爲一，八爲二，九爲三。八扐而四位成〔二〇〕。雄之説曰：「一扐之後，而數其餘。」夫一挂一扐之多不過乎六，既六，而其餘二十七者可以爲九，而不可以爲八九，況夫不至於六哉〔二一〕。太玄，雄作，其揲法宜不

謬，意者傳之失也〔二二〕。王涯之説，一扐之後而三三數之，三七之餘而一一數之，及八以爲二，及九以爲三，不及八，不及九，從三三之數而以三七爲一，是苟以牽合乎一扐之言，而不知夫八者須挂一扐三而後成，而扐終不可以三也〔二三〕。易之三揲也，每分輒挂而列乎三指之間。玄之再扐也，再扐不挂，而歸于初扐之指。吾于其挂而後分也見焉。易分而後挂，故每分輒挂，挂必異處，故列乎三指之間；玄挂而後分，故再扐不挂，再扐不挂，故歸於初扐之指。指者，視其挂者也。然則不再扐，吾知雄之不先挂也〔二四〕。

占法

占有四：曰星，曰時，曰數，曰辭。星者，二十八宿與五行之從違也。如中水、牛、北方宿，則是星從，否則違。時者，所筮之時，與所遇之首之從違也〔二五〕。如冬至以後筮，而反遇應以丁之首，則是時違，否則從。數者，首贊奇偶之從違也。一、三、五、七、九，陽家之晝，陰家之夜。三、四、六、八，陽家之夜，陰家之晝。晝詞多休，夜詞多咎。太玄因經緯以分三表。南北爲經，東西爲緯，一、六水在北，二、七火在南，五土在中，故一二、五、六、七爲經。三、八木在東，四、九金在西，故三、

四、八、九爲緯。取三經以爲旦筮之一表，一、五、七是也。取緯以爲夕筮之一表，三、四、八是也。取二經一緯以爲日中、夜中，筮之一表，二、六、九是也。今夫旦筮而遇奇首，曰一從、二從、三從，是謂大休。遇偶首則曰一違、二違、三違，是謂大咎。日中夜中筮而遇偶首，曰一從、二從、三違，始、中休，終咎。遇奇首，則曰一違、二違、三從，始、中咎，終休。夕筮而遇奇首，曰一從、二違、三違，始休，中、終咎。遇偶首則曰一違、二從、三從，始咎，中、終休。大率如此。辭者，辭之從違也〔二六〕。各觀其表之辭，觀始終，決從違。

推玄算〔二七〕

家一置一，二置二，三置三。部一勿增，二增三，三增六。州一勿增，二增九，三增十八。方一勿增，二增二十七，三增五十四。四位之積算，則是其首去中之策數也。

求表之贊〔二八〕

置首去中策數，惟其所遇之首而置之，如應去中四十一，則置四十一。減一而九之如應置四十一，則減一爲四十。以九乘四十得三百六十。增贊，惟其所求之贊而增之，一則增一，二則增二。半

之則得贊去冬至日數矣。如應首九之得三百六十。若求應一贊，則增一爲三百六十一，半得百八十有半，則是應之一去冬至百八十日有半也。偶爲所得日之夜，奇爲所得日之晝。此非一首之間一爲奇而二爲偶者也，半之而奇謂之奇，半之而偶謂之偶。若不增一，爲百八十日，則是法首日之夜；增一則奇，乃是明日應首之晝。九之者，爲贊也。一首九贊。減一者，爲增贊也。容有不盡求其九贊，故減而後增。半之者，爲日也。二贊爲一日。求星從牽牛始，除算盡，則是其日也。如應之一，去冬至百八十日有半，以二十八宿之度，自牛以下除之盡，百八十算有半，即是應之一日在井二十九度半也。除算盡，則是其日也者，星之度、日之日也。日一日而行一度。斗振而進日，違天而退。日行與斗建異，日自北而西，西而南，南而東，東而復于北；斗自北而東，東而南，南而西，西而復于北。玄日書斗書，如求星之法逆而求之可也。而月不書。

曆法〔二九〕

十九歲爲一章，二十七章、五百一十三歲爲一會，三會、八十一章、千五百三十九歲爲一統，三統、九會、二百四十三章、四千六百一十七歲爲一元。一章閏分盡，一會月蝕盡，一統朔分盡，一元六甲盡。「自子至辰，自辰至申，自申至子。是爲三方。冠之以甲，而章、會、統、元，與月蝕俱没。」此雄之自述云爾。夫盡者，生於不齊者也。

不齊之積而至于齊，是以有盡也。斗與天而東，日違天而西，終日而成度，盡度而成期，故不齊者，非出於斗與日，出於月也。日舒而月速，於是有晦朔、弦望、進退之不齊；惟其不齊，故要之於四千六百一十七歲，而後四者皆盡；又從而三之，萬有三千八百五十一歲，冬至朔旦復得甲子，而十二辰盡也。此五盡者，曆之所以有法也。今玄告曰：「玄日書斗書，而月不書。」夫七百三十一贊，二贊而爲一日，固其勢不得書月也。苟月而不書，則夫曆法之可見於玄者，止於一期。而此五盡也，雄之所强存而已。是故列其一期之法於前，而存其五盡之數於後，蓋不詳云。

【校】

九贊：「而其用各異非如易之六畫」：祠本「異」字譌「易」。「畫」字原誤作「晝」，據影宋本、二黄本改。

九贊：「水火木金四者」：「金」字下原衍「土」字，據影宋本、二黄本删。

三方：祠本「閑」字譌「鬧」，「干」字譌「千」，「逃」字譌「兆」，并脱「徯」字。

三州：祠本「瞢」字譌「萱」，「寒露」於「三四」之下誤移至「三四」之上。

揲法：「虚三以扮天」：「扮」字原譌「扐」，據祠本及太玄各本改。

揲法：「挂必異處」：祠本「必」字譌「不」。

揲法：「而不可以爲八九」：按文義，「八九」當爲「七八」之刊誤。然諸本皆如此，故仍其舊。

揲法：「初扐之指」：祠本「扐」字譌「指」。

求表之贊：「二則增二」：底本、影宋本誤作「二則增一」，據祠本改。

求表之贊：「奇爲所得日之晝」：「得」字原皆誤作「明」，據太玄各本改。

曆法：「是爲三方」：此乃引揚雄太玄圖之文，而原文無此句。按文義當是老蘇之注文，刊者失查所串入。「方」原作「元」，疑爲形近而誤，據陸績説玄和太玄圖司馬光注改。

按：本文祠本脱誤較多，未一一注明，僅注其要者。

【箋注】

〔一〕題：老蘇太玄總例并引共十三篇，所以説玄也。謂揚雄之玄取於漢代曾盛行的易緯之説，即以陰陽五行説易，而用之於曆數也。今剔棄其奇怪誇大之辭，列其合於易理者於本篇。

〔二〕「始之以十八策」至「誰不能然」：指玄圖：「泰積之要，始於十有八策，終於五十有四，并始終策數，半之爲泰中，泰中之數三十有六策，以律七百二十九贊，凡二萬六千二百四十四策爲太積。」即十八加五十四而以二除，得三十六，再乘以七百二十九，得二萬六千二百四十四之積數。如此簡單之推算，誰人不會？

〔三〕「初揲而得之爲家」二句：揲，揲蓍也。每占卜，須揲四次，按玄首之四位，由下而上，即以家部州方之次第，每揲一次定一位。其揲法可能是：三十三策別分一策以掛於左手之小指，

中分其餘以三揲之，并餘於扐，又三數之，數欲盡時至十已下，得七爲一畫，餘八爲⚋畫，餘九爲𝌀畫，凡四度畫之，而一首之位成矣。見唐王涯説玄揲法。然老蘇有異辭，參下注〔二一〕、〔二三〕。

〔四〕「夫天下之大」至「而家者其小別者也」：此釋玄圖之辭，其説曰：「一玄都覆三方，方同九州，枝載庶部，分正群家。」范望注：「同猶共也，方有三州，三三而九，共九州也。庶，衆也，州有三部，部數轉多，各亦有枝別，故曰枝載也。部有三家，八十一家，故以群言之也。分於陰陽，以家正之也。」老蘇之意：以天地、萬物之變化別爲三方，故曰「別之大」；別爲八十一家，故曰「其別之小也」。

〔五〕「故玄」至「故有八十一首」：謂玄之演成，方有⚊⚋𝌀之別，故有三方；三三相配，故有九州；再配以三，故有二十七部；再配以三，故有八十一家；每家一首，故有八十一首。司馬光説玄曰：「易與太玄大抵道同而法異：易畫有二，曰陽曰陰；玄畫有三，曰一曰二曰三；易有六位，玄有四重，最上曰方，次曰州，次曰部，次曰家，本傳（指漢書揚雄傳）所謂三摹而四分之極於八十一者也。」可參。

〔六〕「方州部家之於玄」至「有以應乎六爻之詞也」：日，時日，晝夜。次，次第，順序。謂太玄雖有方州部家四位，然每首皆以三三爲數計算而得。三三爲數，極於八十一，而每一算系以九贊。所以如此，乃以贊計晝夜，算定首之次第，二者各有其用，非如易之每卦六畫，或陰⚋或

陽一，皆與其爻詞初六（或九）至上六（或九）相應，故曰二者并行，其用各異，即非如易之每卦六爻皆與其爻辭相應也。

〔七〕「玄之大體以二贊而當一日」至「其勢然也」：謂太玄以太初元年正月甲子朔旦冬至起算，以中首之初一贊當其日之晝，次二贊當其夜，次三贊當次日之晝，次四贊當次日之夜，如此類推，上九當第五日之晝，一首共四日有半，此首之奇贊（一、三、五、七）爲晝，偶贊（二、四、六、八）爲夜。周首繼之，奇贊當爲夜，偶贊當爲晝，合兩首共爲九日。次爲礥首、閑首，按此類推，又共爲九日。如此循環往復，八十一首七百二十九贊當三百六十四又四分之二日，乃勢之必然。參太玄論上注〔一〇〕。

〔八〕「故於九贊之間」至「亦以其贊言也」：此謂太玄窮萬物之變化，立天之道有始、中、終，立地之道有下、中、上，立人之道有思、福、禍。三者自相變，三三相乘而有九行，如立天之道有始始、始中、始終，與中始、中中、中終，及終始、終中、終終，而與每首之九贊相附。王涯說玄曰：「三三相乘，猶始終也，以立九贊之位，以窮天地之數，以配三流之元。」

〔九〕「五行之次」至「當先後於土者也」：謂玄道始於冬至，當一、六爲水。按其節候次第：三、八爲木，四、九爲金，二、七爲火。終於四維，五五爲土。「玄數不及十」者，以見九贊也。「說者以爲」云云，指中首次五范望注，其詞曰：「五爲天子。日，君象也。五亦爲土，君而有土，參明於日，故爲天子也。中央之位，四方之所歸，故爲主也。」故老蘇以爲，揚雄之以五爲土，蓋

取君當居中，而水、火、木、金居其前後之意。

〔一〇〕「故舉其首之當水」至「以爲九天」：謂太玄既以九九相從以當天、地、人之變，八十一首又始於水，每九首之首首，即中首、羨首、從首、更首、睟首、廓首、減首、沉首、成首，均當五行之水，與天道之始始，地道之下下，人道之思内，是爲九天。按：太玄數曰：「九天：一爲中天，二爲羨天，三爲從天，四爲更天，五爲睟天，六爲廓天，七爲減天，八爲沉天，九爲成天。」范望注：「皆玄首爲天名也。一歲周竟有九……九九八十一，故八十一首，周九天也。」司馬光注：「九天以行言，據始中終。」

〔一一〕「觀范望之注」至「范説非也」：周、礩，皆玄首名。牛，牽牛星；女，婺女星，皆漢太初曆用以計時日者。漢書律曆志：「星紀，初斗十二度，大雪。中牽牛初，冬至。終於婺女七度。」老蘇所引范注分見周首、礩首。玄棿，太玄篇名，引文原句爲：「棿擬之九日平分。」范望注：「玄一首四日分則有餘，二首九日則平，故曰九日平分也。」與其前注各首星度，即奇首當爲五日，偶首當爲四日不合，故曰：「范説非也。」

〔一二〕「日之周天」至「又加其一度焉」：見太玄論上注〔一〇〕、〔一一〕。老蘇以爲：范注以踦贊爲四分之二日，嬴贊爲四分之一日，與太玄之每贊爲一晝或一夜不符，乃强爲其説。故不從，而謂加踦、嬴二贊爲一晝夜，當加一度。

〔一三〕「夫方、州、部、家之算」至「亦可以概見於其中矣」：謂太玄四位之算與其以贊計日不相應，

各有其用而并行，然其算皆及於三，若方、州、部、家之算皆各以九相乘，亦可以通於日而概見周天之日。

〔一四〕「三方之算」至「系之其下而爲圖」：謂如以方、州、部、家之算以推而求其日，則三方之算，當是五十四乘九除二爲二百四十三日；三州之算，當是十八乘九除二爲八十一日；三部之算，當是六乘九除二爲二十七日；三家之算，當是三乘九除二爲十三日半。二百四十三加八十一，再加二十七，再加十三有半，即得周天三百六十四日有半之數。此數乃由四部之算推求而得，與九百二十九贊之數無涉，故踦、嬴二贊不與。按此算以應太初曆，老蘇自製玄圖於後文。

〔一五〕三方篇：始於中首、牽牛初度、節候冬至，迄於昆首。含五十四首，冬至、小寒、大寒、立春、雨水、驚蟄、春分、清明、穀雨、立夏、小滿、芒種、夏至、小暑、大暑、立秋等一十六個節候，共四百八十六贊，二百四十三日。圖中之牛、女、虛……等，皆宿名。

〔一六〕三州篇：始於減首、中翼十五度、節候處暑，終於堅首。含一十八首，處暑、白露、秋分、寒露、霜降、立冬等六個節候，共一百六十二贊，八十一日。

〔一七〕九部篇：始於成首，終於將首。含六首，小雪、大雪二個節候，五十四贊，二十七日。

〔一八〕三家篇：含難、勤、養三首，二十七贊，一十三日有半。

〔一九〕「三十有六而策視焉」至「地則虛三以扮天」：此太玄數之文也。「策視」，謂視三十六之數爲

策，即取三十六策以筮。「天以三分」，指⚊⚋𝌆之別數；「終於六成」，謂既有此區別，成於六畫，即一加二加三得六。三乘六得十八策。蓋太玄以九九爲數，天位有九，地位有九，陰不下陽，陽不施陰，故曰：「天不施，地不成。」因此十八位而倍之，得三十六，故曰：「因而倍之。」扮，并也。意謂如需天施而地成，使天地相并，陰陽相推而生萬物，地宜空三以并於天。故下文言雖有三十六之數，而以蓍草占卜時只用三十三策。策，即蓍草；揲，以蓍草占卜。

〔二〇〕「故蓍之數三十有六」至「八扐而四位成」：此言太玄揲法，已見本文注〔二〕。扐，太玄作艻，本義爲指間，引申爲餘數，即取蓍草之餘挂於指間。陸績述玄曰：「玄道廣遠，淹廢歷載，師讀斷絶，難可一備，故往往有違本錯誤。」揲法亦早失傳，各家之説不一。老蘇此從范望注太玄數「凡一挂再艻以成一方之位，通率四位，四挂以象四時，八揲以象八風」之説，故有是言。

〔二一〕「雄之説曰」至「况夫不至於六哉」：雄之説見太玄數。老蘇或以爲：太玄以三爲數，挂一未必如王涯説玄所謂之一策，或當爲三策，再加一扐三策，三加三爲六，三十三策去六策，餘二十七，再以三數之，三九二十七，則所餘爲九，不當得七八之數，則以七爲⚊，以八爲⚋，以九爲𝌆而定四位之數何從而得？「不可以爲八九」，八九當爲七八之刊誤。「况乎不至於六」，謂如挂一按王涯説爲一策，則一挂一扐後尚餘二十九策，以三數之，三九二十七之後尚餘二策，更難定四位之數。

〔二二〕「太玄」四句：傳，訓詁，注釋。此謂上述之揲法乃用於其自作之太玄，當不至如上言之悖

謬，疑乃因師讀斷絶久遠，范望等人訓釋之失。

〔二三〕「王涯之説」至「而扐終不可以三也」：指王涯説玄揲法。其説曰：「别分一策以挂於左手之小指，中分其餘，以三揲之，并餘於艻，又三數之。數欲盡時，至十已下得七爲一畫，餘八爲二畫，餘九爲三畫。凡四度畫之，而一首之位成矣。」老蘇以爲，按王涯之説，一挂一扐之後，當餘二十九策，以三三爲數，數七次，即三七二十一策後始餘八策，則九、七之數從何而得？此乃苟求牽合太玄數「一扐之後，而數其餘」之説，不可信。

〔二四〕「易之三揲也」至「吾知雄之不先挂也」：此謂玄與易之揲法各異。易之揲法已見易論注〔一〇〕與太玄論下注〔六〕。老蘇以爲：玄既先挂後分，可知其再扐不挂，亦即一扐而止，不再扐。然既不再扐，可知其一扐亦不先挂，非如易繫辭上所謂之「再扐而後挂」也。

〔二五〕「星者」至「與所遇之首之從違也」：從者爲休，違者爲咎，判從違以斷休咎。此謂星者，八扐所定之位與所配二十八宿、五行是否同德以判從違，如所定之位爲𝌆，爲中首，所配之宿爲牽牛、北斗，五行爲水，與首同德，則是星從，否則違。時者，所筮之時與所遇之首是否相應以判從違，如冬至以後筮，反遇首爲十月以前以天干丁與地支配得之歲月，則是時違，否則從。

〔二六〕「數者」至「辭之從違也」：此謂數者，以所遇首贊之陰陽奇偶之數判從違；辭者，以所遇首九贊之辭與所筮之意是否相違也。老蘇自注中所言之陰陽、晝夜、經緯，見太玄論下注

〔一一二〕。

〔二七〕推玄算篇：謂筮所得之四位，其首之次第奇偶可按此法推求而得，如礥首𝌈，一方一州一部三家，家三置三，部、州、方均勿增，故次第爲三，奇首；又如鋭首𝌓，一方二州二部二家，家二置二，部二增三，州二增九，方一勿增，二加三加九得十四，故次第爲十四，偶首。

〔二八〕求表之贊篇：表謂玄表，謂玄表贊之次第可按此法而求得。如按推玄算之法求得應首之次第爲四十一，今求其贊之次第，當先減一得四十，爲法首之次第；一首九贊，四十乘九得三百六十，得法首第九贊之次第；增一贊，加一得三百六十一，得應首第一贊之次第（如求第二贊則加二，第三贊則加三，按此類推）；一日二贊，以二除之得一百八十有半日，半之而奇謂之奇，爲所得之晝，偶爲所得之夜，半日爲奇，故知應首第一贊爲去冬至百八十日有半，是爲晝也，不增一則爲法首第九贊，當去冬至百八十日之夜也。冬至日起牽牛一度，日運一度，故求得去冬至之日數，即爲日之度數。日行與斗建異，日自北而西、而南、而東，復於北；斗自北而東、而南、而西，復於北，逆而推之，則得其日所在之星度，如應首之第一贊既已求得去冬至百八十日又半，日行一度，當爲一百八十度又半，逆而推之，在井宿二十九度半也。然玄書日及斗所指之度數者，以其常滿常指故也；月有虛羸，遲疾無常，難自玄推求，故曰「玄日書斗書，而月不書」也。

〔二九〕曆法篇：「雄之自述」，指太玄圖，原文無「是爲三方」句，疑當爲老蘇注，刊者失查串入正文。

蓋子、辰、申，地支以記日也。司馬光注曰：「中、羨、從自子至辰，更、睟、廓自辰至申，減、沉、成自申至子者，一歲之方也。」三方者，天玄、地玄、人玄各二十七首也。老蘇以爲：太玄之可以配曆者，僅此三方一期而已。揚雄所謂冠以天干紀歲，「而章、會、統、元，與月蝕俱没」，乃强爲之説。蓋按曆法，十九歲爲一章，二十七章爲一會，三會爲一統，三統爲一元，一章閏分盡，一會月蝕盡，一統朔分盡，一元六甲盡，自太初元年甲子朔旦冬至，須經四千六百一十七歲，日月星辰之運行方可由不齊而齊，臻此五盡。而太玄之二贊爲一日，僅能書日書斗，不能書月，即無如太初曆之有八十一分記日，月有餘分，約可五歲一閏，十九歲而閏分盡，五百一十三歲而月蝕盡也。然則五盡從何而得？老蘇斥雄好奇而務深，詞多誇大，此爲確證。

【集説】

司馬光曰：或曰：易之法與玄異，揚子不遵易而自爲之制，安在其贊易乎？且如與易同道，則既有易矣，何以玄爲？曰：夫畋者所以爲禽也，網而得之與弋而得之何以異哉？書者，所以爲道也，易，網也，玄，弋也，何害不既網而使弋者爲之助乎，子之求道亦膠矣。（百子全書太玄經讀玄）

唐順之曰：揚子雲閃縮譎怪，欲説不説，不説又説，此最下者。其心術亦略可知。眉山子極有見。（荊川先生文集與洪方洲書）

嘉祐集箋注卷八

洪範論〔一〕

洪範論叙

洪範其不可行歟，何説者之多，而行者之寡也？曰：諸儒使然也。譬諸律令，其始作者非不欲人之難犯而易避矣〔二〕，及吏胥舞之，則千機百穽。吁！可畏也。夫洪範亦猶是耳！吾病其然，因作三論，大抵斥末而歸本，援經而擊傳〔三〕，剗磨瑕垢以見聖秘。復列二圖，一以指其謬，一以形吾意。噫！人吾知乎？不吾知，其謂吾求異夫先儒，而以爲新奇也。

【校】

題：二黄本叙附卷題下，作「洪範論并叙」。

「援經而擊傳」：諸本「援」字作「褎」。按文義，此從經進本。

【箋注】

〔一〕題：洪範，尚書篇名，謂箕子歸周後所作。洪範序云：「武王勝殷。殺受（紂王），立武庚。以箕子歸，作洪範。」漢孔安國注，劉向、劉歆爲洪範五行傳，孔穎達疏。此篇謂孔、劉輩對箕子原旨頗有誤釋，故爲三論二圖以正之也。此組文章作於皇祐三、四年（一〇五一、一〇五二）至嘉祐元年（一〇五六）春之間，參見權書叙注〔一〕。

〔二〕「難犯而易避」：後漢書郎顗襄楷列傳謂顗對臺詰曰：「王者之法，譬猶江河，當使易避而難犯也。」

〔三〕「援經」句：經指尚書洪範，傳指有關洪範之諸儒之説。

洪範上〔一〕

洪範之原出於天，而畀之禹，禹傳之箕子〔二〕。箕子死，後世有孔安國爲之

注〔三〕，劉向父子爲之傳〔四〕，孔穎達爲之疏〔五〕。是一聖五賢之心，未始不欲人君審其法，從其道矣。禹與箕子之言，經也，幽微宏深，不可以俄而曉者，經之常也。然而所審當得其統，所從當得其端，是故宜責孔、劉輩。今求之於其所謂注與傳與疏者而不獲，故明其統，舉其端，而欲人君審從之易也。

夫致至治總乎大法，樹大法本乎五行，理五行資乎五事，正五事賴乎皇極。五行，含羅九疇者也；五事，檢御五行者也；皇極，裁節五事者也〔六〕。儻綜於身，驗於氣，則終始常道之次，靡有不順焉。然則含羅者，其統也；裁節者，其端也，執其端而御其統，古之聖人正如是耳。

今夫皇極之建也，貌必恭，恭作肅；言必從，從作乂；視必明，明作哲；聽必聰，聰作謀；思必睿，睿作聖。如此則五行得其性，雨、暘、燠、寒、風皆時，而五福應矣〔七〕。若夫皇極之不建也，貌不恭，厥咎狂；言不從，厥咎僭；視不明，厥咎豫；聽不聰，厥咎急；思不睿，厥咎蒙。如此，則五行失其性，雨、暘、燠、寒、風皆常，而六極應矣〔八〕。噫！曰得，曰時，曰福，人君孰不欲趨之；曰失，曰常，曰極，人君孰不欲逃之〔九〕。然而罕能者，諸儒之過也。

夫禹之疇，分之則幾五十矣。諸儒不求所謂統與端者，顧爲之傳，則嚮之五十又

將百焉〔一〇〕。人之心一，固不能兼百，難之而不行也。欲行之，莫若歸之易：百歸之五十，五十歸之九，九歸之三。三：五行也，五事也，皇極也。而又以皇極裁節五事，五事得而五行從，是三卒歸之一也〔一一〕。然則，所守不亦約而易乎。所守約而易，則人君孰欲棄得取失，棄時取常，棄福取極哉！以一治三，以三治九，以九治五十，以五十治百，天意也，禹意也，箕子意也。

【校】

「儻綜於身」：經進本「綜」字誤作「終」。

【箋注】

〔一〕題：此篇論洪範九疇之主從關係，而以皇極爲歸統。九疇者，九類常道也：初一曰五行，次二曰敬用五事，次三曰農用八政，次四曰協用五紀，次五曰建用皇極，次六曰乂用三德，次七曰明用稽疑，次八曰念用庶徵，次九曰嚮用五福、威用六極。文章以皇極爲持論之中心，謂人君致至治本乎大法，樹大法本乎五行，理五行資乎五事，正五事賴乎皇極。而皇極之建否，又所以裁五福或六極之應。儻如是，則人君所守者約而易，宜行於後世也。而所以不行，乃漢儒解經不明其統之過也。

〔二〕「洪範之原出於天」至「傳之箕子」：箕子，商紂諸父，封國於箕。紂暴虐，箕子諫不聽，乃披

髮佯狂爲奴，爲紂所囚。周武滅商，釋箕子。據尚書洪範：武王訪箕子，問天所以定民之常道理次，箕子答曰：「天乃錫禹洪範九疇，彝倫攸叙。」孔注：「天與禹洛出書，神龜負文而出，列於背，有數至於九。禹遂因而第之，以成九類常道，所以次叙。」

〔三〕「孔安國」句：孔安國，孔子後裔。受詩於申公，受尚書於伏生。司馬遷曾從其問故。以治尚書爲漢武帝博士，官至諫議大夫，臨淮太守。漢書儒林傳曰：「孔氏有古文尚書，孔安國以今文字讀之。」未言爲注事。唯舊題爲安國作傳（傳即注），孔穎達尚書正義序稱：「安國注之，寔遭巫蠱，遂寢而不用。歷及魏晉，方始稍興。」至南宋朱熹以來，遞有論辯，疑爲魏晉人托名之作。

〔四〕「劉向父子」句：劉向（前？——前六），原名更生，字子政，高祖少弟楚元王四世孫，宣帝時任散騎諫大夫。元帝時因反對宦官弘恭、石顯，被捕下獄。成帝時更名向，任光禄大夫。子歆（前？——後二三），字子駿，後改名秀，字穎叔。河平中，與父向總校并整理六藝叢書。父死，爲中壘校尉。王莽篡政，任國師。後因參與謀殺王莽，事敗自殺。均見漢書本傳。向、歆父子於整理我國古籍頗有貢獻。漢書劉向傳曰：「向見尚書洪範，箕子爲武王陳五行陰陽休咎之應，向乃集上古以來歷春秋六國至秦漢符瑞災異之記，推迹行事，連傳禍福，著其占驗，比類相從，各有條目，凡十一篇，號曰洪範五行傳論。」

〔五〕「孔穎達」句：舊唐書孔穎達傳：孔穎達（五七四——六七八），字沖遠，冀州衡水（今屬河

北)人。隋大業初舉明經高第。入唐,爲秦王府文學館學士。太宗即位,官至國子祭酒。貞觀七年與魏徵等修成隋史。又與顔師古等受詔撰五經正義,穎達等爲古文尚書疏義,即今傳之尚書正義。老蘇以爲洪範乃禹得之於天,得箕子、孔安國、劉向、劉歆、孔穎達五人而傳,故下文有謂「一聖五賢之心」云。

〔六〕「夫致至治總乎大法」至「裁節五事者也」:洪,大也;範,法也。大法,即指洪範,乃俾君主致至治之綱要,故曰「致至治總乎大法」。據尚書洪範:五行,曰水火木金土:水潤下作鹹,火炎上作苦,木曲直作酸,金從革作辛,土稼穡作甘。五行之配五味,猶其配五方、五時也,乃萬物所以興作,人類賴以生存,是爲樹大法之本,故曰「樹大法本乎五行」。五事,曰貌、言、視、聽、思:貌恭作肅(心必敬),言從作乂(治必理),視明作哲(見必明),聽聰作謀(謀必當),思睿作聖(於事無不通),即君主當始於敬心,終通萬物,此乃五行之所以爲用以致至治,故曰「理五行資乎五事」。(按:據五行傳:貌屬土,言屬金,視屬火,聽屬水,思屬土。)皇極,洪範曰:「皇建其有極,斂時五福,用敷錫厥庶民。惟時厥庶民於汝極,錫汝保極。凡厥庶民,無有淫朋,人無有比德,惟皇作極。」皇,大也;極,中也。謂君主施政治民,當立其有中,無有邪僻,民亦將善言從化,大爲中正之道。此乃行五事以斂五福之依靠,故曰「正五事賴乎皇極」。易言之:九疇皆包含於五行之中,五事所以稽核致用五行,而皇極又所以節制五事。故皇極者,洪範九疇之歸統也。

〔七〕「今夫皇極之建也」至「而五福應矣」：五福：壽、富、康寧、攸好德、考終命。雨、暘、燠、寒、風，即庶徵。庶，衆也；徵，驗也。謂政之得中（善）失中（惡），當有雨、暘、燠、寒、風之驗，此即天人相應説之所據。此段意本洪範休徵：「曰肅，時雨若；曰乂，時暘若；曰哲，時燠若；曰謀，時寒若；曰聖，時風若。」老蘇之意謂若人君大得中道，貌、言、視、聽、思五事皆善，則水、火、木、金、土五行皆得其性，須雨則雨降，須暘則暘照，雨、暘、燠、寒、風皆時，而五福臨矣。

〔八〕「若夫皇極之不建也」至「而六極應矣」：六極：凶短折、疾、憂、貧、惡、弱。此段意本洪範咎徵：「曰狂，恒雨若；曰僭，恒暘若；曰豫，恒燠若；曰急，恒寒若；曰蒙，恒風若。」老蘇之意謂若人君之政教失中，貌、言、視、聽、思五事皆悖，則五行背其性，雨、暘、燠、寒、風皆常，六極之災臨頭矣。

〔九〕「曰得」至「人君孰不欲逃之」：得者，謂五行得其性；失乃其反，謂五行失其性也。時者，孔疏：「謂（雨暘燠寒風）當至則來，當止則去，無常時也。冬寒夏燠雖有定時，或夏須漸寒，冬當漸熱，雨足則思暘，暘久則思雨，草木春則待風而長，秋則待風而落，皆是無定時也。」常即恒，乃時之反，恒雨則水災，恒暘則旱災，如此等等。福指五福，極指六極，孔疏曰：「五福者，謂人蒙福祐有五事也：一曰壽，年得長也；二曰富，家豐財貨也；三曰康寧，無疾病也；四曰攸好德，性所好者，美德也；五曰考終命，成終長短之命不横夭也。六極，謂窮極

惡事有六：一曰凶短折，遇凶而横夭性命也；二曰疾，常抱疾病；三曰憂，常多憂；四曰貧，困乏於財；五曰惡，貌狀醜陋；六曰弱，志力尪劣也。」老蘇以爲：此三對矛盾，人君之趨避甚明，有不趨福而就禍者乎？

〔一〇〕「夫禹之疇」至「則嚮之五十又將百焉」：疇指九疇。五十，指十日十二辰二十八宿，合天地之數爲五十。百，五十之倍。此謂孔、劉輩注洪範，不知以皇極裁節五事，以五事檢御五行，而以五行、五事、八紀等九疇相加，幾近五十之數。按易繫辭：五十爲大數，再加推演，將由五十而百，至於一萬一千五百二十，當萬成之數矣。

〔一一〕「百歸之五十」至「三卒歸之一也」：此段總結洪範要歸，謂注洪範宜由繁至簡，以萬成之數歸納爲五行、五事、八紀等九疇，由九疇歸納爲五行、五事、皇極，而五行、五事、皇極又均歸納於皇極，即推洪範，當以皇極爲歸統也。

【集説】

儲欣曰：讀書簡捷法。（評注蘇老泉集）

洪範中　并圖〔一〕

或曰：古人言洪範莫深於歆、向之傳，吾嘗學而得之矣。今觀子之論，子其未之

學耶？何遽反之也？子之論曰：「皇極裁節五事，其建不建爲五事之得失。」傳則擬五事而言之，其咎、其罰、其極與五事比，非所以裁節五事也。子又曰：「皇極建則五福應，皇極不建則六極應。」傳則條福、極而配之貌、與言、與視、與聽、與思、與皇極，又非皇極兼獲福、極也。然則劉之傳，子之論，孰得乎〔二〕？

曰：爾以箕子之知洪範與歆、向之知，孰愈？必曰：箕子之知愈也。則吾從之。彼歆、向拂箕子意矣，吾復何取哉？雖然，彼豈不知求從箕子乎？求之過深，而惑之愈甚矣。

歆、向之惑，始於福、極分應五事，遂强爲之説，故其失寖廣而有五焉。今其傳以極之惡、福之攸好德歸諸貌；極之憂、福之康寧歸諸言；極之疾、福之壽歸諸視；極之貧、福之富歸諸聽；極之凶短折，福之考終命歸諸思：所謂福止此而已，所謂極則未盡其弱焉。遂曲引皇極以足之〔三〕。皇極非五事匹，其不建之咎，止一極之弱哉？其失一也。且逆而極，順而福，傳之例也。至皇之不極，則其極既弱矣，吾不識皇之極，則天將以何福應之哉？若曰：五福皆應，則皇之不極，惡、憂、疾、貧、凶短折，曷不偕應哉〔四〕？此乃自廢其例。其失二也。箕子謂咎曰狂、僭、豫、急、蒙而已，罰曰雨、暘、燠、寒、風而已，今傳又增咎以眊，增罰以陰，此其揠聖人之言以就固謬。況眊

與蒙無異，而雨可兼陰，而別名之，得乎〔五〕？其失三也。經之首五行而次五事者，徒以五行天而五事人，人不可以先天耳〔六〕。然五行之逆順，必視五事之得失，使吾爲傳，必以五事先五行。借如：傳貌之不恭，是謂不肅，厥咎狂，則木不曲直，厥罰常雨。其餘亦如之。察劉之心非不欲爾。蓋五行盡於思，無以周皇極，苟如庶驗增之，則雖惷亦怪駭矣。故離五行、五事而爲解，以蔽其釁〔七〕。其失四也。傳之於木，其説以爲貌矣，及火、土、金、水，則思、言、視、聽殊不及焉，自相駮亂〔八〕。其失五也。

夫九疇之於五行可以條而入者惟二，箕子陳之，蓋有深旨矣。五事一也，庶驗二也。驗之肅、乂、哲、謀、聖，一出於五事；事之貌、言、視、聽、思，一出於五行，此理之自然，可不條而入之乎！其他八政、五紀、三德，稽疑、福極，其大歸雖無越於五行、五事，非可條而入之者也〔九〕。條而入之，非理之自然，故其傳必鉤牽扳援，文致而强附之，然後可以僅知此福此極之所以應此事者。立言如此，其亦勞矣。

且傳於福、極既爾，則於八政、五紀、三德、稽疑亦當爾。而今又不爾，何也？經曰：「五，皇極。皇建其有極。斂時五福，用敷錫厥庶民。」此言皇極建而五福備。使經云皇極之不建，則必以六極易五福矣，焉在其條而入之乎？且皇極，九疇之尤貴

者，故聖人位之於中，以貫上下〔一〇〕。譬若庶驗：然「曰雨、曰暘、曰燠、曰寒、曰風、曰時」，時於雨、暘、燠、寒、風，各冠其上耳，又可列之以爲一驗乎〔一一〕？若是則劉之傳惑且强明矣。

噫！傳之法，二劉唱之，班固志之〔一二〕。後之史志五行者，孰不師而效之？世之讀者又孰不從而然之？是以膠爲一論，莫有考正，吾得無言哉！

一圖指傳之謬

出獵不宿，飲食不享，出入不節，奪民農時，及有姦謀。	木不曲直 貌之不恭，是謂不肅。	厥咎狂 厥罰常雨	厥極惡，説曰順之，其福攸好德。
棄法律，逐功臣，殺太子，以妾爲妻。	火不炎上 言之不從，是謂不乂。	厥咎僭 厥罰常暘	厥極憂，説曰順之，其福康寧。
治宮室，飾臺榭，内淫亂，犯親戚，侮父兄。	稼穡不成 視之不明，是謂不哲。	厥咎豫 厥罰常燠	厥極疾，説曰順之，其福壽。
好戰功，輕百姓，飾城郭，侵邊境。	金不從革 聽之不聰，是謂不明。	厥咎急 厥罰常寒	厥極貧，説曰順之，其福富。

（續表）

簡宗廟，不禱祠，廢祭祀，逆天時。	
水不思之不睿，潤下是謂不聖。	皇之不極
厥咎蒙 厥罰常風	厥咎眊 厥罰常陰
厥極凶短折，說曰順之，其福考終命。	厥極弱。

一圖形今之意

皇極之建	皇極不建
貌恭肅 言從乂 視明哲 聽聰謀 思睿聖	貌不恭（狂） 言不從（僭） 視不明（豫） 聽不聰（急） 思不睿（蒙）
木曲直 金從革 火炎上 水潤下 土稼穡	木不曲直 金不從革 火不炎上 水不潤下 土不稼穡
時雨 時暘 時燠 時寒 時風	常雨 常暘 常燠 常寒 常風
五福	六極

【校】

「福之攸好」：「好」字原譌「子」，據二黄本、祠本及圖改。

「極之疾」：「疾」字原譌「矣」，據二黄本、祠本及圖改。

「福之富歸諸聽」：「聽」字原譌「德」，據二黄本、祠本及圖改。

「則天將以何福應之哉」：「哉」字原譌「識」，據二黄本、祠本改。

附「一圖指傳之謬」：原脱「内淫亂」之「淫亂」二字，「侮父兄」之「侮」字，「金不從革」之「不從革」三字，「不禱祠」之「不禱」二字，「逆天時」之「天」字，「是謂不明」之「明」字，據二黄本改。又：「出獵不宿」之「出」字二黄本作「由」，「飾臺榭」之「飾」字二黄本作「治」，「輕百姓」之「姓」字二黄本譌「步」。

【箋注】

〔一〕題：此篇承上篇。蓋洪範之旨既明，則向、歆之傳失之矣。老蘇論向、歆之失有五。猶恐人之不明，故作二圖以解之。

〔二〕「或曰」至「孰得乎」：此段均設問之辭，文中之「子」字均設問人稱老蘇。謂老蘇以皇極裁節五事，皇極之建不建以應五福、六極之説，與劉向父子之洪範五行傳論以皇極與五事并列，且條五福、六極以配五事相悖，二者孰得孰失？

〔三〕「所謂極則」二句：謂以五事匹五福六極，五福雖可匹，而六極餘弱無匹，故向、歆曲引皇極

以匹弱。劉向之説見後洪範後序注〔一一〕。

〔四〕「至皇之不極」至「曷不偕應哉」：謂皇之不極，雖可以以弱相應，而五福已應五事，將無以應者；若謂五福皆可應，則何以皇之不極不可以同應六極？此向、歆無以圓其説也。

〔五〕「今傳又增眊以眊」至「得乎」：謂箕子洪範原無咎以眊、罰以陰，乃向、歆强以福、極分應五事，曲引皇極以應弱，乃增此咎、罰。然眊者，目不明也，與蒙同義，應五事當爲思，厥罰常風；雨可兼陰，應五事當爲貌，厥罰常雨，此又傳之失也。

〔六〕「經之首五行」至「人不可以先天耳」：按孔疏曰：「知此九者，皆禹所次第也。禹爲此次者，蓋以五行世所行用，是諸事之本，故五行爲初也；發見於人，則爲五事，故五事爲二也。」

〔七〕「然五行之逆順」至「以蔽其釁」：謂五行雖屬天道，而其順逆則資五事以檢御之。故老蘇言：使其自代先賢爲傳，必以五事先五行。察劉向父子之本意非不欲如此推演。然若以五事檢御五行，則當止於思之不睿，是謂不聖，厥咎蒙，應於五行則水不潤下，其惡行之驗則罰常風。止於此而已，無以周遍於皇極者。苟如向傳之於庶徵狂、僭、豫、急、蒙之外增眊以配六極之弱，以應皇之不建，增五行而爲六行，則雖惷惡之人亦將驚愕其非，故離棄五行、五事而爲解，以掩蔽其誤謬。

〔八〕「傳之於木」至「自相駁亂」：謂劉向父子之傳未能如鄭玄之引伏生五行傳「貌屬木、言屬金、視屬火、聽屬水、思屬土」爲解，以五行配五事，而僅以木配貌，至於火、土、金、水，則不及於

思、言、視、聽，自相駮亂。

〔九〕「夫九疇之於五行」至「非可條而入之者也」：此進一步批判歆、向以五福、六極條而入之五行之誤，謂箕子之經條而入之者僅五事、庶徵二疇，即經文所言「貌曰恭，言曰從，視曰明，聽曰聰，思曰睿；恭作肅，從作乂，明作哲，聰作謀，睿作聖」及「曰休徵：曰肅，時雨若，曰乂，時暘若……曰咎徵：曰狂，恒雨若，曰僭，恒暘若……」也。其他五疇：八政（食、貨、祀、司空、司徒、司寇、賓、師），五紀（歲、月、日、星辰、曆數），三德（正直、剛克、柔克），稽疑（卜兆用五：雨、霽、蒙、驛、克；占兆用二：貞、悔），五福，六極，雖大歸不能離五行、五事，然不可按其所含或八或五或三或七等分條并列以配五行、五事。故下文言劉向傳之强以五福、六極條入之，乃「鈎牽扳援，文致而强附之」，「其亦勞矣」。

〔一〇〕「且皇極」至「以貫上下」：謂洪範皇極居九疇之中，以統貫上下八疇。經曰：「五曰建用皇極。」孔疏：「皇極居中者，總包上下。」

〔一一〕「譬若庶驗」至「又可列之以爲一驗乎」：謂經文：「八、庶徵：曰雨，曰暘，曰燠，曰寒，曰風，曰時。五者來備，各以其叙，庶草蕃廡。」明言雨、暘、燠、寒、風「五者來備，各以其叙」，乃得「庶草蕃廡」，可知五者均各冠時之上耳，意謂五者之來是否以時，豈可以時與五者并列而以爲一驗乎？

〔一二〕班固志之：班固漢書叙傳曰：「河圖命庖，洛書賜禹，八卦成列，九疇逌（攸）叙。世代寔

實，光演文武。春秋之占，咎徵是舉。告往知來，王事之表。述五行志第七。」李奇注曰：「河圖即八卦也，洛書即洪範九疇也。」

【集説】

儲欣曰：決摘無遺。（評注蘇老泉集）

洪範下〔一〕

吾既剔去傳疵以粹經，猶有秘處，而先儒不白其意，或解失其旨者非一，今辨正以申之。

經曰：「鯀陻洪水，汩陳其五行，帝乃震怒，不畀洪範九疇。」夫五行，一疇耳，一汩而九不畀。蓋五行綱九疇，綱壞而目廢也。然則五行之汩，非五事之失乎？五事之失，非皇極之不建乎〔二〕？蓋箕子微見其統與端矣。

經之次第五行也以生數，至於五事也，求之五行則相尅，何也〔三〕？從五常，斯與相尅合矣。先民之論五行也，水性智而事聽，火性禮而事視，木性仁而事貌，金性義而事言，土性信而事思。及其論五常也，以爲德莫大於仁，仁或失於弱，故以義斷之。

義或失於剛，故以禮節之。禮或失於拘，故以智通之。智或失於詐，故以信正之。此五常次第所以然也。五事從之，所以亦然也〔四〕。

三，八政，曰食、曰貨、曰祀、曰賓、曰師，五者不以官名之。鄭康成以食爲稷，以貨爲司貨賄，以賓爲大行人〔五〕，是三百六十官〔六〕，箕子於九疇中區區焉錯舉其八耳。孔穎達則曰：司貨賄、大行人皆事主，非復民政〔七〕。夫事雖非民，亦未害爲政，孔之失滋甚焉。吾以爲不然。箕子言國家之政無越是八者。周公制禮酌而用之，故建六官以主八政：食與貨則天官，祀與賓則春官，師則夏官，司空則冬官，司徒則地官，司寇則秋官〔八〕。此得其正矣。

「七稽疑。擇建立卜筮人」。孔安國謂「知卜筮人而立之」〔九〕。夫知卜筮人，天下不爲鮮矣，孜孜然以擇此爲事，則委瑣不亦甚乎？吾意：卜筮至神，人所諒而從者。導之善人，必諒而從之，蜀莊是矣〔一〇〕；導之惡人，亦諒而從之，丘子明是也〔一一〕。聖人懼後人輕其職，使有如丘子明輩，故曰「擇建立卜筮人」，謂擇賢也。不然，司空、司徒、司寇，其擇之又當甚於此云者，彼天子之卿不若卜筮之官爲後世所輕，雖婦人孺子知其不可不擇故也。

嗚呼！聖人之言枝分派別，不得其源，紛莫可曉，譬之日月、五星、十二次、二十

八宿，使昧者觀之，固憒憒如也。不知晷度躔次，的不可紊，差之渺忽，寒暑乖逆〔一二〕，吾故於洪範明其統，舉其端，削劉之惑，繩孔之失，使經意炳然如從璣衡中窺天文矣〔一三〕。

【校】

「今辨正以申之」：「申」字原譌「中」，據二黄本改。

「一汩而九不畀」：「汩」原譌「日」，據二黄本、祠本改。

「經之次第五行也以生數」：「生」原譌「主」，據二黄本、祠本改。

「所以亦然也」：經進本脱「亦」字。

「以賓爲大行人」：經進本無「大」字。

「司貨賄大行人」：經進本「大」字作「與」。

【箋注】

〔一〕題：此篇繼前篇，論除二劉之外，孔安國、鄭玄、孔穎達諸儒解經之失。

〔二〕「鯀陻洪水」至「非皇極之不建乎」：經文乃洪範所載箕子答武王問。老蘇引此以證鯀治水失道亂五行，天帝以亂一疇而不給九疇者，蓋以五行乃九疇之綱。然五行亂，乃因五事失；而五事失，正皇極之不建也，可見向、歆等人之説爲非而己説爲是。

〔三〕「經之次第五行也以生數」至「何也」：謂經之次第五行以生數，先儒之傳、疏已釋明其陰陽匹配、相生相尅之理，而以五事應五行，則亦當相生相尅，當作何釋，先儒未明，故下文從五常以明之。按：經之次第五行爲：「一，五行：一曰水，二曰火，三曰木，四曰金，五曰土。」孔傳：「皆其生數。」孔疏：「易繫辭曰：『天一，地二，天三，地四，天五，地六，天七，地八，天九，地十。』此即是五行生成之數。天一生水，地二生火，天三生木，地四生金，天五生土，此其生數也。如此則陽無匹，陰無耦，故地六成水，天七成火，地八成木，天九成金，地十成土，於是陰陽各有匹耦而物得成焉。故謂之成數也。」

〔四〕「從五常」至「所以亦然也」：謂五行、五事、五常均相配，而五常之次第本相生尅，五事從之，當亦相生尅也。按：洪範次第五事爲：「二，五事：一曰貌，二曰言，三曰視，四曰聽，五曰思。」孔疏：「五事爲此次者，鄭（玄）云：此數本諸陰陽……木有華葉之容，故貌屬木；言之決斷若金之斬割，故言屬金；火外光，故視屬火；水内明，故聽屬水；土安静而萬物生，心思慮而萬物成，故思屬土。」此五行之配五事也。五行配五常見禮記中庸「天命之謂性」鄭注：「木神則仁，金神則義，火神則禮，水神則信，土神則知（智）。」

〔五〕「三，八政」至「以賓爲大行人」：謂經八政之次第，四曰司空，五曰司徒，六曰司寇，皆官名，餘五政不以官名之。先儒不知其解，鄭玄（康成）强爲之注云：「此數本諸其職先後之宜也。食謂掌民食之官，若后稷者也；貨，掌金帛之官，若周禮司貨賄是也；祀，掌祭祀之官，若宗

伯是也……賓，掌諸侯朝覲之官，周禮大行人是也；師，掌軍旅之官，若司馬是也。」

〔六〕三百六十官：指周制。禮記明堂位：「虞氏官五十，夏后氏官百，殷二百，周三百。」鄭注：「周之六卿，其屬各六十，則周三百六十官也。」

〔七〕「孔穎達則曰」至「非復民政」：謂孔穎達亦以鄭注非是，然不知其所以，遂曲爲之説。孔疏原文爲：「即如鄭（玄）、王（肅）之説……八政主以教民，非謂公家之事。司貨賄掌公家貨賄，大行人掌王之賓客，若其事如周禮皆掌王家之事，非復施民之政，何以謂之政乎？」

〔八〕「周公制禮」至「司寇則秋官」：謂洪範所載箕子言之八政，周公於制禮時設六卿以分掌之。周官：「冢宰（天官）掌邦治，統百官，均四海；司徒（地官）掌邦教，敷五典，擾兆民；司馬（夏官）掌邦政，統六師，平邦國；司寇（秋官）掌邦禁，詰奸慝，刑暴亂；司空（冬官）掌邦土，居四民，時地利。六卿分職，各率其屬，以倡九牧，阜成兆民。」孔傳：「春官卿，宗廟官長，主國禮，治天地神祇人鬼之事及國之吉凶賓軍嘉五禮。」又據周禮天官冢宰：以九賦斂財賄，以九式均節財用，以九貢致邦國之用之大小宰，和掌王之食飲膳羞之膳夫、掌共六畜六獸六禽之庖人、掌共鼎鑊之亨人等皆其所屬，故老蘇以爲，洪範所言之食與貨，即周公制禮所設之天官，祀與賓即春官。師者，卒伍也，當指夏官無疑。

〔九〕「七稽疑」至「知卜筮人而立之」：洪範孔安國傳之原文爲：「龜曰卜，蓍曰筮，考正疑事，當選擇知卜筮人而建立之。」

〔一〇〕蜀莊是矣：莊，姓，因避漢明帝諱，改莊爲嚴。蜀莊，即嚴君平，地理志謂其名遵，三輔決録謂名尊。蜀人。據漢書王貢兩龔鮑傳：君平修身自保，非其服弗服，非其食弗食。卜筮於成都市，以爲「卜筮者賤業，而可以惠衆人。有邪惡非正之問，則依蓍龜爲言利害。與人子言依於孝，與人弟言依於順，與人臣言依於忠，各因勢導之以善。從吾言者，已過半矣」。裁日閲數人，得百錢足以自養，則閉肆下簾而授老子。揚雄少時曾從之游學。

〔一一〕丘子明是也：據史記龜策列傳：武帝欲擊匈奴，西攘大宛，南收百越，卜筮至預見表象，先圖其利。及猛將推鋒執節，獲勝於彼，而蓍龜時日亦有力於此。上尤加意，賞賜至或數千萬。如丘子明之屬，富溢貴寵，傾於朝廷。至以卜筮射蠱道，巫蠱時或頗中。素有眦睚不快，因公行誅，恣意所傷，以破族滅門者，不可勝數。百僚蕩恐，皆曰龜策能言。後事覺奸窮，亦誅三族。

〔一二〕「不知晷度躔次」至「寒暑乖逆」：晷度，日規之刻度。魏書律曆志：「而伺察晷度，要在冬夏二至前後各五日，然後乃可取驗。」躔次，日月星辰運行之軌迹。沈括夢溪筆談象數一：「若不用太陽躔次，則當日當時日月、五星、支干、二十八宿，皆不應天行。」又漢書律曆志上：「乃定東西，立晷儀，下漏刻，以追二十八宿相距於四方，舉終以定朔晦分至，躔離弦望。」應劭曰：「躔，徑也。」臣瓚曰：「案離，歷也，日月之所歷也。」鄧展曰：「日月踐歷度次。」然則躔次即躔離也，所以觀星度、日月行，用以推算律曆者。而天極廣，晷漏至微，以至

微度極廣，故差之雖渺，而大冬爲大夏，寒暑乖逆矣。

〔一三〕璣衡：璿璣玉衡之省稱。書舜典「璿璣玉衡」孔疏：「璣衡者，璣爲轉運，衡爲横簫，運璣使動於下，以衡望之，是王者正天文之器。漢世以來謂之渾天儀者是也。」老蘇舉此爲喻，以明經道玄眇如天之運行，然倘能以皇極裁節五事，以五事檢御五行，據此推演九疇，則如從璣衡中窺天文，昭然在目矣。

【集説】

儲欣曰：「擇卜筮人」之義尤精。（評注蘇老泉集）

洪範後叙〔一〕

吾論洪範，以五福六極系皇極之建與不建，而且不與二劉之增眊與陰，或者猶以劉向、夏侯勝之説爲惑。劉向之言：「皇極之建，總爲五福；皇極之不建，不能主五事，下與五事齒而均獲一極，猶平王之詩降而爲國風。」〔二〕夏侯勝之言曰：「天久陰不雨，臣下將有謀上者。」已而果然〔三〕。以劉向之説，則皇極之不建，不可系以六極；以夏侯勝之説，則眊與陰不可廢。是皆不然。

夫福、極之於五事，非若庶驗也。陰陽而推之，律曆而求之，人事而揆之。庶驗

之通於五事，可指而言也，且聖人之所可知也。今指人而謂之曰：爾爲某事，明日必有某福；爾爲某事，明日必有某極。是巫覡卜相之事也，而聖人何由知之？故吾以爲皇極之建，五事皆得，而五福皆應；不曰應某事者，必某福也。皇極不建，五事皆失，而六極皆應；不曰應某事者，必某極也。五事之間得與失參焉，則亦不曰必某福、必某極應也，亦曰福與極參焉耳。今劉以爲皇極建而爲五事主，故加之五福。及其不建也，不加之以六極，而以「平王之詩」爲説，其意以爲不建則不能爲五事主，故不加之六極以爲貶也。今有人有九命之爵〔四〕，及有罪而曰削其爵，使至一命以貶之，曰貶可也，此猶「平王之詩降而爲國風」，曰降可也。若夫有罪人當具五刑〔五〕，而曰是人也，罪大不當加之以五刑，姑以墨辟論〔六〕，以重其責。是得爲重其責耶？今欲重不建之罪，不曰六極皆應，而曰獨弱之極應，乃引「平王之詩」以爲説。「平王之詩」固不然也。

且彼聖人者，豈以天下之福與極止於五與六而已哉？蓋亦舉其大概耳。夫天地之間，非人力所爲而可以爲驗者多矣，聖人取其尤大而可以有所兼者五，而使其餘者可以遂見焉。今也，力分其一端以爲二，而必曰陰爲陰，雨爲雨。且經之庶驗有曰暘矣，而豈獨遺陰哉？蓋陰之極盛於雨，而聖人舉其極者言也。吾觀二劉之傳「金不從

革」，與傳「常雨」也，乃言雷電雨雪皆在；而獨於此別雨與陰，何也〔七〕？然則夏侯勝之言何以必應？曰事固有幸而中者。公孫臣以漢爲土德而黄龍當見，黄龍則見矣〔八〕，而漢乃火德也〔九〕。可以一黄龍而必謂漢爲土德耶？必不可也。其所謂眊者蒙矣，胡復多言哉！

【校】

「平王之詩降而爲國風」：二黄本脱「降」字。

「公孫臣」：二黄本「臣」字作「卿」，非。

【箋注】

〔一〕題：老蘇以其論洪範卒，猶恐以劉向、夏侯勝之説爲惑，故再論之，以爲洪範後叙。

〔二〕「劉向之言」至「猶平王之詩降而爲國風」：洪範孔疏曰：「大劉（向）以爲皇極若得，則分散總爲五福。若失，則不能爲五事之主，與五事并列，其咎弱，故爲六也。猶詩，平王以後與諸侯并列，同爲國風焉。」參洪範中注〔四〕。按詩，以一國之事謂之風，形四方之風謂之雅。故平王以前，政無論善惡，仍被邦國，故名爲雅。而至平王東遷，政遂微弱，其政纔行境内，是以降而爲王風，與諸侯并列矣。

〔三〕「夏侯勝之言曰」至「已而果然」：據漢書眭兩夏侯京翼李傳：夏侯勝字長公，東平（今屬山

東）人。從族父夏侯始昌受尚書及洪範五行傳。徵爲博士、光禄大夫。會昭帝崩，昌邑王嗣立，數出。勝當乘輿前諫曰：「天久陰而不雨，臣下有謀上者，陛下出欲何之？」王怒，謂勝爲祅言，縛以屬吏。是時，大將軍霍光與車騎將軍張安世謀欲廢昌邑王，光讓安世以爲泄語，安世實不言。乃召問勝，勝對言：「在洪範傳曰『皇之不極，厥罰常陰，時則下人有伐上者』，惡察察言，故云臣下有謀。」光、安世大驚，以此益重經術士。後十餘日，卒廢昌邑王，尊立宣帝。

〔四〕九命之爵：周禮春官典命：「上公九命爲伯，其國家宫室車旗衣服禮儀皆以九爲節。」

〔五〕五刑：尚書舜典：帝曰：「臯陶！蠻夷滑夏，寇賊奸宄，汝作士，五刑有服。」孔氏傳曰：「士，理官也。五刑：墨、劓、剕、宫、大辟。服，從也，言得輕重之中正。」

〔六〕墨辟：五刑之最輕者。尚書伊訓：「臣下不匡，其刑墨。」孔氏傳曰：「臣不正君，服墨刑，鑿其額，涅以墨。」

〔七〕「吾觀二劉」至「何也」：「二劉之傳金不從革與傳常雨」云云，已無文獻可徵。然察庶徵孔疏釋孔氏傳：「一者備極過甚則凶，一者極無不至亦凶」云：「有無相刑，去來正反，恒雨則無暘……恒雨亦凶，無暘亦凶。」無暘即陰，則常雨與常陰皆君行狂疾之驗也。此或老蘇所謂「蓋陰之極盛於雨」之所據。且寒與雪，一耳，雷電隨雨，二劉之傳「金不從革」，厥罰常寒而及於雪，傳「常雨」而及於雷電，亦勢理之必然。然其獨别雨與陰，以常雨爲木不曲直，厥咎

狂之驗；而以常陰爲皇極不建，厥咎眊之驗，其悖謬甚明。參洪範中一圖指傳之謬。

〔八〕「公孫臣」二句：據史記張丞相列傳：張蒼爲丞相十餘年，魯人公孫臣上書言漢土德時，其符有黄龍當見。詔下其議張蒼，蒼以爲非是，罷之。其後黄龍見成紀，於是文帝召公孫臣以爲博士，草土德之曆制度，更元年。張丞相由此自絀，謝病稱老。

〔九〕漢乃火德：漢書五行志下贊曰：「劉向父子以爲帝出於震，故包羲氏始受木德，其後以母傳子，終而復始，自神農、黄帝下歷唐虞三代而漢得火焉。故高祖始起，神母夜號，著赤帝之符，旗章遂赤，自得天統矣。」鄧展注曰：「向父子雖有此議，時不施行，至光武建武二年，乃用火德，色尚赤耳。」

嘉祐集箋注卷九

雜論

史論引〔一〕

史之難其人久矣。魏晉宋齊梁隋間，觀其文則亦固當然也。所可怪者，唐三百年，文章非三代兩漢無敵，史之才宜有如丘明、遷、固輩，而卒無一人可與范曄、陳壽比肩。巢子之書，世稱其詳且博，然多俚辭俳狀〔二〕，使之紀事，當復甚乎其嘗所譏誚者。惟子餗例爲差愈〔三〕。吁！其難而然哉。夫知其難，故思之深，思之深，故有得。因作史論三篇。

【校】

題：二黄本作「論」「史論上并叙」，祠本作「史論」「史論引」。

【箋注】

〔一〕題：據雷太簡上韓忠獻書，老蘇史論亦作於皇祐三、四年（一〇五一、一〇五二）至嘉祐元年（一〇五六）春之間，參見權書叙注〔一〕。

引首推丘明、遷、固，次范曄、陳壽，爾後無可以比肩者，以明修史之難。

〔二〕「巢子之書」至「然多俚辭俳狀」：劉知幾（六六一——七二一），字子玄。自唐高宗至玄宗，歷任史官二十餘年。居巢縣，故謂之巢子。據唐書本傳：始子玄修武后實録，有所改正，而武三思等不聽。自以爲見用於時而志不遂，乃著史通内外四十九篇，譏評今古。如傳厥治諸等語，皆所謂俚辭俳狀也。

〔三〕「惟子餗例」句：餗乃知幾次子，天寶初集賢院學士，兼知史官。例，劉餗所著史例。新唐書劉子玄傳附劉餗傳：「父子三人，更涖史官，著史例，頗有法。」據新唐書藝文志，劉餗史例共三卷。

【集説】

雷簡夫：史論，真良史才也。（邵博聞見後録卷一五）

又曰：史論，得遷史筆。（同上）

楊慎曰：蘇老泉云：唐三百年……無一人可與范曄、陳壽比肩。公矣乎其論乎！蓋雖韓愈順宗實録亦在所不取也。（太史升菴全集卷四七）

又謂老泉和楊萬里評劉子玄史通：「二公之論，當矣。」（同上）

茅坤曰：老泉史論三篇，頗得史家之髓。（唐宋八大家古文鈔）

史論上〔一〕

史何爲而作乎？其有憂也〔二〕。何憂乎？憂小人也。何由知之？以其名知之。楚之史曰檮杌。檮杌，四凶之一也〔三〕。君子不待褒而勸，不待貶而懲；然則史之所懲勸者獨小人耳。仲尼之志大，故其憂愈大，憂愈大，故其作愈大。是以因史脩經，卒之論其效者，必曰亂臣賊子懼〔四〕。由是知史與經皆憂小人而作，其義一也。

其義一，其體二，故曰史焉，曰經焉。大凡文之用四：事以實之，詞以章之，道以通之，法以檢之。此經、史所兼而有之者也。雖然，經以道、法勝，史以事、詞勝；經不得史無以證其褒貶，史不得經無以酌其輕重；經非一代之實録，史非萬世之常法：體不相沿，而用實相資焉。

夫易、禮、樂、詩、書，言聖人之道與法詳矣，然弗驗之行事。仲尼懼後世以是爲聖人之私言，故因赴告策書以脩春秋〔五〕，旌善而懲惡，此經之道也。猶懼後世以爲己之臆斷，故本周禮以爲凡，此經之法也〔六〕。至於事則舉其略，詞則務於簡。吾故曰：經以道法勝。史則不然，事既曲詳，詞亦誇耀，所謂褒貶，論贊之外無幾〔七〕。吾故曰：史以事詞勝。

使後人不知史而觀經，則所褒莫見其善狀，所貶弗聞其惡實。吾故曰：經不得史，無以證其褒貶。使後人不通經而專史，則稱謂不知所法，懲勸不知所祖。吾故曰：史不得經，無以酌其輕重。

經或從僞赴而書〔八〕，或隱諱而不書〔九〕，若此者衆，皆適於教而已。吾故曰：經非一代之實録。史之一紀、一世家、一傳，其間美惡得失固不可以一二數。則其論贊數十百言之中，安能事爲之褒貶，使天下之人動有所法如春秋哉？吾故曰：史非萬世之常法。

夫規矩準繩所以制器，器所待而正者也。然而不得器則規無所效其圓，矩無所用其方，準無所施其平，繩無所措其直。史待經而正，不得史則經晦。吾故曰：體不相沿，而用實相資焉。

噫！一規，一矩，一準，一繩，足以制萬器。後之人其務希遷、固實録可也。慎無若王通、陸長源輩，囂囂然冗且僭，則善矣〔一〇〕。

【校】

「吾故曰經不得史無以證其褒貶」：衆本無「吾」字，據經進本補。

「則稱謂不知所法懲勸不知所祖」：「謂」，經進本、二黄本作「贊」，影宋本、祠本同底本。「祖」字原譌「沮」，據經進本改。

「其間美惡得失」句：經進本「美」字作「善」，無「以」字。

「無若王通」：經進本「若」字作「效」。

【箋注】

〔一〕題：此篇論經史體不相沿：經以道法勝，史以事詞勝；經因史以證其褒貶，史據經以酌其輕重；經乃常法，史乃實録。而用實相資：其義皆憂小人而作，其用則亦經史所兼而有之者也。全文經史對舉，兩兩而下，相互發明。

〔二〕「史何爲而作乎」二句：司馬遷報任安書：「……此人皆意有所鬱結，不得通其道，故述往事，思來者。」「意有所鬱結」，即老蘇所謂「其有憂也」之所本。

〔三〕「楚之史」至「四凶之一也」：左傳文十八年謂檮杌，顓頊氏之不才子。舜「流四凶族：渾敦、

窮奇、檮杌、饕餮」。又孟子離婁下載：「晉之乘，楚之檮杌，魯之春秋，一也。」楚以檮杌名史，所以懲勸小人也。

〔四〕「仲尼之志大」至「亂臣賊子懼」：見春秋論注〔九〕引孟子滕文公下：「世道衰微……孔子懼，作春秋。」又曰：「孔子成春秋，而亂臣賊子懼。」

〔五〕故因赴告策書以脩春秋：「赴」通「訃」，「策」通「册」。左傳序云：「周德既衰，官失其守，上之人不能使春秋昭明，赴告策書諸所記注，多違舊章。仲尼因魯史策書成文，考其真僞而志其典禮。」孔穎達疏：「凶事謂之赴，他事謂之告。」

〔六〕「故本周禮以爲凡，此經之法也」：左傳序又云：「其發凡以言例，皆經國之常制，周公之垂法，史書之舊章。仲尼從而修之，以成一經之通體。」

〔七〕「史則不然」至「論贊之外無幾」：劉知幾史通六家評史記云：「其所書之事，皆言罕褒諱，事無黜陟，故馬遷所謂整齊故事耳，安得比於春秋者！」

〔八〕經或從僞赴而書：「赴」通「訃」。如鄭公子騑弑其君僖公，而以寢疾訃於諸侯，春秋只書「僖公卒」之類。

〔九〕或隱諱而不書：如齊威王滅項，春秋諱而不書之類。春秋公羊傳：閔公元年：「春秋爲尊者諱，爲親者諱，爲賢者諱。」

〔一〇〕「其務希遷固實録」至「則善矣」：漢書司馬遷傳：「其文直，其事核，不虚美，不隱惡，故謂

之實録。」稱史記、漢書爲實録本此。隋王通字仲淹，嘗著元經以續春秋；唐陸長源字泳之，嘗著唐春秋，皆冗雜而違史之體。

【集説】

儲欣曰：綱繁目浄，公所自謂得孫、吳之簡切者。（評注蘇老泉集）

史論中〔一〕

遷、固史雖以事辭勝，然亦兼道與法而有之，故時得仲尼遺意焉。吾今擇其書有不可以文曉而可以意達者四，悉顯白之：其一曰隱而章，其二曰直而寬，其三曰簡而明，其四曰微而切。

遷之傳廉頗也，議救閼與之失不載焉，見之趙奢傳〔二〕；傳酈食其也，謀撓楚權之繆不載焉，見之留侯傳〔三〕；固之傳周勃也，汗出洽背之耻不載焉，見之王陵傳〔四〕；傳董仲舒也，議和親之疏不載焉，見之匈奴傳〔五〕。夫頗、食其、勃、仲舒，皆功十而過一者也。苟列一以疵十，後之庸人必曰：智如廉頗，辯如酈食其，忠如周勃，賢如董仲舒，而十功不能贖一過，則將苦其難而怠矣。是故本傳晦之，而他傳發

之。則其與善也，不亦隱而章乎？

遷論蘇秦，稱其智過人，不使獨蒙惡聲〔六〕；論北宫伯子，多其愛人長者〔七〕；固贊張湯，與其推賢揚善〔八〕；贊酷吏，人有所褒，不獨暴其惡〔九〕。夫秦、伯子、湯、酷吏，皆過十而功一者也。苟舉十以廢一，後之凶人必曰：蘇秦、北宫伯子、張湯、酷吏，雖有善不録矣，吾復何望哉？是窒其自新之路，而堅其肆惡之志也。故於傳詳之，於論於贊復明之。則其懲惡也，不亦直而寬乎？

遷表十二諸侯，首魯訖吴，實十三國，而越不與焉。夫以十二名篇，而載國十三〔一〇〕，何也？不數吴也。皆諸侯耳，獨不數吴，何也？用夷禮也。不數而載之者，何也？周裔而霸盟上國也〔一一〕。春秋書哀七年，公會吴于鄫；書十二年，公會吴于橐皋；書十三年，公會晉侯及吴子於黄池，此其所以雖不數而猶獲載也。若越區區於南夷豺狼狐狸之與居〔一二〕，不與中國會盟以觀華風，而用夷狄之名以赴，故君子即其自稱以罪之。春秋書定五年，於越入吴；書十四年，於越敗吴于檇李；書哀十三年，於越入吴；此春秋所以夷狄畜之也。苟遷舉而措之諸侯之末，則山戎獫狁亦或庶乎其間。是以絶而棄之，將使後之人君觀之曰：不知中國禮樂，雖勾踐之賢，猶不免乎絶與棄，則其賤夷狄也，不亦簡而明乎？

固之表八而王侯六，書其人也，必曰某土某王若侯某〔一三〕。或功臣外戚，則加其姓，而首目之曰號謚姓名。此異姓列侯之例也〔一四〕。諸侯王其目止號謚，豈以其尊故不曰名之邪？不曰名之，而實名之，豈以不名則不著邪？此同姓諸侯王之例也〔一五〕。及王子侯其目爲二，上則曰號謚名名之，而曰名之殺一等矣。此同姓列侯之例也。及其下則曰號謚姓名。夫以同姓列侯而加之異姓之例〔一六〕，何哉？察其故，蓋元始之間，王莽封之，故從異姓例，示天子不能有其同姓也。將使後之人君觀之曰：權歸於臣，雖同姓不能有名器，誠不可假人矣。則其防僭也，不亦微而切乎？

噫！隱而章，則後人樂得爲善之利；直而寬，則後人知有悔過之漸；簡而明，則人君知中國禮樂之爲貴；微而切，則人君知强臣專制之爲患。用力寡而成功博，其能爲春秋繼，而使後之史無及焉者，以是夫。

【校】

題：影宋本、徐本缺史論下，并以史論中作史論下。

「則其懲惡也」：經進本「懲惡」作「惡惡」。

「而用夷狄之名」：諸本「狄」字誤作「俗」，據經進本改。

「敗吴於檇李」：影宋本、二黄本「檇」字譌「醉」。

「故從異姓例示天子」：祠本「故」字作「以」。經進本「示」字上有「以」字。

「簡而明則人君知中國禮樂之爲貴」：「簡」字原誤作「蕑」，據諸本改。經進本「禮樂」作「禮義」。

【箋注】

〔一〕題：此篇論史記、漢書雖以事辭勝，然亦兼有孔子修經之道與法之遺意。其體可以意達者有四，曰隱而章，直而寬，簡而明，微而切。

〔二〕「傳廉頗也」至「見之趙奢傳」：史記趙奢傳載：秦伐韓，軍於閼與（今山西和順）。（趙）王召廉頗而問曰：「可救乎？」對曰：「道遠險狹，難救。」又召問趙奢，奢對曰：「其道遠險狹，譬之猶兩鼠鬥於穴中，將勇者勝。」王乃令奢將而救之，遂解閼與之圍。按史記趙奢傳附於廉頗藺相如列傳中。

〔三〕「傳酈食其也」至「見之留侯傳」：史記留侯世家載：漢三年，項羽急圍漢王於滎陽，漢王恐，與酈食其謀，酈生議復立六國後以撓楚權，漢王曰善。張良來謁，漢王方食，以酈生計告之。良發八難，云：「誠用客之謀，陛下事去矣。」漢王輟食吐哺，罵曰：「腐儒幾敗乃公事！」

〔四〕「固之傳周勃也」至「見之王陵傳」：漢書王陵傳載：文帝繼位，頃之，益明習國家事，朝而問

右丞相勃曰：「天下一歲决獄幾何？」勃謝不知；又問：「天下錢穀一歲出入幾何？」勃又謝不知，汗出洽背，媿不能對。

〔五〕「傳董仲舒也」至「見之匈奴傳」：漢書匈奴傳贊曰：「仲舒親見四世之事，猶復欲守義，頗增其約，以爲義動君子，利動貪人。如匈奴者，非可以仁義説也。獨可説以厚利，結之於天耳。故與之厚利以没其意，與盟於天以堅其約，質其愛子以累其心。察仲舒之論，考諸行事，乃知其未合於當時，而有闕於後世也。」

〔六〕「遷論蘇秦」至「不使獨蒙惡聲」：史記蘇秦列傳贊曰：「夫蘇秦起閭閻，連六國從親，此其智有過人者。吾故列其行事，次其時序，毋令獨蒙惡聲焉。」

〔七〕「論北宮伯子」二句：史記佞幸列傳曰：「孝文時寵臣，士人則鄧通，宦者則趙同、北宮伯子。北宮伯子以愛人長者，而趙同以星氣幸。」

〔八〕「固贊張湯」二句：漢書張湯傳贊曰：「湯雖酷烈，及身蒙咎。其推賢揚善，固宜有後。」

〔九〕「贊酷吏」至「不獨暴其惡」：漢書酷吏傳贊曰：「自郅都以下，皆以酷烈爲聲。然都抗直，引是非，争大體……足以爲儀表。其汚者方略教道，一切禁奸，亦質有文武焉。雖酷，稱其位矣。」

〔一〇〕「遷表十二諸侯」至「而載國十三」：史記十二諸侯年表索隱云：「篇言十二，實叙十三者，賤夷狄不數吴，又霸在後故也。不數而叙之者，闔閭霸盟上國故也。」按：年表列魯、齊、晉、

秦、楚、宋、衛、陳、蔡、曹、鄭、燕、吴十三國，不數吴則爲十二。

〔一一〕「獨不數吴」至「周裔而霸盟上國也」：史記吴太伯世家載：吴太伯，周太王之子，太王欲立其弟季歷，太伯乃奔荆蠻，自號句吴，文身斷髮，示不可用，以避季歷。荆蠻義之，立爲吴太伯，傳至闔閭而霸。

〔一二〕若越區區於南夷豺狼狐狸之與居：史記越王句踐世家載：越王句踐，其先禹之苗裔，封於會稽。文身斷髮，披草萊而邑焉。

〔一三〕「固之表八」至「若侯某」：班固漢書卷十三至二十爲表，共八表。其中卷十三至卷十八爲王侯表，共六表。「某土某王若侯某」指首欄名目，如「西楚（某土）霸王（某王）項籍（某）」（異姓諸侯王表）、「楚（某土）元王（某王）交（某）」（諸侯王表）等。

〔一四〕「或功臣外戚」至「此異姓列侯之例也」：此指卷十六至卷十八之功臣表及外戚表，首欄爲「號謚姓名」，如「平陽懿侯（號謚）曹參（姓名）」（功臣表）、「臨泗侯（號謚）吕公（姓名）」（外戚表）。

〔一五〕「諸侯王其目止號謚」至「此同姓諸侯王之例也」：此指漢書卷一四諸侯王表首欄止書「號謚」二字，然實注其名。如云「楚元王交」之類。

〔一六〕「王子侯其目爲二」至「而加之異姓之例」：漢書王子侯表上卷首書號、謚、名三字，如安城恩侯蒼之類。至下卷如松兹戴侯霸之類，雖不著姓，而其首書必加以號、謚、姓、名四字，此以

異姓之例處同姓也。

〔一七〕王莽僞褒宗室：據資治通鑑卷三十五載，平帝元始元年，以王莽爲安漢公。王莽爲「媚説吏民」，「建言褒賞宗室群臣，立故東平王雲太子開明爲王；又以東平思王孫成都爲中山王，奉孝王後；封宣帝耳孫信等三十六人皆爲列侯」。

【集説】

茅坤曰：古人讀史，刻畫如此。（唐宋八大家古文鈔）

儲欣曰：公將作如此讀，雖尤絶語，亦是細心。其絶吾不可及，而細心則可爲學者法矣。（評注蘇老泉集）

史論下〔一〕

或問：子之論史，鈎抉仲尼、遷、固潛法隱義，善矣。仲尼則非吾所可評，吾惟意遷、固非聖人，其能如仲尼無一可指之失乎？曰：遷喜雜説，不顧道所可否〔二〕；固貴諛僞，賤死義〔三〕，大者此既陳議矣。又欲寸量銖稱以摘其失，則煩不可舉，今姑告爾其尤大彰明者焉。

遷之辭淳健簡直，足稱一家。而乃裂取六經、傳、記，雜於其間，以破碎汩亂其

體。五帝、三代紀多尚書之文，齊、魯、晉、楚、宋、衛、陳、鄭、吴、越世家，多左傳、國語之文，孔子世家、仲尼弟子傳多論語之文。夫尚書、左傳、國語、論語之文非不善也，雜之則不善也。今夫繡繪錦縠，衣服之窮美者也，尺寸而割之，錯而紉之以爲服，則綈繒之不若。遷之書無乃類是乎！其自叙曰：「談爲太史公。」又曰：「太史公遭李陵之禍。」〔四〕是與父無異稱也。先儒反謂固没彪之名〔五〕，不若遷讓美於談。吾不知遷於紀、於表、於書、於世家、於列傳，所謂太史公者，果其父耶？抑其身耶？此遷之失也。

固贊漢自創業至麟趾之間，襲蹈遷論以足其書者過半〔六〕。且褒賢貶不肖，誠己意也。盡己意而已。今又剽他人之言以足之，彼既言矣，申言之何益？及其傳遷、揚雄，皆取其自叙，屑屑然曲記其世系〔七〕。固於他載，豈若是之備哉？彼遷、雄自叙可也，己因之，非也。此固之失也。

或曰：遷、固之失既爾，遷、固之後爲史者多矣，范曄、陳壽實巨擘焉〔八〕，然亦有失乎？曰：烏免哉！曄之史之傳，若酷吏、宦者、列女、獨行，多失其人。間尤甚者，董宣以忠毅概之酷吏〔九〕，鄭衆、吕强以廉明直諒概之宦者〔一〇〕，蔡琰以忍耻妻胡概之

列女〔一一〕，李善、王忳以深仁厚義概之獨行〔一二〕；與夫前書張湯不載於酷吏〔一三〕，史記姚、杜、仇、趙之徒不載於游俠遠矣〔一四〕。又其是非頗與聖人異，論竇武、何進，則戒以宋襄之違天〔一五〕，論西域則惜張騫、班勇之遺佛書〔一六〕：是欲相將苟免以爲順天乎？中國叛聖人以奉戎神乎？此曄之失也。

壽之志三國也，紀魏而傳吴、蜀〔一七〕。夫三國鼎立稱帝，魏之不能有吴、蜀，猶吴、蜀之不能有魏也。壽猶以帝當魏而以臣視吴、蜀，吴、蜀於魏何有而然哉？此壽之失也。

噫！固譏遷失，而固亦未爲得；曄譏固失，而曄益甚；至壽復爾。史之才誠難矣！後之史宜以是爲監，無徒譏之也。

【校】

「大者此既陳義矣」：「大」原作「六」，經進本同。按「大者」與「寸量銖稱」對舉，當作「大」，據二黄本、祠本改。

「盡己意而已」：祠本「盡」字作「書」。

「相將苟免」：經進本「相將」譌「將相」。

【箋注】

〔一〕題：此篇論司馬遷、班固、范曄、陳壽之失。

〔二〕「遷喜雜説」二句：遷據左傳、國語、世本、戰國策、楚漢春秋，旁采諸子以成史記，揚雄法言問神譽其有良史之材，但謂「其多智歟，曷其雜也」。班固漢書司馬遷傳，則譏其「甚多疏，或有抵捂」，「又其是非頗謬於聖人」。其後劉知幾史通六家亦論其「多聚舊記，時插雜言」。

〔三〕「固貴諛僞」二句：後漢書班彪列傳贊曰：「彪、固譏遷，以爲是非頗謬於聖人。然其論議常排死節，否正直，而不叙殺身成仁之爲美，則輕仁義，賤守節愈矣。……嗚呼，古人所以致論於目睫也！」

〔四〕「其自叙曰」至「太史公遭李陵之禍」：自叙指太史公自序，此因避父諱用「叙」。談，指遷父司馬談。自序云：「喜生談，談爲太史公。」又云：「於是論次其文。七年而太史公遭李陵之禍，幽於縲紲。」遷之自序稱其父談和自稱太史公者尚有多處，此例舉而已。

〔五〕「先儒反謂」句：劉知幾史通卷一六家謂：「司馬遷撰史記，終於今上，自太初以下闕而不録。班彪因之，演成後記，以續前篇。至於固乃斷自高祖，盡於王莽……勒成一史，目爲漢書。」

〔六〕「固贊漢」句至「以足其書者過半」：史記自黄帝始，至武帝獲麟止。史記索隱引服虔云：「武帝至雍獲白麟，而鑄金作麟足形，故云『麟止』。遷作史記止於此，猶春秋終於獲麟然也。」獲麟爲太始二年，之前漢書多抄襲史記。

〔七〕「及其傳遷、揚雄」至「曲記其世系」：漢書司馬遷傳和揚雄傳均自其始祖，大段抄寫遷、雄自序，致乖其體例。

〔八〕巨擘：孟子滕文公下：「吾必以仲子爲巨擘焉。」趙岐注：「巨擘，大指也。」喻特出人物。

〔九〕「董宣」句：後漢書酷吏傳載：董宣爲洛陽令，據法誅湖陽公主蒼頭，主以訴光武帝，帝怒欲箠殺之，宣據理以對，遂令其叩頭謝主，拒不從。由是搏擊豪强，莫不震慄。死後家中僅有大麥數升，敝車一乘。

〔一〇〕「鄭衆、吕强」句：後漢書宦者傳載：衆爲人有心幾，時竇憲擅權，朝臣上下莫不附之，而衆獨一心王室，首謀誅憲。吕强爲人清忠，屢上書論事，反爲諸常侍所譖，遂自殺。

〔一一〕「蔡琰」句：後漢書列女傳載：琰字文姬，陳留董祀之妻，同郡蔡邕之女。興平中，天下喪亂，文姬爲胡騎所獲，没於南匈奴左賢王，在胡中十二年，生二子。曹操遣使以金璧贖回，重嫁董祀。

〔一二〕「李善、王忳」句：後漢書獨行傳載：李善本南陽淯陽李元家奴。建武中疫疾，元家相繼死，唯孤兒續始生數旬，而資財千萬。諸奴謀殺續分其財産，善不能止，乃潛負續逃去，哺養至十歲，善與歸本縣修理舊業。王忳，新都人，嘗詣京師，於空舍中見一書生疾困，愍而視之。書生已命在須臾，願以腰下金十斤相贈，死後乞葬骸骨。未及問姓名而絶。忳即鬻金一斤營其殯葬，餘金九斤悉置棺下。

〔一三〕「前書張湯」句：前書即漢書，以別於後漢書。史記以張湯入酷吏列傳，而漢書酷吏傳贊云：「張湯、杜周，子孫貴盛，故別傳。」

〔一四〕「史記姚杜仇趙」句：史記游俠傳云：「至若北道姚氏、西道諸杜、南道仇景、東道趙他羽公子、南道趙調之徒，此盜跖居民間者耳，曷足道哉！此乃鄉者朱家之所羞也。」

〔一五〕「論竇武、何進」二句：後漢書竇何列傳載：竇武女爲桓帝后，何進妹爲靈帝后，時宦官專權，謀誅宦官未成遇害。「論曰：竇武、何進藉元舅之資，據輔政之權，内倚太后臨朝之威，外迎群英乘風之勢，卒而事敗閹豎，身死功頹，爲世所悲。豈智不足而權有餘乎！傳曰：『天之廢商久矣，君將興之。』斯宋襄公所以敗於泓也。」

〔一六〕「論西域」句：張騫，西漢時曾兩次出使西域；班勇，東漢時曾任西域長史，均建奇功。後漢書西域傳云：「佛道神化，興自身毒（印度），而二漢方志莫有稱焉。張騫但著地多暑濕，乘象而戰。班勇雖列其奉浮圖，不殺伐；而精文善法，導達之功，靡所傳述。」

〔一七〕「壽之志三國也」二句：曹丕於漢延康元年（二二〇）即皇帝位，改元黄初；劉備於魏黄初二年（二二一）即皇帝位，改元章武；孫權於魏太和三年（二二九）即皇帝位，改元黄龍，三國互不臣屬。據隋書經籍志正史類叙稱：「晉時巴西陳壽删集三國之事，唯魏帝爲紀，其功臣及吴蜀之主，并皆爲傳，仍各依其國，部類相從，謂之三國志。」宋晁公武郡齋讀書志亦云：「魏四紀、二十六列傳，蜀十五列傳，吴二十列傳。」

【集説】

儲欣曰：真是堂上人，裁決如流。三論具用方文，有敦陣整旅，立於不敗之地者，此類是也。（評注蘇老泉集）

諫論上〔一〕

古今論諫，常與諷而少直，其説蓋出於仲尼〔二〕。吾以爲諷、直一也，顧用之之術何如耳。伍舉進隱語，楚王婬益甚〔三〕；茅焦解衣危論，秦帝立悟〔四〕。諷固不可盡與，直亦未易少之。吾故曰：顧用之之術何如耳。

然則仲尼之説非乎？曰：仲尼之説，純乎經者也；吾之説，參乎權而歸乎經者也。如得其術，則人君有少不爲桀、紂者，吾百諫而百聽矣，況虚己者乎？不得其術，則人君有少不若堯舜者，吾百諫而百不聽矣，況逆忠者乎？

然則奚術而可？曰：機智勇辯如古游説之士而已。夫游説之士，以機智勇辯濟其詐，吾欲諫者以機智勇辯濟其忠。請備論其效。周衰，游説熾於列國，自是世有其人，吾獨怪諫夫而從者百一，説而從者十九；諫而死者皆是，説而死者未嘗聞。然而

抵觸忌諱，説或諫。甚於由是知不必乎諷，而必乎術也。

説之術可爲諫法者五，理論之，勢禁之，利誘之，激怒之，隱諷之之謂也。

觸龍以趙后愛女賢於愛子，未旋踵而長安君出質〔五〕；甘羅以杜郵之死詰張唐，而相燕之行有日〔六〕；趙卒以兩賢王之意語燕，而立歸武臣〔七〕：此理而諭之也。

子貢以内憂教田常，而齊不得伐魯〔八〕；武公以麋虎脅頃襄，而楚不敢圖周〔九〕；魯連以烹醢懼垣衍，而魏不果帝秦〔一〇〕：此勢而禁之也。

田生以萬户侯啓張卿，而劉澤封〔一一〕；朱建以富貴餌閎孺，而辟陽赦〔一二〕；鄒陽以愛幸悦長君，而梁王釋〔一三〕：此利而誘之也。

蘇秦以牛後羞韓，而惠王按劍太息〔一四〕；范雎以無王耻秦，而昭王長跪請教〔一五〕；酈生以助秦凌漢，而沛公輟洗聽計〔一六〕：此激而怒之也。

蘇代以土偶笑田文〔一七〕，楚人以弓繳感襄王〔一八〕，蒯通以娶婦悟齊相〔一九〕：此隱而諷之也。

五者，相傾險詖之論；雖然，施之忠臣，足以成功。何則？理而諭之，主雖昏必悟；勢而禁之，主雖驕必懼；利而誘之，主雖怠必奮；激而怒之，主雖懦必立；隱而諷之，主雖暴必容。悟則明，懼則恭，奮則勤，立則勇，容則寬，致君之道盡於此矣。

吾觀昔之臣言必從，理必濟，莫如唐魏鄭公，其初實學縱横之説〔二〇〕，此所謂得其術者歟？

噫！龍逄、比干不獲稱良臣〔二一〕，無蘇秦、張儀之術也〔二二〕；蘇秦、張儀不免爲游説，無龍逄、比干之心也。是以龍逄、比干吾取其心，不取其術；蘇秦、張儀吾取其術，不取其心：以爲諫法。

【校】

「古今論諫」：經進本「諫」字下有「者」字。

「伍舉進隱語」：影宋本無「語」字。

「茅焦解衣危論」：影宋本「論」字譌「誰」。

「由是知不必乎諷」：經進本、二黄本「諷」字下有「諫」字。

「趙后愛女賢於愛子」：影宋本、二黄本「子」字上無「愛」字。

「武公以麋虎脅頃襄」：「虎」字原譌「鹿」，據經進本并史記楚世家改。

「朱建以富貴餌閎孺而辟陽赦」：經進本「閎孺」作「閎籍孺」，影宋本「辟陽」譌作「碎陽」。

「楚人以弓繳感襄王」：經進本「楚人」下有「莊辛」二字。

「悟則明懼則恭奮則勤」：經進本作「悟則恭懼則從奮則勸」。

【箋注】

〔一〕題：諫論兩篇，著作時間不詳。上篇論「臣能諫，不能使君必納諫，非真能諫之臣」，認爲賢君不時有，故爲臣者當以機智勇辯濟其忠，使君必納其諫。

〔二〕「古今論諫」至「出於仲尼」：孔子家語辯政十四稱孔子曰：「忠臣之諫君有五義焉：一曰譎諫，二曰戇諫，三曰降諫，四曰直諫，五曰諷諫，唯度主而行之。吾從其諷諫乎。」王肅注云：「諷諫依違，遠罪避害者也。」

〔三〕「伍擧」二句：史記楚世家：莊王即位三年，不出號令，日夜爲樂，令國中曰：「有敢諫者死無赦！」伍擧入諫。莊王左抱鄭姬，右抱越女，坐鐘鼓之間。伍擧曰：「願有進。」隱曰：「有鳥在於阜，三年不蜚不鳴，是何鳥也？」莊王曰：「三年不蜚，蜚則沖天；三年不鳴，鳴將驚人。擧退矣，吾知之矣。」居數月，淫益甚。

〔四〕「茅焦」二句：據説苑正諫：秦始皇帝母幸嫪毐，生兩子。事聞，始皇車裂毐，扑殺兩弟，遷太后於萯陽宮，下令曰：「敢以太后事諫者，戮而殺之。」齊客茅焦請諫，始皇大怒，按劍召之。茅焦曰：「陛下車裂假父，有嫉妬之心；囊扑兩弟，有不慈之心；遷母萯陽宮，有不孝之行；從蒺藜於諫士，有桀紂之治。今天下聞之盡瓦解，無嚮秦者。臣切恐秦亡，爲陛下危之！所言已畢，乞行就質。」乃解衣伏質。始皇亟赦之，立焦爲仲父，迎太后歸咸陽。「質」同

「鑕」，刑具。

〔五〕「觸龍以趙后」至「而長安君出質」：據戰國策：趙孝成王三年，秦伐趙，拔三城。趙求救於齊，齊曰：「必以長安君爲質，兵乃出。」太后不肯。大臣强諫，不聽。左師觸龍以請爲其少子舒祺補吏見太后，爲説太后愛其女燕后甚於其子長安君。并云：「今媪尊長安君之位，而不及今令有功於國。一旦有變，長安君何以自托於趙？」趙后悟，乃以長安君質於齊。

〔六〕「甘羅」二句：據戰國策秦策：甘羅事秦相文信侯呂不韋。秦始皇帝使剛成君蔡澤於燕，而燕王喜使太子丹入質於秦。秦使張唐往相燕。唐不欲行，文信侯去而不快。羅請見張卿曰：「卿之功孰與武安君？」曰：「不如武安君也。」羅曰：「應侯之用於秦也，孰與文信侯專？」張卿曰：「應侯不如文信侯專。」羅曰：「應侯欲伐趙，武安君難之，去咸陽七里，絞而殺之。今文信侯自請卿相燕，而卿不肯行，臣不知卿所死之處矣。」張唐曰：「請因孺子而行。」遂治裝。

〔七〕「趙卒」二句：據史記張耳陳餘列傳：陳涉立爲王，以武臣爲將軍，張耳、陳餘爲左右校尉，北略趙地，下趙數十城。武臣聽張耳、陳餘説，立爲趙王，以陳餘爲大將軍，張耳爲右丞相，北略地燕界。趙王間出，爲燕軍所得。燕欲與分趙地半，乃歸王。趙有廝養卒走燕壁説曰：「夫武臣、張耳、陳餘杖馬箠下趙數十城，此亦各欲南面而王，豈欲爲卿相終已邪？夫臣與主豈可同日而道哉？顧其勢初定，未敢參分而王，且以少長先立武臣爲王，以持趙心。今

趙地已服，此兩人亦欲分趙而王，時未可耳。今君乃囚趙王。此兩人名爲求趙王，實欲燕殺之，此兩人分趙自立。夫以一趙尚易燕，況以兩賢王左提右挈，而責殺王之罪，滅燕易矣。」燕將以爲然，乃歸趙王。

〔八〕「子貢以内憂」二句：見子貢注〔三〕、注〔四〕。

〔九〕「武公」二句：據史記楚世家：楚頃襄王欲與齊、韓連和伐秦，因欲圖周。周王赧使武公謂楚相昭子曰，西周爲天下共主，且地不過百里。「然而好事之君，喜功之臣，發號用兵，未嘗不以周爲終始，是何也？見祭器在焉，欲器之至而忘弑君之亂。今韓以器之在楚，臣恐天下以器讎楚也。臣請譬之。夫虎肉臊，其兵利身，人猶攻之也。若使澤中之麋蒙虎之皮，人之攻之必萬於虎矣。」於是楚計輟不行。

〔一〇〕「魯連」二句：戰國策趙策：秦兵東圍邯鄲，魏安釐王使客新垣衍説趙尊秦昭王爲帝以求罷兵。平原君猶豫不决。魯仲連乃因平原君而説新垣衍曰：「梁未睹帝秦之害耳。」「昔鬼侯、鄂侯、文王，紂之三公也。」以獻女之故，紂卒醢九侯，脯鄂侯，因文王。「曷爲與人俱稱帝王，卒就脯醢之地也？」「且秦無已而帝，則且變易諸侯之大臣……將軍又何以得故寵乎？」於是不敢復言帝秦。

〔一一〕「田生」二句：據漢書荆燕吴傳：劉澤，高祖從父兄弟也。初，封爲營陵侯，嘗以金結田生。田生爲之説吕后所幸謁者張卿曰：「太后欲立吕産爲王，恐大臣不聽，今卿何不諷大臣以聞

太后，太后必喜。諸呂以王，萬户侯亦卿之有。」張卿大然之，乃諷大臣請立呂産爲王。太后賜張卿千金。田生又説之曰：「呂産之王，諸大臣未大服。今營陵侯澤，諸劉長。今卿言太后，裂十餘縣封之。彼得王喜，諸呂王亦固矣。」張卿入言之，遂立澤爲琅玡王。

〔一二〕「朱建」二句：據漢書酈陸朱劉叔孫傳：朱建，楚人，賜號平原君，家徙長安。辟陽侯審食其行不正，得幸呂太后，欲知建，建不肯見。及建母死，貧未有以發喪，辟陽侯奉百金祱。久之，惠帝下辟陽侯獄，辟陽侯因急求建，建乃求見孝惠幸臣閎籍孺，説曰：「君所以得幸帝，天下莫不聞。今辟陽侯幸太后而下吏，道路皆言君讒，欲殺之。今日辟陽侯誅，旦日太后含怒，亦誅君。君何不肉袒爲辟陽侯言帝？帝聽君出辟陽侯，太后大驩。兩主俱幸君，君富貴益倍矣。」於是閎籍孺大恐，從其計，言帝，帝果出辟陽侯。按顔師古注稱據佞幸傳，當作閎孺，籍字乃後人所妄加。故老蘇作閎孺。

〔一三〕「鄒陽」二句：據漢書賈鄒枚路傳：鄒陽，齊人。梁孝王令人刺爰盎事發，孝王恐誅，令陽求方略解罪於上。陽乃至長安説王美人兄長君曰：「竊聞長君弟得幸後宮，天下無有，而長君行迹多不循道理者。今爰盎事即窮竟，梁王恐誅。如此，則太后怫鬱泣血，無所發怒，切齒側目於貴臣矣。臣恐長君危於纍卵，竊爲足下憂之。」長君懼，陽乃説長君以親親之道説天子，事果得不治。

〔一四〕「蘇秦」二句：據史記蘇秦列傳：蘇秦，東周雒陽人，習縱横揣摩之術成，以合縱之策説六

國，趙肅侯賜以重聘約諸侯。於是蘇秦説韓宣王曰：「……臣聞鄙諺曰：『寧爲鷄口，無爲牛後。』今西面交臂而臣事秦，何異於牛後乎？夫以大王之賢，挾彊韓之兵，而有牛後之名，臣竊爲大王羞之。」於是韓王勃然作色，攘臂瞋目，按劍仰天太息曰：「寡人雖不肖，必不能事秦。今主君詔以趙王之教，敬奉社稷以從。」按：史記韓世家并六國年表均載韓王爲宣惠王，故或稱宣王，或稱惠王，皆其人。

〔一五〕「范睢」二句：據史記范睢蔡澤列傳：范睢，魏人，字叔。先事魏中大夫須賈，隨使齊，因通齊嫌獲罪幾死。更名張禄，因秦謁者王稽見昭王於離宫。時宣太后擅權，寵用其弟穰侯、華陽君，范睢欲以感怒昭王，繆謂宦者曰：「秦安得王？秦獨有太后、穰侯耳。」昭王聞言，屏左右，跽而請曰：「先生何以幸教寡人？」范睢曰：「唯唯。」如是者三，乃進言。昭王拜睢爲客卿，數年，代穰侯相，封應侯。

〔一六〕「酈生」二句：據史記酈生陸賈列傳：沛公將兵略地陳留郊，至高陽傳舍。酈生入謁，沛公方踞牀使兩女子洗足，而見酈生。酈生入，則長揖不拜，曰：「足下欲助秦攻諸侯乎？且欲率諸侯破秦也？」沛公罵曰：「豎儒！夫天下苦秦久矣，故諸侯相率而攻秦，何謂助秦攻諸侯乎？」酈生曰：「必聚徒合義兵誅無道秦，不宜倨見長者。」於是沛公輟洗，起攝衣，延酈生上坐，謝之。酈生事迹參遠慮注〔五〕。

〔一七〕「蘇代」句：據史記蘇秦列傳及孟嘗君列傳：蘇代，蘇秦弟。燕使約諸侯從親如蘇秦時。代

之齊，聞秦昭王求見孟嘗君田文，文將往，賓客諫，不聽。蘇代謂曰：「今旦代從外來，見木禺（偶）人與土禺人相與語。木禺人曰：『天雨，子將敗矣。』土禺人曰：『我生於土，敗則歸土。今天雨，流子而行，未知所止息也。』今秦，虎狼之國也，而君欲往，如有不得還，君得無爲土禺人所笑乎？」孟嘗君乃止。

〔一八〕「楚人」句：據史記楚世家：楚頃襄王聞楚人有好以弱弓微繳加歸雁之上者，召而問之，楚人對以射雁鸞乃小矢之發，何不以聖人爲弓，以勇士爲繳，時張而射天下，然齊、魯、韓、衛等國均易射，唯獨「秦爲大鳥，負海内而處，東面而立，左臂據趙之西南，右臂傅楚鄢郢，膺擊韓魏，垂頭中國，處既形便，勢有地利，奮翼鼓㼐（翅），方三千里，則秦未可得獨招而夜射也」。欲以激怒襄王。襄王因召與語，遂告以秦有因死其先王懷王之怨，今又坐受困，「臣竊爲大王弗取也」。於是頃襄王遣使於諸侯，復爲從，欲以伐秦。

〔一九〕「蒯通」句：據漢書蒯伍江息夫傳：蒯通，范陽（今河北省涿州）人。楚漢之際智士。曹參爲齊悼惠王相，禮下賢人，請通爲客。通爲齊處士東郭先生、梁石君見相國曰：「婦人有夫死三日而嫁者，有幽居守寡不出門者，足下即欲求婦，何取？」曰：「取不嫁者。」通曰：「然則求臣亦猶是也，彼東郭先生、梁石君，齊之俊士也，隱居不嫁，未嘗卑節下意以求仕也。願足下使人禮之。」曹參悉以爲上賓。

〔二〇〕「唐魏鄭公」二句：據舊唐書魏徵傳：魏徵（五八〇——六四三），字玄成，鉅鹿曲城（今屬

河北)人，好讀書，多所通涉。見天下漸亂，尤屬意縱横之説，以十策干李密，密不能用。後隨密降唐。太宗踐阼，擢諫議大夫。太宗勵精政道，數引至卧内，訪以得失。徵亦喜逢知己之主，思竭其用，知無不言。累遷尚書左丞、秘書監，進侍中，封鄭國公。

〔二〕「龍逢、比干」句：據帝王世紀：諸侯叛桀，關龍逢引皇圖而諫桀，立而不去。桀怒，於是焚皇圖，殺龍逢。據史記殷本紀：紂愈淫亂不止。比干曰：「爲人臣者，不得不以死争。」乃强諫紂。紂怒曰：「吾聞聖人心有七竅。」剖比干，觀其心。舊唐書魏徵傳載徵語：「良臣，稷、契、咎陶是也。忠臣，龍逢、比干是也。良臣使身獲美名，君受顯號，子孫傳世，福禄無疆。忠臣身受誅夷，君陷大惡，家國并喪，空有其名。」

〔三〕張儀：據史記張儀列傳：張儀(？——前三〇九)，魏人。始嘗與蘇秦俱事鬼谷先生學術。蘇秦已説趙王而得相約從親，畏秦伐趙，資張儀車馬金錢入秦，惠王以爲客卿。儀以説魏入上郡、少梁，謝秦惠王，惠王以張儀爲相。於是爲秦相魏，相楚，之韓，説燕，爲連衡之策，秦以是强。

【集説】

鄒守益曰：此篇議論精明，文勢圓活，引喻典實如老吏斷案，一字不可增減。後生熟此，下筆自驚世駭俗矣。(三蘇文範)

唐順之曰：老泉諫論上，可稱千古絶調。道有道術，仁有仁術，術字善看亦無病。(同上)

儲欣曰：理諭，即法言也。其餘四者，總不出巽語中。易曰：「巽以行權。」（見易繫辭下）聖人下一巽字，包羅萬狀矣。（評注蘇老泉集）

諫論下〔一〕

夫臣能諫，不能使君必納諫，非真能諫之臣；君能納諫，不能使臣必諫，非真能納諫之君。欲君必納乎，嚮之論備矣；欲臣必諫乎，吾其言之。

夫君之大，天也；其尊，神也；其威，雷霆也。人之不能抗天、觸神、忤雷霆，亦明矣。聖人知其然，故立賞以勸之，傳曰「興王賞諫臣」是也〔二〕。猶懼其選耎阿諛，使一日不得聞其過，故制刑以威之，書曰「臣下不正，其刑墨」是也〔三〕。人之情非病風喪心，未有避賞而就刑者，何苦而不諫哉？賞與刑不設，則人之情又何苦而抗天、觸神、忤雷霆哉？自非性忠義，不悦賞，不畏罪，誰欲以言博死者？人君又安能盡得性忠義者而任之？

今有三人焉：一人勇，一人勇怯半，一人怯。有與之臨乎淵谷者，且告之曰：能跳而越，此謂之勇，不然爲怯。彼勇者耻怯，必跳而越焉，其勇怯半者與怯者則不能

也。又告之曰：跳而越者與千金，不然則否。彼勇怯半者奔利，必跳而越焉，其怯者猶未能也。須臾，顧見猛虎暴然向逼，則怯者不待告，跳而越之如康莊矣。然則人豈有勇怯哉？要在以勢驅之耳。君之難犯，猶淵谷之難越也。所謂性忠義、不悦賞、不畏罪者，勇者也，故無不諫焉。悦賞者，勇怯半者也，故賞而後諫焉。畏罪者，怯者也，故刑而後諫焉。先王知勇者不可常得，故以賞爲千金，以刑爲猛虎，使其前有所趨，後有所避，其勢不得不極言規失，此三代所以興也。

末世不然，遷其賞於不諫，遷其刑於諫，宜乎臣之噤口卷舌，而亂亡隨之也。間或賢君欲聞其過，亦不過賞之而已。嗚呼！不有猛虎，彼怯者肯越淵谷乎？此無他，墨刑之廢耳。三代之後，如霍光誅昌邑不諫之臣者〔四〕，不亦鮮哉！

今之諫賞，時或有之；不諫之刑，缺然無矣。苟增其所有，有其所無，則諛者直，佞者忠，况忠直者乎！誠如是，欲聞讜言而不獲，吾不信也。

【校】

「避賞而就刑」：經進本「就」字作「犯」。

「暴然向逼」：經進本「向」字作「而」。

「不待告跳而越之」：經進本作「不得不走跳而越之」。

「要在以勢驅之耳」：影宋本「在」字作「者」。經進本「驅」字作「使」。

「不畏罪者勇者也」：經進本脱「勇者」二字。

「苟增其所有有其所無」：經進本作「苟持其所有不缺其所無」。

【箋注】

〔一〕題：下篇論「君能納諫，不能使臣必諫，非真能納諫之君」，力主以刑賞使臣必諫。儲欣曰：「上篇標一術字，下篇標一勢字，是兩篇關鍵處。」

〔二〕「傳曰」云云：據國語晉語，范文子云：「興王賞諫臣。逸王罰之。」按：范文子，即范燮，晉大夫，多有獻策。

〔三〕「書曰」云云：見尚書伊訓，作「臣下不匡，其刑墨」。匡猶正也。

〔四〕「霍光」句：據漢書霍光金日磾傳：大將軍光既廢昌邑，昌邑群臣坐亡輔導之誼，陷王於惡，光悉誅殺二百餘人。

【集説】

胡仔曰：復齋漫録云：「東坡作諫論云：『魏鄭公以蘇張之辨而爲諫諍之術。』且云：『鄭公之初，實學縱横之術，其所以與蘇張異者，心正也。』世或以東坡之論爲不然。余讀鄭公出關詩云：『中原還逐鹿，投筆事戎軒。縱横計不就，慷慨志猶存。策杖謁天子，驅馬出關門。請纓羈南

越，憑軾下東藩。鬱紆陟高岫，出沒望平原。古木鳴寒鳥，空山啼夜猿。既傷千里目，還驚九折魂。豈不憚艱險，深懷國士恩。季布無二諾，侯嬴重一言。人生感意氣，功名誰復論。』東坡實不見此詩，蓋識見之明，有以探其然耳。乃知讀書未博，未可以輕議前輩也。」苕溪漁隱曰：余讀三蘇文，有諫論上下二篇，其間云：「吾觀昔之臣，言必從，理必濟，莫若唐魏鄭公，其初實學縱橫之說，此所謂得其術者也。」其言止此而已。復齋乃云：「鄭公以蘇張之辨而爲諫諍之術，其所以與蘇張異者，心正也。」諫論中初無此等語，不知復齋何從得之邪？余觀諫論，殆是老蘇作，格力辭旨，可以見矣。非東坡所作也。（苕溪漁隱叢話後集卷二十八）

郎曄曰：此篇論古之聖人立賞制刑，使民必諫。

又曰：引喻極當。末世拒諫，刑賞異施。（經進本老泉先生文集）

丘濬曰：言君欲使臣之必諫，在於賞以勸之，刑以威之。蓋以人之常情，不賞則不勸，不刑則不懲也。結復歸於刑，便見議論疊疊。（三蘇文範）

陸粲曰：余每讀此篇至顧見猛虎之論，輒爲解頤。所謂以文爲戲，足資談笑者，此類是也。以喻相形，悠揚爽逸，用意者當法之。（同上）

制敵〔一〕

兵何難？曰：難乎制敵。曷難乎制敵？曰：古者六師之中，士不能皆銳，馬不

能皆良，器械不能皆利，故其兵必有上、中、下輩。力扼虎，射中的，捕敵敢前，攻壘敢先乘，上兵也；習行陣，曉擊刺，進而進，退而退，中兵也；奔則蹶，負則喘，迎刃而殪〔二〕，望敵而走，下兵也。凡上兵一支中兵十，中兵十支下兵百。此非獨吾有，敵亦不無也。爲將者不以計用之，而曰敵以上兵來，吾無上兵乎？以中兵來，吾無中兵乎？以下兵來，吾無下兵乎？然則勝負何時而決也？夫勝負久而不決，不能無老師費財。吾故曰難乎制敵也。

若其善兵者則不然。堂然而陳，填然而鼓，視敵之兵有挺刃大呼而争奮者，此其上兵也，以吾下兵委之。滿鏃而向之，其色動，介馬而馳之，其轍亂者，此其下兵也，以吾中兵襲之。夫如此，敵之上兵樂吾下兵之易攻也，必盡鋭不顧而擊之，吾得以上兵臨其中，中兵臨其下，此皆以一克十，以十克百之兵也，焉往而不勝哉！是則敵三克吾一，而吾三克敵二。况其上兵雖勝，而中兵、下兵既爲吾克，其勢不能獨完，亦終爲吾所并耳。噫！一失而三得，與三失而一得，爲將者宜何取耶？

昔田忌與齊諸公子逐射，孫臏見其馬有上中下，因教之曰：「以君下駟與彼上駟，取君上駟與彼中駟，取君中駟與彼下駟。」忌從之，一不勝而再勝，卒獲千金〔三〕。

夫臏之説乃吾向之説也〔四〕。徒施之射，是以知其能獲千金而止耳。苟取而施之兵，雖穰苴、吴起〔五〕，何以易此哉！

【校】

此文影宋本、祠本失載。

「射中的」：原作「射命中」，二黄本、邵本同，據經進本改。

「與三失而一得」：「失」原誤作「夫」，據二黄本、邵本改。經進本此句作「與一得而三失」。

【箋注】

〔一〕題：此篇論兵有上、中、下輩，當以吾下兵委其上，以吾上兵臨其中，以吾中兵臨其下，此一失而三得之法也。著作時間不詳。此篇文意淺泛，内容與權書强弱前半部分相近，或爲早年習作，或爲後人據强弱篇敷衍成文。

〔二〕殪(yì)：跌倒。後漢書光武紀：「奔殪百餘里間。」李注：「殪，仆也。」

〔三〕「昔田忌」至「卒獲千金」：見强弱注〔二〕。

〔四〕「夫臏之説」句：謂孫臏馬有上中下之説乃其在强弱中所論：「此兵説也，非馬説也。」

〔五〕穰苴、吴起：據史記司馬穰苴傳：穰苴，齊田氏之苗裔。因晏嬰薦，齊景公以爲將軍，執法嚴明，撫愛士卒，敗走燕、晉軍，遂取所亡封内故境。後齊威王使大夫追論古者司馬兵法而

附穰苴於其中，因號曰司馬穰苴兵法。吴起，見孫武注〔一三〕。

嚳妃論〔一〕

史記載帝嚳元妃曰姜原，次妃曰簡狄。簡狄行浴，見燕墮其卵，取吞之，因生契，爲商始祖〔二〕。姜原出野，見巨人迹，忻然踐之，因生稷，爲周始祖〔三〕。

其祖商、周信矣，其妃之所以生者，神奇妖濫，不亦甚乎！商、周有天下七八百年，是其享天之禄以能久有社稷，而其祖宗何如此之不祥也。使聖人而有異於衆庶也，吾以爲天地必將構陰陽之和，積元氣之英以生之，又焉用此二不祥之物哉？燕墮卵於前，取而吞之，簡狄其喪心乎！巨人之迹隱然在地，走而避之且不暇，忻然踐之，何姜原之不自愛也？又謂行浴出野而遇之，是以簡狄、姜原爲婬泆無法度之甚者〔四〕。帝嚳之妃，稷、契之母，不如是也。

雖然，史遷之意，必以詩有「天命玄鳥，降而生商」〔五〕。「厥初生民，時維姜原。生民如何，克禋克祀。以弗無子，履帝武敏歆。攸介攸止，載震載夙，載生載育，時維后稷」而言之〔六〕。吁！此又遷求詩之過也。毛公之傳詩也〔七〕，以玄鳥降爲祀郊禖

之候，履帝武爲從高辛之行。及鄭之箋而後有吞踐之事〔八〕。當毛之時，未始有遷史也。遷之説出於疑詩，而鄭之説又出於信遷矣〔九〕。故天下皆曰：聖人非人，人不可及也。甚矣，遷之以不祥誣聖人也。夏之衰，二龍戲於庭，藏其漦，至周而發之，化爲黿，以生褒姒，以滅周〔一〇〕。使簡狄而吞卵，姜原而踐迹，則其生子當如褒姒以妖惑天下，奈何其有稷、契也？

或曰：然則，稷何以棄？曰：稷之生也，無菑無害，或者姜原疑而棄之乎？鄭莊公寤生，驚姜氏，姜氏惡之〔一一〕，事固有然者也。吾非惡夫異也，惡夫遷之以不祥誣聖人也。棄之而牛羊避，遷之而飛鳥覆，吾豈惡之哉？楚子文之生也，虎乳之〔一二〕，吾固不惡夫異也。

【校】

「構陰陽之和」：經進本「構」字作「儲」，避高宗諱也。二黄本沿南宋本作「儲」，非是。

【箋注】

〔一〕題：此篇論簡狄浴於川，吞玄鳥之卵而生契；姜原出於野，履巨人之迹而生后稷。王充論衡案書篇以爲王之妃不宜野出浴於川水，此説乃「違尊貴之節，誤是非之言」。老蘇因充論而發揮之，并謂司馬遷此説「乃以不祥誣聖人」。王充、蘇洵雖不泥古，然於尊卑男女之别則

已遠比司馬遷視爲神聖，此自時代之局限而不能自明者也。且吞卵履迹而生異人之説，乃上古神話，爲原始社會圖騰崇拜之反映。史遷於此未始無疑，仍記之，此實録之例也。王充、蘇洵輩斥之，過矣。

著作時間不詳。

〔二〕「次妃曰簡狄」至「爲商始祖」：史記殷本紀：「殷契母曰簡狄，有娀氏之女，爲帝嚳妃。三人行浴，見玄鳥墮其卵，簡狄取吞之，因孕生契。契長而佐禹治水有功，帝舜乃命契曰……封於商，賜姓子氏。」玄鳥，燕也。

〔三〕「姜原出野」至「爲周始祖」：史記周本紀：「周后稷，名棄。其母有邰氏女，曰姜原。姜原爲帝嚳元妃。姜原出野，見巨人迹，心忻然説，欲踐之，踐之而身動如孕者。居期而生子，以爲不祥，棄之隘巷，馬牛過者皆辟不踐；徙置之林中，適會山林多人，遷之；而棄渠中冰上，飛鳥以其翼覆薦之。姜原以爲神，遂收養長之。初欲棄之，因名曰棄。……帝堯聞之，舉棄爲農師，天下得其利，有功。帝舜曰：『棄，黎民始饑，爾后稷播時百穀。』封棄於邰，號曰后稷，別姓姬氏。」

〔四〕婬泆：縱逸，放蕩。

〔五〕「天命鳦鳥」二句：見詩經商頌玄鳥，唯「鳦」字作「玄」。毛傳曰：「玄鳥，鳦也。春分玄鳥降，湯之先祖有娀氏女簡狄配高辛氏帝（帝嚳），帝率與之祈於郊禖而生契，故本其爲天所

命，以玄鳥至而生焉。」鄭箋曰：「降，下也。天使鳦下而生商者，謂鳦遺卵，娀氏之女簡狄吞之而生契，爲堯司徒，有功，封商。」

〔六〕「厥初生民」至「時維后稷」：見詩經大雅生民之什，唯原作嫄。「以弗無子」以上，毛傳、鄭箋均釋姜嫄爲周之始祖，高辛氏之世妃，無子，乃禋祀上帝於郊禖以求子。「履帝武敏歆」以下，傳云：「履，踐也；帝，高辛氏之帝也；武，迹；敏，疾也。從於帝而見於天，將事齊敏也。歆，饗；介，大也；止，福禄所止也；震，動；夙，早；育，長也。后稷播百穀以利民。」箋云：「帝，上帝也；敏，拇也；介，左右也；夙之言肅也。祀郊禖之時，時則有大神之迹，姜嫄履之，足不能滿，履其拇指之處，心體歆歆然，其左右所止住，如有人道感己者也。於是遂有身，而肅戒不復御。後則生子而養，長名之曰棄，舜臣堯而舉之，是爲后稷。」

〔七〕毛公之傳詩：據四庫全書總目毛詩正義：毛公，毛亨，魯國人，嘗爲北海郡守。從荀卿學詩，作訓詁傳以授趙國毛萇。時人謂亨爲大毛公。而詩亦稱毛詩。

〔八〕鄭之箋：據後漢書張曹鄭列傳：鄭玄（一二七——二〇〇），字康成，北海高密（今屬山東）人。不樂爲吏，造太學受業，以山東無足問者，乃西入關，門徒四百餘人，十餘年乃歸鄉里，學徒相隨已數百千人。漢靈帝末，大將軍何進、後將軍袁隗、大將軍袁紹等先後舉之，皆不就官。所注五經、論語、孝經、乾象曆，又著天文七政論、六藝論、毛詩譜等凡百餘萬言。時稱純儒，齊魯間宗之。其所注毛詩，稱鄭箋。

〔九〕「遷之説出於疑詩，而鄭之説又出於信遷」：謂呑卵履迹之説，大毛本無是解，而史遷因詩意不明而妄測，康成又據史遷之妄測而作爲史實。按：據漢書司馬遷傳，史遷二十而南游江淮，北涉汶泗，阨困蕃、薛、彭城，過梁楚以歸。自謂其書乃「網羅天下放失舊聞」，未必止於「紬史記石室金匱之書」。故呑卵履迹之説，或采自民間傳説。

〔一〇〕「夏之衰」至「生褒姒以滅周」：據國語及史記周本紀：夏后氏之衰，二神龍止於夏帝庭而言曰：「余，褒之二君。」夏帝卜殺之，去之與止之，莫吉。卜請其漦（龍所吐沫）而藏之，乃吉。於是布幣而策告之，龍亡而漦在，櫝而去之。歷夏、殷至周，厲王乃發而觀之。漦流於庭，不可除。厲王使婦人裸而譟之，漦化爲玄黿，以入王後宮，妾遇而孕，生子懼而棄之。有夫婦賣弓箭者哀而收之，奔於褒。棄女子出於褒，是爲褒姒。褒人有罪，請入褒姒以贖罪。幽王愛之，生子伯服。幽王廢申后，去太子，申侯怒，與繒、犬戎攻殺幽王。

〔一一〕「鄭莊公」三句：左傳隱元年：「鄭武公娶於申，曰武姜，生莊公及共叔段。莊公寤生，驚姜氏，故名曰寤生，遂惡之。」杜注：「寐寤而莊公已生，故驚而惡之。」

〔一二〕「楚子文」二句：左傳宣四年：「若敖娶於䢵，生鬬伯比。若敖卒，從其母畜於䢵，淫於䢵子之女，生子文焉。䢵夫人使棄諸夢中，虎乳之。䢵子田，見之，懼而歸，以告，遂使收之。」

【集説】

楊慎曰：巨迹之説，先儒疑之。但天地之始，未嘗生人，則人固有化而生者，蓋天地之氣生

乎？嘗觀麒麟之生與犬羊異，蛟龍之生與魚鱉異，而神人之生與凡人異，何足怪哉？（三蘇文範）

王守仁曰：此篇辯駁明確，援引切當，而牽調翩翩，味溢言外。（同上）

儲欣曰：遷疑詩而鄭信遷，五經之文之錯解者，大略坐此。所謂解經而經亡也，奈何！（評注蘇老泉集）

管仲論〔一〕

管仲相桓公，霸諸侯，攘戎狄，終其身齊國富强，諸侯不叛〔二〕。管仲死，豎刁、易牙、開方用，桓公薨於亂，五公子爭立，其禍蔓延，訖簡公，齊無寧歲〔三〕。

夫功之成，非成於成之日，蓋必有所由起；禍之作，不作於作之日，亦必有所由兆。則齊之治也，吾不曰管仲，而曰鮑叔〔四〕；及其亂也，吾不曰豎刁、易牙、開方，而曰管仲。何則？豎刁、易牙、開方三子，彼固亂人國者，顧其用之者，桓公也。夫有舜而後知放四凶〔五〕，有仲尼而後知去少正卯〔六〕。彼桓公何人也？顧其使桓公得用三子者，管仲也。

仲之疾也，公問之相。當是時也，吾以仲且舉天下之賢者以對。而其言乃不過

曰豎刁、易牙、開方三子，非人情，不可近而已〔七〕。嗚呼！仲以爲桓公果能不用三子矣乎？仲與桓公處幾年矣，亦知桓公之爲人矣乎？桓公聲不絶乎耳，色不絶乎目，而非三子者則無以遂其欲。彼其初之所以不用者，徒以有仲焉耳。一日無仲，則三子者，可以彈冠相慶矣。仲以爲將死之言，可以縶桓公之手足邪？夫齊國不患有三子，而患無仲。有仲則三子者，三匹夫耳。不然，天下豈少三子之徒？雖桓公幸而聽仲，誅此三人，而其餘者，仲能悉數而去之邪？嗚呼，仲可謂不知本者矣！因桓公之問，舉天下之賢者以自代，則仲雖死，而齊國未爲無仲也，夫何患？三子者不言可也。

五霸莫盛於桓、文。文公之才不過桓公，其臣又皆不及仲〔八〕，靈公之虐不如孝公之寬厚〔九〕，文公死，諸侯不敢叛晉，晉襲文公之餘威，得爲諸侯之盟主者百有餘年〔一〇〕。何者？其君雖不肖，而尚有老成人焉〔一一〕。桓公之薨也，一亂塗地。無惑也，彼獨恃一管仲，而仲則死矣。夫天下未嘗無賢者，蓋有有臣而無君者矣。桓公在焉，而曰天下不復有管仲者，吾不信也。仲之書有記其將死，論鮑叔、賓胥無之爲人，且各疏其短，是其心以爲是數子者皆不足以托國；而又逆知其將死，則其書誕謾不足信也〔一二〕。

吾觀史鰍以不能進蘧伯玉而退彌子瑕，故有身後之諫〔一三〕，蕭何且死，舉曹參以自代〔一四〕：大臣之用心，固宜如此也。夫國以一人興，以一人亡，賢者不悲其身之死，而憂其國之衰。故必復有賢者而後可以死。彼管仲者，何以死哉！

【校】

「相桓公」：「桓」字，影宋本缺末筆，作「桓」，經進本作「威」，均避宋諱。二黄本沿之，作「威」。以後「桓」字均同。

「而後可以死」：經進本、影宋本「可」字作「有」。

【箋注】

〔一〕題：此篇論管仲死前不薦賢自代，以致齊亂。不唯議論新穎，行文亦縱横捭闔，故歷代稱之，以爲古文範例。此篇著作時間不詳。

〔二〕「管仲相桓公」至「諸侯不叛」：管仲（？——前六四五年），齊潁上人，名夷吾。初事公子糾，糾敗，相桓公。管子内言云：「桓公用管仲，合諸侯，伐山戎，攘白狄之地，遂至西河，故中國諸侯莫不賓服。」

〔三〕「管仲死」至「齊無寧歲」：據史記齊太公世家及正義引顏師古説：初，桓公與管仲屬子昭於宋襄公以爲太子。仲盡逐佞臣易牙、豎刀（刁）、開方，公食不甘、心不怡者三年。管仲卒，皆

召反，五公子各樹黨爭立。冬，桓公卒，易牙入，與豎刀因内寵殺群吏，而立公子無詭爲君，太子昭奔宋。宋襄公率諸侯兵送太子昭而伐齊，齊人殺無詭，四公子師與宋戰，敗，太子昭立，是爲孝公。孝公卒，公子潘因開方殺孝公子而自立，是爲昭公，九傳而至簡公，不有内亂，必有外憂。

〔四〕「則齊之治也」至「而曰鮑叔」：據左傳莊九年：魯伐齊，納子糾，齊桓公先入，敗魯師，魯師歸。鮑叔帥師來魯言曰：「子糾，親也，請君討之；管、召，讎也，請受而甘心焉。」乃殺子糾。召忽死之。管仲請囚，鮑叔受之。及堂阜而稅之。歸而以告曰：「管夷吾治於高傒，使相可也。」公從之。史記管晏列傳謂：「天下不多管仲之賢而多鮑叔能知人也。」蓋管仲曾射桓公，乃桓公之讎，召忽亦死，微鮑叔，管仲當死，更不得相齊，故天下多之。

〔五〕有舜而後知放四凶：尚書舜典：「流共工於幽洲，放驩兜於崇山，竄三苗於三危，殛鯀於羽山，四罪而天下咸服。」

〔六〕有仲尼而後知去少正卯：孔子家語始誅：「孔子爲魯司寇，攝行相事……七日而誅亂政大夫少正卯，戮之於兩觀之下，尸於朝三日。」

〔七〕「仲之疾也」至「非人情，不可近而已」：據史記齊太公世家：管仲病，桓公問曰：「群臣誰可相者？」管仲曰：「知臣莫如君。」公問以易牙、開方、豎刀，對以易牙殺子以適君，開方倍親以適君，豎刀自宮以適君，非人情，不可。

〔八〕其臣又皆不及仲：謂佐晉文公致霸之臣如狐偃、趙衰、先軫、魏犨輩皆不及管仲。

〔九〕靈公之虐不如孝公之寬厚：謂齊孝公承其亂之後，尚能寬厚待人。而晉靈公暴虐。據史記晉世家：文公卒，立襄公，七年卒，立太子夷皋，是爲靈公。及壯，侈，厚斂以彫牆，從臺上彈人以爲戲，宰夫胹熊蹯不熟，殺之。

〔一〇〕「文公死」至「百有餘年」：據史記晉世家載，文公九年（前六二八）死後，襄公曾「敗秦師於殽」；靈公時，「趙盾爲將，往擊秦，敗之令狐」；「成公與楚莊王争彊」，「敗楚師」；景公敗齊師，齊「欲上尊晉景公爲王」；厲公先後敗秦楚，「晉由此威諸侯」；悼公率諸侯伐秦，「大敗秦軍」；直至晉平公末年（前五三二），晉「政在私門（趙、韓、魏）」，始衰，入「季世」。

〔一一〕「其君」二句：老成人謂閱歷豐富，練達世事之人，詩大雅蕩：「雖無老成人，尚有典刑。」此謂文公死後，靈公、厲公等多不肖，而先後有趙盾、隨會、韓厥、趙武、魏絳等爲輔，故能維持其霸業。

〔一二〕「仲之書」至「不足信也」：管子内言九：管子寢疾，桓公往問二三大夫能以國寧者，管仲對曰：「鮑叔之爲人好直，而不能以國詘；賓胥無爲人好善，而不能以國詘。」獨稱隰朋，又喟然嘆曰：「天之生朋，以爲夷吾舌也。其身（自喻）死，舌焉得生哉！」

〔一三〕「史鰍」二句：據孔子家語困誓篇：衛蘧伯玉賢，而靈公不用，彌子瑕不肖，反任之，史魚驟諫而不從。史魚病將卒，命其子曰：「是吾爲臣不能正君也。生而不能正君，則死無以成

禮。我死，汝置屍牖下，於我畢矣。」其子從之。靈公往弔，見而怪之，其子以父言相告。公於是命之殯於客位，進蘧伯玉而用之，退彌子瑕而遠之。

〔一四〕「蕭何」二句：據史記蕭相國世家：何病，孝惠帝自臨視相國病，因問曰：「君即百歲後，誰可代君者？」對曰：「知臣莫如主。」孝惠曰：「曹參何如？」何頓首曰：「帝得之矣！臣死不恨矣！」

【集説】

謝枋得曰：議論精明而斷制，文勢圓活而委曲，有抑揚，有頓挫，有擒縱。（静觀室三蘇文選）

吴楚材、吴調侯曰：起伏照應，開闔抑揚。立論一層深一層，引證一段緊一段。似此卓識雄文，方令古今心服。（古文觀止）

明論〔一〕

天下有大知，有小知〔二〕。人之智慮有所及，有所不及。聖人以其大知而兼其小知之功，賢人以其所及而濟其所不及；愚者不知大知，而以其所不及喪其所及。故聖人之治天下也以常，而賢人之治天下也以時。既不能常，又不能時，悲夫殆哉！夫惟大知，而後可以常；以其所及濟其所不及，而後可以時。常也者，無治而不治者

也；時也者，無亂而不治者也。

日月經乎中天，大可以被四海，而小或不能入一室之下，彼固無用此區區小明也。故天下視日月之光，儼然其若君父之威〔三〕。故自有天地而有日月，以至於今，而未嘗可以一日無焉。天下嘗有言曰：叛父母，褻神明，則雷霆下擊之。雷霆固不能爲天下盡擊此等輩也，而天下之所以兢兢然不敢犯者，有時而不測也。使雷霆日轟轟焉遶天下以求夫叛父母、褻神明之人而擊之，則其人未必能盡，而雷霆之威無乃褻乎！故夫知日月雷霆之分者，可以用其明矣。

聖人之明，吾不得而知也，吾獨愛夫賢者之用其心約而成功博也，吾獨怪夫愚者之用其心勞而功不成也。是無他也，專於其所及而及之，則其及必精；兼於其所不及而及之，則其及必粗。及之而精，人將曰是惟無及，及則精矣。不然，吾恐奸雄之竊笑也。

齊威王即位，大亂三載，威王一奮而諸侯震懼二十年〔四〕，是何脩何營邪？夫齊國之賢者，非獨一即墨大夫，明矣；亂齊國者，非獨一阿大夫與左右譽阿而毁即墨者幾人，亦明矣。一即墨大夫易知也，一阿大夫易知也，左右譽阿而毁即墨者幾人易知也，從其易知而精之，故用心甚約而成功博也。

天下之事，譬如有物十焉，吾舉其一，而人不知吾之不知其九也。歷數之至於九，而不知其一，不如舉一之不可測也，而况乎不至於九也。

【校】

此篇各本無異文。

【箋注】

〔一〕題：此篇論人之智慮有所及，有所不及，故治天下者當以其所及濟其所不及。此乃用心約而成功博之道也，是之謂明。

著作時間不詳。

〔二〕「天下」二句：莊子逍遥游：「小知不及大知。」釋文：「知音智，本亦作智。」

〔三〕「故天下」二句：周易說卦：「乾爲天、爲圜、爲君、爲父。」疏曰：「乾既爲天，天道運轉，故爲圜也。爲君、爲父，取其尊道而爲萬物之始也。」按古人謂天道運轉，指日月繞地而行，即上文所云「日月經乎中天」。

〔四〕「齊威王即位」至「而諸侯震懼二十年」：據史記田敬仲完世家：威王即位九年後，召即墨大夫譽其「不事吾左右以求譽」，封之萬家，烹阿大夫及左右嘗譽阿大夫者，懲其「以幣厚吾左右以求譽也」。遂起兵西擊趙、衛，敗魏於濁澤而圍惠王。惠王請獻觀以和解，趙人歸其長

城。於是齊國震懼，人人不敢飾非，務盡其誠。齊國大治。諸侯聞之，莫敢致兵於齊二十餘年。按：齊威王在位三十六年，九年後而治，諸侯不敢加兵二十餘年。老蘇謂二十年，乃舉其成數。參審勢注〔二四〕。

【集説】

樓昉曰：此等議論自戰國策來，曲盡事情。（三蘇文範）

吴興弼曰：主意謂常人之明本是有限，所以用其明者，常示之以不測。雖未免挾數用術之説，然理亦如此。兵法攻堅瑕亦然。（同上）

陸粲曰：日月雷霆喻賢者。日月不用小明，卒不可一日無；雷霆不能盡擊，卒不敢犯：喻賢者之用心約而成功博也。故過脈處，除却聖人之明不論，即接下云：「吾獨憂夫賢者之用其心約而成功博也。」此句集得最緊，又把愚者形之，何等舂容。（同上）

錢豐寰曰：議論俱是縱横之術，宜乎方正學非之。然筆勢蹁躚，姿態無窮，足稱神逸。（同上）

三子知聖人汙論〔一〕

孟子曰：「宰我、子貢、有若〔二〕，知足以知聖人汙。」吾爲之説曰：汙，下也。宰

我、子貢、有若三子者，其智不足以及聖人高深幽絶之境，而徒得其下者焉耳。宰我曰：「以予觀於夫子，賢於堯舜遠矣。」子貢曰：「由百世之後，等百世之王，莫之能違也。」有若曰：「出乎其類，拔乎其萃，自生民以來，未有夫子之盛也。」〔三〕是知夫子之大矣，而未知夫子之所以大矣，宜乎謂其知足以知聖人汙而已也。

聖人之道一也，大者見其大，小者見其小〔四〕，高者見其高，下者見其下，而聖人不知也。苟有形乎吾前者，吾以爲無不見也，而離婁子必將有見吾之所不見焉〔五〕，是非物罪也。太山之高百里〔六〕，有却走而不見者矣，有見而不至其趾者矣，有至其趾而不至其上者矣，而太山未始有變也。有高而已耳，有大而已耳，見之不逃，不見不求見，至之不拒，不至不求至。而三子者，至其趾也。

顔淵從夫子游〔七〕，出而告人曰：吾有得於夫子矣。宰我、子貢、有若從夫子游，出而告人曰：吾有得於夫子矣。夫子之道一也，而顔淵得之以爲顔淵，宰我、子貢、有若得之以爲宰我、子貢、有若，夫子不知也。夫子之道，有高而又有下，猶太山之有趾也。高則難知，下則易從。難知，故夫子之道尊；易從，故夫子之道行。非夫子下之而求行也，道固有下者也。太山非能有趾，而不能無趾也。

子貢謂夫子曰：「夫子之道至大也，故天下莫能容夫子。夫子盍少貶焉！」夫子

不悅〔八〕。夫有其大，而後能安其大；有其小焉，則亦不狹乎其小。夫子有其大，而子貢有其小。然則無惑乎子貢之不能安夫夫子之大也。

【校】

「而未知夫子之所以大矣」：「矣」，諸本作「也」。

「有見而不至其趾者矣有至其趾而不至其上者矣」：兩「不至」，祠本均誤作「不見」。

「盍少貶焉」：諸本「盍」字誤作「蓋」，據經進本并孔子家語改。

【箋注】

〔一〕題：此篇就孟子公孫丑上「宰我、子貢、有若，知足以知聖人汙，不至阿其所好」立論。趙注、孫疏皆解爲「三人之智足以知聖人，雖小汙不平，亦不至阿其所好」云云，汙字屬下句。老蘇以爲，此非孟子意也。孟子意乃三人之知聖人止於其下，即不及聖人高深幽絶之境也，汙字屬上句。

此篇著作時間不詳。

〔二〕宰我、子貢、有若：據史記仲尼弟子列傳：宰予字子我，魯人。利口辯辭。爲臨菑大夫，與田常作亂，以夷其族，孔子恥之。端木賜，字子貢。利口巧辭，孔子常黜其辯。田常欲作亂於齊，移兵欲以伐魯，孔子使子貢出，存魯，亂齊，破吴，彊晉而霸越。喜揚人之美，不能匿人

之過。常相魯、衛，家累千金。有若，魯人。孔子没，弟子思之，以有若狀似孔子，弟子相與共立爲師。

〔三〕「宰我曰」至「未有夫子之盛也」：三子論夫子語均摘引自孟子公孫丑上。惟有若語與原文有出入。原文爲：「出於其類，拔乎其萃，自生民以來，未有盛於孔子也。」

〔四〕「大者見其大」二句：史記仲尼弟子列傳：「文武之道未墜於地，在人，賢者識其大者，不賢者識其小者。」

〔五〕離婁子：孟子離婁上趙氏注曰：「離婁者，古之明目者。蓋以爲黄帝之時人。……婁也能視於百步之外見秋毫之末，然必須規矩乃成方圓。」

〔六〕太山：「太」通「泰」，在山東省境。

〔七〕顔淵：據史記仲尼弟子列傳：顔回，魯人，字子淵。年二十九，髮盡白，蚤死。孔子哭之慟，曰：「自吾有回，門人益親。」魯哀公問：「弟子孰爲好學？」孔子對曰：「有顔回者好學，不遷怒，不貳過。不幸短命死矣，今也則亡。」

〔八〕「子貢謂夫子曰」至「夫子不悦」：據孔子家語在厄篇：孔子召子貢，告以「芝蘭生於深林，不以無人而不芳；君子修道立德，不爲窮困敗節」之理，子貢曰：「夫子之道至大，故天下莫能容夫子。夫子盍少貶焉！」子曰：「賜！良農能稼，不必能穡；良工能巧，不能爲順；君子能修其道，綱而紀之，不必其能容。今不修其道而求其容，賜，爾志不廣矣，思不遠矣。」

辨奸論〔一〕

事有必至，理有固然，惟天下之静者乃能見微而知著〔二〕。月暈而風，礎潤而雨，人人知之。人事之推移，理勢之相因，其疏闊而難知，變化而不可測者，孰與天地陰陽之事，而賢者有不知，其故何也？好惡亂其中而利害奪其外也。

昔者山巨源見王衍，曰：「誤天下蒼生者，必此人也。」〔三〕郭汾陽見盧杞，曰：「此人得志，吾子孫無遺類矣。」〔四〕自今而言之，其理固有可見者。以吾觀之，王衍之爲人，容貌言語固有以欺世而盗名者，然不忮不求，與物浮沉，使晉無惠帝，僅得中主，雖衍百千，何從而亂天下乎〔五〕？盧杞之奸，固足以敗國，然而不學無文，容貌不足以動人，言語不足以眩世，非德宗之鄙暗，亦何從而用之〔六〕？由是言之，二公之料二子，亦容有未必然也。

今有人口誦孔、老之言，身履夷、齊之行，收召好名之士、不得志之人，相與造作言語，私立名字，以爲顔淵、孟軻復出〔七〕，而陰賊險狠與人異趣，是王衍、盧杞合而爲一人也，其禍豈可勝言哉？夫面垢不忘洗，衣垢不忘澣，此人之至情也。今也不然，

衣臣虜之衣，食犬彘之食，囚首喪面而談詩、書〔八〕，此豈其情也哉？凡事之不近人情者，鮮不爲大奸慝，豎刁、易牙、開方是也〔九〕。以蓋世之名而濟其未形之患，雖有願治之主、好賢之相，猶將舉而用之，則其爲天下患必然而無疑者，非特二子之比也。孫子曰：善用兵者無赫赫之功〔一〇〕。使斯人而不用也，則吾言爲過，而斯人有不遇之嘆。孰知其禍之至於此哉？不然，天下將被其禍，而吾獲知言之名，悲夫！

【校】

「不忮不求」：祠本「求」字作「取」。

「雖衍百千」：經進本「百千」作「千百」。

「亦何從而用之」：經進本「用」字誤作「亂」。

「眩世」：祠本「眩」字作「欺」。

「口誦孔老之言」：經進本「言」字作「書」。

「衣臣虜之衣」：「臣」原誤作「巨」，二黄本、祠本「虜」誤作「盧」，據經進本改。

「孰知其禍」：原脱「其」字，據經進本補。

【箋注】

〔一〕題：此篇論王安石之奸。據張方平文安先生墓表，辨奸論作於「王安石之母死」時。王安石

母死於嘉祐八年（一〇六三）（見蔡上翔王荆公年譜考略卷九），則是文當作於此時。由於王安石之道德文章爲後世所推重，且老蘇卒於王安石得志之前，故自清李紱、蔡上翔發難，遂有疑此篇爲邵博僞托者。然考之蘇、王交惡之史實，此文之主旨及風格，當屬老蘇所作無疑。文章論王安石爲奸雖不可取，然其立論於「凡事之不近人情者，鮮不爲大奸慝」，足資歷代執政者借鑒。

〔二〕「惟天下」句：老子十六章：「致虚極，守静篤，萬物并作，吾以觀復。」班固等白虎通義情性節：「智者知也，獨見前聞，不惑於事，見微而知著也。」

〔三〕「昔者山巨源」至「必此人也」：據晉書山濤傳、王戎傳：山濤（二〇五——二八三），河内懷縣（今河南武陟西南）人。字巨源。好老莊，與嵇康、阮籍等被時人稱爲「竹林七賢」。仕魏至尚書吏部郎。入晉爲吏部尚書十餘年，以善甄拔人物著稱。王衍（二五六——三一一），琅邪臨沂（今山東臨沂北）人，字夷甫。官至尚書令、太尉。有盛才美貌，名傾當世。後爲元帥，全軍爲石勒所破，被殺。衍總角時嘗造山濤，濤嗟嘆良久。即去，目而送之曰：「何物老嫗，生寧馨兒？然誤天下蒼生者，未必非此人也。」

〔四〕「郭汾陽」至「吾子孫無遺類矣」：據兩唐書郭子儀列傳、盧杞列傳：郭子儀（六九七——七八一），華州鄭縣（今陝西華州）人。始以武舉高等補左衛長史，累遷天德軍使，兼太原太守，朔方節度右兵馬使。安禄山反，以朔方節度使討之，進位司空。肅宗時，任關内河東副

元帥，因軍功升中書令，後又晉封汾陽郡王。盧杞，滑州靈昌（今河北滑縣西南）人。字子良，有口才。體陋甚，鬼貌藍色，惡衣菲食。由御史中丞累遷至門下侍郎，同中書門下平章事。既得志，險賊寖露。小忤己，不置死地不止。後遭貶徙死。初，郭子儀病，百官造省，不屏姬侍，及杞至則屏之。家人問故，子儀曰：「杞形陋而心險，左右見之必笑。若此人得權，即吾族無類矣。」

〔五〕「使晉無惠帝」至「何從而亂天下乎」：據晉書惠帝紀：惠帝爲太子時，朝廷咸知不堪政事。及居大位，政出群小，綱紀大壞，遂使生靈板蕩，社稷丘墟。

〔六〕「非德宗」二句：據舊唐書盧杞列傳：德宗爲朱泚攻圍，衆諫官奏杞之奸，德宗謂宰臣曰：「衆人論杞奸邪，朕何不知？」李勉對曰：「盧杞奸邪，天下人皆知，唯陛下不知，此所以爲奸邪也。」其鄙暗可知。

〔七〕「今有人」至「以爲顔淵、孟軻復出」：張方平文安先生墓表云：「嘉祐初，王安石名始盛，黨友傾一時……造作語言，至以爲幾於聖人。」曾鞏再與歐陽舍人書云：「鞏之友有王安石者，文甚古，行稱其文。」陳襄與兩浙安撫使陳舍人薦士書：「有舒州通判王安石者，才性賢明，篤於古學。文辭政事，已著聞於時。」

〔八〕「衣臣虜之衣」至「因首喪面而談詩書」：邵博聞見録云：「魏公（韓琦）知揚州，王荆公（安石）初及第爲簽判。每讀書至達旦，略假寐，日已高，急上府，多不及盥漱。」

〔九〕豎刁、易牙、開方：見管仲論注〔三〕與注〔七〕。

〔一〇〕「孫子曰」二句：孫子形篇：「故善戰者之勝也，無智名，無勇功。」曹操注曰：「敵兵形未成，勝之無赫赫之功也。」老蘇此用孫子語，取其意。謂善執政者當在奸未形成前消滅之。

【集説】

張方平曰：嘉祐初，王安石名始盛，黨友傾一時。其命相制曰：「生民以來，數人而已。」造作語言，至以爲幾於聖人。歐陽修亦已善之，勸先生與之游。而安石亦願交於先生。先生曰：「吾知其人矣，是不近人情者，鮮不爲天下患。」安石之母死，先生獨不往，作辨奸一篇，當時見者多謂不然，曰：「噫，其甚矣！」先生既没三年，而安石用事，其言乃信。（樂全集卷三十九文安先生墓表）

蘇軾曰：辨奸之始作也，自軾與舍弟皆有「噫，其甚矣」之諫，不論他人。惟明公（張方平）一見以爲與我意合。……先人之言，非公表而出之，則人未必信。信不信何足深計，然使斯人用區區小數以欺天下，天下莫覺莫知，恐後世必有「秦無人」之嘆！（東坡集卷二十九謝張太保撰先人墓表書）

方勺曰：歐公在翰苑時，嘗飲客。客去，獨老蘇少留。謂公曰：「適坐有囚首喪面者何人？」公曰：「王介甫也，文行之士，子不聞之乎？」洵曰：「以某觀之，此人異時必亂天下。使其得志立朝，雖聰明之主，亦將爲其誑惑，内翰何爲與之游乎？」洵退，於是作辨奸論，行於世。是時介甫方

作館職，而明允猶布衣也。（泊宅編卷上）

葉夢得曰：蘇明允本好言兵。見元昊叛，西方用事久無功，天下事有當改作，因挾其所著書，嘉祐初來京師，一時推其文章。王荆公爲知制誥，方談經術，獨不嘉之，屢詆於衆。以故明允惡荆公甚於仇讎。會張安道亦爲荆公所排，二人素相善，明允作辨奸一篇，密獻安道，以荆公比王衍、盧杞，而不以示文忠公。荆公後微聞之，因不樂子瞻兄弟。兩家之隙，遂不可解。辨奸久不出，元豐間，子由從安道避南京，請爲明允墓表，特全載之。蘇氏亦不入石，比年少傳於世。荆公性固簡率不緣飾，然而謂之「食狗彘之食，囚首喪面」者，亦不至是也。（避暑録話卷二）

邵伯温曰：眉山蘇明允先生，嘉祐初游京師時，王荆公名始盛，黨與傾一時，歐陽文忠公亦善之。先生，文忠客也。文忠勸先生見荆公，荆公亦願交於先生。先生曰：「吾知其人矣，是不近人情者，鮮不爲天下患。」作辨奸論一篇，爲荆公發也。（邵氏聞見録卷十二）

李紱曰：老泉嘉祐集十五卷，原本不可見。今行世本有辨奸一篇，世人咸因此文稱老泉能先見荆公之誤國，其文始見於邵氏聞見録中。聞見録編於紹興二年，至十七年婺州學教授沈斐編老蘇文集附録二卷，有載張文定公方平所爲老泉墓表，中及辨奸，又有東坡謝張公作墓表書一通，專序辨奸事。竊意此三文皆僞作，以當日情事求之，固參差而不合也。……疑墓表與辨奸皆邵氏於事後補作也。（穆堂初稿書辨奸論後）

蔡上翔曰：明允衡量古人，料度時事，偏見獨識，固多有之，然能自暢其説，實爲千古文豪。

以嘉祐全集考之，亦惡有辨奸亂雜無章若此哉！（王荆公年譜考略卷十）

茅坤曰：荆川嘗讀韓非子八奸篇，謂是一面照妖鏡。余於老泉此論亦云。（唐宋八大家古文鈔）

儲欣曰：不近人情四字，遂爲道學正傳，其不近人情愈甚，則爲道學愈大矣。余讀論語、家語諸書，夫子生平無一不近人情之事，無一不近人情之言。而後之號爲顔、孟復出，且駕顔、孟而上之者，若此何也？（評注蘇老泉集）

吴楚材、吴調侯曰：介甫名盛時，老蘇作辨奸論，譏其不近人情。厥後新法煩苛，流毒寰宇，見微知著，可爲千古觀人之法。（古文觀止）

利者義之和論〔一〕

義者，所以宜天下〔二〕，而亦所以拂天下之心。苟宜也，宜乎其拂天下之心也。求宜乎小人邪？求宜乎君子邪？求宜乎君子也，吾未見其不以至正而能也。抗至正而行，宜乎其拂天下之心也。然則義者，聖人戕天下之器也。

伯夷、叔齊殉大義以餓于首陽之山〔三〕，天下之人安視其死而不悲也。天下而果好義也，伯夷、叔齊其不以餓死矣。雖然，非義之罪也，徒義之罪也。武王以天命誅

獨夫紂〔四〕，揭大義而行，夫何郵天下之人？而其發粟散財，何如此之汲汲也〔五〕？意者雖武王亦不能以徒義加天下也。乾文言曰：「利者，義之和。」〔六〕又曰：「利物足以和義。」〔七〕嗚呼，盡之矣。君子之耻言利，亦耻言夫徒利而已。

聖人聚天下之剛以爲義，其支派分裂而四出者爲直、爲斷、爲勇、爲怒，於五行爲金，於五聲爲商。凡天下之言剛者，皆義屬也〔八〕。是其爲道决裂慘殺而難行者也。雖然，無之則天下將流蕩忘反，而無以節制之也。故君子欲行之，必即於利；即於利，則其爲力也易；戾於利，則其爲力也艱。利在則義存，利亡則義喪。故君子樂以趨徒義，而小人悅懌以奔利義。必也天下無小人，而後吾之徒義始行矣。嗚呼難哉！

聖人滅人國，殺人父，刑人子，而天下喜樂之，有利義也。與人以千乘之富而人不奢〔九〕，爵人以九命之貴而人不驕〔一〇〕，有義利也。義利、利義相爲用，天下運諸掌矣。五色必有丹而色和，五味必有甘而味和，義必有利而義和。文言之所云，雖以論天德，而易之道本因天以言人事〔一一〕。説易者不求之人，故吾猶有言也。

【校】

「伯夷叔齊其不以餓死矣」：祠本「餓」字作「饑」。

「君子樂以趨徒義」：祠本「徒」字譌「徙」。

「有利義也」：「也」字原誤作「者」，據諸本改。

「本因天以言人事」：祠本「因」作「於」。

「故吾猶有言也」：祠本「故吾」作「此我」。

【箋注】

〔一〕題：本文闡釋周易「利者，義之和」。儒家重義輕利，論語里仁：「君子喻於義，小人喻於利。」孟子梁惠王上：「何必曰利，亦有仁義而已矣。」法家重利輕義，商君書開塞：「吾之所謂利者，義之本也；而世之所謂義者，暴之道也。」韓非子奸劫：「善爲主者，明賞設利以勸之，使民以功賞而不以仁義賜。」蘇洵所論本於周易而參以刑名，力主義利結合，認爲「不能以徒義加天下」，「義利相爲用，天下運諸掌」。此文具體寫作時間不詳。蘇洵生當北宋周程理學産生之際，此論可謂别樹一幟。程頤易傳釋「利者，義之和」云：「和於義乃能利物，豈有不得其宜而能利物者乎？」蘇洵著於前，蘇軾成於後之蘇氏易傳云：「義非利，則慘洌而不和。」兩種解釋，根本對立。

〔二〕「義者」二句：禮記中庸：「義者，宜也。」又祭義：「義者，宜此者也。」釋名釋言語：「義者，宜也，裁制事物使合宜也。」

〔三〕「伯夷、叔齊」句：史記伯夷列傳：武王伐紂，「伯夷、叔齊叩馬而諫曰：『父死不葬，爰及干

戈，可謂孝乎？以臣弒君，可謂仁乎？』左右欲兵之。太公曰：『此義人也。』扶而去之。武王已平殷亂，天下宗周，而伯夷、叔齊耻之，義不食周粟，隱於首陽山，采薇而食之，及餓且死」。

〔四〕「武王」句：據孟子梁惠王下，孟子答齊宣王「武王伐紂」，「臣弒其君」曰：「賊仁者謂之賊，賊義者謂之殘。殘賊之人，謂之一夫。聞誅一夫紂矣，未聞弒君也。」又荀子正論：「誅暴國之君若誅獨夫……故桀、紂無天下，而湯、武不弒君。」

〔五〕「發粟散財」二句：尚書周書武成稱，武王克殷，反其政，「散鹿臺之財，發鉅橋之粟。」史記周本紀亦有類似記載。

〔六〕「利者，義之和」：周易乾文言孔穎達疏：「『利者，義之和』者，言天地能利益庶物，使物各得其宜而和同也。」

〔七〕利物足以和義：周易乾文言孔穎達疏：「『利物足以和義』者，言君子利益萬物，使物各得其宜，足以和合於義，法天之利也。」

〔八〕「聖人聚天下之剛」至「皆義屬也」：此講易道。據周易說卦：聖人作易，將以順性命之理。故立天之道，曰陰與陽；立地之道，曰柔與剛；立人之道，曰仁與義。故義之屬，推之天道爲陽，地道爲剛，人事則爲直、爲斷、爲勇、爲怒。於五行爲金，取其剛之清明也。於五聲爲商，取其聲之清越也。按：五聲配五行爲：土爲宮，金爲商，木爲角，火爲徵，水爲羽。故

曰：「凡天下之言剛者，皆義屬也。」

〔九〕千乘之富：古時以一車四馬爲一乘。十井適一乘，百里之國適千乘。孟子萬章下：「千乘之君，求與我友而不可得也，而況可召歟！」

〔一〇〕九命之貴：古時爵分九等，最高者爲九命。周禮大宗伯：「以九儀之命，正邦國之位。壹命受職，再命受服……九命作伯。」

〔一一〕「易之道」句：周易繫辭上：「易與天地準，故能彌綸天地之道。仰以觀於天文，俯以察於地理，是故知幽明之故。原始反終，故知死生之説。」孔穎達周易正義序：「夫易者象也，爻者效也。聖人有以仰觀俯察，象天地而育群品；雲行雨施，效四時以生萬物。……故能彌綸宇宙，酬酢百神，宗廟所以無窮，風聲所以不朽。」

嘉祐集箋注卷十

上書

上皇帝書〔一〕

嘉祐三年十二月一日，眉州布衣臣蘇洵謹頓首再拜，冒萬死上書皇帝闕下。臣前月五日，蒙本州録到中書劄子，連牒臣：以兩制議上翰林學士歐陽修奏臣所著權書、衡論、幾策二十篇，乞賜甄録〔二〕；陛下過聽，召臣試策論舍人院〔三〕，仍令本州發遣臣赴闕。臣本田野匹夫，名姓不登於州閭。今一旦卒然被召，實不知其所以自通於朝廷。承命悸恐，不知所爲。以陛下躬至聖之資，又有群公卿之賢，與天下士大夫之衆，如臣等輩，固宜不少，有臣無臣，不加損益。臣不幸有負薪之疾〔四〕，不能奔走

道路，以副陛下搜揚之心。憂惶負罪，無所容處。臣本凡才，無路自進。當少年時，亦嘗欲僥倖於陛下之科舉。有司以爲不肖，輒以擯落〔五〕。蓋退而處者，十有餘年矣〔六〕。今雖欲勉强扶病戮力，亦自知其疏拙，終不能合有司之意，恐重得罪，以辱明詔？且陛下所爲千里而召臣者，其意以臣爲能有所發明，以庶幾有補於聖政之萬一。而臣之所以自結髮讀書至於今兹，犬馬之齒幾已五十，而猶未敢廢者，其意亦欲效尺寸於當時，以快平生之志耳。今雖未能奔伏闕下，以累有司，而猶不忍默默卒無一言而已也。天下之事，其深遠切至者，臣自惟疏賤，未敢遽言。而其近而易行，淺而易見者，謹條爲十通，以塞明詔。

其一曰：臣聞利之所在，天下趨之。是故千金之子，欲有所爲，則百家之市，無寧居者。古之聖人，執其大利之權，以奔走天下，意有所嚮，則天下争先爲之。今陛下有奔走天下之權，而不能用，何則？古者賞一人而天下勸，今陛下增秩拜官，動以千計，其人皆以爲己所自致，而不知戮力以報上之恩。至於臨事，誰當效用？此由陛下輕用其爵禄，使天下之士積日持久而得之。譬如傭力之人，計工而受直，雖與之千萬，豈知德其主哉？是以雖有能者，亦無所施，以爲謹守繩墨，足以自致高位。官吏繁多，溢於局外，使陛下皇皇汲汲求以處之，而不暇擇其賢不肖，以病陛下之民，而耗

竭大司農之錢穀〔七〕。此議者所欲去而未得也。臣竊思之，蓋今制，天下之吏，自州縣令録幕職而改京官者，皆未得其術，是以若此紛紛也。今雖多其舉官而遠其考，重其舉官之罪〔八〕，此適足以隔賢者而容不肖。且天下無事，雖庸人皆足以無過，一旦改官，無所不爲。彼其舉者曰：此廉吏，此能吏。朝廷不知其所以爲廉與能也。幸而未有敗事，則長爲廉與能矣。雖重其罪，未見有益。上下相蒙，請托公行。涖官六七考，求舉主五六人，此誰不能者？臣愚以爲，舉人者當使明著其迹曰：某人廉吏也，嘗有某事以知其廉；某人能吏也。嘗有某事以知其能。雖不必有非常之功，而皆有可紀之狀。其特曰廉能而已者不聽。如此，則夫庸人雖無罪而不足稱者，不得入其間，老於州縣，不足甚惜。而天下之吏必皆務爲可稱之功，與民興利除害，惟恐不出諸己。此古之聖人所以驅天下之人，而使争爲善也。有功而賞，有罪而罰，其實一也。今降官罷任者，必奏曰某人有某罪，其罪當然，然後朝廷舉而行之。今若不著其所犯之由，而特曰此不才貪吏也，則朝廷安肯以空言而加之罪？今又何獨至於改官而聽其空言哉？是不思之甚也。或以爲如此，則天下之吏，務爲可稱，用意過當，生事以爲己功，漸不可長。臣以爲不然。蓋聖人必觀天下之勢而爲之法。方天下初定，民厭勞役，則聖人務爲因循之政，與之休息；及其久安而無變，則必有不振之禍。

是以聖人破其苟且之心，而作其怠惰之氣。漢之元、成，惟不知此，以至於亂〔九〕。今天下少惰矣，宜有以激發其心，使踴躍於功名，以變其俗。況乎冗官紛紜如此，不知所以節之，而又何疑於此乎？且陛下與天下之士相期於功名而毋苟得，此待之至深也。若其宏才大略，不樂於小官而無聞焉者，使兩制得以非常舉之，此天下亦不過幾人而已。吏之有過而不得遷者，亦使得以功贖，如此亦以示陛下之有所推恩，而不惟艱之也。

其二曰：臣聞古者之制爵禄，必皆孝弟忠信，脩絜博習，聞於鄉黨，而達於朝廷以得之〔一〇〕。及其後世不然，曲藝小數皆可以進〔一一〕。然其得之也，猶有以取之，其弊不若今之甚也。今之用人最無謂者，其所謂任子乎〔一二〕？因其父兄之資以得大官，而又任其子弟，子將復任其孫，孫又任其子，是不學而得者常無窮也。夫得之也易，則其失之也不甚惜。以不學之人，而居不甚惜之官，其視民如草芥也固宜。朝廷自近年始有意於裁節〔一三〕，然皆知損之而未得其所損，此所謂制其末而不窮其源，見其粗而未識其精。僥倖之風少衰而猶在也。夫聖人之舉事，不惟曰利而已，必將有以大服天下之心。今欲有所去也，必使天下知其所以去之之説，故雖盡去而無疑。何者？恃其説明也。夫所謂任子者，亦猶曰信其父兄而用其子弟云爾。彼其父兄固學

而得之也，學者任人，不學者任於人，此易曉也。今之制，苟幸而其官至於可任者，舉使任之，不問其始之何從而得之也。且彼任於人不暇，又安能任人？此猶借資之人，而欲從之匄貸，不已難乎？臣愚以爲父兄之所任而得官者，雖至正郎，宜皆不聽任子弟。惟其能自脩飾，而越録躐次，以至於清顯者，乃聽。如此，則天下之冗官必大衰少，而公卿之後皆奮志爲學，不待父兄之資。其任而得官者，知後不得復任其子弟，亦當勉强，不肯終老自棄於庸人，此其爲益豈特一二而已？

其三曰：臣聞自設官以來，皆有考績之法〔一四〕。周室既亡，其法廢絶。自京房建考課之議〔一五〕，其後終不能行。夫有官必有課，有課必有賞罰。有官而無課，是無官也；有課而無賞罰，是無課也。無官無課，而欲求天下之大治，臣不識也。然更歷千載而終莫之行，行之則益以紛亂，而終不可考，其故何也？天下之吏不可以勝考，今欲人人而課之，必使入於九等之中，此宜其顛倒錯謬而不若無之爲便也。臣觀自昔行考課者，皆不得其術。蓋天下之官皆有所屬之長，有功有罪，其長皆得以舉刺。如必人人而課之於朝廷，則其長爲將安用？惟其大吏無所屬，而莫爲之長也，則課之所宜加。何者？其位尊，故課一人而其下皆可以整齊；其數少，故可以盡其能否而不謬。今天下所以不大治者，守令丞尉賢不肖混淆，而莫之辨也。夫守令丞尉賢不肖

之不辨，其咎在職司之不明；職司之不明，其咎在無所屬而莫爲之長。陛下以無所屬之官，而寄之以一路，其賢不肖，當使誰察之？古之考績者，皆從司會〔一六〕，而至於天子。古之司會，即今之尚書，尚書既廢，惟御史可以總察中外之官。臣愚以爲可使朝臣議定職司考課之法，而於御史臺别立考課之司。中丞舉其大綱，而屬官之中，選强明者一人，以專治其事。以舉刺多者爲上，以舉刺少者爲中，以無所舉刺者爲下。因其罷歸而奏其治要，使朝廷有以爲之賞罰。其非常之功，不可掩之罪，又當特有以償之，使職司知有所懲勸。則其下守令丞尉不容復有所依違，而其所課者又不過數十人，足以求得其實。此所謂用力少而成功多，法無便於此者矣。今天下號爲太平，其實遠方之民窮困已甚，其咎皆在職司。臣不敢盡言，陛下試加採訪，乃知臣言之不妄。

其四曰：臣聞古有諸侯，臣妾其境内〔一七〕，而卿大夫之家亦各有臣。陪臣之事其君，如其君之事天子〔一八〕。此無他，其一境之内，所以生殺予奪、富貴貧賤者，皆自我制之，此固有以臣妾之也。其後諸侯雖廢，而自漢至唐，猶有相君之勢。何者？其署置辟舉之權，猶足以臣之也〔一九〕。是故太守、刺史坐於堂上，州縣之吏拜於堂下，雖奔走頓伏，其誰曰不然？自太祖受命，收天下之尊歸之京師，一命以上皆上所自署，而

大司農衣食之〔二〇〕。自宰相至於州縣吏，雖貴賤相去甚遠，而其實皆所與比肩而事王耳。是以百餘年間，天下不知有權臣之威，而太守、刺史猶用漢唐之制，使州縣之吏事之如事君之禮。皆受天子之爵，皆食天子之禄，不知其何以臣之也？小吏之於大官，不憂其有所不從，惟恐其從之過耳。今天下以貴相高，以賤相諂，奈何使州縣之吏，趨走於太守之庭，不啻若僕妾，唯唯不給。故大吏常恣行不忌其下，而小吏不能正，以至於曲隨諂事，助以爲虐。其能中立而不撓者，固已難矣。此不足怪，其勢固使然也。夫州縣之吏，位卑而禄薄，去於民最近，而易以爲奸。朝廷所恃以制之者，特以厲其廉隅，全其節概，而養其氣，使知有所耻也。且必有異材焉，後將以爲公卿，而安可薄哉？其尤不可者，今以縣令從州縣之禮。夫縣令官雖卑，其所負一縣之責，與京朝官知縣等耳。其吏胥人民，習知其官長之拜伏於太守之庭，如是之不威也，故輕之。輕之，故易爲奸。此縣令之所以爲難也。臣愚以爲州縣之吏事太守，可恭遜卑抑，不敢抗而已，不至於通名贊拜，趨走其下風。所以全士大夫之節，且以儆大吏之不法者。

其五曰：臣聞爲天下者，必有所不可窺〔二一〕。是以天下有急，不求其素所不用之人，使天下不能幸其倉卒，而取其禄位。惟聖人爲能然。何則？其素所用者，緩急足

以使也。臨事而取者，亦不足用矣。傳曰：「寬則寵名譽之人，急則用介胄之士。今者所用非所養，所養非所用。」〔二二〕國家用兵之時，購方略，設武舉，使天下屠沽健兒，皆能徒手攫取陛下之官；而兵休之日，雖有超世之才，而惜斗升之禄，臣恐天下有以窺朝廷也。今之任爲將帥，卒有急難而可使者，誰也？陛下之老將，曩之所謂戰勝而善守者，今亡矣。臣愚以爲可復武舉，而爲之新制，以革其舊弊〔二三〕。且昔之所謂武舉者蓋疏矣，其以弓馬得者，不過挽强引重，市井之粗材；而以策試中者，亦皆記録章句，區區無用之學。又其取人太多，天下之知兵者不宜如此之衆；而待之又甚輕，其第下者不免於隸役。故其所得皆貪污無行之徒，豪傑之士恥不忍就。宜因貢士之歲，使兩制各得舉其所聞，有司試其可者，而陛下親策之。權略之外，便於弓馬，可以出入險阻，勇而有謀者，不過取一二人，待以不次之位，試以守邊之任。文有制科〔二四〕，武有武舉，陛下欲得將相，於此乎取之，十人之中，豈無一二？斯亦足以濟矣。

其六曰：臣聞法不足以制天下〔二五〕，以法而制天下，法之所不及，天下斯欺之矣。且法必有所不及也。先王知其有所不及，是故存其大略，而濟之以至誠〔二六〕。使天下之所以不吾欺者，未必皆吾法之所能禁，亦其中有所不忍而已。人君御其大臣，不可以用法，如其左右大臣而必待法而後能御也，則其疏遠小吏當復何以哉？以天下之

大而無可信之人，則國不足以爲國矣。臣觀今兩制以上，非無賢俊之士，然皆奉法供職無過而已，莫肯於繩墨之外，爲陛下深思遠慮，有所建明。何者？陛下待之於繩墨之内也。臣請得舉其一二以言之。夫兩府與兩制〔二七〕，宜使日夜交於門，以講論當世之務，且以習知其爲人，臨事授任，以不失其才。今法不可以相往來，意將以杜其告謁之私也。君臣之道不同，人臣惟自防，人君惟無防之，是以歡欣相接而無間。以兩府、兩制爲可信邪？當無所請屬；以爲不可信邪？彼何患無所致其私意，安在其相往來邪〔二八〕？今兩制知舉，不免用封彌謄録，既奏而下御史，親往涖之，凜凜如鞫大獄，使不知誰人之辭〔二九〕，又何其甚也？臣愚以爲如此之類，一切撤去，彼稍有知，宜不忍負。若其猶有所欺也，則亦天下之不才無耻者矣。陛下赫然震威，誅一二人，可以使天下奸吏重足而立，想聞朝廷之風；亦必有倜儻非常之才，爲陛下用也。

其七曰：臣聞爲天下者可以名器授人，而不可以名器許人〔三〇〕。人之不可以一日而知也久矣。國家以科舉取人，四方之來者如市，一旦使有司第之，此固非真知其才之高下大小也，特以爲姑收之而已。將試之爲政，而觀其悠久，則必有大異不然者。今進士三人之中，釋褐之日，天下望爲卿相，不及十年，未有不爲兩制者。且彼以其一日之長，而擅終身之富貴，舉而歸之，如有所負。如此則雖天下之美才，亦或

怠而不脩；其率意恣行者，人亦望風畏之，不敢按。此何爲者也？且又有甚不便[illegible]。先王制其天下，尊尊相高，貴貴相承，使天下仰視朝廷之尊，如太山喬嶽，非扳援所能及。苟非有大功與出群之才，則不可以輕得其高位。是故天下知有所忌，而不敢覬覦。今五尺童子，斐然皆有意於公卿，得之則不知愧，不得則怨。何則？彼習知其一旦之可以僥倖而無難也。如此，則匹夫輕朝廷。臣愚以爲三人之中，苟優與一官足以報其一日之長。館閣臺省，非舉不入。彼果不才者也，其安以入爲？彼果才者也，其何患無所舉？此非獨以愛惜名器，將以重朝廷耳。

其八曰：臣聞古者敵國相觀，不觀於其山川之險，士馬之衆，相觀於人而已〔[illegible]〕。高山大江，必有猛獸怪物，時見其威，故人不敢褻。夫不必戰勝而後服也。使之常有所忌，而不敢發；使吾常有所恃，而無所怯耳。今以中國之大，使夷狄視之不甚畏，敢有煩言以瀆亂吾聽。此其心不有所窺，其安能如此之無畏也？敵國有事，相觀以將；無事，相觀以使。今之所謂使者亦輕矣，曰此人也，爲此官也，則以爲此使也。今歲以某，來歲當以某，又來歲當以某，如縣令署役，必均而已矣。人之才固有長短，而不可强；其專對、捷給、勇敢，又非可以學致也。今必使强之，彼有倉惶失次，爲夷狄笑而已。古者，大夫出疆，有可以安國家，利社稷，則專之。今法令太密，使小吏執

簡記其旁，一摇足，輒隨而書之〔三二〕。雖有奇才辨士，亦安所效用？彼夷狄觀之，以爲罇俎談燕之間，尚不能辨；軍旅之際，固宜其無人也。如此將何以破其奸謀而折其驕氣哉？臣愚以爲奉使宜有常人，惟其可者，而不必均。彼其不能者，陛下責之以文學政事，不必强之於言語之間，以敗吾事。而亦稍寬其法，使得有所施。且今世之患，以奉使爲艱危，故必均而後可。陛下平世使人，而皆得以辭免；後有緩急，使之出入死地，將皆逃邪？此臣又非獨爲出使而言也。

其九曰：臣聞刑之有赦，其來遠矣。周制八議〔三三〕，有可赦之人而無可赦之時。自三代之衰，始聞有肆赦之令，然皆因天下有非常之事，凶荒流離之後，盜賊垢污之餘，於是有以沛然洗濯於天下〔三四〕，而猶不若今之因郊而赦〔三五〕，使天下之凶民，可以逆知而僥倖也。平時小民畏法，不敢趦趄，當郊之歲，盜賊公行，罪人滿獄，爲天下者將何利於此？而又糜散帑廩，以賞無用冗雜之兵，一經大禮，費以萬億。賦歛之不輕，民之不聊生，皆此之故也。以陛下節用愛民，非不欲去此矣。顧以爲所從來久遠，恐一旦去之，天下必以爲少恩；而凶豪無賴之兵，或因以爲詞而生亂：此其所以重改也。蓋事有不可改而遂不改者，其憂必深；改之，則其禍必速。惟其不失推恩，而有以救天下之弊者，臣愚以爲先郊之歲，可因事爲詞，特發大號，如郊之赦與軍士

之賜，且告之曰：吾於天下非有惜乎推恩也，惟是凶殘之民，知吾當赦，輒以犯法[illegible]以賊害吾良民，今而後赦不於郊之歲〔三六〕，以爲常制。天下之人喜乎非郊之歲而得[illegible]之賞也，何暇慮其後？其後四五年而行之，七八年而行之，又從而盡去之，天下[illegible]不知，而日以遠矣。且此出於五代之後兵荒之間，所以姑息天下而安反側耳。[illegible]人相承而不能去，以至於今。法令明具，四方無虞，何畏而不改？今不爲之計，使[illegible]人猾吏，養爲盜賊，而復取租賦以啖驕兵，乘之以饑饉，鮮不及亂矣。當此之時，欲[illegible]之計，其猶有及乎？

其十曰：臣聞古者所以採庶人之議，爲其疏賤而無嫌也。不知爵禄之可[illegible]故其言公；不知君威之可畏，故其言直。今臣幸而未立於陛下之朝，無所愛惜顧[illegible]於其心者。是以天下之事，陛下之諸臣所不敢盡言者，臣請得以僭言之。陛下擢[illegible]俊賢，思致太平，今幾年矣。事垂立而輒廢，功未成而旋去，陛下知其所由乎？陛[illegible]知其所由，則今之在位者，皆足以有立；若猶未也，雖得賢臣千萬，天下終不可[illegible]何者？小人之根未去也。陛下遇士大夫有禮，凡在位者不敢用褻狎戲嫚以求親媚[illegible]陛下。而讒言邪謀之所由至於朝廷者，天下之人皆以爲陛下不疏遠宦官之過。陛[illegible]特以爲耳目玩弄之臣，而不知其陰賊險詐，爲害最大。天下之小人，無由至於陛[illegible]之

前，故皆通於宦官，珠玉錦繡所以爲賂者絡繹於道，以間關齟齬賢人之謀。陛下縱不聽用，而大臣常有所顧忌，以不得盡其心。臣故曰：小人之根未去也。竊聞之道路，陛下將有意去而疏之也。若如所言，則天下之福。然臣方以爲憂，而未敢賀也。古之小人，有爲君子之所抑，而反激爲天下之禍者，臣每痛傷之。蓋東漢之衰，宦官用事，陽球爲司隸校尉，發憤誅王甫等數人，磔其屍於道中，常侍曹節過而見之，遂奏誅陽球，而宦官之用事，過於王甫之未誅〔三七〕。其後竇武、何進又欲去之，而反以遇害〔三八〕。故漢之衰至於掃地而不可救。夫君子之去小人，惟能盡去乃無後患。惟陛下思宗廟社稷之重，與天下之可畏，既去之，又去之，既疏之，又疏之。刀鋸之餘必無忠良，縱有區區之小節，不過闒闒掃洒之勤，無益於事。惟能務絶其權，使朝廷清明，而忠言嘉謨易以入，則天下無事矣。惟陛下無使爲臣之所料，而後世以臣爲知言，不勝大願。

曩臣所著二十篇，略言當世之要。陛下雖以此召臣，然臣觀朝廷之意，特以其文采詞致稍有可嘉，而未必其言之可用也。天下無事，臣每每狂言，以迂闊爲世笑，然臣以爲必將有時而不迂闊也。賈誼之策不用於孝文之時，而使主父偃之徒得其餘

論，而施之於孝武之世〔三九〕。夫施之於孝武之世，固不如用之於孝文之時之易也臣雖不及古人，惟陛下不以一布衣之言而忽之。不勝越次憂國之心，效其所見。非陛下召臣，臣言無以至於朝廷。今老矣，恐後無由復言，故云云之多至於此也，陛下寬之。臣洵誠惶誠懼，頓首頓首，謹書。

【校】

「臣所著權書衡論幾策二十篇」：二黄本、經進本作二十二篇，今存三書亦爲二十二篇。歐陽修薦布衣蘇洵狀作二十篇（見附録）。疑當時所上爲二十篇，二黄本等據實際篇數改爲二十二篇。

「蓋今制天下之吏」：經進本「制」下有「馭」字。

「今若不著其所犯之由」：原誤「今」爲「金」，據諸本改。

「而卿大夫之家亦各有臣」：原誤「卿」爲「鄉」，據諸本改。

「其署置辟舉之權」：「署置」，經進本作「長吏」。

「來歲當以某」：「來」上原衍「其」字，據經進本删。

「如縣令署役」：經進本「署」字作「差」。

「而復取租賦以啖驕兵」：「復」原作「後」，按文義「復」字爲當。據經進本改。

【箋注】

〔一〕題：嘉祐元年（一〇五六）秋歐陽修薦蘇洵於朝，嘉祐三年（一〇五八）十一月五日召蘇洵試舍人院，同年十二月一日蘇洵上書仁宗，以病辭試，并提出十條政綱，力主革新吏治。是歲王安石亦上書仁宗，提出變法主張，比較二書，可知蘇、王革新主張之不同。

〔二〕「以兩制議」至「乞賜甄録」：兩制，中書舍人與翰林學士之總稱。中書爲外制，掌正式詔敕，翰林爲内制，掌臨時特殊文告。「歐陽修奏」指歐陽修薦布衣蘇洵狀，中云：「其所撰書二十篇謹隨狀上進，伏望聖慈下兩制看詳。如有可採，乞賜甄録。」按：歐陽文忠公集卷一百一十題下注「嘉祐五年」作，誤。修狀當作於嘉祐元年秋，參閲蘇洵上歐陽内翰第四書。

〔三〕「召臣」句：宋史卷一百五十六選舉志二：「太宗以來，凡特旨召試者，於中書學士舍人院，或特遣官專試，所試詩、賦、論、頌、策、制誥，或三篇，或一篇，中格則授以官職。」

〔四〕負薪之疾：禮記曲禮下：「君使士射，不能，則辭以疾。言曰：『某有負薪之憂。』」

〔五〕「當少年時」至「輒以擯落」：歐陽修故霸州文安縣主簿蘇君墓誌銘并序：「舉進士再不中，又舉茂材異等不中。」曾鞏蘇明允哀辭：「始舉進士，又舉茂材異等，皆不中。」

〔六〕「蓋退而處」二句：蘇洵於慶曆七年（一〇四七）舉茂材異等不中，因父喪返蜀後，直至嘉祐元年（一〇五六）春，皆退處家鄉。蘇洵憶山送人有「到家不再出，一頓俄十年」語。

〔七〕大司農：漢官名，掌租税、錢穀、鹽鐵等事。後户部領其事，亦作户部尚書之別稱。宋初設

三司使「以總國計」,「通管鹽鐵、度支、户部」。户部分掌五案,其五爲衣糧案,「掌勾校[illegible]官諸軍諸司奉料、春冬衣、禄粟」等。(宋史職官志二)宋初亦有司農寺,但不掌禄粟,「元[illegible]官制行,始正職掌」,掌「官吏禄廩」等。(宋史職官志五)因此,蘇洵所謂「大司農」指户部[illegible]

〔八〕「今雖」二句:文獻通考卷三十八選舉考十一舉官:「(仁宗)詔磨勘遷京官者增四考[illegible]六考,增舉者四人爲五人,犯私罪又加一考。舉者雖多,無本道使者,亦爲不應格。……[illegible]宗朝尤以選人遷京官爲重,雖有司引對,法當與,帝亦省察其當否,乃可之。」宋史職官志[illegible]:「凡内外官,計在官之日,滿一歲爲一考,三考爲一任。」

〔九〕「漢之元、成」至「以至於亂」:元指漢元帝劉奭,前四九——前三三年在位。漢書元帝[illegible]:「帝少而好儒,及即位,内用儒生,委之以政,貢、薛、韋、匡迭爲宰相。而上牽制文義,優[illegible]不斷,漢室之業衰焉。」成指漢成帝劉驁,前三二——前七年在位。漢書成帝紀:「帝湛[illegible]酒色,趙氏亂内,外家擅朝,言之可爲於邑。」

〔一〇〕「臣聞古者」至「而達於朝廷以得之」:周禮大司徒:「以鄉三物(事)教萬民,而賓興之[illegible]爲賓客而舉之。興猶舉也)。一曰六德:知、仁、聖、義、忠、和。二曰六行:孝、友、睦、[illegible]任、恤。三曰六藝:禮、樂、射、御、書、數。」又鄉大夫:「三年則大比,攷其德行道藝,而[illegible]賢者能者。」

〔一一〕「曲藝」句:例如,漢初元三年詔丞相御史舉天下明陰陽災異者各三人;元始五年召[illegible],通

知逸經、古記、天文、曆算、鍾律、小學、史篇、方術、本草及以五經、論語、孝經、爾雅教授者，詣京師者數千人；至唐，更廣求天下之士，「通一藝者皆詣京師」。見文獻通考選舉考一、二。

〔一二〕任子：西漢兩千石以上官，可保舉子弟一人爲郎，稱任子。宋代，皇親國戚、文武官員皆可任子。宋史卷一百五十九選舉志五：「太祖初定任子之法，臺省六品，諸司五品，登朝嘗歷兩任，然後得請。」

〔一三〕「朝廷」句：宋史卷一百五十九選舉志五：「仁宗慶曆中裁損奏補入仕之路……自是，任子之恩殺矣。」

〔一四〕「自設官」二句：尚書舜典：「三載考績，黜陟幽明，庶績咸熙。」孔穎達疏：「言帝命群官之後，經三載乃考其功績，經三考則九載，黜陟幽明，明者升之，闇者退之。群官懼黜思亻，各敬其事，故得衆功皆廣。」

〔一五〕「京房」句：京房（前七七——前三七）字君明，東郡頓丘（今河南清豐西南）人。治易，好鍾律，知音聲，以孝廉爲郎，爲石顯、五鹿充宗所疾，出爲魏郡太守，後下獄死。漢書京房傳：「房奏考功課吏法，上令公卿朝臣與房會議溫室，皆以房言煩碎，令上下相司，不可許。」

〔一六〕司會：官名，禮記王制：「司會以歲之成質於天子。」鄭注：「司會，冢宰之屬，掌計要者。」

〔一七〕「臣聞」二句：禮記王制：「王者之制祿爵：公、侯、伯、子、男，凡五等。諸侯之上大夫卿、下

大夫、上士、中士、下士，凡五等。」諸侯既受王命，又全權治理其境。國語周語上：「諸[illegible]秋受職於王，以臨其民。」

〔一八〕「而卿大夫之家」至「如其君之事天子」：禮記曲禮下：「列國之大夫入天子之國曰某士[illegible]稱曰陪臣某。」鄭玄注：「陪，重也。」孔穎達疏：「其君已爲王臣，已今又爲己君之臣，[illegible]稱對王曰重臣。」大夫之家臣亦稱陪臣，論語季氏：「陪臣執國命，三世希不失矣。」

〔一九〕「其後諸侯」至「猶足以臣之也」：文獻通考卷三十九選舉考十二辟舉：「漢朝唯丞相命[illegible]子，其御史大夫以下皆自置。及景帝懲吴、楚之亂，殺其制度，罷御史大夫以下官。至[illegible]又詔：凡王侯吏職秩二千石者不得擅補，其州郡佐吏自別駕、長史以下，皆刺史、太守自[illegible]。歷代因而不革。」直至唐代，「陸贄秉政，請令臺閣長官，各自舉其屬」。

〔二〇〕「自太祖」至「而大司農衣食之」：據文獻通考卷三十九選舉考十二辟舉，隋文帝時，「六[illegible]下官吏，咸吏部所掌，自是海内一命以上之官，州郡無復辟署矣」。但唐代仍可自舉其[illegible]至宋代，「舊得奏舉者悉罷，一歸吏部」。據宋史選舉志四：「吏部有四選之法：文臣寄[illegible]自朝議大夫，職事官自大理正以下，非中書省敕授者，歸尚書左選；武臣升朝官自皇[illegible]職事官自金吾階衛仗司以下，非樞密院宣授者，歸尚書右選；自初仕至州縣幕職官，歸[illegible]左選；自借差、監當至供奉官、軍使，歸侍郎右選。」

〔二一〕「臣聞爲天下者，必有所不可窺」：老子：「國之利器，不可以示人。」

〔二二〕「寬則寵名譽之人」至「所養非所用」：引自史記老子韓非列傳，後兩句與史記原文倒置。索隱曰：「言非疾時君以禄養其臣者，乃皆安禄養交之臣，非勇悍忠鯁及折衝禦侮之人也。」又言人主今臨事任用，并非常所禄養之士，故難可盡其死力也。」

〔二三〕「臣愚以爲」至「以革其舊弊」：宋史選舉志三：「武舉、武選，咸平時，令兩制、館閣詳定入官資序故事，而未及行。仁宗時，嘗置武學，既而中輟。天聖八年，親試武舉十二人，先閱其騎射而試之，以策爲去留，弓馬爲高下。」洵下文所謂「以弓馬得」、「以策試中」、「取人太多」即指此。

〔二四〕制科：臨時設置的選拔專長之才的考試科目，始於兩漢、唐代多達五十九科。宋代科目不多，廢置無常。宋史選舉制二：「制舉無常科，所以待天下之才傑，天子每親策之。然宋之得才多由進士，而以是科應詔者少。惟詔試館職及後來博學宏詞，而得忠鯁文學之士。或起之山林，或取之朝著，召之州縣，多至大用焉。」

〔二五〕法不足以制天下：荀子君道：「有治人，無治法。羿之法非亡也，而羿不世中；禹之法猶存，而夏不世王。故法不能獨立，類（律例）不能自行，得其人則存，失其人則亡。」

〔二六〕「先王知其有所不及」至「而濟之以至誠」：書呂刑：「朕敬於刑，惟德惟刑。」荀子宥坐引孔子曰：「不教其民而聽其獄，殺不辜也。……書曰：『義刑義殺，勿庸以即，予維未有順事。』言先教也。」又曰：「故先王既陳之以道，上先服之；若不可，尚賢以綦之；若不可，廢不能

以單之；綦三年而百姓從風矣。邪民不從，然後俟之以刑，則民知罪矣。」

〔二七〕兩府：宋史職官志二：「宋初，循唐、五代之制，置樞密院，與中書對持文武二柄，[illegible]爲二府。」

〔二八〕「今法不可以」至「安在其相往來邪」：此指猜防大臣之法。歷代封建帝王皆有相似禁[illegible]故梁書侯景傳有言：「臣聞股肱體合，則四海和平；上下猜貳，則封疆幅裂。」老蘇之論[illegible]。時防禁甚嚴，人言籍籍，故嘉祐四年有解禁之詔曰：「君臣同德，而過設禁防，非朕意[illegible]舊制，臣僚不許詣執政，嘗所薦舉不得爲御史，其悉除之。」（見宋史仁宗紀、續通鑑卷五[illegible]）

〔二九〕「今兩制知舉」至「使不知誰人之辭」：宋代多以掌内制之翰林學士知貢舉，如真宗咸[illegible]年「翰林學士楊礪等受詔知貢舉」，景德二年「命翰林學士趙安仁等五人權同知貢舉」，[illegible]寶元元年「命翰林學士丁度等權知禮部貢舉」等等。宋史選舉志一：「景德四年（一〇[illegible]命有司詳定考校進士程式，送禮部貢院，頒之諸州。……尋又定親試進士條制。凡策[illegible]殿兩廡張帟，列几席，標姓名其上。先一日表其次序，揭示闕外，翌日拜闕下，乃入就席[illegible]卷内臣收之，付編排官，去其卷首鄉貫狀，别以字號第之；付封彌官謄寫校勘，用御書[illegible]付考官定等畢，復封彌送覆考官再定等。」

〔三〇〕不可以名器許人：名指名位爵號，器指標幟名位爵號之器物，如車服儀制。左傳[illegible]二年：「惟器與名，不可以假人。」宋雖無以名器許人之制，但進士之前三名，釋褐「不[illegible]年，

未有不爲兩制者」，幾成慣例，故云。

〔三一〕「臣聞古者」至「相觀於人而已」：管子内言霸言：「觀國者觀君，觀軍者觀將。」又曰：「夫霸王之所始也，以人爲本，本理則國固，本亂則國危。故上明則下敬……任賢則諸侯服，霸王之形。」又外言八觀：「入朝廷，觀左右本求朝之臣，論上下之所貴賤者，而强弱之國可知也。」

〔三二〕「今法令太密」至「輒隨而書之」：宋代大臣出使，「有譯語殿侍別具語録」，見蘇轍北使還論北邊事劄子。

〔三三〕周制八議：見養才注〔九〕。

〔三四〕「自三代之衰」至「洗濯於天下」：文獻通考卷一百七十一下刑考十下赦宥：「唐、虞、三代之所謂赦者」，「蓋臨時隨事而爲之」。「至後世乃有大赦之法，不問情之淺深，罪之輕重，凡所犯在赦」。又云：「春秋、戰國時，已有大赦之法矣。」秦二世元年，陳涉起義，「二世乃大赦天下」。

〔三五〕「今之因郊而赦」：宋史刑法志三：「宋自祖宗以來，三歲遇郊則赦，此常制也。」

〔三六〕「今而後」句：蘇洵以前，已有過類似主張：「願罷三歲一赦，使良民懷德，凶人知禁。」「疏奏，朝廷重其事，第詔：『罪人情重者，毋得以一赦免。』然亦未嘗施行。」（宋史刑法志三。參審勢注〔二〇〕）

〔三七〕「蓋東漢之衰」至「過於王甫之未誅」：陽球字方正，東漢泉州（治所在今天津武清西）人[illegible]光後仕高唐令，九江太守，司隸校尉。王甫，東漢靈帝時爲黄門令、中常侍，封冠軍侯，先[illegible]謀殺陳蕃、竇武、王恢等。曹節字漢豐，東漢新野（今屬河南）人，由小黄門遷中常侍，封[illegible]安縣侯。竇武、陳蕃謀誅宦官，曹節矯詔殺之。通鑑輯覽卷二十五漢靈帝光和二年（一[illegible]）夏四月條載：「（宦官）王甫、曹節等奸虐弄權。……尚書令陽球常拊髀發憤曰：『若陽[illegible]作司隸，此曹子安得容乎！』既而果遷司隸。甫使門生於京兆界辜榷官財物七千餘萬，京[illegible]尹楊彪發之。球奏甫、（段）熲等罪惡，悉收送洛陽獄，及甫子萌、吉。自臨考之，五毒備[illegible]父子悉死杖下。熲亦自殺。乃磔甫尸於夏城門，大署榜曰『賊臣王甫』。盡没入其財産，[illegible]子皆徙比景。球遂欲以次表誅節等。……節等聞之，不敢出沐。會送虞貴人葬，節見磔[illegible]，慨然抆淚，直入省白帝曰：『陽球故酷暴吏，不宜使在司隸，以騁毒虐。』帝乃徙球爲衛[illegible]。」不久即以「謀議不軌」爲名，下獄死。

〔三八〕「其後」二句：竇武字游平，扶風平陵（今甘肅武威）人，其女爲漢桓帝皇后。謀誅宦[illegible]爲曹節等所殺。武遇害於建寧元年（一六八），在陽球遇害前十一年，蘇洵云「其後」，誤[illegible]進字遂高，宛（今河南南陽）人，其妹爲靈帝皇后，徵拜侍中，遷大將軍，封慎侯，進太傅[illegible]鑑輯覽卷二十六中平六年（一八九）七月：「大將軍進，召董卓將兵詣京師，太后詔罷諸[illegible]言。八月，宦官張讓等入宫殺進，劫太后、帝出至河上。」

〔三九〕「賈誼之策」至「孝武之世」：史記屈原賈生列傳：「賈生數上疏，言諸侯或連數郡，非古之制，可稍削之。文帝不聽。」孝文即漢文帝劉恒。主父偃（？——前一二六），臨淄（今山東淄博）人，學長短縱横之術，晚乃學易春秋百家之言。以上書言事爲武帝所重，歲中四遷，由郎中而累至中大夫，又説帝「令諸侯得推恩封子弟」，以分其國。武帝從其計。事見漢書主父偃傳。

【集説】

楊升庵曰：以明允之才，而有司擯落之，至五十始見詔，向非歐陽公所奏，安知不以眉山布衣終也。人生遇合，蓋其難哉！（三蘇文範）

茅坤曰：此書反覆數千言，如抽繭中之絲，段段有情緒，可愛。而中間指陳時政處，又往往深中宋嘉祐間事宜。老泉一生文章政事，略見於此矣。（唐宋八大家古文鈔）

儲欣曰：古來文人，深識治體，于國家數十百年後安危存亡之幾，燭照數算，大聲疾呼而極言之，秦漢以來，洛陽賈傅（誼）而外，獨老蘇、大蘇兩先生而已耳。（評注蘇老泉集）

嘉祐集箋注卷十一

書

上韓樞密書〔一〕

太尉執事：洵著書無他長，及言兵事，論古今形勢，至自比賈誼。所獻權書，雖古人已往成敗之迹，苟深曉其義，施之於今，無所不可。昨因請見，求進末議，太尉許諾，謹撰其説。言語朴直，非有驚世絶俗之談、甚高難行之論，太尉取其大綱，而無責其纖悉。

蓋古者非用兵决勝之爲難，而養兵不用之可畏。今夫水激之山，放之海，决之爲溝塍，壅之爲沼沚，是天下之人能之。委江河，注淮泗，匯爲洪波，瀦爲大湖，萬世而

不溢者，自禹之後未之見也〔二〕。夫兵者，聚天下不義之徒，授之以不仁之器，而教之以殺人之事〔三〕。夫惟天下之未安，盜賊之未殄，然後有以施其不義之心，用其不仁之器，而試其殺人之事。當是之時，勇者無餘力，智者無餘謀，巧者無餘技。故其不義之心變而爲忠，不仁之器加之於不仁，而殺人之事施之於當殺。及夫天下既平，盜賊既殄，不義之徒聚而不散，勇者有餘力則思以爲亂，智者有餘謀則思以爲奸，巧者有餘技則思以爲詐。於是天下之患雜然出矣。蓋虎豹終日而不殺，則跳踉大叫，以發其怒；蝮蝎終日而不螫，則噬齧草木，以致其毒；其理固然，無足怪者。

昔者劉、項奮臂於草莽之間，秦、楚無賴子弟千百爲輩，争起而應者，不可勝數〔四〕。轉鬬五六年，天下厭兵，項籍死，而高祖亦已老矣。方是時，分王諸將，改定律令，與天下休息。而韓信、黥布之徒，相繼而起者七國，高祖死於介冑之間而莫能止也〔五〕。連延及於吕氏之禍，訖孝文而後定〔六〕。是何起之易而收之難也？劉、項之勢，初若決河，順流而下，誠有可喜。及其崩潰四出，放乎數百里之間，拱手而莫能救也。嗚呼！不有聖人，何以善其後？

太祖、太宗，躬擐甲冑，跋履險阻，以斬刈四方之蓬蒿。用兵數十年，謀臣猛將滿

天下，一旦卷甲而休之，傳四世〔七〕，而天下無變，此何術也？荆楚九江之地，不分於諸將，而韓信、黥布之徒，無以啓其心也。雖然，天下無變而兵久不用，則其不義之心，蓄而無所發，飽食優游，求逞於良民。觀其平居無事，出怨言以邀其上。一日有急，是非人得千金，不可使也。往年詔天下繕完城池，西川之事，洵實親見。凡郡縣之富民，舉而籍其名，得錢數百萬，以爲酒食餽餉之費。杵聲未絶，城輒隨壞，如此者數年而後定。卒事，官吏相賀，卒徒相矜，若戰勝凱旋而待賞者。比來京師，游阡陌間，其曹往往偶語，無所諱忌。聞之土人，方春時，尤不忍聞。蓋時五六月矣。會京師憂大水，鋤耰畚築，列於兩河之壖，縣官日費千萬，傳呼勞問之聲不絶者數十里，猶且睊睊狼顧，莫肯效用。且夫内之如京師之所聞，外之如西川之所親見，天下之勢今何如也？

御將者天子之事也，御兵者將之職也。天子者，養尊而處優，樹恩而收名，與天下爲喜樂者也，故其道不可以御兵〔八〕。人臣執法而不求情，盡心而不求名，出死力以捍社稷使天下之心繫於一人，而己不與焉。故御兵者，人臣之事，不可以累天子也。

今之所患，大臣好名而懼謗。好名則多樹私恩，懼謗則執法不堅。是以天下之

兵豪縱至此，而莫之或制也。頃者狄公在樞府〔九〕，號爲寬厚愛人，狎昵士卒，得其歡心。而太尉適承其後〔一〇〕。彼狄公者知御外之術，而不知治内之道，此邊將材也。古者兵在外，愛將軍而忘天子；在内，愛天子而忘將軍。愛將軍所以戰，愛天子所以守。狄公以其御外之心，而施諸其内，太尉不反其道，而何以爲治？

或者以爲兵久驕不治，一旦繩以法，恐因以生亂。昔者郭子儀去河南，李光弼實代之，將至之日，張用濟斬於轅門，三軍股栗〔一一〕。夫以臨淮之悍，而代汾陽之長者，三軍之士，竦然如赤子之脱慈母之懷，而立乎嚴師之側，何亂之敢生？且夫天子者，天下之父母也；將相者，天下之師也。師雖嚴，赤子不以怨其父母；將相雖厲，天下不以咎其君，其勢然也。天子者，可以生人、殺人，故天下望其生；及其殺之也，天下曰：是天子殺之；故天子不可以多殺。人臣奉天子之法，雖多殺，天下無以歸怨，此先王所以威懷天下之術也。

伏惟太尉思天下所以長久之道，而無幸一時之名；盡至公之心，而無邺三軍之多言。夫天子推深仁以結其心，太尉厲威武以振其墮。彼其思天子之深仁，則畏而不至於怨；思太尉之威武，則愛而不至於驕。君臣之體順，而畏愛之道立，非太尉吾誰望邪？不宣。洵再拜。

【校】

「城輒隨壞」：經進本「隨」作「墜」。

「而待賞者」：考異曰：「待，寫本（影宋本）誤徒，餘本作圖，亦非。蓋以徒不可通，而改圖也。」甚是，故據經進本改。

「使天下之心繫於一人」：原無「使」字，據經進本補。

「將相者，天下之師也」與「將相雖厲」：經進本無「相」字。

【箋注】

〔一〕題：韓樞密即韓琦（一〇〇八——一〇七五）字稚圭，相州安陽（今屬河南）人，官至宰相，著有安陽集，事見宋史本傳。蘇洵上此書時，琦爲樞密使，故稱韓樞密。洵書勸琦嚴肅軍紀，葉夢得避暑録話云：「韓魏公至和中還朝爲樞密使時，軍政久弛，士卒驕惰，欲稍裁制，恐其忤怨而生變，方陰圖以計爲之。會明允自蜀來，乃探公意，遽爲書顯載其説，且聲言教公先誅斬。公覽之大駭，謝不敢再見，微以咎歐文忠。」所謂「謝不敢再見」，顯係言過其實，因蘇洵直至去世皆爲韓琦座上客。但韓未用其言，確係事實。王文誥蘇詩總案卷一嘉祐元年九月條云：「九月，宮師（蘇洵）上書歐陽修（指上歐陽内翰第一書），并上韓琦（指上韓樞密書）、富弼、文彦博、田况書。」本文有「會京師大水」語，證明確係嘉祐元年作。宋史仁宗紀嘉祐元年四月條云：「是月大雨，水注安上門，門關折，壞官私廬舍數萬區。」蘇軾牛口見

月：「忽憶丙申年，京邑大雨滂。蔡河中夜决，横浸國南方。車馬無復見，紛紛操桮榔。」「丙申年」即嘉祐元年。按宋史五行志上載開封大水於「嘉祐二年六月」，據洵書軾詩，當以仁宗紀爲是。

〔二〕「委江河」至「自禹之後未之見也」：史記夏本紀記禹治水有云：「浮於淮泗，通於河，淮海維揚州，彭蠡既都（古文尚書作「豬」。孔安國云：「水所停曰豬」），陽鳥所居（孔安國曰：「隨陽之鳥，鴻雁之屬，冬則居此澤也」），三江既入，震澤致定（孔安國曰：「震澤，吴南太湖名，言三江已入，致定爲震澤」）。」蘇洵語本此。

〔三〕「夫兵者」至「殺人之事」：老子：「兵者，不祥之器，非君子之器，不得已而用之。」六韜兵道：「故聖王號兵爲凶器，不得已而用之。」

〔四〕「昔者劉、項」至「不可勝數」：劉指劉邦，項指項羽。據資治通鑑秦紀二載，秦二世元年七月，陳勝、吴廣起兵於蘄，九月，沛人劉邦起兵於沛，下相人項梁（項羽之叔）起兵於吴，「二年之間，群盗并起」。

〔五〕「韓信、黥布」至「莫能止也」：據漢書高帝紀：五年（前二〇二）秋七月，燕王臧荼反，劉邦自將擊之。六年冬十月，人言楚王韓信反，劉邦囚至洛陽，降封淮陰侯。七年冬十月，因韓王信降匈奴，劉邦自將擊之。十年九月代相國陳豨反。十一年春正月，淮陰侯韓信謀反長安。三月，梁王彭越謀反。秋七月，淮南王英布反。劉邦擊布，爲流矢所中，於十二年（前

一九五）去世。

〔六〕「訖孝文」句：孝文即漢文帝劉恒，劉邦之子，母曰薄姬，封代王。吕后崩。諸吕欲危劉氏，丞相陳平、太尉周勃誅諸吕，迎立代王，是爲文帝。

〔七〕四世：指宋太祖趙匡胤、宋太宗趙炅、宋真宗趙恒、宋仁宗趙禎。

〔八〕「御將者」至「故其道不可以御兵」：韓非子主道：「明君之道，使智者盡其慮，而君因以斷事，故君不窮於智；賢者敕其材，君因而任之，故君不窮於能；有功則君有其賢，有過則臣任其罪，故君不窮於名。……臣有其勞，君有其成功，此所謂賢主之經也。」洵化用其意。

〔九〕「頃者」句：狄公即狄青（一〇〇八——一〇五七），字漢臣，汾州河西（今山西汾陽）人。北宋名將，在對西夏戰争中屢立戰功。皇祐四年（一〇五二）除樞密副使，次年擢樞密使。宋史狄青傳謂：「青在樞密四年，每出，士卒輒指目以相矜誇。」

〔一〇〕太尉適承其後：宋史仁宗紀：嘉祐元年（一〇五六）八月，「狄青罷，以韓琦爲樞密使。」

〔一一〕「昔者郭子儀」至「三軍股栗」：郭子儀，見辨奸論注〔四〕。李光弼（七〇八——七六四），營州柳城（今遼寧朝陽南）契丹族人，唐代大將，封臨淮王。在安史之亂中曾收復失地，後因宦官牽制，兵敗北邙山。舊唐書李光弼傳：乾元元年（七五八）八月，以李光弼代郭子儀爲朔方節度使，「左廂兵馬使張用濟承子儀之寬，懼光弼之令，與諸將頗有異議，欲逗留其衆。光弼以數千騎出次汜水縣，用濟單騎迎謁，即斬於轅門。諸將懾伏」。

【集説】

樓昉曰：議論精切，筆勢縱横，開闔變化，曲盡其妙。詞嚴氣勁，筆端收斂頓挫，十分回斡精神。深識天下之勢，而議論頗從韓非、孫武等書來。（静觀室三蘇文選）

林希元曰：主意是説當時兵驕難御，深諷韓公以駕馭之術。其議論多出己見，未必純粹，而才氣豪逸俊偉不可當。後生熟讀可發思。（同上）

陸鈛曰：此文似西漢書疏，雄辯可喜。（同上）

儲欣曰：以馭驕兵責樞臣，以威武多殺爲樞臣馭驕兵之策，亦猶良醫之用烏喙大黄，非此則頑疾不治也。爲將大率尚嚴，非獨宋也。雖使土人爲兵，而以柔懦者將之，則平日傭勾僕隸之徒能暴横于鄉里，而雖士大夫有受其侵轢者矣，况禁旅乎？築鑿堤防諸役，百姓力能勝之，而宋一以歸之兵，可見宋時不特君臣如婦人孺子，而其待百姓亦以婦人孺子待之也，兵安得不驕，國安得不弱乎？（評注蘇老泉集）

上富丞相書〔一〕

相公閣下：往年天子震怒，出逐宰相，選用舊臣堪付屬以天下者，使在相府，與天下更始，而閣下之位實在第三〔二〕。方是之時，天下咸喜相慶，以爲閣下惟不爲宰

相也，故默默在此；方今困而後起，起而復爲宰相，而又值乎此時也，不爲而何爲？且吾君之意，待之如此其厚也，不爲而何以副吾望？故咸曰：後有下令而異於他日者，必吾富公也。朝夕而待之，跂首而望之，望望然而不獲見也，戚戚然而疑。嗚呼！其弗獲聞也，必其遠也，進而及於京師，亦無聞焉。不敢以疑，猶曰：天下之人如此其衆也，數十年之間如此其變也，皆曰賢人焉。或曰：彼其中則有説也，而天下之人則未始見也；然而不能無憂。

蓋古之君子，愛其人也則憂其無成。且嘗聞之，古之君子，相是君也，與是人也，皆立於朝，則使吾皆知其爲人皆善者也，而後無憂。且一人之身而欲擅天下之事，雖見信於當世，而同列之人一言而疑之，則事不可以成。今夫政出於他人而不懼，事不出於己而不忌，是二者，惟善人爲能，然猶欲得其心焉。若夫衆人，政出於他人而懼其害己，事不出於己而忌其成功，是以有不平之心生。夫或居於吾前，或立於吾後，而皆有不平之心焉，則身危。故君子之出處於其間也，不使之不平於我也。

周公立於明堂以聽天下，而召公惑〔三〕，何者？天下固惑乎大者也，召公猶未能信乎吾之此心也。周公定天下，誅管、蔡〔四〕，告召公以其志，以安其身，以及於成王，故凡安其身者，以安乎周也。召公之於周公，管、蔡之於周公，是二者亦皆有不平之

心焉，以爲周之天下，公將遂取之也。周公誅其不平而不可告語者，告其可以告語者而和其不平之心。然則，非其必不可以告語者，則君子未始不欲和其心。天下之人從士而至於卿大夫，宰相集處其上，欲有所爲，何慮而不成？不能忍其區區之小忿，以成其不平之釁，則害其大事。是以君子忍其小忿以容其小過，而杜其不平之心，然後當大事而聽命焉。且吾之小忿，不足以易吾之大事也，故寧小容焉，使無芥蔕於其間。

古之君子與賢者并居而同樂，故其責之也詳；不幸而與不肖者偶，不圖其大而治其細，則闊遠於事情而無益於當世。故天下無事而後可與争此，不然則否。昔者諸吕用事，陳平憂懼，計無所出。陸賈入見説之，使交歡周勃。陳平用其策，卒得絳侯入北軍之助以滅諸吕〔五〕。夫絳侯，木强之人也〔六〕，非陳平致之而誰也？故賢人者致其不賢者，非夫不賢者之能致賢者也。

曩者，今上即位之初，寇萊公爲相，惟其側有小人不能誅，又不能與之無忿，故終以斥去〔七〕。及范文正公在相府，又欲以歲月盡治天下事，失於急與不忍小忿，故群小人亦急逐之，一去遂不復用，以歿其身〔八〕。伏惟閣下以不世出之才，立於天子之下，百官之上，此其深謀遠慮必有所處，而天下之人猶未獲見。

洵，西蜀之人也，竊有志於今世，願一見於堂上。伏惟閣下深思之，無忽！

【校】

「使在相府」：經進本「府」字作「位」。

「而閣下之位實在第三」：經進本作「位在第二」，誤。嘉祐元年，富弼位在劉沆、文彦博下，位三爲是。

「進而及於京師」：二黄本「進」字誤作「追」。

「如此其變也」：經進本「變」作「不變」。

「君子之出處於其間也」：「出處」，影宋本、經進本無「出」字。

「欲有所爲」：經進本作「將有所爲」。二黄本、影宋本作「相有所爲」，非。

「不能忍其區區之小忿」及以下之「忍其小忿」、「吾之小忿」等：原均誤「忿」爲「忠」，據二黄本、祠本改。

「絳侯入北軍」：原脱「入」字，據經進本補。

「今上即位」：原作「陛下即位」，據經進本改。

【箋注】

〔一〕題：富丞相即富弼（一〇〇四——一〇八三），字彦國，河南洛陽人。慶曆新政時，與范仲淹

一起革新朝政。至和二年（一〇五五）與文彦博同任宰相，無所興革（事見宋史本傳）。故蘇洵於嘉祐元年（一〇五六）作此書，作婉之批評與忠告。寫作時間與上韓樞密書同，參該文注〔一〕。

〔二〕「往年天子」至「位實在第三」：指至和二年六月罷宰相陳執中，起用文彦博、富弼爲相事。五月，仁宗詔稱，雖「厲精庶政」而「漸至煩言，以爲參顧問者，間怵於私；尸言職者，或失於當；莅官無匪懈之恪，專覬謬恩；薦士乖責實之誠，時容私謝」。言者論陳執中不學無術，嬖妾笞小婢至死，不病而家居等，乞正其罪。於是罷陳，而以文、富同平章事，與劉沆同執朝柄。見續資治通鑑卷五十五，宋史宰輔表二。

〔三〕「周公」二句：史記燕召公世家：「周武王滅紂，封召公於北燕。其在成王時，召公爲三公。自陝以西，召公主之；自陝以東，周公主之。成王既幼，周公攝政，當國踐阼，召公疑之。（周公）作君奭……於是，召公乃悦。」

〔四〕「周公定天下」二句：見高祖注〔七〕。

〔五〕「昔者諸吕用事」至「以滅諸吕」：諸吕用事事見高祖注〔六〕。陳平用陸賈策事見漢書陸賈傳：「吕太后時，王諸吕，諸吕擅權，欲劫少主，危劉氏。右丞相陳平患之，力不能争，恐禍及己。平常燕居深念，賈往，不請，直入坐，陳平方念，不見賈。賈曰：『何念深也？』平曰：『生揣我何念？』賈曰：『足下位爲上相，食三萬户侯，可謂極富貴無欲矣。然有憂念，不過

患諸吕、少主耳。』陳平曰：『然，爲之奈何？』賈曰：『天下安，注意相；天下危，注意將。將相和，則士豫附；士豫附，天下雖有變，則權不分。權不分，爲社稷計，在兩君掌握耳。臣常欲謂太尉絳侯，絳侯與我戲，易吾言。君何不交驩太尉，深相結？』爲陳平畫吕氏數事。平用其計，乃以五百金爲絳侯壽，厚具樂飲太尉，太尉亦報如之。兩人深相結，吕氏謀益壞。」周勃入北軍滅諸吕事，詳見史記高后紀。

〔六〕「夫絳侯」二句：見高祖注〔四〕。

〔七〕「寇萊公爲相」至「故終以斥去」：寇萊公即寇準（九六一——一〇二三），字平仲，封萊國公，華州下邽（今陝西渭南東北）人。景德元年（一〇〇四），契丹南侵，寇準時爲宰相，力主抵抗，促使宋真宗親征，澶淵之役獲勝。「小人」指投降派王欽若等。宋史寇準傳：「一日會朝，準先退，帝目送之，欽若因進曰：『陛下敬寇準，爲其有社稷功耶？』帝曰：『然』。欽若曰：『澶淵之役，陛下不以爲耻，而謂準有社稷功，何也？』帝愕然曰：『何故？』欽若曰：『城下之盟，春秋耻之；澶淵之舉，是城下之盟也，以萬乘之貴而爲城下之盟，其何耻如之！』帝愀然爲之不悦。欽若曰：『陛下聞博乎？博者輸錢欲盡，乃罄所有出之，謂之孤注。陛下，寇準之孤注也，斯亦危矣。』由是帝顧準寖衰。明年，罷爲刑部尚書，知陝州。」

〔八〕「及范文正公」至「以殁其身」：范文正即范仲淹（九八九——一〇五二），字希文，蘇州吴縣（今屬江蘇）人，慶曆新政推行者。宋史范仲淹傳：「及（吕）夷簡罷，召還，倚以爲治，中外

想望其功業。而仲淹以天下爲己任，裁削倖濫，考覆官吏，日夜謀慮興致太平。然更張無漸，規模闊大，論者以爲不可行。及按察使出，多所舉劾，人心不悦。自任子之恩薄，磨勘之法密，僥倖者不便，於是謗毁稍行，而朋黨之論浸聞上矣。會邊陲有事，因與樞密副使請去。……比去，攻者益急，仲淹亦自請罷政事，乃以爲資政殿學士、陝西四路安撫使、知邠州。」其後又徙知鄧州、杭州、青州，「會疾甚，請潁州，未至而卒。年六十四，贈兵部尚書，謚文正」。

【集説】

唐順之曰：此文各自爲片段，正與東坡文體不同。老泉之文，大率如此。（百大家評古文關鍵）

楊慎曰：此書全是論體，倡言直諫之中，寓委曲柔和之意。讀之者，但見其可悦，不見其可憎。（三蘇文範）

王志堅曰：明允此書固善，然未免交淺言深，此富公之所以不以爲然也。（百大家評古文關鍵）

儲欣曰：讀此書，如放舟于江湖，見來波之逐去波，而不一瞬停也，一遇洄激，怖不敢視。起一段尤風雨迷離，島嶼窈冥矣。（評注蘇老泉集）

上文丞相書〔一〕

昭文相公執事〔二〕：天下之事，制之在始；始不可制，制之在末。是以君子慎始而無後憂；救之於其末，而其始不爲無謀。謀諸其始而邀諸其終，而天下無遺事〔三〕。是故古者之制其始也，有百年之前而爲之者也。蓋周公營乎東周，數百年而待乎平王之東遷也〔四〕。然及其收天下之士，而責其賢不肖之分，則未嘗於其始焉而制其極。蓋嘗舉之於諸侯，考之於太學，引之於射宫，而試之弓矢〔五〕，如此其備矣。然而管叔、蔡叔〔六〕，文王之子，而武王、周公之弟也，生而與之居處，習知其性之所好惡，與夫居之於太學，而習之於射宫者，宜愈詳矣。然其不肖之實，卒不見於此時。及其出爲諸侯監國，臨大事而不克自定，然後敗露，以見其不肖之才。且夫張弓而射之，一不失容，此不肖者或能焉，而聖人豈以爲此足以盡人之才？蓋將爲此名以收天下之士，而後觀其臨事，而黜其不肖。故曰：始不可制，制之在末。於此有人求金於沙，斂而揚之，惟其揚之也精，是以責金於揚，而斂則無擇焉。不然，金與沙礫皆不録而已矣。故欲求盡天下之賢俊，莫若略其始；欲求責實於天下之官，莫若精其終。

今者天下之官，自相府而至於一縣之丞尉，其爲數實不可勝計。然而大數已定，餘吏濫於官籍。大臣建議減任子，削進士〔七〕，以求便天下。竊觀古者之制，略於始而精於終，使賢者易進，而不肖者易犯。夫易犯故易退，易進故賢者衆，衆賢進而不肖者易退，夫何患官冗？今也，艱之於其始，竊恐夫賢者之難進，與夫不肖者之無以異也。

方今進退天下士大夫之權，内則御史，外則轉運，而士大夫之間絜然而無過，可任以爲吏者，其實無幾。且相公何不以意推之，往年吴中復在犍爲〔八〕，一月而發二吏。中復去職，而吏之以罪免者，曠歲無有也。雖然，此特洵之所見耳，天下之大則又可知矣。國家法令甚嚴，洵從蜀來，見凡吏商者皆不征，非追胥調發皆得役天子之夫，是以知天下之吏犯法者甚衆。從其犯而黜之，十年之後將分職之不給，此其權在御史、轉運，而御史、轉運之權實在相公，顧甚易爲也。

今四方之士會於京師，口語籍籍，莫不爲此。然皆莫肯一言於其上，誠以爲近於私我也。洵西蜀之人，方不見用於當世，幸又不復以科舉爲意，是以肆言於其間而可以無嫌。伏惟相公慨然有憂天下之心，征伐四國以安天下，毅然立朝以威制天下，名

著功遂，文武并濟〔九〕，此其享功業之重而居富貴之極，於其平生之所望無復慊然者，惟其獲天下之多士而與之皆樂乎〔一〇〕！此可以復動其志，故遂以此告其左右，惟相公亮之！

【校】

「謀諸其始」：「謀」，原誤作「失」，影宋本同，據經進本改。

「試之弓矢」：經進本「之」下有「以」字。

「而武王周公之弟也」：經進本無「周公」二字。

「莫若略其始」：「略」原譌「賂」，據諸本改。

「衆賢進而不肖者易退」：「衆賢進」，經進本作「賢易進」。

「絜然而無過」：二黄本、祠本「絜」作「潔」，音義均通。

「以安天子」：經進本「天子」作「天下」。

【箋注】

〔一〕題：文丞相即文彦博（一〇〇六——一〇九七），字寬夫，汾州介休（今屬山西）人。仁宗時位至宰相，神宗時因反對王安石變法被黜。高太后臨朝時平章軍國重事，事見宋史本傳。此書作於嘉祐元年（見上韓樞密書注〔一〕），論收天下之士，當「略於始而精於終」，文中亦涉

及宋王朝吏治之腐敗，可補正史之不足。

〔二〕昭文相公：宋史宰輔表二至和二年：「六月戊戌，文彦博自忠武軍節度使、檢校太尉兼知永興軍加禮部尚書、同平章事、昭文館大學士兼譯經潤文使。」故稱之爲「昭文相公」。

〔三〕「天下之事」至「而天下無遺事」：尚書商書仲虺之誥：「慎厥終，惟其始。」左傳襄公二十五年：「子産曰：政如農功，日夜思之，思其始而成其終。」

〔四〕「周公」二句：東周指周之東都洛邑，以别於鎬京之爲西。武王欲「營周居於洛邑」，未果。武王崩，周公相成王，成武王之志，營以爲都。然從前十一世紀武王滅商至前七七〇年平王東遷，數百年間，仍都鎬京，幽王爲犬戎所弑，諸侯共立幽王太子宜臼，是爲平王。因鎬京迫近犬戎，不得已而遷都洛邑。見史記周本紀。趙令畤賓退録卷五有詳盡辨證。

〔五〕「蓋嘗舉之於諸侯」至「而試之弓矢」：禮記射義：「古者天子之制，諸侯歲獻貢士於天子，天子試之於射宫。……心平體正，持弓矢審固；持弓矢審固，則射中矣。」

〔六〕管叔、蔡叔：見高祖注〔七〕。

〔七〕「大臣」二句：慶曆初，范仲淹陳十事，其一爲減任子。嘉祐初，龍圖閣學士李柬之建言蔭補之門太廣，遂詔裁定，自二府以下，三歲減入仕者二千人。（宋史李柬之傳）范鎮亦曾議減任子及嚴取士。（宋史范鎮傳）

〔八〕吴中復在犍爲：據宋史吴中復傳：吴中復字仲庶，興國永興人，進士及第，皇祐初曾知犍

爲縣。蘇洵送吴待制中復知潭州云：「十年曾作犍爲令。」餘詳詩注。

〔九〕「伏惟相公」至「文武并濟」：宋史文彦博傳：「文彦博立朝端重，顧盼有威，遠人來朝，仰望風采，其德望足以折衝禦侮於千里之表矣。至於公忠直諒，臨事果斷，皆有大臣之風。」

〔一〇〕「惟其」句：詩大雅文王：「思皇多士，生此王國。……濟濟多士，文王以寧。」又王褒聖主得賢臣頌：「故聖主必待賢臣而弘功業，俊士亦俟明主以顯其德，上下俱欲，懽然交欣，千載一會，論説無疑，翼乎如鴻毛遇順風，沛乎若巨魚縱大壑，其得意如此！」

【集説】

茅坤曰：今國家患冗吏之壅，而亦削進士之數，甚非計。盍亦用老蘇之説，而精之於終也！（唐宋八大家古文鈔）

上田樞密書〔一〕

天之所以與我者，夫豈偶然哉？堯不得以與丹朱，舜不得以與商均〔二〕，而瞽叟不得奪諸舜〔三〕。發於其心，出於其言，見於其事，確乎其不可易也。聖人不得以與人，父不得奪諸其子，於此見天之所以與我者不偶然也。

夫其所以與我者，必有以用我也。我知之不得行之，不以告人，天固用之，我實

置之，其名曰棄天；自卑以求幸其言，自小以求用其道，天之所以與我者何如，而我如此也，其名曰褻天。棄天，我之罪也；褻天，亦我之罪也；不棄不褻，而人不我用，非我之罪也〔四〕，其名曰逆天。然則棄天、褻天者其責在我，逆天者其責在人。在我者，吾將盡吾力之所能爲者，以塞夫天之所以與我之意，而求免乎天下後世之譏。在人者，吾何知焉？吾求免夫一身之責之不暇，而暇爲人憂乎哉？

孔子、孟軻之不遇，老於道塗而不倦不愠、不怍不沮者，夫固知夫責之所在也〔五〕。衛靈、魯哀、齊宣、梁惠之徒之不足相與以有爲也〔六〕，我亦知之矣，抑將盡吾心焉耳。吾心之不盡，吾恐天下後世無以責夫衛靈、魯哀、齊宣、梁惠之徒，而彼亦將有以辭其責也。然則孔子、孟軻之目將不瞑於地下矣。

夫聖人賢人之用心也固如此：如此而生，如此而死，如此而貧賤，如此而富貴，升而爲天，沉而爲淵，流而爲川，止而爲山，彼不預吾事，吾事畢矣。竊怪夫後之賢者之不能自處其身也，饑寒窮困之不勝而號於人。嗚呼！使其誠死於饑寒窮困邪，則天下後世之責將必有在，彼其身之責不自任以爲憂，而我取而加之吾身，不已過乎？

今洵之不肖，何敢以自列於聖賢！然其心亦有所不甚自輕者。何則？天下之學者，孰不欲一蹴而造聖人之域，然及其不成也，求一言之幾乎道而不可得也。千金之

子，可以貧人，可以富人。非天之所與，雖以貧人富人之權，求一言之幾乎道，不可得也。天子之宰相，可以生人，可以殺人。非天之所與，雖以生人殺人之權，求一言之幾乎道，不可得也。今洵用力於聖人賢人之術亦已久矣。其言語、其文章，雖不識其果可以有用於今而傳於後與否，獨怪其得之之不勞。方其致思於心也，若或起之；得之心而書之紙也，若或相之。夫豈無一言之幾乎道？千金之子，天子之宰相，求而不得者，一旦在己，故其心得以自負，或者天其亦有以與我也。

曩者見執事於益州〔七〕，當時之文，淺狹可笑，饑寒窮困亂其心，而聲律記問又從而破壞其體，不足觀也已。數年來退居山野，自分永棄，與世俗日疏闊，得以大肆其力於文章〔八〕。詩人之優柔，騷人之精深，孟、韓之温淳〔九〕，遷、固之雄剛〔一〇〕，孫、吴之簡切〔一一〕，投之所嚮，無不如意。常以爲董生得聖人之經〔一二〕，其失也流而爲迂；鼂錯得聖人之權〔一三〕，其失也流而爲詐；有二子之才而不流者，其惟賈生乎〔一四〕！惜乎今之世，愚未見其人也。作策二道，曰審勢、審敵，作書十篇曰權書。洵有山田一頃，非凶歲可以無饑，力耕而節用，亦足以自老。不肖之身不足惜，而天之所與者不忍棄，且不敢褻也。執事之名滿天下，天下之士用與不用在執事。故敢以所謂策二道、權書十篇者爲獻。平生之文，遠不可多致，有洪範論、史論七篇，近以獻内翰歐陽公。

度執事與之朝夕相從而議天下之事，則斯文也其亦庶乎得陳於前矣。若夫其言之可用與其身之可貴與否者，執事事也，執事責也，於洵何有哉！

【校】

「不棄不褻而人不我用非我之罪也」：影宋本全脱。「非我」原作「不我用」，據經進本改。

「而暇爲人憂乎哉」：原脱「暇」字，據二黄本、經進本補。

「沉而爲淵」：「淵」原作「泉」，據二黄本、祠本改。

「夫豈無一言之幾乎道」：二黄本「道」字後有「者乎」二字。

「退居山野」：經進本「山」字作「草」。

「孫吴之簡切」：原誤「簡」爲「蕳」，據影宋本、經進本、祠本改。

【箋注】

〔一〕題：田樞密即田況（一〇〇三——一〇六一），字元鈞，其先冀州信都（今河北冀州）人。舉進士甲科，有文武才，時任樞密副使，事見宋史本傳。此書旨在求田舉薦，書中有「有洪範論、史論七篇，近以獻内翰歐陽公」語，亦當作於嘉祐元年。參見上韓樞密書注〔一〕。

〔二〕「堯不得」二句：見書論注〔七〕。

〔三〕「瞽叟」句：史記五帝本紀：「舜父瞽叟盲，而舜母死。瞽叟更娶妻而生象。象傲，瞽叟愛後

妻子，常欲殺舜。……舜父瞽叟頑，母嚚，弟象傲，皆欲殺舜。舜順適不失子道。兄弟孝慈，欲殺不可得。」

〔四〕「天固用之」至「非我之罪也」：荀子大略：「詩云：『温恭朝夕，執事有恪。』事君難，事君焉可息哉！……望其壙，皋如也，嵮如也，鬲如也，此則知所息矣。」又曰：「君子能爲可貴，不能使人必貴己；能爲可用，不能使人必用己。」

〔五〕「孔子、孟軻之不遇」至「責之所在也」：孔子家語在厄載，孔子困於陳蔡，愈慷慨講誦，弦歌不衰。孔子曰：「夫遇不遇者時也，賢不肖者才也。君子博學深謀而不遇時者衆矣，何獨丘哉！」顔回亦云：「世不我用，有國者之醜也，夫子何病焉！」又孟子公孫丑下載，孟子適齊，不用，遲遲而去，尹士不悦，孟子曰：「予豈若是小丈夫然哉！諫於其君而不受，則怒，悻悻然見於其面，去則窮日之力而後宿哉！」此皆孔、孟不遇而不倦不愠、不怍不沮之例。

〔六〕衛靈、魯哀、齊宣、梁惠：衛靈公名元，春秋時衛國國君，在位四十二年。衛靈公嘗問陳於孔子，孔子對以未學，明日遂行，見論語衛靈公。魯哀公名蔣，春秋時魯國國君，嘗問政於孔子。孔子對以「政在選臣」，而魯不能用，見史記孔子世家。齊宣王名辟彊，戰國時齊國國君，在位十九年。梁惠王即魏惠王，名罃，戰國時魏國國君，在位三十六年。孟子先後去齊之梁，説其力行仁義，不能用，見史記孟子荀卿列傳。蘇洵舉此四人以説明雖不足以有爲，而孔子、孟子亦説之，以求盡其心。

〔七〕「曩者」句：續資治通鑑卷五十一皇祐二年（一〇五〇）十一月戊戌條載：「召知益州田况權御史中丞。……况在蜀踰二年。」可知田况知益州在慶曆八年（一〇四八）至皇祐二年之間，蘇洵見田况於益州當在此時。

〔八〕「當時之文」至「得以大肆其力於文章」：歐陽修故霸州文安縣主簿蘇君墓誌銘載，蘇洵舉茂才異等不中後，「悉取所爲文數百篇焚之，益閉户讀書，絶筆不爲文辭者五六年，乃大究六經百家之説，以考質古今治亂成敗、聖賢窮達出處之際，得其精粹，涵蓄充溢，抑而不發。久之，慨然曰：『可矣！』由是下筆頃刻數千言，其縱横上下，出入馳驟，必造於深微而後止」。張方平文安先生墓表、曾鞏蘇明允哀辭亦有類似記載。

〔九〕孟、韓：孟子、韓愈。韓愈（七六八——八二四），字退之，河南河陽（今河南孟州南）人，唐代文學家、思想家。著有韓昌黎集。

〔一〇〕遷、固：遷，司馬遷。固，班固。參見史論中。

〔一一〕孫、吴：孫指孫武。見權書叙注〔五〕。吴指吴起，見孫武注〔一三〕。

〔一二〕董生：指董仲舒，見史論中注〔五〕。

〔一三〕鼂錯：潁川（今河南禹州）人，西漢政治家，主張重農抑商，募民實邊，削藩以鞏固中央政權，爲景帝所采納。吴楚七國之亂以誅錯爲名，被誅。事見漢書本傳。

〔一四〕賈生：指賈誼，見上皇帝書注〔三九〕。

【集説】

唐順之曰：此書本欲求知，卻説士當自重，以孔孟立説，便不放倒架子。而文字峻絶，豪宕不羈。（百大家評古文關鍵）

宗方域曰：此文氣力大，朗誦一過，令人文思勃勃。（静觀室三蘇文選）

韓文瑣曰：蘇明允文，馳騁七國而下，以議論爲本，如杜子美詩，自成一家之作，變態不窮。其文有質處，有跌宕處，有深奥處，有明白處，有馳騁處，有安徐處。有文有質，有理有事。自云：「詩人之優柔，騷人之精深，孟韓之温敦，遷固之雄剛，孫吴之簡切，投之所向，無不如意。」蓋實語也。（三蘇文範）

上余青州書〔一〕

洵聞之楚人高令尹子文之行曰：「三以爲令尹而不喜，三奪其令尹而不怒。」〔二〕其爲令尹也，楚人爲之喜；而其去令尹也，楚人爲之怒；己不期爲令尹，而令尹自至。夫令尹子文豈獨惡夫富貴哉？知其不可以求得，而安其自得，是以喜怒不及其心，而人爲之囂囂。嗟夫！豈亦不足以見己大而人小邪？脱然爲棄於人，而不知棄之爲悲；紛然爲取於人，而不知取之爲樂；人自爲棄我、取我，而吾之所以爲我者如

一，則亦不足以高視天下而竊笑矣哉！

昔者，明公之初自奮於南海之濱〔三〕，而爲天下之名卿。當其盛時，激昂慷慨，論得失，定可否〔四〕，左摩西羌，右揣契丹，奉使千里，彈壓强悍不屈之虜〔五〕，其辯如決河流而東注諸海，名聲四溢於中原而滂薄於戎狄之國，可謂至盛矣。及至中廢而爲海濱之匹夫〔六〕，蓋其間十有餘年〔七〕，明公無求於人，而人亦無求於明公者。其後，適會南蠻縱横放肆，充斥萬里，而莫之或救，明公乃起於民伍之中，折尺箠而笞之，不旋踵而南方乂安〔八〕。夫明公豈有求而爲之哉？適會事變以成大功，功成而爵禄至。明公之於進退之事，蓋亦綽綽乎有餘裕矣！

悲夫！世俗之人紛紛於富貴之間而不知自止，達者安於逸樂而習爲高岸之節，顧視四海，饑寒窮困之士，莫不顰蹙嘔噦而不樂；窮者藜藋不飽，布褐不暖，習爲貧賤之所摧折，仰望貴人之輝光，則爲之顛倒而失措。此二人者，皆不可與語於輕富貴而安貧賤。何者？彼不知貧富貴賤之正味也。夫惟天下之習於富貴之榮，而忸於貧賤之辱者，而後可與語此。

今夫天下之所以奔走於富貴者，我知之矣，而不敢以告人也。富貴之極，止於天子之相，而天子之相，果誰爲之名？豈天爲之名邪？其無乃亦人之自相名邪！夫天

下之官，上自三公，至於卿、大夫，而下至於士，此四人者，皆人之所自爲也，而人亦自貴之。天下以爲此四者絶群離類，特立於天下而不可幾近，則不亦大惑矣哉？盍亦反其本而思之？夫此四名者，其初蓋出於天下之人出其私意以自相號呼者而已矣。夫此四名者，果出於人之私意所以自相號呼也，則夫世之所謂賢人君子者，亦何以異此？有才者爲賢人，而有德者爲君子，此二名者夫豈輕也哉？而今世之士，得爲君子者，一爲世之所棄則以爲不若一命士之貴，而况以與三公争哉？且夫明公昔者之伏於南海，與夫今者之爲東諸侯也，君子豈有間於其間，而明公亦豈有以自輕而自重哉？洵以爲明公之習於富貴之榮，而狃於貧賤之辱，其嘗之也蓋以多矣。是以極言至此而無所迂曲。

洵西蜀之匹夫，嘗有志於當世，因循不遇，遂至於老。然其嘗所欲見者，天下之士蓋有五六人，五六人者已略見矣，而獨明公之未嘗見，每以爲恨。今明公來朝，而洵適在此，是以不得不見。伏惟加察，幸甚！

【校】

「人自爲棄我」：經進本「自」下衍「以」字。

「此四人者」：經進本無「人」字。

【箋注】

〔一〕題：余青州即余靖，見後上歐陽内翰第一書注〔五〕。據吴廷燮北宋經撫年表卷五載，余靖於嘉祐三年（一〇五八）十月由知潭州改知青州，至嘉祐六年（一〇六一）五月由知青州改知廣州。嘉祐五年（一〇六〇）二月前蘇洵不在京，可知此書必作於嘉祐五年二月至六年五月之間。

〔二〕「三以爲」二句：語見論語公冶長。令尹子文，楚大夫，姓鬭名穀字於菟。

〔三〕「明公」句：宋史余靖傳：「余靖字安道，韶州曲江（今廣東韶關市郊）人。少不事羈檢，以文學稱鄉里，舉進士起家。」

〔四〕「當其盛時」至「定可否」：此指仁宗慶曆中余靖爲諫官，「數言事，嘗論夏竦奸邪，不可爲樞密使；王舉正不才，不宜在政府；狄青武人，使之獨守渭州，恐敗邊事；張堯佐以修媛故，除提點府界公事，非政事之美。……其説多見納用」。見宋史余靖傳、續資治通鑑卷四五、四六。

〔五〕「左麾西羌」至「彈壓强悍不屈之虜」：此指仁宗慶曆中「會西鄙厭兵，元昊請和，議增歲賜」，余靖反對「曲意俯徇，以貽國羞」，「元昊既歸款，朝廷欲加封册，而契丹以兵臨西境，遣使言：『爲中國討賊，請止毋和。』朝議難之。會靖數言契丹挾詐，不可輕許，即遣靖往報，而留夏國封策不發。靖至契丹，卒屈其議而還。朝廷遂發夏册，臣元昊。西師既解嚴，北邊亦無

事」。見同上。

〔六〕中廢而爲海濱之匹夫：此爲慶曆六年七月事。「靖三使契丹，亦習外國語，嘗爲蕃語詩。御史王平等劾靖失使者體，出知吉州。靖爲諫官時，嘗劾奏太常博士茹孝標不孝，匿母喪，坐廢。靖既失勢，孝標詣闕言靖少游廣州，犯法受榜。靖聞之，不自得，求侍養去。改將作少監，分司南京，居曲江。」見宋史余靖傳、續資治通鑑長編卷四十八。

〔七〕蓋其間十有餘年：余靖自慶曆六年（一〇四六）七月「許居韶州」至嘉祐五、六年（一〇六〇、一〇六一）「來朝」，已十四、五年。

〔八〕「其後，適會南蠻縱横放肆」至「不旋踵而南方乂安」：指皇祐四年（一〇五二），「儂智高反邕州，乘勝掠九郡，以兵圍廣州。朝廷方顧南事，就喪次（時余靖丁父憂）起靖爲秘書監、知潭州，改桂州，詔以廣南西路委靖經制。……遣人入特磨道擒智高母子弟三人，生致之闕下」。見宋史余靖傳、續資治通鑑卷五二。

【集説】

王守仁曰：老泉行文多各自爲片段，與東坡文體不同。此書獨一意到底，氣勢弘放，有一瀉千里之態。（同上）

楊慎曰：寫出有道者胸次，優游獨得，超然物表之致，令人擊節欣賞。（三蘇文範）

茅坤曰：論出處多奇崛處。（唐宋八大家古文鈔）

嘉祐集箋注卷十二

書

上歐陽内翰第一書〔一〕

内翰執事：洵布衣，窮居嘗切有嘆。以爲天下之人，不能皆賢，不能皆不肖。故賢人君子之處於世，合必離，離必合。往者天子方有意於治〔二〕，而范公在相府〔三〕，富公爲樞密副使〔四〕，執事與余公、蔡公爲諫官〔五〕，尹公馳騁上下，用力於兵革之地〔六〕。方是之時，天下之人，毛髮絲粟之才，紛紛然而起，合而爲一。而洵也，自度其愚魯無用之身，不足以自奮於其間，退而養其心，幸其道之將成，而可以復見於當世之賢人君子。不幸道未成，而范公西，富公北，執事與余公、蔡公分散四出，而尹公

亦失勢，奔走於小官〔七〕。洵時在京師〔八〕，親見其事，忽忽仰天嘆息，以爲斯人之去，而道雖成，不復足以爲榮也。既復自思，念往者衆君子之進於朝，其始也，必有善人焉推之；今也，亦必有小人焉拒之。今之世無復有善人也，則已矣；如其不然也，吾何憂焉！姑養其心，使其道大有成而待之，何傷？退而處十年，雖未敢自謂其道有成矣，然浩浩乎，其胸中若與曩者異。而余公適亦有成功於南方〔九〕，執事與蔡公復相繼登於朝〔一〇〕，富公復自外入爲宰相〔一一〕，其勢將復合爲一。喜且自賀，以爲道既已粗成，而果將有以發之也。既又反而思其嚮之所慕望愛悦之而不得見之者，蓋有六人。今將往見之矣，而六人者已有范公、尹公二人亡焉〔一二〕，則又爲之潸然出涕以悲。嗚呼，二人者不可復見矣！而所恃以慰此心者，猶有四人也，則又以自解。思其止於四人也，則又汲汲欲一識其面，以發其心之所欲言。而富公又爲天子之宰相，遠方寒士未可遽以言通於其前；余公、蔡公遠者又在萬里外〔一三〕；獨執事在朝廷間，而其位差不甚貴，可以叫呼扳援而聞之以言。而饑寒衰老之病，又錮而留之，使不克自至於執事之庭。夫以慕望愛悦其人之心，十年而不得見，而其人已死，如范公、尹公二人者；則四人之中，非其勢不可遽以言通者，何可以不能自往而遽已也？

執事之文章，天下之人莫不知之；然竊自以爲洵之知之特深愈於天下之人。何

者？孟子之文，語約而意盡，不爲巉刻斬絶之言，而其鋒不可犯。韓子之文〔一四〕，如長江大河，渾浩流轉，魚黿蛟龍，萬怪惶惑，而抑遏蔽掩，不使自露；而人自見其淵然之光，蒼然之色，亦自畏避，不敢迫視。執事之文，紆餘委備，往復百折，而條達疏暢，無所間斷；氣盡語極，急言竭論，而容與間易，無艱難勞苦之態。此三者，皆斷然自爲一家之文也。惟李翺之文〔一五〕，其味黯然而長，其光油然而幽，俯仰揖讓，有執事之態。陸贄之文〔一六〕，遺言措意，切近的當，有執事之實。而執事之才，又自有過人者。蓋執事之文，非孟子、韓子之文，而歐陽子之文也。夫樂道人之善而不爲諂者，以其人誠足以當之也。彼不知者，則以爲譽人以求其悦己也。夫譽人以求其悦己，洵亦不爲也；而其所以道執事光明盛大之德，而不自知止者，亦欲執事之知其知我也。

雖然，執事之名滿於天下，雖不見其文，而固已知有歐陽子矣。而洵也，不幸墮在草野泥塗之中，而其知道之心，又近而粗成。而欲徒手奉咫尺之書，自托於執事，將使執事何從而知之，何從而信之哉？洵少年不學，生二十五歲，始知讀書，從士君子游。年既已晚，而又不遂刻意厲行，以古人自期。而視與己同列者，皆不勝己，則遂以爲可矣。其後困益甚，然後取古人之文而讀之，始覺其出言用意，與己大異。時復内顧，自思其才則又似夫不遂止於是而已者。由是盡燒曩時所爲文數百篇，取論

語、孟子、韓子及其他聖人、賢人之文，而兀然端坐，終日以讀之者七八年。方其始也，入其中而惶然；博觀於其外，而駭然以驚。及其久也，讀之益精，而其胸中豁然以明，若人之言固當然者，然猶未敢自出其言也。時既久，胸中之言日益多，不能自制，試出而書之，已而再三讀之，渾渾乎覺其來之易矣。然猶未敢以爲是也。近所爲洪範論、史論凡七篇，執事觀其如何？嘻，區區而自言，不知者又將以爲自譽，以求人之知己也。惟執事思其十年之心如是之不偶然也而察之！

【校】

「必有善人焉摟之」：二黄本、祠本「摟」字作「推」。

「亦必有小人焉推之」：祠本「推」字作「間」。經進本「推」字亦作「間」。

「又錮而留之，使不克自至於執事之庭」：原譌「錮」爲「痼」，據經進本改。又經進本「至」作「致」，兩通。

「而人自見其淵然之光」：經進本、影宋本「自」字作「望」。

「生二十五歲始知讀書」：二黄本作「二十七歲」。按：經進本作「二十五年」。疑二黄本以其與本傳、墓誌、哀辭等所稱「年二十七始發憤」有異而妄改。

「入其中而惶然；博觀於其外，而駭然以驚」：經進本「惶然」下有「以」字，則當讀爲「入其中

而惶然以博；觀於其外而駭然以驚。」考異云：「陳曰：他本無『以』字。案此句與下『駭然以驚』乃對舉，『以』字不可少。惟『博』字意難解，恐有誤，後人因删去『以』字，而以『博』字屬下句，作『博觀於其外』。不知下句『以驚』二字乃與此句對舉也。」可備一説。

【箋注】

〔一〕題：歐陽修（一〇〇七——一〇七二）字永叔，號醉翁、六一居士，北宋著名文學家、史學家，著有歐陽文忠公集、新五代史、新唐書（與宋祁合修），事見宋史本傳。内翰，即翰林學士，以掌内制，故稱内翰。

蘇洵上歐陽内翰第四書云：「始公進其文，自丙申之秋至戊戌之冬，凡七百餘日而得召。」丙申秋即嘉祐元年秋，此書爲獻書求見作，當作於同時略早。

〔二〕「往者」句：往者指慶曆三年（一〇四三），天子指宋仁宗趙禎。續資治通鑑卷四十六慶曆三年九月丁卯云：「帝既擢任范仲淹、韓琦、富弼等，每進見，必以太平責之，數令條奏當世務。仲淹語人曰：『上用我至矣。然事有先後，且革弊於久安，非朝夕可能也。』帝再賜手詔督促，既又開天章閣召對，賜坐，給筆札，使疏於前。」

〔三〕范公在相府：范公指范仲淹。慶曆三年四月任樞密副使，八月除參知政事。續資治通鑑卷四十六慶曆三年九月丁卯云：「仲淹、弼皆惶恐避席，退而列奏，言十事：一曰明黜陟，二曰抑僥倖，三曰精貢舉，四曰擇官長，五曰均公田，六曰厚農桑，七曰修武備，八曰減徭役，九曰

覃恩信，十曰重命令。帝方信嚮仲淹等，悉用其說。當著爲令者，皆以諸事畫一，次第頒下。」此即慶曆新政。

〔四〕富公爲樞密副使：富公指富弼。慶曆三年（一〇四三）八月除樞密副使，與范仲淹分掌北邊、西邊事，并共同革新朝政。見續資治通鑑卷四十五。

〔五〕「執事與余公、蔡公爲諫官」：執事指歐陽修，於慶曆三年三月知諫院；余公指余靖（一〇〇〇——一〇六四），字安道，韶州曲江（今廣東韶關）人，於慶曆三年三月爲右正言，諫院供職；蔡公指蔡襄（一〇一二——一〇六七），字君謨，興化仙游（今屬福建）人，於慶曆三年四月爲秘書丞、知諫院。三人爲諫官事，均見續資治通鑑卷四十五。

〔六〕「尹公馳騁上下」二句：尹公指尹洙（一〇〇一——一〇四六），字師魯，河南（今河南洛陽）人。慶曆初，以太常丞知涇州（治所在今甘肅涇川），又以右司諫知渭州（治所在今甘肅隴西西南），兼領涇源路經略公事，參與抵抗西夏侵擾。見宋史尹洙傳。

〔七〕「不幸道未成」至「奔走於小官」：慶曆四年（一〇四四）六月，以范仲淹爲陝西、河東宣撫使，慶曆五年（一〇四五）正月出知邠州；七月，以富弼爲河北宣撫使，還，以資政殿學士出知鄆州（治所在今山東鄆城東）；九月，歐陽修爲河北都轉運使，翌年八月出知滁州（今安徽滁州）；余靖以出使契丹作蕃語詩被劾，於慶曆五年（一〇四五）五月出知吉州（今江西吉安）；蔡襄於慶曆四年十月出知福州（今屬福建）。以上均見續資治通鑑卷四六、四七。尹

洙因與邊臣意見不合，徙知慶州、晉州、潞州，又以自貸公使錢，貶崇信軍節度副使，徙監均州（治所在今湖北丹江口）酒稅，不久病死。見宋史尹洙傳。

〔八〕洵時在京師：蘇轍東坡先生墓誌銘：「公生十年而先君宦學四方。」蘇軾生於景祐三年（一〇三六），至慶曆五年（一〇四五）正十年，可知是時蘇洵正游學在京。

〔九〕「余公」句：指皇祐四年（一〇五二）余靖以廣西路安撫使平儂智高之亂。事見上余青州書注〔八〕。

〔一〇〕「執事」句：至和元年（一〇五四）九月，歐陽修還朝任翰林學士，見歐陽文忠公年譜。皇祐四年（一〇五二），蔡襄遷起居舍人，至和元年遷龍圖閣學士，知開封府。見歐陽修端明殿學士蔡公墓誌銘。

〔一一〕「富公」句：富弼至和二年（一〇五五）六月自判并州，拜同中書門下平章事、集賢殿大學士，見宋史宰輔表。

〔一二〕「范公、尹公二人亡焉」：范仲淹卒於皇祐四年（一〇五二），見續資治通鑑卷五十二。尹洙卒於慶曆六年（一〇四六），見歐陽修尹師魯墓誌銘。

〔一三〕「余公」句：嘉祐元年（一〇五六）蘇洵作此書時，余靖知桂州，見北宋經撫年表卷五；蔡襄由知泉州移知福州，見同上卷四。

〔一四〕韓子：韓愈，見上田樞密書注〔九〕。

〔一五〕李翺：李翺（七七二——八四一），字習之，隴西成紀（今甘肅秦安）人。進士及第，歷任禮部郎中、諫議大夫、中書舍人、工部尚書等職。爲文學韓愈，以嚴謹明達勝。作復性書，開宋代理學之先河。事見新、舊唐書本傳。

〔一六〕陸贄：陸贄（七五四——八〇五），字敬輿，蘇州嘉興（今屬浙江）人。進士及第，歷任翰林學士、中書侍郎、同平章事等職，後因讒罷相，貶忠州（今重慶忠縣）別駕。長於奏議，敢於揭露時弊。事見新、舊唐書本傳。

【集説】

朱熹曰：韓子與李翊書，老泉與歐公書，説他學做文時，工夫甚細密。（三蘇文範）

姜寶曰：老泉此書，所以求知于歐陽公者。只是文章一脈相得，故叙其平生學文之既成，又適當數君子合而離，離而合之際，正見用之時也。其所抱負，不在韓、歐下。（三蘇文範）

茅坤曰：此書凡三段……而情事婉曲周折，何等意氣，何等風韻。（唐宋八大家古文鈔）

汪份曰：茅評固然，然尤妙在第一段中，歷叙諸君子離合，即將自己於道之未成夾叙，既爲第一段之線，又爲第三段之根，則十年慕望愛悦諸君子之心，即十年求道之心，首尾融洽，打成一片矣。（同上）

上歐陽内翰第二書〔一〕

内翰諫議執事：士之能以其姓名聞乎天下後世者，夫豈偶然哉？以今觀之，乃可以見。生而同鄉，學而同道，以某問某，蓋有曰吾不聞者焉。而况乎天下之廣，後世之遠，雖欲求髣髴，豈易得哉？古之以一能稱，以一善書者，愚未嘗敢忽也。今夫群群焉而生，逐逐焉而死者，更千萬人不稱不書也。彼之以一能稱，以一善書者，皆有以過乎千萬人者也。

自孔子没，百有餘年而孟子生；孟子之後，數十年而至荀卿子；荀卿子後乃稍闊遠，二百餘年而揚雄稱於世；揚雄之死，不得其繼千有餘年，而後屬之韓愈氏；韓愈氏没三百年矣，不知天下之將誰與也〔二〕？且夫以一能稱，以一善書者，皆不可忽，則其多稱而屢書者，其爲人宜尤可貴重。奈何數千年之間，四人而無加，此其人宜何如也？天下病無斯人，天下而有斯人也，宜何以待之？

洵一窮布衣，於今世最爲無用，思以一能稱、以一善書而不可得者也。况夫四子者之文章，誠不敢冀其萬一。頃者張益州見其文，以爲似司馬子長〔三〕。洵不悦，辭焉。夫以布衣，而王公大人稱其文似司馬遷，不悦而辭，無乃爲不近人情？誠恐天下

之人不信，且懼張公之不能副其言，重爲世俗笑耳。若執事，天下所就而折衷者也。不知其不肖，稱之曰：「子之六經論，荀卿子之文也。」平生爲文，求於千萬人中使其姓名髣髴於後世而不可得。今也，一旦而得齒於四人者之中，天下烏有是哉？意者其失於斯言也。執事於文稱師魯〔四〕，於詩稱子美、聖俞〔五〕，未聞其有此言也，意者其戲也。

惟其愚而不顧，日書其所爲文，惟執事之求而致之。既而屢請而屢辭焉，曰：「吾未暇讀也。」退而處，不敢復見，甚慙於朋友，曰：「信矣，其戲也！」雖然，天下不知其爲戲，將有以議執事，洵亦且得罪。執事憐其平生之心，苟以爲可教，亦足以慰其衰老，惟無曰荀卿云者，幸甚。

【校】

「且夫以一能稱」：諸本無「夫」字，據經進本補。

【箋注】

〔一〕題：據歐陽修蘇明允墓誌銘及蘇洵上歐陽内翰第四書，修於嘉祐元年秋上洵權書等於朝；據前書，洵曾上洪範論、史論於歐；據本書，又曾上六經論於歐；本書又有「日書其所爲文，惟執事之求而致之」語，可知此書作於二人多次交往之後，當在嘉祐元年冬或二

年春。

本文既謝修推重其文，又怨修「未暇讀」其文，更盼朝廷重用自己（「宜何以待之」）。

〔二〕「自孔子没」至「將誰與也」：韓愈原道：「堯以是（道）傳之舜，舜以是傳之禹，禹以是傳之湯，湯以是傳之文、武、周公，文、武、周公傳之孔子，孔子傳之孟軻，軻之死不得其傳焉。」洵之意本此，所不同者韓愈論道，以爲「軻之死不得其傳」；蘇洵論文，以爲荀卿、揚雄可繼。揚雄卒於公元一八年，韓愈生於七六八年，卒於八二四年，其間僅七八百年。自韓愈死至蘇洵作此書僅二百餘年。洵言「千有餘年」、「三百年」，乃約略言之。

〔三〕「張益州」二句：張益州即張方平，見後上張侍郎第一書注〔一〕。張方平文安先生墓表載張謂蘇洵曰：「左丘明、國語、司馬遷善叙事，賈誼之明王道，君兼之矣。」

〔四〕師魯：尹洙，見上歐陽内翰第一書注〔六〕。蘇轍潁濱遺老傳云：「歐陽文忠以文章獨步當世，見先生（蘇洵）而嘆曰：『予閲文士多矣，獨喜尹師魯、石守道，然意常有所未足。今見君之文，予意足矣。』」

〔五〕「於詩稱子美、聖俞」：蘇舜欽（一〇〇八——一〇四八）字子美，原籍梓州銅山（今四川中江南）人，徙居開封。北宋詩人，著有蘇學士文集。梅堯臣（一〇〇二——一〇六〇）字聖俞，宣城（今屬安徽）人，北宋詩人，與蘇舜欽齊名，時稱蘇梅。著有宛陵先生文集。六一詩話云：「聖俞、子美齊名於一時，而二家詩體各異。子美筆力豪雋，以超邁横絶爲奇；聖俞

覃思精微，以深遠閑淡爲意。各極其長，雖善論者不能優劣也。」

【集説】

茅坤曰：文有起伏頓挫，而其自任處亦卓然。（唐宋八大家古文鈔）

儲欣曰：紆餘排宕，頗近歐陽。「未暇讀」是實語，非忽之也。王公大人之所以不及布衣之士者，以布衣之士多暇，而王公大人實有所未暇耳。（評注蘇老泉集）

上歐陽内翰第三書〔一〕

洵啓：昨出京倉惶，遂不得一別。去後數日，始知悔恨。蓋一時間變出不意，遂擾亂如此，怏悵怏悵。不審日來尊履何似？

二子軾、轍竟不免丁憂。今已到家月餘，幸且存活。洵道途奔波，老病侵陵，成一翁矣。自思平生羈蹇不遇，年近五十，始識閣下。傾蓋晤語，便若平生。非徒欲援之於貧賤之中，乃與切磨議論，共爲不朽之計。而事未及成，輒聞此變。孟軻有云：「行或使之，止或尼之。」〔二〕豈信然邪？

洵離家時，無壯子弟守舍，歸來屋廬倒壞，籬落破漏，如逃亡人家。今且謝絶過從，杜門不出，亦稍稍取舊書讀之。時有所懷，輒欲就閣下評議。忽驚相去已四千

里，思欲跂首望見君子之門庭，不可得也。

所示范公碑文，議及申公事節，最爲深厚〔三〕。近試以語人，果無有曉者。每念及此，鬱鬱不樂。閣下雖賢俊滿門，足以嘯歌俯仰，終日不悶，然至於不言而心相諭者，閣下於誰取之？

自蜀至秦，山行一月，自秦至京師，又沙行數千里。非有名利之所驅，與凡事之不得已者，孰爲來哉？洵老矣，恐不能復東。閣下當時賜音問，以慰孤耿。病中無聊，深愧疏略，惟千萬珍重。

【校】

「足以嘯歌俯仰」：原本「嘯」作「笑」，據影宋本改。

【箋注】

〔一〕題：嘉祐二年（一〇五七）四月蘇洵之妻程氏卒於家。五月，訃至京師，父子三人倉卒返蜀。此書作於抵家月餘時。

〔二〕「孟軻有云」至「止或尼之」：語見孟子梁惠王下。魯平公欲見孟子，嬖人臧倉阻之。孟子曰：「行或使之，止或尼之。行止非人所能也。吾之不遇魯侯，天也；臧氏之子，焉能使予不遇哉！」蘇洵引此，謂己倉卒離京，不得與歐陽修共成大計，亦「天也」。

〔三〕「所示范公碑文」至「最爲深厚」：范公指范仲淹，「范公碑文」指歐陽修所作資政殿學士户部侍郎文正范公神道碑銘并序。申公指申國公吕夷簡（九七九——一〇四四），字坦夫，壽州（今安徽壽縣）人，官至宰相。「議及申公事迹」指碑文中如下一段：「自公（范仲淹）坐吕公貶，群士大夫各持二公曲直。吕公患之，凡直公者皆指爲黨，或坐竄逐。及吕公復相，公亦再被起用，於是二公驩然，相約戮力平賊。天下之士，皆以此多二公。」

【集説】

茅坤曰：風旨翛然。（唐宋八大家古文鈔）

上歐陽内翰第四書〔一〕

洵啓：夏熱，伏惟提舉内翰尊候萬福。嚮爲京兆尹〔二〕，天下謂公當由此得政；其後聞有此授〔三〕，或以爲拂世戾俗，過在於不肯鹵莽。然此豈足爲公損益者？洵久不奉書，非敢有懈，以爲用公之奏而得召〔四〕，恐有私謝之嫌。今者洵既不行，而朝廷又欲必致之〔五〕。恐聽者不察，以爲匹夫而要君命，苟以爲高而求名，亦且得罪於門下，是故略陳其一二，以曉左右。

聞之孟軻曰：「仕不爲貧，而有時乎爲貧。」〔六〕洵之所爲欲仕者，爲貧乎？實未

至於饑寒而不擇。以爲行其道乎？道固不在我。且朝廷將何以待之？今人之所謂富貴高顯而近於君，可以行道者，莫若兩制。然猶以爲不得爲宰相，有所牽制於其上，而不得行其志。爲宰相者，又以爲時不可爲，而我將有所待。若洵又可以行道責之邪？

始公進其文，自丙申之秋至戊戌之冬〔七〕，凡七百餘日而得召。朝廷之事，其節目期限，如此之繁且久也。使洵今日治行，數月而至京師；旅食於都市以待命，而數月間得試於所謂舍人院者；然後使諸公專考其文，亦一二年；幸而以爲不謬，可以及等而奏之，從中下相府，相與擬議，又須年載間；而後可以庶幾有望於一官。如此，洵固以老而不能爲矣。人皆曰求仕將以行道，若此者，果足以行道乎？既不足以行道，而又不至於爲貧，是二者皆無名焉，是故其來遲遲，而未甚樂也〔八〕。

王命且再下，洵若固辭，必將以爲沽名而有所希望。今歲之秋，軾、轍已服闋〔九〕，亦不可不與之俱東。恐内翰怪其久而不來，是以略陳其意。拜見尚遠，惟千萬爲國自重。

【校】

「以爲行道乎」：影宋本「爲」字下尚有一「爲」字。

【箋注】

〔一〕題：嘉祐三年（一〇五八）十一月朝廷召蘇洵試舍人院，洵以病辭，見洵上皇帝書。本文有「夏熱」、「今歲之秋，軾、轍已服闋」語，可知作於嘉祐四年夏。

〔二〕嚮爲京兆尹：盧陵歐陽文忠公年譜：嘉祐三年（一〇五八）條：「六日庚戌加龍圖閣學士權知開封府。」

〔三〕其後聞有此授：年譜：嘉祐四年（一〇五九）條：「二月戊辰，免開封，轉給事中，同提舉在京諸司庫務。」

〔四〕用公之奏而得召：指嘉祐三年（一〇五八）十一月召試舍人院。蘇洵上皇帝書云：「翰林學士歐陽修，奏臣所著權書、衡論、幾策二十篇，乞賜甄録。陛下過聽，召臣試策論舍人院，令本州發遣臣赴闕。」

〔五〕「朝廷」句：指下文「王命且再至」即再召洵入京應試事。參見上歐陽内翰第五書。

〔六〕「孟軻曰」至「而有時乎爲貧」：語見孟子萬章下，原文爲「仕非爲貧也，而有時乎爲貧」。孫奭疏：「孟子言爲仕者志在欲行其道以濟生民，非爲家貧乏財故爲仕也。然而家貧親老而仕者，亦有時而爲貧也。」

〔七〕「自丙申之秋」句：丙申即嘉祐元年（一〇五六），戊戌即嘉祐三年（一〇五八）。

〔八〕「是故」二句：詩邶風谷風：「行道遲遲，中心有違。」又孟子萬章下：「遲遲吾行也，去父母

國之道也。」

〔九〕軾、轍已服闋：指蘇軾兄弟服母喪期滿。舊制，父母死後守喪三年（實二十五或二十七月），期滿服除，謂之服闋。闋，終了。洵妻卒於嘉祐二年四月，至四年秋正好期滿。

上歐陽内翰第五書〔一〕

内翰侍郎執事：洵以無用之才，久爲天下之棄民，行年五十，未嘗見役於世。執事獨以爲可收，而論之於天子，再召之試，而洵亦再辭。獨執事之意，叮寧而不肯已。朝廷雖知其不肖，不足以辱士大夫之列，而重違執事之意，譬之巫醫卜祝，特捐一官以乞之。自顧無分毫之功有益於世，而王命至門，不知辭讓，不畏簡書〔二〕，朋友之譏，而苟以爲榮。此所以深愧於執事，久而不至於門也。

然君子之相從，本非以求利，蓋亦樂乎天下之不知其心，而或者之深知之也。執事之於洵，未識其面也，見其文而知其心〔三〕；既見也，聞其言而信其平生。洵不以身之進退出處之間有謁於執事，而執事亦不以稱譽薦拔之故有德於洵。再召而辭也，執事不以爲矯，而知其耻於自求；一命而受也，執事不以爲貪，而知其不欲爲異。

其去不追，而其來不拒，其大不榮，而其小不辱。此洵之所以自信於心者，而執事舉知之〔四〕。故凡區區而至門者，爲是謝也。

禮曰：「仕而未有禄者，君有餽焉曰獻；使焉曰寡君；違而君薨，弗爲服也。」〔五〕古之君子重以其身臣人者，蓋爲是也哉！子思、孟軻之徒〔六〕，至於是國，國君使人餽之，其詞曰：「寡君使某有獻於從者。」〔七〕布衣之尊，而至於此，惟不食其禄也。今洵已有名於吏部，執事其將以道取之邪，則洵也猶得以賓客見；不然，其將與奔走之吏同趨於下風，此洵所以深自憐也。惟所裁擇。

【校】

「其來不拒」：「來」原作「求」，非，據諸本改。

【箋注】

〔一〕題：蘇洵於嘉祐五年（一〇六〇）八月七日被任命爲秘書省試校書郎，見續資治通鑑卷五十九。此爲蘇洵謝書，當作於是時。

〔二〕簡書：詩小雅出車：「豈不懷歸，畏此簡書。」傳：「簡書，戒命也。」

〔三〕「執事之於洵」至「而知其心」：至和二年（一〇五五），犍爲令吴照鄰赴闕，蘇洵作憶山送人、送吴職方赴闕引送之。蘇軾跋先君送吴職方引云：「先伯父（蘇涣）及第吴公（照鄰）榜中。

先君家居，人罕知之。公攜其文至京師，歐陽文忠公始見而知之。」

〔四〕「再召而辭也」至「而執事舉知之」：史記管晏列傳：引管仲曰：「吾始困時，嘗與鮑叔賈，分財利多自與，鮑叔不以我爲貪，知我貧也。……知我不羞小節而恥功名不顯於天下也。生我者父母，知我者鮑子也。」此處老蘇暗用其意。

〔五〕「禮曰」至「弗爲服也」：此段引自禮記檀弓下。君有饋，謂有饋於君。使焉曰寡君，謂出使他國稱己君爲寡君違，去也；去他邦而君薨，弗爲服者，鄭注曰：「以其恩輕也。」

〔六〕子思：名伋，孔子之孫，孔鯉之子。曾爲魯繆公師，著子思二十三篇，唐後佚。

〔七〕「寡君」句：儀禮燕禮：「寡君有不腆之酒，以請吾子。」

上王長安書〔一〕

判府左丞閣下：天下無事，天子甚尊，公卿甚貴，士甚賤。從士而逆數之，至於天子，其積也甚厚，其爲變也甚難。是故天子之尊至於不可指，而士之卑至於可殺〔二〕。嗚呼！見其安而不見其危，如此而已矣。衛懿公之死，非其無人也，以鶴辭而不與戰也〔三〕。方其未敗也，天下之士望爲其鶴而不可得也。及其敗也，思以千乘之國與匹夫共之而不可得也。人知其卒之至

於如此，則天子之尊可以慄慄於上，而士之卑可以肆志於下，又焉敢以勢言哉！故夫士之貴賤，其勢在天子；天子之存亡，其權在士。世衰道喪，天下之士學之不明，持之不堅，於是始以天子存亡之權，下而就一匹夫貴賤之勢。甚矣夫，天下之惑也！持千金之璧以易一瓦缶，幾何其不舉而棄諸溝也。

古之君子，其道相爲徒，其徒相爲用。故一夫不用乎此，則天下之士相率而去之。使夫上之人有失天下士之憂，而後有失一士之懼〔四〕。今之君子，幸其徒之不用，以苟容其身。故其始也輕用之，而其終也亦輕去之。嗚呼！其亦何便於此也？

當今之世，非有賢公卿不能振其前，非有賢士不能奮其後。洵從蜀來，明日將至長安見明公而東。伏惟讀其書而察其心，以輕重其禮，幸甚幸甚！

【箋注】

〔一〕題：書云：「洵從蜀來，明日將至長安見明公而東。」可知爲由蜀赴京途中作。據北宋經撫年表卷三，蘇洵活動年代中僅王拱辰兩知永興軍京兆府（其他無姓王者）。一在皇祐元年，時蘇洵杜門在家；一在至和二年至嘉祐二年。本此，王長安即王拱辰，當爲嘉祐元年蘇洵父子赴京，途經長安時作。

〔二〕「天下無事」至「至於可殺」：呂覽下賢：「有道之士，固驕人主；人主之不肖者，亦驕有道之

士。」又不侵：「天下輕於身，而士以身爲人。以身爲人者，如此其重也，而人不知。」老蘇此處乃化用其意。

〔三〕「衛懿公之死」至「而不與戰也」：史記衛康叔世家：「懿公即位，好鶴，淫樂奢侈。九年，翟伐衛。衛懿公欲發兵，兵或叛。大臣言曰：『君好鶴，鶴可令擊翟。』翟於是遂入，殺懿公。」

〔四〕「古之君子」至「而後有失一士之懼」：史記平原君虞卿列傳：平原君喜賓客，至者數千人。民家有躄者，槃散行汲。平原君美人居樓上，臨見，大笑之。躄者至門請殺笑者頭，平原君不聽。居歲餘，賓客門下舍人稍稍引去者過半。平原君怪問之，門下一人前對曰：「以君爲愛色而賤士，士即去耳。」於是乃斬美人頭以謝，門下乃復稍稍來。

【集説】

儲欣曰：欲公卿重士而極言士之卑以邀發之，亦懸説法。「幸其徒之不用，以苟容其身。」獨朝廷之上、侯王之門哉？即尋常富貴家不免有此態矣，悲夫！（評注蘇老泉集）

上張侍郎第一書〔一〕

侍郎執事：明公之知洵，洵知之；明公知之，他人亦知之。洵之所以獲知於明公，明公之所以知洵者，雖暴之天下，皆可以無愧。今也，將有所私告於執事。念將

以屑屑之私，壞敗其至公之節，欲忍而不言而不能，欲言而不果，勃然交於胸中，心不寧而顔忸怩者累月而後決。竊見古之君子，知其人也憂其人，以至於其父母、昆弟、妻子，以至於其親族、朋友，憂之固其責也。雖然，自我求之，則君子譏焉。知之而不憂，不憂而求人憂，則君子交譏之。洵之意以爲寧在我，而無寧在明公，故用此決其意而發其言，以私告於下執事，明公試一聽之。

洵有二子軾、轍，齠齔授經，不知他習，進趨拜跪，儀狀甚野，而獨於文字中有可觀者。始學聲律，既成，以爲不足盡力於其間，讀孟、韓文，一見以爲可作。引筆書紙，日數千言，坌然溢出，若有所相。年少狂勇，未嘗更變，以爲天子之爵禄可以攫取。聞京師多賢士大夫，欲往從之游，因以舉進士。洵今年幾五十，以懶鈍廢於世，誓將絶進取之意。惟此二子，不忍使之復爲湮淪棄置之人。今年三月，將與之如京師。一門之中，行者三人，而居者尚十數口。爲行者計，則害居者；爲居者計，則不能行。恓恓焉無所告訴。夫以負販之夫，左提妻，右挈子，奮身而往，尚不可禦。有明公以爲主，夫焉往而不濟？今也望數千里之外，茫然如梯天而航海，蓄縮而不進，洵亦羞見朋友。

明公居齊桓、晉文之位〔二〕，惟其不知洵，惟其知而不憂，則又何說；不然，何求而不克？輕之於鴻毛，重之於泰山，高之於九天，遠之於萬里，明公一言，天下誰議？將使軾、轍求進於下風，明公引而察之。有一不如所言，願賜誅絶，以懲欺罔之罪。

【校】

「念將以屑屑之私」：「念」原作「今」，據影宋本、二黄本改。

「有明公以爲主，夫焉往而不濟」：原作「有明公以爲主公，焉往而不濟。」此從祠本。

【箋注】

〔一〕題：張侍郎即張方平（一〇〇七——一〇九一），字安道，其先宋（今河南商丘南）人，後徙揚州。官至參知政事，著有樂全集。事見宋史本傳。至和元年（一〇五四）張以户部侍郎知益州，故稱張侍郎或張益州。張方平文安先生墓表謂「仁宗皇祐中，僕領益部」，按皇祐六年即至和元年。書云：「今年三月，將與之（二子）如京師。」可知此書作於嘉祐元年（一〇五六）春。

〔二〕「明公」句：謂張方平守蜀，獨當一面，有如齊桓公、晉文公等古之諸侯。

【集説】

儲欣曰：士以品重。讀老蘇先生此書，人服其文，吾滋敬其品耳。今之名士游大人之門，朝

請暮謁，貪而不知愧者，願以此文發之。（評注蘇老泉集）

上張侍郎第二書〔一〕

省主侍郎執事：洵始至京師時，平生親舊，往往在此，不見者蓋十年矣，惜其老而無成。問所以來者，既而皆曰：「子欲有求，無事他人，須張益州來乃濟。」且云：「公不惜數千里走表爲子求官，苟歸，立便殿上，與天子相唯諾，顧不肯邪？」

退自思公之所與我者，蓋不爲淺，所不可知者，惟其力不足而勢不便；不然，公於我無愛也。聞之古人：「日中必熭，操刀必割。」〔二〕當此時也，天子虛席而待公，其言宜無不聽用。洵也與公有如此之舊，適在京師，且未甚老，而猶足以有爲也。此時而無成，亦足以見他人之無足求，而他日之無及也已。

昨聞車馬至此有日，西出百餘里迎見。雪後苦風，晨至鄭州，脣黑面烈，僮僕無人色〔三〕。從逆旅主人得束薪縕火，良久，乃能以見。出鄭州十里許，有導騎從東來，驚愕下馬立道周。云宋端明且至〔四〕，從者數百人，足聲如雷，已過，乃敢上馬徐去。私自傷至此，伏惟明公所謂潔廉而有文，可以比漢之司馬子長者〔五〕，蓋窮困如此，豈

不爲之動心而待其多言邪！

【校】

「公於我無愛也」：「於」原譌「與」，據影宋本改。

【箋注】

〔一〕題：續資治通鑑卷五十六嘉祐元年八月條云：「召端明殿學士知益州張方平爲三司使。」從「雪後苦風」可知，張方平返京已在隆冬，時蘇洵雖已文名大盛，但求官并未遂意。故蘇洵再次上書張方平，求其再薦。

〔二〕「日中必熭」二句：語見新書宗首。熭，曬。

〔三〕「脣黑面烈」二句：戰國策秦策：蘇秦説秦王不見用，裘弊金盡，去秦而歸，「形容枯槁，面目犂黑，狀有歸（愧）色」。

〔四〕宋端明：宋祁（九九八——一〇六一），字子京，安陸（今屬湖北）人。官至工部尚書，與兄宋庠皆以文名，時稱二宋。嘉祐元年（一〇五六）八月張方平罷益州任，宋祁以端明殿學士，特遷工部侍郎知益州，故稱宋端明。見北宋經撫年表卷五及宋史本傳。

〔五〕「伏惟明公」二句：張方平文安先生墓表：「久之，蘇君果至。即之，穆如也。聽其言，知其博物洽文矣。既而得其所著權書、衡論，閲之，如大山之雲出於山，忽布無方，倏散無餘；如

大川之滔滔，東至於海源也。因謂蘇君：『左丘明、國語、司馬遷善叙事，賈誼之明王道，君兼之矣。』」雷簡夫上歐陽内翰書：「張益州一見其文，嘆曰：『司馬遷死矣，非子吾誰與！』」司馬遷，字子長。

上韓舍人書〔一〕

舍人執事：方今天下雖號無事，而政化未清，獄訟未衰息，賦斂日重，府庫空竭，而大者又有二虜之不臣。天子震怒，大臣憂恐。自兩制以上宜皆苦心焦思，日夜思念，求所以解吾君之憂者。

洵自惟閑人，於國家無絲毫之責，得以優游終歲，詠歌先王之道以自樂，時或作爲文章，亦不求人知。以爲天下方事事，而王公大人豈暇見我哉？是以踰年在京師，而其平生所願見如君侯者，未嘗一至其門。有來告洵以所欲見之之意，洵不敢不見。然不知君侯見之而何也？天子求治如此之急，君侯爲兩制大臣，豈欲見一閑布衣與之論閑事邪？此洵所以不敢遽見也。

自閑居十年，人事荒廢，漸不喜承迎將逢，拜伏拳跽。王公大人苟能無以此求

之，使得從容坐隅，時出其所學，或亦有足觀者。今君侯辱先求之，此其必有所異乎世俗者矣。

孟子曰：「段干木踰垣而避之，泄柳閉門而不納，是皆已甚。迫，斯可以見矣。」〔二〕嗚呼！吾豈斯人之徒歟！欲見我而見之，不欲見而徐去之，何傷？况如君侯，平生所願見者，又何辭焉？不宣。洵再拜。

【校】

「亦不求人知」：經進本無「人」字。

「使得從容坐隅」：經進本「隅」字譌「偶」。

【箋注】

〔一〕題：韓舍人或即韓絳（一〇一二——一〇八八），字子華，雍丘人，官至同中書門下平章事，事見宋史本傳。嘉祐二年（一〇五七）韓絳與歐陽修同權知禮部貢舉，蘇軾進士及第後有謝韓舍人啓。王文誥蘇詩總案卷一云，考東都事略、宋史本傳，不載（絳）除起居、中書舍人等官，疑其略去。但據公詩自注「知制誥綴舍人班」，似當日非翰林之知制誥，皆得稱舍人也。書中有「閑居十年」語，當指慶曆七年（一〇四七）至嘉祐元年（一〇五六）杜門家居。又有「踰年在京師」語，可知此書作於嘉祐二年春。

〔二〕「段干木」至「斯可以見矣」：語見孟子滕文公下。皇甫謐高士傳：「（段干）木，晉人也，守道不仕。魏文侯欲見，造其門，干木踰牆避之。」泄柳，魯國人，魯繆公聞其賢，往見之，柳初閉門不納，後仕繆公。孟子之意，魏文侯、魯繆公就見二人，本可以見，而二人距之太甚也。故老蘇下文謂「吾豈斯人之徒歟」。

【集説】

茅坤曰：告知己者之言，情詞可涕。（唐宋八大家古文鈔）

嘉祐集箋注卷十三

書

上韓丞相書〔一〕

洵年老無聊，家産破壞，欲從相公乞一官職。非敢望如朝廷所以待賢俊，使之志得道行者；但差勝於今，粗可以養生遺老者耳。去歲蒙朝廷授洵試校書郎〔二〕，亦非敢少之也。使朝廷過聽，而洵僥倖，不過得一京官，終不能如漢唐之際所以待處士者；則京官之與試銜，又何足分多少於其間，而必爲彼不爲此邪？然其所以區區無厭，復有求於相公者，實以家貧無貲，得六七千錢，誠不足以贍養，又況忍窮耐老，望而未可得邪？

凡人爲官，稍可以紓意快志者，至京朝官始有其髣髴耳〔三〕。自此以下者，皆勞勩苦骨，摧折精神，爲人所役使，去僕隸無幾也。然天下之士，所以求之如不及，得之而喜者，彼誠少年，將有所忍於此，以待至於紓意快志者也。若洵者，計其年豈足以有待邪？今且守選數年，然後得窺尚書省門。又待闕歲餘而到任〔四〕，幸而得免於負犯廢放，又守選，又待闕，如此十四五年，謹守以滿七八考，又幸而有舉主五六人，然後敢望於改官。當此之時，洵蓋七十矣。譬如豫章、橘柚，非老人所植也〔五〕。

洵久爲布衣，無官長拘轄，自覺勩骨疏强，不堪爲州縣趨走拜伏小吏。相公若別除一官，而幸與之，願得盡力。就使無補，亦必不至於恣睢漫漶，以傷害王民也。今朝廷糊名以取人，保任以得官〔六〕，苟應格者，雖屠沽不得不與。何者？雖欲愛惜而無由也。今洵幸爲諸公所知似不甚淺，而相公尤爲有意。至於一官，則反覆遲疑不決者累歲。嗟夫！豈天下之官以洵故冗邪？

洵少時自處不甚卑，以爲遇時得位，當不鹵莽。及長，知取士之難，遂絶意於功名，而自托於學術，實亦有得而足恃。自去歲以來，始復讀易，作易傳百餘篇〔七〕。此書若成，則自有易以來，未始有也。今也亦不甚戀戀於一官，如必無可推致之理，亦幸明告之，無使其首鼠不決，欲去而遲遲也。

世人施恩則望報，苟有以相博，則叩之也易。今洵已潦倒，有二子又皆抗拙如洵，相公豈能施此不報之恩邪？相公往時爲洵言，欲爲歐陽公言子者數矣，而見輒忘之以爲怪。洵誠懼其或有意欲收之也，而復忘之，故忍耻而一言。不宣，洵再拜。

【校】

「但差勝於今」：影宋本「差」字譌「羌」。

【箋注】

〔一〕題：韓丞相即韓琦，見上韓樞密書注〔一〕。韓於嘉祐三年（一〇五八）六月入相，見宋史宰輔表二。續資治通鑑卷五十九嘉祐五年（一〇六〇）八月「甲子，以眉州進士蘇洵爲試校書郎」。書云：「去歲蒙朝廷授洵試校書郎。」可知此書作於嘉祐六年（一〇六一）。

〔二〕試校書郎：據宋史職官志八：秘書省校書郎屬從八品。職官志九：「凡除職事官，以寄禄官品之高下爲準：高一品已上爲行，下一品爲守，下二品已下爲試。」又云：「幕職初授，則試秘書省校書郎……謂之試銜。」

〔三〕京朝官：陸游老學菴筆記卷八：「唐自相輔以下，皆謂之京官，言官於京師也。其常參者曰常參官，未常參者曰未常參官。國初以常參官預朝議，古謂之升朝官；而未預者曰京官。」柯維騏宋史新編職官四：「凡一品以下常參者，謂之朝官；秘書郎以下未常參者，謂之

京官。」

〔四〕「今且守選數年」至「又待闕歲餘而到任」：守選：已得任官資格而待任命。待闕：已命官而等候缺空。王安石上仁宗皇帝言事書亦云：「以守選、待除、守闕通之，蓋六七年而後得三年之禄。」

〔五〕「譬如」二句：豫章：左傳哀公十六年：「抉豫章以殺人。」注：「豫章，大木也。」史記司馬相如列傳：「楩柟豫章。」正義：「豫，今之枕木也；章，今之樟木也。二木生至七年，枕、樟乃可分別。」橘柚：書禹貢：「厥包橘柚。」傳：「小曰橘，大曰柚。」疏：「橘、柚二果，其種本別，以實相比，則柚大橘小。」豫與樟，橘與柚，皆初生難別，結果費時，故云「非老人所植」，以喻自己年過半百，守選、待闕，曠日持久，結果難卜。

〔六〕「糊名」二句：糊名取人見上皇帝書注〔二九〕。保任以得官，據宋史職官志九：凡滿一定期限，有舉主數人，皆得升遷。

〔七〕作易傳百餘篇：蘇轍東坡先生墓誌銘：「先君晚歲讀易，玩其爻象，得其剛柔、遠近、喜怒、逆順之情，以觀其詞，皆迎刃而解。作易傳未完。」

上韓昭文論山陵書〔一〕

四月二十三日，將仕郎、守霸州文安縣主簿、禮院編纂蘇洵〔二〕，惶恐再拜上書昭

文相公執事：洵本布衣書生，才無所長，相公不察而辱收之，使與百執事之末，平居思所以仰報盛德而不獲其所。今者，先帝新棄萬國，天子始親政事，當海内傾耳側目之秋，而相公實爲社稷柱石莫先之臣，有百世不磨之功，伏惟相公將何以處之？

古者天子即位，天下之政必有所不及安席而先行之者。蓋漢昭即位，休息百役，與天下更始，故其爲天子曾未逾月，而恩澤下布於海内〔三〕。竊惟當今之事，天下之所謂最急，而天子之所宜先行者，輒敢以告於左右。

竊見先帝以儉德臨天下，在位四十餘年，而宫室游觀無所增加，幃簿器皿弊陋而不易，天下稱頌，以爲文、景之所不若〔四〕。今一旦奄棄臣下，而有司乃欲以末世葬送無益之費，侵削先帝休息長養之民，掇取厚葬之名而遺之，以累其盛明。故洵以爲當今之議，莫若薄葬。竊聞頃者癸酉赦書既出，郡縣無以賞兵，例皆貸錢於民，民之有錢者，皆莫肯自輸，於是有威之以刀劍，驅之以笞箠，爲國結怨〔五〕，僅而得之者。小民無知，不知與國同憂，方且狼顧而不寧。而山陵一切配率之科又以復下〔六〕，計今不過秋冬之間，海内必將騷然，有不自聊賴之人。竊惟先帝平昔之所以愛惜百姓者如此其深，而其所以檢身節儉者如此其至也，推其平生之心而計其既没之意，則其不欲以山陵重困天下，亦已明矣。而臣下乃獨爲此過當逾禮之費，以拂戾其平生之意，

竊所不取也。且使今府庫之中，財用有餘，一物不取於民，盡公力而爲之，以稱遂臣子不忍之心，猶且獲譏於聖人〔七〕。況夫空虛無有，一金以上非取於民則不獲，而冒行不顧以徇近世失中之禮，亦已惑矣。

然議者必將以爲，古者「君子不以天下儉其親」〔八〕，以天下之大，而不足於先帝之葬，於人情有所不順。洵亦以爲不然。使今儉葬而用墨子之説〔九〕，則是過也；不廢先王之禮，而去近世無益之費，是不過矣。子思曰：「三日而殯，凡附於身者必誠必信，勿之有悔焉耳矣。三月而葬，凡附於棺者必誠必信，勿之有悔焉耳矣。」〔一〇〕古之人所由以盡其誠信者，不敢有略也，而外是者則略之。昔者華元厚葬其君，君子以爲不臣〔一一〕。漢文葬於霸陵，木不改列，藏無金玉，天下以爲聖明，而後世安於太山〔一二〕。故曰：莫若建薄葬之議，上以遂先帝恭儉之誠，下以紓百姓目前之患，内以解華元不臣之譏，而萬世之後以固山陵不拔之安。

洵竊觀古者厚葬之由，未有非其時君之不達，欲以金玉厚其親於地下，而其臣下不能禁止，僶俛而從之者。未有如今日之事，太后至明，天子至聖，而有司信近世之禮，而遂爲之者，是可深惜也。且夫相公既已立不世之功矣，而何愛一時之勞而無所建明？洵恐世之清議，將有任其責者。

如曰：詔敕已行，制度已定，雖知不便，而不可復改。則此又過矣。蓋唐太宗之葬高祖也，欲爲九丈之墳，而用漢氏長陵之制，百事務從豐厚，及群臣建議以爲不可，於是改從光武之陵，高不過六丈，而每事儉約〔一三〕。夫君子之爲政，與其坐視百姓之艱難而重改令之非，孰若改令以救百姓之急？不勝區區之心，敢輒以告。惟恕其狂易之誅，幸甚，幸甚！不宣，洵惶恐再拜。

【校】

「幃簿器皿」：經進本「簿」作「帳」。

【箋注】

〔一〕題：韓昭文即韓琦，見上韓樞密書注〔一〕。琦於嘉祐六年八月自工部尚書、同平章事加昭文館大學士、監修國史，見宋史宰輔表二。山陵：帝王墳墓。水經注十九渭水：「秦名天子冢曰山，漢曰陵，故通曰山陵矣。」嘉祐八年（一〇六三）三月，仁宗崩，英宗即位，以韓琦爲山陵使，厚葬仁宗，蘇洵上此書諫之。張方平文安先生墓表：「初作昭陵，凶禮廢闕，琦爲大禮使，事從其厚，調發輒辦，州縣騷動。先生以書諫琦，且再三，至引華元不臣以責之。琦爲變色，然顧大義，爲稍省其過甚者。」續資治通鑑卷六十一亦載此事。

〔二〕「將仕郎」至「禮院編纂蘇洵」：歐陽修蘇明允墓誌銘：「會太常修纂建隆以來禮書，乃以

（洵）爲霸州文安縣主簿，使食其禄，與陳州項城縣令姚闢同修纂禮書。」續資治通鑑長編載此事於嘉祐六年（一〇六一）七月。將仕郎：文散官官階，據宋史職官志九屬從九品。守：宋代除職事官以寄禄官品之高下分行、守、試三等，下一品爲守，參見上韓丞相書注〔二〕。霸州文安縣：宋屬河北路（見宋史地理志二），今屬河北。主簿：宋千户以上縣置主簿，位在縣令、縣丞之下，縣尉之上，見宋史職官志七。禮院：指太常禮院。宋史職官志四：「別置太常禮院，雖隸本寺（太常寺），其實專達。有判院、同知院四人，寺與禮院事不相兼。康定元年（一〇四〇）置判寺、同判寺，始并兼禮院事。」宋初禮書修纂不常，北宋末始「令本寺因革禮五年一檢舉，接續編修」。

〔三〕「蓋漢昭即位」至「恩澤下布於海内」：漢昭帝劉弗陵（前九四——前七四），漢武帝子，年幼即位，由霍光等輔政。漢書昭帝紀贊曰：「承孝武奢侈餘敝師旅之後，海内虚耗，户口減半，（霍）光知時務之要，輕繇薄賦，與民休息。」

〔四〕文、景：漢文帝、漢景帝。經漢初數十年休養生息，至文帝、景帝時，經濟繁榮，政治安定，史稱文景之治。漢書景帝紀贊云：「漢興，掃除煩苛，與民休息，至於孝文，加之以恭儉；孝景遵業，五六十載之間，至於移風易俗，黎民醇厚。周云成、康，漢云文、景，美矣！」

〔五〕「癸酉赦書」至「爲國結怨」：續資治通鑑卷六十一嘉祐八年（一〇六三）四月：「癸酉大赦，優賞諸軍。」知諫院司馬光言：「國家用度數窘，復遭大喪，累世所藏，幾乎掃地。傳聞外州、

軍官庫無錢之處，或借貸民錢以供賞給，一朝取辦，逼以捶楚。」

〔六〕配率之科：新五代史盧質傳：「三司史王玫請率民財以佐用，乃使質與玫共議配率，而貧富不均，怨訟并起。」

〔七〕猶且獲譏於聖人：魏文帝集終制：「季孫以璵璠斂，孔子歷級而數之，譬之暴骸中原。」按：事見左傳定公五年：「(季平子)卒於房，陽虎將以璵璠斂。」杜注：「璵璠，美玉，君所佩。」

〔八〕「君子」句：語見孟子公孫丑下。

〔九〕墨子之說：墨子節葬：「棺三寸，足以朽骨；衣三領，足以朽肉；掘地之深，下無菹漏，氣無發洩於上，壟足以期其所，則止矣。」

〔一〇〕「子思曰」至「有悔焉耳矣」：引文見禮記檀弓上。鄭注：「言其日月欲以盡心脩備之。附於身謂衣衾，附於棺謂明器之屬。」

〔一一〕「昔者」二句：華元，春秋時宋國大夫。史記宋微子世家：「文公卒，子共公瑕立，始厚葬，君子譏華元不臣矣。」又魏文帝集終制：「宋公厚葬，君子謂華元、樂莒不臣，以爲棄君於惡。」

〔一二〕「漢文葬於霸陵」至「後世安於太山」：漢書文帝紀：漢文帝崩，遺詔曰：「當今之世，咸嘉生而惡死，厚葬以破業，重服以傷生，吾甚不取。……其令天下吏民，令到出臨三日，皆釋服。無禁取婦嫁女祠祀飲酒食肉。……霸陵山川因其故，無有所改。」又魏文帝集終制：「漢文帝之不發霸陵，無求也。」

〔一三〕「唐太宗之葬高祖也」至「每事儉約」：通鑑輯覽卷五十載貞觀九年五月唐高祖李淵崩，十月葬獻陵。「初詔山陵依漢長陵（漢高祖劉邦陵）故事。秘書監虞世南上疏，以爲『陛下盛德度越唐、虞，葬親乃以秦、漢爲法，臣竊爲陛下不取。願依白虎通爲三仞之墳，節損制度，刻石陵旁，藏書宗廟，用爲子孫萬世之法』。疏奏不報。世南復奏，上乃詔有司議之。房玄齡等以爲『漢長陵九丈，原陵（漢光武帝劉秀陵）六丈。今九丈則太崇，三仞則太卑，請依原陵之制』。從之。」

【集説】

儲欣曰：此書急欲救山陵配率之科，與前人諫厚葬者，詣歸有別。其原本先帝處最動人。（評注蘇老泉集）

與梅聖俞書〔一〕

聖俞足下：揆問忽復歲晚，昨九月中嘗發書，計已達左右。洵閒居經歲，益知無事之樂，舊病漸復散去。獨恨淪廢山林，不得聖俞、永叔相與談笑，深以嗟惋。

自離京師，行已二年，不意朝廷尚未見遺，以其不肖之文猶有可者，前月承本州發遣赴闕就試。聖俞自思，僕豈欲試者？惟其平生不能區區附合有司之尺度，是以

至此窮困。今乃以五十衰病之身，奔走萬里以就試，不亦爲山林之士所輕笑哉？自思少年嘗舉茂才，中夜起坐，裹飯攜餅，待曉東華門外〔二〕，逐隊而入，屈膝就席，俯首據案。其後每思至此，即爲寒心。今齒日益老，尚安能使達官貴人復弄其文墨，以窮其所不知邪？

且以永叔之言與夫三書之所云〔三〕，皆世之所見。今千里召僕而試之，蓋其心尚有所未信，此尤不可苟進以求其榮利也。昨適有病，遂以此辭。然恐無以答朝廷之恩，因爲上皇帝書一通以進，蓋以自解其不至之罪而已。不知聖俞當見之否？冬寒，千萬加愛。

【箋注】

〔一〕題：此書作於嘉祐三年（一〇五八）十二月一日上皇帝書後不久，説明其辭試原因并對科舉考試制度嚴加抨擊。

〔二〕東華門：宋史地理志一：「東京……東西面門曰東華、西華。」

〔三〕永叔之言與夫三書之所云：「永叔之言」指歐陽修薦布衣蘇洵狀，見上皇帝書注〔二〕。「三書」指歐陽修向朝廷呈獻蘇洵所著之權書、衡論、幾策。

【集説】

儲欣曰：屈膝俯首已爲寒心，若近世舉場之法，又當何如？可嘆，可嘆！（評注蘇老泉集）

答雷太簡書〔一〕

太簡足下：前月辱書，承諭朝廷將有召命，且教以東行應詔。旋屬郡有符，亦以此見遣。承命自笑，恐不足以當，遂以疾辭，不果行。計太簡亦已知之。

僕已老矣，固非求仕者，亦非固求不仕者。自以閒居田野之中，魚稻蔬筍之資、足以養生自樂，俯仰世俗之間，竊觀當世之太平；其文章議論，亦可以自足於一世。何苦乃以衰病之身，委曲以就有司之權衡，以自取輕笑哉？然此可爲太簡道，不可與流俗人言也。

嚮者權書、衡論、幾策，皆僕閑居之所爲。其間雖多言今世之事，亦不自求出之於世，乃歐陽永叔以爲可進而進之。苟朝廷以爲其言之可信，則何所事試？苟不信其平居之所云，而其一日倉卒之言，又何足信邪？恐復不信，秖以爲笑。

久居閒處，終歲幸無事。昨爲州郡所發遣，徒益不樂爾。楊旻至今未歸〔二〕，未

得所惠書。歲晚，京師寒甚，惟多愛。

【校】

「遂以疾辭」：經進本「疾」字作「病」。

「僕已老矣」：經進本作「然僕已老」。

「竊觀當世之太平」：經進本無「之」字。

「亦可以自足於一世」：經進本無「以」字。

「自取輕笑」：經進本「自」字誤作「相」。

「皆僕閑居之所爲」：經進本無「僕」字。

「其間雖多言今世之事」：經進本無「雖」字。

「苟朝廷以爲其言之可信」：經進本「可」字上衍「不」字。

「楊旻至今未歸」：經進本「旻」作「昊」。

【箋注】

〔一〕題：雷簡夫字太簡，同州郃陽（今屬陝西）人，初隱居不仕，以杜衍薦，先後任秦州觀察判官，知坊州、閬州、雅州等地，事見宋史本傳。雷曾致書張方平、歐陽修、韓琦推薦蘇洵，稱洵爲「王佐才」，「豈惟西南之秀，乃天下之奇才耳」。（邵博聞見後録卷十）

據蘇洵上皇帝書，「屬郡有符」在嘉祐三年（一〇五八）十一月五日；十二月一日上書仁宗，「以疾辭」。此書即作於其後不久。

〔二〕楊旻：未詳其人。從行文看，楊當爲眉人，時在京師。眉山蘇、楊二家有親，洵兄涣之妻即姓楊。

與楊節推書〔一〕

洵白：節推足下，往者見托以先丈之埋銘，示之以程生之行狀〔二〕。洵於子之先君，耳目未嘗相接，未嘗輒交談笑之歡。夫古之人所爲誌夫其人者，知其平生，而閔其不幸以死，悲其後世之無聞，此銘之所爲作也。然而不幸而不知其爲人，而有人焉告之以其可銘之實，則亦不得不銘。此則銘亦可以信行狀而作者也。今余不幸而不獲知子之先君，所恃以作銘者，正在其行狀耳。而狀又不可信，嗟夫難哉！

然余傷夫人子之惜其先君無聞於後，以請於我；我既已許之，而又拒之，則無以卹乎其心。是以不敢遂已，而卒銘其墓。凡子之所欲使子之先君不朽者，兹亦足以不負子矣，謹録以進如左。然又恐子不信行狀之不可用也，故又具列於後。

凡行狀之所云，皆虛浮不實之事，是以不備論。論其可指之迹。行狀曰：「公有子美琳，公之死由哭美琳而慟以卒。」夫子夏哭子，止於喪明，而曾子譏之〔三〕。而況以殺其身，此何可言哉？余不愛夫吾言，恐其傷子先君之風。行狀曰：「公戒諸子無如鄉人父母在而出分。」夫子之鄉人，誰非子之宗與子之舅甥者？而余何忍言之？而況不至於皆然，則余又何敢言之？此銘之所以不取於行狀者有以也，子其無以爲怪。洵白。

【校】

「而況以殺其身」：影宋本「殺」作「役」，疑爲「殁」字之譌。

【箋注】

〔一〕題：節推，節度推官之簡稱，爲幕職官，見宋史職官志七。蘇洵丹稜楊君墓誌銘：「楊君諱某字某，世家眉之舟稜。……生子四人，長曰美琪，次曰美琳，次曰美珣，其幼美球。美球嘗從事安靖軍，余游巴東，因以識余。嘉祐二年某月某日君卒，享年若干。四年十一月某日葬於某鄉某里。將葬，從事來請余銘。」從事爲漢代刺史之佐吏，至宋而廢。宋之節推與漢之從事相類；書云「往者見托以先丈之埋銘」，即墓誌銘所謂「從事來請余銘」；「洵於子之先君，耳目未嘗相接」亦與「余游巴東，因以識余」合，同爲初交。又有和楊節推見贈云：「與君

多乖睽，邂逅同泛峽。」可知書、銘、詩皆爲同一人作。以上推論若不誤，楊節推則爲楊美球，眉州丹稜人，曾爲安靖軍節度推官，此書當作於嘉祐四年（一〇五九）冬南行途經巴東後不久。

〔二〕程生之行狀：指程生所作楊節推先丈之行狀。程生，未詳其人。

〔三〕「子夏」三句：子夏，孔子弟子，姓卜名商，晉國溫（今河南溫縣西南）人，長於文學。史記仲尼弟子列傳：「其子死，哭之失明。」曾子，孔子弟子，名參字子輿，武城（今山東平邑）人，以孝聞。禮記檀弓上：「子夏喪其子而喪其明。曾子弔之曰：『吾聞之也，朋友喪明則哭之。』曾子哭，子夏亦哭曰：『天乎，予之無罪也。』曾子怒曰：『商，女何無罪也？』」遂列其三罪，其三爲「喪爾子，喪爾明」。

與吳殿院書〔一〕

洵啓：京師會遇，殊未及從容，屬家有變故，倉遽西走〔二〕，遂不得奉別，怏悵不可勝言也。嚮每見君侯，談論輒盡歡。而在京師逾年，相見至少，誠恐憲官職重，是以不敢數數自通，然亦老懶不出之故。及今相去數千里，求復一見不可得也。曩曾議及故友史沆骨肉淪落荆楚間〔三〕，慨然太息，有收恤之心。沆有兄經臣

者〔四〕，雖卧病而志氣卓然，以豪傑稱鄉里，使得攝尺寸之柄，當不鹵莽。常以爲沆死而有經臣者在，或萬一能有所雪，今不幸亦已死矣。追思沆平生孤直不遇，而經臣亦以剛見廢，又皆以無後死。當其生時，舉世莫不讐疾，惟君侯一人獨爲哀閔，而數年間兄弟相繼淪喪，使仁人之心不克少施。嗚呼！豈其命之窮薄至於此耶！

經臣死，家無一人，後事所屬辦於朋友。今其家遺孤骨肉存者，獨沆有弱女在襄州耳〔五〕，君侯尚可以庇之，使無失所否？阻遠未能一一，伏惟裁悉。不宣。洵白。

【校】

「而有經臣者在或萬一能有所雪」：祠本「在」「或」倒置，誤。

「今不幸亦已死矣」：二黄本「死」字作「無」。

【箋注】

〔一〕題：殿院：宋史職官志四：御史臺，「其屬有三院：一曰臺院，侍御史隸焉；二曰殿院，殿中侍御史隸焉；三曰察院，監察御史隸焉」。此殿院爲殿中侍御史之俗稱。吴殿院即吴中復（一〇一一——一〇七八），字仲庶，興國永興（今湖北陽新）人，景祐進士，知峨眉、犍爲，以孫抃薦，任監察御史裏行，遷殿中侍御史，仁宗書「鐵御史」三字賜之。見宋史、東都事略本傳。

續資治通鑑卷五十六嘉祐二年（一〇五七）四月「己巳，以殿中侍御史裏行吴中復爲殿中侍御史，充言事御史」。此書爲「經臣死」而求吴中復庇護經臣弟沆之女；洵祭史彦輔（經臣）文有「二子喪母，歸懷辛酸。子告病革……悲來塞咽」語；而洵妻程氏卒於嘉祐二年四月，可知此書作於是年因程氏卒返蜀後不久。

〔二〕「屬家有變」二句：指程氏卒，倉卒返蜀。洵上歐陽内翰第三書有「出京倉惶……變出不意，遂擾亂如此」語，亦指程氏卒事。

〔三〕史沆：字子凝，眉山人，史經臣之弟。進士及第，慶曆七年（一〇四七）沆官臨江（今江西清江），因事下獄，不久死。蘇洵祭史彦輔文：「慶曆丁亥（一〇四七），詔策告罷……遂至於虔（虔州，今江西贛州）。子時亦來，止於臨江，繫馬解鞍。愛弟子凝，倉卒就獄，舉家驚喧。」蘇軾記史經臣兄弟：「沆子凝者，其弟也。沆才氣過人，而薄於德。」與蘇洵所謂「沆平生孤直不遇」之評價，略有不同。

〔四〕經臣：蘇軾記史經臣兄弟：「經臣字彦輔，眉山人，與先君同舉制策，有名蜀中，世所知。……彦輔才不減沆，而篤於節義，博辯能文，不仕。年六十卒，無子，先君爲治喪，立其同宗子爲後，今爲農夫，無聞於人。沆亦無子，哀哉！」又蘇軾爲其幼子蘇過思子臺賦所作引云：「予先君宮師之友史君經臣字彦輔，眉山人，與其弟沆子凝皆奇士，博學能文，慕李文饒之爲人而舉其議論。彦輔舉賢良不中第，子凝以進士得官，止著作佐郎，皆早死，且無

子。有文數百篇皆亡之。予少時嘗見彦輔所作思子臺賦，上援秦皇，下逮晉惠，反復哀切，有補於世。」

〔五〕襄州：今湖北襄陽。

謝趙司諫書〔一〕

洵啓：嚮家居眉陽，以病懶不獲問從者。常以爲閣下之所在，聲之所振，德之所加，士以千里爲近，而洵獨不能走二百里一至於門。縱不獲罪，固以爲君子之棄人矣〔二〕。

今年秋始見太守竇君京師〔三〕，乃知閣下過聽，猥以鄙陋上塞明詔。不知閣下何取於洵也？洵固無取，然私獨喜，以爲可辭於世者，其不以馳騖得明矣。洵不識閣下，然仰聞君子之風，常以私告於朋友。特恨其身之不肖，不得交於當世，以偏致閣下之美。所告者皆饑寒自謀不暇之人，雖告而無益。然猶以素不相識之故，得免於希勢苟附之嫌，是其不識賢於識也。

今世之所尚，相見則以數至門爲勤，不相見則以數致書爲忠。夫數至門者，虚禮

無用；數致書者，虛詞無觀。得其無用與其無觀而加喜，不得而怒，此與嬰兒之好惡無異。今閣下舉人而取於不相識之中，則其去世俗遠矣。

寓居雍丘〔四〕，無故不至京師。詹望君子，日以復日。頃者朝廷猥以試校書郎見授，洵不能以老身復爲州縣之吏，然所以受者，嫌若有所過望耳。以閣下知我，故言及此，無怪。

【校】

「然私獨喜」：「喜」原作「嘉」，此從二黄本。

【箋注】

〔一〕題：王文誥蘇詩總案卷二繫「宮師謝趙司諫書」於嘉祐六年（一〇六一）七月，并云：「此書則薦宮師者不止歐陽修也。其趙司諫、竇太守皆不詳何人。蓋歐陽修上其文之後，必經兩制復議，趙或與其事，故又薦之也。」趙司諫即趙抃。王文誥因偶然失檢，繫年及論趙薦蘇之背景皆誤。蘇軾趙清獻公神道碑：「公諱抃，字閱道。……移充梓州路轉運使，未幾移益。……以右司諫召。」續資治通鑑卷五十九：嘉祐五年（一〇六〇）八月甲子，「以眉州進士蘇洵爲試校書郎。……（初）翰林學士歐陽修上其所著權書、衡論、幾策二十二篇，宰相韓琦善之，召試舍人院，以疾辭。本路轉運使趙抃等薦其行義，修又言洵既不肯就試，乞除一

官，故有是命」。此係趙司諫即趙抃之確證。又載：嘉祐六年（一〇六一）四月庚辰，「右司諫趙抃知虔州」。又書中有「頃者朝廷猥以試校書郎見授」。可見蘇洵謝啓當作於嘉祐五年八月後不久，不可能作於六年七月；趙薦洵非因「經兩制議，趙或與其事」，而是以「本路轉運使」身份薦本路人才。

〔二〕「嚮家居眉陽」至「固以爲君子之棄人矣」：趙抃任益州路轉運使，正蘇軾兄弟居母喪時。蘇洵因拒絶召試舍人院，故未赴成都訪趙抃。但蘇軾兄弟，至少蘇轍曾去成都拜見趙抃。蘇轍太子少保趙公詩石記：「轍昔少年，始見公於成都，中見公於京師。」前者指居母喪期間，後者指嘉祐五六年趙任右司諫時。

〔三〕竇君：未詳其人。

〔四〕寓居雍丘：雍丘，今河南杞縣。蘇洵父子於嘉祐五年（一〇六〇）二月十五日到達京師後，不久即寓居雍丘，而王文誥蘇詩總案僅云初寓京師西岡，後寓京師南園，未及寓居雍丘事。蘇轍辛丑除日寄子瞻：「居梁不耐貧，投杞避糠覈。城南庠齋静，終歲守墳籍。」蘇轍此詩作於嘉祐六年（一〇六一）年終，可見自嘉祐五年秋冬蘇洵作謝趙司諫書至次年終，蘇洵一家皆寓居雍丘。

嘉祐集箋注卷十四

譜

譜例〔一〕

古者，諸侯世國，卿大夫世家〔二〕，死者有廟，生者有宗〔三〕，以相次也，是以百世而不相忘。此非獨賢士大夫尊祖而貴宗，蓋其昭穆存乎其廟，遷毀之主存乎其太祖之室，其族人相與爲服，死喪嫁娶相告而不絶，則其勢將自至於不忘也。自秦、漢以來，仕者不世，然其賢人君子猶能識其先人，或至百世而不絶，無廟無宗而祖宗不忘，宗族不散，其勢宜忘而獨存，則由有譜之力也〔四〕。蓋自唐衰，譜牒廢絶，士大夫不講，而世人不載。於是乎由賤而貴者，耻言其先；由貧而富者，不録其祖，而譜遂

大廢。

昔者，洵嘗自先子之言而咨考焉，由今而上得五世，由五世而上得一世，一世之上失其世次，而其本出於趙郡蘇氏，以爲蘇氏族譜。它日歐陽公見而嘆曰：「吾嘗爲之矣。」〔五〕出而觀之，有異法焉。曰：「是不可使獨吾二人爲之，將天下舉不可無也。」洵於是又爲大宗譜法以盡譜之變，而并載歐陽氏之譜以爲譜例，附以歐陽公題劉氏碑後之文以告當世之君子，蓋將有從焉者。歐陽氏譜及永叔題劉氏碑後不具於此。

【校】

「卿大夫世家」：祠本「卿」誤作「鄉」。

「自先子之言而咨考焉」：「言」，他本作「日」。

【箋注】

〔一〕題：文中言及「歐陽氏之譜」，歐陽修歐陽氏譜圖序自署「嘉祐四年己亥四月庚午嗣孫修謹序」，而蘇洵於嘉祐五年（一〇六〇）至京，可見譜例、大宗譜法皆作於其後不久。

〔二〕「諸侯」二句：禮記王制：「諸侯世子世國，大夫不世爵，使以德，爵以功。」又孟子滕文公下：「仲子，齊之世家也。兄戴，蓋祿萬鍾。」集注：「世家，世卿之家。兄名戴，食采於蓋，其入萬鍾也。」又漢書賈誼傳：「賈嘉最好學，世其家。」

〔三〕「死者」二句：廟指宗廟，古代帝王、諸侯、卿大夫祭祀祖先之屋舍，禮記中庸：「宗廟之禮，所以祀乎其先也。」宗指宗族，尚書夏書五子之歌：「荒墜厥緒，覆宗絶祀。」

〔四〕「自秦、漢以來」至「有譜之力也」：隋書經籍志二：「氏姓之書，其所由來遠矣。書稱：『别生分類。』傳曰：『天子建德，因生以賜姓。』……漢初，得世本，叙黄帝以來祖世所出。而漢又有帝王年譜，後漢有鄧氏官譜。晉世，摯虞作族姓昭穆記十卷，齊、梁之間，其書轉廣。後魏遷洛，有八氏十姓，咸出帝族。又有三十六族，則諸國之從魏者；九十二姓。……其中國士人，則第其門閥，有四海大姓、郡姓、州姓、縣姓及。周太祖入關，諸姓子孫有功者，并令爲其宗長，仍撰族録，紀其所承。」

〔五〕吾嘗爲之矣：謂歐陽修所撰歐陽氏族譜。

蘇氏族譜〔一〕

蘇氏之譜，譜蘇氏之族也。蘇氏出自高陽〔二〕，而蔓延於天下。唐神龍初，長史味道刺眉州，卒於官，一子留於眉，眉之有蘇氏自是始〔三〕。而譜不及焉者，親盡也。親盡則曷爲不及？譜爲親作也。凡子得書而孫不得書，何也？以著代也。自吾之父以及吾之高祖，仕不仕，娶某氏，享年幾，某日卒，皆書；而他不書，何也？詳吾之所

自出也。自吾之父以至吾之高祖，皆曰諱某，而他則遂名之，何也？尊吾之所自出也。譜爲蘇氏作，而獨吾之所自出得詳與尊，何也？譜，吾作也。

嗚呼！觀吾之譜者，孝弟之心可以油然而生矣。情見乎親，親見於服，服始於衰，而至於緦麻〔四〕，而至於無服。無服則親盡，親盡則情盡，情盡則喜不慶，憂不弔；喜不慶，憂不弔，則塗人也。吾之所以相視如塗人者，其初兄弟也。兄弟，其初一人之身也。悲夫！一人之身分而至於塗人，此吾譜之所以作也。其意曰：分而至於塗人者，勢也。勢，吾無如之何也已。幸其未至於塗人也，使之無至於忽忘焉可也。嗚呼！觀吾之譜者，孝弟之心可以油然而生矣。

系之以詩曰：吾父之子，今爲吾兄。吾疾在身，兄呻不寧。數世之後，不知何人。彼死而生，不爲戚欣。兄弟之親，如足於手，其能幾何？彼不相能，彼獨何心！

蘇氏諱釿不仕，娶黃氏，享年若干，七月二十六日卒。	子祈	無嗣			
	子福	子宗夐	子昭鳳	子惟讚	子垂象 子垂正 子垂範
			子昭慶	子惟善	子垂則
				子惟德	子[illegible]

（續表）

							子禮											子祐			
							子晫						子畯				子暕	子宗靄			
子昭文					子宗藝	子宗瓊	子昭翰						子昭遇	子昭遠	子昭逸	子昭建	無嗣	子昭玘			子昭現
子渭	子沉	子浩	子漸	子洙	無嗣	無嗣	子文質	子文圭					無嗣	無嗣	無嗣	無嗣		子文實		子文寶	子文采
子瑗							子士元	子士能	子士良	子士寧	子士嘉	子士宗						子惟忠	子惟恭	無嗣	子士祥

（續表）

	子諱祐，不仕，娶李氏。享年五十四，七月三十日卒。	子宗著 子宗善 子宗晏 子宗昇 子諱杲，不仕，娶宋氏，享年五十一，六月八日卒。 子宗晁 子 德	子德謙 子昭圖 子昭越 子 昭 子德榮 子德升 子德元 子諱序，仕至大理評事，娶史氏，享年七十五，五月十一日卒 無嗣 子子勳	子 永 子惟益 子惟吉 無嗣 無嗣 子 哲 子 淳 子 汶 子 澮 子 渙 子 洵 子慎言 子 澄

子允元 子允滋 無嗣 子 理 子 瑜 子 舟 子 位 子 佾 子慶昌 子復圭

【校】

「情見乎親」：影宋本、二黄本「乎」作「於」。

「彼獨何心」：二黄本「獨」字譌「能」。

「子昭遠」：影宋本作「子昭達」。

【箋注】

〔一〕題：蘇氏族譜，「譜蘇氏之族」，并論「吾譜之所以作」；族譜後録上、下篇是對蘇氏族譜之具體叙述。三文當作於同時，即族譜後録下篇所署「至和二年（一〇五五）九月日」或其前不久。

〔二〕高陽：傳説中古帝顓頊。歷代通鑑輯覽卷一：「顓頊高陽氏，姬姓，黄帝之孫。黄帝元妃西陵氏生昌意，昌意降居若水，娶蜀山氏女，生帝。帝生十歲佐少昊，二十即帝位，初國高陽（今河南杞縣西南），故號高陽氏。」

〔三〕「唐神龍初」至「眉之有蘇氏自是始」：神龍，唐中宗年號，七〇五至七〇七年。舊唐書蘇味道傳：「蘇味道，趙州欒城人也。少與鄉人李嶠俱以文辭知名，時人謂之蘇、李。……延載（武則天年號，六九四）初，歷遷鳳閣舍人、檢校鳳閣侍郎、同鳳閣鸞臺平章事，尋加正授。證聖元年（六九五），坐事出爲集州刺史，俄召拜天官侍郎。……神龍初，以親附張易之、昌宗，貶授眉州刺史。俄而復爲益州大都督府長史，未行而卒，年五十八。贈冀州刺史。」

〔四〕服始於衰而至於緦麻：按喪禮規定穿戴一定喪服以悼死者叫服。我國古代按與死者關係之親疏，分喪服爲五等：斬衰、齊衰、大功、小功、緦麻。斬衰爲五服中最重者，其服以粗麻布製成，不緝邊，斷處外露，以示無飾，故稱斬衰。子、未嫁女爲父、承重孫爲祖父、妻爲夫服斬衰，服期三年。緦麻爲五服中最輕者，其服用細麻布製成。凡本宗高祖父母、曾伯叔祖父母、族伯叔父母、族兄弟、未嫁族姊妹，外姓中爲中表兄弟、岳父母等服緦麻，服期三月。見儀禮喪服第十一。

【集説】

羅大經曰：老泉族譜引云……詩字少意多，尤可涵詠。（三蘇文範）

楊慎曰：文至經傳，文之至也。此篇引似穀梁體，詩似鶺鴒詩，亦是老泉文之至。（同上）

茅坤曰：議論簡嚴，情事曲折，其氣格大略從公、穀中來。（唐宋八大家古文鈔）

族譜後録上篇〔一〕

蘇氏之先出於高陽，高陽之子曰稱，稱之子曰老童，老童生重黎及吴回。重黎爲帝嚳火正，曰祝融，以罪誅。其後爲司馬氏。而其弟吴回復爲火正。吴回生陸終，陸終生子六人：長曰樊，爲昆吾；次曰惠連，爲參胡；次曰籛，爲彭祖；次曰求言，爲

會人；次曰安，爲曹姓；季曰季連，爲羋姓〔二〕。六人者皆有後，其後各分爲數姓。昆吾始姓己氏，其後爲蘇、顧、温、董。當夏之時，昆吾爲諸侯伯，歷商而昆吾之後無聞。至周有忿生，爲司寇，能平刑以教百姓，周公稱之，蓋書所謂司寇蘇公者也〔三〕。司寇蘇公與檀伯達皆封於河〔四〕，世世仕周，家於其封，故河南、河内皆有蘇氏。六國之際，秦及代、厲〔五〕，其苗裔也。至漢興而蘇氏始徙入秦。或曰：高祖徙天下豪傑以實關中，而蘇氏遷焉。其後曰建〔六〕，家於長安杜陵。武帝時爲將以擊匈奴有功，封平陵侯，其後世遂家於其封。建生三子：長曰嘉，次曰武，次曰賢。嘉爲奉車都尉〔七〕。其六世孫純爲南陽太守〔八〕。生子曰章〔九〕，當順帝時爲冀州刺史，又遷爲并州，有功於其人，其子孫遂家於趙郡。其後至唐武后之世，有味道者。味道，聖曆初爲鳳閣侍郎，以貶爲眉州刺史，遷爲益州長史，未行而卒。有子一人不能歸，遂家焉。自是眉始有蘇氏〔一〇〕。

故眉之蘇，皆宗益州長史味道；趙郡之蘇，皆宗并州刺史章；扶風之蘇，皆宗平陵侯建；河南、河内之蘇，皆宗司寇忿生；而凡蘇氏皆宗昆吾樊；昆吾樊宗祝融、吴回。

蓋自昆吾樊至司寇忿生，自司寇忿生至平陵侯建，自平陵侯建至并州刺史章，自

并州刺史章至益州長史味道，自益州長史味道至吾之高祖，其間世次皆不可紀。而洵始爲族譜以紀其族屬，譜之所記，上至於吾之高祖，下至於吾之昆弟，昆弟死而及昆弟之子。曰：嗚呼！高祖之上不可詳矣。

自吾之前，而吾莫之知焉，已矣；自吾之後，而莫之知焉，則從吾譜而益廣之，可以至於無窮。蓋高祖之子孫，家授一譜而藏之。其法曰：凡嫡子而後得爲譜，爲譜者皆存其高祖，而遷其高祖之父，世世存其先人之譜，無廢也。而其不及高祖者，自其得爲譜者之父始，而存其所宗之譜，皆以吾譜冠焉。其説曰：此古之小宗也。古者有大宗，有小宗〔一一〕。傳曰：「別子爲祖〔一二〕，繼別爲宗〔一三〕，繼禰者爲小宗〔一四〕。有百世不遷之宗〔一五〕，有五世則遷之宗〔一六〕。百世不遷者，別子之後也。宗其繼別子之所自出者，百世不遷者也〔一七〕。宗其繼高祖者，五世則遷者也。」〔一八〕別子者，公子及士之始爲大夫者也。別子不得禰其父，而自使其嫡子後之，則爲大宗，故曰「繼別爲宗」。族人宗之，雖百世，而大宗死，則爲之齊衰三月，其母妻亡亦然；死而無子，則支子以其昭穆後之，此所謂「百世不遷之宗也」。別子之庶子又不得禰別子，而自使其嫡子爲後，則爲小宗。故曰「繼禰者爲小宗」。小宗五世之外，則易宗。其繼禰者，親兄弟宗之；其繼祖者，從兄弟宗之；其繼曾祖者，再從兄弟宗之；其繼高祖者，三

從兄弟宗之；死而無子，則支子亦以其昭穆後之，此所謂「五世則遷之宗也」。凡今天下之人，惟天子之子與始爲大夫者，而後可以爲大宗，其餘則否。獨小宗之法，猶可施於天下。故爲族譜，其法皆從小宗。

凡吾之宗，其繼高祖者，高祖之嫡子祈。祈死無子，天下之宗法不立，族人莫克以其子爲之後，是以繼高祖之宗亡而虚存焉。其繼曾祖者，曾祖之嫡子宗善，宗善之嫡子昭圖，昭圖之嫡子惟惟益，惟益之嫡子允元。其繼祖者，祖之嫡子諱序，序之嫡子澹，澹之嫡子位。其繼禰者，禰之嫡子澹，澹之嫡子位〔一九〕。曰：嗚呼！始可以詳之矣。百世之後，凡吾高祖之子孫，得其家之譜而觀之，則爲小宗。得吾高祖之子孫之譜而合之，而以吾譜考焉，則至於無窮而不可亂也。是爲譜之志云爾。

【校】

「其子孫遂家於趙郡」：底本譌「趙郡」爲「趙州」，據影宋本改。後文稱「趙郡之蘇」可證。

【箋注】

〔一〕題：族譜後録分上下兩篇，作於「至和二年（一〇五五）九月日」。上篇概述其作譜目的、方法以及蘇氏譜系。

〔二〕「高陽之子曰稱」至「爲芈姓」：蘇洵所本爲史記楚世家。

〔三〕「至周有忿生」至「蘇公者也」：忿生，周武王時司寇，封於蘇。尚書立政：「周公若曰：『太史，司寇蘇公，式敬爾由獄，以長我王國。茲式有慎以列用中罰。』」孔穎達疏云：「昔日司寇蘇公既能用法，汝太史當敬汝所用之獄，以長施於我王國。欲使太史選主獄之官當求蘇公之比也。此刑獄之法有所慎行，必以其體式列用中常之罰，不輕不重，當如蘇公所行也。」

〔四〕檀伯達：周人，「武王臣」，見漢書古今人表。

〔五〕秦及代、厲：秦指蘇秦，字季子，戰國時洛陽人。師鬼谷子，習縱横家言。説秦惠王不用，遂往説燕、趙、韓、魏、齊、楚六國，合從抗秦，并相六國。代指蘇代，厲指蘇厲，蘇秦之弟，亦習縱横家言。并見史記蘇秦列傳。

〔六〕建：蘇建，西漢長安杜陵人，以校尉隨衛青擊匈奴有功，封平陵侯。後爲游擊將軍出朔方，爲右將軍出定襄，以代郡太守卒於官。見漢書卷五十四蘇建傳。

〔七〕「建生三子」至「嘉爲奉車都尉」：漢書卷五十四蘇建傳：「有三子：嘉爲奉車都尉，賢爲騎都尉，中子武最知名。」武字子卿，以中郎將使匈奴，單于欲降之，武不屈，被留十九年方還。

〔八〕純：蘇純字桓公，東漢平陵人，有高名，以擊匈奴功，封中陵鄉侯，官至南陽太守卒。見後漢書卷三十一蘇章傳。

〔九〕章：蘇章字孺文，博學能文，安帝時舉賢良方正，出爲冀州刺史，改并州刺史，以摧折權豪忤旨免官，後徵爲河南尹，未就卒。見後漢書卷三十一蘇章傳。

〔一〇〕「自是」句：據蘇洵以上所叙，「眉始有蘇氏」以前之蘇氏世系可列表如下（實綫表嫡傳，虛綫表間代）：

高陽——稱——老童
老童——重黎……司馬氏
老童——陸回——解終
解終——樊……蘇忿生……蘇秦、蘇代、蘇厲……蘇建
解終——惠連
解終——籛
解終——求言
解終——安
解終——季連
蘇建——蘇嘉……蘇純……蘇章……蘇味道
蘇建——蘇武
蘇建——蘇賢

〔一一〕「其説曰」至「有小宗」：古代宗法以始祖之嫡長子爲大宗，嫡系長子以下諸子之世系爲小宗。儀禮喪服：「持重於大宗者，降其小宗也。」

〔一二〕「傳曰」二句：傳指禮記大傳，所引「别子爲祖」至「五世則遷者也」，均見此篇。其中前三句又見禮記喪服小記。孔穎達疏：「别子爲祖：别子謂諸侯之庶子也。諸侯之適子適孫繼世爲君，而第二子以下悉不得禰先君，故云别子；并爲其後世之始祖，故云爲祖。」蘇洵下文「别子者」二句即釋「别子爲祖」。

〔一三〕繼别爲宗：孔疏：「謂别子之適子，世繼别子爲大宗也。」又禮記喪服小記孔疏：「謂别子之世世長子恒繼别子，與族人爲百世不遷之大宗。」蘇洵「别子不得禰其父」至「繼别爲宗」即釋此句。

〔一四〕繼禰者爲小宗：孔疏：「謂父之適子上繼於禰，諸兄弟宗之，謂之小宗，以本親之服服之。」又禮記喪服小記孔疏：「禰謂别子之庶子，以庶子所生長子，繼此庶子與兄弟爲小宗。謂之小宗者，以其五世則遷，比大宗爲小，故云小宗也。」蘇洵「别子之庶子又不得禰别子」至「繼禰者爲小宗」，即釋此句。

〔一五〕有百世不遷之宗：孔疏：「云有百世不遷之宗者，謂之大宗也。」

〔一六〕有五世則遷之宗：孔疏：「云有五世則遷之宗者，謂小宗也。」

〔一七〕「百世不遷者」四句：孔疏：「此覆明大宗子百世不遷之義也。」蘇洵「族人宗之」至「此所謂百世不遷之宗也」，亦明「百世不遷之義」。

〔一八〕「宗其繼高祖者」二句：孔疏：「此覆明小宗五世則遷之義。」蘇洵「小宗五世之外」至「此所謂五世則遷之宗也」，亦「明小宗五世則遷之義」。禮記喪服小記亦有「有五世而遷之宗，其繼高祖者也」語，孔疏：「五世者謂上從高祖，下至玄孫之子。此玄孫之子則合遷徙，不得與族人爲宗，故云『有五世則遷之宗，其繼高祖者』。此五世合遷之宗，是繼高祖者之子。以其繼高祖之身，未滿五世，而猶爲宗；其繼高祖者之子，則已滿五世，禮合遷徙，但記文要略，唯云『繼高祖』，其實是繼高祖者之子也。」

〔一九〕「高祖之嫡子祈」至「澹之嫡子位」：可參閲蘇洵蘇氏族譜所列世系表。

族譜後録下篇

蘇氏之先自昆吾以來，其最顯者司寇忿生，三代之事，其聞於今不詳，周公作立政而特稱之，以教太史。其後周室衰，司寇之子孫亦曰蘇公，遭讒作詩以刺暴公，名曰彼何人斯〔一〕。惟此二人，見於詩、書，是以其傳至今。自蘇氏入秦而平陵侯建、典屬國武始顯。遷於趙，而并州刺史章、益州長史味道始有聞於世。遷於眉，而至於今無聞，夫是惟譜不立也。自昆吾至書之蘇公五百有餘年，自書之蘇公至詩之蘇公二百有餘年，自詩之蘇公至平陵侯建、典屬國武七百有餘年，自平陵侯建、典屬國武，至并州刺史章二百有餘年，自并州刺史章，至益州長史味道五百有餘年，自益州長史味道，至吾之高祖二百有餘年，以三十年而一易世，則七十有餘世也。七十有餘世，亦容有賢不賢焉。不賢者隨世磨滅，不可得而聞；而賢者獨有七人。七十有餘世，其賢者亦容不止於七人矣，而其餘不傳，則譜不立之過也。故洵既爲族譜，又從而記其所聞先人之行。

昔吾先子嘗有言曰：「吾年少而亡吾先人，先世之行，吾不及有聞焉。蓋嘗聞其略曰：蘇氏自遷於眉而家於眉山，自高祖涇則已不詳。自曾祖釿而後稍可記。曾祖

娶黄氏，以俠氣聞於鄉閭。生子五人，而吾祖祜最少最賢，以才幹精敏見稱，生於唐哀帝之天祐二年，而殁於周世宗之顯德五年，蓋與五代相終始。殁之一年，而吾太祖始受命。是時王氏、孟氏相繼據蜀，蜀之高才大人皆不肯出仕，曰：不足輔。仕於蜀者皆其年少輕鋭之士，故蜀以再亡。至太祖受命，而吾祖不及見也〔二〕。吾祖娶於李氏。李氏，唐之苗裔，太宗之子曹王明之後世曰瑜，爲遂州長江尉，失官，家於眉之丹稜。祖母嚴毅，居家肅然，多才略，猶有竇太后、柴氏主之遺烈〔三〕。生子五人，其才皆不同，宗善、宗晏、宗昪，循循無所毁譽；少子宗晁，輕俠難制；而吾父杲最好善，事父母極於孝，與兄弟篤於愛，與朋友篤於信，鄉閭之人，無親疏皆敬愛之。娶宋氏夫人，事上甚孝謹，而御下甚嚴。生子九人，而吾獨存。善治生，有餘財。時蜀新破，其達官争棄其田宅以入覲，吾父獨不肯取，曰：『吾恐累吾子。』終其身田不滿二頃，屋弊陋不葺也。好施與，曰：『多財而不施，吾恐他人謀我，然施而使人知之，人將以我爲好名。』是以施而尤惡使人知之。族叔父玩嘗有重獄，將就逮，曰：『入獄而死，妻子以累兄。請爲我詗獄之輕重，輕也以肉饋我，重也以菜饋我。』饋我以菜，吾將不食而死。』既而得釋，玩曰：『吾非無他兄弟；可以寄死生者，惟子。』及將殁，太夫人猶執吾手曰：『盍以是屬子之兄弟。』笑曰：『而子賢，雖非吾兄弟，亦將與之；不賢，

雖吾兄弟，亦將棄之。屬之何益？善教之而已。』遂卒。卒之歲，蓋淳化五年。推其生之年，則晉少帝之開運元年也。」〔四〕此洵嘗得之先子云爾。

先子諱序，字仲先，生於開寶六年，而歿於慶曆七年〔五〕。娶史氏夫人，生子三人，長曰澹，次曰渙，季則洵也〔六〕。先子少孤，喜爲善而不好讀書。晚乃爲詩，能白道〔七〕，敏捷立成，凡數十年得數千篇，上自朝廷郡邑之事，下至鄉閭子孫畋漁治生之意，皆見於詩。觀其詩雖不工，然有以知其表裏洞達，豁然偉人也。性簡易，無威儀，薄於爲己而厚於爲人，與人交，無貴賤皆得其歡心。見士大夫曲躬盡敬，人以爲諂，及其見田父野老亦然，然後人不以爲怪。外貌雖無所不與，然其中心所以輕重人者甚嚴。居鄉閭，出入不乘馬，曰：「有甚老於我而行者，吾乘馬，無以見之。」敝衣惡食處之不恥，務欲以身處衆之所惡，蓋不學老子而與之合。居家不治家事，以家事屬諸子。至族人有事就之謀者，常爲盡其心，反覆而不厭。凶年嘗鬻其田以濟饑者，既豐，人將償之，曰：「吾自有以鬻之，非爾故也。」卒不肯受。力爲藏退之行，以求不聞於世。然行之既久，則鄉人亦多知之，以爲古之隱君子莫及也。以渙登朝授大理評事。史氏夫人眉之大家，慈仁寬厚。宋氏姑甚嚴，夫人常能得其歡，以和族人。先公十五年而卒，追封蓬萊縣太君。

洵聞之，自唐之衰，其賢人皆隱於山澤之間，以避五代之亂。及其後，僭僞之國相繼亡滅，聖人出而四海平一，然其子孫猶不忍去其父祖之故以出仕於天下。是以雖有美才而莫顯於世。及其教化洋溢，風俗變改，然後深山窮谷之中，向日之子孫，乃始振迅相與從官於朝。然其才氣，則既已不若其先人質直敦厚，可以重任而無疑也。而其先人之行，乃獨隱晦而不聞，洵竊深懼焉。於是記其萬一而藏之家，以示子孫。至和二年九月日。

【校】

「蜀之高才大人」：底本、祠本譌「大」字爲「六」，據影宋本改。

「夫人常能得其歡」：「歡」原譌「觀」，從諸本改。

【箋注】

〔一〕「周公作立政」至「彼何人斯」：周公作立政見族譜後録上篇注〔三〕。蘇公作彼何人斯見詩小雅節南山之什，十三經注疏題何人斯。毛詩序曰：「何人斯，蘇公刺暴公也。暴公爲卿士而譖蘇公焉，故蘇公作是詩以絶之。」

〔二〕「吾祖祜」至「吾祖不及見也」：據蘇洵蘇氏族譜所列世系，蘇釿五子爲：蘇祈、蘇福、蘇禮、蘇祐、蘇祜。蘇祜生於唐哀帝天祐二年，即九〇五年；卒於周世宗顯德五年，即九五八年。

太祖指宋太祖趙匡胤，建隆元年（九六〇）繼位。王氏指前蜀主王建、王衍，孟氏指後蜀主孟知祥、孟昶。

〔三〕「吾祖娶於李氏」至「柴氏主之遺烈」：太宗指唐太宗李世民。曹王明，太宗第十四子，永隆中坐與庶人賢通謀，降封零陵王，徙於黔州，被迫自殺。遂州長江，即今四川蓬溪長江壩。竇太后，唐高祖李淵之后。其母爲周武帝姊襄陽長公主。聞隋文帝代周，涕曰：「恨我不爲男，以救舅氏之難。」見舊唐書后妃傳上。柴氏主，唐高祖女平陽公主嫁柴紹，故稱。曾發家資募兵助高祖起兵，威震關中，見新唐書諸帝公主傳。

〔四〕「卒之歲」至「開運元年也」：淳化，宋太宗年號。淳化五年爲九九四年。晉少帝開運元年爲九四四年。

〔五〕「生於開寶六年」二句：開寶爲宋太祖年號，開寶六年爲九七三年。慶曆爲宋仁宗年號，慶曆七年爲一〇四七年。

〔六〕季則洵也：眉始有蘇氏後，自蘇釿以下，蘇洵於蘇氏族譜中曾自列世系表，可參閱。

〔七〕能白道：荀子正名：「説行則天下正，説不行則白道而冥窮。」俞樾注：「窮，讀爲躬，白道而冥躬者，謂明白其道而幽隱其身也。」此謂爲詩以言志。

【集説】

茅坤曰：叙事文字，法度恰好，大略本史遷自叙中來。（唐宋八大家古文鈔）按此評合族譜

後録上、下篇言之。）

大宗譜法〔一〕

蘇氏族譜，小宗之法也。凡天下之人，皆得而用之，而未及大宗也。

大宗之法，冠以别子，由别子而列之，至於百世而至無窮，皆世自爲處，别其父子，而合其兄弟。父子者，無窮者也；兄弟者，有窮者也。無窮者相與處則害於無窮，其勢不得不别。然而某之子某，某之子某，則是猶不别也，是爲大宗之法云爾。

故爲大宗之法三世，自三世而推之，無不及也；人設二子而廣之，無不載也〔二〕。

蓋立法以爲譜，學者之事也。由譜而知其先以及其旁子弟，以傳於後世，是古君子之所重，而士大夫之所當知也。以學者之事不立，而古君子之所重，與士大夫之所當知者隨廢，是學者之罪也。於是存之蘇氏族譜之末，以俟後世君子有採焉。

別子

一世　别子之適子甲

庶子乙

二世　甲之適子丙
　　　庶子丁
　　乙之適子戊
　　　庶子己
三世　丙之適子庚
　　　庶子辛
　　丁之適子壬
　　　庶子癸
　　戊之適子子
　　　庶子丑
　　己之適子寅
　　　庶子卯

【校】

「蓋立法以爲譜」：「立」原譌「三」，據影宋本、二黄本改。

【箋注】

〔一〕題：大宗、小宗之别，見蘇氏族譜後録上篇注〔一一〕至〔一七〕。

此文作於嘉祐五年或其後不久，參見譜例注〔一〕。

〔二〕「自三世而推之」至「無不載也」：謂老蘇自列之大宗譜法雖僅三世，然若按此法推演，則可及於四世、五世以至百世而不遷；雖每人只設有二子，一適一庶，然若按此法而增廣，則他庶子無不遍載。

蘇氏族譜亭記〔一〕

匹夫而化鄉人者，吾聞其語矣。國有君，邑有大夫，而争訟者訴於其門；鄉有庠，里有學，而學道者赴於其家。鄉人有爲不善於室者，父兄輒相與恐曰：「吾夫子無乃聞之！」嗚呼！彼獨何脩而得此哉？意者其積之有本末，而施之有次第耶？

今吾族人猶有服者不過百人〔二〕，而歲時蜡社〔三〕，不能相與盡其歡欣愛洽，稍遠者至不相往來，是無以示吾鄉黨鄰里也。乃作蘇氏族譜，立亭於高祖墓塋之西南而刻石焉。既而告之曰：「凡在此者，死必赴，冠、娶妻必告，少而孤則老者字之，貧而無歸則富者收之。而不然者，族人之所共誚讓也。」

歲正月，相與拜奠於墓下，既奠，列坐於亭。其老者顧少者而嘆曰：「是不及見吾鄉鄰風俗之美矣。自吾少時，見有爲不義者，則衆相與疾之，如見怪物焉，慄焉而不寧。其後少衰也，猶相與笑之。今也，則相與安之耳。是起於某人也。夫某人者，是鄉之望人也，而大亂吾俗焉。是故其誘人也速，其爲害也深。自斯人之逐其兄之遺孤子而不恤也，而骨肉之恩薄；自斯人之多取其先人之貲田而欺其諸孤子也，而孝弟之行缺；自斯人之爲其諸孤子之所訟也，而禮義之節廢；自斯人之以妾加其妻也，而嫡庶之別混；自斯人之篤於聲色，而父子雜處，讙譁不嚴也，而閨門之政亂；自斯人之瀆財無厭，惟富者之爲賢也，而廉耻之路塞。此六行者，吾往時所謂大慙而不容者也。今無知之人皆曰：『某人何人也，猶且爲之。』其輿馬赫奕、婢妾靚麗，足以蕩惑里巷之小人；其官爵貨力，足以摇動府縣；其矯詐修飾言語，足以欺罔君子：是州里之大盗也。吾不敢以告鄉人，而私以戒族人焉：髣髴於斯人之一節者，願無過吾門也。」

予聞之懼而請書焉。老人曰：「書其事而闕其姓名，使他人觀之，則不知其爲誰，而夫人之觀之，則面熱内慚，汗出而食不下也。且無彰之，庶其有悔乎？」予曰「然」。乃記之。

【校】

「此六行者」：「此」原譌「行」，據諸本改。

【箋注】

〔一〕題：記有「乃作蘇氏族譜，立亭於高祖墓塋而刻石焉」語，可知此記作於蘇氏族譜後不久。蘇氏族譜作於「至和二年九月」，記有「歲正月相與奠於墓下」語，當作於嘉祐元年（一〇五六）正月。記爲妻黨程正輔父子而發，參見蘇洵自尤詩及附録周密老蘇族譜亭記。

〔二〕猶有服者不過百人：指五服（斬服、齊衰、大功、小功、緦麻）内之人。參蘇氏族譜及其譜例。

〔三〕蜡社：原爲兩祭名。蜡爲年終祭，合祭百神、禮記郊特牲「蜡之祭也，主先嗇而祭司嗇也；祭百種以報神也」。社爲社日，祀社神之日，漢前有春社在立春後第五戊日，漢後增秋日在立秋後第五戊日。荆楚歲時記：「社日，四鄰并結綜爲社，牲醪，爲屋於樹下，先祭神，然後享其胙。」蜡社合用，泛指節祭之日。

【集説】

周密曰：滄州先生程公許，字季興，眉山人，仕至文昌，寓居霅上，與先子從容談蜀中舊事，歷歷可觀。其言老泉族譜亭記，言「鄉俗之薄，起於某人」，而不著其姓名者，蓋蘇與其妻黨程氏大不咸。所謂某人者，其妻之兄弟也。老泉有自尤詩，述其女事外家，不得志以死，其辭甚哀，則其怨隙不平也久矣。其後東坡兄弟以念母之故，相與釋憾。程正輔於坡爲表弟，坡之南遷，時宰聞其

先世之隙，遂以正輔爲本路憲，將使之甘心焉。而正輔反爲中外交義，相與周旋之者甚至。（齊東野語卷十三老蘇族譜亭記）

楊慎曰：匹夫而化鄉人者，必自教族人始。此鄉人之有不善，公不敢以告鄉人，而私以戒族人也。末後數語，藹然君子長者之心，非特可見公之愛族人，而有以化鄉人亦在是矣。（三蘇文範）

茅坤曰：此是老蘇借譜亭諷里人，并訓族子處。（唐宋八大家古文鈔）

嘉祐集箋注卷十五

雜文

張益州畫像記〔一〕

至和元年秋，蜀人傳言有寇至，邊軍夜呼，野無居人，妖言流聞，京師震驚。方命擇帥，天子曰：「毋養亂，毋助變。衆言朋興，朕志自定。外亂不作，變且中起。不可以文令，又不可以武競，惟朕一二大吏，孰爲能處兹文武之間，其命往撫朕師？」乃推曰：「張公方平其人。」天子曰：「然。」公以親辭，不可，遂行。冬十一月至蜀。至之日，歸屯軍，撤守備，使謂郡縣：「寇來在吾，無爾勞苦。」明年正月朔旦，蜀人相慶如他日，遂以無事〔二〕。

又明年正月，相告留公像於净衆寺〔三〕，公不能禁。眉陽蘇洵言於衆曰：「未亂，易治也；既亂，易治也；有亂之萌，無亂之形，是謂將亂。將亂難治，不可以有亂急，亦不可以無亂弛。是惟元年之秋，如器之欹，未墜於地。惟爾張公，安坐於其旁，顔色不變，徐起而正之。既正，油然而退，無矜容，爲天子牧小民不倦。惟爾張公，爾繄以生，惟爾父母。且公嘗爲我言：『民無常性，惟上所待〔四〕。人皆曰蜀人多變，於是待之以待盜賊之意，而繩之以繩盜賊之法，重足屏息之民，而以碪斧令。於是民始忍以其父母妻子之所仰賴之身，而棄之於盜賊，故每每大亂。夫約之以禮，驅之以法〔五〕，惟蜀人爲易。至於急之而生變，雖齊、魯亦然〔六〕。吾以齊、魯待蜀人，而蜀人亦自以齊、魯之人待其身。若夫肆意於法律之外，以威劫其民，吾不忍爲也。』嗚呼！愛蜀人之深，待蜀人之厚，自公而前，吾未始見也。」皆再拜稽首曰：「然。」蘇洵又曰：「公之恩在爾心，爾死在爾子孫，其功業在史官，無以像爲也。且公意不欲，如何？」皆曰：「公則何事於斯？雖然，於我心有不釋焉。今夫平居聞一善，必問其人之姓名與鄉里之所在，以至於其長短大小美惡之狀，甚者或詰其平生所嗜好，以想見其爲人，而史官亦書之於其傳。意使天下之人，思之於心，則存之於目；存之於目，故其思之於心也固。由此觀之，像亦不爲無助。」蘇洵無以詰，遂爲之記。

公南京人〔七〕，爲人慷慨有大節，以度量容天下。天下有大事，公可屬。繫之以詩曰：

天子在祚，歲在甲午。西人傳言，有寇在垣。庭有武臣，謀夫如雲。天子曰嘻，命我張公。公來自東，旗纛舒舒。西人聚觀，于巷于塗。謂公暨暨〔八〕，公來于于〔九〕。公謂西人：安爾室家，無敢或訛。訛言不祥，往即爾常。春爾條桑，秋爾滌場。西人稽首，公我父兄。公在西囿，草木駢駢〔一〇〕。公宴其僚，伐鼓淵淵〔一一〕。西人來觀，祝公萬年。有女娟娟，閨闥閑閑。有童哇哇〔一二〕，亦既能言。昔公未來，期汝棄捐。禾麻芃芃〔一三〕，倉庾崇崇〔一四〕。嗟我婦子，樂此歲豐。公在朝廷，天子股肱〔一五〕。天子曰歸，公敢不承？作堂嚴嚴，有廡有庭。公像在中，朝服冠纓。西人相告，無敢逸荒。公歸京師，公像在堂。

【校】

「則存之於目存之於目」：後「目」字祠本誤「曰」。

「爲人慷慨有大節」：影宋本無「大」字，底本、祠本無「爲人」二字，據二黄本、經進本補。

「西人聚觀」：底本、祠本「聚」字作「衆」，據影宋本、經進本改。

「西人稽首」：影宋本、二黄本作「西人來觀」，與下文重，誤。

【箋注】

〔一〕題：張益州即張方平，見上張侍郎書注〔一〕。記云，張於至和元年至蜀，明年正月蜀人相慶如他日，又明年正月留像於成都净衆寺，可知此記作於嘉祐元年（一〇五六）正月，頌張方平在蜀之善政。

〔二〕「至和元年秋」至「遂以無事」：至和元年即詩所言「歲在甲午」，亦即一〇五四年。蘇軾張文定公墓誌銘（東坡後集卷十七）：「改户部侍郎，移鎮西蜀。始李順以甲午歲（九九四）叛，蜀人記之，至是方以爲憂。而轉運使攝守事，西南夷有邛部川首領者，妄言蠻賊儂智高在南詔，欲來寇蜀。攝守，妄人也，聞之大驚，移兵屯邊郡，益調額外弓手，發民築城，日夜不得休息，民大驚擾，爭遷居城中。……朝廷聞之，發陝西步騎戍蜀，兵仗絡繹，相望於道。詔促公行，且許以便宜從事。公言：『南詔去蜀二千餘里，道險不通，其間雜種，不相役屬，安能舉大兵寇我哉？此必妄也。臣當以静鎮之。』道遇戍卒兵仗輒遣還。入境，下令邛部川曰：『寇來吾自當之，妄言者斬。』悉歸屯邊兵，散遣弓手，罷築城之役。會上元觀燈，城門皆通夕不閉。蜀遂大安。」

〔三〕净衆寺：蜀中名勝記成都府二：「西門之勝：張儀樓、石笋街、琴臺、浣花溪、青羊宫、净衆寺、少陵草堂……。僧無相，新羅國人，開元十六年至成都募化檀越造净衆寺。」

〔四〕「民無常性」二句：尚書蔡仲之命：「皇天無親，惟德是輔。民心無常，惟惠之懷。爲善不

同，同歸于治；爲惡不同，同歸于亂。」

〔五〕「約之以禮」二句：論語爲政：「道之以政，齊之以刑，民免而無耻；道之以德，齊之以禮，有耻且格。」

〔六〕齊魯：論語雍也：「齊一變，至於魯；魯一變，至於道。」何注引包曰：「言齊魯有太公、周公之餘化，太公大賢，周公聖人，今其政教雖衰，若有明君興之，齊可使如魯，魯可使如大道行之時。」

〔七〕南京：宋史地理志：「應天府，河南郡，歸德軍節度。本唐宋州，至道中爲京東路，景德三年升爲應天府，大中祥符七年建爲南京。」即今河南商丘。

〔八〕暨暨：果敢堅决貌。禮記玉藻：「戎容暨暨。」

〔九〕于于：行動舒緩貌。莊子應帝王：「其卧徐徐，其覺于于。」

〔一〇〕駢駢：衆多貌，李賀相勸酒：「車駢駢。」此作茂盛解。

〔一一〕伐鼓淵淵：語見詩小雅采芑。箋：「淵淵，鼓聲也。」

〔一二〕有童哇哇：歐陽修茶歌：「小兒助噪聲哇哇。」

〔一三〕芃芃：茂密貌，詩鄘風載馳：「芃芃其麥。」

〔一四〕崇崇：高聳貌，揚雄甘泉賦：「崇崇圜丘。」

〔一五〕股肱：左傳昭公九年：「君之卿佐，是謂股肱。」

【集説】

樓昉曰：辭氣嚴正有法度。説不必有像，而亦不可以無像，此三四轉甚奇。最好處是善回護蜀人。公蜀人也，所以尤難。（静觀室三蘇文選）

林希元曰：代天子言，就是天子氣魄。（同上）

宗方域曰：老蘇張益州（畫）像記，其文勁悍渾深，有西漢人筆力，詩衍文義，有幹有華。（同上）

茅坤曰：（張）益州常稱老蘇似司馬子長。此記自子長之後，殆不可多。（唐宋八大家古文鈔）

儲欣曰：持重若挽百鈞之弓，不遺餘力，詩亦樸雅入情。（評注蘇老泉集）

彭州圓覺禪院記〔一〕

人之居乎此也，其必有樂乎此也。居斯樂，不樂，不居也。居而不樂，不樂而不去，爲自欺，且爲欺天。蓋君子耻食其食而無其功，耻服其服而不知其事，故居而不樂，吾有吐食、脱服，以逃天下之譏而已耳。天之畀我以形，而使我以心馭也。今日欲適秦，明日欲適越，天下誰我禦？故居而不樂，不樂而不去，是其心且不能馭其形，而况能以馭他人哉？

自唐以來，天下士大夫爭以排釋老爲言〔二〕，故其徒之欲求知於吾士大夫之間者，往往自叛其師以求容於吾。而吾士大夫亦喜其來而接之以禮。靈師、文暢之徒〔三〕，飲酒食肉以自絶於其教。嗚呼！歸爾父子，復爾室家，而後吾許爾以叛爾師。父子之不歸，室家之不復，而師之叛，是不可以一日立於天下。傳曰：「人臣無外交。」〔四〕故季布之忠於楚也，雖不如蕭、韓之先覺，而比丁公之貳則爲愈〔五〕。

予在京師，彭州僧保聰〔六〕來求識予甚勤，及至蜀，聞其自京師歸，布衣蔬食以爲其徒先，凡若干年，而所居圓覺院大治。一日爲予道其先師平潤事，與其院之所以得名者，請予爲記。予佳聰之不以叛其師悦予也，故爲之記曰：

彭州龍興寺僧平潤講圓覺經〔七〕有奇，因以名院。院始弊不葺，潤之來始得隙地以作堂宇。凡更二僧，而至於保聰，聰又合其鄰之僧屋若干於其院以成，是爲記。

【校】

「天下士大夫」：「天」原誤作「夫」，據諸本改。

【箋注】

〔一〕題：彭州，今屬四川。圓覺禪院，詳文中，地志失載。寫作時間不詳，據「予在京師，彭州僧

保聰來求識余甚勤。及至蜀，聞其自京師歸……凡若干年……請予爲記」等語，當作於家居期間。

〔二〕自唐以來天下士大夫争以排釋老爲言：韓愈即以排斥佛老，宣揚儒道聞名。其原道云：「周道衰，孔子没，火於秦，黄老於漢，佛於晉、魏、梁、隋之間，其言道德仁義者，不出於楊，則出於墨；不入於老，則入於佛。入於彼，必出於此。入者主之，出者奴之；入者附之，出者污之。噫！後之人其欲聞道德仁義之説，孰從而聽之？」力主對佛老應「人其人，火其書，廬其居」。

〔三〕靈師、文暢：與韓愈同時之僧人。韓愈送靈師云：「靈師皇甫姓，胤冑本蟬聯。少小涉書史，早能綴文篇。中間不得意，失迹成延遷。逸志不拘教，軒騰斷牽攣。」下言其「圍棋鬭黑白」，「戰詩誰與敵」、「飲酒盡百觴」，「尋勝不憚險」等。韓愈送文暢師北游亦言文暢「酒場舞閨姝，獵騎圍邊月」。蘇洵言二人「飲酒食肉以自絶其教」本此。

〔四〕人臣無外交：語見穀梁傳隱公元年：「寰内諸侯，非有天子之命，不得出會諸侯。」禮記郊特牲：「爲人臣者無外交。」

〔五〕「故季布之忠於楚也」三句：史記季布欒布列傳載，季布，楚人也，項羽使將兵，數窘劉邦。項羽滅，邦赦布，拜爲郎中。季布母弟丁公爲楚將，放走劉邦。羽滅，丁公謁見，劉邦斬丁公，曰：「使後世爲臣者無效丁公。」

〔六〕保聰：未詳其人。下文「平潤」亦不詳。

〔七〕圓覺經：佛經名，唐罽賓僧佛陀多羅譯，記釋迦答文殊、普賢等問。

【集説】

茅坤曰：翻案格議論，有一段風致。（唐宋八大家古文鈔）

極樂院造六菩薩記〔一〕

始予少年時，父母俱存，兄弟妻子備具，終日嬉游，不知有死生之悲。自長女之夭，不四五年而丁母夫人之憂，蓋年二十有四矣〔二〕。其後五年而喪兄希白〔三〕，又一年而長子死〔四〕，又四年而幼姊亡〔五〕，又五年而次女卒〔六〕，至于丁亥之歲，先君去世〔七〕，又六年而失其幼女〔八〕，服未既而有長姊之喪〔九〕。悲憂慘愴之氣，鬱積而未散，蓋年四十有九而喪妻焉〔一〇〕。嗟夫，三十年之間，而骨肉之親零落無幾！

近將南去，由荆、楚走大梁，然後訪吴、越，適燕、趙，徜徉於四方以忘其老〔一一〕。將去，慨然顧墳墓，追念死者，恐其魂神精爽，滯於幽陰冥漠之間，而不復曠然游乎逍遥之鄉，於是造六菩薩并龕座二所。蓋釋氏所謂觀音、勢至、天藏、地藏、解冤結、引

路王者〔二二〕，置於極樂院阿彌如來之堂〔二三〕。庶幾死者有知，或生於天，或生於四方上下，所適如意，亦若余之游於四方而無繫云爾。

【校】

「又五年而次女卒」：祠本「卒」字譌「卒」。

「或生於四方」：「生」原譌「上」，據諸本改。

【箋注】

〔一〕題：極樂院，供奉阿彌如來之寺院。阿彌陀經：「從是西方，過十萬億佛土，有世界名曰極樂……其國衆生，無有衆苦，但受諸樂，故名極樂。」六菩薩，見文中。此記作於嘉祐四年（一〇五九），時蘇軾兄弟服母喪期滿，全家將南行由荆楚赴京，蘇洵作此記以告死者。

〔二〕「自長女之夭」至「年二十有四矣」：蘇洵年二十四爲明道元年（一〇三二），其前四五年當爲天聖六年（一〇二八）或七年（一〇二九），洵年二十或二十一。司馬光程夫人墓誌銘：「生十八歸蘇氏。」又云：「夫人以嘉祐二年（一〇五七）四月癸丑終於鄉里，其年十一月庚子葬某地，年四十八。」從嘉祐二年逆數四十八年，程氏當生於大中祥符三年（一〇一〇）。蘇洵生於大中祥符二年，長程氏一歲。程氏「生十八歸蘇氏」，洵年十九。婚後僅一年多長女即

夭，可知夭於襁褓。

〔三〕其後五年而喪兄希白：明道元年（一○三二）「丁母夫人憂」後五年，當爲景祐四年（一○三七）。希白乃蘇澹字，蘇轍東坡先生墓誌銘作太白（「伯父太白早卒」），不知孰是。

〔四〕又一年而長子死：景祐四年（一○三七）「喪兄希伯」後一年，當爲寶元元年（一○三八）。歐陽修故霸州文安縣蘇君墓誌銘：「生三子：曰景先，早卒。」可知長子名景先。蘇轍次韻子瞻寄賀生日：「弟兄本三人，懷抱喪其一。」蘇景先生年不詳。寶元元年，蘇軾三歲。景先長於軾而又喪於「懷抱」，可能亦僅數歲。

〔五〕又四年而幼姊亡：寶元元年（一○三八）「長子死」後四年，當爲慶曆元年（一○四一）。蘇軾蘇廷評行狀：「（蘇序）女二人，長適杜垂裕，幼適石揚言。」蘇洵幼姊即適石揚言者。

〔六〕又五年而次女卒：慶曆元年（一○四一）「幼姊亡」後五年，當爲慶曆六年（一○四六）。蘇洵次女生年亦不詳，然據蘇洵自尤詩，蘇洵幼女生於景祐二年（一○三五）（見本文注〔八〕），可知次女死時當在十二歲以上。

〔七〕「丁亥之歲」二句：丁亥即慶曆七年（一○四七）。蘇軾蘇廷評行狀：「慶曆七年五月十一日終於家，享年七十有五。」

〔八〕又六年而失其幼女：慶曆七年（一○四七）「先君去世」後六年爲皇祐四年（一○五二）。蘇洵自尤詩叙：「壬辰之歲而喪幼女。」壬辰即皇祐四年。又云：「年十八而卒。」從皇祐四年

上推十八年，當生於景祐二年（一〇三五）。蘇軾乳母任氏墓誌銘：「趙郡蘇軾子瞻之乳母任氏名採蓮，眉之眉山人。……乳亡姊八娘與軾。」蘇軾生於景祐三年（一〇三六），八娘僅長蘇軾一歲。

〔九〕服未既而有長姊之喪：宋史禮志凶禮四：「丁父母憂，淳化五年詔曰：『孝爲百行之本，喪有三年之制。』」「服未既」即未滿三年，可知蘇洵長姊當卒於至和元年（一〇五四）前後。蘇洵長姊即適杜垂裕者，參見本文注〔五〕。

〔一〇〕年四十有九而喪妻焉：蘇洵生於大中祥符二年（一〇〇九），年四十九即嘉祐二年（一〇五七）。參見本文注〔二〕。

〔一一〕「近將南去」至「以忘其老」：荆楚，此指今湖北秭歸、江陵一帶。大梁，今河南開封。吴越，今江浙一帶。燕趙，今河北一帶。後因任秘書省試校書郎等職，吴越燕趙之游，未果行。

〔一二〕「觀音」句：所列皆佛教大乘菩薩名。觀音，即觀世音，法華經云：「苦惱衆生，一心稱名，菩薩即時觀其音聲，皆得解脱，以是名觀世音。」勢至即大勢至，觀無量佛經：「以智慧光，普照一切，令離三塗，得無上力，是故號此菩薩名大勢至。」天藏、地藏：酉陽雜俎廣知：「近佛畫中有天藏菩薩、地藏菩薩，近明諦觀之，規彩鑠目，若放光也。」解寃結、引路王，未詳所掌。

〔一三〕阿彌如來：阿彌陀佛，佛家净土宗以阿彌陀佛爲西方極樂世界教主，長念其名，即可入極樂世界，見佛説阿彌陀經。

木假山記〔一〕

木之生，或蘖而殤，或拱而夭。幸而至於任爲棟梁則伐；不幸而爲風之所拔，水之所漂，或破折，或腐；幸而得不破折，不腐，則爲人之所材，而有斧斤之患。其最幸者，漂沉汩没於湍沙之間，不知其幾百年，而其激射齧食之餘，或髣髴於山者，則爲好事者取去，强之以爲山，然後可以脱泥沙而遠斧斤。而荒江之濆，如此者幾何！不爲好事者所見，而爲樵夫野人所薪者，何可勝數！則其最幸者之中，又有不幸者焉！

予家有三峰，予每思之，則疑其有數存乎其間。且其蘖而不殤，拱而不夭，任爲棟梁而不伐，風拔水漂而不破折，不腐；不破折，不腐，而不爲人所材，以及於斧斤；出於湍沙之間，而不爲樵夫野人之所薪，而後得至乎此，則其理似不偶然也。

然予之愛之，則非徒愛其似山，而又有所感焉；非徒愛之，而又有所敬焉。予見中峰魁岸踞肆，意氣端重，若有以服其旁之二峰。二峰者莊栗刻峭，凜乎不可犯，雖其勢服於中峰，而岌然無阿附意。吁！其可敬也夫！其可以有所感也夫！

【校】

「漂沉汨没」：二黄本「漂」字譌「深」。

「莊栗刻峭」：原脱「峭」字，經進本「栗」字譌「粟」，據影宋本、二黄本、祠本等補改。

【箋注】

〔一〕題：蘇軾木山并叙（東坡集卷十七）：「吾先君子嘗蓄木山三峰，且爲之記與詩（詩已佚）。詩人梅二丈聖俞見而賦之，今三十年矣。」蘇軾詩作於元祐三年（一〇八八），逆數三十年，則蘇洵此記作於嘉祐二年（一〇五七）。梅聖俞蘇明允木山（梅堯臣集編年校注卷二十七）：「空山枯楠大蔽牛，霹靂夜落魚鳧洲。魚鳧水射千秋蠹，肌爛隨沙蕩漾流，唯存堅骨蛟龍鎪。形如三山中雄酋，左右兩峰相挾翊，尊奉君長無慢尤。蘇夫子見之驚且異，買於溪叟憑貂裘。因嗟大不爲棟梁，又嘆殘不爲薪槱。雨浸蘚澀得石瘦，宜與夫子歸隱丘。」詩之内容、主旨與記同。此木山爲蘇洵眉山老家所蓄，其後京師所蓄木山爲另一木山，參閲後寄楊緯注〔二〕。

【集説】

黄庭堅曰：往嘗觀明允木假山記，以爲文章氣旨似莊周、韓非，恨不得趨拜其履舄間，請問作文關紐。（豫章先生文集跋子瞻木山詩）

茅坤曰：即木假山看出許多幸不幸來，有感慨，有態度。

又曰：凡六轉入山。末又一轉，有百尺竿頭之意。（唐宋八大家古文鈔）

林希元曰：説一木假山，必經歷許多磨折跌宕……文字嚴急峻整，無一句懈怠，愈讀愈不厭。（三蘇文範）

楊慎曰：大意言天下生材甚難，而公父子乃天意所與。如此切磋琢磨，自爲師友。此公所以自重，不偶然也。（同上）

老翁井銘〔一〕

丁酉歲，余卜葬亡妻，得武陽安鎮之山〔二〕。山之所從來甚高大壯偉，其末分而爲兩股，回轉環抱，有泉坌然出於兩山之間而北附，右股之下畜爲大井，可以日飲百餘家。卜者曰吉，是其葬書爲神之居。蓋水之行常與山俱，山止而泉冽，則山之精氣勢力自遠而至者，皆畜於此而不去，是以可葬無害。

他日乃問泉旁之民，皆曰是爲老翁井。問其所以爲名之由，曰：往歲十年，山空月明，天地開霽，則常有老人蒼顔白髮，偃息於泉上，就之則隱而入於泉，莫可見。蓋其相傳以爲如此者久矣。因爲作亭於其上，又甃石以禦水潦之暴，而往往優游其間，酌泉而飲之，以庶幾得見所謂老翁者，以知其信否。然余又閔其老於荒榛巖石之間，

千歲而莫知也，今乃始遇我而後得傳於無窮。遂爲銘曰：

山起東北，翼爲南西。涓涓斯泉，坌溢以瀰。斂以爲井，可飲萬夫。汲者告吾，有叟於斯。里無斯人，將此謂誰？山空寂寥，或嘯而嬉。更千萬年，自潔自好。誰其知之，乃訖遇我。惟我與爾，將遂不泯。無溢無竭，以永千祀。

【校】

「因爲作亭於其上」：祠本「爲」字作「而」。

「坌溢以瀰」：二黄本「坌」字譌「盆」。

「汲者告吾」：影宋本「吾」字作「我」。

【箋注】

〔一〕題：老翁井：眉州屬志卷二：「老翁井在蟇頤山下，一名老翁泉。」蘇軾送賈訥倅眉：「老翁山下玉淵回，手植青松三萬栽。」自注：「先君葬於蟇頤山之東二十餘里，地名老翁泉。」此爲蘇洵「卜葬亡妻」而作，作於「丁酉歲」，即嘉祐二年。時洵求官未遂，賢妻新喪，心情十分抑鬱，故欲老於泉傍。

〔二〕武陽：縣名，即今四川彭山。安鎮：鄉名。彭山縣志卷一沿革：「上古隸梁州域中，春秋、戰國爲蜀蠶叢地，秦末漢初屬漢國，爲武陽縣。」按：老翁井，今在眉山境内。

【集説】

梅聖俞詩曰：泉上有老人，隱見不可常。蘇子居其間，飲水樂未央。淵中必有魚，與子自徜徉。淵中苟無魚，子特玩滄浪。日月不知老，家有雛鳳凰。百鳥戢羽翼，不敢言文章。去爲仲尼嘆，出爲盛時祥。方今天子聖，無滯彼泉傍。（宛陵先生集卷五十九題老人泉寄蘇明允）

王荊州畫像贊〔一〕

太山崇崇，東海滔滔，蟠爲山東。公惟齊人，齊方千里〔二〕，而吾獨見公。公在荊州〔三〕，或象其儀，白髮紅顔。謂公方壯，公生辛丑〔四〕，天子之老〔五〕。誰謂公老，其威桓桓〔六〕，鎮天子之南邦。

【校】

「而吾獨見公」：二黄本「吾」字作「喜」。

【箋注】

〔一〕題：此贊作於嘉祐四年（一〇五九）十二月三蘇父子南行赴京途經江陵時。王荊州，未詳其人。蘇軾荊州十首：「太守王夫子，山東老俊髦。壯年聞猛烈，白首見雄

豪。」查慎行蘇詩補注卷二：「先生全集有上荊州王兵部書，又有與王刑部書，二人皆爲荊州守，又同姓，其名字失考。」

〔二〕「太山崇崇」至「齊方千里」：史記蘇秦列傳載蘇秦説齊宣王語：「齊南有泰山，東有琅邪，西有清河，北有渤海，此所謂四塞之國也。齊地方二千餘里，帶甲數十萬，粟如丘山。」太山即泰山，東海即渤海。

〔三〕荊州：治所在今湖北江陵。

〔四〕公生辛丑：宋真宗咸平四年（一〇〇一）。

〔五〕天子之老：語見左傳昭公十三年，杜預注：「天子大夫稱老。」

〔六〕桓桓：尚書牧誓：「尚桓桓，如虎如貔，如熊如羆。」杜預注：「桓桓，武貌。」

吴道子畫五星贊〔一〕

世稱善畫，曹興、張繇〔二〕。牆破紙爛，兵火所燒。至于有唐，道子姓吴。獨稱一時，蔑張與曹。歷歲數百，其有幾何？或鑱于碑，以獲不磨。吾世貧寠，非有富豪。堂堂五行〔三〕，道子所摹。歲星居前，不武不挑。求之古人，其有帝堯。盛服佩劍，其容昭昭〔四〕。熒惑惟南，左弓右刀。赫烈奮怒，木石焚焦。震恒下土，莫敢有驕〔五〕。

崔崔土星，瘦而長腰。四方遠游，去如飛飈。倏忽萬里，遠莫可昭〔六〕。太白惟將，宜其壯夫。今惟婦人，長裙飄飄。抱撫四弦，如聲嘈嘈〔七〕。辰星北方，不麗不妖。執筆與紙，凝然不囂。粧非今人，脣傅黑膏〔八〕。唯是五星，筆勢莫高。昔始得之，爛其生綃。及今百年，墨昏而消。愈後愈遠，知其若何？吾苟不言，是亦不遭。

【校】

「宜其壯夫」：祠本「宜」字譌「冥」。

「執筆與紙」：祠本「執」字譌「勢」。

「脣傅黑膏」：祠本「傅」字譌「傳」。

【箋注】

〔一〕題：吴道子，唐陽翟（今河南禹州）人，曾爲兖州瑕丘（今山東兖州）縣尉。擅畫佛道人物，曾在長安、洛陽寺觀作佛道壁畫三百餘幅。五星即贊中所説東方歲星、南方熒惑、中央土星、西方太白、北方辰星。此贊寫作時間不詳。

〔二〕曹興：曹興即曹不興，三國時吴興（今屬浙江）人，以善畫名冠一時。孫權命畫屏，誤落墨點，因畫成蠅，權疑其真，以手彈之。張繇即張僧繇，吴（治所在今江蘇蘇州）人，南朝梁畫家。善畫山水人物。梁武帝信佛，崇飾佛寺，多命其畫壁。

〔三〕堂堂五行：此以五行應五星。史記天官書：「天有五星，地有五行。」歲星，木；熒惑，火；填星，土；太白，金；辰星，水。

〔四〕「歲星居前」至「其容昭昭」：歲星即木星，史記天官書索隱：「天官占云：歲星一曰應星，一曰經星，一曰紀星。物理論云：歲行一次，謂之歲星，則十二歲而星一周天也。」正義：天官（占）云「歲星者，東方木之精，蒼帝之象也。」故有「求之古人，其有帝堯」語。

〔五〕「熒惑惟南」至「莫敢有驕」：熒惑即火星，史記天官書：「察剛氣以處熒惑……出則有兵，入則兵散。」索隱：「春秋緯文耀鈎云：赤帝熛怒之神，爲熒惑焉。」故有「赫烈奮怒，木石焚焦」語。

〔六〕「崔崔土星」至「遠莫可昭」：土星即填星，史記天官書：「歷斗之會以定填星之位。……女主象也。」故有「瘦而長腰」語。索隱：「晉灼曰：常以甲辰之元始建斗，歲鎮一宿，二十八歲而周天。」意謂土星每二十八年運行一周天，如每年填充二十八宿中之一宿，故名填星。

〔七〕「太白惟將」至「如聲嘈嘈」：太白即金星，史記天官書：「察日行以處位太白。」索隱：「太白辰出東方爲啓明，昏見西方爲長庚。」正義引天官占云：「太白者，西方金之精，白帝之子，上公、大將軍之象也。」故洵以爲「宜其壯夫」，而吴道子畫作「長裙飄飄」之「婦人」。

〔八〕「辰星北方」至「脣傅黑膏」：辰星即水星，史記天官書：「察日辰之會以治辰星之位。」正義：「天官占云：辰星，北水之精，黑帝之子，宰相之祥也。」

仲兄字文甫説〔一〕

洵讀易至涣之六四曰：「涣其群，元吉。」〔二〕曰：嗟夫，群者，聖人所欲涣以混一天下者也。蓋余仲兄名涣，而字公群，則是以聖人之所欲解散滌蕩者以自命也，而可乎？他日以告，兄曰：「子可無爲我易之？」洵曰：「唯。」

既而曰：請以文甫易之，如何？且兄嘗見夫水之與風乎？油然而行，淵然而留，渟洄汪洋，滿而上浮者，是水也，而風實起之。蓬蓬然而發乎大空，不終日而行乎四方，蕩乎其無形，飄乎其遠來，既往而不知其迹之所存者，是風也，而水實形之。今夫風水之相遭乎大澤之陂也，紆餘委虵，蜿蜒淪漣，安而相推，怒而相凌，舒而如雲，蹙而如鱗，疾而如馳，徐而如徊，揖讓旋辟，相顧而不前，其繁如縠，其亂如霧，紛紜鬱擾，百里若一，汩乎順流，至乎滄海之濱，磅礴洶涌，號怒相軋，交横綢繆，放乎空虚，掉乎無垠，横流逆折，濆旋傾側，宛轉膠戾，回者如輪，縈者如帶，直者如燧，奔者如燄，跳者如鷺，躍者如鯉，殊狀異態，而風水之極觀備矣！故曰：「風行水上涣。」此亦天下之至文也〔三〕。

然而此二物者豈有求乎文哉？無意乎相求，不期而相遭，而文生焉。是其爲文也，非水之文也，非風之文也，二物者非能爲文，而不能不爲文也。物之相使而文出於其間也，故曰：此天下之至文也。

今夫玉非不温然美矣，而不得以爲文；刻鏤組繡，非不文矣，而不可與論乎自然。故夫天下之無營而文生之者，惟水與風而已。

昔者君子之處於世，不求有功，不得已而功成，則天下以爲賢；不求有言，不得已而言出，則天下以爲口實。嗚呼，此不可與他人道之，惟吾兄可也。

【校】

「徐而如徊」：經進本「徊」字作「緬」，祠本作「絅」。

「汩乎順流」：「汩」字原譌「洎」，據經進本、影宋本改。

「磅礴洶涌」：「磅礴」原作「滂薄」，此從二黄本改。

「躍者如鯉」：影宋本「躍」字作「投」。

「無意乎相求」：經進本「乎」字作「于」。

「故曰：此天下之至文也」：祠本、影宋本脱「曰」字。

「而不可與論乎自然」：二黄本「與」字作「以」。

【箋注】

〔一〕題：蘇軾蘇廷評行狀：「（蘇序）生三子：長曰澹，不仕，亦先公卒。次曰渙，以進士得官，所至有美稱。……季則軾之先人也。」蘇轍伯父墓表：「公諱渙，始字公群，晚字文甫。」此文寫作時間不詳，慶曆末至皇祐初（一〇四七——一〇四九），蘇洵兄弟同居父喪在家，據「晚字文甫」語，或作於是時。

〔二〕「洵讀易」至「元吉」：渙，周易卦名；六四，爻名。孔穎達周易正義：「渙者散釋之名。」又曰：「能爲群物散其險害，故曰渙其群。」「能散群險，則大有功，故曰元吉。」

〔三〕「風行水上渙」二句：語見周易渙卦。孔穎達周易正義：「風行水上，激動波濤，故曰：風行水上渙。」田錫貽宋小著書：「微風動水，了無定文；太虛浮雲，莫有常態。則文章之有聲氣也，不亦宜哉！」洵文本此。

【集説】

樓昉曰：狀物最妙，所謂大能使之小，遠能使之近。此等文字，古今自有數。（静觀室三蘇文選）

林希元曰：風水相遭，形態千變，不求文而文生焉，誠天下之至文也。然非老泉之胸襟筆力，孰能形容到此！至以立功立言結束，此尤高世之論，非止文章之士矣。（同上）

文登甫曰：文出于無心，方爲至文，下皆發明此意。結意尤高，真是百尺竿頭進一步。

（同上）

茅坤曰：風水之形，人皆見之，老泉便描出許多變態來，令人目眩。（唐宋八大家古文鈔）

名二子説〔一〕

輪輻蓋軫〔二〕，皆有職乎車，而軾〔三〕，獨若無所爲者。雖然，去軾，則吾未見其爲完車也。軾乎，吾懼汝之不外飾也。

天下之車莫不由轍〔四〕，而言車之功者，轍不與焉。雖然，車仆馬斃，而患亦不及轍，是轍者，善處乎禍福之間也。轍乎，吾知免矣。

【箋注】

〔一〕題：王文誥蘇詩總案慶曆七年（一〇四七）：「宮師既名二子，復作名二子説勉之。」

〔二〕輪輻蓋軫：輪：車輪。輻：車輪中湊集於中心轂上之横木。老子：「三十輻，共一轂。」蓋：車蓋。軫：考工記「車軫四尺」，鄭玄注：「軫，輿後横木也。」

〔三〕軾：釋名釋車：「軾，式也，所伏以式敬者也。」

〔四〕轍：車行印迹。左傳莊公十年：「下視其轍。」

【集説】

楊慎曰：字數不多，而婉轉折旋，有無限思意，此文字之妙。觀此，老泉之所以逆料二子終身，不差毫釐，可謂深知二子矣。與木假山記相出入。（三蘇文範）

題張仙畫像〔一〕

洵嘗於天聖庚午重九日至玉局觀無礙子卦肆中見一畫像〔二〕，筆法清奇，乃云：「張仙也。有感必應。」因解玉環易之。洵尚無子嗣，每旦必露香以告，逮數年，既得軾，又得轍，性皆嗜書。乃知真人急於接物，而無礙子之言不妄矣。故識其本末，使異時祈嗣者於此加敬云。

【校】

「性皆嗜書」：原無「性」字，據二黄本補。

【箋注】

〔一〕題：張仙爲何人，其説不一。據明陸深金臺紀聞、郎瑛七修類稿（二一六）載，謂宋平蜀，蜀宫花蕊夫人没入宋宫，攜有蜀主孟昶張弓挾彈圖，托名張仙，詭稱祀之能令人有子。後傳入民

問，迷信者作爲祈子之祀。此文作於蘇軾、蘇轍「性皆嗜書」時，當在慶曆末年。據眉山縣志載，張仙碑（内容即題張仙畫像）刻石後署「慶曆八年書」。

〔二〕「洵嘗於」句：天聖庚午重九日即天聖八年（一〇三〇）九月九日，時蘇洵二十二歲，長女已夭折，膝下無子。玉局觀在成都，傳説東漢永壽元年（一五五），李老君與張道陵到此，有局腳玉牀自地而出，老君昇坐爲道陵説南北斗經。宋時於此設玉局觀，蘇軾晚年提舉成都玉局觀即此。無礙：佛語，往生論注下：「無礙者，謂知生死即涅槃，如是等入不二門，無礙相也。」無礙子，未詳其人。無礙子卦肆，或爲求卦祈子者所長往。

送吴侯職方赴闕引〔一〕

因天地萬物有可以如此之勢，而寓之於事，則其始不强而易成，其成也窮萬物而不可變。聖人見天地之間以物加物，而不能皆長，不能皆短，於是有度。見一人之手不能盛江河之沙礫，而泰山之谷納一石而不加淺，於是有量。見物横於空中，首重而末舉，於是有權衡。長短之相形，大小之相盛，輕重之相抑昂，皆物之所自有，而度量權衡者因焉。故度量權衡家有之而不可闕。至於後世有作者出，以爲因物之自然以

成物，不足以見吾智，於是作器使之不擊而自鳴，不觸而自轉，虛而欹，水實其中，而覆半，而端如常器。嗚呼！殆矣。吾見其朝作而暮廢也。

夫不忍而謂之仁，忍而謂之義。見蹈水者不忍而拯其手，而仁存焉〔二〕，見井中之人，度不能出，忍而不從，而義存焉。無傷其身而活一人，人心有之。不肯殺其身以濟必不能生之人，人心有之。有人焉，以爲人心之所自有，而不足以驚人也，乃曰：「殺吾身雖不能生人，吾爲之。」此人心之所自有邪？强之也。强不能以及遠。使人之心不忍殺人，而亦不以無故殺其身，是亦足以爲仁矣乎？嗚呼！有餘矣〔三〕。誰能不忍視人之死，而亦不肯妄殺其身者，然則異世驚衆之行，亦無有以加之也。

吴侯職方有名於當時，其胸中泊然無崖岸限隔，又無翹然躍然務出奇怪之操，以震撼世俗之志。是誠使刻厲險薄之人見之，將不識其所以與常人異者。然使之退而思其平生大方，則淳淳渾渾不可遽測。此所謂能充其心之所自有，而天下之君子也。吴侯有名於世三十年，而猶於此爲遠官。今其東歸，其不碌碌爲此官也哉！

【校】

題：題名原作「序」，二黄本作「引」，他本失載。按：蘇洵父名序，當避諱，以稱「引」爲是，故

從二黄本。

「見蹈水者不忍而拯其手」：「蹈」原譌「踏」，「拯」誤作「振」，據二黄本改。

「而義存焉」：二黄本「存」作「有」。

【箋注】

〔一〕題：吴侯職方即吴照鄰。

此引作於至和二年（一〇五五），時吴已「六載爲蜀官」。蘇軾跋先君書送吴職方引云：「先伯父（蘇渙）及第吴公榜中，而軾與其子子上再世爲同年，契故深矣。始先君家居，人罕知之者，公攜其文至京師，歐陽文忠公始見而知之。公與文忠交蓋久，故文忠謫夷陵時，贈公詩有『落筆妙天下』之語。」蘇軾所引文忠詩爲送前巫山宰吴殿丞（字照鄰）：「俊域當年仰下風，天涯今日一樽同。高文落筆妙天下，清論揮犀服坐中。江上掛帆明月峽，雲間謁帝紫微宫。山城寂寞少嘉客，喜見瓊枝慰病翁。」文忠又有送吴照鄰還江南詩（一作梅聖俞詩），中有「五年歸來婦應喜」句，可知吴爲江南人，其他事迹不詳。據軾跋，吴與蘇渙同榜，而渙及第於天聖二年（一〇二四），見蘇轍伯父墓表。洵引謂「吴侯有名於世三十年」，當指自吴及第至送吴赴闕已三十年。自天聖二年下數三十年爲至和元年（一〇五四），洵文當作於是時。

〔二〕「見蹈水者」二句：孟子公孫丑上：「所以謂人皆有不忍人之心者，今人乍見孺子將入於井，

皆有怵惕惻隱之心。」又離婁上：「天下溺，援之以道；嫂溺，援之以手。」

〔三〕「而亦不以」至「有餘矣」：易繫辭下：「君子安其身而後動……危以動，則民不與也。」又論語憲問：「子貢曰：『管仲非仁者與，桓公殺公子糾，不能死，又相之。』子曰：『管仲相桓公，霸諸侯，一匡天下，民到于今受其賜。微管仲，吾其被髮左衽矣。豈若匹夫匹婦之爲諒也，自經於溝瀆而莫之知也！』」

送石昌言使北引〔一〕

昌言舉進士時，吾始數歲〔二〕，未學也。憶與群兒戲先府君側〔三〕，昌言從旁取棗栗啖我，家居相近，又以親戚故甚狎〔四〕。昌言舉進士，日有名。吾後漸長，亦稍知讀書，學句讀、屬對、聲律，未成而廢。昌言聞吾廢學，雖不言，察其意甚恨。後十餘年，昌言及第第四人〔五〕，守官四方〔六〕，不相聞。吾以壯大，乃能感悔，摧折復學〔七〕。又數年，游京師，見昌言長安，相與勞苦如平生歡〔八〕，出文十數首，昌言甚喜稱善。吾晚學無師，雖日爲文，中甚自慚，及聞昌言說，乃頗自喜。今十餘年，又來京師〔九〕，而昌言官兩制，乃爲天子出使萬里外强悍不屈之虜庭，建大旆，從騎數百，送車千乘，出都門意氣慨然。自思爲兒時，見昌言先府君旁，安知其至此！

富貴不足怪。吾於昌言獨有感也。丈夫生不爲將，得爲使折衝口舌之間足矣。往年彭任從富公使還〔一〇〕，爲我言，既出境，宿驛亭，聞介馬數萬騎馳過，劍槊相摩，終夜有聲，從者怛然失色。及明，視道上馬迹，尚心掉不自禁。凡虜所以誇耀中國者多此類，中國之人不測也。故或至於震懼而失辭，以爲夷狄笑。嗚呼！何其不思之甚也！昔者奉春君使冒頓，壯士、大馬皆匿不見，是以有平城之役〔一一〕。今之匈奴，吾知其無能爲也。孟子曰：「説大人者，藐之。」〔一二〕况於夷狄！請以爲贈。

【校】

「壯士大馬」：祠本「大」作「健」。

【箋注】

〔一〕題：石昌言（九九五——一〇五七），名揚休，其先江都人，七世祖藏用徙家眉山。少孤力學，年十八舉進士，四十三乃進士及第。累官至刑部員外郎、知制誥，出使契丹，感疾，嘉祐二年（一〇五七）遷工部郎中，未及謝，卒，年六十三。見石工部墓誌銘（宋蜀文輯存卷十）。

據續資治通鑑長編卷一八三載，嘉祐元年（一〇五六）八月以刑部員外郎、知制誥石昌言爲契丹國母生辰使。蘇軾跋送石昌言引：「右嘉祐元年九月十九日先君送石昌言北使文一

首，其字則軾年二十一時所書於昌言本也。」

〔二〕「昌言」二句：司馬光石昌言哀辭：「眉山石昌言，年十八舉進士，倫輩數百人，昌言爲之首，聲震西蜀。」據石工部墓誌銘推算，石昌言生於宋太宗至道元年（九九五），「年十八舉進士」，當在大中祥符五年（一〇一二）；蘇洵生於大中祥符二年（一〇〇九），石舉進士時，洵年僅四歲。

〔三〕先府君：子孫對其先世之敬稱，此指蘇洵之父蘇序，其生平事迹見蘇洵族譜後録下篇、蘇軾蘇廷評行狀。

〔四〕「又以」句：蘇軾蘇廷評（序）行狀：蘇序「女二人，長適杜垂祐，幼適石揚言」。石揚言、石揚休當爲兄弟行，「以親戚故」或指此。

〔五〕「後十餘年」二句：司馬光石昌言哀辭：「四十三乃及第，及第十八年知制誥，又三年以疾卒。光爲兒始執卷則知昌言名，已而同登進士第，與昌言游凡二十二年。」據司馬文正公年譜，司馬光於寶元元年（一〇三八）進士及第，時石昌言年四十三，蘇洵年二十九。歐陽修故霸州文安縣主簿蘇君墓誌銘：「年二十七始大發憤，謝其素所往來少年，閉户讀書爲文辭。歲餘，舉進士再不中。」「年二十七」後「歲餘」，即二十九歲時。可見蘇洵、司馬光、石昌言曾同科應試，洵「不中」而已。

〔六〕守官四方：宋史石揚休傳：「揚休少孤力學，進士高第，爲同州觀察判官，遷著作佐郎，知中

牟縣。……改秘書丞，爲秘閣校理、開封府推官。累遷尚書祠部員外郎，歷三司度支、鹽鐵判官。坐前在開封府嘗失盜，出知宿州。」

〔七〕「吾以壯大」三句：司馬光程夫人墓誌銘：「府君年二十七猶不學，一日慨然謂夫人曰：『吾自視，今猶可學。然家待我而生，學且廢生，奈何！』夫人曰：『我欲言之久矣，惡使子爲因我而學者！子若有志，以生累我可也。』即罄出服玩鬻之以治生，不數年遂爲富家。府君由是得專志於學，卒成大儒。」

〔八〕「又數年」至「相與勞苦如平生歡」：指慶曆五年（一〇四五），蘇洵年三十七，因舉制策入京，途經長安。蘇轍東坡先生墓誌銘：「公生十年，而先君宦學四方。」蘇軾生於景祐三年，即一〇三六年。「公生十年」即慶曆五年。末句語出史記張耳陳餘列傳：「廷尉以貫高事辭聞，上使公持節問之，「泄公勞苦如平生歡」。

〔九〕「今十餘年」二句：嘉祐元年（一〇五六）蘇洵送二子入京應試，距慶曆五年（一〇四五）「見昌言長安」已十二年。

〔一〇〕「往年」句：彭任字有道，蜀人。富公即富弼，字彥國，見上富丞相書注〔一〕。據宋史仁宗紀載，慶曆二年（一〇四二）夏四月庚辰，知制誥富弼報使契丹。蘇軾跋送石昌言引：「彭任字有道，亦蜀人，從富彥國使虜還，得靈河縣主簿以死。石守道稱之曰：『有道長七尺，而膽過其身。』一日坐酒肆，與其徒飲且酣，聞彥國當使不測之虜，憤憤椎酒牀，拳皮裂，遂自請行，

蓋欲以死捍彦國者也。其爲人大略如此，然亦任俠好殺云。」

〔一二〕「昔者奉春君」至「有平城之役」：奉春君即漢初婁敬，賜姓劉。使冒頓事見審敵注〔一三〕引史記劉敬列傳。

〔一三〕「説大人者，藐之」：語見孟子盡心下，原文爲：「説大人，則藐之。」

【集説】

樓昉曰：議論好，筆力頓挫而雄偉，曲盡事物情狀。（静觀室三蘇文選）

楊鼎曰：此作叙與昌言相遇本末，而離合悲歡具見。末述彭任之言，似説開去，乃是欲教昌言其曰虜無能爲，又見其自負不小。立意既高，文字復詰屈頓挫而蒼古，真巨手也。（三蘇文範）

茅坤曰：文有生色，直當與韓昌黎送殷員外等序相伯仲。（唐宋八大家古文鈔）

丹稜楊君墓誌銘〔一〕

楊君諱某，字某，世家眉之丹稜。曾大父諱某。大父某，父某，皆不仕。君娶某氏女，生子四人：長曰美琪，次曰美琳，次曰美琇，其幼美球。美球嘗從事安靖軍。余游巴東〔二〕，因以識余。嘉祐二年某月某日，君卒，享年若干。四年十一月某日，葬於某鄉某里。將葬，從事來請余銘，以求不泯於後，余不忍逆。蓋美琳先君之喪一月

而卒，美琪、美珣皆志於學，而美球既仕於朝。銘曰：

歲在己亥月在子〔三〕，培高穴深托后土〔四〕。夫子骨肉歸安此，生有四息三哭位〔五〕。後昆如雲不勝記，其後豈不富且貴？囑余作銘賴其季，更千萬年豈不偉？

【箋注】

〔一〕題：丹稜，今屬四川。楊君，楊美球之父，其名未詳。蘇洵與楊節推書云：「往者見托以先丈之埋銘。」當即指此。作於嘉祐四年（一〇五九）冬南行荆楚時，參見與楊節推書注〔一〕。

〔二〕巴東：在湖北西部，與四川相鄰，長江横貫縣境。

〔三〕己亥月在子：嘉祐四年十一月。

〔四〕「培高」句：后土指大地，楚辭九辯：「皇天淫溢而秋霖兮，后土何時而得漧？」培高，高壘墳。穴深，墓穴深。

〔五〕「生有」句：息，子息。此指楊君四子，而美琳已先其父而卒。

祭史彦輔文〔一〕

嗚呼彦輔，胡爲而然，胡負於天？誰不壽考，而於彦輔，獨嗇其年？誰不富貴，使

終賤寒？誰無子孫，詵詵戢戢〔二〕，滿眼蚳蝝？於天何傷，獨愛一孺，使殞其傳？幨幨其帷，其下惟誰，有童未冠。彦輔從子，帶絰而哭，稽顙來前。天高茫茫，慟哭不聞，誰知此寃？

輟哭長思，念初結交，康定、寶元〔三〕。子以氣豪，縱横放肆，隼擊鵬騫。奇文怪論，卓若無敵，悚怛旁觀。憶子大醉，中夜過我，狂歌叫讙。予不喜酒，正襟危坐，終夕無言。他人竊驚，宜若不合，胡爲甚歡？嗟人何知，吾與彦輔，契心忘顔。飛騰雲霄，無有遠邇，我後子先。擠排澗谷，無有嶮易，我溺子援。破窗孤燈，冷灰凍席，與子無眠。旅游王城，飲食寤寐，相恃以安〔四〕。慶曆丁亥，詔策告罷，予將西轅。慨然有懷，吾親老矣，甘旨未完。往從南公，奔走乞假，遂至於虔〔五〕。子時亦來，止于臨江，繫馬解鞍。愛弟子凝，倉卒就獄，舉家驚喧〔六〕。及秋八月，予將北歸，亦既具船。有書晨至，開視驚叫，遂丁大艱〔七〕。故鄉萬里，泣血行役，敢其生還？中塗逢子，握手相慰，曰無自殘。旅宿魂驚，中夜起行，長江大山。前呼後應，告我無恐，相從入關。歸來幾何，子以病廢，手足若攣。我嘉子心，壯若鐵石，益固而堅。瞋目大呼，屋瓦爲落，聞者竦肩。子凝之喪，大臨嘔血，傷心破肝。我游京師，强起來餞，相顧留

連。我還自東，二子喪母，歸懷辛酸〔八〕。子病告革，奔走往問，醫云已難。問以後事，口不能語，悲來塞咽。

遺文墜藁，爲子收拾，以葺以編。我知不朽，千載之後，子名長存。嗚呼彦輔，天實喪之，予哭寢門。白髮班班，疾病來加，卧不能奔。哭書此文，命軾往奠，以慰斯魂。尚饗。

【校】

「使終賤寒」：按文義及全詩三句一韻分析，此句上疑脱一句。又祠本「賤」字譌「賊」。

「幨幨其帷」：祠本「帷」字譌「惟」。

「稽顙來前」：「來」原譌「末」，據諸本改。

「無有遠邇」：祠本「邇」字譌「遇」。

「旅游王城」：祠本「旅」字作「旋」。

「詔策告罷」：二黄本「詔」字譌「昭」。

「相從入關」：二黄本「關」字譌「官」。

「我知不朽」：影宋本「知」字譌「如」。

「疾病來加卧不能奔」：祠本譌作「病來加卧，憾不能奔」。

【箋注】

〔一〕題：史彥輔，見與吴殿院書注〔一〕。史卒於嘉祐二年（一〇五七），祭文即作於是時，參見同上注〔一〕。

〔二〕詵詵戢戢：詩周南螽斯：「螽斯羽，詵詵兮。……螽斯羽，揖揖兮。」毛傳：「螽斯，后妃子孫衆多也。」

〔三〕「念初」二句：「康定寶元」乃寶元（一〇三八至一〇四〇年）康定（一〇四〇至一〇四一）之倒文。蘇、史結交當從寶元年間始，王文誥蘇詩總案繫此條於康定元年，誤。

〔四〕「飛騰雲霄」至「相恃以安」：此寫慶曆五年（一〇四五）蘇、史游學入京，六年（一〇四六）同舉制策。王城，周公所建，故址在今洛陽王城公園一帶，此指京城。蘇洵上歐陽内翰第一書謂慶曆新政失敗時，「洵時在京師」。蘇轍東坡先生墓誌銘：「公生十年（即慶曆五年時），先君宦學四方。」蘇軾記史經臣兄弟：「先友史經臣與先君同舉制策，有名蜀中。」從下文「慶曆丁亥（即慶曆七年），詔策告罷」可知，蘇、史同舉制策當在慶曆六年（一〇四六）。宋史仁宗紀：慶曆六年「八月癸亥，策試賢良方正能直言極諫，并試武舉人」。蘇軾思子臺賦引：「彥輔舉賢良不中第。」蘇洵所舉雖爲茂材異等，蘇、史既同舉制策，亦當在是年，只是宋史所載不詳而已。

〔五〕「慶曆丁亥」至「遂至於虔」：慶曆丁亥即慶曆七年（一〇四七）。南公，戰國時隱士，史記項

羽本紀：「故楚南公曰：『楚雖三户，亡秦必楚也。』」虔，虔州，今江西贛州。蘇軾有詩，題曰：「伯父（蘇涣）送先人下第歸蜀詩云：人稀野店休安枕，路入靈關穩跨驢。……」王文誥蘇詩總案卷一：「慶曆七年丁亥，宫師與史經臣同舉制策，中都公（蘇涣）自閬州解還，遇於都門，賦詩送宫師（蘇洵）下第歸蜀，有『人稀野店休安枕，路入靈關穩跨驢』句，遂自嵩洛之廬山，游東西二林，過圓通寺，訪訥老，留連久之。……因南游虔州。」

〔六〕「子時亦來」至「舉家驚喧」：史彦輔舉制策落第後南游臨江（今江西清江）及其弟史沆子凝下獄事，見與吴殿院書注〔三〕、〔四〕。

〔七〕「及秋八月」至「遂丁大艱」：慶曆七年（一〇四七）五月十一日蘇洵之父蘇序卒於家，八月洵聞訃，遂倉卒返蜀。蘇洵族譜後録下篇：「先子諱序，字仲先，生於開寶六年（九七三），而殁於慶曆七年。」李廌師友談記載蘇軾語：「今日乃先祖太傅之忌（原注：五月十一日），祖父名序，甚英偉，才氣過人。」

〔八〕「我游京師」至「歸懷辛酸」：指嘉祐元年（一〇五六）春，蘇洵送二子入京應試及二年（一〇五七）四月程夫人病逝，三蘇父子倉卒離京返蜀事。

祭任氏姊文〔一〕

昔我曾祖，子孫滿門。姊之先人，實惟其孫。不幸而亡，又不有嗣。後世饗祀，

其托在姊。祭於女家，聞者欷歔。姊不永存，後益以疏。

姊之未亡，洵作族譜。昆弟諸子，可以指數。念姊之先，其後爲誰？周旋反覆，不見而悲。

悲其早喪，宜姊壽考。春秋薦獻，終姊之老。今姊永歸，遂及良人。皆葬于原，送哭酸辛。

姊之子孫，恭愿良謹。當有達者，以塞此恨。跪讀此文，告以無憾。鬼神有知，尚克來鑒。

【校】

「姊之先人」：祠本「人」字譌「入」。

「鬼神有知」：影宋本「神」字作「姊」，非。

【箋注】

〔一〕題：據蘇洵蘇氏族譜，其曾祖爲蘇祜，蘇祜有子六人：宗善、宗晏、宗升、杲（蘇洵祖父）、晁、德。其中唯宗善之子昭越、宗晏之子昭無嗣。祭文云：「姊之先人，實惟其（蘇祜）孫。不幸而亡，又不有嗣。」則任氏姊當爲蘇昭越或蘇昭之女。其夫任氏亦不詳其人，眉山有任孜、任伋，世稱大小任，「名與蘇洵埒」（宋史任伯雨傳），或爲其族人。

祭文云「姊之未亡，洵作族譜」，而蘇氏族譜後録下篇自署「至和二年（一〇五五）九月日」，可知姊亡於至和二年後。又有「送哭酸辛」，「跪讀此文」語，可知任氏姊亡，洵在眉山。而至和二年後，蘇洵僅因二子居母喪於嘉祐二年至四年居眉山，姊亡及作祭文必在此時。

祭亡妻文〔一〕

嗚呼！與子相好，相期百年。不知中道，棄我而先。我徂京師，不遠當還。嗟子之去，曾不須臾。子去不返，我懷永哀。反覆求思，意子復回。人亦有言，死生短長。苟皆不欲，爾避誰當？我獨悲子，生逢百殃。

有子六人，今誰在堂？唯軾與轍，僅存不亡。咻呴撫摩，既冠既昏。教以學問，畏其無聞。晝夜孜孜，孰知子勤？提攜東去，出門遲遲。今往不捷，後何以歸？二子告我：母氏勞苦。今不汲汲，奈後將悔。大寒酷熱，崎嶇在外，亦既薦名，試于南宮〔二〕。文字煒煒。嘆驚群公〔三〕。二子喜躍，我知母心。非官寔好，要以文稱。我今西歸，有以藉口。故鄉千里，期母壽考。歸來空堂，哭不見人。傷心故物，感涕慇懃。

嗟予老矣，四海一身。自子之逝，内失良朋。孤居終日，有過誰箴？昔予少年，游蕩不學。子雖不言，耿耿不樂。我知子心，憂我泯没〔四〕。感嘆折節，以至今日。嗚呼死矣，不可再得！

安鎮之鄉，里名可龍，隸武陽縣，在州北東。有蟠其丘，惟子之墳〔五〕。鑿爲二室，期與子同。骨肉歸土，魂無不之。我歸舊廬，無不改移。魂兮未泯，不日來歸。

【校】

「今誰在堂」：祠本「堂」字譌「當」。

「昔予少年」：影宋本「昔」字譌「者」。

「魂兮未泯」：「未」字原誤作「來」，據影宋本、祠本改。

【箋注】

〔一〕題：司馬光程夫人墓誌銘：「夫人姓程氏，大理寺丞文應之女。生十八年歸蘇氏。程氏富而蘇氏極貧。夫人入門，執婦職，孝恭勤儉。族人環視之，無絲毫鞅鞅驕倨可譏訶狀。……夫人以嘉祐二年（一〇五七）四月癸丑終於鄉里，其年十一月庚子葬某地，年四十八。」此文即作於是時。

〔二〕南宮：本指尚書省，此指禮部。王禹偁贈禮部宋員外閣老：「未還西掖舊詞臣，且向南宮作

舍人。」自注云：「禮部員外，號南宮舍人。」嘉祐二年春，蘇軾兄弟就試於禮部。

〔三〕「文字煒煒」二句：蘇軾上梅直講書：「今年春，天下之士群至於禮部，執事與歐陽公實親試之。軾不自意，獲在第二。既而聞之人，執事愛其文，以爲有孟軻之風。而歐陽公亦以其能不爲世俗之文而取焉。」歐陽修與梅聖俞書：「讀軾書，不覺汗出，快哉！快哉！老夫當避路，放他出一頭地也。可喜，可喜！」

〔四〕「昔予少年」至「憂我泯没」：參送石昌言使北引注〔七〕。

〔五〕「安鎮之鄉」至「惟子之墳」：蘇洵葬程夫人於武陽縣安鎮鄉可龍里老翁井側，在今四川眉山。參見老翁井銘。

祭姪位文〔一〕

嘉祐五年六月十四日，叔洵以家饌酒果祭于亡姪之靈。

昔汝之生，後余五年。余雖汝叔父，而幼與汝同戲如兄弟然。其後，余日以長，汝亦以壯大。余適四方，而汝留故國。余既歸止，汝乃隨汝仲叔〔二〕旅居東都十有三歲而不還〔三〕。今余來東，汝遂溘然至死而不救，此豈非天邪？

嗟夫！數十年之間，與汝出處參差不齊，曾不如其幼之時。方將與汝旅於此，汝

又一旦而殁。人事之變，何其反覆而與人相違？嗟余伯兄，其後之存者，今日以往獨汝季弟與汝之二孺〔四〕，此所以使余增悲也。

汝殁之五日，汝家將殯汝于京城之西郊，魂如有知，於此永别。尚饗。

【校】

「旅居東都十有三歲而不還」，「方將與汝旅於此」：祠本二「旅」字并譌「旋」。

「魂如有知於此永别」：原脱「知」字，祠本誤爲「魂如有於此此永别」，據影宋本改。

【箋注】

〔一〕題：位，據蘇洵蘇氏族譜，蘇位爲蘇洵伯兄蘇澹長子。從祭文「昔汝之生，後余五年」可知位生於大中祥符六年（一〇一三），小蘇洵五歲；又從「旅居東都十有三歲」及「今余來東，汝遂溘然至死」可知，當卒於嘉祐五年（一〇六〇），終年四十七歲。

〔二〕仲叔：指蘇洵仲兄蘇渙。

〔三〕東都：京城開封。

〔四〕汝季弟與汝之二孺：據蘇氏族譜，蘇澹有二子：長曰位，次曰佾。季弟指蘇佾。蘇位之「二孺」，不詳其名。蘇位有孫蘇元老字子廷者，長於春秋，善屬文，黄庭堅譽爲「蘇氏之秀」，官至成都路轉運副使、太常少卿。

祭史親家祖母文〔一〕

嗟人之生，其久幾何？百年之間，逝者如麻。反顧而思，可泣以悲。夫人之孫，歸于子轍。自初許嫁，以及今日。旻天不吊，禍難薦結。始自丁亥，天崩地坼，先君歿世〔二〕。次及近歲，子婦之母，亦以奄棄〔三〕。顧惟荼毒，謂亦止此。誰知于今，乃或有甚。室家不祥，死而莫救。及于夫人，亦罹此咎。子喪其妣，婦喪祖母。誰謂人生，而至於是。嘆嗟傷心，悲不能止！

【校】

「反顧而思」：祠本「反」字譌「及」。

「旻天不吊」：二黄本「旻」字作「昊」。

「天崩地坼」：原「坼」字譌「折」，影宋本、祠本作「拆」，此從備要本。

「亦罹此咎」：祠本「罹」字譌「羅」。

【箋注】

〔一〕題：史親家祖母，蘇轍妻之祖母。宋孫汝聽潁濱年表：「轍娶史氏，年十五，父曰瞿。」史親家祖母不知卒於何時，從「次及近歲，子婦之母，亦已奄棄」、「子喪其妣，婦喪祖母」等句，可

知在蘇洵之妻死後數年。

〔二〕「始自丁亥」至「先君殁世」：丁亥，慶曆七年（一〇四七）。此指蘇洵之父蘇序之卒。

〔三〕「次及近歲」至「亦以奄棄」：指蘇洵之妻程夫人之死。下文「子喪其妣」亦同。

議修禮書狀〔一〕

右洵先奉敕編禮書，後聞臣寮上言，以爲祖宗所行不能無過差；不經之事，欲盡芟去，無使存録。洵竊見議者之説，與敕意大異。何者？前所授敕，其意曰纂集故事而使後世無忘之耳，非曰制爲典禮而使後世遵而行之也。然則洵等所編者，是史書之類也。遇事而記之，不擇善惡，詳其曲折，而使後世得知而善惡自著者，是史之體也。若夫存其善者，而去其不善，則是制作之事，而非職之所及也。而議者以責洵等，不已過乎？

且又有所不可者，今朝廷之禮雖爲詳備，然大抵往往亦有不安之處，非特一二事而已。而欲有所去焉，不識其所去者果何事也？既欲去之，則其勢不得不盡去，盡去則禮缺而不備。苟獨去其一，而不去其二，則適足以爲抵捂齟齬而不可齊一。

且議者之意，不過欲以掩惡諱過，以全臣子之義，如是而已矣。昔孔子作春秋，惟其惻怛而不忍言者而後有隱諱。蓋桓公薨，子般卒，没而不書，其實以爲是不可書也〔二〕。至於成宋亂，及齊狩，躋僖公，作丘甲，用田賦，丹桓宫楹，刻桓宫桷，若此之類，皆書而不諱，其意以爲雖不善而尚可書也〔三〕。今先世之所行，雖小有不善者，猶與春秋之所書者甚遠，而悉使洵等隱諱而不書，如此，將使後世不知其淺深，徒見當時之臣子至於隱諱而不言，以爲有所大不可言者，則無乃欲益而反損歟？公羊之説滅紀滅項，皆所以爲賢者諱，然其所謂諱者，非不書也，書而迂曲其文耳〔四〕。然則其實猶不没也。其實猶不没者，非以彰其過也，以見其過之止於此也。今無故乃取先世之事而没之，後世將不知而大疑之，此大不便者也。班固作漢志，凡漢之事，悉載而無所擇。今欲如之，則先世之小有過差者，不足以害其大明，而可以使後世無疑之之意，且使洵等爲得其所職，而不至於侵官者。

謹具狀申提舉參政侍郎，欲乞備録聞奏。

【校】

「無使存録」：二黄本「存」字作「有」。

「非曰制爲典禮」：「爲」原誤作「與」，據諸本改。

「苟獨去其一」：影宋本「去」字譌「夫」。

「刻桓宮桷」：影宋本「桷」字譌「推」。

【箋注】

〔一〕題：續資治通鑑長編嘉祐六年（一〇六一）八月載：以蘇洵爲霸州文安縣主簿，與陳州項城縣令姚闢同修禮書。此狀當作於其後不久。又據宋史宰輔表二，歐陽修於是年閏八月任參知政事，狀末云：「謹具狀申提舉參政侍郎，欲乞備録聞奏。」可見係通過歐陽修上奏。狀旨力主實録，反對「掩惡諱過」、「隱諱而不書」。

〔二〕「蓋桓公薨」至「是不可書也」：桓公，指魯桓公，十八年與夫人姜氏如齊，姜氏與齊侯私通，公讁之。四月丙子，齊侯以享公爲名，使公子彭生擊殺於車，春秋只書：「公與夫人姜氏遂如齊。夏四月丙子，公薨于齊。」杜注：「不言戕，諱之也。」子般，魯莊公與孟女所生。莊公弟慶父與莊公夫人哀姜私通，哀姜無子。莊公卒，弟季友立子般爲君，侍喪，舍于黨氏，慶父使圉人犖殺子般，而立哀姜娣叔姜子開，是爲湣公。春秋只書：莊公三十二年「八月癸亥，公薨于路寢。冬十月己未，子般卒」。杜注：「不書殺，諱之也。」

〔三〕「至於成宋亂」至「尚可書也」：「成宋亂」指春秋桓二年：「三月，公會齊侯、陳侯、鄭伯于稷，以成宋亂。」穀梁傳：「公爲志乎成是亂也。此成也，取不成事之辭而加之焉。於内之惡，而

君子無遺焉爾。」「及齊狩」指春秋莊四年：「冬，公及齊人狩于禚（公羊傳作郜）。」公羊傳：「齊，侯也，齊侯則其稱『人』何？諱與讎狩也。」「躋僖公」，指春秋文二年：「八月丁卯，大事于大廟，躋僖公。」左傳：「尊僖公，且明見曰：吾見新鬼大，故鬼小。……君子以爲失禮。」「作丘甲」指春秋成元年：「三月，作丘甲。」公羊傳：「何以書？譏。何譏爾？譏始丘使也。」「用田賦」指春秋宣十五年：「初税畝。」公羊傳：「何以書？譏。何譏爾？譏始履畝而税也。」「丹桓宫楹」、「刻桓宫桷」分見春秋莊二十三年及二十四年。左傳杜氏注：「桓公廟也。」穀梁傳：「夫人（指齊女哀姜）所以崇宗廟也。取非禮與非正，而加之於宗廟，以飾夫人，非正也。刻桓宫桷，丹桓宫楹，斥言桓宫，以惡莊也。」

〔四〕「公羊之説」至「迂曲其文耳」：公羊傳莊公四年：「紀侯大去其國。大去者何？滅也。孰滅之？齊滅之。曷爲不言齊滅之？爲襄公諱也。春秋爲襄公諱，何賢乎襄公？復讎也。」又公羊傳僖公十七年：「夏，滅項。孰滅之？齊滅之。曷爲不言齊滅之？爲桓公諱也。春秋爲賢者諱，此滅人之國，何賢爾？君子之惡惡也疾始，善善也樂終。桓公嘗有繼絶存亡之功，故君子爲之諱也。」

謝相府啓〔一〕

朝廷之士，進而不知休；山林之士，退而不知反：二者交譏於世，學者莫獲其

中。洵幼而讀書，固有意於從宦；壯而不仕，豈爲異以矯人？上之，則有制策誘之於前；下之，則有進士驅之於後：常以措意，晚而自慚。蓋人未之知，而自衒以求用；世未之信，而有望於効官；仰而就之，良亦難矣。以爲欲求於無辱，莫若退聽之自然。有田一廛，足以爲養；行年五十，將復何爲？

不意貧賤之姓名，偶自徹聞於朝野，向承再命以就試，固以大異其本心。且必試而審觀其才，則上之人猶未信其可用；未信而有求於上，則洵之意以爲近於强人。遂以再辭，亦既獲命。於匹夫之賤，而必行其私意；豈王命之寵，而敢望其曲加？

昨承詔恩，被以休寵，退而自顧，愧其無勞。此蓋昭文相公，左右元君，舒慘百辟〔二〕，德澤所暢，刑威所加，不暘而熙，不寒而慄，顧惟無似，或謂可收，不忍棄之於庶人，亦使與列於一命，上以慰夫天下賢俊之望，下以解其終身饑寒之憂。仰惟此恩，孰可爲報？

昔者孟子不願召見〔三〕，而孔子不辭小官〔四〕，夫欲正其所由得之之名，是以謹其所以取之之故。蓋孟子不爲矯，孔子不爲卑。苟窮其心，則各有說。雖自知其不肖，常願附其下風。區區之心，惟所裁擇！

【校】

「德澤所暢」：「暢」原誤作「暘」，據祠本改。

【箋注】

〔一〕題：據續資治通鑑卷五十九，嘉祐五年（一〇六〇）八月七日以蘇洵爲試秘書省校書郎。歐陽修蘇明允墓誌銘：「召試紫微閣，辭不至，遂除秘書省試校書郎。」此啓即作於是時。

〔二〕「昭文相公」至「舒慘百辟」：昭文指昭文館學士，時富弼爲同平章事，昭文館大學士。元君即君主，國語晉七：「抑人之有元君，將稟命焉。」百辟，原指諸侯，後泛指公卿大臣，宋書孔琳之傳有「百辟所瞻」語。

〔三〕「孟子」句：孟子公孫丑下：「孟子將朝王，王使人來曰：『寡人如就見者也，有寒疾，不可以風。朝將視朝，不識可使寡人得見乎？』對曰：『不幸而有疾，不能造朝。』」時有責孟子者，孟子曰：「將大有爲之君，必有所不召之臣。……管仲且猶不可召，而況不爲管仲者乎？」

〔四〕「孔子」句：史記孔子世家：「孔子貧且賤。及長，嘗爲季氏史，料量平；嘗爲司職吏，而畜蕃息。」

嘉祐集箋注卷十六

雜詩

雲興于山〔一〕

雲興于山，霿霿爲霧。匪山不仁，天實不顧〔二〕。山川我享，爲我百訴。豈不畏天，哀此下土〔三〕。班班鳲鳩，穀穀晨號。天乎未雨，余不告勞〔四〕。誰爲山川，不如羽毛〔五〕。

【校】

「霿霿」：祠本譌「霧霧」。

「誰爲山川」：殘宋本「爲」作「謂」。

【箋注】

〔一〕題：此爲祈雨詩。寫作時間不詳。

〔二〕「雲興」四句：謂山有雨象，而天不雨。禮記孔子閒居：「天降時雨，山川出雲。」陳後主五言畫堂良夜：「雲興四山霾，風動萬籟答。」霿霿，天色昏暗貌，説文雨部：「霿，晦也。」

〔三〕「山川」四句：祈山川之神爲民上訴於天。山川我享：禮記月令：「命有司爲民祈祀山川百源。」

〔四〕「班班」四句：寫布穀鳥催耕，并謂天未雨前，不敢致謝。班班，華美貌。鳲鳩，布穀鳥。穀穀，鳥鳴聲。

〔五〕「誰爲」二句：此責山川之神語也。「爲」通「謂」，殘宋本正作「謂」。羽毛，代指鳲鳩。

有驥在野〔一〕

有驥在野，百過不呻。子不我良，豈無他人〔二〕？縶我于廐，乃不我駕。遇我不終，不如在野。禿毛于霜，寄肉于狼。寧彼我傷，寧不我顧？無子我忘。

【校】

「百過不呻」：祠本「百」字作「不」。

「寧不我顧」：「寧」下原衍「人」字，據殘宋本删。

【箋注】

〔一〕題：此詩刺執轡於厩而不駕，或喻朝廷詔老蘇進京而不重用。若如此，則此詩或與嘉祐六年（一〇六一）上韓丞相書作於同時或其前後。

〔二〕「子不」二句：詩鄭風褰裳：「子不我思，豈無他人。」

有觸者犢〔一〕

有觸者犢，再箠不却。爲子已觸，安所置角？天實畀我，子欲已我。惡我所爲，盍奪我有？子欲不觸，盍索之笠？

【校】

「盍奪我有子欲不觸」：「有」字原複出，據諸本删。

【箋注】

〔一〕題：犢生而有角，有角即有觸，欲去其觸，當去其角。此詩顯有寓意，唯所指難以徵實。大抵謂己少年或初出茅廬時性强項，頗拂人意，因而遭世忌。又按葉夢得避暑録話：「韓魏公（琦）至和中還朝，爲樞密使時，軍政久弛，士卒驕惰，欲稍裁制；恐其忤怨而生變，方陰圖以

計爲之。會明允自蜀來，乃探公意，遽爲書顯載其説，且聲言教公先誅斬。公覽之大駭，謝不敢再見，微以咎歐陽公。」又云：「富鄭公（弼）當國，亦不樂之，故明允久之無成而歸。」蘇洵上韓樞密書、上富丞相書抨擊時政，頗拂人意。或有人戒其收斂，洵故作此詩以明志。以上揣測若大體不謬，則此詩當作於嘉祐元年（一〇五六）上韓、富書後不久。

朝日載昇〔一〕

朝日載昇，蒉蒉伊氓〔二〕。于室有績，于野有耕。于塗有商，于邊有征〔三〕。天生斯民，相養以寧。嗟我何爲？踽踽無營〔四〕。初孰與我，今孰主我？我將往問，安所處我？

【箋注】

〔一〕題：此詩感慨天生斯民，皆各得其所，惟我「踽踽無營」，凄涼憤激，似與嘉祐六年（一〇六一）上韓丞相書作於同時或其前後。

〔二〕蒉蒉伊氓：詩經齊風雞鳴：「蟲飛蒉蒉。」此狀營營衆生。

〔三〕「于室」四句：孟子梁惠王上：「天下仕者皆欲立於王之朝，耕者皆欲耕於王之野，商賈皆欲藏於王之市，行旅皆欲出於王之塗。」洵化用其意。

〔四〕踽踽：孤獨貌。詩唐風杕杜：「獨行踽踽。」

我客至止〔一〕

我客至止，我逆于門。來升我堂，來飲我罇。羞鼈不時〔二〕，詈我不勤。求我何多，請辭不能。客謂主人：「唯子我然。求子之多，責子之深，期子于賢。」

【校】

「期子于賢」：祠本脱「子」字。

【箋注】

〔一〕題：止亦至，臨也。詩經小雅采芑：「方叔涖止，其車三千。」此詩不知作於何時，前四句寫客至逆迎，接四句寫客之苛求，後五句寫客之解釋，期子賢故責之深。

〔二〕羞鼈不時：國語魯語：公父文伯飲南宮敬叔酒，以露睹父爲客。羞鼈焉，小。睹父怒，相延食鼈，辭曰：「將使鼈長而後食之。」遂出。

顏書〔一〕

任君北方來，手出邠州碑。爲是魯公寫，遺我我不辭〔二〕。魯公實豪傑，慷慨忠義姿。憶在天寶末，變起漁陽師。猛士不敢當，儒生橫義旗。感激數十郡，連衡鬭羌夷〔三〕。新造勢尚弱，胡馬力未衰。用兵竟不勝，嘆息真數奇〔四〕。杲兄死常山，烈士淚滿頤〔五〕。魯公不死敵，天下皆熙熙。奈何不愛死，再使踏鯨鯢〔六〕？公固不畏死，吾實悲當時。緬邈念高誼，惜哉生我遲。近日見異說，不知作者誰，云公本不死，此事亦已奇。或云公尸解，雖見殺，而實不死。大抵天下心，人人屬公思。加以不死狀，慰此苦嘆悲〔七〕。我欲哭公墓，莽莽不可知。愛其平生迹，往往或孑遺。此字出公手，一見減嘆咨。使公不善書，筆墨紛訛癡。思其平生事，豈忍棄路歧？况此字頗怪，堂堂偉形儀。駿極有深穩，骨老成支離。點畫迺應和，關連不相違。有如一人身，鼻口耳目眉，彼此異狀貌，各自相結維。離離天上星，紛如不相持，左右自綴會，或作斗與箕〔八〕。骨嚴體端重，安置無欹危。篆鼎兀大腹，高屋無弱楣。古器合尺度，法物應矩規。想其始下筆，莊重不自卑。虞柳豈不好〔九〕，結束煩馽羈。筆法未離俗，庸手

尚敢窺。自我見此字，得紙無所施。一車會百木，斤斧所易爲。團團彼明月，欲畫形終非。誰知忠義心，餘力尚及斯。因此數幅紙，使我重嘆嘻。

【校】

「感激數十郡」：祠本「郡」字譌「群」。

「胡馬力未衰」：「馬」原作「爲」，據殘宋本改。

「奈何不愛死再使踏鯨鯢」：「死」字殘宋本作「惜」。「鯢」字原本作「鰭」，據殘宋本改。

「人人屬公思」：殘宋本「思」字作「私」。

「加以不死狀」：祠本「加以」作「若能」。

「往往或孑遺」：祠本「孑」字譌「子」。

「一見減嘆咨」：「減」，殘宋本作「咸」。

「紛如不相持」：「紛」原作「分」，據殘宋本改。

「法物應矩規」：「物」原作「相」，據殘宋本、影宋本改。

「莊重不自卑」：祠本「卑」字作「畀」。

「斤斧所易爲」：祠本作「斤斧易爲團」，他本均作「后斤斧易爲」。

【箋注】

〔一〕題：顏指顏真卿（七〇九——七八五），字清臣，京兆萬年（今陝西西安）人，唐著名書法家，

事見唐書本傳。詩前頌顏真卿之「慷慨忠義姿」，後贊其書法藝術，前後以見碑思懷一以貫之。

寫作時間不詳。

〔二〕「任君」四句：宋史任伯雨傳：「任伯雨字德翁，眉州眉山人。父孜，字遵聖，以學問氣節推重鄉里，名與蘇洵埒，仕至光禄寺丞。其弟伋，字師中，嘗通判黄州，後知瀘州。當時稱大任、小任。」「任君」當即任孜、任伋之一，但不知究係何人。邠州，今陝西彬州。魯公，顏真卿封魯郡公。

〔三〕「憶在天寶末」至「連衡鬬羌夷」：舊唐書顏真卿傳：安禄山反，「獨平原（時顏真卿爲平原太守）城守具備，乃使司兵參軍李平奏之。玄宗初聞禄山之變，嘆曰：『河北二十四郡，豈無一忠臣乎？』得平來，大喜，顧左右曰：『朕不識顏真卿形狀如何，所爲得如此！』……禄山遣其將李欽湊、高邈、何千年等守土門。真卿從父兄常山太守杲卿與長史袁履謙謀殺湊、邈，擒千年送京師。土門既開，十七郡同日歸順，共推真卿爲帥，得兵二十餘萬，横絶燕、趙」。

〔四〕「新造」四句：唐書顏真卿傳：「肅宗幸靈武，授工部尚書，兼御史大夫，河北採訪招討使。禄山乘虚遣史思明、尹子奇急攻河北諸郡，饒陽、河間、景城、樂安相次陷没。獨平原、博平、清河三郡城守，然人心危蹙，不可復振。至德元年十月，棄郡渡河，歷江、淮、荆、襄。二年四月，朝於鳳翔。」

〔五〕「杲兄」二句：杲指顔杲卿（六九二——七五六），字昕，京兆萬年（今陝西西安）人。真卿族兄。安史之亂時，攝常山太守，應顔真卿之約，聯合起兵斷安禄山後路，擒殺李欽湊等。舊唐書顔杲卿傳：「十五年正月，思明攻常山郡，城中兵少，衆寡不敵，禦備皆竭。其月八日，城陷，杲卿、履謙爲賊所執，送於東都。……禄山見杲卿，面責之曰：『汝昨自范陽户曹，我奏爲判官，遂得光禄、太常二丞，便用汝攝守常山太守，負汝何事而背我耶？』杲卿瞋目而報曰：『我世爲唐臣，常守忠義，縱受汝奏署，復合從汝反乎？且汝本營州一牧羊羯奴，叨竊恩寵，致身及此，天子負汝何事，而汝反耶？』禄山怒甚，令縛於中橋南頭從西第二柱，節解之，比至氣絶，大駡不息。」

〔六〕「奈何」二句：唐書顔真卿傳：「會李希烈陷汝州，（盧）杞乃奏曰：『顔真卿四方所信，使諭之，可不勞師旅。』上從之，朝廷失色。李勉聞之，以爲失一元老，貽朝廷羞，乃密表請留，又遣逆於路，不及。」後果被李希烈縊死。

〔七〕「近日見異説」至「慰此苦嘆悲」：據杜光庭仙傳拾遺、范資玉堂閑話等載，賊平，真卿家遷其喪，啓殯視之，棺朽敗而尸形儼然，肌肉如生，手足柔軟。行及中路，旅櫬漸輕，後達葬所，空棺而已。其後十餘年，家僕偶至同德寺，見魯公衣長白衫，在佛殿上坐。時人皆稱魯公尸解得道。

〔八〕「離離天上星」至「或作斗與箕」：斗、箕，皆星名，二十八宿之一。此四句以「天上星」之相離

相綴，進一步形容顔書特點：「點畫迺應和，關連不相違。」

〔九〕虞柳：虞指虞世南（五五八——六三八），字伯施，越州餘姚（今屬浙江）人，唐初書法家。柳指柳公權（七七八——八六五），字誠懸，京兆華原（今陝西耀州）人，唐代著名書法家。二人新、舊唐書皆有傳。

歐陽永叔白兔〔一〕

飛鷹搏平原，禽獸亂衰草。蒼茫就擒執，顛倒莫能保。白兔不忍殺，嘆息愛其老。獨生遂長拘，野性始驚矯。貴人織筠籠，馴擾漸可抱。誰知山林寬，穴處顧自好。高飈動槁葉，群竄迹如掃。異質不自藏，照野明皜皜。獵夫指之笑，自匿苦不早。何當騎蟾蜍，靈杵手自搗〔二〕。

【校】

「穴處顧自好」：「顧」字原譌「顔」，影宋本、二黄本、祠本作「頗」。據殘宋本改。

「自匿苦不早」：祠本「苦」字譌「若」。

「靈杵手自搗」：祠本「杵」字譌「於」。

【箋注】

〔一〕題：歐陽永叔，見上歐陽内翰第一書注〔一〕。歐陽修白兔云：「天冥冥，雲濛濛，白兔搗藥姮娥宫。玉關金鎖夜不閉，竄入滁山千萬重。……渴飲泉，困棲草，滁人遇之豐山道。網羅百計偶得之，千里持爲翰林寶。」梅聖俞永叔白兔：「可笑嫦娥不了事，却走玉兔來人間。分寸不落獵犬口，滁州野叟獲以還。霜毛苹茸目睛殷，紅絛金練相繫擐。馳獻舊守作異玩，况乃已在蓬萊山。」可知此兔爲「滁州野叟」「馳獻舊守」、今爲「翰林」之歐陽修。據歐陽文忠公年譜，修於慶曆五年十月至八年正月知滁州，於至和元年（一〇五五）九月遷翰林學士，洵於嘉祐元年（一〇五六）至京，成爲修之座上客，此詩當作於是時。朱東潤梅堯臣集編年校注卷二十六亦繫永叔白兔於是年。

〔二〕「何當」二句：傳説月中有兔和蟾蜍，劉孝標林下映月詩：「明明三五月，垂影當高樹。攢柯半玉蟾，映葉彰金兔。」此乃借獵夫之口，喻歐陽修雖身着冠冕，而志在山林。

答二任〔一〕

魯人賤夫子，呼丘指東家〔二〕。當時雖未遇，弟子已如麻。奈何鄉閭人，曾不爲嘆嗟？區區吴越間，問骨不憚遐〔三〕。習見反不怪，海人等龍蝦。嗟我何足道，窮居

出無車〔四〕。昨者入京洛，文章彼人誇〔五〕。故舊未肯信，聞之笑呀呀。獨有兩任子，知我有足嘉。遠游苦相念，長篇寄芬葩。我道亦未爾，子得無增加？貧窮已衰老，短髮垂髟髟。重禄無意取，思治山中畬。往歲栽苦竹，細密如蒹葭。庭前三小山〔六〕，本爲水中楂。當前鑿方池，寒泉照谽谺。翫此可竟日，胡爲踏朝衙？何當子來會，酒食相邀遮？願爲久相敬，終始無疵瑕。閑居各無事，數來飲流霞。

【校】

「呼丘指東家」：影宋本「呼」作「嗚」，底本、二黄本作「嗚」，均誤。據殘宋本改。

「問骨不憚遐」：影宋本「問」字譌「門」。

「窮居出無車」：「居」字原誤作「車」，據殘宋本、二黄本改。

「昨者入京洛」：祠本「昨」字譌「作」。

「聞之笑呀呀」：殘宋本「笑」字作「美」。

「我道亦未爾」：二黄本、祠本「我道」二字倒置。

「本爲水中楂」：「水」字原作「山」。考蘇洵木假山記稱其家之三峰「風拔水漂而不破折不腐」，「出於湍沙之間」，當爲水中浮木，故據殘宋本改。

「寒泉照谽谺」：祠本「谽」字譌「欲」。

【箋注】

〔一〕題：二任：任孜、任伋，見顔書注〔二〕。詩有「昨者入京洛，文章彼人誇」句，指嘉祐元年（一〇五六）蘇洵名震京師事。從「昨者」及「貧窮已衰老」以下數語，知此詩作於嘉祐二年（一〇五七）返蜀後，抒發在京求官未遂之抑鬱感情。

〔二〕「魯人」二句：傳説孔丘之西鄰不知孔丘之賢，徑呼爲「東家丘」。後借以喻不識人才之意。三國志邴原傳引原別傳，言原求學於孫崧，崧曰：「君鄉里鄭君（玄）……誠學者之師模也。君乃舍之，躡屣千里，所謂以鄭君爲東家丘者也。」

〔三〕「區區」二句：謂遠人敬重孔丘超過其鄰人。史記孔子世家：「吴伐越，隳會稽，得骨節專車。吴使使問仲尼：『骨何者最大？』仲尼曰：『禹致群神於會稽山，防風氏後至，禹殺而戮之，其節專車，此爲大矣。』」

〔四〕出無車：史記孟嘗君列傳載，馮驩聞孟嘗君好客，往投之。孟嘗君置之傳舍，馮驩彈劍而歌曰：「長鋏歸來乎，食無魚！」孟嘗君遷之幸舍，食有魚矣，馮驩復彈劍而歌：「長鋏歸來乎，出無輿！」

〔五〕「昨者」二句：張方平文安先生墓表：「至京師，永叔一見大稱嘆，以爲未始見乎人也，目爲孫卿子。獻其書於朝。自是名動京師。」

〔六〕「庭前」句：參見蘇洵木假山記「予家有三峰」之記載。

丙申歲余在京師鄉人陳景回自南來棄其官得太子中允景回舊有地在蔡今將治園囿於其間以自老余嘗有意於嵩山之下洛水之上買地築室以爲休息之館而未果今景回欲余詩遂道此意景回志余言異日可以知余之非戲云爾〔一〕

岷山之陽土如腴〔二〕，江水清滑多鯉魚。古人居之富者衆〔三〕，我獨厭倦思移居。平川如手山水蹙，恐我後世鄙且愚。經行天下愛嵩嶽，遂欲買地居妻孥。晴原漫漫望不盡，山色照野光如濡。民生舒緩無夭扎，衣冠堂堂偉丈夫。吾今隱居未有所，更後十載不可無。聞君厭蜀樂上蔡，占地百頃無邊隅。草深野闊足狐兔，水種陸取身不劬。誰知李斯顧秦寵，不獲牽犬追黃狐〔四〕。今君南去已足老，行看嵩少當吾廬〔五〕。

【校】

「今景回」：「今」原誤作「余」，據諸本改。

「平川如手」：影宋本「手」字譌「乎」。

「山色照野」：殘宋本「色」字作「危」。

「已足老」：祠本「足」字譌「是」。

【箋注】

〔一〕題：丙申歲即嘉祐元年（一〇五六）。陳景回，未詳其人。太子中允，東宮屬官，屬太子詹事府，掌侍從禮儀等事。蔡，蔡州，今河南汝南。嵩山，在河南登封縣北。洛水，今河南洛河，源出陝西華山南麓，在河南洛口入黄河。

〔二〕岷山之陽：岷山，在四川北部。眉山，在岷山之東南，故云。

〔三〕「古人」句：左思蜀都賦：「侈侈隆富，卓鄭埒名。公擅山川，貨殖私庭。」

〔四〕「誰知」二句：李斯（？——前二〇八），楚上蔡（漢屬汝南郡，今河南上蔡西南）人，佐助秦始皇統一六國後，任丞相，廢除分封制，建立中央集權。後爲趙高所讒，被殺。史記李斯傳：「（秦）二世二年七月，具斯五刑，論腰斬咸陽市。斯出獄，與其中子俱執，顧謂其中子曰：『吾欲與若復牽黄犬，俱出上蔡東門逐狡兔，豈可得乎？』遂父子相哭而夷三族。」

〔五〕嵩少：嵩山。山有高峰三：太室山、竣極山、少室山。因嵩山之西爲少室山，故名嵩少。

憶山送人〔一〕

少年喜奇迹，落拓鞍馬間。縱目視天下，愛此宇宙寬。山川看不厭，浩然遂忘還。岷峨最先見，晴光厭西川。遠望未及上，但愛青若鬟。大雪冬没脛，夏秋多蛇蚖。乘春乃敢去，匍匐攀孱顔。有路不容足，左右號鹿猿。陰崖雪如石，迫暖成高瀾。經日到絶頂，目眩手足顛，自恐不得下，撫膺忽長嘆。坐定聊四顧，風色非人寰。仰面囁雲霞，垂手撫百山。臨風弄襟袖，飄若風中仙〔二〕。揭來游荆渚，談笑登峽船。峽山無平岡，峽水多悍湍。長風送輕帆，瞥過難詳觀。其間最可愛，巫廟十數巔。聳聳青玉幹，折首不見端。其餘亦詭怪，土老崖石頑。長江渾渾流，觸齧不可欄。苟非峽山壯，浩浩無隅邊。恐是造物意，特使險且堅。江山兩相值，後世無水患〔三〕。水行月餘日，泊舟事征鞍，爛熳走塵土，耳囂目眵昏。中路逢漢水，亂流愛清淵。道逢塵土客，洗濯無瑕痕。振鞭入京師，累歲不得官。悠悠故鄉念，中夜成慘然。五噫不復留，馳車走轘轅〔四〕。自是識嵩嶽，蕩蕩容貌尊。不入衆山列，體如鎮中原〔五〕。幾日至華下，秀色碧照天。上下數十里，映睫青巑巑〔六〕。迤邐見終南，魁岸蟠長安。

一月看山嶽，懷抱斗以騫〔七〕。漸漸大道盡，倚山棧夤緣。下瞰不測溪，石齒交戈鋋。虛閣怖馬足，險崖摩吾肩。左山右絕澗，中如一繩慳。傲睨駐鞍轡，不忍驅以鞭。累累斬絕峰，兀不相屬聯。背出或逾峻，遠騖如爭先。或時度岡嶺，下馬步險艱。怪事看愈好，勤劬變清歡。行行上劍閣，勉强踵不前。矯首望故國，漫漫但青煙〔八〕。及下鹿頭坡，始見平沙田。歸來顧妻子，壯抱難留連。遂使十餘載，此路常周旋〔九〕。又聞吴越中，山明水澄鮮。百金買駿馬，往意不自存。投身入廬嶽，首挹瀑布源。飛下二千尺，强烈不可干。餘潤散爲雨，遍作山中寒。次入二林寺，遂獲高僧言。問以絕勝境，導我同躋攀。逾月不倦厭，巖谷行欲殫〔一〇〕。下山復南邁，不知已南虔。五嶺望可見，欲往苦不難。便擬去登玩，因得窺群巒。此意竟不償，歸抱愁煎煎。到家不再出，一頓俄十年〔一一〕。昨聞廬山郡，太守雷君賢。往求與識面，復見山鬱蟠。絕壁橫三方，有類大破鐶。包裹五六州，倚之爲長垣。大抵蜀山峭，巉刻氣不温。不類嵩華背，氣象多濃繁〔一二〕。吴君潁川秀，六載爲蜀官。簿書苦爲累，天鶴囚籠樊。岷山青城縣，峨嵋亦南犍。黎雅又可到，不見宜悒然。有如烹脂牛，過眼不得飡。始謂泛峽去，此約今又愆。只有東北山，依然送歸軒。他山已不見，此可著意看〔一三〕。

【校】

「坐定聊四顧」：祠本「聊」字譌「耶」。

「亂流愛清淵」：殘宋本「亂」字譌「辭」。

「道逢塵土客」：殘宋本「客」字譌「容」。

「迤邐見終南魁岸蟠長安」：「終南」祠本作「鍾南」。「魁岸」原譌「岸口」，祠本譌「岸于」，據殘宋本、影宋本改。

「下瞰不測溪」：「測」字原誤作「側」。據殘宋本、影宋本改。

「險崖摩吾肩」：祠本「摩」字誤作「磨」。

「累累斬絶峰兀不相屬聯」：殘宋本「斬」字誤作「漸」。祠本、影宋本「兀」字均誤作「凡」。

「或時度岡嶺」：「嶺」原作「領」，通「嶺」，此從殘宋本。

「行行上劍閣」：祠本「劍」字譌「斂」。

「及下鹿頭坡」：祠本誤作「塵頭坡」，殘宋本、影宋本、二黄本「坡」作「坂」。

「歸來顧妻子」：殘宋本「來」字作「未」。

「又聞吴越中山明水澄鮮」：「中山」二字原倒置。據殘宋本、影宋本乙正。

「飛下二千尺」：祠本「尺」字作「丈」。

「昨聞廬山郡」：祠本「郡」字譌「群」。又「廬」當作「盧」，詳見注〔一二〕，因無版本依據，故

仍之。

【箋注】

〔一〕題：此詩作於至和二年（一〇五五），詳見本詩注〔一三〕。詩中所憶歷次游歷，對了解蘇洵生平至關重要。

〔二〕「岷峨最先見」至「飄若風中仙」：此憶青少年時代之岷峨之游。岷，岷山，此指屬岷山山系之青城山。峨，峨眉山。王文誥蘇詩總案卷一繫蘇洵岷峨之游於慶曆五年（一〇四五），時蘇洵已三十七歲。岷峨距其家眉山甚近，「少年喜奇迹」之蘇洵絕不會此時始游岷峨。蘇洵岷峨之游當不止一次，且曾與郫縣張俞隱居青城山白雲溪，故將岷峨之游確指於三十七歲之慶曆五年，似根據不足。

〔三〕「揭來游荆渚」至「後世無水患」：此憶其景祐四年（一〇三七）二十九歲時因應進士試入京，東出三峽，途經荆渚。「揭來」句寫前行方向，「談笑」以下皆記峽中所見所感。荆，古代楚國之別稱。渚，渚宮，春秋時楚成王所建別宮，故址在今湖北江陵城内。峽，此指三峽，峽山，峽中之山，如巫山。峽水即長江。巫廟即巫山神女廟，「十數峰」即指巫山十二峰：神女峰、翠屏峰、朝雲峰、松巒峰、集仙峰、聚鶴峰、净壇峰、上升峰、起雲峰、飛鳳峰、登龍峰、聖泉峰。

〔四〕「水行月餘日」至「馳車走轘轅」：此憶北行入京應進士試落第。漢水，長江支流，源出陝西寧强縣，流經陝西南部，湖北西北部和中部，至武漢入長江。五噫即五噫歌，東漢梁鴻作。

蘇洵提及此詩，表明他對宋王朝之失望。轘轅，山名，在今河南偃師東南。

〔五〕「自是識嵩嶽」至「體如鎮中原」：此憶返川途中經過嵩山。嵩嶽即嵩山，古稱中嶽，見丙申歲余在京師……詩注〔一〕。中原，地區名，狹義指今河南一帶，廣義指黄河中下游地區。韓愈謁衡嶽廟遂宿嶽寺題門樓：「五嶽祭秩皆三公，四方環鎮嵩當中。」

〔六〕「幾日至華下」至「映睫青巑巑」：華指華山，位於陝西東部，北臨渭水平原，屬秦嶺東段。巑巑，山高峻貌。

〔七〕「迤邐見終南」至「懷抱斗以騫」：此憶返川途中經過終南山和長安。終南即終南山，在今陝西西安市南。長安即今陝西西安。「懷抱斗以騫」，謂山嶽環抱長安，似欲飛舉。斗，斗城，即長安。三輔黄圖一：「(長安)城南爲南斗形，北爲北斗形，至今人呼漢京城爲斗城。」

〔八〕「漸漸大道盡」至「漫漫但青煙」：此憶返川途中越秦嶺，登劍閣。「倚山棧夤緣」，沿着棧道攀附上山。夤緣，攀附而上。前二句寫由平原進入高山，蘇軾石鼻城：「北客南來初試險，蜀人從此送殘山。」與洵意同。劍閣，此指劍門關，在四川北部劍閣縣東北，自古有「劍門天下雄」之稱。

〔九〕「及下鹿頭坡」至「此路常周旋」：此憶返家後又曾多次出游。鹿頭坡即四川德陽鹿頭山。杜甫鹿頭山：「鹿頭何亭亭，是日慰饑渴。連山西南斷，俯見千里豁。游子出京華，劍門不可越。及兹險阻盡，始喜原野闊。」自「揭來游荆渚」至「壯抱難留連」，皆寫景祐四年（一〇三

八）二十九歲之蘇洵東出三峽入京應試，景祐五年（一〇三九）落第後，沿嵩嶽、華下、終南，越秦嶺返蜀。「十餘載」指自景祐五年至至和二年（一〇五五）作此詩時，共十六載。下憶廬、虔之游乃「十餘載」、「常周旋」之一次，其他各次出蜀皆不可考。

〔一〇〕「又聞吴越中」至「巖谷行欲殫」：此憶慶曆七年（一〇四七）蘇洵在京應制科試落第後，南游江西廬山。二林寺，即廬山東林寺、西林寺。高僧即圓通寺訥禪師和順公。蘇轍贈景福順長老：「轍幼侍先君，聞嘗游廬山，過圓通，見訥禪師，留連久之。元豐五年以譴居高安，景福順公自言，昔從訥於圓通，逮與先君游。」又蘇轍香城順長老真贊：「長老順公，昔居圓通，從先君子游數日耳。」

〔一一〕「下山復南邁」至「一頓俄十年」：此憶慶曆七年稍前下廬山南游虔州以及因父喪返川。虔，虔州，今江西贛州。蘇洵在虔州曾與鍾子翼兄弟交游，并觀白居易墨迹。蘇軾鍾子翼哀辭：「軾年十二，先君宫師歸自江南，曰：『吾南游至虔，有隱君子鍾君與其弟棨從吾游。同登馬祖巖，入天竺觀，觀樂天墨迹。吾不飲酒，君嘗置醴焉。』方是時，先君未爲時所知，旅游萬里，舍者常争席，而君獨敬異之。」又蘇軾天竺寺詩并引亦言及蘇洵在虔州觀樂天墨迹事。蘇軾生於景祐三年（一〇三六），「軾年十二」即慶曆七年（一〇四七）時。是時洵已「歸自江南」，則其出游當在七年稍前。五嶺，山名，説法不一，一指大庾嶺、騎田嶺、都龐嶺、萌渚嶺、越城嶺。蘇洵本擬南越五嶺，了解南方少數民族情況，因父蘇序去世，未能如願。蘇洵極樂

院造六菩薩記：「丁亥之歲，先君去世。」丁亥即慶曆七年。蘇洵自慶曆七年（一〇四七）返川後，至嘉祐元年（一〇五六）送二子入京應試，其間十年未再出川。王文誥蘇詩總案卷一：「慶曆五年……自夔下荆渚，將游京師。」下引憶山送人「岷峨最先見」至「中夜成慘然」爲證。又云「慶曆七年丁亥，宮師與史經臣同舉制策」，「下第」，「遂自嵩洛之廬山，游東西二林」，下引「憶山送人有歸後十年不出之語」爲證。可知王文誥以爲岷峨之游、荆渚之游、廬虔之游皆在慶曆五年至七年間。岷峨之游當在青少年時代已明於注〔二〕，茲就荆渚、廬、虔之游不可混，再申明之：景祐四年荆渚之游乃沿嵩、華、長安、終南、秦嶺返蜀，而慶曆七年正如蘇詩總案所云：「遂自嵩洛之廬山。」可見路綫不同。蘇洵父子三人於嘉祐四年（一〇五九）冬南行赴京，在江陵度歲，次年正月北上，蘇洵有荆門惠泉詩云：「當年我少年，繫馬弄潺湲。愛此泉旁鷺，高姿不可攀。今逾二十載，我老泉依舊。臨流照衰顔，始覺老且瘦。」景祐四年（一〇三八）途經荆門，至嘉祐五年（一〇六〇），已二十二年，故云「今逾二十載」。若慶曆五年（一〇四五）經此，至嘉祐五年，僅十五年，不得云「逾二十載」。故蘇洵荆門惠泉詩是憶山送人所記荆渚之游乃在景祐四年之確證。

〔一三〕「昨聞廬山郡」至「氣象多濃繁」：此憶至和二年（一〇五五）蘇洵去雅州（今四川雅安）訪知州雷簡夫。王文誥蘇詩總案卷一：「慶曆七年……與雷簡夫訂交九江。」「至和二年……至雅州謁雷簡夫。」「慶曆丁亥，宮師游廬山謁簡夫，越九年重見雅州。」并引憶山送人「昨聞廬

山郡」四句爲證。此亦誤：（一）考東都事略、宋史雷簡夫傳，雷未曾知九江。宋史雷簡夫傳：「簡夫字太簡，隱居不仕。康定中，樞密使杜衍薦之。召見，以秘書省校書郎簽書秦州觀察判官。……三白渠久廢，京兆府薦簡夫治渠事。……知坊州，徙閬州，用張方平薦，知雅州。」此即雷知雅州前之任職。（二）雷簡夫知雅州時曾向張方平、歐陽修、韓琦推薦蘇洵。今三書皆存，從中可知「雅州謁雷簡夫」乃初識。如上韓忠獻書云：「不意得郡荒陋，極在西南，而東距眉陽尚數百里，一日眉人蘇洵攜文數篇，不遠相訪。」（三）憶山送人詩依時間先後順序記游，寫慶曆七年江西廬山之游無隻字言及雷簡夫，而記「昨聞廬山郡，太守雷君賢」乃在自江西返蜀「十年」「不再出」之後。可知此廬山郡决非江西廬山。（四）九江在宋代稱江州，宋史地理志四：「江州，上，潯陽郡。」又地理志五：「雅州，上，盧山郡。……縣五：嚴道、盧山、名山、滎經、百丈。」顯然，「昨聞廬山郡」乃「昨聞盧山郡」傳刻之誤，而盧山郡即雅州。王文誥未細審憶山送人行文，不知廬山郡乃盧山郡之誤，遂誤廬山郡爲江西九江，將蘇洵訪雷簡夫於廬（盧）山郡與訪雷於雅州分爲二事（實爲一事），將蘇、雷訂交地誤斷於九江，時間誤前九年。

〔一三〕「吴君潁川秀」至「此可著意看」：結尾乃點題。前所寫皆爲「憶山」，此係「送人」。所送吴君，未詳其人。青城縣，古縣名，在今四川都江堰東南。南犍，今四川犍爲。黎，黎州，今四川漢源。王文誥蘇詩總案卷一以「吴君」爲吴中復，并繫此條於皇祐三年（一〇五一），大

誤。吴中復乃興國軍（今湖北陽新）人（詳見送吴待制中復知潭州），而此「吴君」乃「潁川秀」，潁川即河南許昌，顯係二人。送吴在訪雷簡夫後，訪雷則在「洵已出張公（張方平）門下」（雷簡夫上張文定書）之後。三蘇父子於嘉祐元年（一〇五六）三月離蜀赴京（見蘇洵上張侍郎第一書）。可見送吴當在至和二年（一〇五五）至嘉祐元年三月前，此詩亦應作於是時。

上田待制〔一〕

日落長安道，大野渺荒荒。吁嗟秦皇帝，安得不富强。山大地脈厚，小民十尺長。耕田破萬頃，一稔粟柱梁〔二〕。少年事游俠，皆可荷弩槍。勇力不自驕，頗能啖乾糧〔三〕。天意此有謂，故使連西羌〔四〕。古人遭邊患，累累鬬兩剛〔五〕。方今正似此，猛士强如狼。跨馬負弓矢，走不擇澗岡。脱甲森不顧，袒裼搏敵場。嗟彼誰治此，踧踧不敢當。當之負重責，無成不朝王。田侯本儒生，武略今洸洸。右手握麈尾，指麾據胡牀〔六〕。郡國遠浩浩，邊鄙有積倉。秦境古何在，秦人多戰傷。此事久不報，此時將何償。得此報天子，爲侯歌之章。

【校】

題：底本、二黄本作「上田侍制」，誤。祠本、影宋本作「上田待制詩」。今從殘宋本。

「日落長安道」：祠本「安」字譌「空」。
「郡國遠浩浩」：祠本「郡」字譌「群」。

【箋注】

〔一〕題：待制，宋於正式官職之外加與文臣之銜號。田待制，未詳其人。宋史田京傳：「趙元昊反，侍讀學士李仲容薦京知兵法，召試中書，擢通判鎮容軍。夏守贇爲陝西經略使，奏兼管勾隨軍糧料。入對，陳方略，賜五品服。尋爲經略安撫判官。」又云：「京喜論議，然語繁而迂，頗通兵戰、曆算、雜家之術。……著天人流術、通儒子十數書，又有奏議十卷。」詩云：「田侯本儒生，武略今洸洸。」不知即其人否？詩又云：「古人遭邊患，累累鬭兩剛。方今正似此，猛士强如狼。」「秦境古何在，秦人多戰傷。」蘇洵慶曆六年（一〇四七）因舉制策入京，見石昌言於長安（見送石昌言使北引及其注〔八〕）；嘉祐元年（一〇五六）送二子入京應試亦曾途次長安。然此二次宋王朝同西夏之戰事已停。蘇洵途次長安而又「邊患」正烈，爲寶元元年（一〇三八）西夏主趙元昊之叛時。時洵年三十，「舉進士再不中」，經長安，越劍閣返蜀。此詩當即作於是時。

〔二〕「吁嗟」六句：班固西都賦：「華實之毛，則九州之上腴焉；防禦之阻，則天地之隩區焉。是故横被六合，王成帝畿，周以龍興，秦以虎視。」又杜佑通典卷一七四：「雍州之地，厥田上上。鄠杜之饒，號稱陸海。四塞爲固，被山帶河。秦氏資之，遂平海内。」

〔三〕「少年」四句：通典卷一七四云：「接近胡戎，多尚武節。」杜甫兵車行亦有「秦兵耐苦戰」語。

〔四〕西羌：主要分布於今甘肅、青海、四川一帶之少數民族，漢稱羌，唐稱吐蕃。此指西夏。

〔五〕兩剛：易訟：「食舊德，貞厲。」孔穎達疏：「貞，正也；厲，危也。居爭訟之時，處兩剛之間，故須貞正自危厲，故曰貞厲。」

〔六〕「右手」二句：劉義慶世説新語自新：「（戴）淵在岸上，據胡牀指麾左右，皆得其宜。」

途次長安上都漕傳諫議〔一〕

丈夫正多念，老大自不安。居家不能樂，忽忽思中原。慨然棄鄉閭，劫劫道路間。窮山多虎狼，行路非不難。昔者倦奔走，閉門事耕田。蠶穀聊自給，如此已十年。緬懷當今人，草草無復閑。堅卧固不起，芒刺實在肩。布衣與食肉，幸可交口言〔二〕。默默不以告，未可遽罪愆。驅車入京洛〔三〕，藩鎮皆達官。長安逢傳侯，願得説肺肝。貧賤吾老矣，不復苦自嘆。富貴不足愛，浮雲過長天〔四〕。中懷邈有念，懒悦難自論。世俗不見信，排斥僅得存〔五〕。昨者東入秦，大麥黄滿田。秦民可無饑，爲君喜不眠。禁軍幾千萬，仰此塡其咽。西蕃久不反，老賊非常然〔六〕。士飽可以戰，吾寧爲之先。傅侯君在西，天子憂東藩〔七〕。烽火尚未滅，何策安西邊？傅侯君

謂何，明日將東轅。

【校】

「慨然棄鄉閭」：「閭」原作「廬」，此從殘宋本，其義爲長。

「蠶穀聊自給」：「蠶」字祠本譌「蠢」。

「堅卧固不起芒刺實在肩」：祠本「卧」字譌「國」。底本、二黄本「刺」字譌「背」，祠本譌「昔」。據殘宋本、影宋本改。

「默默不以告」：祠本「默默」譌「點點」。

「大麥黄滿田」：祠本「大」字作「夫」。

「禁軍幾千萬」：「千」，各本皆然，疑當作「十」。

「士飽可以戰」：祠本「戰」字譌「戢」。

【箋注】

〔一〕題：都漕：宋代都轉運使之簡稱，「掌經度一路財賦，而察其登耗有無，以足上供及郡縣之費。歲行所部，檢察儲積，稽考帳籍，凡吏蠹民瘼，悉條以上達，及專舉刺官吏之事」（宋史職官志七）。諫議即諫議大夫，掌規諫諷諭，屬門下省，爲寄禄官。（見宋史職官志三）傅諫議：未詳其人。宋史傅求傳：「傅求字命之，考城人。……隴右蕃酋蘭氈獻古渭州地，秦州

范祥納之……後帥張昇以祥貪利生事，請棄之。詔求往視……正其封疆而還，兵遂解。進天章閣待制、陝西都轉運使，加龍圖閣直學士、知慶州。」據吴廷燮北宋經撫年表卷三，張昇帥秦州在皇祐五年（一〇五三）十一月至至和元年（一〇五四）八月；傅求知慶州在嘉祐二年（一〇五七）；則傅求任陝西都轉使在至和元年至嘉祐二年之間。故疑「都漕傅諫議」即傅求。唯「諫議」之銜與史未合，故未敢遽定。詩云：「昔者倦奔走，閉門事耕田。蠶穀聊自給，如此已十年。」此即憶山送人「到家不再出，一頓俄十年」，皆指慶曆七年（一〇四七）至嘉祐元年（一〇五六）再次出蜀。故此詩當爲嘉祐元年蘇洵送其二子入京應試，途經長安時作。

〔二〕「布衣」二句：梁武帝置謗木肺石函詔：「若肉食莫言，山阿欲有横議，投謗木函。」山阿，山野之民，即布衣。時蘇洵雖身爲布衣，但與知益州田況、張方平、知雅州雷簡夫皆有交往，故云。

〔三〕京洛：京指東京（今河南開封），洛指洛陽，宋稱西京。

〔四〕「富貴」二句：論語述而：「不義而富且貴，於我如浮雲。」

〔五〕「世俗」二句：蘇洵上皇帝書：「臣本凡才，無路自進。當少年時，亦嘗欲僥倖於陛下之科舉。有司以爲不肖，輒以擯落。」

〔六〕「西蕃」二句：西蕃指西夏，自慶曆四年西夏與宋議和後，西邊烽火暫停。老賊指西夏國君，

時趙元昊已死，其子諒祚在位。三國志魏書荀彧傳注引獻帝春秋：「老賊不死，禍亂未已。」

〔七〕天子憂東藩：指廣南儂智高之亂。時儂智高之亂已平，但餘部尚存，張方平鎮蜀，即因訛言儂智高將寇蜀。

答陳公美〔一〕

少壯事已遠，舊交良可懷。百年能幾何？十載不得偕。念昔居鄉里，游處了無猜。飲食不相捨，談笑久所陪。拜君以爲兄，分蜜誰能開？齒髮俱未老，未至衰與頹。我子在襁褓，君猶無嬰孩。君後獨捨去，爲吏天一涯。我又厭奔走，遠引不復來。歲月杳難恃，區區老吾儕。况從與君别，多事歲若排。心力不能救，衰病侵骨骸。二子皆已冠，如吾苦無才。君亦已有嗣，骨目秀且佳。人事知幾變，會合終不諧。昨者本不出，豪傑苦自咍。鬱鬱自不樂，誰爲子悲哀？翻然感其説，東走陵巔崖。不意君在此，得奉笑與詼。君顏蔚如故，大噱飛塵灰。我老應可怪，白髭生兩顋。新句辱先贈，古詩許見推。賢俊非獨步，故舊每所乖。作詩報嘉貺，亦聊以相催。

【校】

「分蜜誰能開」：殘宋本「能」字譌「敢」。

「未至衰與頹」：祠本「衰」字作「棄」。

「衰病侵骨骸」：殘宋本「骨」字作「筋」。

「得奉笑與詠」：祠本、二黄本「詠」字均作「談」。

「白髭生兩顋」：「髭」字原誤作「髮」，據殘宋本、影宋本改。

「賢俊非獨步」：殘宋本「步」字作「少」。

【箋注】

〔一〕題：陳公美，未詳其人。從此詩看，當爲眉山人，與蘇洵友誼甚深，後外出爲吏。蘇洵父子赴京，不知遇於何地。陳先贈詩稱美洵詩，此爲蘇洵答詩。詩有「十載不得偕」語，參之「君後獨捨去」四句，當指慶曆七年（一〇四七）至嘉祐元年（一〇五六），十年未與陳偕；又有「二子皆已冠」語，男子二十而冠，嘉祐元年，蘇軾二十一歲，蘇轍十八歲，均已婚，言「皆已冠」，乃約略之言；又有「東走陵巔崖」語，嘉祐四年（一〇五九）入京乃舟行，未「陵巔崖」，故此詩當作於嘉祐元年赴京途中。

又答陳公美三首〔一〕

仲尼魯司寇，官職亦已優。從祭肉不及，戴冕奔諸侯〔二〕。當時不之知，爲肉誠可羞。君子意有在，衆人但愆尤。置之待後世，皎皎無足憂。

仲尼爲群婢，一走十四年〔三〕。荀卿老不出，五十干諸田〔四〕。顧彼二夫子，豈其陷狂顛？出處固無定，不失稱聖賢。彼亦誠自信，誰能卹多言。

公孫昔放逐，牧羊滄海濱。勉强聽鄉里，垂老西游秦。自固未爲壯，徒爲久辛勤〔五〕。君子豈必隱？孔孟皆旅人。

【校】

「荀卿老不出五十干諸田」：祠本「卿」字譌「鄉」，祠本、影宋本「干」字譌「千」。

「孔孟皆旅人」：祠本「旅」字譌「族」。

【箋注】

〔一〕題：此詩作於嘉祐元年（一〇五六）答陳公美詩後不久，參見答陳公美注〔一〕。時洵年近半百而東游京師求官，故發此感慨。

〔二〕「仲尼魯司寇」至「戴冕奔諸侯」：史記孔子世家：「孔子年五十六，由大司寇行攝相事，齊

人聞而懼，乃陳女樂文馬於魯城南高門外。季桓子微服往觀再三，將受，乃語魯君，爲周道游，往觀終日，怠於政事。子路曰：『夫子可以行矣。』孔子曰：『魯今且郊，如致膰（祭肉）乎大夫，則吾猶可以止。』桓子卒受齊女樂，三日不聽政，郊又不致膰俎於大夫，孔子遂行。」戴冕：禮記郊特牲：「戴冕，璪十有二旒，則天數也。」此以祭日戴冕代指魯郊。

〔三〕「仲尼」二句：據史記孔子世家：孔子因「桓子卒受齊女樂」而離魯，「宿乎屯，而師己送曰：『夫子則非罪。』孔子曰：『吾歌可夫？』歌曰：『彼婦之口，可以出走；彼婦之謁，可以死敗。蓋優哉游哉，維以卒歲。』師己反，桓子曰：『孔子亦何言？』師己以實告。桓子喟然嘆曰：『夫子罪我以群婢故也夫！』」又云：「孔子之去魯，凡十四歲而反乎魯。」

〔四〕「荀卿」二句：荀卿（約前三一三——前二三八），名況，戰國時趙國人。田指齊襄王，前二八三——前二六四年在位。史記荀卿列傳：「荀卿，趙人，年五十，始來游學於齊。……齊襄王時，而荀卿最爲老師。齊尚脩列大夫之缺，而荀卿三爲祭酒。」

〔五〕「公孫昔放逐」至「徒爲久辛勤」：史記平津侯主父列傳：「丞相公孫弘者，齊菑川國薛縣人也，字季。少時爲薛獄吏，有罪免。家貧，牧豕海上。年四十餘乃學春秋、雜說。養後母孝謹。建元元年，天子初即位，招賢良文學之士。是時，弘年六十，徵以賢良爲博士，使匈奴，還報，不合上意，上怒，以爲不能，弘乃病免歸。元光五年有詔徵文學，菑川國復推上公孫弘。弘讓謝國人曰：『臣已嘗西應命，以不能罷歸，願更推選。』國人固推弘。弘至太常，太

常令所徵儒士各對策，百餘人，弘第居下。策奏，天子擢弘對爲第一。召入見，狀貌甚麗，拜爲博士。」數年後位至丞相，封平津侯。

送李才元學士知邛州〔一〕

貧賤羞妻子〔二〕，富貴樂鄉關〔三〕。不見李夫子，得意今西還。白馬渡滻水〔四〕，紅旌照蜀山。歸來未解帶，故舊已滿門。平生浪游處，何者哀王孫。壯士勿齷齪，千金報一飧〔五〕。

【箋注】

〔一〕題：宋史李大臨傳：「李大臨字才元，成都華陽人。登進士第，爲絳州推官。杜衍安撫河東，薦爲國子監直講，睦親宅講書。文彥博薦爲秘閣校理。……以親老，請知廣安軍，徙邛州。」寫作時間不詳。

〔二〕「貧賤」句：漢書朱買臣傳：「朱買臣字翁子，吳人也。家貧，好讀書，不治産業，常艾薪樵，賣以給食，擔束薪，行且誦書。其妻亦負戴相隨，數止買臣毋歌嘔道中。買臣愈益疾歌，妻羞之，求去。」又史記蘇秦列傳：「（秦）出游數歲，大困而歸。兄弟嫂妹妻妾竊皆笑之……蘇秦聞之而慙自傷。」

〔三〕「富貴」句：史記高祖本紀：「高祖還鄉，過沛，留。置酒沛宫，悉召故人父老子弟縱酒。……高祖乃起舞，慷慨傷懷，泣數行下。謂沛父兄曰：『游子悲故鄉。吾雖都關中，萬歲後吾魂魄猶樂思沛。……』沛父兄諸母故人日樂飲極驩。」又見下送王吏部知徐州注〔三〕。

〔四〕滻水：源出陝西藍田西南秦嶺山中，北流至西安，東入灞水。

〔五〕「平生」四句：史記淮陰侯列傳：「信釣於城下，諸母漂，有一母見信飢，飯信，竟漂數十日。信喜，謂漂母曰：『吾必有以重報母。』母怒曰：『大丈夫不能自食，吾哀王孫而進食，豈望報乎？』」及信貴，「召所從食漂母賜千金」。齷齪：拘於小節，張衡西京賦：「獨儉嗇以齷齪。」注：「齷齪，小節也。」

送陸權叔提舉茶税〔一〕

君家本江湖，南行即鄰里。税茶雖冗繁，漸喜官資美。嗟君本篤學，寤寐好文字。往年在巴蜀，憶見春秋始。名家亂如髮，棼錯費尋理。今來未五歲，新傳滿盈几。又言欲治易，雜説書萬紙。君心不可測，日夜湧如水。何年重相逢，祇益使余畏。但恐茶事多，亂子易中意。茶易兩無妨，知君足才思。

【箋注】

〔一〕題：陸綰字權叔，初名絳，字伯厚，常熟（今屬江蘇）人。歷知揚子、雍丘二縣，提舉江淮茶税，官終尚書職方郎中，有春秋新解三十卷，見張杲吴中人物志卷六。此詩寫作時間不詳，據「往年在巴蜀」，似作於居京期間。

送王吏部知徐州〔一〕

東徐三齊之南鄰〔二〕，夫子豈非三齊人？辭嚻乞静得此守，走兔入藪魚投津。徐州絶勝不須問，請問項籍何去秦？江山雄豪不相下，衣錦游戲欲及辰〔三〕。霸王事業今已矣，但有太守朱兩輪〔四〕。還鄉據勢與古并，豈有漢戟窺城闉〔五〕？論安較利乃公勝，行矣正及汴水匀。

【校】

「夫子豈非」：「非」字原作「是」，今從殘宋本。

【箋注】

〔一〕題：王吏部，未詳其人。此詩亦不知作於何時，從「行矣正及汴水匀」看，似作於居京時。徐

州，今屬江蘇。

〔二〕「東徐」句：東徐即徐州。三齊，古地區名，相當於今之山東大部地區。秦亡，項羽以齊故地封故齊王族人，以田都爲齊王，都臨淄（今山東淄博東北）；以田市爲膠東王，都即墨（今山東平度東南）；以田安爲濟北王，都博陽（今山東泰安東南）。徐州位於三齊之南，故稱南鄰。

〔三〕「徐州絶勝不須問」至「衣錦游戲欲及辰」：項籍即項羽，見項籍論注〔一〕。史記項羽本紀：「項王見秦宫室皆已燒殘破，又心懷思欲東歸，曰：『富貴不歸故鄉，如衣繡夜行，誰知之者！』」

〔四〕朱兩輪：朱輪，王侯貴族所乘之車，色紅。楊惲報孫會宗書：「惲家方隆盛時，乘朱輪者十人。」

〔五〕「漢戟」句：史記項羽本紀：「漢王（劉邦）部五諸侯兵，凡五十六萬人，東伐楚。項王聞之，即令諸將擊齊，而自以精兵三萬人南從魯出胡陵。四月，漢皆已入彭城，收其貨寶美人，日置酒高會。」此句謂今王吏部知徐，不會再有漢戟窺徐事。漢戟：李賀緑章封事：「願攜漢戟招書鬼，休令恨骨填蒿里。」

藤樽〔一〕

枯藤生幽谷，蹙縮似無材。不意猶爲累，刳中作酒杯〔二〕。君知我好異，贈我酌

村醅。衰意方多感，爲君當數開。藤樽結如螺，村酒緑如水。開樽自獻酬，竟日成野醉。青莎可爲席，白石可爲機。何當酌清泉，永以思君子。

【校】

「白石可爲機」：「機」，疑當作机，通几。二黄本譌「枕」，疑即机字之形誤。

【箋注】

〔一〕題：此爲答謝友人贈藤樽而作，贈樽人及寫作時間皆不詳。

〔二〕「枯藤」四句：莊子山木：「弟子問於莊子曰：『昨日山中之木以不材得終其天年，今主人之雁以不材死，先生將何處？』莊子笑曰：『周將處乎材與不材之間。材與不材之間，似之而非也，故未免乎累。若夫乘道德而浮游則不然。……弟子志之，其唯道德之鄉乎？』」

送任師中任清江〔一〕

吾老尚喜事，羡君方少年。有如伏櫪馬，看彼始及鞍。奔騰過吾目，蕭條正思邊。誰知脱吾羈，傲睨登太山。君今始得縣，翺翔大江干。大江多風波，渺然欲翻天。浩蕩吞九野，開闔壯士肝。人生患不出，局束守一廛。未常見大物，不識天地

寬〔二〕。今君吾鄉秀，固已見西川。去年作邊吏，出入烽火間。儒冠雜武弁，屈與氊裘言。又當適南土，大浪泛目前。胸中芥蔕心，吹盡爲平田。陳湯喜形勝，所至常縱觀〔三〕。吾想君至彼，胸膽當豁然。

【校】

題：殘宋本「任師中」作「吴師中」。

「吾老尚喜事」：原作「吾喜尚喜事」，誤。祠本作「吾喜送任師」。今從殘宋本。

「欲翻天」：原作「天欲翻」，二黄本作「身欲翻」，祠本作「勢欲翻」，今從殘宋本。

「屈與」：「屈」字原作「屨」，據祠本、殘宋本改。

「適南土」：「土」原作「上」，據二黄本改。

「芥蔕心」：「芥蔕」原誤爲「芬蔕」，據祠本、二黄本、殘宋本改。

「喜形勝」：殘宋本「形勝」作「形勢」。

【箋注】

〔一〕題：任師中，名伋，見顔書注〔二〕。清江，今屬江西。蘇軾有送任伋通判黄州兼寄其兄孜詩，王注引堯卿謂其「於慶曆間登第」。洵詩云「喜君方少年」、「看彼始及鞍」、「去年作邊吏」、「君今始得縣」，似及第不久。

〔二〕「未常」二句：莊子秋水：「吾在天地之間，猶小石小木之在大山也，方存乎見少，又奚以自多！」

〔三〕「陳湯」二句：漢書陳湯傳：「陳湯字子公，山陽瑕丘（今山東兗州東北）人也。……建昭元年，湯與（甘）延壽出西域。湯爲人沉勇有大略，多策謀，喜奇功，每過城邑山川，常登望。」

送吴待制中復知潭州二首〔一〕

十年曾作犍爲令〔二〕，四脈嘗聞愍俗詩〔三〕。共嘆才高堪御史〔四〕，果能忠諫致戎麾〔五〕。會稽特欲榮公子〔六〕，馮翊猶將試望之〔七〕。船繫河隄無幾日，南公應已怪來遲〔八〕。

臺省留身凡幾歲〔九〕，江湖得郡喜令行。卧聽曉鼓朝眠穩，行入淮流鄉味生。細雨滿村蓴菜長〔一〇〕，高風吹旆綵船獰。到家應有壺觴勞，倚賴比鄰不畏卿。

【校】

「曾作」：「曾」原作「嘗」，與下句失對，據殘宋本改。

「怪來遲」：祠本「怪」字譌「慳」。

「江湖得郡喜今行」：「郡」祠本譌作「群」。「今行」殘宋本作「今春」。

【箋注】

〔一〕題：吴中復，見與吴殿院書注〔一〕。據吴廷燮北宋經撫年表卷五載，吴中復知潭州在嘉祐七年（一〇六二）至治平元年（一〇六四），又續資治通鑑卷六十嘉祐七年八月有「知雜御史吴中復劾奏（張）方平擅以官爵許戎狄」語，可知吴知潭州在嘉祐七年八月後，此詩當作於是時。

〔二〕「十年」句：謂吴中復十年前曾知犍爲（今屬四川）。東都事略吴中復傳：「舉進士，知犍爲縣，通判潭州。」續資治通鑑卷五十四載，皇祐五年（一〇五三）十二月，吴中復以御史中丞孫抃薦，由潭州通判入朝任監察御史裏行。因此，王文誥蘇詩總案卷一繫吴爲犍爲令於皇祐三年（一〇五一），大體可信。自皇祐三年至嘉祐七年（一〇六二）已「十年」有餘。

〔三〕「四脈」句：宋史吴中復傳：「中復進士及第，知峨眉縣。邊夷民事淫祠太盛，中復悉廢之。廉於居官，代還，不載一物。」洵詩及東都事略本傳皆作知犍爲縣。峨眉、犍爲，宋代屬嘉定府（見宋史地理志五），吴或曾在兩地作官。

〔四〕「共嘆」句：宋史吴中復傳：「通判潭州，御史中丞孫抃薦爲監察御史，初不相識也。或問之，抃曰：『昔人耻爲呈身御史，今豈有識面臺官耶！』」

〔五〕「果能」句：吴中復曾先後彈劾宰相梁適、劉沆等人，爲仁宗譽爲鐵御史，見東都事略、宋史

本傳。

〔六〕「會稽」句：漢書朱買臣傳：「朱買臣字翁子，吴人也。……拜買臣會稽太守，上謂買臣曰：『富貴不歸故鄉，如衣繡夜行，今子何如？』買臣頓首辭謝。」補注引李慈銘曰：「翁子即公子也。如儒林傳劉公子、游俠傳高公子……後漢薛漢亦字公子。」吴爲興國永興人，距潭州甚近，故云。

〔七〕「馮翊」句：馮翊，郡名，漢爲左馮翊（治今陝西大荔）。望之，蕭望之，字長倩，西漢東海蘭陵（今山東棗莊東南）人。漢書蕭望之傳：「宣帝察望之經明持重，論議有餘，材任宰相，欲詳試其政事，復以爲左馮翊。望之從少府出爲左遷，恐有不合意，即移病。上聞之，使侍中成都侯金安上諭意曰：『所用皆更治民以考功。君前爲平原太守日淺，故復試之於三輔，非有所聞也。』望之即視事。」此句謂吴出知潭州乃重用之先兆。

〔八〕南公：故楚隱者，見祭史彦輔文注〔五〕。

〔九〕「臺省」句：尚書省、門下省、中書省、御史臺皆稱臺省。吴中復自皇祐五年十二月孫抃薦爲監察御史裏行，將近十年，多在御史臺任職，故云。

〔一〇〕「細雨」句：晉書張翰傳：「翰因見秋風起，乃思吴中菰菜、蓴羹、鱸魚膾，曰：『人生貴得適志，何能羈宦數千里以要名爵乎？』遂命駕而歸。」

從叔母楊氏輓詞〔一〕

老人凋喪悲宗黨，寒月淒涼葬舊林。白髮已知鄰里暮，傷懷難盡子孫心。幾年贈命涵幽壤，當有銘文記德音。千里緘詞托哀恨，嗚嗚引者涕中吟。

【校】

「鄰里暮」：殘宋本「暮」作「慕」。

「嗚嗚」：祠本譌「嗚嗚」。

【箋注】

〔一〕題：蘇洵之父蘇序爲獨子，蘇序曾云，父母「生子九人而吾獨存」（蘇洵族譜後録下篇）。蘇序之叔伯弟兄頗多，較近者亦有昭越、德榮、德昇、德元、子勛等。蘇洵之從叔母楊氏，不知係何人之妻。眉山蘇、楊二家乃世舊，其兄蘇渙亦娶妻楊氏（見蘇轍伯父墓表）。從「千里緘詞托哀恨」句看，當作於宦游在外時，具體寫作時間不詳。

次韻和縉叔游仲容西園二首〔一〕

春入禁城懷舊隱，偶來芳圃似還家。番番翠蔓纏松上，粲粲朱梅入竹花。客慢

空勞嚴置兕〔二〕，酒多無用早成虵〔三〕。相公猶有遺書在〔四〕，欲問郎君借五車〔五〕。

栽松成徑百餘尺，隔徑開堂似兩家。厭事共邀終日飲，渴春先賞未開花。客來庭樹鳴寒鵲，酒入肌膚憶冷虵〔六〕。衰病不勝杯酌困，醉歸傾倒欲乘車。

【校】

題：殘宋本無「和」、「游」二字。

「終日飲」：「終」原誤作「絲」，據殘宋本、二黄本、祠本改。

「未開花」：「未」字祠本作「後」。

「杯酌困」：二黄本「酌」字作「酒」，祠本「酌困」二字作「酒處」。

【箋注】

〔一〕題：縉叔、仲容，未詳其人，又詩稱「相公猶有遺書在」，洵受知於歐陽修，頗疑仲容爲歐公次子。蓋其長子名發字伯和，三子名棐字叔弼，次子名奕，字未見史載，當以仲字。姑以備參。宋有吕夏卿者，字縉叔，慶曆二年進士，通譜學，創爲世系諸表，於修新唐書頗有功，事見宋史本傳。宋字仲容者頗多，有名張谷字仲容者，開封尉氏人，嘗通判眉州，累遷屯田員外郎，事見歐陽修張君墓表。不知即此二人否。

詩有「春入禁城懷舊隱」、「厭事共邀終日飲」句，「事」當指公務，故此詩作於嘉祐、治平間居

官京城時，具體寫作時間不詳。

〔二〕「客慢」句：謂己不能飲，枉自主人置酒。兕：兕觥，盛酒之器。詩周南卷耳：「我姑置彼兕觥。」

〔三〕「酒多」句：應劭風俗通卷九怪神：杜宣見應郴，郴置酒，「時北壁上有懸赤弩，照于杯，形如蛇，宣畏惡之，然不敢不食。其日便得胸腹痛」。攻治萬端，不爲愈。郴知，復載宣於故處設酒，并謂宣曰：「此壁上弩影耳。」宣病遂解。後多以「杯弓蛇影」喻自相驚疑，洵化用此典寫其醉意。

〔四〕相公：顧炎武日知録卷二十四：「前代拜相者必封公，故稱之曰相公。」洵前宋代似無字仲容，其父爲相者。通俗編仕進：「今凡衣冠中人，皆僭稱相公，或亦綴以行次，曰大相公、二相公。」此或因史缺載，或用後一義。

〔五〕五車：莊子天下：「惠施多方，其書五車。」

〔六〕冷虵：酉陽雜俎前集卷十七蟲篇：「玄宗詔南方取冷蛇（通虵）二條賜之（申王），蛇長數尺，色白，不螫人，執之冷如握冰。」

香〔一〕

擣麝篩檀入範模，潤分薇露合鷄蘇〔二〕。一絲吐出青烟細，半柱燒成玉箸粗〔三〕。

道士每占經次第，佳人惟驗繡工夫。軒窗几席隨宜用，不待高擎鵲尾爐〔四〕。寫作時間不詳。

【箋注】

〔一〕題：此係詠物詩，前四句寫香之製作過程及燃燒形象，後四句寫香之用途。

〔二〕鷄蘇：又名水蘇，其葉辛香。本草水蘇：「時珍曰：此草似蘇而好生水旁。」

〔三〕玉筯：筷子。杜甫野人送櫻桃：「金盤玉筯無消息，此日嘗新任轉蓬。」

〔四〕鵲尾爐：事物原始：「即今長柄香爐也。」

嘉祐集箋注佚文

賀歐陽樞密啓〔一〕

伏審光奉帝詔，入持國樞，士民讙譁，朝野響動。恭惟國家所以設樞密之任，乃是天下未能忘威武之防。雖號百歲之承平，未嘗一日而無事。兵不可去，職爲最難，任文教則損國威，專武事則害民政。

伏自近歲，屢更大臣，皆由省府而來，以答勳勞之舊。一歷二府，遂起百官。既無跂足之求，僅若息肩之所。自聞此命，欣賀實深。益因物議之所歸，以慰民心之大望。伏惟某官一時之傑，舉代所推。經世之文，服膺已久；致君之略，至老不衰。顧惟平昔起於小官，曷嘗須臾忘於當世？以爲天下之未大治，蓋自賢者之在下風。自今而言，夫復何難？願因千載之遇，一新四海之瞻！

洵受恩至深，爲喜宜倍。嘗謂未死之際，無由知王道之大行；不意臨老之年，猶

及見君子之得位。阻以在外〔二〕，闕於至門，仰祈高明，俯賜亮察。（黄燦、黄煒重編嘉祐集卷十五）

【箋注】

〔一〕題：續資治通鑑卷五十九嘉祐五年（一〇六〇）十一月條：「翰林學士、禮部侍郎、知制誥、史館修撰歐陽修，樞密直學士、右諫議大夫陳旭，御史中丞趙槩，并爲樞密副使。」此啓即作於是時。

〔二〕阻以在外：蘇洵謝趙司諫啓：「寓居雍丘，無故不至京師。」「阻以在外」指此。

與孫叔静〔一〕

久承借示新文及累爲訪臨，甚荷勤眷。文字已爲細觀，甚善甚善。必欲求所未至，如中正論引舜爲證，此是時文之病。凡論但意立而理明，不必覓事應付。誠未思之。專此，不宣。洵白。（嘉祐新集卷十三）

【箋注】

〔一〕題：孫礬（一〇四一——一一〇〇）字叔静，錢塘（今浙江杭州）人。年十五，游太學，蘇洵、

滕甫稱之。後提舉廣東常平，蘇軾謫居惠州，極意與軾周旋。二子娶晁補之、黄庭堅女。黨事起，家人危懼，矍一無所顧，時人稱之。此書作於嘉祐、治平年間。蘇軾跋先君與孫叔静帖：「嘉祐、治平間，先君編修太常因革禮。在京師，學者多從講問。而孫叔静兄弟皆篤學能文，先君極稱之。先君既歿十有八年，軾謫居於黄，叔静自京師過蘄，枉道過軾，出先君手書以相示。軾請受而藏之，叔静不可，遂歸之。先君平生往還書，多口占以授子弟，而此獨其真迹。信乎叔静兄弟厚善也。」

與雷太簡納拜書〔一〕

趙郡蘇某袖書再拜知郡殿丞之前：夫禮隆於疏，殺於親〔二〕。以兄之親，而酌則先秦人〔三〕，蓋此見其情焉。某與執事道則師友，情則兄弟，傴僂跪拜，抗拜於兩楹之間，而何以爲親？願與執事結師友之懽，隆兄弟之好。謹再拜廡下，執事其聽之，勿辭。不宣。

（東萊標注老泉先生文集卷十一）

【箋注】

〔一〕題：雷太簡，見與雷簡夫書注〔一〕。至和二年（一〇五五）蘇洵訪雷簡夫於雅州（見憶山送

人注〔一二〕，此書當作於是時。納拜，納交，結交。

〔二〕「禮隆於疏」二句：史記禮書太史公曰：「以隆殺爲要。文貌繁，情欲省，禮之隆也；文貌省，情欲隆，禮之殺也。」

〔三〕酌則先秦人：孟子告子上：「鄉人長於伯兄一歲，則誰敬？曰：敬兄。酌則誰先？先酌鄉人。」其前尚有「吾弟則愛之，秦人之弟則不愛也」。此以弟喻所親，以秦人鄉人喻疏者。洵化用其意。

雷太簡墓銘〔一〕

嗚呼太簡，不顯祖考。不有不承〔二〕，隱居南山〔三〕。德積聲施，爲取於人。不獻不求〔四〕，既獲不用。有功不多〔五〕，孔銘孔悲。

（趙德麟侯鯖録卷一）

【箋注】

〔一〕題：雷太簡，見與雷簡夫書注〔一〕。此當爲銘文，墓誌已佚，卒年不詳。

〔二〕不有不承：繼「不顯祖考」，謂其無所承繼。書西伯：「故天棄我，不有康食。」詩權輿：「今也每食無餘，于嗟乎，不承權輿。」按宋史雷簡夫傳：「簡夫始起隱者，出入乘牛。」

〔三〕南山：終南山，雷早年隱於此。

〔四〕不獻不求：左傳成公二年：「不獻其功。」又昭公三十一年：「不求其名。」

〔五〕有功不多：老子：「功成而弗居。」

【集説】

趙德麟曰：老蘇作雷簡夫墓銘云……此語大妙，有三代文章骨氣，爲文之法也。（侯鯖録卷一）

上六家謚法議〔一〕

謹按世之以謚著書而可以名家者，止於六家。其王彦威之徒〔二〕，皆祖述舊文，無所增損。六家之中，其名周公者〔三〕，最無條貫，同謚異條，或分見數處，紛紜擾亂，難以省覽。其餘春秋廣謚〔四〕、沈約〔五〕、賀琛〔六〕、扈蒙〔七〕，其綱目俱存，而脱謬已甚，或當時之妄誤，或傳寫之訛失，有司行用，實難依據。

臣等今已講求别本，證之史傳，别其同異，去其重復，勘謬補闕，務令完正。其有訛謬已久，世俗承用不復疑，如以「壯」爲「莊」，以「僭」爲「替」，如是者亦不敢輒改。皆隨件注，凡注數十百條，號曰六家謚法。（宋蜀文輯存卷四）

【箋注】

〔一〕題：古人死後依其生前事迹，贈一稱號，謂之謚。謚法即贈謚之法。蘇洵著有謚法三卷，皇祐謚録二十卷。歐陽修與蘇編禮書：「某啓：承示表本（即上六家謚法議）甚佳。前所借謚法三卷，值公私多事，近方偏得披閲，文字更不待愚陋稱述。第新法增損，今别爲一書，則無不可矣。成一家之言，吾儕喜若己出耳。謚録卷帙既多，祇欲借草本。」歐陽修書注「治平間」作，洵議亦當作於是時。四庫提要卷八二蘇洵謚法提要云：「自周公謚法以後，歷代言謚者有劉熙與沈約、賀琛、王彦威、蘇冕、扈蒙之書。然皆雜揉附益，不爲典要。至洵奉詔編定六家謚法，乃取周公、春秋廣謚及諸子之本删訂考證，以成是書。……後鄭樵通志謚略，大都因此書而增補之，且稱其斷然有所去取，善惡有一定之論，實前人所不及。」

〔二〕王彦威：唐太原人，舉明經甲科，淹識古今典禮，採隋以來五禮沿革，編成太和新禮，事見唐書本傳。據宋史藝文志一經解類載，王有繼古今謚法十四卷，已佚。

〔三〕周公：指周公謚法。宋史藝文志一經解類：「周公謚法一卷，即汲冢周書謚法篇。」清任兆麟有輯選周公謚法一卷。

〔四〕春秋廣謚：即春秋謚法，宋史藝文志一經解類：「春秋謚法一卷，即杜預春秋釋例謚法篇。」原書久佚，有從永樂大典輯録之四庫本。

〔五〕沈約：字休文，吴興武康（今浙江德清武康）人，歷仕齊梁，官至尚書令，事見南史沈約傳。

宋史藝文志一著録有「沈約謚法十卷」，已佚。

〔六〕賀琛：字國寶，南朝梁人，精通三禮，梁武帝郊廟諸儀，多所創定，事見梁書本傳。宋史藝文志一著録有「賀琛謚法三卷」，今存。

〔七〕扈蒙：字日用，宋初人。後周時官至知制誥，入宋後充史館修撰，與修文苑英華，事見宋史本傳。扈蒙所撰謚法，宋史藝文志一經解類未著録，而在范鎮「六家謚法二十卷」前有「謚法三卷」，未署作者，不知是否即「扈蒙之書」。

上張益州書〔一〕

古之君子，期擅天下之功名，期爲天下之儒人，而一旦不幸，陷於不義之徒者有矣。柳子厚、劉夢得、吕化光，皆才過人者，一爲二王所污，終身不能洗其耻〔二〕。雖欲刻骨刺心，求悔其過而不可得，而天下之人且指以爲黨人矣。洵每讀其文章，則愛其才；至見其陷於黨人，則悲其不幸。故雖自知其不肖，不足以晞望古之君子，而嘗自潔清以避耻遠辱。王公貴人，可以富貴人者，肩相摩於上；始進之士，其求富貴之者，踵相接於下。而洵未嘗一動其心焉，不敢不自愛其身故也。

貧之不如富，賤之不如貴，在野之不如在朝，食菜之不如食肉，洵亦知之矣。里

中大夫皆謂洵曰：「張公，我知其爲人。今其來必將有所舉，宜莫若子；將求其所以爲依，宜莫如公。」洵笑曰：「我則願出張公之門矣，張公許我出其門下哉？」居數月，或告洵曰：「張公舉子。」聞之愀然自賀曰：「吾知免矣。」吾嘗怪柳子厚、劉夢得、呂化光數子，以彼之才游天下，何容其身辱如此！恐焉懼其操履之不固，以躡數子之蹤。今張公舉我，吾知免矣。

孟子曰：「觀遠臣以其所主。」〔三〕韓子曰：「知其主可以信其客。」〔四〕張公作事固信於天下，得爲張公客者，雖非賢人，而天下亦不敢謂之庸人矣。昨有得天下不得謂之庸人者幾人？而我則當。知我者可以弔劉夢得、呂化光、柳子厚數子之不幸，而賀我之幸也。數百里一拜於前，以爲謝者，正爲此耳。

（黄燦、黄煒重編嘉祐集卷十五）

【箋注】

〔一〕題：張益州即張方平，見上張侍郎第一書注〔一〕。據蘇洵張益州畫像記，張方平於至和元年（一〇五四）「冬十一月至蜀」。書云：「居數月，或告洵曰：『張公舉子。』」可知此文作於至和二年（一〇五五）。

所謂「張公舉子」，指張方平薦洵爲成都學官：「辱張公薦，欲使（洵）代黄東爲郡學官。」（雷

簡夫上張文定書〕此書爲謝其薦舉作。

〔二〕「柳子厚」至「不能洗其耻」：柳宗元（七七三——八一九）字子厚，河東解（今山西運城解州鎮）人。劉禹錫（七七二——八四二），字夢得，洛陽（今屬河南）人。呂温（七七二——八一二），字化光，河東（今山西永濟）人。二王指王伾、王叔文。王伾，杭州人，德宗末年，待詔翰林。王叔文（七五三——八〇六），越州山陰（今浙江紹興）人，德宗時侍讀東宫。以上諸人，新、舊唐書均有傳。安史之亂後，唐代藩鎮割據，宦官專權，政治腐敗。王伾、王叔文、柳宗元、劉禹錫、呂化光等力主革新。貞元二十一年（八〇五），德宗去世，順宗即位，開始所謂永貞革新。宦官俱文珍以順宗久病爲口實，矯詔禪位太子，貶王叔文爲渝州司户，繼又殺之。王伾貶開州司馬而死，柳宗元貶永州司馬，後遷柳州刺史，鬱鬱而死。劉禹錫貶朗州司馬，遷連州刺史，後爲太子賓客，加檢校禮部尚書。呂温因出使吐蕃，得免。事見資治通鑑卷二三六。

〔三〕「觀遠臣」句：語見孟子萬章上。

〔四〕「知其主」句：反用韓愈送楊支使序語：「知其客可以信其主者。」

嘉祐集箋注佚詩

遊嘉州龍巖〔一〕

繫舟長堤下，日夕事南征。往意紛何速，空巖幽自明。使君憐遠客〔二〕，高會有餘情。酌酒何能飲，去鄉懷獨驚。山川隨望闊，氣候帶霜清。佳境日已去，何時休遠行。

（殘宋本類編增廣老蘇先生大全集）

【箋注】

〔一〕題：嘉州，今四川樂山；龍巖，又名靈巖、九龍山。嘉定府志卷四：「九龍山，城東北四里，三龜山之右，一名龍巖，又名靈巖，又名龍泓。山上石壁刻石龍九，相傳唐明皇幸蜀時所鐫，強半磨泐，其存者矯然有勢。山最幽邃，號小桃園。」嘉祐四年（一〇五九）十月，蘇洵父子乘舟而下，東出三峽，至江陵度歲，再北上赴京。此首同下首即途經嘉州時所作。

〔二〕使君憐遠客：漢時稱刺史爲使君，此當指嘉州知州，不詳其人。

初發嘉州〔一〕

家托舟航千里速〔二〕，心期京國十年還。烏牛山下水如箭〔三〕，忽失峨眉枕席間〔四〕。

（同上）

【校】

「十年還」：「十」字疑有誤，因嘉祐二年蘇洵尚在京。

【箋注】

〔一〕題：見上首注〔一〕。

〔二〕「家托」句：蘇軾南行前集叙：「己亥之歲，侍行適楚，舟中無事，博弈飲酒，非所以爲閨閣之歡。」王文誥蘇詩總案卷一：「是時通義君（按：蘇軾之妻王氏）、史夫人皆隨行，文有『閨閣之歡』句可證。」

〔三〕烏牛山：嘉定府志卷四：「烏尤山，凌雲山上，舊名烏牛山，黄庭堅過此易今名。一名豚巖，又名離堆，亦名青衣山。在大江中，世言李冰所鑿，以避沫水之患者也。」

〔四〕峨眉：山名，在今四川峨眉山市西南。蜀中名勝記卷十一：「峨眉在南安縣界，兩山相對，狀如蛾眉。」

襄陽懷古〔一〕

我行襄陽野，山色向人明。何以洗懷抱，悠哉漢水清〔二〕。遼遼峴山道〔三〕，千載幾人行？踏盡山上土，山腰爲之平。道逢墮淚碣〔四〕，不覺涕亦零。借問羊叔子〔五〕，何異葛孔明〔六〕？今人固已遠，誰識前輩情？朅來萬山下〔七〕，潭水轉相縈。水深不見底，中有杜預銘〔八〕。潭水竟未涸，後世自知名。成功本無敵，好譽真儒生。自從三子亡，草中無豪英。聊登峴山首，淚與漢流傾。

（同上）

【箋注】

〔一〕題：襄陽，今屬湖北。王文誥蘇詩總案卷二嘉祐五年正月「五日發荆州，過荆門，題惠泉，答張維和惠泉詩，發涢陽，渡漢水，至襄陽，作野鷹來、上堵吟、襄陽樂三樂府……過葉縣，游雙凫觀」。蘇洵襄陽懷古、萬山、昆陽城詩即作於是時。

〔二〕漢水：亦稱漢江，發源於陝西西南寧强縣，流經陝西南部、湖北西北部和中部，於武漢入長江，全長一千五百三十二公里，爲長江最長支流。

〔三〕峴山道：元和郡縣志卷二十一：「峴山，在（襄陽）縣東南九里，山東臨漢水，古今大道。」

〔四〕墮淚碣：即墮淚碑，在峴山。晉書羊祜傳：「襄陽百姓，於峴山（羊）祜平生游憩之所，建碑立廟，歲時饗祭焉。望其碑者，莫不流涕，杜預因名爲墮淚碑。」

〔五〕羊叔子：羊祜（二二一——二七八），字叔子，南城（今山東費縣西南）人。魏末任相國從事中郎，與荀勗共掌機密。晉代魏後，封鉅平侯，都督荆州諸軍事，出鎮襄陽，開屯田，儲軍備，籌劃滅吴。臨終，舉杜預自代。事見晉書羊祜傳。

〔六〕葛孔明：即諸葛孔明，三國志蜀書諸葛亮傳裴松之注引漢晉春秋：「亮家於南陽之鄧縣，在襄陽城西二十里，號曰隆中。」

〔七〕萬山：一名漢皋山，在襄陽西十一里，見元和郡縣志卷二十一。

〔八〕杜預銘：據晉書杜預傳載，杜預（二二二——二八四），字元凱，京兆杜陵（今陝西西安東南）人。繼羊祜都督荆州諸軍事、鎮南大將軍，鎮襄陽。太康元年（二八〇）統兵滅吴，以功封當陽縣侯。著有春秋左氏經傳集解。好爲後世名，嘗言高岸爲谷，深谷爲陵，因刻石爲二碑，一沉萬山之下，一立峴山之上。杜預銘即指此。

寄楊緯〔一〕

家居對山木，謂是忘言伴。去鄉不能致，回顧頗自短。誰知有楊子，磊落收百段。揀贈最奇峰，慰我苦長嘆〔二〕。連城盡如削，邃洞幽可欵。回合抱空虛，天地聳其半。舟行因樂載，陸挈敢辭懶？飄飄乎千里，有客來就看。自言此地無，愛惜苦欲換。低頭笑不答，解纜風帆滿。京洛有幽居〔三〕，吾將隱而玩。

（同上）

【箋注】

〔一〕題：楊緯，不詳其人，或即托蘇洵爲其父作墓銘之楊節推美球（見和楊節推見贈、與楊節推書、丹稜楊君墓誌銘），而所贈木山或即托作墓銘之潤筆。楊緯贈蘇洵木山，當在嘉祐四年（一〇五九）冬舟行峽中時，「舟行因樂載」、「解纜風帆滿」句可證。説以備參。

〔二〕「家居對山木」至「慰我苦長嘆」：由此八句可知，蘇洵在眉山老家所蓄木山與嘉祐五年（一〇六〇）入京後所蓄木山，絶非一物。前者即蘇洵木假山記所記木山，係蘇洵買自溪叟（梅聖俞蘇明允木山：「蘇夫子見之驚且喜，買於溪叟憑貂裘。」），并未攜帶入京（「去鄉不能致」）；後者乃嘉祐四年（一〇五九）途經峽中時楊緯所贈。蘇軾和子由木山引水云：「蜀江

久不見滄浪，江上枯楂遠可將。」亦指楊緯所贈木山。王文誥蘇詩總案卷五治平元年（一〇六四）十二月條引蘇洵木假山記之木山證蘇軾和子由木山引水之木山，顯係張冠李戴，將二物混而爲一。

〔三〕「京洛」句：京洛，此指汴京，見途次長安上都漕傳諫議注〔三〕。嘉祐五年（一〇六〇）三蘇至京後，蘇軾與楊濟甫書云：「見在西岡賃一宅子居住。」可見在此之前，蘇洵在京尚無「幽居」。此言「有幽居」，或係逆想之辭。

和楊節推見贈〔一〕

與君多乖睽，邂逅同泛峽。宋子雖世舊〔二〕，談笑頃不接。二君皆宦游，疇昔共科甲。唯我老且閑，獨得離圈柙。少年實强鋭，議論令我怯。有如乘風箭，勇發豈顧帖？置酒來相邀，慇懃爲留楫。楊君舊痛飲，淺水安足涉？嗟我素不任，一酌已頳頰。去生別懷愴，有子旅意愜。捨棹治陸行，歲晚筋力乏。予懶本不出，實爲人事劫〔三〕。相將犯苦寒，大雪滿馬鬣。

（同上）

【箋注】

〔一〕題：楊節推，見蘇洵與楊節推書注〔一〕。

三蘇父子於嘉祐四年十二月初抵達江陵，正月五日離江陵陸行赴京，詩言「捨棹治陸行，歲晚筋力乏」，可見作於江陵。

〔二〕「宋子」句：宋子，不詳其人。蘇洵祖母姓宋，世舊或指此。

〔三〕「予懶」二句：指朝廷詔蘇洵試舍人院，洵以病辭，後詔命再下，洵再辭。然以二子服母喪期滿，友人催促，只得隨二子入京。

答張子立見寄〔一〕

舟行道里日夜殊，佳士恨不久與俱。峽山行盡見平楚，捨船登岸身無虞。念君治所自有處，不復放縱如吾徒。憶昨相見巴子國，謁我江上顏何娛！求文得卷讀不已，有似駿馬行且且〔二〕。自言好學老未厭，方册幾許魯作魚〔三〕。古書今文遍天下，架上未有耿不愉。示我近所集，漫如游通衢。通衢衆所入，癃殘詭怪雜沓不辨可嘆吁！文人大約可數者，不過皆在衆所譽。此外何足愛，刓破無四隅〔四〕。况余固魯鈍，老蒼處群雛。入趙抱五弦，客齊不吹竽〔五〕。山林自竄久不出，回視衆俊驚鋸

語〔六〕。豈意誤見取，騏驥參羸駑。將觀馳騁鬭雄健，無乃獨不堪長途。淒風臘月客荆楚，千里適魏勞奔趨〔七〕。將行紛亂苦無思，强説鄙意慚區區。

（同上）

【箋注】

〔一〕題：張子立，不詳其人。詩云：「念君治所自有處，不復放縱似吾徒。憶昨相見巴子國，謁我江上顏何娛。」元和郡縣志卷三十三劍南道下：「渝州，禹貢梁州之域，古之巴國也。……其地東至魚復，西抵僰道，北接漢中，南極牂柯，是其界也。……武王伐殷，巴人助焉，其人勇鋭，歌舞以凌殷郊，後封爲巴子。」又同書合州記巴子城在石鏡縣南五里。據此則張當爲此一帶地方官。詩又有「淒風臘月客荆楚」句，當爲嘉祐四年十二月江陵作。

〔二〕「駿馬」句：且，本作跙。揚雄太玄更：「駟馬跙跙。」范注：「跙跙，不調也。」左思魏都賦「冀馬填廄而駔駿。」駔駿，馬壯健貌，洵句當化用之，「且」通「駔」。

〔三〕方册：典籍，韓愈與孟尚書書：「聖賢事業，具在方册。」「魯作魚」，文字因書寫或蠹蝕而錯訛，抱朴子遐覽：「書三寫，魚成魯，虛成虎。」

〔四〕「刓破」句：讀破書而無回音。刓，磨損。喁，應和聲。莊子齊物論：「前者唱于，而隨者唱喁。」

〔五〕「入趙」二句：五弦：禮記樂記：「昔者舜作五弦之琴，以歌南風。」韋應物送崔押衙相州：「禮樂儒家子，英豪燕趙風。」韓非子内儲上：「齊宣王使人吹竽必三百人，南郭處士請爲王吹竽，宣王説之，廩食以數百人。宣王死，湣王立，好一一聽之，處士逃。」燕、趙尚武而抱弦，齊王好竽而不吹竽，皆自謂不合時宜。

〔六〕鋸鋙：古劍名。列子湯問：「周穆王大征西戎，西戎獻鋸鋙之劍，其劍長尺有咫，練鋼赤刃，用之切玉如切泥焉。」

〔七〕魏：戰國國名。原都安邑（今山西運城地），後遷都大梁（今河南開封）。此即指汴京。

送蜀僧去塵〔一〕

十年讀易費膏火，盡日吟詩愁肺肝。不解丹青追世好〔二〕，欲將芹芷薦君盤〔三〕。誰爲善相寧嫌瘦〔四〕，後有知音可廢彈〔五〕？拄杖掛經須倍道〔六〕，故鄉春蕨已闌干〔七〕。（同上）

【校】

「不解」：殘宋本原注：「不」字一作「未」。

「欲將」：「欲」字一作「敢」。

「寧嫌瘦」：「寧」，葉夢得石林詩話引此句作「應」。

【箋注】

〔一〕題：蜀僧去塵：去塵爲僧法名，身世未詳。此詩又見東坡續集。葉夢得石林詩話卷下：「明允詩不多見，然精深有味，語不徒發，正類其文。如讀易詩云：『誰爲善相應嫌瘦，後有知音可廢彈？』婉而不迫，哀而不傷，所作自不必多也。」朱熹晦庵詩話云：「彼欲井中老翁改顔易服，不使人知（按：蘇洵老翁井：「改顔易服與世同，無使世人知有翁」），後篇遽有『嫌瘦』、『廢彈』之嘆，何耶？然其言怨而不怒，用意亦遠矣。」葉、朱皆宋人，葉與蘇軾幼子蘇過交誼頗深，其言應有據。

此詩當爲洵詩。蘇洵嘉祐六年（一〇六一）上韓丞相書云：「自去歲以來始復讀易，作易傳百餘篇。此書若成，則自有易以來，未始有也。」張方平文安先生墓表謂洵有「易傳十卷」。蘇轍東坡先生墓誌銘：「先君晚歲讀易，玩其爻象，得其剛柔、遠近、喜怒、逆順之情，以觀其詞，皆迎刃而解。作易傳未完。」由此可知，蘇洵「後讀易，作易傳」皆晚年，此詩亦爲晚年作，具體寫作時間不詳。

〔二〕「不解」句：唐宋僧人多交遊文人，請求書畫歌詩，寖以成風（參韓愈送浮屠文暢師序），故云云。

〔三〕「欲將」句：列子楊朱載，昔有人甘於芹味，因以獻鄉豪，衆哂而怨之。後以薦芹、獻芹借禮微心誠。芷，香草，此因芹而連及之，亦以喻寸心之誠美。

〔四〕「誰爲」句：史記鄧通傳：「上使善相者相通，曰：『當貧餓死。』文帝曰：『能富通者我也，何謂貧乎？』於是賜鄧通蜀嚴道銅山，得自鑄錢。」後文帝崩，景帝立，没鄧家産，鄧果貧餓死。

〔五〕「後有」句：應劭風俗通義聲音：「伯子牙方鼓琴，鍾子期聽之，而意在高山，子期曰：『善哉乎，巍巍若太山！』頃之間而意在流水，鍾子又曰：『善哉乎，湯湯若江河！』子期死，伯牙破琴絶弦，終身不復鼓，以爲世無足爲音者也。」洵反用其意。

〔六〕「拄杖」句：謂掛經書於杖上，倍道兼行。倍道：趕路，一日行兩日之路程。孫子軍爭：「卷甲日趨，日夜不處，倍道兼行。」

〔七〕「故鄉句」：蕨，山菜名，詩召南草蟲：「陟彼南山，言采其蕨。」闌干：縱横，此言春蕨已繁茂。暗含去塵安道澄心之意。韓愈送文暢師北游：「從兹富裘馬，寧復茹藜蕨。」又云：「僧還相訪來，山藥煮可掘。」此變化其意。

九日和韓公〔一〕

晚歲登門最不才，蕭蕭華髮映金罍。不堪丞相延東閣〔二〕，閑伴諸儒老曲臺〔三〕。

佳節久從愁裏過，壯心偶傍醉中來。暮歸衝雨寒無睡，自把新詩百遍開。（同上）

【校】

「久從」：葉夢得避暑録話引洵詩作「屢從」，方回瀛奎律髓録洵詩作「已從」。

「偶傍」：避暑録話作「時傍」，瀛奎律髓同殘宋本。

【箋注】

〔一〕題：九日，重陽節。韓公指韓琦，見上韓樞密書注〔一〕。韓琦原唱爲乙巳重九（見安陽集，或瀛奎律髓）：「苦厭繁機少適懷，欣逢重九啓賓罍。招賢敢并翹材館，樂事難追戲馬臺。蘚布亂錢乘雨出，雁排新陣拂雲來。何時得遇樽前菊，此日花隨月令開。」乙巳爲英宗治平二年（一〇六五），洵詩亦當作於是時。王文誥蘇詩總案卷一繫此條於嘉祐元年，并云：「此條夢得誤以嘉祐爲至和，已删去。」王文誥改繫嘉祐元年亦誤：時韓琦爲樞密使，不得云「丞相」；蘇洵亦未入太常寺編纂禮書，不得云「老曲臺」。

〔二〕「不堪」句：琦於嘉祐元年（一〇五六）八月任樞密使，嘉祐三年（一〇五八）六月加同平章事，至英宗治平四年（一〇六七）罷相。東閣：漢書公孫弘傳：「弘自見爲舉首，起徒步，數年至宰相封侯。於是起客館，開東閣以延賢人。」顔師古注：「閣者，小門也，東向開之，避當

庭門而引賓客，以别於掾史官屬也。」

〔三〕曲臺：唐王彦威爲太常，撰曲臺新記三十卷，故稱太常爲曲臺。蘇洵參與太常寺修撰禮書始於嘉祐六年（一〇六一）七月，故「閑伴諸儒老曲臺」句亦表明，此詩不可能作於嘉祐元年（一〇五六）。

【集説】

葉夢得云：蘇明允既爲歐陽文忠公所知，其名翕然，韓忠獻諸公皆待以上客。嘗遇忠獻置酒私第，惟文忠與一二執政，而明允乃以布衣參其間，都人以爲異禮。席間賦詩，明允有「佳節屢從愁裏過，壯心時傍醉中來」句，其意氣猶不少衰。然精深有味，語不徒發，正類其文。（避暑録話）

題仙都觀〔一〕

飄蕭古仙子〔二〕，寂寞蒼山上。觀世眇無言，無人獨惆悵。深巖聳喬木，古觀靄遺像〔三〕。超超不可揖，真意誰復亮？蜿蜒乘長龍，倏忽變萬狀〔四〕。朝食白雲英，暮飲石髓鬯〔五〕。心肝化瓊玉，千歲已無恙。世人安能知，服藥本虚妄〔六〕。嗟哉世無人，江水空蕩漾。

（同上）

【箋注】

〔一〕題：據蜀中名勝記卷十九酆都縣：仙都觀在酆都縣（今四川豐都）平都山，唐建，宋改景德觀，又名白鶴觀。傳説爲王方平、陰長生昇仙之所。

〔二〕古仙子：指王方平和陰長生。列仙傳：「王方平名遠，知天下盛衰之期，九州吉凶之事。漢孝桓帝聞之，連徵不出，使郡國逼載以詣京師，低頭閉目，不肯答詔。……陰長生，新野人，漢皇后之親屬，不好榮貴，從馬鳴生得度世法，偕入青城山中。乃以太清神丹經授之。後丹成，著書九篇，白日昇天。」

〔三〕「深巖」二句：蘇軾書鮑靜傳：「予嘗游忠州酆都觀，則陰君（長生）與王方平上昇處也。古樹松柏千株，松脂如酥乳，不煩煮煉。正爾食之，滑甘不可言。二真君皆畫像觀中，極古雅，有西晉時殿宇尚存。」

〔四〕「蜿蜒」二句：傳説仙人往來多乘龍駕虎，據神仙傳，陰長生曾「著詩三篇」，其一有「乘雲駕浮」語；又言王方平至蔡經家，「鼓吹皆乘龍，從天而下，懸集於庭」。蘇軾、蘇轍題留仙都觀也有「龍車虎駕來下迎」、「并騎雙翔龍」語。

〔五〕「朝食」二句：白雲英，雲母之白而微青者稱雲英。石髓即石鐘乳。雲英、石髓，均道家服食延年所用，詳見本草綱目、太平御覽相應條目。列仙傳記，方回，堯時人，堯聘以爲閭士，鍊食雲母粉，亦與人民之有病者。本草綱目石髓引仙經云：神仙五百年一開石髓出，服之長

生。王烈入山見石裂，得髓食之，因撮少許與嵇康，化爲青石。

〔六〕服藥本虛妄：古詩十九首：「服食求神仙，多爲藥所誤。」

遊陵雲寺〔一〕

長江觸山山欲摧〔二〕，古佛咒水山之隈〔三〕。千航萬舸腂前過，仰望絶頂皆徘徊。足踏重浪怒洶湧，背負喬嶽高崔嵬。予昔過此下荆渚，斑斑滿面生蒼苔。今來重到非舊觀，金翠晃蕩祥光開。縈回一徑上險絶，却立下視驚心骸。蜀江迤邐漸不見，沫水騰掉震百雷〔四〕。山川變化禹力盡〔五〕，獨有道者嘗閔哀〔六〕。峨山決水通萬里，奔走荆蜀如長街。世人至今不敢嫚，坐上蜕骨冷不埋〔七〕。今余劫劫何所往，愧爾前人空自咍。

（同上）

【校】

「腂前」：「腂」，疑當爲「膝」或「脺」之形誤。脺，踵也。

【箋注】

〔一〕題：陵雲寺，今作凌雲寺。曹學佺蜀中名勝記卷十一：「又名大像寺，開元中僧海通於瀆

江、沫水、濛水三江之合，衝濤怒浪之濱，鑿山爲彌勒大像，高踰三百六十尺，建七層閣以覆之。至韋皋時，積十九年工始備。皋有大像記。」詩有「予昔過此下荆渚」、「今來重到非舊觀」句，「昔」指景祐四年（一〇三七）蘇洵因舉進士，南下荆渚，再北上入京事，見憶山送人及其注〔三〕、〔九〕。「今」指嘉祐四年（一〇五九）十月蘇洵父子南行赴京，此詩即作於是時。

〔二〕長江：此指長江支流岷江，下文蜀江亦指此。蜀中名勝記卷十一嘉定州：「水經曰：江水至犍爲武陽縣，青衣水、沫水從西南來，合而注之。酈道元注云：江水又東南逕南安縣西，有熊耳峽，連山競險。」

〔三〕古佛：凌雲大佛，參見注〔一〕。咒水：面水祝咒。山之隈：管子形勢：「大山之隈。」注：「隈，山曲也。」

〔四〕沫水：又作涐水，蜀水經嘉定府樂山縣：「即大渡水也。」水經注沫水：「沫水在岷山西，東過漢嘉郡，南流衝一高山。」

〔五〕禹：夏禹。華陽國志卷一巴志：「昔在唐堯，洪水滔天。鯀功無成，聖禹嗣興。導江疏河，百川蠲修。」

〔六〕有道者：指李冰治水。史記卷二十九河渠書：「蜀守冰鑿離堆，避沫水之害。」又蜀水經卷四嘉定府樂山縣：「烏尤山亦名離堆山，在九頂山之左，突然水中作犀牛狀。」當即史記所載爲李冰所鑿者。蜀水考朱錫穀補注：「李冰所鑿離堆的在此地。舊云蜀有三離堆，一在南

部，一在灌縣，皆傳會耳。」又：華陽國志卷三蜀志：「冰發卒鑿平溷（亂）崖，通正水道。或曰：冰鑿崖時，水神怒，冰乃操刀入水中與神鬬，迄今蒙福。」

〔七〕蜕骨：尸骨。道家謂尸解爲蜕質，後因以蜕爲死之代稱。李冰蜕骨不埋之傳説，未詳。

過木櫪觀 并引〔一〕

許精陽得道之所〔二〕，舟人不以相告。即過武寧縣〔三〕，乃得其事。縣人云，許精陽棺椁猶在山上。

聞道精陽令，當時此學仙。鍊形初似鶴〔四〕，蜕質竟如蟬〔五〕。蘚上楮棺石，雲生晝影筵。舟中望山上，唯見柏森然。（同上）

【箋注】

〔一〕題：木櫪觀在萬州武寧縣（今重慶萬州西南武陵鎮）。嘉祐四年（一〇五九）冬三蘇父子赴京，途經武寧時作。蘇軾亦有同題詩，詩云：「石壁高千尺，微蹤遠欲無。飛簷如劍寺，古柏似仙都。許子嘗高遯，行舟悔不迂。斬蛟聞猛烈，提劍想崎嶇。寂寞棺猶在，修崇世已愚。

隱居人不識，化去俗争吁。洞府煙霞遠，人間爪髮枯。飄飄乘倒景，誰復顧遺軀？」

〔二〕許精陽：即許旌陽。精、旌同聲相假。許旌陽名邁，字敬之，南昌人，晉永嘉年間爲蜀之旌陽（今湖北枝江一帶）令，得異人術，周游江湖，悉斬蛟蜃，除民害。精修山中，年一百三十六，舉家飛昇。事見太平廣記卷十四許真君引十二真君傳。

〔三〕武寧縣：蜀中名勝記卷二十三萬縣：「縣南百二十里，又有廢武寧縣。……輿地紀勝云：武寧縣西一里，許旌陽舊宅，即今之白鶴觀也。宋大章未嘗讀神仙傳，疑而不信。新都宰張澤語之曰：邁本潭人，曾任蜀之旌陽令，雅顧此山，亦何疑乎！」

〔四〕「煉形」句：煉形：道家語，指修煉形體，神仙傳：「仙家有太陰煉形之法。」似鶴：謂似鶴之老，李翺贈藥山高僧惟儼：「鍊得身形似鶴形。」

〔五〕「蜕質」句：道家尸解之法。淮南子精神訓：「抱業守節，蟬蜕蛇解。」

神女廟〔一〕

巫陽仙子雲爲裾〔二〕，高情杳渺與世疏。微有薄酒安足獻？願採山下霜中蔬。仙壇古洞何清虚，中有瓊樓白玉除〔三〕。江山洗蕩誰來過？聞道琴高駕鯉魚〔四〕。

（同上）

【箋注】

〔一〕題：神女廟在今四川巫山縣東。相傳西王母之女（一說赤帝之女）瑶姬，因助禹驅鬼神，斬石疏波，有功於世，後人爲之立神女廟。嘉祐四年冬，三蘇赴京，途經巫山時作，蘇軾亦有同題詩，有云：「上帝降瑶姬，來處荆巫間。神仙豈在猛，玉座幽且閑。」

〔二〕雲爲裾：以雲爲衣。裾：衣襟。李賀美人梳頭歌：「雲裾數步踏雁沙。」

〔三〕「瓊樓」句：十洲記崑崙，載崑崙山有玉樓十二座。此用其意。

〔四〕「琴高」句：琴高，傳説戰國趙人，宋康王舍人，學長生術，入涿水中取龍子，乘赤鯉而出，見劉向列仙傳。

題白帝廟〔一〕

（同上）

誰開三峽纔容練〔二〕？長使群雄苦力争。熊氏凋零餘舊族〔三〕，成家寂寞閉空城〔四〕。永安就死悲玄德〔五〕，八陣勞神嘆孔明〔六〕。白帝有靈應自笑，諸公皆敗豈由兵？

【箋注】

〔一〕題：白帝廟在白帝城（今重慶奉節城東瞿塘峽口）。太平寰宇記卷一四八引郡國志：「公孫述至魚腹，有白龍出井中，因號魚腹爲白帝城。」王文誥蘇詩總案卷一：嘉祐四年（一〇五九）冬，「抵夔州，弔白帝祠、永安宮，作詩。」洵詩亦作於是時。

〔二〕誰開三峽：太平廣記卷五十六雲華夫人引集仙傳：「大禹理水，駐（巫）山下。大風卒至，崖振石隕不可制。因與（雲華）夫人相值，拜而求助。即勑侍女授禹策召鬼神之書，因命其神狂章、虞餘、黄魔、大翳、庚辰、童律等，助禹斵石疏波，決塞導阨，以循其流。」

〔三〕熊氏：楚國祖先，見史記楚世家。白帝城，古屬楚地，故詠及楚之祖先熊氏。

〔四〕成家：即公孫述。後漢書公孫述傳：「建武元年四月遂自立爲天子，號成家，色尚白，建元曰龍興元年。」李賢等注：「以起成都，故號成家。」

〔五〕「永安」句：永安即白帝城。蜀漢章武元年（二二一）六月，劉備在猇亭（今湖北宜都北長江北岸）爲吴將陸遜大敗，由步道還白帝，章武二年四月劉備崩於永安。玄德，劉備字。事見三國志蜀書先主傳。

〔六〕「八陣」句：三國志蜀書諸葛亮傳：「推演兵法作八陣圖。」諸葛亮據八陣圖練兵遺址有多處，其一在重慶奉節。此次南行，蘇軾兄弟均有八陣磧詩。

萬　山〔一〕

萬山臨漢江，傑立與峴偶。杜公破三吴，磊落叔子後〔二〕。當年愛山意〔三〕，無乃求自附？自比誠不慚，山水亦奇秀。羊公苟有知，當爲頷其首。

（同上）

【箋注】

〔一〕題：萬山以及詩中之漢江、峴（山），杜公（預）、（羊）叔子，均見襄陽懷古注，并作於同時。

〔二〕「杜公」二句：見襄陽懷古注〔五〕、〔八〕。

〔三〕「當年」句：晉書羊祜傳：「祜樂山水，每風景，必造峴山，置酒言詠，終日不倦。」

荆門惠泉〔一〕

古郡帶荒山，寒泉出西郭。嘈嘈幽響遠，衮衮清光活。當年我少年，繫馬弄潺湲。愛此泉旁鷺，高姿不可攀〔二〕。今逾二十載〔三〕，我老泉依舊。臨流照衰顔，始覺老且瘦。當時同游子，半作泉下塵〔四〕。流水去不返，游人歲歲新。

（同上）

【箋注】

〔一〕題：荆門，今屬湖北。其西有蒙、惠二泉，蒙泉常寒，惠泉常温。葛立方韻語陽秋卷十三：「荆門軍亦有惠泉。李德裕有詩題於泉上云：『兹泉由太潔，終不蓄纖鱗。到底清何益，涵虚只自貧。』至今碑版存焉。」王文誥蘇詩總案卷二：「嘉祐五年庚子（一〇六〇）正月……過荆門，題惠泉。」三蘇父子皆有荆門惠泉詩，作於同時。

〔二〕「當年」四句：指景祐四年（一〇三七）蘇洵二十九歲時，因再舉進士東出三峽赴京，曾途經荆門惠泉。

〔三〕「今逾」句：自景祐四年至嘉祐五年（一〇六〇）已二十三年。

〔四〕「半作」句：景祐四年同赴京之史經臣等已卒。

昆陽城〔一〕

昆陽城外土非土，戰骨多年化牆壖。當時尋邑驅市人，未必三軍皆反虜〔二〕。江河填滿道流血，始信武成真不誤〔三〕。殺人應更多長平〔四〕，薄賦寬征已無補〔五〕。英雄争鬬豈得已，盗賊縱横亦何數〔六〕？御之失道誰使然？長使哀魂啼

夜雨。（同上）

【箋注】

〔一〕題：昆陽，今河南葉縣。歷代通鑑輯覽卷二十：「（王）莽聞更始立，大懼，乃遣其司徒王尋、司空王邑，大發州郡兵，徵諸明法兵六十三家以備軍吏，以長人巨毋霸爲壘尉，又驅諸猛獸虎豹犀象之屬，以助威武。邑至洛陽，州郡兵會者四十二萬人，號百萬餘，旌旗輜重，千里不絕。……秀乃與敢死者三千人從城西水上，衝其中堅。尋、邑陳亂，漢兵乘鋭奔之，遂殺尋。城中鼓噪而出，中外合勢，震呼動天地。莽兵大潰，走者相騰踐，伏尸百餘里。會大雷風，瓦屋皆飛，雨下如注，滍川盛溢，虎豹皆股戰，士卒溺死以萬數，水爲不流。」蘇軾兄弟北上途中皆有雙鳧觀詩，蘇軾自注「在葉縣」；蘇軾又有昆陽城賦，主旨與父詩同，皆作於嘉祐五年（一〇六〇）春途經葉縣時。

〔二〕「當時」二句：謂王邑、王尋倉促集師，其士卒倒戈正不待言。史記淮陰侯列傳：「且信非得素拊循士大夫者，此所謂『驅市人而戰之』。」此用其語。徵之上引昆陽之戰史事，洵所云似半爲想像之詞。

〔三〕武成：尚書篇名，意謂武功成而修文事，言武王伐紂獲勝，即偃武修文，歸馬於華山之陽，放牛於桃林之野，示天下不復乘用。文中叙牧野之戰有「血流漂杵」語，蘇洵謂以昆陽之戰觀

之，武成所載可信無誤。

〔四〕長平：在今山西高平西北。秦昭王四十五年（前二六二）秦將白起在此大破趙將趙括，并坑殺趙降卒四十餘萬。見史記秦本紀。

〔五〕薄賦寬征：後漢書光武帝紀下：建武六年十二月詔曰：「頃者師旅未解，用度不足，故行什一之稅。今軍士屯田，糧儲差積，其令郡國收見田租三十稅之一，如舊制。」又如七年三月詔曰：「今郡國有衆軍，并多精勇，宜且罷輕車、騎士、材官、樓船士及軍假吏，令還復民伍。」

〔六〕「盗賊」句：資治通鑑卷四十三建武十六年：「郡國群盗處處并起，郡縣追討，到則解散，去復屯結，青、徐、幽、冀四州尤甚。」

題三游洞石壁〔一〕

洞門蒼石流成乳，山下長溪冷欲冰。天寒二子苦求去，吾欲居之亦不能。

（同上）

【校】

題：查注蘇詩題作「三游洞」，今從殘宋本。

「洞門」：查注蘇詩「門」字作「中」，從殘宋本。

「山下長溪冷欲冰」：查注蘇詩「長」作「寒」，「冷」作「泠」。

「亦不能」：殘宋本「亦」字作「爾」，據查注蘇詩改。

【箋注】

〔一〕題：三游洞，在湖北宜昌西北二十里長江北岸西陵峽口，因唐白居易兄弟及元稹游此而得名。王文誥蘇詩總案卷一：嘉祐四年（一〇五九）冬，「侍宫師游三游洞，題三詩石壁上」。蘇軾游三游洞云：「凍雨霏霏半成雪，游人屨冷蒼苔滑。不辭攜被巖底眠，洞口雲深夜無月。」蘇轍三游洞詩較長，兹不録。除殘宋本類編增廣老蘇先生大全文集卷二外，舊題王十朋撰東坡詩集注游三游洞注亦録有此詩。

與可許惠所畫舒景以詩督之〔一〕

枯松怪石霜竹枝〔二〕，中有可愛知者誰？我能知之不能説〔三〕，欲説常恐天真非〔四〕。羡君筆端有新意，倏忽萬狀成一揮。使我忘言惟獨笑，意所欲説輒見之。問胡爲然笑不答〔五〕，無乃君亦難爲辭？晝行書空夜畫被〔六〕，方其得意猶若癡。紛紜落紙不自惜，坐客争奪相漫欺。貴家滿前謝不與，獨許見贈憐我衰〔七〕。我當枕簟卧

其下，暮續膏火朝忘炊。門前剥啄不須應〔八〕，老病人誰稱我爲？

（同上）

【箋注】

〔一〕題：文同（一〇一八——一〇七九）字與可，自號笑笑先生，梓州永泰（今四川鹽亭東）人，北宋著名畫家。事見宋史本傳。　舒景，舒閑之景。據「老病人誰稱我爲」句，當作於嘉祐五年二月到達京師以後，而文同則於年前由邠州還朝，判尚書職方兼校史館書籍，嘉祐五年底即以親老請判邛州離京，而在蘇洵逝世前未再赴京。五年八月蘇洵任試校書郎，與文同同事。故此詩只能作於嘉祐五年。

〔二〕「枯松」句：蘇軾有與可畫竹木石贊云：「竹寒而笑，木瘠而壽，石醜而文，是爲三益之友。」又題與可墨竹：「詩鳴草聖餘，兼入竹三昧。時時出木石，荒怪軼象外。」又墨君堂記：「風雪凌厲，以觀其操；崖石犖确，以致其節。……與可之於君，可謂得其情而盡其性矣。」可參。

〔三〕「我能」句：老子：「知者不言，言者不知。」莊子外物：「言者所以在意，得意而忘言。」下文「使我忘言」亦本此。

〔四〕天真：莊子漁父：「聖人法天貴真，不拘於俗。」

〔五〕「問胡」句：李白：「問余何事棲碧山，笑而不答心自閑。」蘇軾石室先生畫竹贊：敘謂「與可

自謂笑笑先生」。贊云：「先生閑居，獨笑不已。問安所笑，笑我非爾。」

〔六〕書行書空夜畫被：世説新語黜免：「殷中軍（浩）被廢，在信安，終日恒書空作字……竊視，惟作『咄咄怪事』四字而已。」羊欣筆陣圖：「鍾繇精思學書，卧畫被穿。」二典皆狀文同學畫之專一。

〔七〕「紛紜」四句：蘇軾跋與可墨竹：「昔時與可墨竹，見精縑良紙，輒憤筆揮灑，不能自已，坐客争奪持去，與可亦不甚惜。後來見人設置筆研，即逡巡避去。」

〔八〕「門前」句：韓愈剥啄行：「剥剥啄啄，有客至門。我不出應，客去而嗔。」

題仙都山鹿 并叙〔一〕

至酆都縣，將游仙都觀。見知縣李長官云〔二〕：「固知君之將至也。此山有鹿甚老，而猛獸獵人終莫能害。將有客來游，鹿輒放鳴。故常以此候之，而未嘗失。」予聞而異之，乃爲作詩：

客來未到何從見？昨夜數聲高出雲。應是先君老僮僕，當時掌客意猶勤〔三〕。（同上）

【箋注】

〔一〕題：嘉祐四年（一〇五九）十月三蘇赴京，途經酆都時作。蘇軾亦有仙都山鹿詩，詩云：「白日何促促，塵世苦局束。仙子去無踪，故山遺白鹿。仙人已去鹿無家，孤棲悵望層城霞。至今聞有游洞客，夜來江市叫平沙。長松千樹風蕭瑟，仙宫去人無咫尺。夜鳴白鹿安在哉，滿山秋草無行迹。」查注：「方輿勝覽：景德宫，麀鹿時出没林間，皆與人狎甚。志云：自平都西去一里，樹木叢密者，白鹿山也。景德觀，即仙都觀。」

〔二〕李長官：未詳其人。

〔三〕掌客：周禮秋官掌客：「掌客，掌四方賓客之牢禮餼獻，飲食之等數與其政治。」此謂山鹿乃仙君司掌客之僮僕變成，故客來輒鳴。

自尤 并叙〔一〕

予生而與物無害。幼居鄉閭，長適四方，萬里所至，與其君子而遠其不義。是以年五十有一，而未始有尤於人，而人亦無以我尤者。蓋壬辰之歲而喪幼女〔二〕，始將以尤其夫家，而卒以自尤也。女幼而好學，慷慨有過人之節，爲文亦往往有可喜。既適其母之兄程濬之子之才〔三〕，年十有八而死。而濬本儒者，然

内行有所不謹，而其妻子尤好爲無法。吾女介乎其間，因爲其家之所不悦。適會其病，其夫與其舅姑遂不之視而急棄之，使至於死。始其死時，余怨之，雖吾之鄉人亦不直濬。獨余友人聞而深悲之，曰：「夫彼何足尤者！子自知其賢，而不擇以予人，咎則在子，而尚誰怨？」予聞其言而深悲之。其後八年，而予乃作自尤之詩。

五月之日兹何辰？有女强死無由伸。嗟余爲父亦不武，使汝孤冢埋寃魂。生死壽夭固無定，我豈以此輒尤人？當時此事最驚衆，行道聞者皆酸辛。余家世世本好儒，生女不獨治組紃。讀書未省事華飾，下筆亹亹能屬文。家貧不敢嫁豪貴，恐彼非偶難爲親。汝母之兄汝叔舅，求以厥子來結姻。鄉人皆嫁重母族，雖我不肯將安云？生年十六亦已嫁，日負憂責無歡欣。歸寧見我拜且泣〔四〕，告我家事不可陳。舅姑叔妹不知道，棄禮自快紛如紜。人多我寡勢不勝，只欲强學非天真。昨朝告以此太甚，捩耳不聽生怒嗔。余言如此非爾事，爲婦何不善一身？嗟哉爾夫任此責，可奈狂狼如癡麐〔五〕。忠臣汝不見泄冶，諫死世不非陳君〔六〕。誰知余言果不妄，明年會汝初生孫。一朝有疾莫肯視，此意豈尚求爾存？憂怛百計惟汝母，復有汝父驚且奔。

此時汝舅擁愛妾，呼盧握槊如隔鄰〔七〕。狂言發病若有怪，里有老婦能降神。呼來問訊豈得已，汝舅責我學不純。急難造次不可動，堅坐有類天王尊。導其女妻使爲孽，就病索汝襦與裙。衣之出看又汝告，謬爲與汝增慇懃。多多擾亂莫勝記，咎汝不肯同其塵〔八〕。經旬乳藥漸有喜，移病余舍未絶根。喉中喘息氣才屬，日使勉强飡肥珍。舅姑不許再生活，巧計竊發何不仁！嬰兒盈尺未能語，忽然奪取詞紛紛。傳言姑怒不歸覲，急抱疾走何暇詢。病中憂恐莫能測，起坐無語涕滿巾。須臾病作狀如故，三日不救誰緣因？此惟汝甥汝兒婦，何用負汝漫無恩？嗟予生女苟不義，雖汝手刃我何言？儼然正直好禮讓，才敏明辨超無倫。正應以此獲尤譴，汝可以手心自捫。此雖法律所無奈，尚可仰首披蒼旻。天高鬼神不可信，後世有耳尤或聞。只今聞者已不服，恨我無勇不復冤。惟余故人不責汝，問我此事久嘆呻。慘然謂我子無恨，此罪在子何尤人？虎咆牛觸不足怪，當自爲計免見吞。深居高堂閉重鍵，牛虎豈能逾牆垣？登山入澤不自愛，安可僥倖遭麒麟？明珠美玉本無價，棄置溝上多緇磷〔九〕。置之失地自當爾，既爾何咎荆與榛？嗟哉此事余有罪，當使天下重結婚！

（同上）

【箋注】

〔一〕題：蘇洵有三子三女。長子與長女、次女均早卒。幼女八娘於皇祐二年（一〇五〇）十六歲時同表兄程之才結婚，因在程家備受虐待，於皇祐四年（一〇五二）鬱鬱而死。蘇洵作蘇氏族譜亭記，痛斥程家「大亂吾俗」。女死八年後即嘉祐四年（一〇五九），蘇洵又作自尤詩，詳盡叙述其女死外家事。

〔二〕壬辰之歲：皇祐四年（一〇五二）。王文誥蘇詩總案卷一繫洵幼女之死於皇祐五年，誤，因皇祐五年乃癸巳年，非壬辰年。王氏未見自尤詩，故誤。

〔三〕程濬之子之才：程濬，大理寺丞程文應之子，蘇洵之妻程夫人之兄。其子程之才字正輔，乃程夫人之侄。八娘死後，蘇家與程之才斷絶往還數十年。直至蘇軾晚年貶官惠州，程之才任廣東提刑，始相與釋憾，唱和甚多，詳見王文誥蘇詩總案卷三十九。

〔四〕歸寧：舊指已嫁女子回娘家省親。詩經周南葛覃：「歸寧父母。」

〔五〕「可奈」句：麏即麇、麕，性好鬭而健駭多疑，故云云。參毛詩陸疏及廣疏。

〔六〕「忠臣」二句：左宣公九年經：「陳殺其大夫洩冶。」傳：「陳靈公與孔寧、儀行父通於夏姬，皆衷其衵服，以戲於朝。洩冶諫曰：公卿宣淫，民無効焉。……遂殺洩冶。孔子曰：詩云：民之多辟，無自立辟。其洩冶之謂乎！」杜注：「洩冶直諫於淫亂之朝以取死，故不爲春秋所貴而書名。」老蘇之意本此。

〔七〕呼盧握槊：皆古之博戲。張表臣珊瑚鉤詩話：「摴蒱起自老子，今謂之呼盧。」通雅戲具：「握槊、長行局、波羅塞、雙陸，要一類也。」

〔八〕同其塵：語出老子五十六章「和其光，同其塵。」王弼注：「無所特顯，則物無所偏爭也；無所特賤，則物無所偏恥也。」

〔九〕「明珠」二句：史記魯仲連鄒陽列傳：「明月之珠，夜光之璧，以暗投人於道路。」後多以明珠暗投喻珍貴之物落於庸人之手。高適送魏八：「明珠莫暗投。」緇磷：論語陽貨：「不曰堅乎，磨而不磷；不曰白乎，涅而不緇。」此化用其意。

【集説】

周密云：老泉有自尤詩，述其女事外家不得志以死，其詞甚哀，則其怨隙不平也久矣。（齊東野語）

水官詩〔一〕

水官騎蒼龍，龍行欲上天。手攀時且住，浩若乘風船。不知幾何長，足尾猶在淵。下有二從臣，左右乘魚黿。矍鑠相顧視，風舉衣袂翻。女子侍君側，白頰垂雙鬟。手執雉尾扇，容如未開蓮。從者八九人，非鬼亦非蠻。出水未成列，先登揚旗

旜。長刀擁旁牌，白羽注强弮。雖服甲與裳，狀貌猶鯨鱣。水獸不得從，仰面以手扳。空虛走雷霆，雨雹晦九川。風師黑虎囊，面目昏塵煙。翼從三神人，萬里朝天關。我從大覺師〔二〕，得此鬼怪編。畫者古閻子〔三〕，於今三百年。見者誰不愛，予者誠以難。在我猶在子，此理寧非禪？報之以好詞，何必畫在前！

（查注蘇詩次韻水官詩附録）

【箋注】

〔一〕題：水官，水神名。禮月令孟冬之月：「其帝顓頊，其神玄冥。」鄭玄注：「玄冥，少皞氏之子，曰脩曰熙，爲水官。」此指唐代著名畫家閻立本所畫水官圖。蘇軾次韻水官詩云：「净因大覺璉師，以閻立本畫水官，遺編禮公，公既報之以詩，謂某：『汝亦作。』某頓首再拜次韻，仍録二詩爲一卷獻之。」蘇洵於嘉祐六年（一〇六一）七月爲霸州文安縣主簿，編纂禮書。從蘇軾稱其父爲編禮公，可知蘇洵此詩當作於嘉祐六年七月以後；同年十一月蘇軾離京赴鳳翔簽判任，蘇洵詩及蘇軾次韻詩當作於蘇軾離京之前。詩之前一部分描寫閻立本所畫水官，後一部分自「我從大覺師」起，謝大覺璉師以畫相贈。

〔二〕大覺師：净因大覺璉師。禪林寶訓：「明州育王寺懷璉禪師，字器之，漳州陳氏子，嗣泐

潭、懷澄，青原下十四世。宋仁宗皇祐二年（一〇五〇）詔住京師十方净因院，賜號大覺禪師。」

〔三〕古閻子：閻立本（？——六七三），唐雍州萬年（今陝西西安）人。父閻毗、兄閻立德皆擅畫。立本亦工書畫，擅長人物、車馬、臺閣。事見唐書閻立本傳。

老翁井〔一〕

井中老翁誤年華〔二〕，白沙翠石公之家。公來無蹤去無迹，井面團團水生花。公今與世兩何預，無事紛紛驚牧豎。改顔易服與世同，毋使世人知有翁。

（東坡續集卷一）

【箋注】

〔一〕題：此詩當與老翁井銘作於同時，即嘉祐二年（一〇五七）安葬其妻程氏時。時蘇洵雖名震京師，但求仕不遂，因程氏死匆匆返家，鬱鬱不得志，故有「改顔易服」、和光同塵，不求有聞於世，而願老於泉傍之念。後蘇洵謝絶徵召入京，梅聖俞有題老人泉寄蘇明允詩（見前老翁井銘集説）。此即針對蘇洵老翁井詩之退隱思想而發。今存蘇洵集皆不載此詩，而作爲蘇軾詩收入施注蘇詩和東坡續集。朱熹晦庵詩話云：「老翁井詩在老蘇送蜀僧

去塵之前，必非他人之作，然不見於嘉祐集，亦不省其何説也。」從内容看，此詩確爲蘇洵所作。

〔二〕井中老翁：蘇洵老翁井銘：「往數十年，山空月明，天地開霽，則常有老人蒼顔白髮，偃息於泉上。就之，則隱而入於泉，莫可見。」

送裴如晦知吴江（殘句）〔一〕

談詩究乎而。（龔頤正芥隱筆記）

【箋注】

〔一〕題：龔頤正芥隱筆記：「荆公在歐公坐，分韻送裴如晦知吴江，以『黯然銷魂爲别而已』分韻。時客與公八人，荆公、子美、聖俞、平甫、老蘇、姚子張、焦伯强也。時老蘇得『而』字，押『談詩究乎而』。而荆公又作『而』字二詩……最爲工。君子不欲多上人，王、蘇之憾，未必不稔於此也。」

此詩作於嘉祐元年，惜全詩已不可見。

殘　句〔一〕

雀鷇含淳音，竹萌抱静節。

【箋注】

〔一〕蘇軾和陶郭主簿二首之二自注云：「此兩句，先君少時詩，失其全首。」詩題亦不可知。

附録一　傳記資料

蘇洵傳（節録）

脱脱

蘇洵字明允，眉州眉山人。年二十七始發憤爲學，歲餘舉進士，又舉茂才異等，皆不中。悉焚常所爲文，閉户益讀書，遂通六經、百家之説，下筆頃刻數千言。至和、嘉祐間，與其二子軾、轍皆至京師，翰林學士歐陽修上其所著書二十二篇。既出，士大夫争傳之，一時學者競效蘇氏爲文章。所著權書、衡論、機策，文多不可悉録，録其心術、遠慮二篇。（中略）宰相韓琦見其書善之，奏於朝，召試舍人院，辭疾不至，遂除秘書省校書郎。會太常修纂建隆以來禮書，乃以爲霸州文安縣主簿，與陳州項城令姚闢同修禮書，爲太常因革禮一百卷。書成，方奏未報，卒。賜其家縑銀二百，子軾辭所賜，求贈官，特贈光禄寺丞，敕有司具舟載其喪歸蜀。有文集二十卷，謚法三卷。

（宋史卷四百四十三）

故霸州文安縣主簿蘇君墓誌銘并序

歐陽修

有蜀君子曰蘇君，諱洵，字明允，眉州眉山人也。君之行義修於家，信於鄉里，聞於蜀之人久矣。當至和、嘉祐之間，與其二子軾、轍偕至京師，翰林學士歐陽修得其所著書二十二篇獻諸朝。書既出而公卿士大夫争傳之。其二子舉進士，皆在高等，亦以文學稱於世。眉山在西南數千里外，一日父子隱然名動京師，而蘇氏文章遂擅天下。君之文博辯宏偉，讀者悚然想見其人。既見而温温似不能言；及即之，與居愈久，而愈可愛。間而出其所有，愈叩而愈無窮。嗚呼，可謂純明篤實之君子也。曾祖諱祐，祖諱杲，父諱序，贈尚書職方員外郎。三世皆不顯。職方君三子：曰澹、曰涣，皆以文學舉進士；而君少獨不喜學，年已壯猶不知書。職方君縱而不問，鄉里親族皆怪之。或問其故，職方君笑而不答，君亦自如也。年二十七始大發憤，謝其素所往來少年，閉户讀書爲文辭。歲餘，舉進士再不中，又舉茂材異等不中。退而嘆曰：「此不足爲吾學也。」悉取所爲文數百篇焚之。益閉户讀書，絶筆不爲文辭者五六年，乃大究六經百家之説，以考質古今治亂成敗、聖賢窮達出處之際，得其精粹，涵蓄充溢，抑而不發。久之，慨然曰：「可矣！」由是下筆頃刻數千言，其縱横上下，出入馳驟，必造於深微而後止。蓋其禀也厚，故發之遲；志也慤，故得之精。自來京師，一時後生學者皆尊其賢，學其文，以爲師法。以其父子俱知

名，故號老蘇以别之。初修爲上其書，召試紫微閣，辭不至。遂除試秘書省校書郎。會太常修纂建隆以來禮書，乃以爲霸州文安縣主簿，使食其禄，與陳州項城縣令姚闢同修禮書，爲太常因革禮一百卷。書成，方奏未報而君以疾卒，實治平三年四月戊申也。享年五十有八。天子聞而哀之，特贈光禄寺丞，敕有司具舟載其喪歸於蜀。君娶程氏，大理寺丞文應之女。生三子：曰景先，早卒；軾，今爲殿中丞直史館；轍，權大名府推官。三女皆早卒。孫曰邁，曰遲。有文集二十卷，謚法三卷。君善與人交，急人患難，死則恤養其孤，鄉人多德之。蓋晚而好易，曰：「易之道深矣，汩而不明者，諸儒以附會之説亂之也，去之則聖人之旨見矣。」作易傳未成而卒。治平四年十月壬申葬於彭山之安鎮鄉可龍里。君生於遠方而學又晚成，常嘆曰：「知我者惟吾父與歐陽公也。」然則非吾誰其銘？銘曰：

蘇顯唐世，實欒城人。以宦留眉，蕃蕃子孫。自其高曾，鄉里稱仁。偉於明允，大發於文。亦既有文，而又有子。其存不朽，其嗣彌昌。嗚呼明允，可謂不亡。

（歐陽文忠公集卷三十四）

薦布衣蘇洵狀 嘉祐五年（節録）

歐陽修

眉州布衣蘇洵履行淳固，性識明達，亦嘗一舉有司，不中，遂退而力學。其論議精於物理而

善識變權，文章不爲空言而期於有用。其所撰權書、衡論、機策二十篇，辭辯閎偉，博於古而宜於今，實有用之言，非特能文之士也。其人文行久爲鄉閭所稱，而守道安貧，不營仕進。苟無薦引，則遂棄於聖時。其所撰書二十篇，謹隨狀上進。伏望聖慈下兩制看詳。如有可采，乞賜甄録。謹具狀奏聞，伏候勑旨。

（同上卷一百一十）

文安先生墓表（節録）

張方平

仁宗皇祐中，僕領益部。念蜀異日常有高賢奇士，今獨乏耶？或曰：「勿謂蜀無人，有人焉，眉山處士蘇洵，其人也。」請問蘇君之爲人，曰：「蘇君隱居以求其志，行義以達其道，然非爲亢者也，爲乎蘊而未施，行而未成，我不求諸人而人莫我知者，故今年四十餘不仕。公不禮士，士莫至。公有思見之意，宜來。」久之，蘇君果至。即之，穆如也。聽其言，知其博物洽聞矣。既而得其所著權書、衡論閱之，如大雲之出於山，忽布無方，倏散無餘；如大川之滔滔，東至於海源也，委蛇其無間斷也。因謂蘇君：「左丘明、國語、司馬遷（之）善叙事，賈誼之明王道，君兼之矣。遠方不足成君名，盍游京師乎？」因以書先之於歐陽永叔。君然僕言，至京師，永叔一見，大稱嘆，以爲未始見夫人也，目爲孫卿子。獻其書於朝。自是名動天下，士争傳誦其文，時文爲

之一變，稱爲老蘇。時相韓公琦聞其風而厚待之，嘗與論天下事，亦以爲賈誼不能過也。然知其才而不能用。初作昭陵，凶禮廢闕，琦爲大禮使，事從其厚，調發輒辦，州縣騷動。先生以書諫琦，且再三，至引華元不臣以責之。琦爲變色，然顧大義，爲稍省其過甚者。及先生没，韓亦頗自咎恨，以詩哭之，曰：知賢而不早用，愧莫先於余者矣。先生亮直寡合，有倦游之意，獨與其子居，非道義不談。至於名理稱會，自有孔、顔之樂，一廛一區，侃侃如也。又數年，召試紫微閣下，不至。乃除試秘書省校書郎，俾就太常修纂建隆以來禮書，以爲霸州文安縣主簿，使食其禄，集成太常因革禮一百卷。書成，奏未報，而以疾卒，享年五十有八，實治平三年四月。英宗聞而傷之，命有司具舟載其喪歸葬於蜀。明年八月壬辰葬於眉州彭山縣安鎮鄉可龍里。朝野之士爲誄者百十有三人。先生字明允。考序，大理評事，累贈職方員外郎，以節義自重，蜀人貴之。生三子，澹、涣教訓甚至，各成名宦。先生其季也，已冠，猶不知書，職方不教。鄉人問其故，笑曰：「非爾所知也。」年二十七始讀書，不一二年出諸老先生之右。一日因覽舊文，作而曰：「吾今之學，乃猶未之學也已。」取舊文稿悉焚之，杜門絶賓友，繙詩書經傳諸子百家之書，貫穿古今，由是著述根柢深矣。質直忠信，與人交共其憂患，死則收恤其子孫。不喜飲酒，未嘗戲狎，常談陋今而高古。若先生者，非古之人歟？謂今莫如古者，斯焉取斯！嘉祐初，王安石名始盛，黨友傾一時。其命相制曰：「生民以來，數人而已。」造作言語，至以爲幾於人。聖歐陽修亦善之，勸先生與之游，而安石亦願交於先生。先生曰：「吾知其人矣，是不近人情者，鮮不爲

天下患。」安石之母死，士大夫皆弔之，先生獨不往，作辨奸論一篇，其文曰：（中略）當時見者多不謂然，曰：「嘻，其甚矣！」先生既没三年，而安石用事，其言乃信。夫惟有國者之患，常由辨之不早，子言之知風之自，見動之微，非天下之至精，其孰能至於此！嘗試評之，定天下之臧否，一人而已。所著文集二十卷，謚法三卷，易傳十卷。初君將游京師，過益州與僕别，且見其二子軾、轍及其文卷，曰：「二子者將以從鄉舉，可哉？」僕披其卷，曰：「從鄉舉，乘騏驥而馳閭巷也。六科所以擢英俊，君二子從此選，猶不足騁其逸力爾。」君曰：「姑爲後圖。」遂以就舉，一上皆登進士第。再舉制策，并入高等，今則皆爲國士。仁宗時海内乂安，朝廷謹持憲度，取士有常格，故羔雁不至於巖谷。奉常特召已爲異禮；屬之論譔，臺閣之漸也；而君不待，惜乎其嗇於命也。其事業不得舉而措諸天下，獨新禮百篇，今爲太常施用。若夫鄉黨之行，家世之詳，則有别傳存焉。今舉其始卒之大概，以表其墓。惟其有之，是以言之不怍云。

（欒全集卷三十九）

蘇明允哀詞

曾　鞏

明允姓蘇氏，諱洵，眉州眉山人也。始舉進士，又舉茂才異等，皆不中。歸焚其所爲文，閉户讀書，居五六年，所有既富矣，乃始復爲文。蓋少或百字，多或千言，其指事析理，引物托喻，

侈能盡之約，遠能見之近，大能使之微，小能使之著，煩能不亂，肆能不流。其雄壯俊偉，若決江河而下也；其輝光明白，若引星辰而上也。其略如是，以余之所言，於余之所不言可推而知也。明允每於其窮達得喪、憂嘆哀樂，意有所屬，必發之於此；於古之治亂興壞、是非可否之際，意有所擇，亦必發之於此；於應接酬酢，萬事之變者，雖錯出外而用心於内者，未嘗不在此也。嘉祐初，始與其二子軾、轍，復去蜀游京師。今參知政事歐陽公修爲翰林學士，得其文而異之，以獻於上。既而歐陽公爲禮部，又得其二子之文，擢之高等。於是，三人之文章，盛傳於世。得而讀之者皆爲之驚，或嘆不可及，或慕而效之。自京師至於海隅障徼，學士大夫莫不人知其名，家有其書。既而明允召試舍人院，不至，特用爲秘書省校書郎。頃之，以爲霸州文安縣主簿，編纂太常禮書。而軾、轍又以賢良方正策入等。於是三人者表見於當時，而其名并重於天下。治平三年春，明允上其禮書，未報，四月戊申以疾卒，享年五十有八。自天子、輔臣至閭巷之士，皆聞而哀之，明允所爲文集有二十卷行於世，所集太常因革禮有一百卷，更定謚法二卷，藏於有司。又爲易傳未成。讀其書者則其人之所存可知也。明允爲人聰明，辨智過人，氣和而色温，而好爲策謀，務一出己見，不肯躡故迹。頗喜言兵，慨然有志於功名者也。二子，軾爲殿中丞直史館，轍爲大名府推官。其年以明允之喪歸葬於蜀地。既請歐陽公爲其銘，又請予爲辭以哀之。曰：「銘將納之於壙中，而辭將刻之於冢上也。」余辭不得已，乃爲其文曰：

嗟明允兮邦之良，氣甚夷兮志則彊。閲今古兮辨興亡，驚一世兮擅文章。御六馬兮馳無

疆，決大河兮嚙扶桑。粲星斗兮射精光，衆伏玩兮雕肺腸。自京師兮洎幽荒，矧二子兮與翺翔。唱律品兮和宫商，羽峩峩兮勢方颺。孰云命兮變不常，奄忽逝兮汴之陽。維自著兮暐煌煌，在後人兮慶彌長。嗟明允兮庸何傷？

（元豐類藁卷四十一）

程夫人墓誌銘

司馬光

治平三年夏，蘇府君終於京師，光往弔焉。二孤軾、轍哭且言曰：「某將奉先君之柩歸葬於蜀。蜀人之祔也，同壟而異壙。日者吾母夫人之葬也，未之銘，子爲我銘其壙。」光固辭，不獲命，因曰：「夫人之德非異人所能知也，願聞其略。」二孤奉其事狀拜以授光。光拜受，退而次之曰：

夫人姓程氏，眉山人，大理寺丞文應之女。生十八年歸蘇氏。程氏富而蘇氏極貧。夫人入門，執婦職，孝恭勤儉。族人環視之，無絲毫鞅鞅驕倨可譏訶狀。由是共賢之。或謂夫人曰：「若父母非乏於財，以父母之愛，若求之宜無不應者，何爲甘此蔬糲？獨不可以一發言乎？」夫人曰：「然，以我求於父母，誠無不可，萬一使人謂吾夫爲求於人以活其妻子者，將若之何？」卒不求。時祖姑猶在堂，老而性嚴，家人過堂下，履錯然有聲，已畏獲罪。獨程夫人能順適其志，祖姑見之必悦。府君年二十七猶不學，一旦慨然謂夫人曰：「吾自視，今猶可學。然家待我而

生，學且廢生，奈何？」夫人曰：「我欲言之久矣，惡使子爲因我而學者！子若有志，以生累我可也。」即罄出服玩鬻之以治生，不數年遂爲富家。府君由是得專志於學，卒成大儒。夫人喜讀書，皆識其大義。軾、轍之幼也，夫人親教之，常戒曰：「汝讀書，勿效曹耦，止欲以書自名而已。」每稱引古人名節以勵之。曰：「汝果能死直道，吾無戚焉。」已而，二子同年登進士第，又同登賢良方正科。自宋興以來，唯故資政殿大學士吴公育與軾制策入三等。轍所對語尤切直驚人，繇夫人素勖之也。若夫人者可謂知愛其子矣。始夫人視其家財既有餘，乃嘆曰：「是豈所謂福哉！不已，且愚吾子孫。」因求族姻之孤窮者，悉爲嫁娶振業之。鄉人有急者，時亦賙焉，比其没，家無一年之儲。夫人以嘉祐二年四月癸丑終於鄉里，其年十一月庚子葬某地，年四十八。軾登朝，追封武陽縣君。凡生六子，長男景先及三女皆早夭。幼女有夫人之風，能屬文，年十九既嫁而卒。嗚呼，婦人柔順足以睦其族，智能足以齊其家，斯已賢矣；况如夫人，能開發輔導其夫、子，使皆以文學顯重於天下，非識慮高絶，能如是乎？古之人稱有國有家者，其興衰無不本於閨門，今以夫人益見古之人可信也。銘曰：

貧不以污其夫之名，富不以爲其子之累，知力學可以顯其門，而直道可以榮於世。勉夫教子，底於光大，壽不充德，福宜施於後嗣。

（傳家集卷七十六）

老蘇先生挽詞

趙　槩

其一

稱謂欒城舊（自注：唐相味道，欒城人也），潛光谷口棲。雄文聯組秀，高論吐虹霓。遽忽悲丹旐，無因祀碧鷄。徒嗟太公丘，德位不至圭。

其二

侍從推詞伯，君王問子虚。早通金匱學，晚就曲臺書。露泣時難駐，琴亡韻亦疏。臧孫知有後，里閭待高車。

（康熙三十七年刻蘇老泉先生全集附録，以下未注出處者均見此附録）

老蘇先生挽詞

曾公亮

立言學往古，抱道鬱當時。鉛槧方終業，風燈忽遘悲。垂名文苑傳，行紀太丘碑。後嗣皆鸑鷟，吾知慶有餘。

蘇主簿挽歌

歐陽修

布衣馳譽入京都，丹旐俄驚反舊閭。諸老誰能先賈誼，君王猶未識相如。三年弟子行喪禮，千兩鄉人會葬車。我獨空齋掛塵榻，遺編時閱子雲書。

（歐陽文忠集卷十四）

蘇洵員外挽詞二首

韓琦

其一

對未延宣室，文嘗薦子虚。書方就綿蕝，奠已致生芻。故國悲雲棧，英游負石渠。名儒升用晚，厚愧莫先予。

其二

族本西州望，來爲上國光。文章追典誥，議論極皇王。美德驚埋玉，瓌材痛壞梁。時名誰

可嗣，父子盡賢良。（安陽集卷四十五）

挽詞

王拱辰

氣得岷峨秀，才推賈馬優。未承宣室問，空有茂陵求。玩易窮三聖，論書正九疇。欲知歆向學，二子繼弓裘。

蘇明允府君挽詞

陳襄

禮閣儀新奏，延英席久虛。自從掩關卧，無復莫玄書。東府先生誄，西山孝子廬。誰言身後事，文止似相如？（古靈集）

輓霸州文安縣主簿蘇明允

王珪

岷峨地僻少人行，一日西來譽滿京。白首只知聞道勝，青衫不及到家榮。玄猿夜哭銘旌

過，紫燕朝飛挽鐸迎。天禄校書多分薄，子雲那得葬鄉城？

（華陽集卷五）

老蘇先生挽詞

蘇　頌

其一

觀國五千里，成書一百篇。人方期遠至，天不與遐年。事業逢知己，文章有象賢。未終三聖傳，遺恨掩重泉。

其二

常論平陵系，吾宗代有人。源流知所自，道義更相親。痛惜才高世，齊咨涕滿巾。又知餘慶遠，二子志經綸。

老蘇先生挽詞

鄭　獬

豐城寶劍忽飛去，玉匣靈蹤自此無。天外已空丹鳳穴，世間還得二龍駒。百年飄忽古無

奈，萬事凋零今已殊。惆悵西州文學老，一丘空掩蜀山隅。

老蘇先生挽詞

姚闢

其一

持筆游從已五年，忽嗟精魄已茫然。茂陵未訪相如稿，宣室曾知賈誼賢。薤露有歌凄曉月，絳紗無主蔽寒煙。平生事業文公志，應許鄉人白玉鐫。

其二

羈旅都門十載中，轉頭浮宦已成空。青衫暫寄文安籍，白社長留處士風。萬里雲山歸故國，一帆江月照疏篷。世間窮達何須校，只有聲名是至公。

挽蘇明允二首

劉攽

其一

季子才無敵，桓公義有餘。空悲五僭石，猶得茂陵書。郢路營魂遠，江源氣象虚。康成宜有後，正使大門閭。

其二

漢儀綿蕝盛，周謚竹書存。益以春秋法，因知皇帝尊。百年當絶筆，諸子謝微言。詩禮終誰及，賢良萃一門。（原注：蘇增謚法，又修纂禮書成而卒。）

（彭城集卷十二）

老蘇先生挽詞

張商英

近來天下文章格，盡是之人咳唾餘。方喜丘圓空繐帳，何期簫吹咽輀車。一生自抱蕭張術，萬古空傳揚孟書。大志未酬身已歿，爲君雙淚濕衣裾。

老蘇先生挽詞

張　燾

本朝文物盛西州，獨得宗公薦冕旒。稷嗣草儀書未奏，茂陵詞客病無瘳。一門歆向傳家學，二子機雲并雋游。守蜀無因奠尊酒，素車應滿古源頭。

老蘇先生哀詞

章望之

子之生兮岷峨之英，子之逝兮汴都之傾。爛文采兮曄其聲名，奄忽逝去兮莫然其靈。魂之逝兮幽墟，骨之葬兮蜀山之隅。猿哀吟兮鳥叫呼，神氣如無兮寧與物俱。日舒曉兮月開夜，風雨晦明兮寒暑變化。魂冥冥兮何在，其疾其徐兮四維上下。獨播世兮休譽，不試之嗟兮何時而罷？

老蘇先生會葬致語并口號（節録）

佚　名

編禮寺丞，一時之節，百世所宗。道兼文武之隆，學際天人之表。漁釣渭上，韞六韜而自稱；龍蟠漢南，非三顧而不起。宋興百載，文弊多方，簡編俱在，氣象不振。雖作者之繼出，尚古風之未還。迨公勃興，一變至道。上自朝廷縉紳之士，下及巖穴處逸之流，皆願見其表儀，固

將以爲師友。而道將墜喪，天不假年。書雖就於百篇，爵不過於九品。謂公爲壽，不登六十；謂公爲夭，百世不亡。今者喪還里閭，胥會親友。顧悲哀之不足，假諷咏以舒情。敢露微才，上呈口號：萬里當年蜀客來，危言高論冠倫魁。有司不入劉蕡第，諸老徒推賈誼才。一惠獨刊姬謚法，六經先集漢家臺。如公事業兼忠憤，淚作岷江未寄哀。

侯鯖録一則

趙德麟

東坡年十餘歲，在鄉里，見老蘇誦歐公謝宣詔赴學士院仍謝對衣金帶及馬表。老蘇令坡擬之。其間有云：「匪垂衣之帶有餘，非敢後也馬不進。」老蘇喜曰：「此子他日當自用之。」（卷一）

王直方詩話一則

王直方

東坡十歲時，老蘇令作夏侯太初論，其間有「人能碎千金之璧，不能無失聲於破釜；能搏猛虎，不能無變色於蜂蠆」之語。老蘇愛之，以少時所作，故不傳。然東坡作顔樂亭記與黠鼠賦，凡兩次用之。（郭紹虞宋詩話輯佚卷上）

聞見後録四則

邵 博

東坡中制科，王荆公問吕申公：「見蘇軾制策否？」申公稱之，荆公曰：「全類戰國文章，若安石爲考官，必黜之。」故荆公後修英宗實録，謂蘇明允有戰國縱横之學云。老蘇公云：「學者於文用引證，猶訟事之用引證也，既引一人得其事則止矣，或一人未能盡，方可他引。」

（卷十四）

英宗實録：「蘇洵卒，其子軾辭所賜銀絹，求贈官，故贈洵光禄寺丞。」與歐陽公之誌「天子聞而哀之，特賜光禄寺丞」不同。或云實録，王荆公書也。又書「洵機論、衡策（按：當爲機策、衡論）文甚美，然大抵兵謀權利機變之言也」。蓋明允時，荆公名已盛，明允獨不見，作辨奸以刺之，故荆公不樂云。

（同上）

歐陽公謂蘇明允曰：「吾閲文士多矣，獨喜尹師魯、石守道，然意猶有所未足。今見子之文，吾意足矣！」嗚呼，歐陽公之足，孔子之達，杜子美之無恨，韓退之之是也。

（卷十五）

眉山老蘇先生里居，未爲世所知，時雷簡夫太簡爲雅州，獨知之，以書薦之韓忠獻、張文定、

歐陽文忠三公，皆有味其言也。三公自太簡始知先生。後東坡、潁濱但言忠獻、文定、文忠，而不言太簡，何也？予官雅州，得太簡薦先生書，嘗以問先生曾孫子符仲虎，亦不能言也。簡夫，長安人，以遺才命官，其文亦奇，國史有傳。

（同上）

鐵圍山叢談一則

蔡　絛

二公將就試，共白厥父明允，慮有一黜落，奈何！明允曰：「我能使汝皆得之，一和題，一駡題可也。」繇是二人果皆中。

（卷二）

欒城遺言（節録）

蘇　籀

公（蘇轍）先曾祖（蘇洵）晚歲讀易，得其剛柔、遠近、喜怒、逆順之情，以觀其詞，皆迎刃而解。作易傳未完，疾革，命二公述其志。東坡受命，卒以成書。初二公少年讀易，爲之解説。各仕他邦，既而東坡獨得文王、伏羲超然之旨，公乃送所解於坡，今蒙卦獨是公解。

芥隱筆記一則　龔頤正

荆公在歐公坐，分韻送裴如晦知吴江，以「黯然銷魂惟别而已」分韻。時客與公八人：荆公、子美、聖俞、平甫、老蘇、姚子張、焦伯强也。時老蘇得「而」字，押「談詩究乎而」。而荆公又作「而」字二詩：「采鯨抗波濤，風作鱗之而。」蓋用周禮考工記「旊人深其爪，出其目，作其鱗之而」。又云：「春風垂虹亭，一杯湖上持。傲兀何賓客，兩忘我與而。」最爲工。君子不欲多上人，王、蘇之憾，未必不稔於此也。

石林燕語二則　葉夢得

歐公初薦明允，便欲朝廷不次用之。時富公、韓公當國，雖韓公亦以爲當然，獨富公持之不可，曰：「姑少待之。」故止得試銜初等官，明允不甚滿意，再除方得編修太常因革禮。前輩慎重名器如此。

元祐間，富紹庭欲從子瞻求爲富公神道碑，久之不敢發。其後不得已而言，一請即諾。人亦以此多子瞻也。

史闕

無名氏

軾、轍登科，明允曰：「莫道登科易，老夫如登天。莫道登科難，小兒如拾芥。」

附録二　評論資料

上張文定書（節録）

雷簡夫

簡夫近見眉州蘇洵著述文字，其間如洪範論，真王佐才也；史論，真良史才也。豈惟西南之秀，乃天下之奇才耳。令人欲麾珠蠹芝，躬執匕箸，飫其腹中，恐他饋餳且不稱，其愛護如此，但怪其不以所業投於明公。問其然，後云：「洵已出張公門下矣。又辱張公薦，欲使代黄柬爲郡學官。洵思道出張公之門，亦不辭矣。」簡夫喜其説，竊計明公引洵之意，不祇一學官；洵望明公之意，亦不祇一學官。第各有所待也。又聞明公之薦，累月不下。朝廷重以例檢，執政者靳之不特達，雖明公重言之，亦恐一上未報。豈可使若人年將五十，遲遲於途路間邪？昔蕭昕薦張鎬云：「用之則爲帝王師，不用則幽谷一叟耳。」願明公薦洵之狀，至於再，至於三。俟得其請而後已。庶爲洵進用之權也。

（邵博聞見後録卷十五）

上韓忠獻書

雷簡夫

簡夫啓：昨年在長安累獲奏記。及入蜀來，路遠頗疏怠。恭維恩照，恕其如此。不審均逸各都，寢室何似？向年自與尹師魯别，不幸其至死不復相見，故居常恨，以謂天下後生無以議論當世事者。不意得郡荒陋，極在西南，而東距眉山尚數百里。一日眉人蘇洵攜文數篇，不遠相訪。讀其洪範論，知有王佐才；史論得遷史筆；權書十篇，譏時之弊；審勢、審敵、審備三篇，皇皇有憂天下心。嗚呼，師魯不再生，孰與洵抗邪？簡夫自念道不著，位甚卑，言不爲時所信重，無以發洵之迹。遽告之曰：「如子之文，異日當求知於韓公，然後決不埋没矣。」重念簡夫阻遠門藩，職司有所守，不獲搢版約袂，疾指快讀洵文於几格間，以豁公之親聽也，但邑邑而已。洵年踰四十，寡言笑，淳謹好禮，不妄交游。亦嘗舉茂才，不中第，今已無意。近張益州安道薦爲成都學官，未報。會今春將二子入都謀就秋試，幸其東去，簡夫因約其暇日，今自袖所業求見節下，願加奬進，則斯人斯文不爲不遇也。

（同上）

上歐陽内翰書（節録）

雷簡夫

伏見眉州人蘇洵，年踰四十，寡言笑，淳謹好禮，不妄交游，嘗著六經、洪範等論十篇，爲後

世計。張益州一見其文，嘆曰：「司馬遷死矣，非子吾誰與？」簡夫亦謂之曰：「生，王佐才也。」嗚呼！起洵於貧賤之中，簡夫不能也，然責之亦不在簡夫也；若知洵不以告於人，則簡夫爲有罪矣。用是，不敢固其初心，敢以洵聞左右。恭維執事，職在翰林，以文章忠義爲天下師。洵之窮達宜在執事。嚮者，洵與執事不相聞，則天下不以是責執事；今也，簡夫之書既達於前，而洵又將東見執事於京師，今而後天下將以洵累執事矣。（同上）

附王文誥蘇詩總案卷一：雷太簡，固當時之錚錚者。今細讀此三書，太簡與此三公之分位、淺深、分寸及所以薦之之故，皆極精當。使非太簡自爲之，不可到也。又如張方平既已薦之，則云「年將五十」；韓歐猶未知之，則云「年逾四十」。凡此具有斟酌，若出後人僞托，不知理會此也。

後山詩話

陳師道

世語云：蘇明允不能詩，歐陽永叔不能賦，曾子固短於韻語，黄魯直短於散語，蘇子瞻詞如詩，秦少游詩如詞。

艇齋詩話

曾季貍

大凡人爲學，不拘早晚。高適五十歲始爲詩，老蘇二十七始爲文，皆不害其爲工也。

朱子語類一則

朱熹

老蘇文字，初亦喜看。後覺得自家意思都不正當，以此知人不可看此等文字，固宜以歐、曾文字爲正。（卷一三九）

郎注蘇老泉文集一則

郎晦之

眉山父子之文復光天壯，噫，余竊有嘆於蘇氏之遭際也。老泉率二子抵京師，韓、富當國，嘆相見之晚。老泉能見知於韓、富，而官不過主簿；子瞻、子由能見知於人主、太后，而流離竄謫於風波瘴癘之鄉，僅以身免。天下事固有不可料者！而獨幸三蘇之風節在此，學問在此，詩文之日新月盛亦在此！初老泉權書諸篇，好談名事，頗近揣摹。二子仿其爲文，雖奔放橫溢，而言必快心，事必破的，未免荀、孟、賈、陸雜儀、秦而用之，故譏者皆以爲縱橫好勝，卒被困屈。

蘇文公文鈔引

茅坤

蘇文公崛起蜀徼，其學本申、韓，而其行文雜出於荀卿、孟軻及戰國策諸家，不敢遽謂得古人六藝者之遺。然其鑱畫之議，幽悄之思，博大之識，奇崛之氣，非近代儒生所及。要之，韓、歐而下與諸名家相爲表裏。及其二子繼響，嘉祐之文，西漢同風矣。予讀之，録其書狀十四首、論三十七首、記四首、説二首、引二首、序一首，釐爲十卷。歸安鹿門茅坤題。

（蘇文公文鈔卷首）

藝苑卮言

王世貞

楊、劉之文靡而俗，元之之文旨而弱，永叔之文雅而則，明允之文渾而勁，子瞻之文爽而俊，子固之文映而滿，介甫之文峭而潔，子由之文暢而平。

（卷四）

三蘇祠記（節録）

趙　淵

自宋群辟，篤養多士，於時道學、功業、節義、文章勃如也，極其盛，父子昆弟祖孫伯侄若程

氏、胡氏、吕氏、范氏、岳氏、蘇氏相望不絶。蘇氏眉人，其父子昆弟文章今在也。比淵偶坐明月中，使二三子取次朗誦，斂袵而聽焉。中若老吏斷獄，隱伏畢見；若驍騎行沙漠間，猝莫敢犯：此其老泉已乎！汎汎乎驪龍出海，飄飄乎鶴在片雲，此其東坡已乎！澄湖浸天，輕舟自在，平沙細草，煖煙乍凝，此其潁濱已乎！以言乎氣，老泉其渾也；以言乎才，東坡其雄也；以言乎理，潁濱其近也。蓋皆有以盡天下之故，挽秦、漢之風也。

（眉山縣志卷五）

三蘇祠記

朱嘉徵

余於三蘇子，幼而誦其文，壯而論其世，想見其人，父子兄弟之間，殊可慕也。其學以氣爲主，治以權爲宗。權者善乎術而不離於道者也。故持論崖崖，駁於昌黎，漫於柳州，而達於歐陽子。且清而不癯，其言肆而隱，曲而中，所以開南豐，而特與臨川爲敵。雖然，長短之説，老泉啓之，然説焉而不詳，擇焉而未粹。文忠長於談論，動合時宜。文定善於擇事，近亦中窾。即三蘇子，亦未易同也。

（同上）

三蘇祠記

蔡毓榮

子瞻兄弟遭時閉塞，君子道消，竄身嶺海，可謂窮於遇矣。然其受知仁宗，累官學士，未可謂不幸也。若夫位卑禄薄，偃蹇而不得志於時，則明允爲甚。嘗憶其上歐陽内翰書（按：當爲上張侍郎第二書），自述途遇貴人，倉皇避匿，屏息下氣於車塵馬足間，去良久而後敢出。因言公之所謂才如司馬子長者蓋如此！嗟乎，當此之時，公豈憶數百年之後，舊居環堵之地，遂爲一州之盛，士人因以爲祠。凡王公大人有事於眉者，必過而伏謁，匍匐惟謹？蓋不如是，則以爲傖父也。彼元豐諸人，自公卿以至於百執事，其故居墳墓，亦有從而問之者乎？

（同上）

謁三蘇祠（節録）

涂長發

蜀中自古稱才藪，司馬淵雲誰與偶。眉山父子擅英奇，崛起西南今不朽。老泉晚學收名遠，辨奸論似蒲牢吼。二子名説定終身，昆弟奇才重朝右。長公高世物争仇，箕張其舌牛奮口。勁節凌霄千丈松，筆端氣挾風雲走。次公謹重承家學，賢相預儲施未久。一門忠義貫坤維，不

獨文章誇九有。（同上）

三蘇祠

何紹基

老泉平生學，精力萃禮書。幾權經史論，詞筆乃緒餘。或傳或不傳，有幸不幸歟！譬若汶江源，萬象咸包儲。坡潁揚其波，汪洋赴歸墟。願告學古人，須識權與輿。蟇頤老翁井，白雲蔽墳廬。瓣香此處跽，古柏森庭除。（同上）

附録三　蘇老泉非蘇洵號

石林燕語一則

葉夢得

蘇子瞻謫黄州，號東坡居士，其所居地也。晚又號老泉山人，以眉山先塋有老翁泉，故云。（卷二）

玉堂嘉話

王　惲

坡書……上清儲祥宫碑墨迹。然後書「老泉撰」。商左山云：「蓋避黨禍，故改云。」（卷二）

按：上清儲祥宫碑，爲蘇軾元祐年間所作，書「老泉撰」，正證明蘇軾晚年曾自號老泉。

筆乘續集

焦竑

世傳老蘇號老泉，長公號東坡，而葉少藴燕語云（中略）歐公作老蘇墓誌，但言人號老蘇，不言其自號，亦可疑者。豈此號涉一「老」字，後人遂加其父耶？葉、蘇同時，當不誤也。

（卷六）

記蘇長公二别號

婁堅

東坡此書古淡遒勁，雖知好公書者，未必能識也。予嘗見别本及士大夫模入石者，要當以此本爲真正。又紙尾有「東坡居士老泉山人」印。蓋公自黄還朝，既衰而思其丘墓，去作此書不遠，兩别號殆相繼於元豐、元祐之間也。當時如宗室令畤，嘗從公爲潁州倅，亦札記及此。而南渡後，雖馬端臨之博，猶以老泉爲明允别號。至本朝楊升庵，其該洽爲一代所推，亦仍其誤。

（學古緒言卷二十三）

重編嘉祐集紀事

黄燦　黄煒

一夕余偶舉老泉文相質，先生（馬元調）爲析大旨，笑曰：「而亦以老泉爲明允乎？非也。

老泉固子瞻號也。吾嘗見子瞻墨迹矣，其圖書記曰：『東坡居士老泉山人』八字，合爲一章。且歐、曾諸大家所爲誌銘哀詞挽詩具在，有號明允以老泉者乎？歐公有『稱老蘇以别之』之句，世或緣此相誤耳。」余唯唯。然老泉之名童而習之，一旦歸之長公，竊疑其别自有説。已閲昔人辨證諸書，則所以糾此誤者，援據詳實，凡三四見，而葉少藴燕語，更明列其故。葉、蘇同時，當必不謬。已又檢法書，至子瞻陽羨帖，則向所稱圖書記，久已照耀碑版矣。嗚呼，今日所見書，非今日所始有也。且陽羨帖，吾固嘗好之。即老泉相沿，自南宋已然，未敢專己所見爲斷。而有書不讀，讀之不精，我則恫乎無聞。

（重編嘉祐集）

隨園詩話

袁枚

老泉者，眉山蘇氏塋有老人泉，子瞻取以自號，故子由祭子瞻文云：「老泉之山，歸骨其傍。」而今人多指爲其父明允之稱，蓋誤於梅都官有老泉詩也（按：指梅聖俞題老人泉寄蘇明允）。

（卷十五）

蛾術編一則

王鳴盛

金陵阻風得鍾山泉公詩云：「寶公骨冷喚不聞，却有老泉來喚人。」俗稱蘇明允爲蘇老泉，又以其嘉祐集爲老泉集。果爾，東坡豈作此語？然南渡陸象山文集已呼明允爲老泉，則其來久矣。

（卷七十八）

示兒輩

魏禮

葉少藴云（中略）子瞻嘗有「東坡居士老泉山人」八字共一印，見於卷册；其所畫竹，或用「老泉居士」朱文印章。歐公作明允墓誌，但言人號老蘇，而不言其自號老泉。葉、蘇同時，當不謬也。

（魏季子文集卷九）

蘇詩總案

王文誥

老泉者，公（蘇軾）以稱其父之墓也，集有老泉焚黄文可證。時惟蘇氏子孫稱之，後兩宋文

人震於其名，皆相沿稱道，遂謁以爲字，舉目爲蘇老泉，而有加以先生者矣。茲在粵，無嘉祐集，偶得元、明刊本而卷帙殘闕，其名曰蘇老泉先生全集。（卷一）

東坡別號

戚牧

蘇軾字子瞻，號東坡居士，盡人皆知；又字子平，知者已少。至老泉居士，則皆以爲乃父明允先生，其實老泉亦東坡之別字也。原版晚香堂帖尾有東坡、老泉二印，鈐蘇軾名下（按：此與「東坡居士老泉山人」合鐫者，似非同一印），此其明證。（牧牛庵筆記）

老泉非明允號

平步青

王文誥蘇文忠公詩編注集成總案卷一：「老泉者，公以稱其父之墓也，集有老泉焚黄文可證。時惟蘇氏子孫稱之，後兩宋文人震於其名，皆相沿稱道，遂謁以爲字，舉目爲蘇老泉而有加以先生者矣。」庸按：石林燕語卷十：「蘇子瞻謫黄州，號東坡居士。東坡，其所居地也。晚又號老泉山人，以眉山先塋有老翁泉故云。」潛丘劄記卷二：「王忠文公集蘇友龍小傳，屢稱老泉

爲文公，蓋不可誣也。」而卷四上老蘇集條云：「楊用允自吳門歸，以余好收書，於時下刊本尤易致也。購以餽余，其籤題名曰老蘇全集，而曰蘇老泉先生是父冒子號也。蓋蘇氏先塋有老人泉，子瞻取以自號，不知何年譌以稱老蘇。一辨於葉石林，再辨於焦弱侯（見筆乘續卷六），以家藏子瞻墨迹有『東坡居士老泉山人』圖書證，尤妙。此尚不曉，何以刊爲！」又云：「越明年庚辰首春，戴唐嚚書來，憶東坡得鍾山泉公書，寄詩爲謝曰：『寶公骨冷喚不聞，却有老泉來喚人。』果老蘇號老泉，坡敢於僧泉公者稱曰老泉乎？真解頤新語，惜不令焦文端聞之也。」庸按：嘉祐集有老翁井銘并叙，又有老翁井詩，無作老人泉者。梅聖俞老翁泉詩曰：「泉上有老人。」東坡書梅聖俞云：「家有老人泉。」不知何以互異。文忠又有送賈訥倅眉七律二首，其次起云：「老翁山上玉淵回，手植青松三萬栽。」自注：「先君葬於蟆頤山之東二十餘里，地名老翁泉。」至老蘇，宋時已僞稱老泉，則焦文端所謂歐陽公作老蘇墓誌，但言人號老蘇，而不言其所自號，豈此號涉一「老」字而後人遂加其父耶？沿譌至今，大率如此。公於其父，始稱編禮公，後稱宮師。潛丘第二條是補葉、焦所未備。隨園隨筆卷十七云：「子由祭子瞻文曰：『老泉之山，歸骨其旁。』而今人多指爲其父明允之稱，蓋誤於梅都官詩。」詩話卷十五同，亦未核，梅詩不如此也。魏季子文集卷九示兒輩尺牘引葉説似未備。又按：明允未與易名，今人或稱蘇文公，乃文安之誤。觀淳熙三年七月十三日趙雄請蘇文定公謚劄子云「頃歲陛下加惠蘇軾，賜謚文忠」；又太常博士章謙議云「又有父文安先生爲之師，有兄文忠公爲之師友」可見。隱居通議卷十三乃

云：「三蘇皆得謚文：老泉，文公；東坡，文忠；潁濱，文定」，則誤之誤矣。

（霞外攟屑卷七）

讀書小記

馬叙倫

張燧千百年眼、郎瑛七修類稿均謂老泉非明允號，曾有見「東坡居士老泉山人」合鐫一印者，證爲子瞻別號。或云困學記聞引權書强弱篇語則曰「老泉謂『秦之憂在六國』」云云，是宋人固以老泉爲明允號，一印孤證，庸知非後人僞作？然東坡得鍾山泉公書，寄詩云：「寶山骨冷喚不聞，却有老泉來喚人。」果老蘇號老泉，敢作爾語乎？

（同上卷一引）

附録四　蘇洵年表

本表時事、事迹部分，一般皆注明出處，以便覆核，僅取材於續資治通鑑之時事，未注出處。詩文繫年，因注文已作詳盡考證，故只列篇名。未能繫年之作，注文已作説明，概未列入。

蘇洵年表

宋真宗大中祥符二年己酉（一〇〇九）　一歲

去年十月真宗封禪於泰山，本年三月丁謂上封禪祥瑞圖。崔立上言：不足爲治道。

洵生。（據歐陽修蘇明允墓誌銘）

大中祥符三年庚戌（一〇一〇）　二歲

洵妻程氏生。（據司馬光程夫人墓誌銘）

大中祥符四年辛亥（一〇一一）　三歲

二月真宗祭后土於汾陰。三月太子太師吕蒙正卒。

大中祥符五年壬子（一〇一二）　四歲

五月賜杭州隱士、詩人林逋以粟帛。

石昌言舉進士。洵與群兒戲於父側，昌言以棗栗啖之。（據送石昌言使北引）

大中祥符六年癸丑（一〇一三）　五歲

洵侄蘇位生。（據祭侄位文）

大中祥符七年甲寅（一〇一四）　六歲

正月真宗入亳州，謁老子於太清宫，加號太上老君混元上德皇帝。六月以寇準爲樞密使。

大中祥符八年乙卯（一〇一五）　七歲

寇準罷樞密使。范仲淹進士及第。

大中祥符九年丙辰（一〇一六）　八歲

洵漸長，稍知讀書，學句讀、屬對、聲律，未成而廢。（見送石昌言使北引）

天禧元年丁巳（一〇一七）　九歲

七月王旦因疾罷相，并薦寇準。真宗以爲準性剛褊，八月以王欽若同平章事。九月王旦卒。

天禧二年戊午（一〇一八）　十歲

八月立昇王受益爲太子，改名禎，即後之仁宗。

天禧三年己未（一〇一九）　十一歲

六月王欽若有罪免相，以寇準同平章事。

天禧四年庚申（一〇二〇） 十二歲

六月寇準因真宗有疾，請皇太子監國，被讒罷相，貶知相州。

天禧五年辛酉（一〇二一） 十三歲

王安石生。

眉州盛傳有神降，曰茅將軍，洵父序拆廟毁神像。（見李廌師友談記）

乾興元年壬戌（一〇二二） 十四歲

二月真宗崩，趙禎即位，是爲仁宗。

仁宗天聖元年癸亥（一〇二三） 十五歲

寇準卒於雷州貶所。

仲兄渙就鄉試。（見蘇轍伯父墓表）

天聖二年甲子（一〇二四） 十六歲

宋庠、宋祁同科進士及第。

蘇渙進士及第。蘇序至劍門迎渙，序欲再毁神廟。（見李廌師友談記）

天聖三年乙丑（一〇二五）　十七歲

以晏殊爲樞密副使。

蘇渙任鳳翔寶鷄主簿。（見蘇轍伯父墓表）

天聖四年丙寅（一〇二六）　十八歲

天聖五年丁卯（一〇二七）　十九歲

正月晏殊出知宣州，興州學，延范仲淹以教生徒。

洵娶妻程氏。（見司馬光程夫人墓誌銘）

天聖六年戊辰（一〇二八）　二十歲

五月夏主趙德明使其子元昊襲回鶻甘州，取之，遂立元昊爲皇太子。

是年或略後，洵長女夭折。（見極樂院造六菩薩記）

天聖七年己巳（一〇二九）　二十一歲

閏二月復制舉六科。

洵游蕩不學，程氏不樂而未言。（見祭亡妻文及司馬光程夫人墓誌銘）

天聖八年庚午（一〇三〇）　二十二歲

晏殊知禮部貢舉，舉歐陽修禮部第一。　富弼中制科。

洵游成都玉局觀，得張仙畫像，祈子。（見題張仙畫像）

天聖九年辛未（一〇三一）　二十三歲

六月契丹主隆緒卒，子宗真立，是爲興宗。

明道元年壬申（一〇三二）　二十四歲

夏主趙德明卒，子元昊立，圖謀反宋。　范仲淹爲右司諫，上書請銷冗兵，削冗吏，省費用。

母史夫人卒。（見極樂院造六菩薩記及族譜後録下篇）

蘇涣去官，回家居喪。（見蘇轍伯父墓表）

明道二年癸酉（一〇三三）　二十五歲

三月皇太后崩，仁宗始親政。　十一月范仲淹諫廢郭皇后，出知睦州。

洵始知讀書，而未刻意厲行。（見上歐陽内翰第一書）

景祐元年甲戌（一〇三四）　二十六歲

十月夏主趙元昊寇環慶路。

洵長子景先生於是年或其前後。（據極樂院造六菩薩記及蘇轍次韻子瞻寄賀生日推算）

景祐二年乙亥（一〇三五）　二十七歲

夏主趙元昊攻吐蕃，大敗而歸。

范仲淹爲吏部員外郎，權開封府。

洵始大發憤，刻苦讀書。（見歐陽修蘇明允墓誌銘）程夫人承擔一家生計，使洵專致於學。（見司馬光程夫人墓誌銘）幼女生。（見自尤并叙）

景祐三年丙子（一〇三六）　二十八歲

五月知開封府范仲淹因反對權臣吕夷簡，貶知饒州。余靖、尹洙、歐陽修等坐貶。

十二月十九日洵次子軾生。（見蘇軾送沈逵、李委吹笛）

景祐四年丁丑（一〇三七）　二十九歲

長兄澹卒。（見極樂院造六菩薩記）

洵因舉進士東出三峽入京。（見憶山送人及歐陽修蘇明允墓誌銘）

寶元元年戊寅（一〇三八）　三十歲

夏主趙元昊反，稱帝，改元天授，國號夏。

司馬光、石昌言進士及第。（見司馬光石昌言哀辭）

范仲淹貶嶺南。

洵落第，越秦嶺西歸（見憶山送人），與史經臣交游（見祭史彥輔文），長子景先卒。（見極樂院造六菩薩記）

詩文繫年：上田待制。

寶元二年己卯（一〇三九）　三十一歲

六月詔奪元昊官爵，絕互市。十一月夏入寇保安軍，狄青擊走之。

二月二十日洵幼子轍生。（見蘇轍和子瞻沉香山子賦及蘇軾與程正輔提刑書）洵與知眉州董儲交游。（見蘇軾留題董儲郎中故居）與陳公美交游亦在此前後。（見答陳公美）

康定元年庚辰（一〇四〇）　三十二歲

正月元昊寇延州。　二月以韓琦安撫陝西，召范仲淹知永興軍。　五月以范仲淹兼知延州。

慶曆元年辛巳（一〇四一）　三十三歲

二月元昊寇渭州，任福敗死，將士死者萬餘人，關右大震。　韓琦貶知秦州，范仲淹貶知耀州。　八月元昊陷豐州，以韓琦、范仲淹兼經略安撫招討使。

幼姊卒。（見極樂院造六菩薩記）兄渙通判閬州，父序往視，亦在此前後。（見蘇軾蘇廷評行狀、蘇轍伯父墓表）

慶曆二年壬午（一〇四二）　三十四歲

契丹乘元昊之亂，求關南地，遣富弼入契丹，歲增納遼銀絹。

王安石進士及第，簽書淮南判官。

孫叔静生。

蘇軾始讀書，聞歐陽修之名。（見蘇軾上梅直講書）

慶曆三年癸未（一〇四三）　三十五歲

正月，元昊上書請和，許之。　七月以范仲淹參知政事，以韓琦爲樞密副使，始行慶曆新政。石介作慶曆聖德詩頌之。

蘇軾入小學，以道士張易簡爲師。（見蘇軾記陳太初尸解事）

慶曆四年甲申（一〇四四）　三十六歲

范仲淹因推行新政，爲權貴所謗，自請行邊。富弼、歐陽修亦相繼出任。

洵與張愈游，居青城白雲山。山有知益州文彦博爲郫縣處士張愈所置白雲溪杜光庭故居。（見宋史張愈傳、蘇軾張白雲詩跋）

慶曆五年乙酉（一〇四五）　三十七歲

范仲淹所薦監進奏院蘇舜欽，以細故被除名爲民。范仲淹等出任知州，慶曆新政以失敗告終。

洵命軾作夏侯太初論。（見宋王宗稷蘇文忠公年譜）洵東游京師，史彦輔同行。（見祭史彦輔文）過長安，見石昌言。（據送石昌言使北引）在京師與顔醇之等交游。（見蘇軾鳧繹先生文集叙）

以洵游學在外，程夫人親授蘇軾兄弟以書。（見蘇轍東坡先生墓誌銘）蘇洵次女卒。（見極樂院造六菩薩記）

慶曆六年丙戌（一〇四六）　三十八歲

六月詔制科隨禮部貢舉。　曾鞏再與歐陽舍人書，推薦王安石，以爲「此人古今不常有」。

洵與史經臣同舉制策，皆不中。（見歐陽修蘇明允墓誌銘、蘇軾記史經臣兄弟）

慶曆七年丁亥（一〇四七）　三十九歲

王安石知鄞縣，厲行改革，熙寧新政本於此。　十一月貝州王則起義。

洵制科落第，蘇涣作詩相送。（見蘇軾伯父送先人下第詩）

洵自嵩洛至廬山，與訥禪師、景福順公游。（見蘇軾景福順長老二首并叙）又南游虔州，觀白居易墨迹，與鍾子翼兄弟游。（見蘇軾天竺寺詩并引、鍾子翼哀辭）

五月十一日蘇序病逝，七月蘇洵聞訊，匆匆返蜀。（見祭史親家母文、祭史彦輔文）

蘇涣亦返蜀居喪，蘇軾兄弟始識伯父。（見蘇轍伯父墓表）

蘇洵因屢試不第，於是悉焚舊稿，輟筆苦讀，絶意於功名而自托於學術。（見上歐陽内翰第一書、上韓丞相書）

詩文繫年：名二子說

慶曆八年戊子（一〇四八）　四十歲

王則起義失敗。　夏主趙元昊卒，其子諒祚立。

葬蘇序於先塋。（見蘇軾蘇廷評行狀）

洵悉心教育二子以明其學；（見蘇轍藏書室記、宋孫汝聽蘇潁濱年表）并命蘇軾擬作謝宣召赴學士院仍謝賜對衣金帶及馬表。（見宋趙德麟侯鯖録卷一）

皇祐元年己丑（一〇四九）　四十一歲

用文彦博等人議裁減冗兵，王安石作省兵詩，以爲并非急務。　嶺南儂智高反。

文同進士及第。

洵拜見知益州田况。（見上田樞密書）

皇祐二年庚寅（一〇五〇）　四十二歲

洵幼女適表兄程之才。（見自尤并叙）

皇祐三年辛卯（一〇五一）　四十三歲

蘇洵兄弟居父喪滿，蘇涣選知祥符。（治所在今河南開封）

詩文繫年：皇祐三、四年至嘉祐元年三月之間所爲文：權書十一篇（權書叙、心術、法制、强弱、攻守、用間、孫武、子貢、六國、項籍、高祖）　衡論十一篇（衡論叙、遠慮、御將、任相、重遠、廣士、養才、申法、議法、兵制、田制）　六經論（易論、禮論、樂論、詩論、書論、春秋論）　洪範論（洪範論叙、洪範上、中、下，洪範後叙）　史論（史論引，史論上、中、下）

皇祐四年壬辰（一〇五二）　四十四歲

儂智高圍廣州，陷昭州（今廣西平樂），命狄青督軍征討。　范仲淹卒。

五月蘇洵幼女因受夫家虐待，鬱鬱而死。（見自尤并叙）

皇祐五年癸巳（一〇五三）　四十五歲

狄青大敗儂智高，廣南平。　王安石作發廪詩，主張復井田，抑制土地兼并。

至和元年甲午（一〇五四）　四十六歲

詔王安石爲集賢校理，安石辭。　歐陽修任翰林學士兼史館編修。秋，張方平鎮蜀，訪知蘇洵。（見張益州畫像記及張方平文安先生墓表）

詩文繫年：送吴侯職方赴闕引

至和二年乙未（一〇五五）　四十七歲

洵以張方平薦爲成都學官，上書爲謝并謁方平，呈其所著權書、衡論，方平盛稱之。（見上張益州書及張方平文安先生墓表）

洵至雅州訪雷簡夫，雷致書方平，勸其再薦洵。（見雷簡夫上張文定公書）

詩文繫年：上張益州書　與雷太簡納拜書　憶山送人　蘇氏族譜　族譜後録上、下篇　蘇氏族譜亭記　審勢　審敵

嘉祐元年丙申（一〇五六）　四十八歲

王安石爲群牧判官，歐陽修始見王安石，盛贊其詩文。（見蔡上翔王荆公年譜考略）吴奎同領群牧，以爲王迂闊自用。（見宋史吴奎傳）

正月成都民留張方平像於浄衆寺，蘇洵爲作記。

方平勸洵入京，并致書歐陽修，薦之。（見張方平文安先生墓表）洵上書方平，決意送二子入京應試。史彥輔長期卧病，强起爲洵父子送行。（見祭史彥輔文）雷簡夫亦致書韓琦、歐陽修，薦洵。

三月，洵父子辭別張方平，蘇轍始見張，張盛贊蘇軾兄弟。（見張方平文安先生墓表）然後北經閬中、褒斜，途次長安，東出關中，過澠池，於五月到京師。（見王文誥蘇詩總案卷一）京師大雨成災（見上韓樞密書、蘇軾牛口見月），故遲至秋後始見歐陽修、韓琦等，爲座上客。歐陽修稱洵文有荀子之風，并薦蘇洵於朝。（見上歐陽内翰第二、四書，歐陽修薦布衣蘇洵狀）洵在京文名大盛，但求官未遂，適張方平入京，洵再上書求薦。（見上張侍郎第二書）洵於歐陽修席間初見王安石，堅謝同王交游。（見張方平文安先生墓表）安石亦屢詆蘇洵。（見葉夢得避暑録話）

詩文繫年：張益州畫像記　上張侍郎第一、二書　上王長安書　途次長安上都漕傅諫議答陳公美　又答陳公美三首　道卜居意贈陳景回　送石昌言使北引　上歐陽内翰第一、二書　歐陽永叔白兔　上韓樞密書　上富丞相書　上文丞相書　上田樞密書

嘉祐二年丁酉（一〇五七）　四十九歲

王安石知常州，移提點江東刑獄。歐陽修知貢舉。

蘇軾兄弟同科進士及第，歐陽修、梅聖俞盛贊蘇軾兄弟。四月洵妻程夫人卒，五月聞訊，倉卒返蜀，葬程夫人於眉山安鎮鄉可龍里老翁泉上。（見老翁井銘及司馬光程夫人墓誌銘）史彦輔病逝，無子，蘇洵爲立後，治喪，并致書吴照鄰，托其照顧史沆遺孤。（見與吴殿院書）任孜、任伋兄弟寄詩稱美蘇洵，洵作詩答謝。（見答二任）

詩文繫年：上韓舍人書　上歐陽内翰第三書　祭亡妻文　老翁井銘　祭史彦輔文　與吴殿院書　答二任

嘉祐三年戊戌（一〇五八）　五十歲

王安石上書仁宗，歷數變法主張。（見蔡上翔王荆公年譜考略卷六）

蘇洵從溪叟得木山三峰，置於庭中，作記。（見梅聖俞蘇明允木山、蘇軾木山并叙）

十月得雷簡夫書，聞將召試舍人院，十一月五日召命下，十二月一日上書仁宗，以病辭。（見上皇帝書、答雷太簡書）

詩文繫年：木假山記　答雷太簡書　上皇帝書　與梅聖俞書

嘉祐四年己亥（一〇五九）　五十一歲

石昌言卒。（見司馬光石昌言哀辭）

五月，洵作詩哀其幼女之夭。（見自尤并叙）

梅聖俞作詩勸洵攜二子入京。（見梅聖俞題老人泉寄蘇明允）

六月，召命再下，洵致書歐陽修，謂將進京。（見上歐陽内翰第四書）

洵行前造大悲心像龕置極樂院中，以追念去世親人。（見極樂院造六菩薩記）

十月，洵父子攜家眷沿岷江、長江東下，十二月初，抵江陵，度歲。（見蘇軾南行前集叙）

詩文繫年：自尤并叙　上歐陽内翰第四書　極樂院造六菩薩記　遊陵雲寺　遊嘉州龍巖　初發嘉州　題仙都山鹿并叙　題仙都觀　過木櫪觀　題白帝廟　神女廟　題三游洞石壁　寄楊緯　王荆州畫像贊　和楊節推見贈　丹稜楊君墓誌銘　與楊節推書　答張子立見寄

嘉祐五年庚子（一〇六〇）　五十二歲

四月梅聖俞去世。　五月王安石爲度支判官。　十一月歐陽修爲樞密使。

正月五日蘇洵父子離江陵，陸行北上，二月十五日抵京。（見蘇轍辛丑除日寄子瞻、蘇軾與楊濟甫書）

洵與蘇頌叙宗盟。（見蘇軾蘇子容功德疏）

六月，蘇澹長子位卒，洵爲文祭之。（見祭侄位文）

因貧，洵舉家移居杞縣。（見謝趙司諫啓、蘇轍辛丑除日寄子瞻）

八月，洵以歐陽修、趙抃等薦，授試秘書省校書郎。（見歐陽修蘇明允墓誌銘）洵始作易傳。（見上韓丞相書）

詩文繫年：荆門惠泉　襄陽懷古　萬山　昆陽城　祭侄位文　與可許惠舒景以詩督之　上歐陽内翰第五書　謝趙司諫啓　謝相府啓　賀歐陽樞密啓　大宗譜法　譜例　上余青州書

嘉祐六年辛丑（一〇六一）　五十三歲

六月王安石知制誥。　八月曾公亮同平章事，歐陽修參知政事。

七月以洵爲霸州文安縣主簿，編纂禮書。（見歐陽修蘇明允墓誌銘）浄因大覺璉師以閻立本畫贈洵，洵以詩謝。（見水官詩、蘇軾次韻水官詩）洵與李仲蒙交游。（見蘇軾李仲蒙哀辭）蘇軾兄弟同舉制策，軾入三等，除大理評事、鳳翔簽判；轍入四等，授商州軍事推官，未赴任。

十二月，軾赴鳳翔任，轍送至鄭州西門。

詩文繫年：上韓丞相書　水官詩　議修禮書狀

嘉祐七年壬寅（一〇六二） 五十四歲

包拯卒。 立宗實爲皇子，賜名曙，即後之英宗。

仲兄蘇涣卒於利州路提點刑獄任。（見蘇轍伯父墓表）

洵移居京師，與黎希聲爲鄰，并相友善。（見蘇轍次韻子瞻寄眉黎希聲）

詩文繫年：送吴待制中復知潭州二首

嘉祐八年癸卯（一〇六三） 五十五歲

三月仁宗去世，趙曙繼位，是爲英宗。

韓琦爲山陵使，厚葬仁宗，洵上書韓琦，力主薄葬。

王安石母謝世，士大夫皆往弔，洵獨不往，作辨奸論以刺之。（見張方平文安先生墓表）

孫叔静兄弟請學於蘇洵，洵有手書致孫。（見蘇軾跋先君與孫叔静帖）

詩文繫年：上韓昭文論山陵書 辨奸論 管仲論 與孫叔静帖

英宗治平元年甲辰（一〇六四） 五十六歲

治平二年乙巳（一〇六五）　五十七歲

正月蘇軾罷鳳翔任還京，判登聞鼓院。（見施宿東坡先生年譜）

三月蘇轍出任大名府推官。（見蘇轍潁濱遺老傳）

五月蘇軾妻王弗病逝於京師，洵命軾他日葬於程夫人之側。（見蘇軾亡妻王氏墓誌銘）

九月，洵等所修太常因革禮成。

重陽日，赴韓琦家宴，有詩唱和。（見九日和韓公）

詩文繫年：諡法　上六家諡法議　太常因革禮　九日和韓公

治平三年丙午（一〇六六）　五十八歲

春，蘇洵病，歐陽修數致書慰問。（見歐陽修與蘇編禮啓）

洵作易傳未竟，命軾述其志。（見蘇轍東坡先生墓誌銘）

四月二十五日卒於京師，朝野之士爲誄者百三十有三人。（見張方平文安先生墓表）

英宗聞而哀之，特贈光禄寺丞，敕有司具舟載其喪歸蜀。（見宋史蘇洵傳）

六月蘇軾兄弟護喪出都返蜀，并於次年八月葬洵於眉山安鎮鄉可龍里老翁泉側。

詩文繫年：易傳（未完稿）。

稼軒詞編年箋注	[宋]辛棄疾撰　鄧廣銘箋注
姜白石詞編年箋校	[宋]姜夔著　夏承燾箋校
顧亭林詩集彙注	[清]顧炎武著　王蘧常輯注 吴丕績標校
聊齋志異會校會注會評本	[清]蒲松齡著　張友鶴輯校
納蘭詞箋注	[清]納蘭性德著　張草紉箋注
儒林外史彙校彙評	[清]吴敬梓著　李漢秋輯校

《中國古典文學叢書》(典藏版)已出書目

詩經今注	高亨注
楚辭今注	湯炳正、李大明、李誠、熊良智注
陸機集校箋	[晉]陸機著　楊明校箋
陶淵明集校箋	[晉]陶潛著　龔斌校箋
孟浩然詩集箋注	[唐]孟浩然著　佟培基箋注
李白集校注	[唐]李白著　瞿蜕園、朱金城校注
高適集校注	[唐]高適著　孫欽善校注
杜甫集校注	[唐]杜甫著　謝思煒校注
岑參集校注	[唐]岑參著　陳鐵民、侯忠義校注
韋應物集校注	[唐]韋應物著　陶敏、王友勝校注
劉禹錫集箋證	[唐]劉禹錫著　瞿蜕園箋證
白居易集箋校	[唐]白居易著　朱金城箋校
樂章集校箋	[宋]柳永著　陶然、姚逸超校箋
梅堯臣集編年校注	[宋]梅堯臣著　朱東潤編年校注
嘉祐集箋注	[宋]蘇洵著　曾棗莊、金成禮箋注
東坡樂府箋	[宋]蘇軾著　[清]朱孝臧編年　龍榆生校箋
清真集箋注	[宋]周邦彦著　羅忼烈箋注
李清照集箋注	[宋]李清照著　徐培均箋注
放翁詞編年箋注	[宋]陸游著　夏承燾、吴熊和箋注　陶然訂補

U0103926